Alain Absire

Der Maler von Florenz

Alain Absire

Der Maler von Florenz

Aus dem Französischen
von Michaela Meßner

Knaur

Originaltitel: Alessandro ou la guerre des chiens
Originalverlag: Flammarion, Paris

Die Folie des Schutzumschlags sowie die Einschweißfolie sind
PE-Folien und biologisch abbaubar.
Dieses Buch wurde auf chlor- und säurefreiem Papier gedruckt.

Besuchen Sie uns im Internet:
www.droemer-knaur.de

Knaur Verlag

Umschlaggestaltung: Agentur Zero, München
Umschlagabbildung: Bildarchiv Preußischer Kulturbesitz, Berlin
Satz: Ventura Publisher im Verlag
Druck und Bindung: Franz Spiegel Buch, Ulm
Printed in Germany
ISBN 3-426-66005-9
5 4 3 2 1

Für Géraldine

Ich schaute aufmerksam hinab und sah
im Kot und Moor beschmutzte, nackte Menschen.
Die sahen aus, als hätt' man sie beleidigt,
und schlugen aufeinander los mit Fäusten
und stießen sich mit Kopf und Brust und Füßen
und rissen mit den Zähnen sich in Fetzen.
Der gute Meister sprach: »Mein Sohn, hier siehst du
die Seelen der vom Jähzorn Übermannten ...«

Dante Alighieri, *Die Hölle,* Siebenter Gesang

Benedetto Sermini

November 1496/März 1497

1

Das dritte Jahr der Republik der Mönche näherte sich dem Ende. Den Oktobernebeln war ein eiskalter Novemberregen gefolgt. In der Nacht überzogen sich die Felder vor San Miniato und die südlichen Hügel, sofern die Regengüsse sie nicht unter Wasser setzten, mit Rauhreif, und der Frost färbte die Zweige der kahlen Bäume weiß. Die Kornspeicher leerten sich. Nach Weihnachten würde man sich einschränken müssen. Die Umsichtigsten, die reichen Bankiers, die wohlhabenden Händler und die Stiftsherren, trafen Vorkehrungen. Die anderen, die Leute aus dem Volk, begnügten sich damit, zu warten und zu beten. Nachdem in Florenz dreißig Monate lang Unruhen geherrscht hatten, war es nun verdächtig ruhig geworden. Seit die ersten Regenfälle über der Stadt niedergegangen waren, hatten sich die miteinander verfeindeten Banden, die *piagnoni* und die *arrabiati*[1], im verborgenen darangemacht, sich für künftige Schlägereien zu bewaffnen.

Die Rückkehr der Aufwiegler wurde von Arm und Reich gefürchtet. Ob in Santa Maria Novella oder in Santa Croce, in Mönchs- oder Nonnenklöstern, in den Wohntürmen oder den neuen Palästen, überall vergiftete der Zweifel die Herzen. Nachbarn, Kameraden, selbst engste Familienmitglieder, alle spionierten einander nach. Man ging mit gesenktem Kopf und schwieg,

1 Die Anhänger Savonarolas erhielten wegen ihrer asketischen Lebensweise den Beinamen *frateschi,* die »Mönchischen«, oder *piagnoni,* die »Heuler«, da sie bei seinen Predigten oft in Tränen ausbrachen. Ihre aristokratischen Gegner hießen die *arrabiati,* die »Wütenden«, von denen insbesondere die jüngeren, die sogenannten *compagnacci* oder »schlechten Gesellen«, Savonarola bitter haßten. (A. d. Ü.)

aus Angst, mit zerschmetterten Armen am Wippgalgen zu enden. Während das Mißtrauen sich sogar in ehemals vereinten Körperschaften breitmachte, erzitterte die Kuppel von Santa Maria del Fiore unter den Flüchen Fra Girolamos, des Priors von San Marco. Den meisten im Volk lief vor Angst und Stolz ein Schauder über den Rücken, während der Prophet ihnen bald die Apokalypse, bald den Beginn eines Zeitalters der Gerechtigkeit weissagte, eine neue, moralische und tugendhafte Welt, deren Mittelpunkt nicht Rom, sondern Florenz sein würde.
In dieser Nacht, zur Stunde der Laudes, betrat Benedetto Sermini, eine vaterlose Halbwaise, den das Anathema und die Predigt sehr berührt hatten, den Plankensteg, der zur Pforte der Badia führte. *Du gräßlicher Feigling, du zitterst ja!* rief ihm eine Stimme aus seinem Innersten zu. Ein Geräusch veranlaßte ihn, sich umzudrehen … Die Straße, überflutet von den novemberlichen Regengüssen, war leer. Wovor hatte er Angst? Die Feinde hatten sich verkrochen. Es gab weder Wächter noch bewaffnete Miliz – bei diesem Wetter blieben *piagnoni* wie *compagnacci* in ihren Unterschlüpfen. Doch die Angst, die er empfand, fragte nicht nach Gründen. »Ich gehe in die Badia!« hatte er prahlerisch den anderen Burschen aus dem Färberviertel verkündet. Jacopo Masini, der ihn verachtete, weil er sich ihnen nicht schon früher angeschlossen hatte, um dem Lumpenpack die neuen Regeln einzubleuen, und Francesco Prodenzani, der ihm vorwarf, er gebe auf ihren Versammlungen nie einen Ton von sich, hatten beide mit den Schultern gezuckt. Denen würde er schon zeigen, diesen Naserümpfern, was ihnen entginge, wenn sie sich weigerten, ihn in ihre bewaffnete Bande aufzunehmen! »Morgen bringe ich es euch, euer Bündel Papiere!« hatte er ihnen entgegengeschleudert, um das Hohngelächter von Anselmo Sacchetti und Girolamo Bruni zu übertönen, von denen der eine kaum dem Alter entwachsen war, in dem man ins Bett pinkelt, und der andere sich von Sonnenaufgang bis Sonnenuntergang mit Honigkuchen und Zuckerwerk den Bauch vollschlug. »Hier auf dem Pflaster werde

ich sie vor euch ausbreiten, und dann werdet ihr schon sehen!« Doch ach, nach dieser teuflischen Sintflut saß dem elenden Aufschneider nun auf der Schwelle zu dem düsteren Kloster die eigene Angst wie eine Würgeschraube an der Kehle.

Unter dem Portal drang ein Lichtstrahl hervor; gleichgültig gegenüber dem Rest der Welt, stimmten die Benediktiner ihre Gebete an. Was würde wohl mit ihm geschehen, wenn man ihn schnappte? Er sah sich schon als Opfer seiner eigenen Kühnheit am Galgen baumeln. Er sah sich vor Santa Croce, den Hals im Halseisen, den Nacken blau von Stockschlägen und die Stirn nur mehr rohes Fleisch, wie er Galle spuckte und Blut erbrach ... Er mußte hinein! Hier draußen wurde seine Kehle schon ganz rauh. Er zitterte unter dem klassischen Segeltuchkragen und der Stofftunika, durch die die eisige Luft hindurchfegte. Aus Angst, das Portal könnte quietschen, hielt er es fest gepackt, ließ seinen jugendlichen Körper durch den Spalt gleiten und schlich sich ins Innere der Abtei. Hinter dem Querschiff, in der Dunkelheit des Hauptschiffes, saßen in dunklen Gewändern die Mönche, die Kapuzen tief ins Gesicht gezogen, und beteten. »O Benedikt, heiliger Beichtvater des Herrn, bitte für unser Heil und das Heil aller ...«, sangen sie, während sie sich vor dem Hauptaltar verneigten. Benedetto ging auf Zehenspitzen auf die Freske *Maria erscheint dem hl. Bernhard* des großen Filippo Lippi zu. Am dritten Pfeiler sah er die schwarze, mit einem Vorhängeschloß versehene Schatulle hängen, für die er sein Leben aufs Spiel setzte. Mit der Messerschneide zertrennte er die Kordel, mit der sie befestigt war. Er hüllte sie in das Stück Stoff, das er mitgebracht hatte, und dann stahl er sich so heimlich, wie er gekommen war, wieder davon.

Draußen war die Nacht noch lange nicht zu Ende. Mit seiner Beute unterm Arm setzte er wieder über den Brettersteg, der über den stinkenden Bach führte. Als er schließlich in seinem Lauf innehielt, befand er sich schon vor den Mauern der Festung. Hoch oben baumelte von den Zinnen die Leiche eines Gehenkten mit nackten Füßen, und etwas weiter weg, zwischen zwei Schießscharten, hingen drei weitere Verurteilte, die auch keine bessere Figur machten. Das war das Schicksal, das Diebe und Kirchenplünderer erwartete. Gott sei Dank konnten die da oben nicht mehr klar sehen, hatten keine Stimme mehr, um den Jungen zu denunzieren, der mit einem dunklen Bündel unterm Arm aus der Badia floh.

Benedetto richtete sich auf und mimte den Kühnen.

»Seid gegrüßt, meine Brüder!« rief er ihnen zu. »Eure Zunge, die euch bis zum Kinn hängt, ist ja schon recht schwarz. Die wird keine Geschichten mehr erzählen!«

»Sei gegrüßt, du Dieb, sei gegrüßt, du Spitzbube!« antwortete ihm gegen alle Erwartung eine Grabesstimme.

Sein Blut wurde zu Essig. Heiliger Jesus! Der erste der Gehenkten, der Riese dort über seinem Kopf, schaukelte recht heftig ... So was hatte es schon gegeben, daß so Dicke wie der da sich losgemacht hatten und Passanten, die ihnen nichts getan hatten, vor die Füße gefallen waren ... Anderen, die schon ganz verwest waren, war ein Fuß abgefallen, eine Hand oder ein Stück Arm durch die Luft geflogen, und es hat Gehenkte gegeben, die noch nicht tot waren und derart zappelten, daß man sie noch einmal hängen mußte ...

Armer Benedetto, das war zuviel! Ohne den Betrunkenen zu bemerken, der unter der Vorhalle des Palastes lag und nach ihm rief, zog er es vor, Reißaus zu nehmen.

»Komm doch ein wenig her, du Hurensohn«, grunzte Gorbaccio, der alte Säufer vom Bargello. »Komm her, damit ich dich sehen kann, du Gauner!« krähte der verlauste König mit letzter Kraft, als er sah, wie die feingliedrige Gestalt die Beine in die Hand nahm.

Als Benedetto schweißgebadet zu Hause im Färberviertel ankam, schliefen seine Brüder Baggio und Bertramo und seine Halbschwester Ippolita-Maria bereits. Den Kopf voller umherirrender Gespenster und schrecklicher Gehenkter, in deren Augen weiße Würmer umeinanderkrochen, ließ er sich auf seinen Strohsack fallen. Niemals würde man ihn da wieder hinbringen! Sollten sie ihre Drecksarbeit doch selber machen! Und außerdem, im Frühling würde er sie verlassen, diese Ignoranten, die keinerlei Gefühl für Schönheit hatten und ihn behandelten wie einen Trottel, wenn er ihnen von dem jungen Mädchen im weißen Brokatkleid erzählte, das Domenico Ghirlandaio auf seiner Freske *Der heilige Franziskus erweckt ein Kind wieder zum Leben* gemalt hatte, oder von der zarten knienden Jungfrau von Filippo Lippi auf dem Altaraufsatz von Sant' Ambrogio.

Sollten sie doch alle die Gelegenheit beim Schopfe packen: Francesco Prodenzani, der Erleuchtete, der sich mit seinen fünfzehn Jahren als Anführer von Christi Heerscharen sah, und der dicke Girolamo Bardi, der auf den ersten Blick ganz angenehm im Umgang wirkte, wie die meisten korpulenten Menschen, der aber in Wahrheit dümmer war als ein Milchkalb! Sollten sie sich doch ausschütten vor Lachen! Schon bald, wenn die Werke, an denen er bereits seit seiner Kindheit im stillen arbeitete, seine Zeichnungen der Apostel, seine Studien mit der Feder und seine schlicht konturierten Gemälde der Engel, ihm erst einmal zu einem Ansehen verholfen hätten, von dem ihr beschränkter Verstand sich nicht die geringste Vorstellung machte, dann würde man ja sehen, wer Grund hatte, zufrieden zu sein – sie oder er …

Die Glocke von Santa Croce riß ihn aus seinen schwarzen Gedanken. Es war Sonntag! Vor zwölf Uhr mittags würde er sich die Predigt von Fra Girolamo anhören. Und diese schreckliche Stimme, die von der Kanzel von Santa Maria del Fiore ihren Haß auf das Böse und die Sinnenlust herunterdonnerte, würde sein Vertrauen in die Zukunft von Florenz wieder stärken. Was hatte er in dieser Nacht schon Übles getan? Hatte er doch vielmehr durch seine Tat zur Wiedergeburt seiner heißgeliebten Stadt beigetragen, die von den Feuern der Hölle bedroht war.

Er versicherte sich, daß keiner mehr wach war in dem niedrigen Raum, der auch als Schlafzimmer diente, dann schlug er das Stück Stoff zu seinen Füßen zurück, in das die Schatulle, die er aus der Badia gestohlen hatte, eingeschlagen war. Er brach das Schloß auf. Im Innern fand er einige hundert Papierstücke, von denen etliche dreifach gefaltet und nicht größer als Konfetti waren. Er breitete sie auf dem Fußboden aus. Als er sah, wie viele widerwärtige Geheimnisse dort breitgetreten wurden, wie viele Denunziationen, von denen die meisten reine Erfindung waren und mehr von dem Hang seiner Mitbürger für deftige Geschichten zeugten, zögerte er, den Arm auszustrecken. Doch die Neugierde gewann die Oberhand, und so ergriff er einen ersten Brief. Darin war die Rede von einem »scheußlichen Kahlkopf aus dem Ognissanti-Viertel, ein zwielichtiger Notar, der auf den Namen Signore Nicolo Tinucci hört und der sich«, so hatte der Petzer geschrieben, »statt zu fasten, lieber an Linsen und vergorenem Käse gütlich tut, der gerne Rind und Hammel ißt, wegen einer Nichtigkeit in Harnisch gerät und mit einem Eichenstock auf den Rücken seiner Frau einprügelt, eines armen Weibsbilds, das man bis zum Ponte Trinità schreien hören kann«. Die zweite Denunziation, die er aufs Geratewohl herausgriff, war schwerwiegender. Darin ging es um eine gewisse »Tancia Bartolomeo, dieses schamlose Weib«, die man beschuldigte, sich die Achselhöhlen mit Kalk zu enthaaren, sich die Haare mit Destillat aus Rosenhonig zu waschen und zu färben und sich, sobald es Nacht wurde und ihr Esel von einem Ehemann eingeschlafen war, das Gesicht anzumalen, Mieder und Stützpolster zu verwenden, um ihren Busen voll und straff wirken zu lassen, sich die Haartracht mit Bändern, Perlenketten und angesetzten blonden Zöpfen zu schmücken, ihren Hals mit Schmuck herauszuputzen, sich in dünne Seide und durchbrochene Spitze zu kleiden und schließlich am Fenster ihres Palastes freche Lieder zu singen und sich auf der Laute dabei zu begleiten. Zum Schluß fügte der Denunziant noch hinzu: »Da haben wir eine, bei der man gut daran täte,

sie *ad patres* zu schicken, indem man sie unverzüglich aufknüpft und verbrennt.«
Es schoß ihm der Gedanke in den Kopf, zur Feder zu greifen, seine Schrift zu verstellen und dem Ganzen noch eine Denunziation hinzuzufügen. Das wäre so komisch gewesen, zu verraten, was er über Agnolo Bruni wußte, den Böswilligsten aus der Bande. Was für ein Gesicht würde Jacopo Masini wohl machen, der Anführer des Färberviertels, wenn er entdeckte, daß der gerissene Schurke »im Namen der Republik Christi« jene Schafsköpfe zum Singen brachte und erpreßte, die das Unglück hatten, sich von seiner Kohorte mit einem Paar Würfeln erwischen zu lassen, mit einem mit antiken Motiven verzierten Spiegel oder einem unmoralischen Buch, einem Ovid oder Tibull? Während er sich mit einem hämischen Lächeln vorstellte, wie Agnolo Bruni sich in seine eigenen Lügen verstrickte, zog seine Hand ganz mechanisch ein weiteres Papier hervor. Die Anschuldigung, die er dort las, verblüffte ihn: »Alessandro di Mariano Filipepi, allen wohlbekannt unter dem angenommenen Namen Botticelli, gehört zum Kreis der Sodomiten und wird dafür, daß er sich diesem widerwärtigen Laster hingegeben hat, ewig in der Hölle unter einem Feuerregen laufen.« Er traute seinen Augen nicht. Von allen Malern in Florenz war der Schöpfer der *Krönung der Madonna* in San Marco und der *Beweinung Christi* in Santa Maria Maggiore, obwohl er seine Themen nur allzuoft der griechischen und lateinischen Mythologie entlehnte, derjenige, der ihn am meisten beeindruckte. Die Anmut seines Pinselstriches berührte ihn, die tragische Innerlichkeit und Intensität seiner jüngsten Werke verwirrte ihn. In dieser Nüchternheit, die so weit entfernt war von den überladenen Gemälden der Vergangenheit, erkannte er dieselbe Suche nach Reinheit wieder, von der das neue Florenz geleitet wurde. Im übrigen wußte jeder, daß Fra Girolamo Botticelli, den er sehr schätzte, vor kurzem darum gebeten hatte, die Ausgabe seiner Predigten über die Kunst des guten Sterbens zu illustrieren. Sicher, der Künstler hatte einst den Medici nahege-

standen, doch heute diente er der Sache der Revolution. Warum ihn also ohne jeden Beweis der Gehässigkeit der Straßenkinder ausliefern, die genug zu tun hatten mit den bereits überführten Sodomiten und lasterhaften Seelen, von denen man die Republik säubern mußte? Nein, dieser Brief gefiel ihm ganz entschieden nicht. Er beschloß, ihn zu entfernen. Weder Jacopo Masini noch Francesco Prodenzani durften das sehen.
Nachdem er ihn wieder gefaltet hatte, warf er den belastenden Brief ins Kohlenbecken, in dem er alsbald zusammenschrumpfte, verbrannte und in Rauch aufging.

Zehntausend Gläubige, die meisten von ihnen Kinder, die wieder in ihre langen weißen Alben der Soldaten Christi gekleidet waren, drängten sich unter dem Spitzbogengewölbe von Santa Maria del Fiore. Benedetto Sermini, der lange vor Meßbeginn gekommen war, eingekeilt zwischen einem zahnlosen Lumpenträger und einem in scharlachrotes Tuch gekleideten Ritter, hatte sich in der Nähe eines Pfeilers postiert, gegenüber der Kanzel, von welcher der Prophet sprechen würde. Die Denunziationen aus der Badia hielt er in einem Sack fest umklammert. Zehn Reihen vor ihm hatte sich um Jacopo Masini, der sich durch seine Größe und die von einem Lorbeerkranz geschmückten Haare vom Rest der Kinderschar abhob, die Bande der Färber versammelt. In den drei Kirchenschiffen, die abwechselnd mit hellem und dunklem Marmor verkleidet waren, mischten sich öffentliche Beamte, Kunsthandwerker und Ladenbesitzer im Sonntagsstaat unter das Gedränge der Strumpfweber, der Flickschuster im Lederkittel, der Mönche und der Trödler, die bei dieser Gelegenheit in enge Berührung kamen mit den Schafhirten in Ledergamaschen und den Bauern mit ihren schwarzen Händen, ihren schmutzverkrusteten Beinkleidern, ihren schlichten Segeltuchkragen und ihren Kapuzen mit den herabbaumelnden Troddeln. Als die zehn Schläge der Sturmglocke erschallten und der Meßdiener, der weit von sich gestreckt das große Kreuz

Christi vor sich hertrug, an den Türen zur Sakristei erschien, war die Versammlung vor Überraschung wie versteinert. Ein tiefes Schweigen legte sich über den Rumpf und die erhabenen Adern der gewaltigen Kuppel. Der florentinische Dom kam Benedetto in seiner extremen Nacktheit noch nüchterner vor. Auf dem Pflaster hörte er die Schritte von Fra Girolamo, der, die Menge hinter dem Kreuz zerteilend, auf den Ort zuging, an dem er seine Predigt halten würde. Überwältigt von der ganzen Feierlichkeit, vergaß er den Schrecken der vergangenen Nacht und gelobte, sich einen Platz in der Streitmacht der Kinder Gottes zu sichern.

»Poenitentiam agite: appropinquabit regnum coelorum!« rief Fra Giromalo, sobald er auf der Kanzel stand. »Wer die Glückseligkeit erlangen will, muß sich bemühen, Buße zu tun. Daher verkündige ich euch ohn Unterlaß: *agite poenitentiam,* tut Buße, denn das Königreich des Himmels ist nahe …« Von dort, wo er stand, konnte Benedetto sein abgezehrtes Gesicht sehen, und seine Glutaugen, die in den Augenhöhlen rollten, während er den heiligen Matthäus zitierte, ließen ihn erstarren. Der Prediger hob die Arme zum Himmel: »O ihr Sünder, ihr Lauen und Unbeugsamen«, fuhr er mit seiner Grabesstimme fort, »ihr, die ihr erst in allerletzter Minute bereut, *agite poenitentiam!* Zögert nicht länger, denn der Herr wartet auf euch. Er spricht aus meinem Munde. Ich bin Ezechiel, der Prophet, dem Florenz gehorchen muß, damit Pest, Hungersnot und Krieg innerhalb der Mauern dieser Stadt ein Ende finden. Deine ruchlosen Taten, o Florenz, sind die Ursache all der Übel. Rotte sie aus! Gehe mit erbarmungsloser Gerechtigkeit gegen die Unreinen vor, die das Feuer der Hölle entfachen. Zum Teufel mit dem Gesetz! Ihr Richter, verurteilt jene, die sich der schändlichsten Laster schuldig gemacht haben, zum Scheiterhaufen. Und zwar ohne großes Aufhebens, schon das bloße Gerücht möge genügen und einem Prozeß und Urteilsspruch gleichkommen. Wie Josua gegenüber Achan, dem Dieb, der sich dessen bemächtigt hatte, was für

Jahwe bestimmt war, so sollt auch ihr nicht zögern: Achans Söhne, seine Töchter, seine Rinder, sein Zelt und alles, was ihm gehörte, wurden verbrannt und gesteinigt, um den Zorn Gottes zu besänftigen, und so müßt auch ihr gegenüber den Sodomiten und den schlechten Geistlichen dieselbe Strenge walten lassen. Italien wird keine Ruhe finden, bevor dieses Gesindel nicht ins ewige Feuer geworfen ist. Und so errichtet und entzündet einen Scheiterhaufen, der so groß ist, daß ganz Italien von seinem Feuer erleuchtet wird. Und die Prostituierten und Spieler, sperrt sie ins Bordell, erlegt ihnen harte Bußgelder auf, und die Gotteslästerer, durchbohrt ihnen die Zunge. Nur so kann Florenz glorreich und mächtig werden. Und was euch angeht, meine Kinder, die ich euch so zahlreich hier versammelt sehe und die ihr Gottes Erwählte seid – meidet den Tanz, die weltliche Musik und das Fechten, diese Feinde der Rechtschaffenheit, verbietet die Spiele und die Masken, betet von morgens bis abends, geht eifrig zur Beichte und zur Kommunion und nehmt euch ganz besonders vor den unreinen und koketten Weibern in acht, die den Zorn Gottes schüren. Zwingt sie, ebenso keusche Kleider zu tragen wie die Jungfrau Maria, und zaudert nicht, sonst werden die neuen Eindringlinge, die Krieg und Hungersnot mit sich bringen, euch zuvorkommen und an eurer Stelle die letzte Erlösung von den Sünden besorgen.«
Die sich in immer größere Wut steigernde Stimme drückte die Zuhörer nieder. Nur die Bengel, die man zu Hilfe gerufen hatte, wagten die Stirn zu heben. Benedetto, der den Blick von Fra Girolamo abwandte, erkannte einige wieder – etwa den Spitzbuben Agnolo Bruni, oder Ciecco, die groteske Gestalt aus dem Manelli-Turm, der sich einen falschen Buckel auf den Rücken gehext hatte, um die Vorübergehenden milde zu stimmen und ihnen die Taschen zu leeren. Während der Prophet seine Legionen ermahnte, fragte er sich, wieso die Kohorten der Viertel solche Halsabschneider in ihren Reihen duldeten, indes Jacopo Masini und Francesco Prodenzani sich beharrlich weigerten, ihn aufzu-

nehmen, obwohl er sich doch bis letzte Nacht nicht die leiseste Todsünde vorzuwerfen gehabt hatte.
Er seufzte schwer, und während er den Faden der Predigt verlor, geschah es, daß ihm vor Wut und Enttäuschung ob dieser Ungerechtigkeit die Brust schwoll.

2

In der »idealen Stadt« Florenz, wie Girolamo und seine Parteigänger sie sich nach dem Sturz der Medici ausgemalt hatten und den Bürgern aufzuzwingen suchten, war Scopone, der Pfarrer von San Remigio, eine Schreckgestalt. Sein fetter Wanst, in dem es nach dem Frühstück unablässig gurgelte, seine gelbe Gesichtsfarbe und seine Zahnstummel stießen jeden ab, der in seine Nähe kam.

Der grobe Klotz war allgemein für seine Feigheit bekannt: Schon das Knacken einer Holztäfelung ließ ihn zusammenfahren. Wenn der Ton im Viertel von Santa Croce gereizter wurde, schloß er sich schnell in seine Sakristei ein oder versteckte sich, falls ihm dazu keine Zeit mehr blieb, unter den Färberbottichen. Sodann geschah es nicht selten, daß man ihn, nachdem der Sturm sich gelegt hatte, ganz grün, rot oder lila wieder nach San Remigio eilen sah, das Gesicht in allen Farben des Regenbogens verfärbt. Um seine Haut zu retten, die nicht viel wert war, hatte der schlaue Fuchs sich als Freiwilliger gemeldet, als Fra Domenico da Pescia, der Lehre Girolamo Savonarolas folgend, beschlossen hatte, die Kinder von Florenz nach Vierteln in Gruppen einzuteilen und in Kohorten Christi zu organisieren. Um die Stadt von all ihren Lastern zu reinigen, hatte Scopone, dessen Nase feiner war, als irgend jemand vermuten würde, die Fahne der wiedergefundenen Tugend geschwenkt. Im Januar hatte er beim Klang der Querpfeifen Girolamo Bardi und eine Handvoll brotloser Bälger nach San Marco geführt, wo Fra Domenico, beeindruckt von diesen Engeln in der Albe, auf der Stelle den Entschluß gefaßt hatte, ihm die Betreuung der Miliz des Färberviertels zu übertragen.

Seither tat Scopone, sofern es ruhig zuging auf der Straße, sich wichtig. Auf der Kanzel warf er sich in die Brust und zitierte den heiligen Dominikus. Im Beichtstuhl erlegte er seinen Pfarrkindern unzählige Bußübungen auf, ließ sie fasten und sich kasteien. Bei jeder Gelegenheit brüstete er sich damit, daß man ihn in San Marco aufgenommen hatte, wo Fra Girolamo, so behauptete er, ihn bereits dreimal um seine Meinung bezüglich der Organisation der Kinderkohorten gebeten hatte.

An diesem Morgen, kurz nach der Vesper, hatte es der gute Pfarrer, dessen leere Eingeweide knurrten, eilig. Denn seit dem Nachmittag war er sich nicht mehr sicher, ob seine neue Dienerin Mirandola, deren Rundungen genau an den richtigen Stellen saßen, die aber eine recht gedankenlose Person war, sich wohl in der Kunst bewähren würde, die *torta* zuzubereiten, die er zum Abendessen zu verspeisen gedachte. Der Unglückliche machte sich Sorgen: Hatte die Matrone auf dem Markt auch Zimt und Muskatnuß bekommen, an denen es im Pfarrhaus fehlte? Hatte sie, so ganz ohne Aufsicht, die beiden fleischigen Hühnchen, die er am Vortag eigenhändig in schwimmendem Fett gebraten hatte, auch mit der nötigen Geschicklichkeit entbeint? Und hatte sie sie auch klein genug gehackt, so daß sie sich zu einem überaus feinen Fleischmus verarbeiten ließen, das einem sogleich im Munde zerging? Heiliger Strohsack! So viele Fragen, es war unerträglich! Er riß sich sein Meßgewand herunter, entledigte sich seiner Stola und warf sein Chorhemd über einen Betschemel.

Als er zur Tür der Sakristei eilte, wurde er in seinem Schwung gebremst, als er Nase an Nase mit Jacopo Masini, Francesco Prodenzani und einem anderen Jungen, der nicht zur Bande gehörte, zusammenstieß.

»Guten Tag, Pfarrer«, sagte Jacopo, »wir bringen dir schöne Neuigkeiten!«

»Guten Tag …«, brummte der Vikar, verärgert über dieses unerwartete Hindernis.

Dreister denn je schmiß der Bengel einen kleinen Leinensack auf den Tisch, genau vor den Fuß eines großen silbernen Ziboriums.

»Schau dir das bloß an, Pater! Ein wunderbarer Fischzug!«

Scopone wühlte mit dem Finger im Sack herum. Mit zusammengekniffenen Lippen zog er eilig ein bekritzeltes Stück Papier hervor. Ach! Wenn diese Elenden wenigstens auf die Idee gekommen wären, ihm ein paar Rezepte mitzubringen, zum Beispiel das für den mit Möhren der Saison gefüllten Kapaun, der in Rom solche Furore machte, oder das Rezept für die mit Muskatnuß und süß-sauren Gewürzen zubereitete Bouillon aus Hammelbauchfleisch, die den Kuhbauern aus Siena so gut zu schmecken schien ... Aber nein, in ihrem Alter wußte man die feinen Tafelfreuden noch nicht zu schätzen, und außer dem Zuckerbrot, das sie auf den Märkten stahlen, mochten und kannten sie nichts von all dem, was gut war. Der arme Pfarrer seufzte. Er warf einen glasigen Blick auf den Brief. »Fiora Torella«, las er, »träumt davon, sich von einem Neger begatten zu lassen ...«

»Was ist denn das?« entfuhr es ihm. »Wer ist Fiora Torella?«

»Nimm einen anderen!« erwiderte Jacopo Masini, »dann wirst du verstehen.«

Der Pfarrer zuckte mit den Schultern – Mirandola dürfte jetzt gerade dabei sein, das Hühnchenfleisch zu Würstchen zu rollen, zusammen mit den Zwiebeln, den Eiern, der Petersilie und der nötigen Prise Safran ...

Der nächste Brief, den er widerwillig aus dem Sack zog, war dreimal gefaltet. Diesmal ging es um einen gewissen Carlomino Presca aus dem Dorf Fiesole, der, so wurde behauptet, bei sich zu Hause die komischen Verse des Caecilius Statius aufbewahrte sowie zwei Manuskripte von Terenz: *Der Selbstquäler* und vor allem *Der Kastrat,* eine derbe Posse über das Übel der Jugend, zudem von Hand illustriert mit verbotenen Stellungen und Gebärden ... Scopone warf Jacopo, der vor Ungeduld mit den Füßen stampfte, einen fragenden Blick zu.

»Wo ist das her?« fragte der Pfarrer mit düsterer Stimme.

»Aus der Badia«, antwortete der Anführer der Kinderbrigade. »Der hier, Benedetto Sermini, hat heimlich die Schatulle mit den Denunziationen entwendet und hergebracht.«
Während er in Gedanken bei den drallen Händen von Mirandola weilte, die die Datteln und Mandeln zwischen die Teigschichten bettete, mit denen seine *torta* umhüllt werden sollte, nickte Scopone schwerfällig mit dem Kopf. Jener Benedetto Sermini, von dem die Rede war, hielt sich im Hintergrund. Er mochte fünfzehn oder sechzehn Jahre alt sein. Er sah ganz nach einem Hungerleider aus. Obwohl er recht groß war, schien er doch weder besonders kräftig noch besonders mutig zu sein. Gleichwohl, sein klarer Blick war lebhaft, und, so bemerkte der Pfarrer, sein eckiges Kinn zeugte von einer gewissen Charakterstärke.
»Laßt das hier, ich kümmere mich darum.«
»Wir sind da auf ein ganz verfluchtes Luder gestoßen!« erwiderte Francesco Prodenzani. »Tancia Bartolomeo ist ihr Name, ein ganz lasterhaftes Früchtchen, deren Glut wir gerne ein bißchen abkühlen würden.«
»Gut so!«
»Morgen wird Benedetto Sermini ihr beibringen, was Bescheidenheit ist. Sie hat die Syphilis, rasiert sich die Körperhaare und spielt Laute, ihr Geist ist verdorben.«
»Warum wollt ihr denn ihn schicken, wo wir ihn gar nicht kennen?« wunderte sich der Pfarrer.
»Um herauszufinden, was er wert ist!«
»Er hat die Schatulle mit den Denunziationen gestohlen, das hat noch keiner getan ...«
»Das genügt nicht! Ob einer in der Badia stehlen geht oder Jesus Loblieder singt, das kommt aufs gleiche raus, das beweist nichts!«
Zur Stunde dürfte Mirandola grade die mit Schweinefleisch und Schinken gefüllten Ravioli mit dem Ingwer und den Nelken würzen ... Scopone entfuhr ein Rülpser. Seine leeren Eingeweide blähten sich in seinem hohlen Bauch, der nichts zu essen bekam.

Er mußte sich entscheiden: entweder die Schar ungehindert tun lassen, was ihr gefiel, oder sich sein vorzügliches Abendessen verderben lassen. Jacopo Masini blickte ihn unverwandt an, er mochte es nicht, wie dieser Junge ihn anstarrte. Er hätte ihn nie zum Anführer ernennen dürfen! Das war ein wahrer Gottbesessener. Ihm zu widersprechen hieße, sich auf eine endlose Diskussion einzulassen. Es würde bedeuten, die letzten Handgriffe bei der Zubereitung seiner *torta* einem unerfahrenen Mädchen zu überlassen, ihr ohne Aufsicht die Aufgabe zu übertragen, das gefüllte Backwerk auf die glühenden Kohlen zu legen ... Und der andere Halunke da, der Dieb aus der Badia, bekam die ganze Zeit über den Mund nicht auf und sah neben Jacopo und Francesco Prodenzani aus wie ein Schaf. Ihn ganz allein als Inquisitor zu einem so schamlosen Weib zu schicken, wozu sollte das gut sein? Herrje! Armer Pfarrer, es kam ihm so vor, als könnte er den verbrannten Teig schon riechen.
Er richtete sich auf, um dem Ganzen ein Ende zu machen, schob seinen Bauch vor und fragte Benedetto mit möglichst dröhnender Stimme:
»Warum willst du dich denen da anschließen? Warum willst du der Truppe beitreten? Weißt du nicht, daß man da ganz schön üble Hiebe abbekommen kann?«
»Es braucht Mitstreiter, um den Regeln der Gerechtigkeit zum Sieg zu verhelfen! Hiebe machen mir nichts aus, mein Wunsch ist es, daß Christi Herrlichkeit in Florenz obsiegen möge!«
Überrascht von soviel Eifer, entfuhr Scopone ein Grunzen.
»Nehmt euch ein Beispiel an ihm, ihr Burschen!« bemerkte er. »Er hat recht: Wie können gar nicht zahlreich genug sein. Mag er hingehen zu eurer Metze! Aber nicht ganz allein, er soll Girolamo Bardi mitnehmen, und anschließend soll er mir berichten kommen, was er gefunden hat. Und jetzt geht nach Hause! Es ist an der Zeit, daß ich mit Gott Zwiesprache halte, für euer Seelenheil.«
Sobald die Jungen gegangen waren, eilte Scopone in sein Pfarr-

haus. In der Küche fand er Mirandola. Mit ihren streng nach hinten frisierten Haaren, ihren geröteten Wangen und diesem leichten Anflug eines Schnurr- und Backenbartes, der ihrer Physiognomie zwar vollends jede Anmut nahm, ihr dafür aber etwas Beruhigendes gab, überwachte sie das Backen der *torta.*

»Hast du auch nichts vergessen?« warf ihr der Pfarrer außer Atem zu. »Den Safran? Hast du an den Safran gedacht, den Ingwer, die Gewürznelken? Hast du auch alles schön sorgfältig entbeint, und das Fleisch, ist es fein genug gehackt? In welcher Reihenfolge bist du vorgegangen, und hast du auch alles richtig abgewogen? Und das Feuer, du Unglückselige? Ist es auch nicht zu heiß? Und die Glut? Ist sie nicht zu rot?«

Mit funkelnden Augen warf sich die Matrone in die Brust und gab ein Gurren von sich, das Scopone vollends in Erregung versetzte. Indem sie spielerisch mit dem Hinterteil wackelte, das kräftig und breit geraten war, ging sie vom Feuer zum Gewürztopf. Und dann, mit einer anmutigen und gebieterischen Drehung der Hüften, überpuderte sie die Kruste mit Zimt und Muskat. Sie schien zu strahlen.

3

Es hatte aufgehört zu regnen, und ein plötzlicher Wärmeeinbruch trieb die Leichtsinnigsten auf die Straßen von Florenz. Wie zur Zeit der Medici war auf dem Mercato Vecchio, sobald die Nacht einfiel und man allenthalben Stände abbaute und Waren auf Handkarren lud, ein Gelärm von lustigen Schwänken und hitzigem Gezänk zu hören. Die erleuchteten Fackeln, die man an den Mauern der alten Paläste befestigt hatte, warfen ihr Licht auf diesen zusammengewürfelten Haufen, auf die Marktschreier, die Schmiede, die Notare, die Tuch- und Viktualienhändler, die Bildhauer, die Dichter, die ihre Verse aufsagten, die Juden und Bankiers, die fußlahmen Bettler, die ihre Wunden zur Schau stellten, die Hungerleider und Krüppel, die der großen Masse ihre geschwollenen und verstümmelten Gliedmaßen vorführten, die Quacksalber mit ihren Wundersalben und die Ärzte, die sich meisterhaft darauf verstanden, mit dem Trepan umzugehen, spezialisiert auf die Analyse von Urin und das Ausbrennen von Hämorrhoiden mit dem rotglühenden Eisen. Die Garden des Podestà, Heerführer, Hellebardiere und lanzenbewehrte Reiter, beobachteten diesen Pöbel, der es aus Angst vor den *arrabiati*, den Gegnern Fra Girolamos, kaum abwarten konnte, nach Hause zu eilen und sich zu verbarrikadieren. Wie jeden Abend bereiteten sich die Hüter der neuen Republik darauf vor, das Viertel der Signoria in Besitz zu nehmen, in das sie nach der Stunde des Abendmahls niemanden mehr hineinlassen würden.

Für Benedetto Sermini, rechts und links flankiert von Girolamo Bardi und diesem Rotzlöffel Anselmo Sacchetti, war der Augenblick gekommen, Tancia Bartolomeo zu überraschen, die sich ge-

wiß schon wieder in feine Seide gekleidet und mit Zöpfen, Bändern und Halsketten herausgeputzt hatte.
Gemeinsam bogen die Jungen in die Via Orsanmichele ein. Auf ihren weißen Gewändern trugen alle drei das leuchtendrote Kreuz der Kindermiliz. Als sie gerade in die Via dell' Arte della Lana einschwenken wollten, stieß Benedetto, der schon ganz weiche Knie hatte bei dem Gedanken an das, was er mit dem Segen von Pfarrer Scopone gleich zu tun gedachte, mit einem Pfarrer zusammen, der den Leuten gegen ein paar Münzen eine Ampulle mit dem Blut von Bischof Barnabas zeigte. »Zum Teufel noch mal«, fluchte der Vikar, aus dem Gleichgewicht gebracht. »Bist du blind, du elender Hornochse, daß du mich anrempelst, wo ich heilige Reliquien trage?«
Ohne sich umzudrehen, gefolgt von dem Lachen Anselmo Sacchettis, vorwärts gedrängt durch einen Klaps auf den Rücken, den ihm Girolamo Bardi versetzte, verschwand Benedetto geschwind in der Via dei Lamberti, wo Tancia Bartolomeo wohnte.
Das Haus der Schönen erhob sich zwischen zwei strengen, zur Hälfte befestigten Bauwerken. An der Fassade wurden, gemäß einer neuen Vorliebe der Architekten, die vorspringenden behauenen Steine mit jedem Stockwerk kleiner. Es war die Art von Wohnhaus, in der die wohlhabenden Familien saßen und den »Wonnen« der Demokratie nachtrauerten. Girolamo bearbeitete die Tür mit Fausthieben: »Öffnet der Kohorte Christi!« brüllte er. Das Knarren eines Riegels, der aufgezogen, das Schleifen einer Eisenstange, die angehoben wurde, beruhigten Benedetto wieder, denn die Nähe der Garden, die für die öffentliche Ordnung zu sorgen hatten, hatte ihn unruhig werden lassen. Gott sei's gelobt! Man hatte sie gehört, ohne daß sie das ganze Viertel hatten aufschrecken müssen. Eine Frau reifen Alters streckte die Nase heraus. Sie wurde beiseite geschoben. Schon durchquerten die drei Teufel die Gewölbe der Vorratshallen im Untergeschoß, eilten auf die große Treppe zu, stürzten sich in die Empfangsräume,

wo sich der Hausherr, in der Nähe eines Kamins in eine Decke gehüllt, bereits zur Nachtruhe begeben hatte.
»Wo ist Tancia Bartolomeo, diese Blume an Tugend und Schönheit?« machte sich Girolamo Bardi vernehmlich.
Der Gatte, ein alter Tattergreis, der offenbar schon seit geraumer Zeit das Alter überschritten hatte, in dem man zur Liebe fähig ist, tat erstaunt. Während er, zusammengesunken in seinem Sessel sitzend, seinen Speichel hinunterschluckte, betrachtete Benedetto mit heißem Kopf die Wandbehänge, die bemalten Truhen, die mit geschnitztem Balkenwerk und vergoldeten Motiven verzierten Decken ... Vielleicht würden seine Zeichnungen und Fresken ihn auch einmal dahin bringen, in einem solchen Haus zu wohnen, und dann würde auch er inmitten geschnitzter Paneele und kostbarer, reichverzierter Möbel leben ... Der Alte, der ihn seine Einrichtung mustern sah, warf ihm einen flehenden Blick zu. Benedetto, der es gewohnt war, daß man ihn nicht beachtete, fühlte sich dadurch ganz seltsam berührt: Es war das erste Mal, daß er ein Haus wie dieses hier betrat, und der Mann, der in diesem Palast wohnte, zitterte vor ihm! Sein Herz wurde erfüllt von einem Gefühl der Stärke und Macht, doch zugleich ließ aus dem tiefsten Innern seiner Seele eine unbekannte Wollust seine Wangen erglühen und machte ihn schaudern.
»Bei Christus, wirst du uns wohl sagen, wo dein Täubchen sich verbirgt?« rief Girolamo Bardi, dem plötzlich das Blut in Wallung geriet.
»Wo sollen wir dich hinspucken lassen, du zahnloser Alter?« setzte Anselmo Sacchetti, diese Pest, hinzu.
Der Hausherr kauerte sich in seinem Sitz zusammen, als habe er hundert Stockschläge bekommen. Benedetto war erstaunt, wie er so vor diesem pergamentartigen Gesicht stand, diesen ausgedörrten Lippen, diesem offenstehenden Mund. Wie ging das an, daß man vor drei Kindern eine solche Angst haben konnte? Hielt er sie für Dämonen? Vielleicht hatte sein Verstand durch seine Krankheit ja auch Schaden genommen ... Dieser entzündete Fu-

runkel auf seiner Schläfe, war das nicht das Zeichen für ein böses Fieber? Und was sollte man von dem Spucknapf zu seinen Füßen halten, der bis oben hin mit Sägemehl gefüllt war? Und von dieser dampfenden Brühe, die man neben ihn auf einen Schemel gestellt hatte? War das etwa kein Heilmittel, was er da gerade schlürfen wollte? Der Mann hustete ... Ein Zweifel schoß Benedetto in den Sinn: Vielleicht war es nur ein Trick, daß er sich aufführte wie ein Todkranker, nur eine dieser Lügen, wie die Feinde der Republik sie anwandten.

»Um dir die Zunge zu lockern, werden wir den Rest der Kohorte rufen!« schrie Girolamo Bardi, der dem siechen Alten keine Atempause gönnte.

»Und dann drehen wir dir den Sack lang, bis wir sie gefunden haben, deine Gattin«, setzte Anselmo Sacchetti hinzu.

Von Todesangst gepackt, riß das erbärmliche Individuum weit die Augen auf. Nein, bedeutete er, indem er mit dem Kopf wackelte. Mit Mühe seinen Speichel hinunterschluckend, hob er seine abgezehrte Hand und wies auf das obere Stockwerk. »Ha, ha, ha ...«, lachte Anselmo höhnisch. Benedetto, dem nicht wohl bei der Sache war, wenn er sich auch von seinem Mitgefühl nicht erweichen lassen wollte, wandte sich ab. Girolamo zog ihn rüde am Schoß seines Gewandes und zerrte ihn ins obere Stockwerk. Sie fanden Tancia Bartolomeo in ihrem Zimmer auf einem riesigen Bett sitzend. Statt Laute zu spielen, bestickte sie ein Taschentuch. Enttäuscht stellten die Burschen fest, daß sie ein Kleid aus dunkelblauem Taft trug, geschmückt mit schlichtem vergoldeten Zierat. Zwar waren die Schultern entblößt, doch ihre Kleidung war züchtig. Anselmos Hohnlachen verstummte, und Girolamo verschlug es die Sprache. Wo waren die Perlenkolliers, die durchbrochene Spitze und das gepolsterte Mieder, von denen in der Denunziation aus der Badia die Rede war? Als die junge Frau, deren Züge recht gewöhnlich waren, die Eindringlinge erblickte, blieb ihr der Mund offenstehen. Entgegen aller Erwartung hatte sie eine frische Gesichtsfarbe, ihre Augenbrauen waren nicht gezupft, und weit davon entfernt, der Natur nachhelfen zu wollen, hatte sie weder ihre bleichen Wangen geschminkt noch sich die schmalen, zartrosa Lippen angemalt. Einmal abgesehen von ihrer blonden Haarpracht, schienen weder ihre Kleidung noch ihre Haltung von der Art zu sein, die junge Männer auf der Suche nach geheimen Liebschaften anlockt. Es sei denn, sagte sich Benedetto, daß sie, gerissen wie alle ihres Schlages, ihren Makel hinter einer ganz und gar damenhaften Arglosigkeit verbarg …

»Wo sind deine Spiegel, und wo ist deine Schminke?« rief er, während die beiden anderen noch unschlüssig waren, wie sie sich verhalten sollten. »Und deine Zöpfe? Und deine Laute?«

Tancia Bartolomeo gab keinen Mucks von sich. Der Christus am Kreuz, der über ihrem Bett hing, schien über sie zu wachen, desgleichen die aus emailliertem Ton gefertigte Statue der heiligen Jungfrau, die zwischen zwei Friesen in einer Nische stand.

»Und deine Liebhaber?«, warf Girolamo erzürnt ein, »wo hast du sie versteckt? In deinen Schränken?«

»Du kennst weder Furcht noch Scham, Tancia Bartolomeo – wir wissen Bescheid! Es ist sinnlos, dich zu verstellen!«

Die beiden Burschen wurden nervös. Als er spürte, daß er drauf und dran war, die Herrschaft über die Lage zu verlieren, stürzte Benedetto sich auf die Sitztruhe. Er hob den schweren Deckel und durchwühlte mit beiden Händen und beiden Armen den Trödelkram. Er warf den Tand kreuz und quer auf den Boden, ein paar Garnknäuel, ein Radiermesser, eine Schere, zehn in ein Tuch gewickelte Kerzen, einen Federwisch zum Deckenabstauben, einen alten mottenzerfressenen Umhang, einen zerfetzten Blasebalg, ein Banner aus Seide, das sich auf dem Boden aufrollte und die Wappen der Familie Bartolomeo zum Vorschein kommen ließ, rot und himmelblau auf goldenem Grund, eine Holzpantine, einen Roßhaarbesen, einen Polierstein aus Achat, eine Mörserkeule, eine Handvoll Nägel, einen schlecht und recht ausgebesserten Holzkrug … Anselmo Sacchetti krümmte sich vor Lachen. Benedetto trieb die Enttäuschung die Röte ins Gesicht.

»Hör auf, Anselmo, halt's Maul!« blaffte er den schamlosen Kerl an, der nun, als er ihn so mit hängenden Armen und seiner von grauem Staub überzogenen Albe dastehen sah, erst recht losprustete.
Er stürzte sich auf die andere Truhe, die mit bemalten Holztafeln verziert war. Diesmal hatte er mehr Glück: Er fischte Zopfbänder und Kragenbesätze aus Spitze heraus. Als er zwei Kämme und einen Handspiegel aus Elfenbein hervorzog, stieß er einen Siegesschrei aus. Dem folgten noch eine Brennschere für die Locken, ein Parfümfläschchen und ein Ring, der in mehrere Lagen feinen Tuches aus Cambrai gewickelt war.
»Verbrennt's! Verbrennt's!« brüllte Anselmo, der röhrte wie ein Verschnittener.
»Seht mal her, was ich hier habe!« schaltete sich Girolamo ein, der gerade die Tür der mit figürlichen Einlegearbeiten verzierten Kommode geöffnet hatte.
Stolz schwang er mit ausgestreckten Armen die Maske eines pausbackigen Amors, die man früher, als der Karneval noch nicht verboten war, zum Verkleiden genommen hatte.
»Verbrennt's! Verbrennt's!« ließ sich Anselmo wieder vernehmen und stürzte sich auf den unerlaubten Putz, um ihn in den Kamin zu werfen.
Benedetto versperrte ihm den Weg. Der andere setzte sich mit trotziger Wut zur Wehr. Benedetto mußte ihn mit einem Klammergriff an der Taille packen. Es überkam ihn eine unbändige Lust, diesem Hammel ein paar Maulschellen zu versetzen.
»Du elender Windbeutel! Das müssen wir alles dem Pfarrer bringen! Was hätten wir denn sonst für Beweise, mit denen wir sie an den Galgen liefern könnten?«
Anselmo machte sich los. Er war so in Harnisch geraten, daß er Tancia Bartolomeo ins Gesicht spuckte.
Der jungen Frau lief eine Träne über die Wange.
»Hat man dir nie gesagt, du geile Metze, daß du in der Hölle schmoren wirst?« schrie Girolamo.

Ohne zu warten, stopfte Benedetto Kämme, Spiegel, Bänder, Spitzen, Ring, Maske, Parfüm und Lockenstab in den Sack, den er mitgebracht hatte. In einem Anfall von Raserei schleuderte Anselmo die Statue der heiligen Jungfrau zu Boden, wo sie in drei Stücke zerbrach. Der bemalte Kopf, der einen sanften und mitleidsvollen Ausdruck hatte, rollte unters Bett.
»Wir kommen wieder!« Mit Hilfe von Jacopo und den anderen griff Benedetto erneut ein und zog den aufgebrachten Jungen am Arm davon. »Doch zuvor müssen wir alles dem Pfarrer berichten und die Befehle Fra Domenicos entgegennehmen.«

Wie er so an seinem Tisch saß, auf dem er nach dem Abendessen sein präpariertes Zeichenpergament ausgebreitet hatte, war es Benedetto, als sei er der Mittelpunkt der Welt. Und diese Welt hier, in dem niedrigen Zimmer seines armen Hauses, hatte mit dem Zimmer von Tancia Bartolomeo rein gar nichts gemein: Der Boden war nicht aus Stein, sondern aus gestampfter Erde; die Wände waren nicht mit Wandteppichen behangen und mit Fresken verziert, auf denen geometrische Figuren aus Vierecken und Rauten mit buntkolorierten Blumenmotiven abwechselten, sondern bestanden aus nackten Ziegeln und wurmstichigem Holz; die Betten waren nicht monumental und in jeder Ecke mit Pfosten aus gedrechseltem Eichenholz verziert, sondern bloß elende, mit Stroh und getrocknetem Laub gefüllte Tuchsäcke. Trotzdem nagte ihm weder Neid noch Mißgunst, die er so gut kannte, am Herzen. Im Augenblick focht ihn das groteske Mißverhältnis zwischen dem Reichtum der einen und der Armut der anderen, die auf den Ruf von Fra Girolamo halb Florenz in Aufruhr gebracht hatten, nur wenig an. Einmal davon abgesehen, daß er die Gewißheit in sich trug, dieses stinkende Loch eines Tages zu verlassen, war dies für ihn gerade wieder ein Augenblick der Erfüllung, einer dieser Abende, an denen er sich an der Präzision berauschte, mit der er die Bilder, die ihm durch den Kopf gingen, aufs Pergament brachte.

»Wer ist diese hübsche Dame?« fragte Ippolita-Maria, seine kleine Schwester, die sich an seiner Seite an ihn schmiegte.
»Sie heißt Tancia.«
»Kennst du sie?«
»Ich bin ihr heute begegnet.«
»Ist das der Grund, daß du sie zeichnest? Weil du sie gesehen hast und weil du dich an sie erinnern willst, auch wenn sie gar nicht da ist?«
»Ja, und auch weil Girolamo Bardi sich an sie erinnern muß, und damit andere, die ihr nie begegnet sind, sie wiedererkennen können …«
»Wozu?«
Er zuckte die Schultern. Wie sollte er der kleinen Rotznase erklären, daß ihm die Idee, diese Frau zu zeichnen, nur gekommen war, weil er sie öffentlich anprangern wollte? Er legte das zugespitzte Reißblei zur Seite, verwischte mit dem weichen Inneren des Brotes die grauen Striche, die es hinterlassen hatte, und indem er ganz zart den Druckspuren auf dem Papier folgte, begann er mit der tintengetränkten Feder den Umriß der hohen Stirn Tancia Bartolomeos nachzufahren. Anschließend zog er, zufrieden mit seiner Arbeit, den Schwung ihrer Brauen nach und betonte die Rundung ihrer Pupillen. Daß er ihren Gesichtsausdruck und ihre Züge ganz instinktiv genau getroffen hatte, gab ihm Zuversicht. Mit etwas sicherer Hand folgte er der Linie der etwas zu lang geratenen Nase und verweilte bei den dünnen Lippen. Während die ganze obere Hälfte seines Papiers von ihren über die Schultern wallenden Haaren und ihrer halbentblößten Brust eingenommen wurde, bekam Tancia Bartolomeo in dem ausgeschnittenen Taftkleid allmählich Leben. Auch wenn der Arm zu lang geraten war, denn er ging bis über die Mitte des Oberschenkels, schienen die Proportionen doch zu stimmen. Nur die Rundungen waren nicht weich genug. Auch betrübte es ihn, daß er dem Blick kein lasterhaftes Leuchten zu verleihen vermochte, doch die Angst, der Wahrheit nicht mehr ganz ge-

recht zu werden, hielt ihn zurück. Daß die Metze wie ein verlorenes Mädchen wirkte, erstaunte ihn nicht, denn so hatte er sie gesehen. Im übrigen war ihr Kleinmädchengesicht gar nicht so hübsch. Offenbar wurde die Begierde der Männer mehr von ihrem Bedürfnis entfacht, unbekannte Länder zu erforschen, als von ihrem Hunger nach Frische und Anmut.

Um der Zeichnung den noch fehlenden exemplarischen Charakter zu geben, kam ihm der Gedanke, Tancia Bartolomeo etwas Gequältes zu geben. Er stellte sich vor, wie sie in einen verruchten Ort voller gehörnter Teufel und grauenerregender Harpyien gesperrt war. Doch da er sich davor fürchtete, diese abscheulichen Bilder darzustellen, begnügte er sich damit, die lodernden Flammen des Höllenfeuers zu zeichnen. Unter dem Reißblei züngelte die Flamme an dem Taftkleid empor, schlängelte sich hinauf, als entstamme sie einem Scheiterhaufen, und stieg bis zur Taille der jungen Frau empor ... So war es nicht besser. Jetzt wirkte Tancia Bartolomeo wie ein Opfer.

Benedetto verübelte es sich, daß er ein so mitleidiges Herz hatte. Jacopo hatte recht: Er trug nicht genug Haß in sich. Als er zweifelnd sein Werk begutachtete, hallte ihm Anselmo Sacchettis Hohnlachen im Schädel nach. Für einen kurzen Augenblick hatte er den Besessenen wieder vor Augen, wie er die Statue der Jungfrau Maria zerbrach ... Und dann hatte dieser räudige Hund ihn auch noch bis aufs Blut gebissen! Was hätte er wohl sonst noch für Schandtaten vollbracht, wenn er ihn nicht mit Gewalt fortgezogen hätte? Auf der Straße war sein Zorn wieder verraucht, doch er würde beim geringsten Anlaß wieder aufflammen. Mit einer solchen Wut im Bauch loszuziehen, bedeutete das etwa, der Sache Fra Girolamos zu dienen? Benedetto beschloß, Scopone in dieser Sache um Rat zu fragen ...

»Ist sie jetzt fertig, deine Zeichnung?« fragte Ippolita-Maria.

»Ja, fast«, seufzte der Junge.

»Warum malst du Feuer um die schöne Dame?«

»Weil sie in der Hölle ist.«

»Schaut sie deshalb so traurig aus?«
»Ja, und dann auch weil … weil man ihr weh getan hat.«
»Wer denn? Girolamo?«
»Das ist nicht wichtig«, antwortete er und rollte seine Zeichnung zusammen, »sie hat es verdient. Und außerdem, wenn etwas bereits getan ist, ist es sinnlos, sich noch weiter zu quälen.«

4

Domenico *Buonvicini da Pescia,* der erste Anhänger Fra Girolamos und wichtigste Ziehvater der Kinderkohorten, wußte nicht mehr, welche Entscheidung er treffen sollte. Auf Knien vor der Freske der *Darstellung Jesu im Tempel,* die Fra Angelico auf die Wand seiner Zelle gemalt hatte, quälte er sich mit den schlimmsten Befürchtungen. Einmal davon abgesehen, daß er seit den ersten Kälteeinbrüchen wieder husten und spucken mußte, hatte er seit Anfang des Monats die dunkle Ahnung, daß schon bald eine Falle über der Republik zuschnappen würde. Gewiß, Fra Girolamo hatte die neue Signoria, die zwei Wochen zuvor gewählt worden war, auf seiner Seite, und die Unterwanderung der Justiz- und Gemeindeverwaltung, die nach dem Sturz der Medici erfolgt war, trug nun ihre Früchte. Seit September verhielten sich die Aufwiegler, die die Rückkehr von Parlament und Demokratie forderten, so still, als würden sie sich geschlagen geben. Selbst die Franziskaner von Santa Croce, die seit zwei Jahrhunderten ihre Rivalen im Predigeramt waren, schienen sich nur noch mit halblauter Stimme zu äußern. Doch ach! Die materielle Lage der kleinen Leute hatte sich unterdessen verschlechtert. Daß sich auf dem Kornmarkt nur zweihundert Arme versammelt hatten, um gegen die Erhöhung des Brotpreises zu protestieren, verhieß nichts Gutes. Es sah aus, als hätte der Rest, eingeschüchtert von der Polizei, es vorgezogen, heimlich neue Kräfte zu sammeln … In dieser ungewissen Zeit, in der das Schicksal der Republik in der Schwebe lag, war Domenico da Pescia durch nichts zu beruhigen, nicht einmal durch die Lektüre des heiligen Thomas von Aquin oder durch die Fortschritte, die er dank seinen Studien und seiner Einkehr in der Erkenntnis

der Wahrheit gemacht hatte. In der Überzeugung, seherische Gaben zu besitzen, rechnete er beim Gedanken an das nächste Jahr schon mit dem Schlimmsten.
Die Qualen und Entbehrungen ließen seine Züge immer düsterer werden, und sein Heiligengesicht wurde zusehends ausgemergelter.
Viele im Kloster machten sich Sorgen. Man behauptete gesehen zu haben, wie er sich, als er allein war, mit dem Rücken an einen Klosterpfeiler gelehnt oder in einen düsteren Winkel der Vorhalle gekauert habe, mit geschlossenen Augen, offenem Mund und weit aufgerissenen Nasenflügeln. »Erwachet! Eure Revolution schläft ein!« hatte er eines Morgens im Chor von San Marco geschrien, als gerade die Beichte abgenommen wurde und die öffentlichen Gebete stattfanden. »Seht euch doch an: vollgefressen, wie ihr seid! Euch haben die Müdigkeit und die Selbstgefälligkeit gepackt!« Seither befürchteten die Vernünftigsten unter denen, die ihn gesehen hatten, er könnte sich von einer neuen Laune hinreißen lassen, wie an jenem Tag im September, als er vorgeschlagen hatte, man solle ein Grab öffnen lassen, in dem seit vierzig Jahren ein Leichnam ruhte, als Prüfung, damit sie alle sehen könnten, ob ein Abgesandter Fra Girolamos oder ein Stellvertreter seiner Gegner den Toten zum Sprechen bringen würde. Zum Glück hatte, ohne daß es notwendig gewesen wäre, die Sache weiter zu treiben, dieser wahnwitzige Vorschlag genügt, um das Volk zu überzeugen, daß die Leute von San Marco im Besitz der Wahrheit waren. Und dabei hatten es alle bewenden lassen.
Während er, verstrickt in seine eigenen Befürchtungen, derzeit keine skurrilen Ideen mehr vorbrachte, hatte er wieder das Büßerhemd angelegt, und bei Tisch begnügte er sich, sowohl als Bußübung als auch für die Gesundheit seiner Lungen, mit Kichererbsen, die mit weißem Zucker zu Mus zerdrückt und in Ziegenmilch gegart waren. Und so saß er, statt sich an den göttlichen Speisen zu laben, die San Marco täglich neben anderen

Gaben gespendet bekam, im Refektorium bei seinen Dominikanerbrüdern betend vor leerem Teller. Wenn jene, die seinen früheren Tatendurst kannten, ihn nach den Gründen für seine Niedergeschlagenheit fragten, antwortete er mit zitternder Stimme mit einem Zitat des Propheten Jesaja: »Wir haben nichts erreicht. Wir brachten dem Land keine Rettung. Schande über uns, wir waren schwanger und lagen in Wehen; doch als wir gebaren, war es ein Wind.«

An jenem Morgen des ersten Adventssonntags wurde er von heftiger Angst befallen, als er zu den Kohorten der Färber ging, die sich im Refektorium von San Marco versammelt hatten. Dort, zwischen den Tischen, unter der großen Freske des Jüngsten Gerichts, inmitten der Haufen von Gegenständen, die man von den Feinden der Erneuerten Kirche konfisziert hatte, warteten zweihundert Kinder auf ihn. Mit vor Wollust funkelnden Blicken drängten sich Anführer, Ratgeber, Inquisitoren und Patrouillengänger um den dicken Scopone, ihren Pfarrer, um ihm ihre Trophäen zu zeigen. Er musterte sie, diese lockenköpfigen Strolche, ausgebüxten Schuljungen oder Halbwüchsigen, die bereit waren, sich in der Sünde zu suhlen. Gleich zu Beginn verkündete er ihnen mit vor Zorn grollender Stimme:

»Ihr bringt mir Spiegel, Spitzen, Parfüm und Masken. Zu meinen Füßen häuft ihr noch dazu Schmuck, Schminke, Bänder und blonde Zöpfe auf, aber habt ihr mir nichts Neues vorzuweisen? Wißt ihr denn nicht, daß wir andere Dinge brauchen, um das Volk von Florenz wieder munter werden zu lassen? Die Meute steht kurz vor dem Ausbruch, sie wird hinwegfegen, was wir errichtet haben, und ihr – ihr macht weiter, als wäret ihr von niemandem gewarnt worden!«

Unter den Zuhörern gaben selbst Jacopo Masini, Francesco Prodenzani und Marcuccio Brandi, obgleich sie stolz auf die Beute waren, die sie angeschleppt hatten, keinen Mucks von sich. Was Scopone anbelangte, der verantwortlich war für diese Versammlung von Besitzlosen, Gaunern und Erleuchteten, so wäre er am liebsten im Erdboden versunken, wo es vielleicht, sofern er nicht bis in die Hölle fahren müßte, noch ein paar warme Verstecke gäbe, in denen man wie im Bauch einer Amme verschwinden könnte.

»Ihr zieht in Banden los, um das Böse aufzuspüren und euch daran zu laben«, setzte Fra Domenico hinzu. »Doch wer unter euch ist in der Lage, das Wunder zu vollbringen, das unserer Revolution wieder neues Feuer gibt?«

Ein Hustenanfall ließ ihn verstummen. Er begab sich wieder auf die Ebene der anderen, bis er Atem geschöpft hatte. Doch schon bald richtete er sich wieder auf und warf vernichtende Blicke in die Runde. Während sein Blick an Scopone hängenblieb, der mit demütiger Verneigung in der ersten Reihe stand, donnerte er los:

»Du da, Pfaffe, statt dazustehen wie eine Mumie, sag mir lieber, wer uns da wieder herausziehen wird!«

Scopone erzitterte. Voller Entsetzen blieb er stumm. ›Ich bin tot‹, dachte er. ›Schnell, kommt mich begraben ...‹

»Nun?« fragte Fra Domenico ungehalten. »Ich höre. Wer von denen hier wird uns aus der Affäre ziehen?«

Scopone sah sich schon im Sarg liegen, die Füße von sich gestreckt, inmitten von Blumen und Orangenblüten ... Als seine Knie unter ihm nachgaben, hielt er sich, um nicht der Länge nach hinzuschlagen, am Arm von Benedetto Sermini fest, der sich, wie er so neben ihm stand, keineswegs wohl in seiner Haut fühlte. Wie es ihm gerade durch den Kopf ging, schrie Scopone:

»Der hier, Fra Domenico! Du kennst ihn nicht, aber ich habe wohl daran getan, ihn herzubringen, denn er hat, was du suchst!«

Völlig verdutzt, stand Benedetto wie angewurzelt da.

»Deine Zeichnung!« stieß Scopone hervor. »Zeig ihm deine Zeichnung!«

»Meine Zeichnung? Aber wozu?«

»Zeig sie ihm, du Esel!«

Die volle Aufmerksamkeit der Versammelten war auf Benedetto gerichtet, der eine Papierrolle umklammert hielt. Domenico da Pescia streckte ungeduldig die Hand danach aus. Als er merkte, daß er etwas tun mußte, entrollte der Junge das Porträt von Tancia Bartolomeo. Der Mönch runzelte die Brauen.
»Was ist das?«
»Das ist die, bei der wir das Parfüm gefunden haben, eine schamlose Dirne, die sich das Gesicht schminkt.«
»Und was hast du damit vor?«
»Das soll angeschlagen werden. Damit jeder das Weibsstück erkennen kann, wenn er ihr über den Weg läuft.«
Überrascht sah sich der Dominikaner die Zeichnung genauer an. Nach einer Weile fragte er:
»Und die Flammen da, wo kommen die her?«
»Das ist das Höllenfeuer, in dem sie schmoren wird, sie und all ihr Schmuck und Geschmeide.«
Plötzlich änderte sich der Gesichtsausdruck des Mönches. Der Anblick dieser unbeholfenen, aber doch realistischen Skizze, welche die Kraft einer göttlichen Vision besaß, rief ihm die kleinen Scheiterhaufen aus konfiszierten Dingen wieder ins Gedächtnis, die der Franziskanermönch Bernardino da Feltre zwei Jahre zuvor veranstaltet hatte. In seiner Verwirrung hatte der Fanatiker, der mehr damit beschäftigt gewesen war, die Menge gegen die Juden aufzuhetzen, als das Laster auszumerzen, damals nur ein wenig Spitze aufgetrieben, die man ins Feuer werfen konnte. Aber heute … Da lagerten Berge von Schmuck, Bildern, Masken und gottlosen Büchern, die sich vom Hospiz der Pilger bis zum Kapitelsaal in den Gängen von San Marco stapelten, während niemand wußte, was damit geschehen sollte … Da gab es genug, um im Viertel der Signoria Stunde um Stunde die Flammen zu nähren …
»Wie heißt du?« fragte Fra Domenico, wieder milde gestimmt, den jungen Künstler.
»Ich heiße Benedetto Sermini, ich stamme aus dem Färberviertel

und bin gekommen, um mich der Streitmacht des Herrn anzuschließen.«

»Das ist gut, Benedetto Sermini«, entgegnete der Mönch und tätschelte ihm die Wange. »Ich glaube, Fra Girolamo wird zufrieden mit dir sein.«

5

An diesem 7. Februar, dem Aschermittwoch, schlossen sich nach einer Fastenmahlzeit, die für Scopones Geschmack zu frugal ausfiel, Jacopo Masini, Benedetto Sermini und die Burschen aus dem Färberviertel der Prozession an.

Vor dem Portal von San Marco stellten sie sich in einer Reihe neben Fra Domenico da Pescia und den Brüdern Silvester Maruffi und Mariano Ugni auf. Im Morgengrauen hatte Fra Girolamo während einer heiligen Messe, die er in Santa Maria del Fiore vor einer gewaltigen Menschenmenge abgehalten hatte, das große Brandopfer der Eitelkeiten verteidigt. Indem er daran erinnerte, daß der heilige Paulus seinerzeit in Ephesus einen Scheiterhaufen hatte errichten lassen, um die Zauberbücher ins Feuer zu werfen, und daß der heilige Gregorius die Römische Geschichte des Titus Livius den Flammen übergeben hatte, hatte er dieses reinigende Feuer dem von Gott gesandten Pestfeuer gegenübergestellt, das die Sünder, die Ungläubigen, die Feinde der vom Heiligen Geist diktierten neuen Verfassung sowie jene, die sich dem »abscheulichen Laster« der Sodomie hingeben, verschlingen sollte …

Die Glocken von San Marco läuteten, das war das Zeichen. Jacopo Masini, der unbedingt zeigen wollte, daß er auch weiterhin der Anführer war, achtete darauf, daß er vor Benedetto Sermini und Anselmo Sacchetti stand, der das Banner trug. Am Anfang des Zuges trugen sechs Novizen von San Marco das Jesuskind von Donatello, das von vier Engeln gestützt wurde, hoch über ihren Köpfen, und der Prozessionszug, der trotz der Winterkälte die Straßen rund um die Porta San Gallo füllte, setzte sich in Bewegung. Der große Zug aus Männern, Frauen und Kindern begann seinen Marsch. Benedetto, der dank seiner Zeichnung der vom Scheiterhaufen bedrohten Tancia Bartolomeo der Urheber dieser kollektiven Sühne war, blickte sich bewegt um. So weit das Auge reichte, drängten sich die Bürger der Republik Christi, sämtliche Klassen, Berufe und Stände bunt durcheinandergewürfelt, um die Opferung der heidnischen Kultur und der schändlichen Gegenstände zu feiern, die erfunden worden waren, um die Sinne zu befriedigen und den Schwächen des Körpers zu schmeicheln. Von den einfachen Leuten, die sich tags zuvor noch schuldig gefühlt hatten und die den Kohorten Fra Domenicos aus dem Weg gegangen waren, hatten die meisten, die ihnen an den Straßenecken begegneten, wieder ihre Alben angezogen und hielten das rote Kreuz der Inquisitionsengel in Händen. Verbunden durch den einen Glauben, stimmten sie eine heilige Hymne an, und Benedetto, dessen Herz und dessen Geist in leidenschaftliche Erregung gerieten, hatte eine Vision: In seinen Augen glichen sie den Engeln im Paradies. Vergessen waren die Sorgen; vergessen, daß es nur so wenig und so teures Brot gab; vergessen dieses Kind, das vor Hunger und Kälte auf dem *lungarno*[1], zwei Schritte vom Ponte Vecchio entfernt, gestorben war; vergessen die Erhebung und der entfesselte Aufstand der Franziskanermönche von Santa Croce und Santa Felicite, die man zum Schweigen hatte bringen müssen; vergessen die neuen Polizeibrigaden, die eingesetzt wurden, um ohne Unterschied die Spieler, die Besitzlosen, die Prasser, die Erbosten, die Erzürnten und Unzufriedenen, die in ihren Reden ihrem Zorn freien Lauf ließen, zu vertreiben; vergessen das Verbot der Bälle und Empfänge, vergessen die Schließung der Schenken, vergessen die Verurteilung der Bänkelsänger, die wegen eines spöttischen Couplets oder eines Sonetts, in dem sie sich über ihre leeren Bäuche beklagten, auf die Schandbank kamen; vergessen die frisch verheirateten Eheleute, die gezwungen wurden, an ihrem Hochzeitstag

1 Straße, die am Arno entlangführt. (A. d. Ü.)

das Gelübde der Jungfräulichkeit abzulegen; vergessen dieser arme Bauer, der um ein Almosen bat und von dem man sich erzählte, er habe sich, nachdem er mit leeren Taschen wieder nach Hause gekommen war, vor seinen drei kleinen, ausgehungerten Kindern aufgeknüpft ... Vergessen das Halseisen, vergessen die Angst und der Schmerz: Die Freude läuterte ihre Blicke. Unter der Wintersonne, die im Blau des Himmels so lebhaft leuchtete, daß es schien, dem Licht habe sich ein weiteres Licht hinzugesellt, trat das Volk von Florenz geradewegs ins Zeitalter der Gerechtigkeit ein! Die Gesichter, die Benedetto erblickte, von einem göttlichen Leuchten überstrahlt, abgemagert, aber fröhlich, sie leuchteten vor Liebe. Nachdem sie soviel Leid erduldet hatten, erstrahlten diese glücklichen Seelen in hellem Glanz wie funkelnde Kometen. Die Streitmacht der Auserwählten des Himmels rückte aus, um den Sieg Christi zu feiern, und von nun an, dessen war sich Benedetto gewiß, würde sie nichts mehr aufhalten.
In der Via Larga zog die Prozession, die wie mit einer Stimme Laudes sang, an dem strengen Palast von Cosimo dem Alten vorbei und erreichte dann San Lorenzo, bei der die immer noch im Bau befindliche Fassade und die Kuppel mit Planen verhangen waren. Von Kirche zu Kirche hallte das Echo der Glocken wider. Aus der Ferne gaben Trommelwirbel dem Marsch den Takt vor. Überall an den Straßenecken sahen jene, die sich dem Prozessionszug der Auserwählten nicht angeschlossen hatten, mit einer sowohl verdutzten als auch respektvollen Miene zu. Viele von ihnen gaben den Engeln der Kohorten, die mit Silbertabletts durch die Reihen gingen, einen Obolus. Einige applaudierten, nachdem sie sich ihres Geldes entledigt hatten. Wieder andere kamen aus ihren Häusern, um sich der Prozession anzuschließen und den Kindern die letzten unzüchtigen Bücher und die letzten Karnevalsmasken zu geben, die sie noch aufgehoben hatten. Florenz, endlich vereint, schloß sich der Revolution Gottes an. Hinter Fra Domenico, der mit lauter Stimme die Versikel eines latei-

nischen Gebets skandierte, ging Benedetto mit hoch erhobenem Kopf. Nie hatte er sich so erfüllt gefühlt von der Kraft und der Herrlichkeit Christi.
Als die Prozession den Platz der Signoria erreichte, wurde er tief ergriffen von dem Schauspiel, daß sich ihm dort bot. Vor der Loggia dell' Orcagna war ein gewaltiger Scheiterhaufen in Form einer achteckigen Pyramide errichtet worden. Dreißig Ellen hoch, das heißt so hoch wie ein fünfstöckiges Haus, und in der Basis hundertzwanzig Ellen breit, das heißt so breit wie die Fassade eines Palastes, gemahnte dieses Monument, das aus Stroh, Kleinholz und riesigen abgesägten Baumstämmen bestand, die nach oben spitz zusammenliefen, und das bereit war, in Flammen aufzugehen, eher an einen Berg als an ein gewöhnliches Feuer. Zu allen Seiten lag auf sieben aufeinander folgenden Stufen Plunder und eitler Tand aller Art gestapelt, der seit Anfang Herbst von den Inquisitoren im weißen Gewand zusammengetragen worden war. Während die Menge von allen Seiten auf die Esplanade strömte, erschollen Trompetenstöße. In dem Scheiterhaufen begann bereits das Feuer aufzulodern. Dirigiert von Fra Silvester, der eine Gabe für Musik und Gesang hatte, stimmten die Kinder der Kohorten, die sich unter ihren Bannern aufgereiht hatten, eine Hymne an, um die Seelen der Gläubigen zu Gott zu erheben. Die ersten Rauchschwaden stiegen gen Himmel. Von allen Seiten ertönten aus der Menge Schmährufe gegen den heidnischen Karneval. Fünf Mönche warfen Ballen kostbaren Tuches auf den Scheiterhaufen. Eine kaum merklich flackernde Flamme züngelte vor der weißen Sonne hinauf, und da wußte Benedetto, daß ihm die Erinnerung an diesen Augenblick auf ewig im Gedächtnis bleiben würde. Auf dem Podium, das man vor dem Palast errichtet hatte, sah er zwischen den Heiligenstatuen, die man aus ihren Nischen geholt hatte, das Kollegium der Acht sowie die gesamte Regierung der neuen Republik. An ihrer Seite, bekleidet mit einem dieser Säcke, wie sich ihn die Flagellanten der Bruderschaften überwarfen, nur mit der Goldkette seines Amtes

geschmückt, erkannte er Francesco Valori, den *piagnone,* den hitzigen Anhänger Fra Girolamos, den neuen Bannerträger der Gerechtigkeit, der den Auftrag hatte, der Signoria vorzustehen und Polizei und Armee zu leiten, und der Anblick dieser großen Persönlichkeit erfüllte ihn mit solchem Stolz, zu den Gerechten zu gehören, daß ihm Tränen den Blick verschleierten.

Als die Flammen so hoch loderten, daß sie den Gipfel des Scheiterhaufens überstiegen, verließ Benedetto, der es nicht mehr ertrug, dort stehenzubleiben und nicht an der Opferung teilzunehmen, seinen Platz bei Scopone und Fra Domenico. Er stürzte sich auf den Haufen von Gegenständen, die zu Asche werden sollten. Mit beiden Händen in dieser bunt zusammengewürfelten Ernte wühlend, zog er unter einer blonden Perücke, hinter zwei Puppen, neben einem Dreizack, inmitten von Scheffeln voller Flöten und anderer unnützer Dinge, zwei gebundene Bücher hervor: *Il Morgante maggiore* von Luigi Pulci und *Die Hölle* von Dante Alighieri, verziert mit Goldschnalle und Emaildeckel. Er ging auf das Feuer zu und spürte, wie es ihm ins Gesicht biß. In der Gluthitze sah er hellrot lodernde Flammen, die züngelnd den Augenhöhlen einer Teufelsmaske entstiegen, geschwärzt, rissig und mit Brandblasen bedeckt, von denen eine kurz davorstand, zu zerplatzen. Es knisterte an seinen Augenbrauen. Um nicht den Flammen zum Opfer zu fallen, schleuderte er die beiden Bände aufs Geratewohl in die Glut und warf sich dann keuchend nach hinten.

Er hielt sich nun ein wenig abseits, weil er nicht angerempelt werden wollte. Vor seinen Augen gaben Mönche und Kinder, unter die sich zahlreiche Florentiner Bürger mischten, dem Feuer ständig neue Nahrung. Indem sie alles, was sie dem Haufen verbotener Gegenstände entrissen, hineinwarfen, ohne daß irgendein Wächter sich die Mühe machte, sie zurückzuhalten, machten sie sich schließlich über den Scheiterhaufen her. Der Tag ging schon bald zur Neige, und Benedetto verlor die Mitglieder seiner Kohorte aus den Augen. Der Himmel, mehr grau als blau, erleuchtet von einem seltsamen roten Schein, schien bald ebenfalls in Flammen aufzugehen. Von nun an bot sich ihnen ein anderes Schauspiel. Die Trommelwirbel und das Geläut der Sturmglocken schlugen den Rhythmus einer neuen Tarantella. Im Funkenflug, in dem Reste feiner Spitze oder Teile von lateinischen Manuskripten gleich Sternschnuppen im Wind davonstoben, bekam die Feier einen heidnischen Einschlag. Es schien Benedetto, daß Tausende fratzenschneidender Teufel, die vor den Funkengarben tanzten, das Höllenfeuer Luzifers anheizten. Er bedauerte, daß Fra Girolamo nicht da war, um den Irren das heilige Wesen dieser großen Feuersbrunst in Erinnerung zu rufen. Während er in der Menge, die so außer Rand und Band geraten war wie zur Zeit des Karnevals, nach Domenico da Pescia Ausschau hielt, blieb sein Blick an einer bekannten Gestalt hängen. Mit regelmäßigen Schritten, gefolgt von ein paar jungen Männern, ging ein düster wirkender Mann mit gebeugtem Rücken auf das Feuer zu. Unterm Arm trug er Ölbilder und Zeichnungen. Benedetto sah, wie er mit langsamer Geste ein erstes Temperagemälde auf die augenfälligsten Symbole der Sünde warf. Im roten Schein der Glut konnte er eine Aktmalerei von außerordentlicher Zartheit erkennen. Und dann wurde er in der infernalischen Hitze hilfloser Zeuge eines Unglücks: Das Holz zerbarst, das blumenumkränzte Venusgesicht schmolz, der von fröhlicher Grazie, von aufreizender Schönheit erfüllte Körper öffnete sich in der Mitte und spaltete sich vom Schritt bis hinauf zur weißen Brust … »Nein!« schrie er auf, ohne an das Anathema zu denken, das gegen unmoralische Darstellungen verhängt worden war … Doch ach, schon folgte zwischen zwei zu drei Vierteln verbrannten Scheiten eine weitere laszive Nymphe mit dem Gesicht einer Madonna, eine Göttin aus bebenden Rundungen, die lässig neben einem nackten, männlichen und prachtvollen Gott, glatt wie Marmor, auf dem Moos ausgestreckt lag, verfärbte sich braun und bekam Risse. Benedetto, der bestürzt hinter dem Künstler stand, welcher gerade damit beschäftigt war, sein Werk zu zerstören, erkannte den jungen Baccio della Porta, der sich nun ebenfalls anschickte, seine Aktskizzen und Studien zu vernichten. Da schoß ihm ein Name in den Sinn ... Dieser untersetzte Mann mit der roten Mütze auf dem Kopf, der ihm halb den Rücken zukehrte, dieser außergewöhnliche Maler, der gerade gleichmütig vier kleine, mit der Feder gezeichnete pummelige Satyrn opferte ... Dieser Mann, der gefolgt war von Gehilfen seiner Werkstatt und dessen Weg er schon einmal gekreuzt hatte, war der vorgebliche Sodomit aus der Badia, der Schöpfer der *Krönung der Madonna mit dem heiligen Augustinus* und der *Beweinung Christi*. Es war Alessandro di Mariano Filipepi, den man gemeinhin Sandro Botticelli nannte.

Am nächsten Tag, einem Donnerstag, stieg Fra Girolamo wieder auf die Kanzel. In der Kathedrale, um die man zur Abschrekkung für die Aufrührer zwanzig Lanzenreiter und dreißig Hellebardiere postiert hatte, stimmte er den Zyklus der Fastenpredigten an. Gleich zu Beginn seiner Predigt hob er die Stimme. »Ihr habt gesehen, wie herrlich es war, dieses Feuer! Fahrt also damit fort, bei euch zu Hause den eitlen Tand zu verbrennen!« schmetterte er. Anschließend befahl er ihnen, mit dem Finger auf die zu seinen Füßen versammelten Kinder deutend, die bösen Geister zu verjagen. »Laßt eure Herzen in Liebe zu unserem gekreuzigten Herrn Jesus entflammen, meine Kinder«, rief er, »und habt kein Mitleid mit euren Feinden, denn auch dieses wird euch ins ewige Höllenfeuer stürzen!« Benedetto Sermini, der bei den Burschen seines Viertels im Kirchenschiff stand, kämpfte, erschöpft von der schlaflosen Nacht, gegen die Bilder an, die seinen Geist verdüsterten. Bei der bloßen Erwähnung der Hölle sah er wieder die Flammen emporschlagen und glaubte er von neuem das Prasseln des Feuers zu hören, in dem die Flammen nackte Frauenbüsten und Satyrn aus rotem Gips verzehrten. »Ich bin voll deiner Liebe, o Herr«, murmelte er, um diese Visionen zu verscheuchen. Über ihm, von der Höhe seiner Kanzel

herab, streckte der Prophet, der offenbar vom Zorn Gottes gepackt wurde, die Arme gen Himmel. Den 163. Psalm zitierend und vom Kampf Davids gegen Goliath sprechend, verkündete er: »Herr, zu deinen Ehren werde ich das neue Loblied singen, und dieses Loblied wird voller Harmonie sein, und so auch Florenz, nachdem seine Häuser gereinigt und von allen sündhaften Dingen befreit sein werden ...« Sein Gesicht lief puterrot an, und vor Zorn grollend, prangerte er den protzig zur Schau getragenen Reichtum an und gelobte zur großen Genugtuung des kleinen Volkes von Florenz den Reichen göttliche Rache. Während er die Verabschiedung eines Gesetzes über das Verbot der weltlichen Verlockungen forderte, insbesondere der Verführungen durch die profane Schönheit wie etwa hübsche Möbel und unzüchtige Malereien, rief sich Benedetto das Gesicht der Venus ins Gedächtnis, dessen Farbe sich mit Rissen überzogen, und den nackten Körper von vollkommener Harmonie, den die Gluthitze zum Schmelzen gebracht hatte ... Es stieg bitter in ihm auf: Sollten etwa schon eine oder zwei laszive, zu Recht geopferte Nymphen genügen, damit Verwirrung ihn überkam? Jacopo Masini, der aufrecht und steif an seiner Seite stand, warf ihm einen bösen Blick zu. Es schien fast, als könne er seine Gedanken lesen. Wie dem auch sei, keinem aus der Miliz, weder Francesco Prodenzani noch Girolamo Bardi noch Anselmo Sacchetti noch irgendeinem von den Kleineren, schwanden die Kräfte. Benedetto tobte innerlich, daß sie stärker waren als er ... »Wer auch immer diese Bilder, gegen die das Anathema gesprochen wurde und die ins Feuer geworfen werden müssen, wieder anrührt, um sie zu frommen Zwecken zu nutzen«, ereiferte Fra Girolamo sich weiter, »spricht selbst das Urteil über sich, genau wie die Ästheten, die ihre Scheinheiligkeit so weit treiben, ihre Bilder umzugestalten, indem sie heidnische Szenen durch Darstellungen aus dem Leben der Heiligen ersetzen.«
»Das ist die Stimme Gottes«, sagte sich Benedetto, verschämt die Stirn senkend, »und doch, wie gern hätte ich das Tempera-

gemälde von Meister Botticelli entwendet!« Je länger er darüber nachdachte, desto mehr bedauerte er, es nicht den Flammen entrissen, es nicht mitgenommen und unter seinem Strohsack versteckt zu haben, um es jeden Abend hervorzuziehen und zu betrachten, bis er verstehen würde, wie zwischen der Göttin mit dem Madonnengesicht und dem männlichen Gott, die beide auf dem Moos ausgestreckt lagen, eine solche Harmonie herrschen konnte.

Sobald die Messe zu Ende war, verließ Benedetto die Kathedrale und eilte zurück zur Werkstatt von Marresco, dem Goldschmied. Er war mit seiner Bande keine drei Schritt weit gekommen, als ein Regen aus Steinen aufs Pflaster niederging, von denen einer Jacopo Masinis Stirn aufplatzen ließ. Trotz der aufgestellten Wache hatten die *arrabiati* beschlossen, sich zu zeigen. »Tötet sie!« brüllte Francesco Prodenzani, dessen Schrei die restliche Kohorte zwischen die Pferde der Lanzenreiter trieb. Direkt vor ihnen sahen sie zehn grüne Teufel, die einen Bogen um die Taufkapelle schlugen und anschließend Richtung Santa Maria Maggiore flüchteten. »Im Namen Christi und der Heiligen Jungfrau Maria!« brüllte nun auch Agnolo Bruni, während er einen Knüppel unter seinem weißen Gewand hervorzog. Die anderen nahmen Reißaus. In streitbarer Laune und begierig, Jacopo und den anderen, die ihn verurteilten, seinen Mut unter Beweis zu stellen, stürzte sich Benedetto mit den Seinen ins Getümmel. Anselmo Sacchetti, der an seiner Seite war, zückte ein Messer. Im Vorübereilen brach Antonio Bracciolini einen Sparren aus einem Gerüst, und Poggio Guardatti schnappte sich einen verrosteten Haken, der am Stand eines Metzgers hing. Nach einer übereilten Flucht stellten die *arrabiati* sich, den Rücken dem wurmstichigen Portal der alten Kirche zugekehrt, ihren Gegnern. Komplizen hatten sich ihnen angeschlossen: Sie waren über zwanzig an der Zahl! In den Händen hielten sie dicke Steine oder Küchengeräte: Töpfe und Krüge aus Eisen, schwere Silberlöffel, Welger- und Nudelhölzer, Spindelhalter, Kerzenleuchter und Schürhaken … Gleich seinen Kampfgefährten, die sich plötzlich der Gefahr bewußt wurden, blieb Benedetto, der seit seinem Eintritt in die Kohorte noch bei keinem Raufhandel mitgemischt hatte, zwanzig Schritte vor den Feinden der Republik stehen.

Von Angesicht zu Angesicht voreinander aufgepflanzt, nahmen beide Lager sich die Zeit, einander zu beobachten. Etwas vor der Schar der *compagnacci* sah Benedetto einen Burschen in seinem Alter stehen, dessen dichter roter Haarschopf flammend leuchtete. Eine lange Tunika aus besticktem grünen Damast, gewürfelte Samtstrumpfhosen, Rot mit Gold auf der einen, Blau mit Schwarz auf der anderen Seite, Stiefeletten aus feinem Sämischleder … Der da gehörte zur begütertsten und frivolsten Jugend von Florenz. Auf der Brust erkannte Benedetto das aufgestickte Emblem von Lorenzo il Magnifico: ein Wappenschild mit großen grünen, ineinander verschlungenen Zweigen, die in glühender Liebe entbrannt waren. Die Fäuste in den Hüften, den Kopf hoch erhoben wie ein Hauptmann bei der Parade, forderte der *arrabiato* die Schar von Jacopo Masini heraus. Er war groß und kräftig gebaut, und seine krumm geschlagene Nase verriet seinen Hang für das *pugna*-Spiel, bei dem die Tagediebe sich gerne erbarmungslos das Gesicht malträtierten. Für ihn würde die bevorstehende Prügelei ein wildes Geraufe sein, bei dem alle Schläge, in den Nacken, in den Bauch und noch tiefer, erlaubt sein würden. Als der Unbekannte seinen Blick auf ihm ruhen ließ, schwand Benedetto der Mut. Und wenn es diesem brutalen Irren in den Sinn kommen sollte, ihn zum Gegner zu wählen? Wenn er es sich in den Kopf setzen sollte, ihm die Zähne auszuschlagen? Der Rotschopf zuckte mit den Schultern, sein Gesicht verzog sich zu einer grausamen Grimasse, und Verachtung stand darauf geschrieben … Benedetto zögerte: In den vor Überheblichkeit und Ungeduld funkelnden Augen des anderen gewahrte er so viel Haß, daß er versucht war, sich abzuwenden, um ihn nicht zu reizen.

»Tötet sie!« rief Francesco Prodenzani. »Im Namen Christi und der Heiligen Jungfrau!« antwortete wie ein Echo Jacopo Masini, dem das Blut in Strömen von der Stirn floß. Wie es so seine Art war, spie Anselmo Sacchetti, immer noch mit seinem Messer bewaffnet, in Richtung eines der *compagnacci* aus, und in der allgemeinen Verwirrung stürmten beide Seiten aufeinander los, einer gegen den anderen.

Benedetto stürzte sich ins Gemenge. Er prallte gegen die Schulter eines *arrabiato* und erhielt sogleich einen Schlag auf den Schädel. Etwas angeschlagen richtete er sich wieder auf, packte eine Haarlocke, die in seiner Hand verblieb, bekam ein Ohr zu fassen, krallte sich in einem Ohrläppchen fest, versuchte, ein Stück Knorpel und Fleisch abzureißen. Mit Gebrüll versetzte ihm der Feind einen kräftigen Faustschlag ins Auge. Benedetto umklammerte den miesen Hund, der sich mit gebleckten Zähnen in seine Wange verbiß. Mit einem von unten nach oben ausgeführten Schwinger mit dem Knie zerquetschte er dem Elenden die Hoden, der daraufhin, wie ein weicher Lappen in seinen Armen hängend, aufhörte zu beißen. Das Vieh zog ihn mit sich bei seinem Sturz, ineinander verkeilt rollten sie auf dem Pflaster, und die Albe der Kinderkohorte zerriß. In dem Augenblick, da er ihm mit einem wohlgesetzten Schlag den Garaus machen wollte, wurde er von einem anderen *arrabiato* umgeworfen. Er landete in der Gosse. Bevor er sich wieder aufrichten konnte, war der Bursche mit dem roten Haar schon über ihm. Er spürte sein Gewicht auf der Brust, erkannte seine zerbeulte Nase wieder ... Dann wurden ihm zwei Fäuste in die Augenhöhlen gerammt. Von Krämpfen geschüttelt, schlug er um sich. Aufs Geratewohl steckte er die Finger in den Mund des *arrabiato,* packte seinen Schlund und trieb ihm die Fingernägel in den Hals. Sein Gegner hustete, und der abscheuliche Druck auf seinen Augen ließ nach. Benedetto, der nichts mehr sah, schleuderte ihn gegen die Wand. Statt zurückzuweichen, um sich zu schützen, ging er wieder zum Angriff über. Mit der flachen Hand schmetterte er den roten Schopf gegen den Stein, doch ein stechender Schmerz in den

Rippen ließ ihn innehalten. Durch den Nebel vor seinen Augen bemerkte er ein wenig Rot auf seinem zerfetzten weißen Gewand. In dem Augenblick, als ihn schon ein zweiter Stich mit dem Stecheisen treffen wollte, packte er die Hand des Rotschopfs und biß hinein.

Die Schreie verstummten, und während man zum Niederknüppeln, Stechen und Schneiden unter den Wämsern und langen Gewändern schon Werkzeuggriffe, Gerüstnägel und Stechbeitel hervorzog, schien die Rauferei sich plötzlich aufzulösen. Auf dem Boden hallte das Getrappel von Pferdehufen: Die Lanzenreiter hatten sie endlich wiedergefunden! Die *arrabiati* suchten das Weite. Benedetto krallte sich in der grünen Tunika fest, doch seine Finger rutschten an dem glänzenden Satin ab. Er versuchte, seinen Feind bei den Knöcheln zu packen, doch der Bursche konnte entkommen. Um die Marschunfähigen aus dem Färberviertel aufzulesen, stiegen die Reiter vom Pferd, und bevor der Flüchtende hinter Santa Maria Maggiore verschwand, warf er Benedetto noch ein Gelöbnis zu: Daß er ihn wiederfinden und noch vor dem Ostermorgen die Rechnung mit ihm begleichen werde.

6

Als er aus der Badia kam, wo er sich des Nachts hineingeschlichen hatte, um sich ebenso mit Denunziationen die Taschen vollzustopfen, konnte Jacopo Masini gerade noch zwei berittenen Wachschergen ausweichen. Er hatte kaum den Rücken gegen das Portal des Bargello gepreßt, als einer der schwer geharnischten Reiter ihn streifte ... Im Namen des Vaters und des Sohnes und des Heiligen Geistes. Er bekreuzigte sich und dankte der Vorsehung. Da war er ja gerade noch mal entwischt! Selbst für den Anführer der Kohorte der Färber war es besser, während der Ausgangssperre nicht mit einer Schatulle voller Denunziationen erwischt zu werden ... Der Gedanke, daß er bei etwas hätte scheitern können, mit dem dieser Weichling von Benedetto Sermini drei Monate zuvor erfolgreich gewesen war, ließ ihn erstarren. Während er der Jungfrau Maria Dankgebete sandte, wartete er, bevor er sich wieder rührte, bis die Reiter an der Badia vorbei waren und sich in Richtung des Donati-Turms entfernt hatten. Als er sich gerade anschickte, wieder hervorzutreten und zu seinem Schlupfwinkel zurückzukehren, spürte er, wie man ihn an seiner Tunika festhielt.

»Wie, du Räuber – du Galgenstrick, du abgefeimter Schuft, zitterst du etwa vor dem Soldatenpack?« ließ sich eine leicht stammelnde, krächzende Stimme vernehmen.

Vor ihm stand ein zerlumpter Lotterbart, der ihn um einen Kopf überragte und dessen Atem nach billigem Tresterwein stank. Wie der Kerl so über ihn gebeugt war, konnte Jacopo im Licht des Mondscheins eine gewaltige, hochrote Säuferfratze erkennen, in der die Pocken ihre Hagellöcher hinterlassen hatten.

»Ergreifst wohl das Hasenpanier«, fuhr der Saufbruder fort und krallte sich in seine Schultern, »und da drin, hast du da nichts in deiner Börse, nicht die kleinste Kupfermünze für Gorbaccio, der bald unter der Erde liegen wird, wenn er noch weiter so fastet? Eieiei! Beim Leiden des Christus am Kreuz! Beim heiligen Schwanz in der Hand ... Mein Bruder, schau ihn dir an, den König der Hungerleider. Schau dir den armen Teufel vom Bargello an, wie verlassen er ist und wie wenig man ihn liebt ...«

»Pfoten weg!« erwiderte Jacopo. »Weißt du etwa nicht, du nach Fusel stinkender Grobian, daß wir die Schenken zumauern werden? Weißt du nicht, daß Hitzköpfe wie du als Kastraten verfaulen werden, mit abgerissenem Sack?«

Dem anderen, der wie versteinert dastand, entfuhr ein Rülpser.

»Heiliger Strohsack, du bist ja ein ganz gemeiner Hund!« rief er mit erbärmlicher Stimme. »Was den Streich von heute nacht angeht – da bist ja wohl eher du auf der Flucht, hast Angst, man könnt dich erwischen mit deiner Schachtel und könnt dir die Schwarte spicken ... Na los, hübsches Kerlchen, ich spür's doch, daß dein Beutel schwer ist von ruchlosem Geld ...«

»Statt mit Geld, du dreckiger Kläffer, würd ich dich lieber mit dem bezahlen, was die Republik dir schuldet: mit einem wohlgesetzten Hieb mit der Klinge, der dir den Weinschlauch ansticht und dich durch den Nabel leerlaufen läßt!«

Der Alte riß die blutunterlaufenen Augen auf. Ein Faden Erbrochenes befleckte seinen zerschlissenen Kragen. Seine scharlachrote, übel platt gedrückte Nasenspitze zuckte, und der Rotz verpappte ihm den Schurrbart, so daß er ganz steif war.

»Ein Liedchen ... Tralala, was für 'n hübschen Vogel haben wir da ...«, stammelte der Saufbruder und taumelte, da sich seine Beine verheddert hatten. »Pissen kann ich immer noch allein, da brauch ich keinen Jungspund, der mir die Hose aufknöpft ...«

Jacopo drehte es den Magen um. Dieser Mann widerte ihn an. Wäre er nicht so groß gewesen, hätte er ihm mir nichts, dir nichts den Bauch aufgeschlitzt und ihn dort auf dem Pflaster liegenlassen ... Er fragte sich, ob Benedetto Sermini in der Nacht, als

er die Schatulle mit den Denunziationen gestohlen hatte, wohl auch auf dieses menschliche Wrack gestoßen war und ob er ihm, einfältig wie er war, das geforderte Geldstück gegeben hatte.
»Leg dich doch bäuchlings in die Gosse«, fauchte er ihn an und stieß ihn zurück. »Da kannst du deinen Rausch ausschlafen und pissen und scheißen, soviel du willst! Und genieß es, bevor ich mit meiner Kohorte wiederkomme, um dir gehörig das Fell zu schrubben!«
Betrübt und verdutzt, die Hand für ein Almosen ausgestreckt wie damals vor Weihnachten, als er Benedetto hatte davonlaufen sehen, folgte der Saufhans, ohne zu wissen, mit wem er es zu tun hatte, Jacopo mit dem Blick, bis dieser in dem undurchdringlichen Gewirr der Gäßchen von Florenz verschwunden war.

Es war stärker als er – obwohl Benedetto Serminis Glaube an die Revolution etliche Male versagt hatte, konnte Jacopo Masini nicht umhin, eifersüchtig auf ihn zu sein und zu fürchten, daß dieses grüne Früchtchen früher oder später seinen Platz an der Spitze der Miliz einnehmen könnte. Er konnte es noch immer nicht fassen, daß dieser sich vor Santa Maria Maggiore mit Maruffio Stanzanni geprügelt hatte, dem Rotschopf mit der gebrochenen Nase, vor dem sogar Francesco Prodenzani zitterte, dem einzigen unter den Feinden der Republik, von dem Jacopo dachte, er könnte sich mit Maruffio messen. »Wie schade«, sagte er sich immer wieder, »daß ihm der *arrabiato,* statt ihn aufzuspießen, nur einen Stich in die Rippen versetzt hat!«
Wenn man der Anführer war, dann war das Schlimmste diese entsetzliche Angst, verdrängt zu werden von einem, der gerissener war als man selbst, und wegen eines Benedetto Sermini plötzlich nur mehr eine konturlose Gestalt zu sein. Die panische Angst, dem Schweigen und dem Vergessen anheimzufallen, wieder in diese Zeit zurückzukehren, in der in den dunklen Gassen keiner den anderen ansah oder erkannte, in der das abscheuliche Gefühl vorherrschte, immerwährend im Nichts zu versinken,

wie in dieser elenden Zeit vor der Republik Christi, in der für die Armen und die Unglücksraben Alter und Vergangenheit ausgelöscht waren, in der man keine persönliche Geschichte besaß, in der das Elend und die Erniedrigung die Gesichter wegradierten und die Erinnerungen auslöschten. Nicht mehr derjenige zu sein, auf den gehört wurde und dem man aus Furcht gehorchte, das war so, als ob man wieder zur Nacktheit der leeren Tage zurückkehrte, zurück zu einem Leben, das öd und trostlos war. Es bedeutete, daß man sich vom Glanz der Rache und des Verbrechens entfernte.

Und doch, objektiv betrachtet gab es nicht soviel Grund, sich Sorgen zu machen: Scopone unterstützte ihn, und die Bande der Färber war ihm ganz ergeben. Aber jedesmal, wenn er an Benedetto Sermini dachte, sah er rot. Man konnte – und das war das Schlimmste – San Marco nicht mehr betreten, ohne auf die Porträts von Verdächtigen zu stoßen, gezeichnet von diesem Mistbauern im Auftrag von Fra Domenico, und es brachte ihn in Rage, wenn er sah, welche Wichtigkeit diesen Anschlägen beigemessen wurde, seit sie Tancia Bartolomeo ihren Besuch abgestattet hatten: Es war richtiggehend eine Mode geworden, der sich die *piagnoni,* die wenig Talent für die Feder hatten und nur allzu zufrieden waren, ihre Werke ausstellen zu können, leichten Herzens hingaben.

An diesem Morgen, am Tag nach seinem nächtlichen Diebstahl in der Badia, konnte er, ein Opfer seiner Verbitterung, es sich nicht verkneifen, die Arbeit desjenigen zu kontrollieren, den er als seinen Rivalen ansah und den er zu erniedrigen trachtete. Er verließ sein Schlupfloch, das vollgestopft war mit verbotenen Dingen, die er eins nach dem anderen den Feinden Christi entriß, den fettwanstigen Bürgern, die nach außen hin friedfertig und von Hunger nach Gerechtigkeit beseelt, in Wirklichkeit aber die Unterdrücker der Allerärmsten und falsche Demokraten waren. Er lief durch die elenden Straßen, in die nie ein Sonnenstrahl drang, und erreichte in bärbeißiger Laune den engen *lungarno,* der nach Santa Croce führte. Mit verbiesterter Miene setzte er seinen Weg entlang dem Arno fort, der durch die Februarregen angeschwollen war. Ungeduldig bahnte er sich einen Weg durch die Menge der Wollhändler, deren Mühsal die Pfeffersäcke bereicherte. Er stieg über die Fäßchen, die den Durchgang auf dem Kai versperrten, machte einen Bogen um die gewaltigen Bottiche, in denen die Wolle gefärbt wurde, stapfte durch den Schlamm, der von den Rinnsalen des Abwassers scharlachrot, gelb, himmelblau und malvenfarben gefärbt war, lief an der Bleiche entlang, auf der man die Laken zum Trocknen auslegte, nahm die Treppe, die zur Uferböschung hinabführte, und stieg inmitten verdorbener Fische, die Füße im Flußwasser netzend, über die Mauer, auf der man die Fischernetze ausbreitete. Dort betrachtete er die Steinmauer, die sich bis zur Ponte alle Grazie hinzog. Er war zufrieden: Benedetto Sermini war seinem Befehl gefolgt. Auf zwanzig Ellen hatte dieses Zeichengenie sorgsam die lästerlichen Kritzeleien der *arrabiati* mit einer dicken Schicht brauner Tünche übermalt. Diese Fronarbeit, der sich niemand hatte annehmen wollen, dürfte ihn drei Tage beschäftigt haben … Da er nicht wußte, wie er sich entziehen sollte, wenn es nötig war, war der Einfaltspinsel gehorsam. Er murrte und knurrte, gab aber am Ende doch klein bei. Wieder etwas beruhigt, machte Jacopo Masini kehrt. Er hatte sich grundlos Sorgen gemacht: Sowenig wie Scopone, sowenig wie Francesco Prodenzani und die von der Bande begriff Benedetto Sermini den Mechanismus, der ihn am Laufen hielt. Während er wieder zum *lungarno* hinaufstieg, peitschten ihm ein paar Regentropfen ins Gesicht, und plötzlich wehte ihn ein Bedauern an, daß er die Süße des Teilens und der Brüderlichkeit nicht mehr spüren durfte wie damals in seiner schmutzstarrenden Kindheit, als er mit seinesgleichen, ein Hund unter Hunden, in der Gosse dahinvegetierte. Er erinnerte sich an die Sommerabende, an denen er mit leerem Bauch zusammen mit Francesco und Girolamo den Wolken im Sonnenuntergang zugeschaut hatte, die über den Hügeln von Fiesole verbluteten. Die Bilder dieser unbekümmerten Nächte, in denen er, auf dem Marmor der Friedhöfe sitzend, auf die die Trauer ihren Schimmer warf, dem Tanz der wilden Katzen zugesehen hatte, warfen ihn zurück in seine Vergangenheit. Dort, im Schweigen des Todes, hatte er zwischen ein paar Kreuzen aus moosübermodertem Stein einen ersten Widerhall der Predigten vernommen und hatte sich das verhängnisvolle Übel in seinen Geist eingeschlichen ... In der Nähe eines Bottichs blieb er stehen. Aber warum erinnerte er sich an diese Zeit vor der Wut, vor dem Erwachen zum Leben? Beschämt beschleunigte er seinen Schritt – sich bloß nicht weichkriegen lassen, niemals den Haß vergessen, der das Herz verhärtet, niemals aufhören, die Städte und Meere zu verwüsten, alles zu vergiften, was sie beschmutzte, bis zum Ende der alten Welt und der Errichtung der vom Lichte Christi gereinigten und erneuerten Welt, die ihr folgen wird: So lautete die Regel! Und vor allem in diesem gewaltigen Umsturz auf der Hut bleiben und nichts verzeihen, um seinen eigenen Platz zu verteidigen, den ersten! Zum Glück war er sich sicher, daß mit dem gerissenen Streich, den er Benedetto Sermini in Gegenwart von Scopone und der Kohorte der Färber nach der nächsten Fastenpredigt spielen wollte, mit der nicht zu bewältigenden Aufgabe, die er sich für ihn ausgedacht hatte, diesem Rivalen mit der recht zarten Haut die Spucke wegbleiben würde.

7

Benedetto konnte es kaum fassen: Aus unerfindlichen Gründen war Jacopo Masini seinem Beispiel gefolgt – er hatte die Badia geplündert, und der Inhalt seiner »schwarzen Schatulle« stellte die anderen Trophäen des Tages in den Schatten, darunter auch das Schachspiel, dessen Türme und Bauern aus Elfenbein geschnitzt waren; darunter auch die gedruckten und gebundenen Bände der *Metamorphosen* von Ovid, der *Großen Griechen und Römer* von Plutarch und der *Weibervolksversammlung* von Aristophanes, auf die man unerbittlich Jagd machte; darunter auch die Dutzende von Codices unterschiedlichen Formats, die veraltete Gesetzestexte aus der Zeit von Piero il Gottoso enthielten, über die sich plötzlich alle Welt lustig machte, obwohl sie mit Sicherheit auf dem nächsten Scheiterhaufen die Flammen nähren würden. Was für eine Enttäuschung für Benedetto! Selbst das Temperaölgemälde auf Holz von Lorenzo di Credi, dem Schüler des großen Verocchio, das, hell auf fast schwarzem Grund, eine Venus mit nackten Brüsten und nackter Scham darstellte, selbst dieses unmoralische Werk, das er und Girolamo Bardi einem gewissen Ferruziano entrissen hatten, schien niemanden zu interessieren. Ebensowenig das auf Pergament gezeichnete Porträt dieses schlechten Bürgers, der nach wie vor bei sich zu Hause gottlose Gemälde zur Schau stellte. Daß niemand aus der Bande diesem wahren Kunstwerk, das er mit der Feder gezeichnet hatte, auch nur die geringste Aufmerksamkeit schenkte, diesem in seinen Proportionen und seiner Ausgewogenheit so gelungenen Werk, kränkte den armen Jungen zutiefst. Doch leider waren sie zur Stunde von leidenschaftlichster Erregung ergriffen. Zum Teufel mit den verbotenen Gegenständen!

Jetzt lagen auf dem großen Tisch in der Sakristei, bei den Weihrauchfässern und inmitten von Ziborien und Meßweinkännchen, die Denunziationsbriefe ausgebreitet. Sie hatten mehr als hundert gezählt! Es hielt keinen auf seinem Platz, man scharrte mit den Füßen, man ergötzte sich bei dem Gedanken an das, was sie an Einzelheiten und geilen Enthüllungen enthielten!
»Über wen geht es in dem hier?« krächzte Anselmo Sacchetti und schnappte sich ein blaues Briefchen. »Mariotto Bentivoglio, der fidele Kerl, wohnhaft im Marsili-Turm, ergeht sich in schlüpfrigen Anekdoten, die er mit anstößigen Einzelheiten ausschmückt«, las er und prustete los. »Hier eine davon, die er als wahr ausgibt: ›Die Schwester des Pfarrers von San Simone hat zahlreiche Liebhaber, die der unglückselige Pfaffe einen nach dem anderen exkommuniziert. Die Galgenliese lacht sich kaputt darüber. ›Was nützt das schon, mein Bruder‹, säuselt sie ihm zu, ›hab ich doch nicht nur einen Geliebten, sondern Abertausende!‹ Armer Pfarrer, die Metze spricht die Wahrheit! Er hat schon so viele exkommuniziert, daß es in seiner Gemeinde schon niemanden mehr gibt, der sich seine Predigt anhören kommt.‹«
»Unsinniges Gewäsch!« rief Scopone aus, dem nicht wohl war bei diesen schonungslosen Enthüllungen, fürchtete er doch, sich selbst in einem dieser Briefchen angeführt und denunziert zu sehen, weil er anstelle seines Gebetbuches immer ein Rezeptbuch in die Stadt mitnahm und weil er, wenn die Nacht einbrach, die zappligen breiten Hinterbacken von Mirandola, seiner Köchin, mit begehrlichen Blicken und von Herzen kommenden Tätscheleien bedachte.
»Hört euch den hier an«, ereiferte sich nun auch Agnolo Bruni und schwang sich auf seinen Schemel. »Nastagio Lascaris ist ein Dieb. Dieser falsche Apotheker und Essigpfuscher ist eher ein Metzgermeister als ein Alchimist. Sein Öl gegen schwache Leisten, das er teuer verkauft, besteht nur aus gepreßtem Olivenöl, dem Saft gebratener Speckschwarten, Nierenfett und ausgelassenem Kalbspeck!«

»Widerwärtige Verleumdungen! Reinste Jauche!« ließ sich Scopone lauthals inmitten der anzüglichen Bemerkungen vernehmen. »Ist das alles, was ihr zu bieten habt, wenn ihr mich schon zur Mittagsstunde stört?«

»Aber nein doch! Aber nein!« erwiderte Jacopo Masini. »Geduld! Das Beste kommt noch.«

»Was denn? Beeilt euch, denn ich habe Besseres zu tun!«

»Nun ja, es gibt da einen *arrabiato*, dem man die Garde auf den Hals hetzen sollte!« fuhren Francesco Prodenzani und Martini Calccio wie aus einem Munde dazwischen. »Da haben wir einen dieser geifernden Hunde, dem sollte man das Fell über die Ohren ziehen …«

»Die Zunge abschneiden …«

»Die Arme ausreißen und ihn hängen …«

»Das stimmt«, räumte Jacopo ein, der vor seinem Kommen alles gelesen hatte. »Und dann gibt es noch andere …«

»Da haben wir den, der von einem gewissen Bruccilio unterzeichnet ist!« grölte dieser Tölpel von Girolamo Bardi. »Der Caterina d'Angiaia, dieser vernachlässigten Gattin, die im selben Turm wohnt wie ich, ist es gelungen, sich von Ippolito, ihrem Mann, Zwillinge machen zu lassen, indem sie im Dunkel der Nacht unter die Laken schlüpfte und sich für die Schöne ausgab, der ihr Gatte den Hof macht.«

»Ha! Ha! Ha!« bracht die Hälfte der Kohorte, die nicht mehr an sich halten konnte, in Gelächter aus.

»Noch einer, dem man Feuer unterm Hintern machen sollte!« rief Matteo Campanella, der gerade mal zehn Jahre alt war.

»Und den Arsch rösten!« rief Agnolo Bruni aus.

»Beim Blute Christi!« fluchte Scopone, »wir befinden uns in einem Gotteshaus!«

»Hört her! Ich hab den besten!« jauchzte Poggio Guardatti. »Der Jude Habakuk von Ognissanti handelt mit Edelsteinen. Seit vier Jahren hebt er die Gräber aus, um die Toten um ihren Schmuck zu erleichtern. Unter seinem Lager könnt ihr, in ein

Leintuch gewickelt, einen aufgedunsenen Finger finden, den er einem Bischof abgeschnitten hat, um seinen Ring an sich zu bringen, den er nicht losbekam.«

»Der gehört ins Halseisen!« tobte Poggio Guardatti.

»Und an den Galgenstrick!« setzte Francesco Prodenzani hinzu.

»Was gibt's sonst noch?« kreischte Anselmo Sacchetti. »Gibt es nichts über Sodomiten?«

»Über solche Leute gibt es tatsächlich etwas«, sagte Jacopo Masini, indem er den Brief aus der Tasche zog und ihn Benedetto hinhielt. »Unser Künstler hier wird uns in dieser Sache aufklären.«

Benedetto nahm das Papier. Das Schlimmste befürchtend, räusperte er sich und las leise und langsam:

»Nicht allein, daß sich der Maler Botticelli an den Hintern der jungen Tagediebe in seinem Atelier verlustigt, darüber hinaus bringt er die meiste Zeit damit zu, sich zu verstecken, um die mit dreiköpfigen Dämonen und gehörnten Teufeln bevölkerte *Hölle* von Dante zu illustrieren. Luzifer ist für ihn der Mittelpunkt der Welt. Moloch sein Gott! Möge dieser, den man für den Freund der Gerechten hält, im düsteren Königreich der toten Seelen verweilen und sich dort verzehren!«

Agnolo Bruni erstarrte auf seinem Schemel, und Scopone hörte auf, vor sich hin zu brummeln, man erwarte ihn in der Pfarrei. Es wurde ganz still in der Sakristei.

»Vor gar nicht allzu langer Zeit hielt man Alessandro Botticelli für einen Philosophen, einen Theologen, einen Weisen, und hörte auf ihn ...«, fuhr Jacopo Masini fort, der begeistert war von der Wirkung, die er mit der anonymen Denunziation erzielt hatte. »Fra Girolamo, der die Einfachheit seiner jüngsten Werke rühmt, schenkt ihm sein Vertrauen und hat ihn mit der Aufgabe betraut, die nächste Ausgabe seiner Predigten zu illustrieren und für das Volk aufzubereiten ... Einer von uns muß prüfen, ob dieser Brief die Wahrheit sagt. Benedetto, der eine Begabung für die Porträtmalerei hat, wird dies übernehmen. Schon morgen, Herr

Pfarrer, wird er sich zu Botticelli begeben, um sich dort anstellen zu lassen.«

»Und wenn man mich nicht haben will?« erwiderte Benedetto, der damit nicht gerechnet hatte.

»Für jemanden, der Farben mischen, das Reißblei und den Pinsel führen kann, gibt es dort unter den Lehrlingen immer einen Platz.«

»Aber ich verstehe gar nichts von Farben! Und der Goldschmied Marresco erwartet mich am Montag! Wovon soll ich leben, wenn ich nicht mehr für ihn arbeite? In den Ateliers bekommt man nur ein paar Kupfermünzen.«

»San Marco wird die Differenz begleichen. Schon heute abend wird Fra Domenico dir das bestätigen.«

Benedetto erinnerte sich an die erste Denunziation, die er vernichtet hatte. Er sah wieder den großen Künstler vor sich, wie er düster und mit gebeugtem Rücken vor dem Scheiterhaufen stand. Eingehüllt in einen schwarzen Mantel und mit einer roten Mütze bekleidet, warf er sein Temperagemälde auf den eitlen Tand, der vom Feuer verzehrt wurde. Tatsächlich, Baccio della Porta und andere junge Männer mit feinen und hübschen Gesichtern waren ihm an diesem Abend gefolgt ... Obwohl er ihn nicht kannte, liebte und respektierte er diesen Mann. Und jetzt bat man ihn darum, ihm nachzuspionieren und ihn vielleicht vors Tribunal und an den Galgen zu bringen. Er war plötzlich ganz verstört.

»Was macht das schon, wenn er Dante Alighieri illustriert?« fragte er. »Das haben schon andere vor ihm getan, und deshalb hat man sie noch lange nicht in den Kerker geworfen.«

»Falsch!« wies ihn Scopone zurecht. »Die Hölle ist uns ein Graus, denn dort ist alles Böse des Universums versammelt.«

»Vielleicht muß man, um jene fernzuhalten, die sich davon angezogen fühlen, zeigen, daß es das Böse ist und wo es sich verbirgt, und das unvorstellbare Grauen schildern, in dem Florenz zu versinken droht ...«

»Nein! Nur die Herrlichkeit der schönen Seelen ist der Darstellung wert. Ist es etwa zur Erbauung der Menschen nötig, daß man sie mit Dämonen behelligt? Es gibt nichts Verdammenswerteres als diese Mischung aus Profanem und Heiligem, mit der sich Dante und Petrarca hervorgetan haben!«
»Und das ist noch nicht alles, Pfaffe«, warf Jacopo ein. »Denk an die hübschen Burschen im Atelier!«
Es gab ein kurzes Schweigen. Benedetto zauderte einen Augenblick. Doch dann, um nicht aus der Bande der Färber vertrieben zu werden, sagte er, entsetzt und resigniert zugleich:
»Muß ich etwa auch als Lustknabe auftreten? Muß ich mich zum Sodomiten machen, wo ich doch davon träume, einmal eine süße Frau zu haben, die gleichermaßen schön ist an Körper und Seele?«
»Mach, was du willst! Wenn Botticelli unschuldig ist, dann sag es uns. Na los, zier dich nicht so! Mit einem solchen Meister wird du Fortschritte machen in der Kunst der Porträtmalerei. Und dank deiner werden wir überall die Gesichter unserer Feinde aufhängen. Freu dich! Du wirst dem neuen Florenz dienen. Ist es nicht das, was du willst, Benedetto Sermini?«

8

Vor dem Atelier, wo er mit zwölf seiner besten Zeichnungen unterm Arm vorstellig wurde, traf er auf einen der Lehrlinge, der ihm den Zutritt verwehrte. »Meister Botticelli ist nicht da, er ruht sich aus«, sagte der Junge, dessen Gesicht an die wundervollen Ölporträts von Jünglingen erinnerte, die Filippo Lippi ein paar Jahre zuvor gemalt hatte. »Wenn du ihn sprechen willst, mußt du ihn bei sich zu Hause aufsuchen, Via Nuova.«
Während er sich vorgestellt hatte, daß Botticelli wie Perugino, dessen geheuchelte Sanftmut als die Vollendung in der frommen Kunst galt, in einem Palast lebte, fand sich Benedetto vor dem Portal eines alten Anwesens wieder, dessen Steinerker, der über dem Erdgeschoß vorsprang, die Straße verdunkelte. Er betrachtete die strenge Fassade und sagte sich, daß es überaus töricht wäre, den Meister zu stören, wo dieser doch vielleicht das Bett hüten wollte. Dann dachte er wieder an Domenico da Pescia, der ihm tags zuvor in San Marco befohlen hatte, Jacopo Masini und Scopone zu gehorchen, und der, um ihn für den Ausfall an Einnahmen zu entschädigen, zwei Goldflorine, zwölf Silberlinge und sechs Kupfermünzen gezahlt hatte, mit denen er sogleich für Ippolita-Maria und seine Brüder Baggio und Bertramo Brot, Kohl, Rüben, ein Stück Speck, Bleichert und Kerzen aus weißem Wachs gekauft hatte. Seit er den Seinen, die nur allzu oft Hunger litten, diese Überraschung bereitet hatte, war sein Gewissen fast schon wieder beruhigt. Schließlich gab es, so hatte Fra Domenico ihm eingebleut, kein Sondergesetz, das den Schöpfer der *Verkündigungen* von San Barnaba und anderer *Beweinungen Christi* schützte, so herrlich seine jüngsten Werke auch sein mochten. Falls er sich in den Fängen des Bösen befand, falls er Sodomit

war und sich darin gefiel, sich dem »entsetzlichen und abstoßenden Gegenstand« der Hölle zu widmen, wie Dante Alighieri sie schilderte, so war er ein Feind der Republik, und dann gab es keinen Grund, ihn vom Gericht der Gottesmänner auszunehmen … Als Baccio della Porta, den er mit dem Meister vor dem Scheiterhaufen der Eitelkeiten gesehen hatte, die Tür öffnen kam, an die er etwas heftig geklopft hatte, wurde er ganz verlegen. Er hatte damit gerechnet, eine Bedienstete vor sich zu sehen wie bei Tancia Bartolomeo, und nicht einen der begabtesten Schüler des Meisters, der bekannt war für die Truhenbemalungen und Ornamenttäfelungen, die er für die Hochzeit von Barnabeo Pucci und Farinella Scrocci gefertigt hatte, sowie für die Altarbilder und Temperamalereien der Madonna mit Kind. Der junge Mann, der kaum älter war als er, musterte ihn von oben bis unten. Er war feingliedrig. Seine Miene war so ernst, seine Kleidung so trist und schwarz, daß er leidend wirkte. Seine gezupften Augenbrauen, sein üppiger Haarschopf und die extreme Feinheit seiner Gesichtszüge gaben ihm etwas Mädchenhaftes. Ohne abzuwarten, daß man ihn nach den Gründen seines Besuches fragte, ergriff Benedetto das Wort:

»Ich bin von der Kohorte der Färber, und San Marco schickt mich zu Alessandro Botticelli, um die Kunst der Federzeichnung, der farbigen Porträtmalerei und der Freske zu lernen!« sagte er in einem Zug, ohne Atem zu holen.

»Der Meister ist am Arbeiten, kannst du nicht später wiederkommen?« lautete Baccio della Portas schwache Entgegnung.

»Ich werde ihn nicht darin unterbrechen. Meine Frage ist schnell gestellt.«

Der andere seufzte.

»Na gut, da du von San Marco kommst …«, erwiderte er mit einer gewissen Gleichgültigkeit. »Aber mach's kurz, denn Alessandro ist mit einem Problem beschäftigt, dessen Lösung ihm Mühe bereitet.«

Sie durchquerten die zu drei Viertel leeren Vorratskammern, in denen ein paar Ölkrüge, drei Fässer Wein und zehn Kornsäcke lagerten. Dann machten sie einen Bogen um einen Springbrunnen und ein Abflußloch, stiegen über zwei schwarze Balken, die quer im Weg lagen, gingen an einem Hängegerüst entlang, von dem Ketten und geknotete Seile hingen. Mit schweren Schritten erklommen sie die Steintreppe, deren Stufen zum Teil gesprungen und ausgebrochen waren. Im Stockwerk darüber betraten sie einen engen und kalten Raum. Während sie an einem großen, erloschenen Kamin vorbeigingen, an dem sechs Fuß hohe Blasebälge lehnten, dachte Benedetto, erstaunt über die Nüchternheit und Einfachheit der Räumlichkeiten, an die monumentalen, mit Wandbehängen geschmückten Zimmer und die kostbaren Möbel, die er seit einigen Wochen zu sehen bekam, wenn er mit Girolamo Bardi und den anderen von der Bande nach verbotenen Gegenständen Jagd machte. Es erstaunte ihn, an der niedrigen Decke keinen einzigen geschnitzten Balken zu sehen, keine einzige Freskenmalerei auf den nackten Wänden, keinerlei Rautenfliesen auf dem mit groben Steinen ausgelegten Boden. Hinten, im angrenzenden Arbeitszimmer, in dem ein scharfer Geruch nach Staub und Moder hing, gewahrte er, neben einer Bibliothek, deren Bretter sich unter dem Gewicht alter Manuskripte bogen, unter einem Kruzifix in der Ecke ein dreieckiges Pult, das von einem Stapel von Skizzenheften bedeckt war, und vor dem Fenster sah er eine Staffelei, erhellt von einer Öllampe mit drei Dochtschnäbeln, vor der, den Rücken der Eingangstür zugekehrt, ein gebeugter, mit einem braunen Schlafrock und einer scharlachroten Mütze bekleideter Mann saß. Es war der Meister! Es brachte ihn ganz außer Fassung zu sehen, daß Alessandro Botticelli so ärmlich und zurückgezogen lebte. Weshalb diese Abgeschiedenheit? Aus welchem Grund, so fragte er sich, hielt sich ein Künstler seines Schlages, dessen Truhen berstend voll mit hübschen Goldstücken sein müßten, von der Welt so fern? Geschah es aus Stolz oder aber um der Lehre Fra Girolamos Folge zu leisten, der zu einer extremen Schlichtheit aufrief? Vielleicht war auch die Kunst seine einzige Heimat, und er hatte im Laufe der Zeit seine Bequemlichkeit und die Gesundheit von Geist und Körper der Verfolgung seines Ideals der dichterischen Erhebung und Wandlung geopfert.

»Sandro, der da kommt von San Marco und will mit dir sprechen«, sagte Baccio della Porta.

Der Meister, der einen Pinsel in der Hand hielt, wandte sich um. Er trug eine Brille. Ein schwarzer Schal war um seinen Hals geschlungen. Zwei Haarsträhnen, eher grau als blond, lugten zerzaust unter seiner Mütze hervor. Im Licht der Lampe kam Benedetto sein Gesicht, das vom Anflug eines Bartes überschattet wurde, schmutzig vor. Obwohl er ihn wiedererkannte, so wie dieser sich selbst zwanzig Jahre früher in seiner *Anbetung der Heiligen Drei Könige* von Santa Maria Novella gemalt hatte, mit diesem etwas schweren Kinn, diesem klar konturierten Mund und den hängenden Lidern, hatte er das Gefühl, vor einem Greis zu stehen. Und doch war Alessandro Botticelli – das wußte er, weil er sich im Vorjahr für seine Lebensgeschichte interessiert hatte – erst zweiundfünfzig Jahre alt.

Eingeschüchtert trat Benedetto vor. Auf der Staffelei entdeckte er eine elegante, ganz aus Arabesken, Faltenwürfen und Lichtspielen bestehende Komposition auf Holz. Eine Frau ohne Gesicht schwenkte ein Schwert und präsentierte in ihrer Hand den abgeschnittenen Kopf eines Mannes. Rechts davon, unter dem Segeltuchbaldachin, der die Szene überspannte, war die unvollendete Gestalt einer weiteren Person zu erkennen.

Botticelli sagte kein Sterbenswort. Durch seine Brillengläser, die seine Augen durch den Lupeneffekt übergroß erscheinen ließen, blickte er seinen Besucher starr an.

Benedetto ging auf ihn zu. Er entrollte die Porträts, die er mitgebracht hatte, und sagte dann mit etwas unsicherer Stimme:

»Ich heiße Benedetto Sermini. Man schickt mich zu Euch, damit ich, um der Republik und der Erneuerten Kirche Jesu Christi zu dienen, bei Euch lernen kann, wie man gut malt und zeichnet.

Seht Euch meine bisherigen Arbeiten an: Mit dem Reißblei kann ich bereits umgehen, wie es sich gehört, aber ich weiß noch nichts über die Proportionen oder die Farben, und vom Mischen derselben verstehe ich auch nichts. Es ist mein Traum, in Euer Atelier aufgenommen zu werden, denn ich bewundere die *Verleumdung des Apelles,* und ich weiß, daß ich bei Euch und Euren Schülern das finden werde, was mir immer gefehlt hat.«

Der Meister warf schweigend einen Blick auf das Porträt von Tancia Bartolomeo. Statt ein Urteil abzugeben, nickte er zerstreut mit dem Kopf und schwieg weiter.

»Mit zwölf Jahren bin ich in die Schule der Dominikanermönche von Santa Maria Novella gegangen, wo man mich die Grammatik lehrte«, fuhr Benedetto fort. »Doch mein Vater, der Färber war, starb, und mich traf die Bürde großer Verantwortung. Um für den Unterhalt meiner Familie zu sorgen, mußte ich mich in die Zunft der Goldschmiede aufnehmen lassen. Derzeit arbeite ich bei Marresco Frazzi, wo ich die Dekorationstechniken des Gravierens, des Ziselierens und des Emaillierens gelernt und wo ich Geschmack an der klaren Form und der strengen Linie gefunden habe.«

Mit müder Geste blätterte Botticelli das Porträt der Tancia Bartolomeo um, und auf der nächsten Seite verweilte sein Blick auf einer jungen Mädchengestalt, die wie ein Engel gezeichnet war.

»Wer ist das?« fragte er.

»Nur eine Unbekannte, die ich in Santa Maria del Fiore gesehen habe, jemand, den ich nach einer Predigt Fra Girolamos aus dem Gedächtnis gezeichnet habe.«

Ohne sich die folgenden Zeichnungen anzusehen, stieß der Meister, dessen Züge undurchdringlich blieben, das Skizzenbündel von sich. Mit dumpfer Stimme fragte er:

»Willst du zu mir, weil du dich nach Ruhm sehnst? Weißt du nicht, daß viele Künstler in armseligen Verhältnissen und größter Zurückgezogenheit leben?«

»Nein, es ist mir gleich, ob ich berühmt werde, ich will bloß ein Talent entwickeln, das mir von unserm Herrn gegeben wurde.«
»Und das Grauen der Elendsviertel fliehen, wo man in Unwissenheit dahinvegetiert ... Hab ich nicht recht? Was für ein unglückseliger Gedanke! So viele von euch hegen diesen Wunsch ...«
Peinlich berührt von dieser Bemerkung, schlug Benedetto die Augen nieder. Sein Blick fiel auf seine zerfetzten, von Kot und grünem Schlamm verdreckten Schuhe. Er schämte sich seiner, schämte sich für seinen verschlissenen Kragen, seine Magerkeit, seine Armut, für die Mühe, die es ihm bereitete, sich auszudrücken. Als er die Nase hob und sich aufrichtete, um sich wieder ein wenig Würde zu geben, erhaschte er einen Blick, den der Meister und Baccio della Porta tauschten, und obwohl in der Denunziation aus der Badia von ihrer Beziehung keine Rede war, fragte er sich, was sie einander wohl bedeuteten ...
»Bei Meister Marresco habe ich drei Jahre lang dabei zugesehen, wie man Möbel mit Einlegearbeiten verziert, wie man Schmuck, Waffen und Gefäße ziseliert«, fuhr er fort. »Ich werde schnell lernen, denn ich beherrsche die Kunst der erhabenen Konturen in unzähligen verschiedenen Formen, sowohl in der figürlichen Darstellung als auch in der Ornamentik.«
»Ich sehe, wie du zeichnest, Benedetto Sermini, und ich sage mir, daß es nicht vernünftig wäre, dich als meinen Schüler aufzunehmen.«
Dem folgte ein langes Schweigen. Dem Jungen fiel das Atmen schwer. Die Ablehnung des Meisters kränkte ihn. Plötzlich hob er die Stimme und erwiderte heiser:
»Sagt mir wenigstens, warum Ihr mich nicht haben wollt, der ich Euch bewundere und davon träume, im Schatten an Eurer Seite zu sein!«
»Du weißt, was ein guter Federstrich ist, und deine Zeichnungen mit dem Reißblei sind nicht ungeschickt. Hier erkenne ich ein angedeutetes Lächeln, dort ist eine Bewegung eingefangen, doch

es ergibt kein Ganzes. Deine Figuren haben kein Relief, und es mangelt ihnen an der Wärme des Fleisches. Sie lassen weder Glut noch Herz erkennen. Deine Leiber sind leere Hüllen, du hältst dich nur an das Äußere. Künstler sein heißt das Unsichtbare erkennen und dessen tiefes Wesen nachbilden. Ich glaube nicht, daß du ein Künstler bist.«

»Ich werde es lernen!« rief Benedetto wutentbrannt aus. »Für die Kohorte der Färber und für Fra Domenico, die mich bei Euch in die Lehre geben möchten, werde ich es lernen!«

Botticelli senkte den Kopf, um seinen Besucher über den Rand seiner Brille hinweg anzusehen, und betrachtete ihn so eine geraume Weile.

»Da hat dich ja ganz schön die Wut gepackt ...«, murmelte er, ohne daß sich daraus hätte entnehmen lassen, was dies für ihn bedeutete.

Schließlich drehte er sich zu seiner Staffelei um und wandte sich wieder der unvollendeten Frauengestalt zu.

Baccio della Porta, der bei dieser Szene wie unbeteiligt wirkte, rührte sich nicht.

Es verging ein geraumes Weilchen, das ihm vorkam wie eine Ewigkeit. Benedetto, der verletzt war, beschloß, seine Zeichnungen wieder an sich zu nehmen. Als er das Zimmer verlassen wollte, sagte Alessandro Botticelli zu ihm, ohne sich umzudrehen: »Vielleicht wirst du deine Porträts eines Tages auf dem Mercato Vecchio verkaufen. Vielleicht wirst du einmal auf diese Weise deinen Lebensunterhalt verdienen. Vielleicht wirst du sogar unter Künstlern leben, ohne je einer von ihnen zu sein ... Und doch trägst du eine Wut im Herzen, wie auch ich sie einst gekannt habe ... Aus diesem Grund, und nicht aufgrund deiner künstlerischen Begabung, die ich nicht zu sehen vermag, komm in einer Woche ins Atelier. Dann werden wir sehen, ob sich etwas aus dir machen läßt.«

9

Scopone frohlockte. Vor San Marco hatten sich an die tausend Menschen versammelt. Zur Hälfte füllten sie den alten Turnierplatz, und beim Gekreische und Gelächter der jubelnden Horde dachte niemand mehr an die schreckliche Drohung der Exkommunikation, die Papst Alexander gegen Fra Girolamo ausgesprochen hatte. Stolz auf sich selbst und auf die Idee, die von ihm stammte, betrachtete der Pfarrer von San Remigio diese große Menge aus Taugenichtsen in Alben, die sich unter den Wimpeln der Kohorten ihrer Viertel aufgereiht hatten. Seine Brust wollte ihm schier platzen vor Freude. Nachdem er wochenlang nach einem Ausweg gesucht und, als ihm keine zündende Idee kam, schon befürchtet hatte, seine Phantasie sei erloschen, bekam er nun kaum Luft vor Glück und mußte sich zurückhalten, um nicht seine Fäuste triumphierend der Sonne entgegenzurecken, die, als wolle sie seinem Triumph die Krone aufsetzen, den Himmel aufgeklart hatte und mitten im Februar ihren Glanz erstrahlen ließ. Um ihn zu beglückwünschen und zu entschädigen, hatten die Klosterbrüder – Domenico da Pescia, der nur noch Haut und Knochen war, Tommaso Busini und Silvester Maruffi – ihn so tief gegrüßt, daß es fast einer Verbeugung gleichkam. Noch nie in seinem Leben hatte er sich so stark und auch so geachtet gefühlt.

Ja, man könnte schier platzen vor Stolz: Auf seinen Wunsch waren sie alle hier versammelt, diese Halunken! Die von Santa Maria del Fiore, die Psalmen grölten, und die von Santa Maria Margherita, die Olivenzweige schwenkten, sowie die vom Mercato Vecchio, die sich mit den Ellbogen in die Seiten stießen, die von Ognissanti, von denen die Jüngsten kaum älter als fünf

Jahre waren, die von San Lorenzo und Santa Croce, die freudig das *Ave maris Stella* sangen, nicht zu vergessen jene, die von Boboli und San Miniato gekommen, und jene, die in großer Zahl von den Hügeln von Fiesole herabgestiegen waren ... Alle waren sie seinem Ruf gefolgt. Was die Seinen anbelangte, die Boshaftesten von allen, die aus dem Färberviertel, so drängten sie sich auf den Ehrenplätzen, brennend vor Ungeduld, ihre Mädchenlocken der Barbierschere zum Opfer zu bringen. Für die *piagnoni* war es nun aus mit der gelockten Haarpracht, die ihnen bis auf die Schultern herabfiel! Für die Inquisitionsengel war nun Schluß mit ihrem undefinierbaren Äußeren! Adieu die wallenden Blondlocken und die verzärtelten Mienen! Von den vergangenen Lastern durfte nichts übrigbleiben: Gleich den Mönchen mit ihrer Tonsur sollten nun, dank Scopone von San Remigio, der auf diese Idee verfallen war, die kleinen Soldaten des Herrn den Kopf geschoren bekommen ...

Wie sollte man da nicht brüllen vor Glück? Scopone! Scopone! Wie sollte man da nicht den eigenen Namen in alle vier Himmelsrichtungen hinausschreien! O selige Wonne! Er war im siebten Himmel, und wenn Fra Girolamo, um die Pläne des verruchten Borgia-Papstes zu durchkreuzen, demnächst seine ersten Bischöfe einsegnen würde, dann wäre er auch mit dabei!

Ein Hauptmann grüßte ihn, und in einer gewaltigen Vision tat sich eine siegreiche Zukunft vor seinen Augen auf. Mit verwirrender Genauigkeit malte er sich seine eigene Apotheose aus. Er sah sich im Zentrum eines riesigen Medaillons gleich einem bunten Regenbogen, übersät mit Goldnägeln. Gekrönt mit der Bischofsmitra, gekleidet in das mit geschliffenen Edelsteinen eingelegte Meßgewand, schwebte er in einem sanften Himmelblau über Blümelein, die sich bei seinem Anblick öffneten und ihre Köpfe hoben. Auf der Schwelle zum Paradies, kam er, eingewiegt vom zweifachen Chor der kleinen Vögel des heiligen Franziskus und der Engel des Himmels, die schneeweiße Lilien in Händen hielten, dem Lichte, das Florenz erleuchtet, so nah, daß er von Gottes Glanz geblendet wurde. Mit seiner behandschuhten Hand segnete er inmitten verzückter Heiligengestalten, Sibyllen, Patriarchen und von feierlichem Ernst bewegter Propheten die Versammlung von Italiens Heerestruppen. Und in der anderen Hand, an der ein Amethyst leuchtete, schwang er den goldenen Bischofsstab über die vor ihm niederknienden Burschen.

Ah! Wie er jauchzte, dieser Pfarrer, der so kurz davorstand, Bischof zu werden! Was für ein Tag, in jeder Hinsicht vergleichbar mit der segensreichen Fleischwerdung des Gottessohnes! Dank seiner, der im vergangenen Jahr die Prozession der Beschäftigungslosen nach San Marco organisiert hatte, waren Jacopo Masini, Francesco Prodenzani, Girolamo Bardi, Martino Calccio, Agnolo Bruni und Anselmo Sacchetti bereits kahlgeschoren. Unterdessen fegte mit kleinen Besenstrichen Ornulfo, sein einäugiger Mesner, als Vergütung seiner heiligen Werke den Teppich aus braunen, blonden oder schwarzen Locken zusammen, der das Pflaster bedeckte. Unvermittelt stopfte er die Locken bündelweise in einen sehr großen Sack. Scopone prustete los. Was für ein meisterlicher Streich! Nicht allein, daß die Inquisitionsengel Fra Girolamos dank seiner glänzenden Eingebung von nun an barhäuptig durch die Stadt ziehen würden, darüber hinaus würden sich diese schönen Haare, zugeschnitten, gekämmt und geglättet, außerhalb der Republik der Mönche, auf den Märkten von Empoli, Urbino, Arezzo und Lucca, vor dem Schiefen Turm von Pisa bis hin zu den Toren von Siena, in kleinen Mengen weiterverkaufen lassen, um die Frisuren der koketten Weiber zu zieren, die sich von den Fastenpredigten nicht ergreifen ließen. Solcherart würden seine geheimen Truhen unter der Krypta von San Remigio noch vor dem Sommer von Florinen und Silberlingen überquellen.

Als Benedetto Sermini an die Reihe kam, ging er zu dem Jungen hin, der ein ernstes Gesicht machte, und legte ihm die Hand auf die Schulter. Den hier mochte er im Grunde gut leiden. Demütig und einzelgängerisch, schienen Andacht und Buße ihm ein leichtes zu sein. Manchmal fing sein Blick an zu leuchten, und dann schien es, als würde er sich selbstversunken aus dem Innern heraus verzehren. Im Unterschied zu einem Girolamo Bardo oder Francesco Prodenzani, die er schon als Wegelagerer enden sah, stellte Scopone, der überzeugt war, den Leuten in die tiefste Seele blicken zu können, sich Benedetto an seinem Lebensabend eher als Einsiedler vor, der fern von allem von Heuschrecken und wildem Honig lebte, oder als Heiligen, der, in einem Käfig in den Lüften schwebend, am Gipfel eines zu Gott strebenden Pfahles hing. Bisher hatte der Bursche, sosehr er auch ein Hungerleider war, der Kohorte mit seinen Denunziationsporträts gute Dienste geleistet, und die Feindschaft, die Jacopo im Umgang mit ihm an den Tag legte, bewies, daß er, neben seiner Neigung für Stille und Meditation, auch noch andere Gaben besaß. Vielleicht könnte er, wenn es einst an der Zeit wäre, die Miliz neu zu organisieren und den Übereifrigen einen Dämpfer zu versetzen, dienlich sein und sich im Vorposten wiederfinden, etwa als Friedensstifter, um die Streitigkeiten zu schlichten, oder auch, wer weiß, wenn er es verdiente, als Anführer anstelle von Jacopo Masini, dessen boshafter Geist und dessen finstere Blicke nicht länger sonderlich vertrauenerweckend waren. Hatte man etwa nicht gesehen, wie dieser schöne Zeichenkünstler diesen Rotschopf von Maruffio, vor dem sogar die aus dem Färberviertel vor Angst ganz grün im Gesicht wurden, mit bloßen Händen angegriffen hatte? Kein Zweifel! Er war furchtlos genug, die Truppe anzuführen … Als unter der Schere die erste Locke seines braunen Haars fiel, das sehr dicht war, fragte ihn der Pfarrer:

»Nun, Benedetto, mein Freund, arbeitest du auch tüchtig bei Meister Botticelli?«

»Ich bin noch nicht dort«, antwortete der Bursche, »ich soll mich morgen, am Montag, in sein Atelier begeben. Aber ich glaube, er will mich nicht, weil ich weder malen noch zeichnen kann.«

Scopones Gesicht verfärbte sich backsteinrot.
»Was redest du da?« brüllte er. »Ob er dich will oder nicht, du mußt bei ihm unterkommen! Dafür hat man dich in San Marco bezahlt!«
»Falls es nötig sein sollte, werde ich bei Marresco Frazzi doppelt soviel arbeiten und zurückzahlen, was man mir gegeben hat.«
»Du hirnloser Hirtenbankert! Wie kannst du an einem Tag wie diesem so einen Unsinn daherfaseln? Fra Domenico zählt auf dich, und ich, der ich Bischof sein werde, ebenfalls. Hast du Botticelli nicht erklärt, wer dich schickt?«
Der Junge senkte den Kopf. Eine weitere seiner Locken fiel auf Scopones Beinkleider.
»Er mag meine Porträts nicht«, entgegnete er verwirrt. »Er sagt, sie seien leere Hüllen.«
»Was für ein hohles Waschweibergesülze!« ereiferte sich der Pfarrer, kochend vor Wut. »Ein Grund mehr, daß er dir beibringt, sie zu füllen! Sei nicht so ein Faulpelz, du Eselskopf! Steh auf, du Dreckbankert, und mach dich ans Werk! Du wirst wohl Christus, unserm Herrn, kaum zur Ehre gereichen, wenn du auf deinem Strohsack hocken bleibst!«
»Das zu entscheiden liegt nicht in meiner Hand, ich schwöre es, Herr Pfarrer! Meister Botticelli glaubt, daß ich kein Künstler bin. Was er sagt, ist so ernst gemeint, daß ich, nachdem ich bei ihm war, alle Porträts, die ich je gezeichnet habe, verbrannt habe. Er hat recht: Es will mir nichts Rechtes gelingen, keine einzige meiner Zeichnungen ist es wert, daß man sie aufbewahrt.«
»Hanebüchener Unsinn! Wie kannst du dich zu so einem Blödsinn versteigen? Zu Hilfe, Herr Jesus Christus, in den hier habe ich mein Vertrauen gesetzt, und jetzt betrügt er mich!«
Scopone schlug sich mit beiden Fäusten auf die Stirn, und dann schrie er, den Barbier in die Seite stoßend:
»Jacopo! Wo ist Jacopo?«
Die Schere rutschte ab und ritzte mit ihrer scharf geschliffenen

Spitze den Kopf von Benedetto, den nun seinerseits zu brüllen anfing:
»Jacopo weiß Bescheid, Herr Pfarrer! Ich habe ihm von meinem Besuch in der Via Nuova erzählt.«
»Und? Was hat er getan? Was hat er beschlossen?«
»Er hat mir so heftig den Hintern versohlt, daß mir noch immer die Pobacken brennen.«
»Bravo! Gut gemacht! Botticelli ist das Böse in Person, wir haben gelobt, ihm die Maske herunterzureißen! Fra Girolamo ist eingeweiht ...«
Der Barbier wischte die Blutstropfen mit einem Stück Stoff ab, und dann fielen weitere Locken. Der Kopf des Jungen war rund wie ein Kieselstein. Mit der flachen Hand versetzte Scopone, vor Zorn puterrot im Gesicht, dem Rotzbengel, der ihm seine schöne Apotheose versaute, einen Schlag in den Nacken.
»Glaube bloß nicht, daß du die Wahl hättest, Benedetto Sermini«, sagte er in einem entsetzlich kehligen Ton. »Solltest du scheitern mit deiner Mission, werden dich die Färber allesamt windelweich prügeln, das verspreche ich dir, ich, der ich heute in einem Monat die Erzbischofssmitra tragen werde, und dann werden sie dir nicht nur den Hintern bleuen.«

10

Armer Benedetto! Er wäre gern zu Abenteuern auf den Straßen der Toskana aufgebrochen, um von den *arrabiati* fortzukommen, die ihn zu Tode prügeln wollten, und vor demjenigen zu flüchten, der ihn morgen in seinem Atelier zurückweisen würde. Nicht die Angst hielt ihn zurück, auch wenn er nicht aufzumucken wagte, wenn Jacopo Masini oder Scopone rüde mit ihm umsprangen. Er fürchtete niemanden bei den Färbern. Nein, was ihn zu bleiben zwang, war sein Wille, der Erneuerten Kirche zu dienen, und sollte er auch, statt in dem Licht, von dem er träumte, den Rest seines Lebens in Lumpen verbringen, auf der niedrigsten Stufe, um für San Marco oder die Armen von San Marino betteln zu gehen. Nichts mehr, nicht einmal mehr der Schmerz über die Zurückweisung, sollte ihn von der herrlichen Verwandlung der Welt und dem Umsturz sämtlicher sozialer und moralischer Gegebenheiten abhalten, an denen er seit seinem Eintritt in die Kohorte der Färber mitwirkte. Er durfte nicht mehr jammern! Und sich auch nicht mehr über seine eigenen Schicksalsschläge grämen! Er mußte ständig auf der Hut sein, durfte nicht einfach nur jeden Sonntag darauf warten, daß die Stimme von Fra Girolamo ihm seinen Glauben erneuerte. Und doch, die zweite Demütigung, die er zu erwarten glaubte, jene, nicht würdig zu sein, Lehrjunge bei Alessandro Botticelli zu werden, setzte ihm schwer zu. Seit vergangener Woche hallte ihm die Stimme des Meisters in den Ohren. *Ich glaube nicht, daß du ein Künstler bist,* sagte sie wieder und wieder, und den Satz dieses Mannes, dessen Werk er verehrte, im Kopf dröhnen zu hören stürzte ihn in den tiefsten Abgrund.

Wie er so auf dem Hügel von Boboli saß, hätte er in dieser Nacht

gerne die Gewißheit besessen, daß die Welt voller Zeichen und Wunder war und daß nichts in der Natur gegenüber dem Schicksal der Menschen unbewegt und gleichgültig blieb.
Angesichts des mit Sternen gespickten Himmelsgewölbes fragte er sich am Ende dieses elenden Tages: Bewiesen die sich wandelnden, bald langen, bald kurzen Schatten und die kleinen, gleich Trommelfeuern auf der goldenen Seite des Mondes aufscheinenden Glanzlichter etwa nicht, daß das Universum von geheimen Kräften beherrscht wurde, von denen niemand wußte, wer sie steuerte? Und fand sich nicht, wer im Dunkel wandelte, gleich darauf im Lichte wieder? Und ließ die Energie der Planeten und der konzentrischen Sphären, welche die Erde umhüllten, nicht auch die Seelen der armen Schlucker wieder aufleben? Der Soundso war heute kein Künstler? Was soll's! Vielleicht würde ihm, durch die Hilfe des Himmels, morgen schon ein anderes Schicksal zuteil ...
Indes, nur unter der Bedingung, daß man ihn in den Kreis der Lehrjungen aufnahm und ihm zeigte, wie man mit Kurven und Strichen den Lebenselan einfing ...
Doch das war gewiß zuviel verlangt! Da wies man den armen Schlucker, der vorsprach, doch lieber ab. Kaum hatte er vorgesprochen, wurde er auch schon verjagt ... Wieso behandelte man einen, der noch keine Gelegenheit hatte, etwas zu beweisen, mit soviel Dünkel und Ungerechtigkeit? Wer waren sie, daß sie über ihn urteilten und sich weigerten, ihr Wissen mit ihm zu teilen? Aus welchem Stein war ihr Herz gehauen? Wie er ihn haßte, den Mann mit der roten Mütze und den dicken Gläsern, dessen Worte messerscharf waren! Wie sehr er wünschte, ihn an den Galgen zu bringen! Und Baccio della Porta, seinen schwarzgekleideten Günstling, wie er ihn verachtete! Wie es ihn juckte, ihn anzuzeigen und ihn im eigenen Blute baden zu sehen, die Augen ausgestochen! Mit welchem Recht brachten sie solchen Schmerz über jene, die sich auf sie verließen? Wußten sie, was es hieß, die eigenen Zeichnungen zu verbrennen, die man unter so viel Mühsal

und mit so viel Freude geschaffen hatte? Durch ihre Schuld war von seinen achtzig Porträts, von Tancia Bartolomeo und der Schönen, die ihm auf dem Rückweg von einer Predigt begegnet war, nichts mehr übrig. Und es war, als hätte es diese unvollkommenen Gesichter nie gegeben, als wäre ohne sie das Leben aller Zeiten stets nur Asche und Elend gewesen …

Niemals würde er so sein wie Fra Angelico, dessen *Verkündigungen* er zu imitieren träumte, noch so wie die Brüder Pollaiolo oder wie Paollo Ucello, dessen gigantische Schlachtengemälde seine Phantasie genährt hatten. Statt die Welt zu verändern, würde er Goldschmied bleiben, gerade gut genug, um Modelle aus Wachs oder Ton herzustellen oder endlos das Motiv einer Brosche zu wiederholen …

Um sich nicht seinem Kummer hinzugeben, sagte er sich lange Zeit immer wieder, daß jener Gott der Gerechtigkeit, der wollte, daß die Ordnung der Welt sich wandelte, über ihn wachte. Als er schließlich von der Müdigkeit dreier schlafloser Nächte übermannt wurde, ging er, allein, den Blick im Leeren, zurück in sein trauriges Haus aus Stein und Holz.

Als er am nächsten Morgen in der Werkstatt von Alessandro Botticelli ankam, erschien sie ihm unverhältnismäßig groß. Die Stille, die so ganz im Gegensatz zu dem lärmenden Treiben bei Marresco Frazzi stand, überraschte ihn. Sein Blick wanderte die Wände entlang, an denen sich die kolorierten Manuskripte und die polychromen Kartons fertiggestellter Fresken stapelten. Dann blieb sein Blick auf zwei Jungen haften, die damit beschäftigt waren, eine Vorlage in Vierecke einzuteilen, um sie später vergrößert auf große Freskenwände zu übertragen. Im Vorübergehen erkannte er Baccio della Porta, der mit einem Stück Zeichenkohle mit hastigen Strichen die Umrisse einer in einen weiten Mantel gekleideten Gestalt auf ein Pergament übertrug. Haß im Herzen, unterdrückte er das Verlangen, diesem weibischen Kerl auf die Füße zu spucken. Schließlich gewahrte er ganz hinten in einem fernen Winkel des riesigen Raumes, unter der unglaublich hohen Decke in sich zusammengesunken, den Meister, diesen Feind Christi, dem er nur mehr Bitterkeit und Groll entgegenbrachte. Auf einem Podest sitzend, die Feder in der Hand, beugte sich Botticelli über ein großes Pult. Bekleidet mit seiner roten Mütze, eingehüllt in seinen dicken Schal, zeichnete er, indem er nahezu mit der Nase auf dem Papier hing. Während er zwischen den Tischen hindurchging, um zu ihm zu gelangen und, davon war er überzeugt, sich sagen zu lassen, daß er unerwünscht war, stieg ihm der Geruch nach Farbe und Kohle beißend in die Nase. Zu spät! Zweimal mußte er niesen. Das Dutzend Lehrjungen hob die Köpfe, sie kicherten los und sahen ihm dabei zu, wie er sich den Tropfen abwischte, der ihm an der Nase hing. Was für ein verflucht lächerlicher Auftritt! Das mußte ein Ende haben!

»Hier bin ich!« rotzte er dem Meister hin. »Ich bin hier, wie Ihr es gewünscht habt.«

Botticelli unterbrach seine Arbeit. Durch seine dicken Gläser musterte er den Besucher. Seine Feder, neu zugespitzt, war schwarz von frischer Tinte. Benedetto konnte nicht sehen, ob er die Feuerzungen zeichnete, die zwischen den Gräbern der Hölle aufloderten. Er bemerkte nur, daß eine zur Hälfte geleerte Karaffe mit Wein in seiner Reichweite stand.

Botticelli schien sich zunächst nicht an ihn zu erinnern, dann nahm er die Brille ab und schaute ihn mit seinen hellgrauen Augen aufmerksam an. Stärker noch als eine Woche zuvor in seinem Haus sah es so aus, als sei er ganz erstarrt vor Kälte. Seine Mütze hatte er tief in die Stirn gezogen. Und was seinen Schal anging, so war er so dick darin eingemummelt, daß er keinen Hals zu haben schien. Doch trotz dieser Aufmachung und ungeachtet seiner abgespannt wirkenden Gesichtszüge und der zwei Falten, senkrechte Narben, die seine Wangen durchfurchten, war seine Physiognomie nicht ohne Adel. Er blinzelte, und der zwischen zwei unterschiedlichen Gefühlen schwankende Ausdruck

seines Gesichtes brachte den Jungen vollends aus dem Gleichgewicht.
»Fehlt es deinem Federstrich immer noch an Empfindung?« fragte der Meister schließlich. »Oder hast du seit dem letzten Mal Fortschritte gemacht?«
»Ich bin immer noch am selben Punkt«, erwiderte Benedetto, »und das wird auch so bleiben, sofern sich niemand die Mühe macht, mir zu zeigen, wie es geht.«
»Kennst du den Maler Dioneo Sellajo?« fragte ihn Botticelli.
»Nein, und die meisten anderen Florentiner Maler auch nicht.«
»Nun denn, wie du ist er im letzten Jahr gekommen, und auch er verstand sich darauf, die Wirklichkeit in ein Gewand aus poetischen Verzierungen zu kleiden. Er blieb immer an der Oberfläche der Dinge haften und wußte nicht, was dazu vonnöten ist, um einem Gesicht Leben einzuhauchen und einer Form in den Augen des Betrachters Sinn zu verleihen.«
»Und heute?«
»Hat er eine klarere Vorstellung und beginnt, dank seiner Beharrlichkeit, zu begreifen, aus was die verborgenen Welten und Traumgefilde gemacht sind, die unsere Sensibilität zu rühren vermögen. Geh zu ihm!« antwortete der Meister barsch und setzte sich die Brille wieder auf die Nase. »Und laß mich in meiner Arbeit fortfahren, deinetwegen sind meine Finger taub geworden.«
»Aber wo kann ich ihn finden?« entgegnete Benedetto. »Und woran soll ich ihn erkennen, da ich ihm doch nie begegnet bin?«
»Er ist dahinten im Atelier.«
Benedetto, der nicht wußte, was er davon halten sollte, begab sich zu Dioneo Sellajo, der wie sein Meister mit einer sorgsam zugespitzten Gänsefeder zeichnete. Auf dem Papier waren deutlich erkennbar zwei ineinander verkeilte Männerkörper zu sehen. Das Werk war fast vollendet. Es mußten nur noch die Landschaft im Hintergrund und die Beine der beiden Gestalten fertiggezeichnet werden. Weit davon entfernt, sich zärtlich zu umarmen, hatten die Krieger einander fest umklammert, und der

Künstler hielt sie im Augenblick der größten Spannung fest. Der eine hob seinen Gegner über den Boden und suchte ihn mit ineinander verknoteten Armen zu ersticken. In dieser dramatischen Szene schienen sie nur noch ein einziges Wesen zu bilden, dessen zwei Hälften offenbar beschlossen hatten, sich gegenseitig umzubringen. Die Spannung ihrer Muskeln, ihr ineinander verkeiltes Fleisch, das sich in einem heftigen Krampf wand, ihre von der Anstrengung verzerrten Gesichter, die Fratzen ihrer fiesen Verrenkungen – alles, bis hin zu den verkrampften Fingern, bis hin zu den hervortretenden Adern und den geschwollenen Hälsen, trug dazu bei, daß ihr Kampf etwas Leidenschaftliches und Dramatisches bekam. Benedetto betrachtete die Figur, die den Vordergrund beherrschte. Bereits sie allein drückte alle Wut und allen Schmerz der Welt aus.

»Das ist großartig ...«, murmelte er, von einer tiefen Erregung ergriffen. »Hast du hier alles über die Kunst des Pollaiolo gelernt?«

»Was willst du?« fragte ihn Dioneo Sellajo.

»Ich würde mit der Feder gerne ebenso gut umgehen können wie du«, antwortete er, ohne die Zeichnung aus den Augen zu lassen. »Meister Botticelli hat mir gesagt, daß du mir das beibringen könntest. Aber vorher sag mir, wer diese beiden Riesen sind und was sie dazu treibt, sich gegenseitig umzubringen.«

»Das sind Herkules und Antäus, erkennst du sie nicht?«

»Doch, sicher ...«, log Benedetto. »Ich habe letztes Jahr auch einmal versucht, die Mühen des Herkules darzustellen. Mit der Feder bereitet es mir Schwierigkeiten, diesen Ausdruck und diese Bewegung hineinzubringen, die bei dir so natürlich wirken.«

»Na dann, bleib hier ...«, seufzte der andere. »Und schau mir zu, wie ich es anstelle. Aber vor allem halt den Mund und stör mich nicht.«

Den ganzen Morgen blieb Benedetto bei dem Pult stehen. Mit sicherem und energischem Strich beendete Dioneo Sellajo zuerst die halbgebeugten Beine des Herkules, die wie die Stämme einer

Eiche im Boden wurzelten. Dann vollendete er mit verblüffender Leichtigkeit die unendlich weite Landschaft im Hintergrund. Während er durch ein Spiel mit der Perspektive rund um die beiden Riesen einen von einem schwarzen Himmel niedergedrückten Raum entstehen ließ, erschien unter seiner Federspitze eine aufgewühlte und düstere Natur, eine Welt, in der es wimmelte von Flüssen, jäh in den Abgrund stürzenden Felsen, zinnenbewehrten Türmen, fernen, von Befestigungsmauern umschlossenen Städten, dichtbelaubten Bäumen und seltsamen Tieren, die von einer irrealen Vitalität überschäumten. Woher hatte er diese Bilder aus dem Reich der Dämmerung? Fasziniert von der Geburt des Werkes, das unter seinen Augen Gestalt annahm, bedauerte es Benedetto, daß der junge Mann sich weigerte, sein Werk zu kommentieren. Zur neunten Tagesstunde, als die Lehrjungen ihre mathematischen Liniennetze und Skizzenblätter beiseite legten, um Suppe und Brot miteinander zu teilen, erinnerte er sich schließlich wieder an die wahren Gründe für seine Anwesenheit im Atelier. Auf seinem Podest im hintersten Winkel zeichnete Alessandro Botticelli in aller Einsamkeit weiter. Seine Karaffe mit Wein war leer, und neben ihm brannte eine Kerze. Immer noch über sein Pult gebeugt, schien er von seiner Tätigkeit ganz gefangengenommen.

»Was zeichnet der Meister denn?« fragte Benedetto Dioneo Sellajo.

»Er arbeitet an Skizzen für eine neue Freske«, antwortete der andere ohne weiteren Kommentar.

Vier Burschen, die mit großen braunen, von Farbspritzern befleckten Kitteln bekleidet waren, kamen von draußen herein und fingen an, mit denen aus dem Atelier zu debattieren. Seltsamerweise schien dieser Lärm Botticelli nicht zu stören. Unter den Farbmischern erkannte Benedetto einen *piagnone,* dessen Schädel man kahlrasiert hatte. Er ging zu ihm hin.

»Zu welcher Kohorte gehörst du?« fragte er ihn. »Ich heiße Benedetto und bin aus dem Färberviertel.«

»Ich heiße Carmino Frenzzi«, sagte der Junge, »und bin aus Ognissanti.«
»Bist du schon lange beim Meister?«
»Zwei Monate – und du?« setzte er mißtrauisch hinzu. »Du bist neu, ich hab dich noch nie gesehen!«
Während er ihm erklärte, daß er an diesem Morgen gekommen sei und lernen wolle, wie man ein schönes Inkarnat für die Gesichter macht, fragte sich Benedetto, ob dieser nicht vielleicht auch von seiner Bande den Auftrag erhalten hatte, den Schöpfer der *Verleumdung des Apelles* auszuspionieren.

Bei Einbruch der Nacht ging Benedetto zur gleichen Zeit wie die anderen Lehrjungen. Er ließ Botticelli und Baccio della Porta allein im Atelier zurück. Da er den Meister im Laufe des Nachmittags heimlich beobachtet hatte, hatte er gesehen, wie dieser Skizzenblätter in der Lade seines Pultes einschloß. Was verbarg er da? Um die Wahrheit zu sagen, diese Frage blieb zweitrangig, so sehr erstaunte und bestürzte ihn die Arbeit von Dioneo Sellajo, der nach der neunten Tagesstunde mit der nämlichen Gründlichkeit eine neue Zeichnung, auf der er Herkules im Kampf mit der Hydra darstellte, in Angriff genommen hatte. Als es Nacht wurde, hatte der junge Künstler ihm versprochen, ihm ab morgen früh die Feder zu überlassen. Der Augenblick, seine Fähigkeiten unter Beweis zu stellen, war gekommen ... Da Botticelli ihn nicht fortgeschickt hatte, mußte er von nun an sein Glück selbst in die Hand nehmen. Zwar war er auch weiterhin vom Wohlwollen des Meisters abhängig, doch mit Dioneo Sellajo würde er schnell lernen. Und er würde seinen ganzen Eifer darein stecken, Fortschritte zu machen! Auch auf die Gefahr hin, die Stunde des Verrats vor sich herzuschieben. Der Traum, den er schon verloren glaubte, schien ihm plötzlich wieder greifbar nah. Von heftigem Übermut gepackt, beschloß er, Scopone unverzüglich aufzusuchen, um ihm zu verkünden, daß man ihn im Atelier aufgenommen hatte.

Als er zum Mercato Nuovo gelangte, stieß er auf eine Schar Blankschädel. Auf dem Platz herrschte helle Aufregung. Von Panik gepackt, machten die umliegenden Ladenbesitzer ihre Auslagen dicht. Beim Schein der entzündeten Laternen ließen sie ihre Truhen ins Schloß fallen, zogen sie die Holzläden über ihre Waren und legten Ketten vor. Hüte, Körbe, Möbel und Nippes verschwanden unter den ruppig heruntergezogenen Wetterdächern. In aller Hast räumten die Zahnausreißer ihre Zangen fort und verbargen die Chirurgen ihre Urinfläschchen und Eisen zum Ausbrennen von Wunden. Die Notare schlossen ihre Schreibtische ab, und die Geldwechsler packten ihre Gewichte und Waagschalen ein. Einige ergriffen die Flucht, ihre Geldkassetten, die schwer waren von den Einnahmen des Tages, fest an die Brust gedrückt. Es herrschte ein unsäglicher Lärm, ein heilloses Durcheinander. Plötzlich erscholl hinter der versammelten Kohorte ein Schrei. Stutzig geworden, bahnte sich Benedetto einen Weg durch die Blankschädel. Was er dort entdeckte, ließ ihm das Blut in den Adern gefrieren. Auf der Erde, inmitten der Gruppe, die einen Kreis um ihn bildete, verteidigte sich ein nicht mehr junger Mann. Zerbrochene Statuetten und Figurinen aus Blei, in den Staub getretene Blondlocken und Perlmuttknöpfe, heruntergerissene Armreife und Muschelketten, zerrissene feine Leintücher und Stoffe: seine zuschanden gewordene Ware lag überall verstreut. Über ihn gebeugt, hielt ihn ein etwa zwölf Jahre alter Inquisitor an den Haaren gepackt und brüllte ihn an, im Namen Christi, des Königs von Florenz, werde er dafür bezahlen, Dinge verkauft zu haben, welche die neue Moral verdamme. Der Unglückliche versuchte zu protestieren, als der Junge ihm mit einem Fausthieb auf den Mund die Lippe spaltete. Es ertönten sarkastische und spöttische Bemerkungen. Ein Bengel schleuderte einen grünen Apfel, der mit einem dumpfen Geräusch wie ein Ball vom Kopf des Händlers abprallte. Das Blut hinunterschluckend, bevor es ihm übers Kinn lief, verstummte der in Tränen aufgelöste Mann. Die Gemüter erhitzten sich, die Burschen, die sich immer drohender gebärdeten, kamen langsam näher. Einer von ihnen spuckte in das hochrote, vor Angst zur Fratze verzerrte Gesicht. Benedetto mußte einen kurzen Moment an die mit Speichel vermischten Tränen denken, die Tancia Bartolomeo über das Gesicht gelaufen waren, und hoffte, die Bestrafung werde damit ihr Bewenden haben. Einer der Blankschädel, ein Verrückter, stürzte sich auf den am Boden liegenden Mann, in der Hand eine Schusterschere. Mit wutentbrannter Gebärde holte er mit dem schneidend scharfen Werkzeug aus und stieß es dem Unglücklichen lachend in die Brust. Der Mann wurde von einem Krampf durchzuckt, seine Finger krallten sich über seinem Herzen zusammen, sein Mund öffnete sich zu einem erstickten Schrei, ein glasiger Schleier legte sich über seine Augen, dann fiel er leblos zu Boden. Es erhob sich ein Geschrei. Wie von Hysterie gepackt, machten sich die Rotzlümmel über die Reste seiner Auslage her und rauften sich um die letzten Waren, die ihnen entgangen waren. Wie betäubt wandte Benedetto sich ab. Die Republik Christi war eine strenge, aber gerechte Welt. Was auch immer dieser Mann getan haben mochte, die Richter hatten über sein Schicksal zu entscheiden. Würde man, zur Stunde der Prüfungen und der Denunziation, auch Alessandro Botticelli den Dämonen der Kohorten ausliefern? Noch nie hatte er gesehen, daß im Namen Christi ein Mord begangen wurde. Er konnte sich noch so häufig sagen, daß seine Gefährten, die aus dem Färberviertel, nicht so handeln würden, daß selbst Anselmo Sacchetti unter diesen Umständen an sich gehalten haben würde – seine Freude und seine Hoffnungen, die er am Ende dieses Tages verspürt hatte, waren dahin.

Da ihm nicht mehr der Sinn danach stand, auf den Straßen herumzulaufen, ging er nach Hause. Seinen Brüdern, die ihn nach seinem Tag im Atelier befragten, antwortete er nicht. Um zur Schlafensstunde nicht allein sein zu müssen, nahm er Ippolita-Maria in die Arme. Auf seinem Strohsack rollte er sich, sie eng an sich gedrückt, in eine Decke, und mit ungewohnter Inbrunst begann er zu beten, der Gott Fra Girolamos möge ihm den Weg weisen, dem er folgen sollte.

Am nächsten Tag im Atelier, als Dioneo Sellajo ihm beibrachte, wie man die Feder halten mußte, dachte er wieder an den Mann, der auf dem Pflaster gestorben war, an die Spitze, die ihm das Herz durchbohrt hatte, und das Blut, das ihm aus der Wunde geflossen war.

»Konzentriere dich auf das, was du tust!« fuhr ihn der junge Künstler an. »Wenn es dich langweilt, dich zu üben, dann sag es, damit es ein Ende hat!«

»Das ist es nicht!« protestierte Benedetto. »Verzeih mir.«

Sein Herkules sah in der Tat nach gar nichts aus. Noch nie hatte er so schlecht gezeichnet.

»Für die Augen des Riesen«, fuhr Dioneo fort, der eine erstaunliche Geduld bewies, »mußt du zuerst zwei Kreise zeichnen und sie mit Schatten füllen; für die Nase zeichne einen scharfen Winkel, etwa so; die Höhlung der Wangen deutest du mit feinen Schraffuren an; beim Mund mußt du es so machen: Nimm die kurze Spitze deiner Feder, zeichne ihn mit klarem Strich, und achte darauf, daß du die Unterlippe betonst, die vor Wut und Anstrengung ganz verzerrt ist.«

Mit unsicherer Hand zwang sich Benedetto, den Anweisungen Dioneos Folge zu leisten. Auf dem neuen Blatt Papier gewann die Gestalt seines Herkules, der sich über die Hydra beugte, die er zu Boden gestreckt hatte, schon eine bessere Form. Sie füllte sich mit Leben. Schon bald lag in seinem Blick, der bisher leer gewesen war, eine wahre Verbissenheit. Dennoch kam es ihm so vor, als sei die Stirn etwas zu hoch und das Kinn, das er schnell mit einem Bart bedeckte, zu kurz.

»Schon besser«, bemerkte Dioneo Sellajo. »Trotzdem, denk daran, daß das ganze Gesicht aus drei Teilen besteht, die alle gleich lang sind: Haare und Stirn, Nase, Mund und Kinn.«

Er zeichnete die Bewegung des Armes, der eine Keule schwang, hielt dann aber inne … Da stimmte wieder etwas nicht …

»Vergiß nie«, fuhr Dioneo fort, »daß Hand und Arm deiner Figuren, was die Proportionen anbelangt, bis zur Mitte des Schenkels herabreichen müssen. Denk daran, daß die Gesamthöhe eines Mannes der achtfachen Länge seines Gesichtes entspricht sowie der Länge seiner ausgebreiteten Arme. Wenn du das vergißt, werden deine Zeichnungen von keinerlei Nutzen sein, sobald sie auf eine Wand übertragen werden sollen. Und erinnere dich auch daran, daß der Mann auf der linken Seite eine Rippe mehr besitzt als die Frau …«

Bis zum Abend mühte sich Benedetto mit seiner Zeichnung ab. In dem Augenblick, da die Kerzen angezündet wurden, kam es ihm indes so vor, als sei sein Herkules, dessen Kopf und Rücken er mit einem Löwenfell bedeckt hatte, sehr kraftvoll geraten und als sehe seine nach freier Phantasie gezeichnete Hydra mit ihrem Schuppenbauch, ihren zahlreichen Hälsen und ihren fünf behaarten Schlangenköpfen, die sich grauenvoll wanden, wirklich wie ein häßliches Ungeheuer aus, das jedem Sterblichen Entsetzen einzuflößen vermochte. Obgleich die Muskeln des mythischen Riesen zu glatt und seine Brust zu breit geraten waren, fand Dioneo das Ergebnis zufriedenstellend. Um seinem Urteil eine kleine Kritik anzuschließen, fügte er hinzu, daß man am nächsten Tag noch einmal von vorne anfangen müsse und daß die Skizze für eine Freske noch nicht tauge. Als er sich mit dem Gefühl, seine Aufgabe erfüllt zu haben, aufrichtete, fühlte Benedetto plötzlich Alessandro Botticellis Blick auf sich ruhen. Der Meister, der seine Brille abgenommen hatte, musterte ihn eindringlich. Er befürchtete schon, er könnte ihn rufen und seine Zeichnung sehen wollen, doch der Maler senkte den Blick und machte sich wieder an die eigene Arbeit, die er sorgfältig hinter dem geneigten Brett seines Pults verbarg.

11

Bernsteinfarbene Flechten, ebenholzschwarze Haarbüschel, rote Locken mit herbstfarbenem Schimmer, Bündel brauner Zöpfe, blonde Engelslöckchen, lange Strähnen mit aschblonder Schattierung … Beim Barte Christi, so viel Haar, es war herrlich! Vor lauter Aufregung wußte Scopone, der dem Meßwein gehörig zugesprochen hatte, nicht mehr, wo ihm der Kopf stand. Er hatte sich eine dichte krause Mähne auf seinen kahlen Schädel gelegt, die so verfilzt war, daß sie, ohne daß man sie festbinden mußte, ihm wie eine Perücke fest auf dem Schädel saß. Der gerissene Pfarrer, der sich mit Ornulfo, seinem Mesner, seit dem Morgengrauen in der Krypta von San Remigio eingeschlossen hatte, hörte gar nicht mehr auf zu singen. Denn er hatte soeben, während ihm ganz leicht ums Herz wurde, die abgeschnittenen Haare der Kinder Christi gewaschen, ausgespült, getrocknet und gekämmt. So viel Haar, o mein Gott! Was für eine Überraschung, noch dazu an einem solchen Ort! Unter dem riesigen Haufen war von dem kleinen, mit vergoldeten Holzleisten verzierten Altar fast nichts mehr zu sehen. Das Tabernakel mit seiner aus Gips gefertigten Darstellung des Heiligen Herzens Jesu verschwand unter einem Gewirr von abgeschorenen Locken, die so dicht waren, daß sie aussahen wie die Mähne eines wilden Tieres. Auf dem Boden, neben einem Kübel mit Seifenlauge, ruhte in einer offenen Truhe ein Schatz aus wolligen Haarbüscheln, zu steifen Bündeln zusammengeschnürten Locken, krausen Haartollen und ineinandergeschlungenen Strähnen. An den Armen des Kandelabers aus feuervergoldetem Silber hingen die Fransen noch feuchter brauner Lianen, die mit dem im Destillierkolben gewonnenen Rosenhonig aneinandergeklebt waren. Von den

Querbalken des Kruzifixes hingen gleich gedrehten Girlanden gelockte Zöpfe verschiedener Länge, und über den Rückenlehnen des Betstuhls wellte sich samtiges Engelshaar. Dreihundert Goldflorine, vielleicht vierhundert oder gar fünfhundert ... Je länger Scopone sich seine Ware ansah, desto höher schätzte er ihren Wert, und desto fröhlicher wurde ihm ums Herz. In zwei Tagen, auf dem Markt von Eboli, würde er ein gemachter Mann sein! Oh, was für ein unglaublicher Festtag! Glückseligkeit, Rausch und selige Verzückung! Er sah sich schon Ornulfo bei dessen Rückkehr umarmen. Er stellte sich vor, wie er ihn an sich drückte, seine höckerige Stirn mit Küssen bedeckte und ihm bei dieser Gelegenheit an den Gürtel fuhr, um die zum Platzen gefüllte Geldbörse in der Hand zu wiegen. »Genial, Scopone«, trällerte er, »du hast gute Einfälle! So ein Glück, du hast es hundertfach verdient!«
Während er die drei Truhen herrichtete, in denen die Ware verstaut und transportiert werden sollte, stand der Pfarrer, der wie ein Schmetterling bald hierhin, bald dorthin flatterte, plötzlich Nase an Nase diesem Schnüffler von Benedetto Sermini gegenüber. Sogleich fror ihm das Lachen ein. Der Junge, vom Regen völlig durchnäßt, stand im Eingang der Krypta. Die Augen weit aufgerissen, betrachtete er diese Barbiershöhle, in der er eigentlich nichts zu suchen hatte.
»Was willst du?« raunzte ihn der Pfarrer an und versuchte, ihn zur Treppe zurückzudrängen.
»Ich wollte mit dir sprechen ...«, stammelte Benedetto, der, sich den Hals verrenkend, mit verdutztem Blick dem Pfarrer über die Schulter sah.
Scopone, dessen Perücke herunterzurutschen begann, sagte ihm, er möge in der Pfarrei auf ihn warten – oder an einem anderen Tag wiederkommen. Aber er verhaspelte sich mit seinen Worten so sehr und so gründlich, daß Benedetto nichts verstand. Um das Maß voll zu machen, schwenkte dieser Dummkopf von Ornulfo einen Haarschopf, der wie eine Goldähre glänzte, und rief:

»Aus dem hier, Herr Pfarrer, werde ich glatte vier Florine herausschlagen!«
»Nein, nein!« wies ihn Scopone zurecht, der erst beim Reden nach den rechten Worten suchte. »Wirst du nicht! Keineswegs! Es sei denn ... Aber ja, sicher doch, du hast recht: vier Florine für die Armen von San Martino! Das ist ... gewiß!«
Mit einem leichten Stoß schob er Benedetto auf die Treppe. Stufe für Stufe drängte er ihn rückwärts in die Kirche zurück. Dort schloß er die Tür zur Krypta, und während seine dichte Mähne ihm bis kurz über die Augenbrauen gerutscht war, setzte er den Jungen brüsk in den Beichtstuhl, an den Platz, den er selbst für gewöhnlich einnahm. Dann erklärte er, statt den Mund zu halten, mit einer geheuchelt ruhigen Stimme:
»Gar nicht so dumm, dieser Ornulfo! So beschränkt er auch ist, er wollte nicht, daß eure Haare verlorengehen. Damit wird, beim heutigen Pfundpreis, morgen so mancher Hungerleider ein Almosen erhalten!«
»Aber Herr Pfarrer, die Zöpfe und Flechten wird niemand wollen! Sie werden sie allesamt ins Feuer werfen.«
»Nun ja – auf anderen Märkten gibt es Liebhaber ... Nicht in Florenz, aber anderswo ...«
»Ist denn Christi Moral nicht für alle dieselbe?«
»Glaub mir, mein Bengel, du bist ja argwöhnischer als ein Maultier! Weißt du nicht, daß es vor allem um die Armen geht? Zu viele Arme bringen die Republik in Gefahr. Siehst du nicht, daß sich aus Mangel an Brot auf der Straße die Gemüter erhitzen? Was hast du denn im Hirnkasten, daß du das nicht begreifst? Also, genug davon! Misch dich da nicht ein und halt bloß den Mund ...«
Benedetto, der noch ganz verwirrt über seine Entdeckung war, machte ein ungläubiges Gesicht, was Scopone schließlich in Harnisch brachte. Mit einer Wutgebärde riß sich Scopone die Mähne vom Kopf, die ihm gerade über die Augen rutschen wollte. Er warf sie in den Zwischengang, drehte sich um und zwängte sich

zur Hälfte in den Beichtstuhl. Er hielt dem unglücklichen Jungen seine hochrote Visage vors Gesicht, zog einen Flunsch wie an schlechten Tagen und sagte:
»Rück raus mit dem, was du mir sagen wolltest, statt hier den Stänkerer zu mimen! Worum geht es?«
»Ich habe mir gedacht, es würde dich freuen zu erfahren, daß ich seit gestern in Botticellis Atelier bin und dort den ganzen Tag arbeite.«
»Na! Das ist schon besser! Du bist bei dem Sodomiten, perfekt! Und was hast du dort entdeckt, was es wert ist, Fra Domenico berichtet zu werden?«
»Noch nichts.«
»Wie, nichts?«
»Ich habe gerade erst angefangen, ich brauche Zeit.«
»Du hast doch sicher etwas gesehen, das uns interessieren könnte!«
»Botticelli versteckt sich zum Zeichnen, aber ich weiß nicht, was er da treibt.«
»Na, dann finde es heraus, du Esel! Dieser Mann ist das Böse, also gib dir Mühe, dazu braucht man nicht hexen zu können ... Und was noch?« fuhr der Pfarrer fort, der für einen Augenblick von einem üblen Schluckauf unterbrochen wurde. »Gibt es da nicht irgendeinen warmen Bruder, der ihm Feder und Kohle reicht?«
»Baccio della Porta folgt ihm auf Schritt und Tritt.«
»Der Maler? Gehört der zu seinem Klüngel? Baccio della Porta ... Schau an – schau an ... Dieser Miesepeter – dieses falsche Mönchsgesicht, immer am Fasten, sogar zu Weihnachten. Sehr gut, da haben wir etwas, das wir weitertratschen können.«
»Man kann niemanden denunzieren, bevor man sich nicht sicher ist. Ich habe keine Beweise, noch nicht ...«
»Dann finde welche! Morgen schon, im Atelier, spiel das Mäuschen! Schnüffle, suche, schnüffle! Späh in alle Ritzen, mach dich zur Maus, zur Ratte, zur Schlange. Sei auf der Hut! Spionier

sie aus! Halt Augen und Ohren offen! Laß dir nichts entgehen, merk dir alles, jedes Wort, jede Geste, um auch ja nichts zu vergessen. Und zwar so lange, bis du die Wahrheit kennst.«

»Und dann?«

»Dann? Dann sehen wir weiter ... Aber halte dich bereit! Je nachdem, was du mir bringst, könnte es sein, daß deine Zukunft bei den Färbern gerade erst begonnen hat!«

Mit diesen Worten zog Scopone den jungen Burschen aus dem Beichtstuhl, in den er ihn gesteckt hatte. An der Pforte von San Remigio erinnerte er ihn daran, daß er, sosehr er auch ein Schnüffler war, in der Krypta nichts gesehen und nichts gehört hatte. Der Junge antwortete mit einem Nicken, zog den Kopf zwischen die Schultern und eilte unter dem Platzregen davon. Während er sich entfernte, beschloß der Pfarrer, der nur mit Mühe Klarheit in seine verworrenen Gedanken bekam, von seinem Erlös vorsichtshalber dreißig Florine für die Armen von San Martino zu spenden. Doch ein paar Augenblicke später reduzierte er den Betrag auf zwanzig Florine, dann auf fünfzehn.

12

Am nächsten Morgen, als Benedetto im Nebel und unter peitschendem Regen wieder auf dem Weg ins Atelier von Meister Botticelli war, fuhr der Mesner Ornulfo die holprige Straße entlang, die nach Empoli führte. Mehr schlecht als recht, behindert durch sein trübes Auge, lenkte er das Maultier nach Gutdünken, damit sein Karren auch ja nicht im Dreck steckenblieb. Hinten ruhten unter einer Plane die drei Holztruhen mit der kostbaren Ware, für die er laut Scopones Auftrag den besten Preis erzielen sollte. Vor den Toren von Florenz hatte er schon das Schlimmste befürchtet. Drei Garden hatten ihn angehalten. »Mach das auf, du Halunke!« hatten sie ihn einzuschüchtern versucht und ihm den Weg versperrt. »Hehe, immer mit der Ruhe!« hatte er protestiert. »Ich bin der Küster von San Remigio und tue hier ein gutes Werk für die armen Notleidenden.« Mit einem Partisanenhieb auf die Schulter hatten sie ihn zum Schweigen gebracht. Zum Glück hatte der Pfarrer die Idee gehabt, alte Kleider über die Ware zu breiten, um sie zu verstecken! Die anderen hatten nichts bemerkt, aber unter seiner durchnäßten Kapuze, von deren Rändern der Regen troff, hatte Ornulfo Blut und Wasser geschwitzt.

Jetzt schlotterte er. Der Wind peitschte ihm so heftig den Rücken, daß er, durchnäßt bis auf die Knochen, mit den Zähnen klapperte. Ohne den Weg vor ihm zu sehen, trieb er sein Gefährt durch den dichten Nebel, der sich wie eine Mauer fünf Schritte vor ihm auftat. Als er spürte, daß er auf einen Abhang zusteuerte, zog er die Zügel seines Maultiers an, das vor sich hin trottete. Schon wieder mußte er langsamer fahren! Heiliger Strohsack, zu welcher Stunde würde er wohl in Empoli ankommen? Ob er wohl dort einträfe, noch bevor die Händler ihre Auslagen wieder zusammenräumten? Und wenn er zu spät da wäre? Was würde der Pfarrer dann mit ihm anstellen? Stockschläge oder trockenes Brot, in Ketten gelegt, hinten in der Rumpelkammer oder hinter dem Schrank mit den Alben – was für eine Strafe würde er ihm wohl aufbrummen? Vor lauter Mißmut brummelte er in seinen grauen Bart. Er hatte genug von diesem gemeinen Scopone, der ihn ständig grob anfuhr und mit ihm herumschimpfte. Aber war es denn seine Schuld, wenn dieser dicke Pfaffe ihm Eindruck machte und er sich nicht entschließen konnte, ihn zu verlassen, ihn allein zu lassen mit den Glocken, die geläutet werden mußten, den stillen Messen, die abzuhalten waren, bekleidet mit der Soutane und dem Chorhemd der Chorknaben; mit seinem priesterlichen Ornat, seinen dicken Meßbüchern, seinem Wein und seinen Kultgegenständen: den Weihrauchfässern, Abendmahlskelchen, Ziborien und dem Allerheiligsten, die man polieren und aufräumen mußte?

Zum Glück war die Hölle auf Erden nicht vollkommen, denn Scopone – dem Himmel und der Heiligen Jungfrau Maria sei Dank –, der trotz alledem ein Gottesmann war, war ja nicht immer gar so schlecht. Manchmal hatte er morgens nach der Predigt das Verlangen, sich freigebig zu zeigen. Wenn er ihm dann ein paar Kupfermünzen gab, die er dem Ertrag der letzten Kollekte entnommen hatte, oder wenn er unverhofft eine köstliche Leckerei mit ihm teilte, genügte das bereits, um so manches Elend vergessen zu machen. Und wie sollte man ihn auch nicht lieben, den guten Pater, wenn er nach Mittag mit einer Kostprobe von dieser wundervollen Mascarpone-Creme in die Sakristei kam, einer Köstlichkeit, der man nicht widerstehen konnte, bestehend aus Frischkäse, mit Zucker vermischt und übergossen mit einem guten Gläschen Traubenschnaps? Aber auf nichts konnte man sich je verlassen, und von den Launen des ränkesüchtigen Pfarrers hatte er so langsam die Nase voll. Mal war er übelgesinnt, mal ein freigebiger Gesell, wetterwendisch wie sonstwas. Was für ein Plagegeist! Und er, ein argloser Küster, wußte nicht mehr ein noch aus. Er war nicht gewitzt genug, um vorhersehen zu können, wann der Pfarrer wieder plötzlich um sich schlagen würde. Nur allzuoft geschah das völlig zur Unzeit: Braute sich am Himmel ein Sturm zusammen, war er lustig und vergnügt, war ein Fest angesagt, verfiel er in düstere Stimmung, jeden zweiten Tag lag er mit seiner Einschätzung daneben. Das schlimmste war, daß Ornulfo, sobald er aufhörte, ihn zu hassen, ihn zu lieben begann, diesen Folterknecht, gerade wie ein Schlachtvieh zwischen zwei Pikenstößen seinen Herrn immer noch liebt …

Aber zurückzukommen, ohne seine Truhen voller Haare verkauft zu haben, das war undenkbar. Vielleicht würde Scopone sich in einer heftigen Zornesaufwallung nicht damit begnügen, ihn bloß zu schlagen. Vielleicht würde er ihn, nachdem er ihm ein für allemal den Hintern versohlt hätte, wieder in die Gosse werfen, aus der er ihn zehn Jahre zuvor an einem schönen Heiligentag gefischt hatte …

Der Küster erschauerte … Hinter der weißen Mauer, die ihn vom Himmel und der Natur trennte, war soeben das Heulen eines Tieres zu hören gewesen. Wann hatte man das letzte Mal Wölfe in der Toskana gesehen? Potztausend! Was für ein abenteuerliches Unterfangen! Ein seltsamer Geruch stieg von der Erde auf, ein übler Gestank nach Morast und fauligem Wasser. Die dichten und gespenstischen großen Schatten der Bäume, die den Weg säumten, kamen ihm wie Wächter unheilvoller Gefilde vor. Es dürfte nicht mehr weit sein bis zum Fluß oder bis nach Empoli, am anderen Ufer – »Ho!« rief er und zog die Zügel an: Eine schlammige Pfütze bedeckte zur Hälfte die Straße. Um ihr auszuweichen, machte er einen Schlenker. Er spürte, wie das Rad durchdrehte und dann zur Seite wegkippte. Ganz langsam fing sein Karren an, sich zur Seite zu neigen. Um seine Haut zur retten, sprang Ornulfo herunter und landete im Straßengraben. Sein Maultier, das sich erschreckt hatte, bäumte sich sogleich auf, und der Karren fiel um. Unter dem Gewicht der Truhen, die bereits durcheinandergeworfen waren, gab die Plane nach, und nun war seine kostbare Ladung an der Reihe, herunterzupurzeln und in der schlafenden Nebelbank zu verschwinden. »Allmächtiger!« brüllte er. »Heiliger Fortunatus, steh mir bei! Was sich da davonmacht, ist pures Gold!« Er warf sich in den Nebel. Doch auf dem abschüssigen Boden verlor er den Halt und fand sich unten wieder, Beine und Hintern ins eiskalte Wasser getaucht. Schlimmer noch: Ums Haar hätte ihn der Strom mitgerissen. Denn er stand im Arno, und noch einen Schritt weiter, und er wäre ersoffen. Auf allen vieren, Bauch und Knie im Schlamm, kroch er den Hügel bis zu seinem Maultier hinauf, das ausschlug, um sich zu befreien. »Was für ein Unglück!« stöhnte er, während er zu seinem verlassenen Karren zurückkehrte, der auf der Seite lag. »Ich habe alles verloren, diesmal ist's um mich geschehen!«

13

S*eit zehn Tagen* arbeitete Benedetto Sermini nun schon bei Meister Botticelli. Er sprach wenig und hielt sich von den anderen Lehrjungen fern. Zur neunten Tagesstunde vermied er es, sich an den großen Tisch zu setzen, und löffelte seine Landsuppe im dunkelsten und entlegensten Winkel. Den Rest der Zeit, während Dioneo Sellajo sich bemühte, ihm das Zeichnen mit der Feder beizubringen, für das ein Höchstmaß an Präzision und Sorgfalt vonnöten war, beobachtete er den Meister, der ernst und einsam bis zum Abend an seinem Pult saß. Am einen Morgen sah er ihn bei seiner Ankunft aufrecht sitzen, mit dem klaren Blick und der frischen Gesichtsfarbe eines Mannes im besten Alter; am nächsten Morgen hingegen fand er, daß er unter seiner roten Mütze recht mitgenommen wirkte. Dann schienen ihn große Sorgen zu plagen. Erzählte man sich nicht, es sei ihm gleichgültig, ob er aus der Mode komme, und er lasse die meisten seiner Arbeiten unvollendet? Munkelte man nicht, er sei der einzige unter den bekannten Florentiner Malern, der den Aufträgen nicht hinterherrannte? Daß sein Vermögen, das er lange Zeit versteckt gehalten hatte, allmählich zur Neige ging, seit er sich auf dem Hügel von Bellosguardo eine Villa und Weinberge gekauft hatte, und daß er Mühe hatte, sein Atelier zu unterhalten? Doch seine Lehrjungen, die selten unbeschäftigt waren, hatten fleißig zu tun, und man sprach von einer *Christi Geburt* und von einer neuen Freske über die Auferweckung des Lazarus, die er ausführen wollte. Manchmal hatte Benedetto das dunkle Gefühl, daß er ein Geheimnis verbarg, dessen Entdeckung ihn schon im voraus beunruhigte ... Wie dem auch sei, um keinen dieser winzigen Hinweise zu übersehen – augenscheinlich harmlose Gesten und

Haltungen, die aber, alle zusammengenommen, ein Ganzes zu ergeben drohten –, ließ er ihn den Tag über kaum aus den Augen. Und zwar so wenig, daß sich sein Blick oft mit dem des Meisters kreuzte, denn seltsamerweise hob Botticelli, sei es, um ihn hart zu tadeln, sei es, um ihn mit einem etwas sanfteren Ausdruck zu mustern, oft den Kopf, um zu ihm hinüberzusehen. Zweimal hatte er schon geglaubt, er würde ihn zu sich rufen, um ihn auszufragen, doch statt dessen hatte er sich das erste Mal bloß wieder seine Brille aufgesetzt und sich abgewandt, und beim zweiten Mal hatte er, nun wieder fern auf seinem Podest, sich schweigend angeschickt, eine neue Feder zuzuspitzen.
Herrje! Es wollte sich ihm einfach keine Gelegenheit bieten, ein Auge auf das zu werfen, was er dort über sein Papier gebeugt zeichnete. »Spiel das Mäuschen! Schnüffle, suche, schnüffle …« Scopones Befehle hallten Benedetto in den Ohren wider, dem in seiner Rolle als Judas nicht wohl war und der vor allem davon träumte, die Chance zu nutzen, die man ihm gegeben hatte, und sich in der Kunst des Zeichnens genauso hervorzutun wie Dioneo Sellajo. »Späh in alle Ritzen und laß dir nichts entgehen …« Die gutturale Stimme des dicken Pfarrers nahm seinen Geist so gefangen, daß er mit seinem Eindringen in die Geheimnisse der Malerei nicht weiterkam, seit er seinen *Kampf des Herkules mit der Hydra* vollendet hatte. Hin und her gerissen zwischen der Befürchtung, einem Mann zu schaden, den er achtete und bewunderte, und seinem Glauben an die Republik Christi, machte es ihn rasend, daß er nicht wußte, wie er seine Aufgabe erfüllen sollte. Scopone, der angeblich mit einer Magen-Darm-Grippe das Bett hütete, hatte sich nicht mehr blicken lassen, seitdem er ihn in seiner Krypta voller abgeschnittener Haare, Zöpfe und gelockter Haarknoten überrascht hatte. Dennoch fürchtete er sich vor dem Augenblick, da der Menschenfresser von San Remigio, dank der Wirkung irgendeines adstringierenden Darmreinigungsmittels, seine Galle und seine Verdauung wieder in Ordnung gebracht haben würde. Er sah ihn vor sich, kaum genesen,

mit wächserner Miene, gelbem Gesicht und düsterster Laune in Anbetracht all des Specks, den er verloren haben würde. Er fürchtete, seinem Zorn und seiner Ungeduld nur ein betretenes Schweigen entgegensetzen zu können. Er quälte sich auch weiterhin mit der Befürchtung, San Marco könnte die zwei Goldflorine, die zwölf Kupfermünzen und sechs Silberlinge wieder zurückfordern, die man ihm so freigebig bewilligt und die er so schnell ausgegeben hatte. Außerdem mißfiel ihm die Art und Weise, wie Carmino Frenzzi, der andere Kahlgeschorene im Atelier, ihn ansah. Es ging ihm der Gedanke im Kopf herum, man könnte ihn damit beauftragt haben, ihn auszuspionieren und Fra Domenico über die Art, wie er seine Mission erfüllte, Bericht zu erstatten. Er fühlte sich in der Falle.

Was ihn vollends verängstigte, war die Tatsache, daß sich auf politischer Ebene der Wind zu drehen begann. Seit dem Mord an dem Kaufmann auf dem Mercato Nuovo hatten die Wahlen der neuen Signoria den Parteigängern der Medici wieder einen Vorteil verschafft, und die Stimmung in Florenz begann sich zu verschlechtern. Weitere Verwüstungen hatten stattgefunden. Vom Elend getrieben, hatten sich die Leute auf dem Platz des Kornmarktes geprügelt. Die Exkommunizierung Girolamo Savonarolas schien nicht mehr lange auf sich warten zu lassen, und man munkelte, die Wächter des Podestà, die immer nervöser wurden, hätten am hellichten Tage im Ognissanti-Viertel zwei Hitzköpfe aufgespießt.

Eine dumpfe Angst nahm immer stärker von ihm Besitz.

Und immer wieder quälte ihn diese uneingestehbare Mission, die ihm nicht aus dem Sinn ging.

Allabendlich, zur Stunde, da das Atelier abgesperrt wurde, sah er, wie Baccio della Porta sich dem Meister anschloß, doch was sie danach gemeinsam unternahmen, wußte er nicht. Er konnte zwischen ihnen keine dieser Zeichen erkennen – verschworene Blicke oder angedeutete Gesten –, die ihm Aufschluß hätten geben können. Einen Beweis, daß sie Geliebte waren, hatte er nicht. Wenn er sah, wie sie sich entfernten, Seite an Seite im Schein einer Laterne, alle beide in ihre schwarzen Mäntel gehüllt, brannte er vor Verlangen, ihnen bis zu ihrem Haus in der Via Nuova nachzugehen. Doch wozu? Es kam nicht in Frage, daß er des Nachts Alessandro Botticellis Haus betrat, um nachzusehen, was dort vor sich ging.

Schließlich bot sich ihm am Abend des zweiten Donnerstags im Monat März die so herbeigesehnte Gelegenheit, in Erfahrung zu bringen, womit der Meister seine Tage zubrachte.

Als er vom Apotheker zurückkam, bei dem er nußgroße Farbstücke gekauft hatte, fand er das Atelier leer und ohne Licht. Vom Hof drang das Geräusch des Stößels herein. Auf dem Podest brannte eine einzige Kerze. Der Augenblick war gekommen! Er stürzte zu dem großen Pult, und die Schublade, die für gewöhnlich verriegelt war, ließ sich mühelos öffnen. Darinnen entdeckte er ein Bündel Pergamente, das er nervös hervorzog und in die Nähe der Flamme hielt. Schon beim ersten Blick, schon bei der ersten Zeichnung, war er bestürzt über das, was er da zu sehen bekam.

Es bot sich ihm eine widerwärtige Szene. In einer Mischung aus realistischen Details und so pittoresken wie grauenvollen Motiven trat die Wirklichkeit der Hölle vor seinen Augen zutage.

An diesem Ort, der, so wie Botticelli ihn darstellte, am tiefsten und weitesten vom Himmel entfernt war, gelegen an den verbrannten Flußufern des Styx, erhob sich ein Turm, dessen Zinnen in Flammen standen. Und dort, im Zentrum einer von unüberwindlichen Mauern eingefaßten Umfriedung, im Innersten des großen Reichs des Bösen, wanden sich drei blutrote Höllenfurien inmitten der Flammen. Mit Haaren aus entsetzlichen, ineinander verknäulten Schlangen ragten sie dort empor, ekelhaft und nackt, während sich zu ihren Füßen, eingesperrt in die geschlossene Zitadelle, über einem weiten Tränenfeld die Gräber der Verdammten aneinanderreihten. Zwischen den in Sackgassen mündenden Alleen, zwischen den weißglühenden Grabmalen,

flammten vereinzelte Feuer auf, und unter den aufgedeckten Sargdeckeln der Gräber standen Hunderte gemarterter Häretiker und deren Schüler aus allerlei Sekten in Flammen, ohne daß ihr Fleisch dabei verbrannte. Manche dieser von blankem Entsetzen gepackten Bösewichter klammerten sich an den Rand der Grabmäler, und andere, die um Gnade flehten, hatten verzerrte Gesichter, entstellt von einem gräßlichen Leid. In diesem wilden Durcheinander entdeckte Benedetto, dessen Seele ganz aufgewühlt war, Vergil, der die Mütze, den langen Bart und die Kapuze eines mittelalterlichen Magiers trug. Und an seiner Seite erkannte er den armen Dante Alighieri, der schlotternd vor Angst seinem Führer in dieses unvorstellbare Reich folgte, wo alles Böse der ganzen Erde versammelt war.
Die Kerzenflamme warf einen flackernden Schein auf das Pergament. Draußen war immer noch das Stampfen des Stößels zu hören, der den Farbklumpen bearbeitete. Benedetto schloß die Augen. Das Unerträglichste an diesem lebhaften Schrecken, in dem die rationelle Ordnung der irdischen Perspektiven aufgehoben war, war die Leichtigkeit der Komposition, die der wundervollsten Miniatur würdig gewesen wäre; es war die Kraft des Bildes, die Subtilität der Bewegung, die Sicherheit und Lebendigkeit des Federstriches, die man in den Dienst der heidnischen Unordnung und der hassenswertesten Symbole gestellt hatte. Das alles schien so echt, daß man glauben mochte, Alessandro Botticelli sei selbst in die Tiefen der Höllenkreise hinabgestiegen …
Bevor jemand kommen und ihn überraschen konnte, beugte sich Benedetto über die nächste Zeichnung. Wie er so über die offene Schublade geneigt stand, fand er sich Aug' in Auge mit dem Herrscher über das Reich des Schmerzes wieder, und diesmal war es noch schlimmer! Das behaarte Ungeheuer, das bis zur Hälfte der Brust aus dem Eis ragte, welches inmitten eines Flammenmeeres den Mittelpunkt der Erde überzog, hatte drei Gesichter von unsäglicher Häßlichkeit, eine Beleidigung der

menschlichen Vernunft. Aus seinem Rücken kamen drei Paar nackter und geäderter Flügel, gleich denen, welche die Speckfledermäuse und andere unheilbringende Vögel unter dem roten Mond ausbreiten. Aus seinen sechs hervorquellenden Augen rannen Tränen, die sich auf seinen drei Kinnen mit den Fäden des blutigen Geifers vermischten, der von seinen schwarzen Lippen tropfte. In jeden seiner drei Münder stopfte er sich gierig die Leiber armer Sünder und zermalmte sie genüßlich zwischen seinen Wildschweinhauern, jeweils drei auf einmal mit den Beinen voran. Neben der riesigen Kreatur entdeckte Benedetto wieder Vergil und Dante Alighieri. Luzifers Brust streifend, winzig neben diesem Riesen, schienen die beiden Reisenden zu fliegen ... Wohin wollten sie, diese elenden lebendigen Leiber unter den Toten? Welcher Wahnsinn hatte sie in das geheime Netz der Verdammung geführt, mitten in die Flammenmeere des Jenseits? Welche Neugierde trieb sie bis in den gigantischen Trichter der Hölle, in der nichts als Bestialität herrschte? Und warum stürzte sich Alessandro Botticelli mit ihnen in dieses Repertoire schrecklicher Szenen? Liebte er das Leid so sehr? Oder ließ er sich gar wie Dante Alighieri, dessen gottlose Werke die Republik zu Recht verbrannte, von der dunklen Faszination des Bösen gefangennehmen ...

»Perversion und schändliche Begierde ...«, murmelte der Junge, während er das Bündel zurückstieß und die Schublade schloß.

Das Stampfen im Hof hatte aufgehört; gleich würde jemand kommen.

Als er gerade vom Podest herunterstieg, ging die Tür auf, und Baccio della Porta erschien, gefolgt vom Meister, der in seinen schwarzen Mantel gehüllt war. In Schalen trugen die beiden die Farben, die sie soeben nach ihren Vorstellungen zerstoßen hatten. Erstaunt, ihn dort zu finden, starrte Botticelli Benedetto an.

»Was tust du hier um diese Zeit?« fragte er ihn.

»Ich war beim Apotheker«, antwortete der Junge, ganz verstört von den obszönen Darstellungen, die er gerade entdeckt hatte.

»Sicher – beim Apotheker ...«, seufzte der Meister. »Hast du dich schon ans Farbenmischen gemacht?« fuhr er nach einer Pause fort.

»Ja ... Gestern und heute morgen. Ich habe gelernt, wie man verschiedene Schwarztöne mischt, von den ganz harten bis zu den ganz weichen.«

»Ich hoffe, du machst Fortschritte, Benedetto Sermini. Ist Dioneo zufrieden mit dir? Du scheinst mir oft zerstreut, wenn du vor deinem Papier sitzt.«

»Ich weiß nicht, was er denkt. Das müßt Ihr ihn selbst fragen.«

»Ich werde ihn fragen, tatsächlich, denn es kann sehr wohl sein, daß ich schon bald ein paar Lehrjungen brauche, und du könntest einer von ihnen sein. Morgen früh werde ich mich bei ihm über dich erkundigen.«

Da Benedetto den Kopf gesenkt hielt, weil es ihm unerträglich war, den Blick desjenigen zu ertragen, den zu verraten er jetzt einen wahren Grund hatte, befahl ihm Botticelli, er solle nach Hause gehen und schlafen, um sich auf eine möglicherweise härtere Aufgabe vorzubereiten.

Entgegen dem Ratschlag des Meisters fand Benedetto in dieser Nacht auf seinem Strohsack weder Schlaf noch Ruhe.

Sobald er die Augen schloß, hatte er wieder die Schreckensvisionen und schwarzen Teufel vor Augen. Von dem Gedanken an die eisige Hölle in Bann geschlagen, schlug er um sich. Gotteslästerer, Lüstlinge, Neidhammel, Geizhälse, Wucherer, Diebe, Lügner, Rohlinge und Jähzornige – er stellte sich die Verdammten vor, wie sie mit vollen Händen von ihren Grabstätten fortgerissen wurden, um in die entsetzlichen Mäuler Luzifers gestopft zu werden. Der Hundeodem drehte ihnen den Magen um, der Schmerz quoll ihnen aus den Augen. Was für ein Greuel! Er war gar nicht wieder zu beruhigen. Wie ging es an, fragte er sich, daß der Schöpfer der *Verkündigung Mariä* von San Martino, in der er der Wirklichkeit etwas Wunderhaftes verlieh, die Feinheit und

Sorgfalt seines Federstrichs in den Dienst des Bösen und dessen Darstellung stellte? Konnte sich seine Intuition und Erfindungsgabe nicht mit dem prallen Leben der Natur und ihren ausgefallenen Schöpfungen zufriedengeben? Und fürchtete er nicht, eines Tages selbst zu den Verdammten zu zählen, da er ihnen Gestalt gegeben und auf seinem Papier Umgang mit ihnen gehabt hatte?

Wie konnte man angesichts dieser Entwürdigung Schweigen bewahren? Solche Verirrungen zu verschweigen hieß sich zum Komplizen machen, der Republik Christi Schaden zufügen. Armer Benedetto! Je weiter die Nacht voranschritt, desto heftiger bedauerte er, nicht sofort nach San Remigio gegangen zu sein, um mit Scopone über das, was er gesehen hatte, zu reden. Trotz seines Entsetzens hatte irgend etwas, das er nicht benennen konnte, ihn zurückgehalten. Vielleicht hatte er zunächst auch nur seinen eigenen Nutzen im Sinn gehabt und es, ohne sich das einzugestehen, vorgezogen, bevor er sein Wissen preisgab, an dieser künstlerischen Arbeit mitzuwirken, an der der Meister ihn mit anderen Lehrjungen beteiligen wollte, wie er es an diesem Abend im Atelier in Erwägung gezogen hatte …

Als es an der Zeit war, aufzustehen, stellte er seiner kleinen Schwester ein paar Fragen. Ohne um den heißen Brei herumzureden, fragte er sie:

»Wie stellst du dir die Hölle vor, Ippolita-Maria? Hast du dir darüber schon Gedanken gemacht?«

Die Kleine machte eine besorgte Miene.

»Die Hölle?« sagte sie leise, aus Angst, der Teufel könnte sie hören. »Das ist ein großer Kochtopf im Inneren der Erde, unter dem ein schreckliches Feuer brennt. Man wirft die Bösewichter hinein, um sie darin zu kochen. Luzifer, der darüber steht, rührt mit einem langen Stab in der Suppe. Und je mehr die Bösewichter schreien, desto mehr bläst er in das Feuer, damit sie noch mehr Schmerzen haben und damit sie auch gut bestraft werden. Und keiner wird jemals entkommen.«

»Würde es dir gefallen, wenn ich dir eine Zeichnung von der Hölle mitbringen würde?«
»O nein, da würde ich mich fürchten! Und außerdem wäre das böse: Niemand hat das Recht, den Teufel zu zeichnen, um ihn den Kindern zu zeigen. Wenn du das tust, dann müßte ich das melden.«
»Wem denn?«
»Den Mönchen natürlich! Und dann würdest du auch bestraft werden.«

»Paß doch auf, Benedetto!« rügte ihn Dioneo Sellajo am nächsten Morgen im Atelier. »Eine Zeichnung ist wie ein Spiegel, der die Welt reflektiert. Stell dir vor, du wärest Narziß, der die Natur auf der Wasseroberfläche betrachtet. Der perspektivische Aufbau ist dort einfacher und leichter erkennbar als in der Realität. Und genauso ist es mit den Gefühlen: Auf dem Papier müssen sie zum Vorschein kommen. Bei dir hingegen scheint, sobald du Stift oder Feder in der Hand hältst, alles verschwommen. Es kommen hübsche Formen dabei heraus, aber deine Gestalten machen nicht die Bewegungen, die ihrer inneren Regung entsprechen. Schau dir deinen heiligen Sebastian an: Er weint wegen der Pfeile, die ihn durchbohren, und er blickt nach oben, um Gott sein Leid darzutun … Und doch hat er nichts, was die Aufmerksamkeit fesselt. Was dich behindert, sind die Regeln, Benedetto. Jetzt, da du sie kennst, mußt du dich von ihnen lösen. Wenn du ein Künstler sein willst, mußt du dein Innerstes nach außen kehren. Die Perfektion der Details, die Genauigkeit und vollendete Sorgfalt haben nur einen Sinn, wenn sie im Dienste einer klaren Innerlichkeit stehen, die jeder beim Betrachten nach seinem Gutdünken deuten kann.«
»Ich bin nicht fähig, mehr zu geben!« erwiderte Benedetto und stieß seine Zeichnung von sich. »Dort, wo du etwas Vollendetes siehst, sehe ich eine Skizze, über die hinauszugehen mir nicht möglich ist.«

»Die Skizze hat oft mehr Kraft als die vollendete Zeichnung. Der Künstler drückt darin in wenigen Federstrichen seine Gedanken aus, während er bei der Ausarbeitung sein Werk manchmal schwächer macht, wie jene, die, da sie in ihrer Arbeit nicht innehalten können, das Werk entstellen …«

»Nein! Es ist besser, ich gebe auf. Der Meister hat recht, ich bin kein Künstler, ich bin ein Zeichner. Ja, das ist es: Ich mache Zeichnungen.«

»Der Meister ist hart in seinem Urteil. Es ist ungeduldig, er scheint zu glauben, bei seinen Schülern müsse alles von selbst kommen.«

»Ich bin müde«, seufzte Benedetto. »Das Skizzieren macht mir keinen Spaß und gefällt mir nicht. Ich habe mich getäuscht. Ich werde das Atelier wieder verlassen, hier ist nicht mein Platz. Beim Goldschmied ging es mir besser, dort mußte ich nicht meine Gefühle preisgeben.«

»Dir fehlt es vor allem an Ausdauer. Dauernd guckst du in die Luft, ständig lauerst du auf ich weiß nicht was, bist stets auf der Hut. Du hast nicht begriffen, daß das, was du suchst, in dir selbst ist, und nicht hier im Atelier, in dem es nichts zu sehen gibt, auch nicht da drüben, wo der Meister sitzt, mit dessen Beobachtung du deine Zeit vergeudest.«

»Der Meister ist ein böser Mensch«, antwortete Benedetto. »Er ist es, der mich von Anfang an hat zweifeln lassen. Kann er sich denn nicht ein wenig um uns kümmern? Statt uns etwas beizubringen, sitzt er da, über seine Zeichnungen gebeugt, von denen man vielleicht besser nicht weiß, was sie darstellen …«

Verblüfft über diese Bemerkung, ließ Dioneo Sellajo seinem Ärger freien Lauf.

»Schämst du dich nicht, so über den Schöpfer der *Geburt der Venus* zu sprechen?« sagte er. »Wahrscheinlich weißt du nicht, daß er mich heute früh über dich ausgefragt hat und daß er, so streng er auch ist, es gerne hätte, wenn du mit ihm an einer neuen Freske der Auferweckung des Lazarus arbeitest. Deshalb habe ich

dich wieder zum Stift und zur Feder greifen lassen, damit du dich darin üben kannst ... Und was die Zeichnungen des Meisters angeht, so hast du da nichts mitzureden. Ich weiß nicht, um was es dabei geht, aber es kann sich nur um ein Werk handeln, dessen Schönheit die Seele erweckt ... Du gerätst hier bloß deshalb in Harnisch«, setzte er lebhaft hinzu, »weil du es nicht verträgst, daß man dich kritisiert. Mach mit deiner Arbeit weiter, statt hier wirres Zeug zu faseln! Aber paß auf, denn wenn du weiter an dem Unsinn festhältst, dann wirst du tatsächlich gehen müssen. Und ich werde dich nicht zurückhalten.«
Benedetto zögerte. Zu bleiben würde bedeuten, sich weiter mit tastenden Versuchen abzumühen und sich weiterer Kritik auszusetzen. Es würde bedeuten, sich von der ersten bis zur letzten Stunde zu fragen, ob man zu irgend etwas taugte, ob man recht daran tat, daran zu glauben, der Himmel habe einem ein Talent gesandt, man trage ein Licht in sich, man sehe die Welt der äußeren Erscheinung mit einem Blick, der in der Lage wäre, das eigene Leben zu transzendieren. Es würde die Gefahr bergen, an der eigenen Unfähigkeit zu zerbrechen und anschließend, getrieben vom Selbstekel, wieder in die Dunkelheit eines Lebens in Schmutz und Elend zurückzukehren, auf ewig zur Armut verdammt ... Andererseits, wenn er ginge, hieße es, mit einem Schlag seinem Traum ein Ende zu machen und gezwungen zu sein, Alessandro Botticelli zu denunzieren, ohne mit ihm an der Freske der Auferweckung des Lazarus gearbeitet zu haben.
»Konzentriere dich und verlaß dich ganz auf deine Phantasie«, flüsterte ihm Dioneo Sellajo zu, dem seine Zauderei auf die Nerven ging. »Du bist nicht ungeschickt und hast viele Ideen, also gib, was du hast: Kehr dein Innerstes nach außen, und du wirst selbst überrascht sein.«

Ohne ein Sterbenswörtchen zu sagen, hatte sich Benedetto wieder seinen heiligen Sebastian vorgenommen. Er hatte bis zum Abend daran gearbeitet und versucht, durch seinen zugleich fle-

henden und erleuchteten Blick und die Haltung seines Körpers und seines Armes, den er nun über die Brust gelegt hielt, den Gottesglauben eines Märtyrers zum Ausdruck zu bringen, doch für seinen Geschmack war es ihm lediglich gelungen, ihn in der üblichen Pose der Ekstase erstarren zu lassen.
Er hatte das Atelier als letzter verlassen, lange nach Baccio della Porta und Alessandro Botticelli. Im Gehen hatte Dioneo Sellajo, ohne seine Bemühungen oder deren Ergebnis zu kommentieren, ihm geraten, sich auszuruhen, denn, so hatte er erklärt: »Die Arbeit an der Freske wird sicher hart werden, und man wird dich nicht mehr schonen als die anderen.«
Obwohl er jetzt vor Müdigkeit ganz zerschlagen war und ihm vor Schlafmangel die Augen brannten, machte er noch einen Umweg. Ganz in sich gekehrt in die dunkelsten Winkel seiner Seele, ließ er sich aufs Geratewohl von seinen eigenen Schritten leiten. Als er in der Via Nuova ankam, sah er hinauf zu dem Haus, in dem Botticelli wohnte. In der Mitte der strengen Fassade, hinter einem Fenster im zweiten Stock, bemerkte er den flackernden Schein einer Kerze, der immer größer wurde, sich dem Fenster zur Straße näherte und anschließend wieder zurückwich, um sich in den Tiefen der Wohnung zu verlieren. Er malte sich aus, wie Baccio della Porta mit einem Kerzenleuchter in der Hand vorbeiging, um sich zum Bett des Meisters zu begeben. Er stellte ihn sich ganz erhitzt vor, die Wangen rot trotz seines bleichen Teints. Mit bestürzender Genauigkeit glaubte er ihn zu sehen, kurzatmig und mit nackter Brust. Ihn sich so vorzustellen, so zerbrechlich wie ein Mädchen in seinem Nachtgewand, stachelte seinen Zorn an, und die Wut, die er auf sich selbst hatte, und auf die ganze Welt, verdoppelte sich.
Eine Reihe von Fragen, die er sich noch nie mit dieser Eindringlichkeit gestellt hatte, kamen ihm plötzlich in den Sinn …
Woran lag es, daß der eine zum engsten Kreis der größten Geister gehörte, während ein anderer unter den Geistlosen dahinvegetierte? War dies nicht weniger auf den Willen Gottes zurück-

zuführen als vielmehr auf die Selbstsucht der Menschen und die Eifersucht, mit der sie über ihre eigenen Privilegien wachten, die von Geburt an jene im Abseits hielten, denen weniger Glück beschieden war? Und welche Kräfte außer Wut und Bitterkeit konnten jene, die nicht von ihrer Rasse waren, der Mauer entgegensetzen, die diese schönen Persönlichkeiten um sich aufbauten?

Es packte ihn das dumpfe Verlangen, anderen Schmerzen und Böses zuzufügen. Wenn er schon keinen Platz im Kreise derer hatte, die über Wissen und Können verfügten, so würde er doch nicht allein zu seinesgleichen zurückkehren! Nein, bei seinem Untergang würde er einige von diesen Parvenüs, deren Talent und Reichtum allzu glanzvoll erstrahlten, mit in die Tiefe reißen.

Wie von einem entsetzlichen Groll getrieben, ging er am Palazzo della Signoria vorbei, und als er sich San Remigio näherte, wo man sich nur allzu gerne anhören würde, was er zu erzählen hatte, hörte er hinter sich ein Geräusch. Er drehte sich um, sah aber nichts ... Er beschleunigte seinen Schritt. Er mochte dieses Viertel nicht, wo in der Weihnachtszeit mehr als ein *piagnone* Gefahr gelaufen war, getötet zu werden. Zum Glück war er fast angekommen! In wenigen Augenblicken würde er sein Herz ausschütten, und Scopone würde ihn, vor Dankbarkeit stammelnd, in die Arme schließen, ihn an seinen Wanst drücken und seine Wangen mit feuchten Küssen bedecken. Aber was hoffte er so Unglaubliches zu erlangen, dieser dicke Pfaffe, indem er die geheimen Werke Alessandro Botticellis enthüllte? Im Grunde war die Frage Benedetto gleichgültig. Ihm ging es nur um die eigene Rache, um die Wiederherstellung einer grundlegenden Gerechtigkeit. Er brauchte nicht zu erröten über das, was er tun wollte, denn seit der Revolution war dies die Regel in der Republik Christi, in der es weder Bettelarme noch Stinkreiche geben durfte, sondern nur noch eine Nation von Gleichen, vereint durch die Prinzipien und den Glauben des Gekreuzigten, des Bruders der Armen. Botticelli hatte die Gebote des neuen Moses nicht befolgt, er würde dafür bezahlen, etwas dargestellt zu haben, das verborgen bleiben sollte! Und es war auch an der Zeit, daß Baccio della Porta, dieser kleine Emporkömmling mit der Figur und der Empfindsamkeit eines Mädchens, seine Überheblichkeit hinunterschluckte und, vor dem Kreuz kniend, um Vergebung für seine Laster flehte.

Als er den Kirchenvorplatz erreichte, ließ ein helleres Geräusch ihn auffahren. Er deutete eine Verteidigungsgeste an ... zu spät! Man drückte ihn gegen den Vorbau, stach ihm in den Hals.

»Was suchst du hier, *piagnone?*« spuckte man ihm mitten ins Gesicht. »Weißt du nicht, daß Scopone völlig erschöpft darniederliegt? Ist dir entgangen, daß sich dieses Schwein seit zehn Tagen mit seiner Sau suhlt und daß er da drin in seiner Suhle niemanden mehr anhört und niemanden mehr empfängt, nicht einmal die von deiner Bande?«

Benedetto wollte sich losmachen, aber die kräftige Faust hielt ihn fest gepackt.

»Rühr dich nicht!« schrie der Angreifer. »Wenn du auch nur eine Bewegung machst, statt stillzuhalten, dann nagele ich dich noch heute abend hier an die Tür.«

Obwohl er das Gesicht des *arrabiato*, der groß und stark war, nicht sehen konnte, erkannte er doch dessen rotes Haar, das so dicht war, daß es sein Gesicht wie ein Kriegshelm umrahmte. Er erinnerte sich an die gebrochene Nase, an die bestickte Tunika aus grünem Damast und an das auf die kräftige Brust gestickte Emblem von Lorenzo il Magnifico. Die Worte, die er ihm auf offener Straße an einem Sonntag im Februar zugerufen hatte, als die *compagnacci* nach der Rauferei die Flucht ergriffen hatten, kamen ihm wieder in den Sinn. Schließlich hatte ihm nach der Schlägerei vor Santa Maria Maggiore dieser Verrückte, mit dem er sich einen Faustkampf geliefert hatte, gelobt, noch vor dem Ostermorgen mit ihm abzurechnen.

»Was willst du?« stieß er hervor. »Falls du mein Leben willst, ich halte dich nicht zurück. Nimm es! Du würdest mir einen Gefallen tun.«

»Paß auf, was du sagst! Seit jenem Tag denke ich nur noch daran, zu Ende zu bringen, was ich angefangen habe. Doch ich würde es bedauern, wenn es zu schnell gehen würde. Manche Freuden koste ich gerne etwas aus. Es gefällt mir, wenn du jeden Morgen beim Aufwachen an mich denkst und jeden Abend beim Schlafengehen weißt, daß deine Stunde näher rückt.«

»Ich hab keine Angst vor dir!« rief Benedetto, dem in dieser düsteren Nacht alles gleichgültig zu sein schien.

»Du irrst dich: Ich bin dir von Botticellis Atelier bis hierher unablässig gefolgt«, antwortete Maruffio Stanzanni. »Wo auch immer du hingehst, ich bin da, denk daran. Dir ist keine Atempause vergönnt: Ich lauere dir auf, stets bereit, zuzuschlagen. Von jetzt an solltest du jeden Augenblick auskosten, als wäre es dein letzter. Genieße das Leben! Iß, bis dir der Bauch platzt, und besauf dich! Und wälz dich über ein Mädchen, schnell! Mach ihr die Beine breit, bevor du stirbst, du Unschuldsfrüchtchen! Und beeil dich, nimm sie mit Gewalt, besorg es ihr und genieße es!«

»Welches Vergehens habe ich mich schuldig gemacht? Wir haben miteinander gekämpft, das ist alles!« protestierte Benedetto. »Ich habe nichts Böses getan. Es ist Krieg, du hast mich angegriffen, und ich hatte ein Recht, mich zu verteidigen.«

»Du bist auf der falschen Seite, *piagnone*«, sagte der Rotschopf, während er seinen Griff lockerte und die Waffe zurückzog. »Wir werden die Oberhand gewinnen. Das von Versprechen eingelullte Volk wird vom Elend wachgerüttelt, die Partei Girolamo Savonarolas, des Antichrist, geht dem Zusammenbruch entgegen. Das ist das Ende der Diktatur, du wirst keine Bücher antiker Autoren mehr verbrennen, die uns alles gelehrt haben. Du hättest dich auf die Seite der Gerechten schlagen können, hast es aber vorgezogen, dich den Hunden anzuschließen, die sich am Terror bereichern. Um so schlimmer für dich. Das ist die Stunde der Abrechnung, und du wirst deine Schuld begleichen!«

14

»Puuut, putt, putt …«, gurrte Mirandola, während sie Scopone den Silberlöffel vor die bebenden Nasenflügel hielt. Durch den köstlichen Duft geweckt, rollte der Pfarrer mit den Augen. Verwirrt, noch ganz aufgedunsen vom vielen Schlaf, ließ er die Zunge gegen den Gaumen schnalzen und streckte sie, als wolle er die Eucharistie empfangen, über seine dicke Unterlippe heraus. Mit einem langen Sauggeräusch schlürfte er die Safranbouillon aus Poulardenfond und dem Saft gekochten Gemüses. »Aaah …«, machte er und seufzte zufrieden. Beim zweiten Mal schlürfte er einen ganzen Löffel von diesem ausgezeichneten Consommé. Mit der Spitze seiner noch halb herausgestreckten Zunge leckte er den Nektar ab, der ihm aus dem Mund und auf sein dreifaches Kinn lief. Dann schreckte er hoch, sog die Unterlippe wieder ein und war, plötzlich lebhaft um sich blickend, hellwach. »Komm ein bißchen her, du Wonne meines Magens«, rief er, stolz und aufrecht im Bett sitzend. »Geduld!« erwiderte sie, trotz allem auf der Hut. »Das wäre nicht schicklich, wenn ich Euch herzen würde, ohne mich zuvor saubergemacht zu haben. Seht her, ich komme gerade aus der Küche, und meine Hände sind schmutzig und fettig.« Doch bevor sie noch etwas hinzufügen konnte, griff er mit beiden Händen tief in ihren weiten Ausschnitt. »Oh, Herr Pfarrer!« kreischte Mirandola auf und tat entsetzt. »Ihr habt ja noch kaum etwas von Eurem Abendessen gegessen. Können wir mit diesen Schweinigeleien nicht bis nach dem köstlichen Fruchtpüree warten, das ich Euch zubereitet habe?« Doch dieser war es leid, sich zurückzuhalten, und wühlte in dem warmen Ausschnitt. Die Matrone gab ein Glucksen von sich. Was machte es schon, daß der Pfaffe zu viele Ka-

pern vertilgt und zu viele kleine Zwiebeln gelutscht hatte! Daß er nach Pökel und saurem Wein stank, war nicht so schlimm. »Wärme mich, mein Bauch ist eiskalt«, wimmerte er wie ein verlassenes Kind. Endlich begann die Erinnerung an diese Sturmnacht zu verblassen, in der er vor seinem Küster völlig außer sich geraten war, gejammert, verzweifelte Schreie ausgestoßen und sich vor Wut auf die Finger gebissen hatte! Die Hauptsache war, daß er nach diesen traurigen Tagen, in denen er völlig niedergeschmettert, verbittert, fastend und in abgrundtiefer Ohnmacht dagelegen hatte, nun wieder Geschmack an den Freuden des Lebens fand. Seit dem gestrigen Abend begannen seine Augen, wenn er in ihren Anblick versunken war, wieder zu glänzen. Schluß mit den kleinen Bissen eingeweichten Brotes und dem Einflößen von ein paar Tropfen gezuckerten Weines: Allmählich bekam er wieder Appetit. Er war wieder auf der Hut, und nach dem Frühstück hatte er davon gesprochen, diesen unglückseligen Ornulfo aus dem Beichtstuhl herauszulassen, in dem er ihn, aus Gründen, von denen sie nichts wußte, seit vergangener Woche in Ketten gelegt hatte, mit dem sinnlos grausamen Befehl, man dürfe ihm nichts als einen Kanten trockenes Brot zu essen und einen Eimer von dem fauligen Wasser zu trinken geben, das aus den Dachrinnen von San Remigio floß. Sie ließ den Pfarrer ihre Brust walken. Nie hatten die heuchlerisch frommen Hände dieses alten Wüstlings so viel Geschicklichkeit bewiesen. Man mochte fast glauben, die Abstinenz sei ihm gut bekommen.
Wozu sich wehren? Da kein junger und wohlgestalter Bursche zur Verfügung stand, wie sie einen kennenzulernen träumte, nahm sie sich einen Pfarrer, der zwar häßlich war, aber reich … Sich immer weiter über die Kopfkissen beugend, gab sie ihm einen Kuß: Was für ein Elend! Der Bart auf seinen schlechtrasierten Wangen kratzte wie eine Käsereibe! Befreit, zufrieden, mit geradezu jugendlichem Feuer packte Scopone sie. Er zog sie aufs Bett, biß ihr in die Schulter, schlang die Arme um sie, und als er sie auf sich liegen hatte, steckte er, trotz der Gefahr, sie sich dort

einzuquetschen, seine Nase zwischen ihre beiden Brüste, wo der Platz begrenzt war. Nach Atem japsend, zog er sie wieder heraus, um dann unter Nachahmung von Hühnergegacker mit gespitzten Lippen nach ihren schönen Nippeln zu picken. Mirandola beugte sich über seinen Nacken. Sie spürte, wie sich unter dem Laken seine rote Rute aufrichtete. Fieberhaft murmelte er, daß er sie liebe und was er ihr alles geben wolle, und das sei kein Hühnersperma ... Diesmal würde es schwierig sein, ihn zurückzuhalten ...

Um ihn zu beruhigen, strich sie mit schwerer Hand dem Pfarrer über den nackten Schädel. So ein Pech für jene, die glaubten, er sei ruiniert. Sie hatte genug in seinen Sachen gewühlt, um zu wissen, was er alles in seinen Truhen und Anrichten versteckt hatte, und sie hatte Berechnungen angestellt, was sie ihm auf lange Sicht abzuluchsen gedachte ... Sollte er doch weitermachen! Sollte er sich doch an ihrem straffen Bauch gütlich tun, der noch keine Streifen vom Kinderkriegen hatte und noch von keiner Mutterschaft schlaff geworden war, an ihrem gewaltigen Hintern, ihren runden Schenkeln und ihren dicken Waden, auf denen sie an jedem Ort einen guten Stand hatte ... Sie ließ es zu, daß er seinen Mund gegen den ihren preßte, und im Innern dieses weit geöffneten Backofens wartete eine warme Zunge auf sie wie eine gesegnete Hostie. Nun mach schon! Nur Mut, Pfarrer – eine letzte Anstrengung, und dann ist es gut! Was er ihr danach als Dank alles vermachen würde, das verdiente sie sich gerade ...

Ihre Röcke wurden gehoben. Als das Hemd offen war, steckte der Pfaffe seine Rute zwischen ihre Schenkel, die sie fest zusammenpreßte. »In mir brodelt's«, röchelte er. »Pock, pock, pock, laß mich ein ... Schnell, den Schlüssel!«

Als sie, während er gerade ihre Brust entblößte, nach zehn oder zwanzig Stößen hörte, daß ans Portal der Pfarrei geklopft wurde, war sie erleichtert. Das Fleisch des Pfarrers ließ an Festigkeit zu wünschen übrig, und sein Stachel war zu dick. Da sie fand, es sei noch etwas verfrüht, sich zu opfern, machte sie sich nicht ohne Geschick wieder los.

»Man verlangt Euch«, sagte sie und bemühte sich, verärgert zu wirken. »Mein Gott, wer kann das sein? Hört nur, mit welcher Hartnäckigkeit da an die Tür geklopft wird!«

»So eine Unverschämtheit!« brüllte der Pfarrer, dessen paar Haare ganz zerzaust waren. »Wer besitzt die Frechheit, mir zu dieser Stunde auf den Sack zu gehen?«

Wegen der Dunkelheit konnte Mirandola, als sie die Tür öffnete, das Blut nicht sehen, das den Hals von Benedetto Sermini rot färbte. Die Gelegenheit beim Schopfe packend, ein Spiel abzubrechen, das ihr aus dem Ruder geraten war, führte sie den Jungen in das Zimmer des Pfarrers, ohne sich darum zu scheren, welche Gründe ihn herbeiführten.

»Schon wieder du! Wirst du mich wohl in Frieden lassen!« schrie Scopone, der sich noch nicht wieder zugeknöpft und unter dem Laken immer noch einen Steifen hatte.

»Ich weiß jetzt Bescheid über das, was du wissen wolltest!« entgegnete Benedetto. »Ich bin sofort herbeigeeilt, um es dir zu erzählen.«

Als sie bemerkte, daß der Junge ein wenig verletzt war, bekam Mirandola, im Grunde ihres Herzens eine gütige Frau, Mitleid mit ihm.

»Wer hat dir das bloß angetan?« kreischte sie. »Armes Kind! Jesus Maria, was sind die Menschen doch böse!«

»Es ist nichts«, sagte Benedetto. »Ich gehöre zur Armee Christi, und ein solcher Hieb kann mir nichts anhaben.«

»So ein Hieb kann mir nichts anhaben, papperlapapp! Was hast du gesehen, beeil dich!« röhrte Scopone, der immer noch mit seiner Hemdschnur kämpfte.

Benedetto antwortete nicht. Mirandola nutzte die Gelegenheit, um ein Leintuch zu holen. Ganz sanft wischte sie das Blut fort, das weiterhin Tropfen für Tropfen aus diesem Leib floß, der sich in der Umarmung gewiß zarter anfühlen würde als die Speckschwarte des alten Pfarrers. Zum Glück ging der Stich nicht tief; wenn er ein paar Tage lang einen Verband um den Hals trüge, müßte es gut sein. Als sie so nah bei dem Jungen stand, sah sie, daß seine Lippen zitterten, als würde es ihm, nachdem der erste Eifer verflogen war, große Mühe bereiten, mit dem rauszurücken, was er hatte loswerden wollen.

»Botticelli zeichnet Teufel«, gestand er schließlich. »Ich zittere noch bei der Erinnerung an die drei entsetzlichen Köpfe auf seinem Papier und an die Tierhauer, welche die Knochen der Verdammten zermalmten. Es ist so entsetzlich, daß ich nur daran zu denken brauche, und schon wird mir übel.«

»Ah! Er zeichnet Teufel! Potztausend! Jetzt haben wir ihn!« rief der Pfarrer aus. »Morgen gehe ich Fra Domenico aufsuchen! Ich bin noch schwach, denn bei der Krankheit, die ich hatte, war ich schon dem Tode nah ... Und trotzdem werde ich aufstehen. Doch sag mir noch: Niemand außer uns weiß davon?«

»Nein, er versteckt sich hinter seinem Pult im Atelier und bleibt bis zum Abend in seinem dunklen Winkel, ohne den Kopf zu heben.«

»Gut! Ach, was bin ich zufrieden! Diese Neuigkeit wirft mich um, was für ein guter Tag! Um es perfekt zu machen, werde ich mit vollen Händen ins Kloster gehen! Ja, ich werde ein Geschenk nach San Marco mitnehmen! Mirandola! Kauf morgen auf dem Markt zwei Paar schöne fette Kapaune und vier Paar Täubchen, und schau, daß sie schön fleischig sind, aber nicht zu teuer. Und bei den Grocci kaufst du fünf Korbflaschen guten Weines, sechs Frischkäse und dreißig schön reife Birnen. Bei Gott! Diese kleine Aufmerksamkeit wird mir die höchste Gunst einbringen!«

Er richtete sich auf seinem Kopfkissen auf. Er lachte, klatschte in die Hände und wollte fast schon zu singen anfangen. Obwohl sie nicht verstand, was er Signore Botticelli vorzuwerfen hatte, dessen Madonnen und Göttinnen sie zum Weinen schön fand, mußte Mirandola an sich halten, um nicht diesen Jungen zu umarmen, der ihren Pfarrer soeben gerettet hatte. Was machte es schon, wenn er sie, überschäumend vor Lebenslust, in einer Stunde nach vielen dicken Küssen zwingen würde, ihm zu Willen zu sein … Sie wüßte schon, wie sie ihn ködern müßte. Eine Hand wäscht die andere, mein guter Pfarrer; danach würde man sehen, wie man sich bezahlen ließe …

Als Benedetto ging, dachte sie an diesen armen Ornulfo, der im Beichtstuhl angekettet war, und nur auf ihre hochherzige Seele hörend, beschloß sie, ihn zu befreien, ohne Scopone ein Wort zu sagen.

15

A*m nächsten Morgen* erschien Scopone – gefolgt von Ornulfo, dessen Arme, noch schwach von dem vielen Fasten, das man ihm auferlegt hatte, mit Viktualien voll bepackt waren – mit strahlender Miene in San Marco, um Domenico da Pescia seine Aufwartung zu machen. Zum Teufel mit den verlorenen Flechten und Haaren! Bloß keine Verbitterung und kein Bedauern: Abgemagert, aber frisch rasiert machte sich der Pfarrer mit neuem Mut ans Werk. Da es ihm nicht gelungen war, dreihundert Goldflorine und tausend Silbergroschen einzustreichen, nährte er nun wieder die Hoffnung, schon bald die Mitra zu tragen, den Krummstab zu ergreifen und sich den geweihten Ring über den Finger zu streifen.

Erneut sah er sich als Bischof, ganz in Violett gekleidet.

»Das hier ist für das Kloster, verehrter Bruder«, sagte er mit einer sehr tiefen Verbeugung. »Zwei schöne Kapaune und ein paar köstliche Täubchen. Und hier, für die heilige Bruderschaft, noch die besten Frischkäse von Grocci und die feinsten Weine, die ich in meinem Leben je gekostet habe.«

»Man bringe sie auf den Platz vor der Kirche und verteile sie an die Armen, die Hungers sterben!« befahl der Dominikanermönch, der so bleich im Gesicht war, daß man sich bei seinem Anblick zu Recht Sorgen um ihn machte. »Lange her, seit wir dich das letzte Mal gesehen haben«, herrschte er den Pfarrer an. »Nach dem, was man sich erzählt, hast du dich in deiner Höhle vergraben, und in San Remigio stehen die Gläubigen vor geschlossenen Türen.«

»Das lag daran, daß ich krank war, erkältet nach einem bösen Luftzug …«

»Die Revolution kann keine Erkälteten gebrauchen!« wetterte der Mönch.
»Aber ich hatte hohes Fieber und konnte mich nicht mehr auf den Beinen halten ...«
»Und während du dich hast verhätscheln lassen, gab es in Florenz und im Färberviertel Ausschweifungen und Plünderungen zuhauf.«
»Ich weiß, aber jetzt ist es vorbei: Seht her, es geht mir blendend.«
»Höchste Zeit, das Übel ist bereits geschehen!«
»Meiner Treu! Sollte ich gesündigt haben, möge man mir das Hirn aus dem Kopf nehmen und goldbraun anbraten ...«, protestierte Scopone, der besorgt war über die Wendung, die das Gespräch genommen hatte.
»Hast du vergessen, daß unsere Feinde sich versammeln?« fuhr der Dominikaner fort, der immer mehr außer sich geriet. »Weißt du denn nicht, du nutzloser Priester, daß in der Signoria Bernardo del Nero, der neue Gonfaloniere, ein Anhänger der Medici ist, daß uns in Rom, in der die Simonie herrscht, Carafa im Stich läßt und daß sich in Frankreich der König, dessen Unterstützung wir genossen haben, von der Republik abgewandt hat?«
»Ich weiß Bescheid, aber mit war so heiß, daß ich am ganzen Körper geschwitzt habe, stets von Kopf bis Fuß völlig durchnäßt, und daß mir der Kopf unter der Schädeldecke kochte.«
»Auch Fra Girolamo liegt seit zwei Wochen im Fieber: Er läßt sich zur Kanzel tragen und predigt, bis ihn die Kräfte verlassen. Statt, wie du es getan hast, zitternd auf deinen Kissen liegenzubleiben, hättest du ihn letzten Sonntag hören sollen, wie er den Gott des Aristoteles angriff, diesen Hoffärtigen mit seinen Spekulationen, der unerschütterlich inmitten des Himmels steht! Und wie er über den Gott des Platon herfiel, den dieser im *Festmahl* geschildert hatte: starr auf dem Gipfel einer Pyramide von Gottheiten, endlos weit entfernt von der Welt der Menschen! Du hättest sehen sollen, wie er sich erhob und bis ans Ende seiner

Kräfte ging! Aber im Gegensatz zu dir fürchtet er nicht den Tod, denn er sitzt zur Rechten des Herrn.«

»Sein Platz ist im Paradies, ganz gewiß. Es stimmt, daß ich krank im Bett lag, während er predigte. Aber obwohl ich nur zwei Fingerbreit von meiner Beerdigung entfernt war, bin ich doch nicht untätig gewesen ...«

»Glaubst du etwa, du schlechter Pfaffe, Gott sieht dich nicht?« schnitt ihm Domenico da Pescia das Wort ab. »Im Gegensatz zum Gott des Aristoteles und des Platon ist er unter uns, zu Lebzeiten, er richtet dich. Er ist der Gott des Moses, leicht verletzbar, eifersüchtig und rachsüchtig. Mal ist er wütend, mal mitleidig, er giert nach Lobpreisung und Anerkennung. Er braucht es, daß man zu ihm betet und ihn liebt. Indem du im Bett liegenbleibst, dienst du ihm nicht! Selbst wenn du im Sterben liegst, mußt du jeden Morgen in deiner Kirche jene empfangen, die durch dich in das Königreich des Himmels gelangen wollen. Du mußt sie in Form des Brotes, das du gesegnet hast, den Leib des geopferten Christus berühren und verspeisen lassen. Selbst wenn du der schlechteste aller Priester bist, mußt du Gott den Mitgliedern deiner Gemeinde darbieten, wie sie es von dir fordern, und sie auf diese Weise von ihren Götzen fernhalten! Sonst wirst es dich als ersten treffen, sonst wird auf dich das Feuer als erstes niedergehen!«

Scopone, der kurz zuvor noch so stolz gewesen war, bekreuzigte sich. Dreimal räusperte er sich, protestierte auf lateinisch, die Republik und Christus hätten keinen besseren und demütigeren Diener als ihn, und um sich von allen Sünden reinzuwaschen, wolle er jetzt sofort beichten. Dann, nachdem er tief geschluckt hatte, sagte er ganz gottserbärmlich mit leiser Stimme und ohne sich zu erheben:

»Sollte ich schuldig sein, so gnade mir Gott! Dann möge man mich am Mittag, ohne Absolution oder Sakramente, in den Arno werfen, wo ich dank meiner Leibesfülle schnell ersoffen sein werde ... Doch, geliebter Bruder, was Botticelli anbelangt –

Schande über ihn! Ich weiß, worauf San Marco wartet. Ich bin völlig entsetzt. Ich fürchte mich, zu reden, doch – so unselig die Wahrheit auch sein mag, sie muß heraus ... Also sollt Ihr folgendes wissen: Statt Fra Girolamo zu gehorchen und die Fastenpredigten zu illustrieren, zeichnet Alessandro Botticelli Dämonen und gehörnte Teufel. Das ist es, womit ich, meine Schwächeanfälle niederkämpfend, in den letzten Tagen beschäftigt war ... Sein Luzifer, ich schwöre es, verschlingt die Menschen bei lebendigem Leibe, zieht ihnen die Haut ab und zermalmt ihnen die Knochen.«

Bei diesen Worten schien sich Domenico da Pescia ein wenig zu beruhigen. Als Scopone vorsichtig den Kopf hob, sah er ihn in Nachdenken versunken.

»Man muß ihn festnehmen«, erkühnte er sich. »Das kann nicht so weitergehen.«

»Wo sind die Zeichnungen?« fragte der Mönch. »Zeig sie mir, damit ich darüber urteilen kann.«

»Aber ... sie sind in seinem Atelier, hinter Schloß und Riegel.«

»Dann stiehl sie! Oder aber«, fügte er hinzu, erneut verärgert über Scopones ungläubige Miene, »laß dir von dem jungen Burschen, der die Denunziationsporträts erfunden hat, Kopien anfertigen. Savonarola liebt Botticelli. Ohne Beweis wird er nichts gegen ihn unternehmen, und was du tust, wird völlig nutzlos sein.«

16

Dieser Kopf mit den drei Gesichtern, der aus dem Eis auftauchte – das, das nach vorne blickte, war von obszöner Häßlichkeit und trug Hörner, und dann die beiden anderen mit dem platt gedrückten Profil, die mitten aus den Schultern herauswuchsen und das Grauen des ersten noch vermehrten –, dieser Kopf verfolgte Benedetto Sermini wieder. Eine Woche nachdem er ihn entdeckt hatte, rief er ihn sich wieder in Erinnerung, mit diesen drei Gesichtern, von denen er, laut den Anordnungen Scopones, in der Nacht eine Kopie anfertigen sollte. Er erinnerte sich noch an die Hundezähne, die Beine zermahlten wie Mühlsteine das Korn, und an die blutigen Klauen, die das Rückgrat der unseligen Verdammten bearbeiteten. Seine pelzigen Rippen, die dichtbehaarte Brust, die schwarzen Mäuler, von denen, mit dem Kopf nach unten, die noch lebenden Toten in Trauben herabhingen, waren ihm tief ins Gedächtnis gegraben.

Jetzt, da er vor dem Chor der alten Kirche von San Gaetano stand, zusammen mit den sieben Lehrjungen, die der Meister ausgewählt hatte, bemühte er sich nach Kräften, wieder in einer klaren Welt Fuß zu fassen.

»Geht weiter!« befahl Baccio della Porta.

An der Spitze der Truppe führte Dioneo Sellajo mit einem Kerzenleuchter den Zug an. Dahinter folgten, neben Carpuccio Celli, noch Ruffio Mazotti und Carmino Frenzzi, der Blankschädel aus Ognissanti. Benedetto, der sich sicher war, daß dieser ihn ausspionierte, ärgerte sich, Scopone nicht gestanden zu haben, daß er es leid war und daß er die Rolle des Spitzels, zu der er nicht taugte, lieber einem anderen überlassen würde.

Doch da er nicht fliehen konnte, war er dort, um die Befehle des-

jenigen entgegenzunehmen, den er wohl oder übel dabei war zu verraten. Was bewegte ihn dazu, etwa die Wut über seine Ohnmacht, diese haßerfüllte Eifersucht derer, die man im Stich gelassen hatte? Oder ließ ihn der Glaube an die Republik Christi unbeirrbar weitermachen? Es war zum Verrücktwerden, denn letztlich verabscheute er diesen degenerierten Maler, und zugleich konnte er nicht umhin, ihn zu bewundern. Wie sollte er sich da noch auskennen, wo dieser so leicht verletzliche Mann ihn unablässig in zwei verschiedene Richtungen trieb – indem er ihn seit ihrer ersten Begegnung entmutigte und ihm dann einen Monat später ein solches Vertrauen entgegenbrachte, daß er ihn unter diejenigen wählte, die seine Freske ausführen sollten?
Gemeine Späße, Einsamkeit, entsetzliche Zeichnungen – wie nur sollte er sich damit abfinden, daß eines der Genies des 15. Jahrhunderts sich dazu herabließ, schändliche Bilder zu malen?
Und doch, auch wenn ihn noch so viele Zweifel bestürmten, er befand sich im Inneren einer Kirche, deren Wände mit falschen, rußgeschwärzten Tapisserien bedeckt waren, an dem Ort, an dem er gemäß dem Wunsch Alessandro Botticellis, obgleich er unfähig dazu war, an dessen neuem Werk mitwirken sollte.
Als der Meister Einzug hielt, wurden seine Ängste, die sich für einen Augenblick beruhigt hatten, wieder geweckt: die Angst vor dem Dämon, dessen Züge er jetzt kannte, die Angst, selbst denunziert zu werden, die Angst, Fra Domenico das Geld, das dieser ihm gegeben hatte, wieder zurückzahlen zu müssen. Er sah sich schon aus der Brigade der Färber hinausgeworfen. Er stellte sich schon vor, wie er im Kerker saß, in Ketten, niedergestreckt durch Fausthiebe und Fußtritte. Er wurde wieder von der Gewißheit gepackt, daß man seine Verwandten, vor allem Ippolita-Maria, die er liebte, aus ihrem Haus jagen und vertreiben würde, und um seinem Schrecken die Krone aufzusetzen, kam zu seinen Befürchtungen noch die Angst hinzu, die ihm Maruffio Stanzanni einflößte, der Rotschopf, sein Feind.
Der Meister kam feierlich näher, gefolgt von einem älteren

Mann, den Benedetto nicht kannte. Er forderte seine Lehrjungen auf, sich um ihn zu scharen. Auf dem Altar entrollte er die mitgebrachten Zeichnungen. Ein großes Diptychon kam zum Vorschein. Der Plan war sehr klein, und auf der linken Seite waren nur drei Personen zu erkennen. Unter tintenschwarzen Wolken flehten zwei Frauen, die mit flüchtigem Strich gezeichnet waren, auf Knien zu einem jungen Christus mit langen Haaren. Auf der rechten Seite stieg auf den Ruf von Jesus, der von der Menge umringt war, der in Binden gewickelte Lazarus aus seinem Grab. Am Himmel, der einen großen Teil der Zeichnung einnahm, teilten zwei Engel die schwarzen Wolken, und im Hintergrund, wo sich eine Felswand auftat, lag in siegreichem Glanz Florenz, in Sonnenstrahlen gebadet.

»Die beiden Fresken«, erläuterte Botticelli, »werden zu beiden Seiten des Hauptaltars diese Wände hier einnehmen. Vor dem Auftragen des Mörtels müssen wir morgen damit anfangen, sie zu säubern, sie von dieser dicken Schicht aus Staub und Kerzenruß zu befreien, die sie geschwärzt hat. Carpuccio Celli, Fieffo Cartelano und Ruffio Mazotti werden diese Arbeit übernehmen. Wir müssen Gerüste aufbauen, denn es handelt sich um ein realistisches Werk, auf dem die Figuren in Lebensgröße dargestellt werden. Die anderen werden im Atelier bleiben. Sie sollen mit Dioneo Sellajo die Vergrößerung meines Entwurfes in Angriff nehmen, von dem wir hier die Skizze vor uns haben. Außerdem sollen sie jedes Motiv auf Kartons übertragen. Ich werde euch jeden Tag neue Motive geben. Wie ihr seht, habe ich meine Figuren noch nicht vollendet und bin mir vorerst nur darüber im klaren, in welchen Rahmen ich sie stellen will.«

Während Botticelli erklärte, wie er die Arbeit aufzuteilen gedachte, sah sich Benedetto die Zeichnungen genauer an. Während die rechte, ein wahrer Siegeszug des Glaubens durch die Auferweckung, fast vollendet schien, war die linke, eine Darstellung zum Thema des Todes und seiner Schmerzen, offenbar nur eine Skizze. Der Künstler entfernte sich dort von den Kreuzi-

gungen, den Dreifaltigkeitsdarstellungen und Visionen, die gerade in Mode waren. Seine Kunst beschränkte sich auf die Darstellung des Leidens und des Unglücks. Selbst in diesem Rohstadium bestand zwischen den beiden Bildtafeln bereits ein großer Unterschied im Hinblick auf Stil und Inspiration. Die Einfachheit und Schlichtheit der Anrufung Christi sowie die halbkreisförmige Anordnung der Szene, deren Konturen von den schmerzgekrümmten Frauenkörpern gebildet wurden, kontrastierten mit der Fülle, der Weite und dem Symbolismus der Auferweckung aus dem Grabe. Sosehr die linke Zeichnung, ganz von Innerlichkeit geprägt, von einem tiefen Mystizismus zeugte, so sehr gab sich die andere als exemplarische und lehrreiche Darstellung des politischen Klimas von Florenz. Ungeachtet seiner eigenen Überzeugungen gab Benedetto augenblicklich der Szene mit den auf Knien flehenden Frauen den Vorzug, einer düsteren Szene, die das Vorspiel zum Hervorbrechen des Lichtes darstellte. Dennoch erstaunte es ihn, daß auf der einen wie auf der anderen Seite eine der Schwestern des Lazarus kein Gesicht hatte.
»Die beiden Tafeln müssen umgehend fertiggestellt werden«, schaltete sich der Unbekannte ein, der Botticelli begleitete. »Girolamo Savonarola wünscht, daß alles in den ersten Sommertagen fertig ist.«
»Wer ist denn das?« fragte Benedetto Dioneo Sellajo.
»Das ist Simone Filipepi, der Bruder des Meisters. Wie dieser gehört er der neoplatonischen Schule des Marsilio Ficino an, des Philosophen und Mathematikers. Er wurde von San Marco geschickt, um die Arbeit im Atelier zu überwachen.«
»Wird Alessandro Botticelli jetzt überwacht?« fragte Benedetto erstaunt.
»Simone ist ein *piagnone,* einer der glühendsten Anhänger der Revolution«, erwiderte Dioneo. »Laß dich nicht täuschen, er und der Meister sind sich zärtlich zugetan ...«
Als Benedetto wieder im Atelier war, beschäftigte ihn die Schwester ohne Gesicht, die jener Frau glich, die auf dem Tempera-

gemälde, das der Meister bei ihrer ersten Begegnung gerade fertigstellte, einen abgeschlagenen Kopf schwenkte.
»Viele Künstler haben die schlechte Angewohnheit, verschiedenen Gestalten dieselben Gesichtszüge zu geben«, erläuterte ihm Dioneo. »Welche Personen auch immer sie darstellen, sie nehmen dieselben Modelle und zögern nicht, sie dieselben Haltungen einnehmen zu lassen. Der Meister hingegen wählt immer einen anderen Ausdruck. Er will immer neue Blicke, neue Profile, neue Haltungen. Doch er hat noch nicht die Gesichtszüge von Maria gefunden, der Schwester des Lazarus, von der Johannes in seinem Evangelium sagt, sie habe einst den Herrn mit Öl gesalbt und seine Füße mit ihren langen Haaren getrocknet. Sobald er die gefunden hat, die er sucht und von der er schon eine genaue Vorstellung hat, werden wir mehr wissen …«

Sie begannen ihre Arbeit mit der Freske der Auferweckung von den Toten. Während der Meister allein auf seinem Podium mit dem Christus und dem Lazarus beschäftigt war, sollten die Lehrjungen den Himmel über Florenz übertragen, dessen Stadtmauern, Türme, Dächer, Kuppeln, Loggien und Campanile mit denen von Jerusalem verschmolzen. Dioneo Sellajo gab Benedetto den Auftrag, in Lebensgröße einen der Engel zu übertragen, welche die schwarzen Wolken über der wieder auferstandenen Stadt verscheuchten. Das hatte nicht mehr im entferntesten etwas mit den kindlichen Gesichtern der Temperagemälde und Fresken der ersten Jahre zu tun. Die Schlacht gegen die Mächte des Bösen tobte. Die regelmäßigen Züge und die vollen Wangen der alten Darstellungen, wie der *Verkündigung* und der *Madonna mit Kind,* waren scharfen Profilen und kriegerischen Blicken gewichen, denen jede Zärtlichkeit und jedes Mitleid fehlten.
Am äußersten Ende des langen Tisches sitzend, der die Mitte des Ateliers füllte, brachte Benedetto zwei Tage damit zu, die Zeichnung des Meisters in Vierecke zu unterteilen und sie dann auf Karton in eine gleiche Zahl an Vierecken zu übertragen. Versun-

ken in seine Aufgabe, versuchte er, sein Bleilot und seine mit dem Zirkel gezogenen Halbkreise zu vergessen. Da er befürchtete, die strengen Begrenzungen der mathematisch genauen Aufteilung könnten seinen Engel in einen Sarg einsperren und ihm wie seinem heiligen Sebastian die Lebendigkeit rauben, bemühte er sich, mit dem Reißblei und anschließend mit der Feder die Wut dieses Soldaten der himmlischen Heerscharen Christi, der in Siegerpose die infernalische Bedrohung zurückschlug, in all ihrer Kraft wiederzugeben. Verunsichert durch die gewaltigen Dimensionen, die er nicht gewohnt war, versuchte er mühsam, die exakten Proportionen der Haare, des Gesichts und der auf dem Rücken entfalteten Flügel nachzubilden. Der Arm, der eine Wolke beiseite schob, bereitete ihm endlose Sorgen, und schon am ersten Abend sah er, daß Carmino Frenzzi schneller vorankam als er. Sich darauf konzentrierend, erfolgreich zu Ende zu bringen, was er angefangen hatte, beschloß er, nicht darauf zu achten, was die anderen taten, und verzichtete darauf, sich in seiner Geschwindigkeit nach ihnen zu richten. Botticelli hatte schnell gearbeitet, und nachdem er seinen Engel eins zu eins übertragen hatte, wurden einige Mängel deutlich. Der Mund, der etwas nach links verzogen war, mußte noch einmal nachgezogen werden, und die Linien von Hals und Nacken waren allzu scharf. Es kam ihm zwar verrückt vor, den Meister zu korrigieren, doch empfand er dabei eine gewisse Lust: So konnten sich also selbst die Größten täuschen … Als er am Ende des zweiten Tages Dioneo Sellajo seine vollendete Arbeit zeigte, war er überrascht, festzustellen, daß dieser auf seinen Karton eine Heerschar gepanzerter Teufel übertrug, die damit beschäftigt waren, brennende Fackeln auf das neue Jerusalem zu werfen. Der Beelzebub und die Zeichnungen von der Hölle, die ihn seither nicht mehr bedrückt hatten, schossen ihm jäh in den Sinn. Seit einer Woche warteten Scopone und die von San Marco auf seine Reproduktionen. Er konnte sich ihrem Druck nicht entziehen. Da diese boshaften Gestalten ihn weit weg von San Gaetano führten, hörte er kaum

auf Dioneo Sellajos Komplimente, der ihn lediglich um ein paar Korrekturen bat.
Bei Einbruch der Nacht, als das Atelier leer war, kehrte er, während zwei Lehrjungen im Hof Farbpigmente zerrieben, wieder zum Pult zurück. Die Schublade ließ sich auch diesmal öffnen, und er nahm die Zeichnung des Beelzebub heraus. Während ihm Dioneo Sellajos Teufel noch klar vor Augen standen, betrachtete er die Gestalt, und seine Gefühle gerieten ganz durcheinander. Trotz des Grauens, das dieser dreiköpfige Dämon ihm einflößte, sagte er sich, daß die Hölle ein Ort der Gerechtigkeit sei und daß in der Hölle alle Menschen dem gleichen Urteil unterworfen würden, auch die Könige und Päpste, auch die Allergrößten. War es dann nicht nötig, so fragte er sich, daß Florenz, das erneut in seine alten Fehler zurückgefallen war, seinen Namen im Abgrund der Hölle widerhallen hörte und dort die Gesichter derer wiedererkannte, die sich am meisten versündigt hatten, um wieder auf den rechten Weg zu gelangen und seine Erlösung zu verdienen? Warum sollte man sich, im Vertrauen auf die Macht des Exempels, nicht vorstellen können, die Betrachtung von ein paar schrecklichen Zeichnungen könnte genügen, um die Demokraten, die sich vor allem um ihren Reichtum sorgten, daran zu erinnern, daß die schlimmste der Todsünden die Sünde der Aufrechterhaltung der Privilegien war, die jeden Frieden in der Stadt vereitelte? Und daß es diese Sünde war, die Luzifer mit seinem dreifachen Maul bestrafte ... Doch wenn man die schwindelerregende Genauigkeit einer solchen Darstellung rechtfertigte, hieß das nicht, eine billige Entschuldigung für die Grausamkeit eines einfachen Repertoires an Strafen zu liefern?
Mit Übelkeit im Magen fing er an, die knochigen Flügel des Ungeheuers abzuzeichnen, und machte sich dann, in der Hoffnung, die beiden, die im Hof mit dem Stößel arbeiteten, würden schnell zurückkommen und ihn unterbrechen, bevor er zu weit gediehen wäre, an die gekrümmten Hörner, die Büffelstirnen, die Haare, die so struppig waren wie die Krause eines Ziegenbocks.

17

Ich wäre gerne die Nymphe Chloris auf dem *Frühling* gewesen«, gestand Emilia Scorpucci, während sie sich zwang, züchtig die Augen niederzuschlagen, »oder hätte Euch gerne für die *Allegorie des Überflusses* Modell gestanden, von der ich eine Zeichnung gesehen habe, als ich im Atelier von Roselli Modell stand!«

»Es wäre mir recht, wenn man mich bei Roselli und seinen Bundesgenossen weniger kopieren würde, alles Möchtegernkünstler, die keinen Pfifferling wert sind«, unterbrach sie Botticelli. »Diese Figuren, die man jetzt überall auf Altaraufsätzen sieht, in Öl auf Holz gemalt, sie gehören mir. Man stiehlt sie mir, wenn man sie ohne meine Erlaubnis kopiert. Habe ich etwa meine Zeit damit vergeudet, Filippo Lippi zu plündern, obgleich ich meine Kunst im wesentlichen ihm verdanke? Ich für mein Teil hole mir, im Gegensatz zu diesen Geiern, meine Anregungen von neuen Gesichtern und neuen Körpern.«

»Ich habe bloß für eine einzige *Verkündigung* bei Roselli als Jungfrau Modell gestanden«, stellte das junge Mädchen klar.

Trotz ihrer ungezwungenen Kühnheit hütete sie sich mißtrauisch davor, zuzugeben, daß sie seit einem Jahr, um sich das nötige Geld für neue Kleider und ein paar verbotene Bücher zu verdienen, die sie in der Nacht verschlang, in drei Ateliers Modell stand. Der Meister, dessen Entrüstung nicht gespielt war, räusperte sich. Er legte seine Federn aufs Pult zurück und machte sich endlich die Mühe, sie eingehender zu betrachten. Sie hielt seinem Blick stand und harrte, den Rücken den Lehrjungen zugewandt, die sich an ihren Tischen zu schaffen machten, aufrecht und gerade auf dem Podium aus. So berühmt er auch sein mochte, so schön auch einige seiner Werke waren, für die sie aufrichtige Bewunderung empfand, weigerte sie sich doch, sich von diesem Mann mit seiner Nachtmütze, seinem dicken, um den Hals gewickelten Schal und seiner Brille mit den dicken Gläsern auf der Nasenspitze beeindrucken zu lassen. Auch wenn sie vom Olymp träumte, sich manchmal für Aphrodite hielt und in der Nacht mit Zeus, Demeter und Poseidon sprach, hatte sie sich schon auf eine Ablehnung vorbereitet, bevor sie den Schöpfer der *Geburt der Venus* aufsuchen ging.

»Woher stammst du?« fragte sie der Meister etwas freundlicher.

»Ich bin die Nichte der Äbtissin des Klosters von Monticelli, einer liebenswerten und gütigen Frau. Meine Familie ist von gutem Adel, und mein Großvater war ein Edelmann von ausgezeichnetem Ruf. Ich habe meine Kindheit zusammen mit den Frauen unserer Familie in unserem alten Haus an der Piazza San Martino verbracht.«

»Warum stehst du Modell, wenn du aus einer wohlhabenden Familie stammst?«

»Meine Verwandten haben so gut wie kein Vermögen mehr, und das Modellstehen gestattet es mir, unsere Börse aufzufüllen.«

»Du bist ein dünnes Ding, und deine Nase ist spitz«, entgegnete ihr Botticelli. »Aber du hast einen natürlichen Charme. Du hast zwar einen kurzen Oberkörper, aber deine Beine sind lang. Deine Schultern sind gerade, und die Haltung deines Kopfes ist recht elegant. Doch das alles sagt noch nichts darüber aus, ob du dich frei machen und Posen einnehmen kannst.«

»Es ist mir eine Freude, mich anzustrengen für etwas, das mir gefällt. Mein Mienenspiel ist vielseitig, und ich habe mich nie davor gefürchtet, mich jemandem auszuliefern, der sich darauf versteht, mich zu betrachten. Ich möchte, nach Eurer Vorstellung, die Kirchen von Florenz schmücken, an der Seite Eurer herrlichen Jungfrauen, und mich auf den Truhen und Wänden der Paläste wiederfinden, unter Euren strahlenden Nymphen und lasziven, halbnackten Göttern.«

»Wie alt bist du?«
»Sechzehn, demnächst siebzehn.«
»Weißt du, daß es nicht meine Absicht ist, eine neue jugendliche Muse zu malen, sondern Maria, die Schwester des Lazarus, der von den Toten auferweckt wurde? Weißt du, daß diese Frau vom Lande kommt und nicht aus der Stadt und daß sie sich durch nichts auszeichnet, das nicht derb und urwüchsig wäre? Weißt du, daß sie eine rechtschaffene und einfache junge Frau ist, die den Brotteig knetet und weit entfernt von den Wassernymphen und thessalischen Bergen lebt? Je länger ich dich ansehe, desto mehr will mir scheinen, daß du recht klein bist, daß deine Taille recht schmal ist und deine Haare, die schwarz sind, obwohl die Mode es derzeit besonders blond liebt, recht dick. Dein Mund scheint mir ein bißchen zu zart und der Glanz in deinen Augen allzu feurig, um für eine so derbe Frau Modell zu stehen.«
»Ich bin gekommen, da ich Eure alten Werke schätze, auf denen die Frauen, ganz gleich, ob sie Heilige oder Göttinnen sind, tatsächlich ganz frei sind von dem üblichen Gehabe und nur das zeigen, was wesentlich an ihnen ist«, entgegnete Emilia, die mit Alessandro Botticellis Art, ein Gespräch zu führen, nicht vertraut war …
»Du bist dünn wie ein Vögelchen, und deine Hand ist mager; und doch spürt man bei dir eine Schwingung, ein lebhaftes Innenleben, eine ungewöhnliche Mischung aus Sanftheit und Anspannung, die mich … an jemanden erinnert, deren Körper und Gesicht ich einst liebend gerne gezeichnet habe.«
Als Emilia sah, daß er plötzlich nachdenklich wurde, spürte sie, daß sie ihn berührt hatte. Daß sie trotz ihres jugendlichen Alters ein solches Gespür für die Gefühle der anderen hatte, flößte ihr Vertrauen ein. Sie sagte:
»Es stört mich nicht, eine Bäuerin darzustellen. Die Leute vom Land besitzen Würde. Sowenig wie die Armut ist die Landarbeit ein Hindernis für Anmut und Schönheit.«
»Gewiß …«, sagte Botticelli. »Die Frau, um die es geht, melkt

die Ziegen, geht zum Brunnen Wasser holen, wäscht die Wäsche ihres Bruders im Fluß. Zugleich ist ihr Haar wohlriechend und so weich, daß sie nicht zögert, Christi Füße damit zu salben … Aber weißt du auch«, fing er wieder an, »daß das Mädchen, das ich unter den zwanzig Arbeitsuchenden auswählen werde, die ich mir in den letzten Tagen angesehen habe, in meinen Händen nur eine Materie sein wird, die ich nach meiner Vorstellung formen werde, ohne sie zu schonen?«

»Das ist mir gleich.«

»Bist du dir schon so sicher, daß ich dich nehme?«

»Nein, das hängt von Eurer Entscheidung ab.«

»Falls meine Wahl auf dich fällt, werde ich dir das Gefühl geben, zu nichts nutze zu sein!«

»Das macht nichts! Ich werde das Ergebnis sehen, das ist das einzige, was zählt.«

»Du wirst weniger als ein Gegenstand sein, kaum mehr als ein Nichts. Vielleicht werde ich dich mit Beschimpfungen überhäufen, wenn du nicht tust, was ich will.«

»Ich habe einen sturen Kopf und ein festes Herz.«

»Hör dir deine Stimme an, wie sie zittert! Deine Nerven müssen blank liegen, und du hast nah am Wasser gebaut.«

»Ich kann mich zusammennehmen und mich verteidigen, wenn es sein muß.«

»Ein Modell, so etwas gibt es gar nicht, das ist nichts weiter als Ton: Man benutzt ihn, und nachdem man ihn benutzt hat, wirft man ihn weg. Spiel nicht die Stolze, ich habe schon andere verschlissen!«

»Pech für sie. Wenn Ihr mich nehmt, so bin ich mir sicher, Ihr werdet mich heil lassen.«

18

W*elche Schande,* welch ein Alptraum, welch ein Abstieg! Wie tief mußte er gefallen sein, daß er sich jetzt in dieser beklagenswerten Lage befand! Während er tagsüber auf dem Tisch im Atelier die wundervollen Gesichter der himmlischen Engel kopierte, mußte er, sobald die Nacht hereingebrochen war, Strich für Strich die abstoßende Fratze mit den drei Mündern abzeichnen. Indem er die wenigen einsamen Augenblicke ausnutzte, um ein paar erhellende Details aufs Papier zu bringen, stellte er wie ein Dieb Stück für Stück, Tag für Tag, die haargenaue Kopie einer Klaue oder eines Stückchens schwarzer Zunge her. In mühsamer Kleinarbeit, gegen seinen eigenen Ekel ankämpfend, machte er sich das abscheuliche Bild zu eigen. Eine Woche war vergangen, seit sie mit der Durchführung der Arbeiten an der *Auferweckung des Lazarus* begonnen hatten, und an diesem Abend hatte er nicht mehr die Kraft, die Flucht zu ergreifen. Die Vorstellung, ohne ein Wort zu verschwinden und die Arbeit zu unterbrechen, an der er wie durch ein Wunder den Rest des Tages mitwirken durfte, war ihm nun unerträglich geworden. Doch am Vortag hatten Scopone, Jacopo Masini und nahezu die Hälfte der Bande aus dem Färberviertel ihn gedrängt, ihnen Beweise zu bringen, statt immer nur mit neuen Ausflüchten zu kommen. Wieviel Zeit blieb ihm noch, bevor alles verdorben war? Drei oder vier Tage? Wie sollte er Fra Domenico beruhigen, der sich nach Aussage von Scopone schon schwarz ärgerte, daß er nichts gebracht bekam? Wenigstens seine Engel sollte man ihn fertigmalen lassen! Vergeblich versuchte er, eine gute Ausrede zu erfinden … Aber er hatte den Eindruck, wie ein Blinder im Inneren eines Labyrinths umherzuirren, dessen Ausgänge einer nach dem anderen vor seinen Augen zufielen … In dieser Dunkelheit wieder umzukehren hatte keinen Sinn mehr. Es sei denn, er hätte plötzlich den Mut, diesen Hunden, die immerhin für dieselbe Sache kämpften wie er, zu sagen, in Anbetracht dessen, was auf dem Spiel stand, müßten sie sich gedulden, bis er mehr Beweise gesammelt hätte und ihnen eine ganze Kette unanfechtbarer Beweise bringen könnte.

Ein etwas lauterer Hieb mit dem Stößel, der aus dem Hof zu ihm herüberdrang, versetzte ihn in Unruhe … Er stand oben auf dem Podest, übers Pult gebeugt, die Feder in der Hand, und fuhr beim geringsten Geräusch zusammen …

Beim Anblick dieser platt gedrückten Nase, dieser Nasenflügel, die kurz davorstanden, Feuer zu spucken, und die er getreu kopierte, drehte es ihm den Magen um. Wo war der Meister? Er hatte gehört, wie er Baccio della Porta versprochen hatte, er werde nicht lange fortbleiben. Warum kam er nicht wieder? Wenn er plötzlich auftauchen und ihn bei seiner elenden Arbeit erwischen würde, wäre so vieles wieder in Ordnung gebracht! Um zum Schluß zu kommen, zog er widerwillig mit drei Strichen direkt mit der Feder das krampfhafte Lachen nach, das die zuckende Lippe verzerrte … Nun war es genug! Er stieß die Zeichnung des Meisters zurück in die Schublade und schob sie zu.

Dann rollte er seine fast vollendete Kopie zusammen und machte sich in dem verlassenen Atelier wieder an die Arbeit an dem energischen Profil eines der Siegesengel aus der *Auferweckung des Lazarus.*

Als er gerade dabei war, den Faltenwurf einer mit Goldfransen verzierten Tunika nachzuziehen und zu verbessern, wurde die Tür des Ateliers, die zur Straße führte, geöffnet. Es trat die junge Frau ein, die sich am Vortag mit dem Meister unterhalten hatte. Er erkannte sie wieder, denn ihre scharfen Gesichtszüge und die Schwärze ihrer Haare und ihrer Augen hatten ihn überrascht.

»Alessandro Botticelli hat mich zu sich gebeten, ich sehe ihn

nicht. Ist er hier?« fragte sie ihn mit näselnder Stimme und in einem etwas kindlichen Tonfall.
»Er ist gegangen, aber ich glaube, er kommt noch einmal vorbei«, antwortete er.
Sie zog einen Flunsch, als würde sie sich ärgern, daß der Meister nicht da war, um sie zu empfangen. Trotz der Kälte im Atelier schlug sie die beiden Mantelschöße auseinander. Ihr Kleid war ausgeschnitten und mit goldenen Besätzen verziert. Benedetto bemerkte, daß sie Schuhe mit hohen Absätzen und dicken Sohlen trug, um sich nicht schmutzig zu machen, und trotzdem war sie kleiner als er. Sie trug ein Perlenarmband und einen Gürtel aus Bändern … Nach ihrer Aufmachung zu schließen, war sie kein Mädchen aus dem Volk.
»Was zeichnest du da?« fragte sie ihn mit einem Blick auf seine Kartons.
»Das sind Engel, für eine Freske, die San Gaetano schmücken soll.«
»Für die *Auferweckung des Lazarus?*«
»Du weißt Bescheid?«
»Ja, ich soll für die Maria von Bethanien Modell stehen.«
Überrascht sah Benedetto sie sich noch einmal an. Sie unterschied sich so sehr von den üblichen Modellen Botticellis, daß es ihm die Sprache verschlug. Ihre Haltung war so eigen, ihre Taille so schmal, und ihr Oberkörper, der zwar mager war, aber nicht ohne Formen, stand so sehr im Kontrast zu den weichen Kurven, die in Florenz in Mode waren, daß er es kaum glauben konnte. Ihre schwarzen, auf halbe Länge geschnittenen Haare entsprachen nicht dem allgemein üblichen Geschmack der Leute, die es gern sahen, wenn den Frauen die Haare bis auf die Mitte des Rückens hinabfielen, und stellte sie ganz in Gegensatz zu dem, was die Ghirlandaios, Verrocchios, Filippo Lippis und die anderen vom Schlage Peruginos suchten, die sich vor Aufträgen kaum retten konnten … Ihr stechender Blick, ihr Gesicht mit seinen scharfen Linien und Kanten, das so anders war als die

sanften Heiligengesichter, die man seit Mitte des Jahrhunderts auf den Kirchenwänden sah, machte sie allerhöchstens für profane Gemälde oder gewisse mythologische Darstellungen geeignet, auf denen der Ausdruck der inneren Leidenschaften vorherrschend ist … Aber um an der Seite Christi zu erscheinen, auf den Wänden von San Gaetano …

Das Mädchen vermochte wohl seine Gedanken zu lesen, denn sie fragte ihn ein wenig pikiert:

»Wundert es dich, daß Alessandro Botticelli mich ausgewählt hat?«

»Nein, nein …«, stammelte er. »Er hat manchmal ausgefallene Ideen, aber er weiß, was er tut.«

»Schau dir deine Engel an!« entgegnete sie ihm argwöhnisch. »Sie sehen wütend aus, auch sie sind nicht gewöhnlich!«

»Der Meister hat uns nur eine einzige Skizze der Freske gezeigt, aber ich glaube in der Tat, daß es sich um etwas völlig Unübliches handeln wird, zwei völlig neue Darstellungen, wie noch niemand Vergleichbares gesehen hat.«

Das Mädchen schüttelte des Kopf.

»Das ist nicht das erste Mal, daß ich Modell stehe«, fügte sie hinzu, »aber ich habe noch nie eine Heilige verkörpert, Nymphen dagegen … daran bin ich gewöhnt.«

Sie ließ ihren Blick im Atelier umherwandern: über die Werkzeuge, die aufgehängten Scheren, die auf den Regalen entlang den Wänden aufgereihten kolorierten Manuskripte, das Podium mit seinem Pult, die Skizzen und polychromen Kartons an den Wänden.

Sie trug ihr Ungemach mit Geduld, und ohne einen Kommentar abzugeben über das, was er tat, beobachtete sie Benedetto dabei, wie er, gebeugt über seinen Karton, den Faltenwurf seiner Tunika überarbeitete.

»Malst du auch in Farbe?« fragte sie ihn.

»Ich fange gerade erst damit an«, antwortete er. »Ich stehe noch am Anfang. Diese Freske ist meine erste Arbeit.«

Als Botticelli in Begleitung seines Bruders Simone kam, dem er das Mädchen zeigen wollte, war dieses eher hochnäsig und rührte sich nicht. Sie wartete, daß man zu ihr käme.
»Das ist Emilia Scorpucci«, erklärte der Meister.
Simone runzelte die Brauen. Auch er schien Vorbehalte zu haben.
»Was machst du hier um diese Stunde?« fauchte Botticelli, als er Benedetto erblickte. »Geh nach Hause, sonst bist du morgen zu nichts zu gebrauchen.«
Der Junge gehorchte. Doch in dem Augenblick, als er mit seinem unterm Arm zusammengerollten Beelzebub das Atelier verließ, sagte er sich im stillen, daß es recht kühn von dieser Emilia Scorpucci gewesen war, ihre schlechte Laune zu erkennen zu geben.

Emilia Scorpucci

April/Juni 1497

19

D*as Unglück kam ganz plötzlich,* als ein paar Gerüchte über die baldige Rückkehr Piero de' Medicis nach Florenz die Republikaner gerade in Angst und Sorge versetzten.

Mitte April sahen die Hypochonder und Phlegmatiker zwei Kometen über den Häusern von Florenz. Der eine der beiden Sterne, so schworen über hundert gute Frauen, war trübe und bleich und zog langsam und feierlich vorüber. Wenn man den Weisen, den Heiligen und den Hellsehern Glauben schenkte, kündigte dieser, hübsch rund, wie er war, eine langwierige, harte und schreckensreiche Strafe an. Der zweite hingegen war leuchtend und strahlend wie das Feuer und rauschte schnell und fuchsteufelswild vorbei. Dieser falsche Zwillingsstern war laut Fra Domenico da Pescia indes Vorbote für eine plötzliche und verheerende Katastrophe.

Am folgenden Donnerstag befiel die Krankheit, obgleich sie nicht mehr so häufig auftrat und normalerweise nur in den Gemeinden außerhalb der Stadtmauer zuschlug, eine Frau aus Santa Felicita. Sie trat bei der Unglücklichen in Gestalt einer geschwulstartigen Erkrankung am Halse in Erscheinung; zuerst verlor sie den Appetit und anschließend die Stimme, so daß sie nicht protestieren konnte, als man sie ins große Hospital von Santa Maria Nuova brachte, wo man sie, aufgrund der Unruhe, die ihr Fall verbreitete, von den anderen Kranken fernhielt. Bei ihrer Ankunft besuchten und trösteten sie die gastfreundlichen Nonnen vom Heiligen Geist, obgleich sie halb bewußtlos war. Sie beteten für sie und wuschen ihren armen Leib, der mit einem ganzen Kranz häßlicher entzündeter Pusteln übersät war, als wäre sie in ein Wespennest getreten. Doch abgestoßen von dem unangenehmen Geruch, der von all ihren Gliedern ausging, vergaßen die frommen Frauen den Kuß, den Franz von Assisi den Leprakranken gab, und wurden von einem Ekel gepackt, den nur ein paar außergewöhnliche Naturen zu überwinden vermochten. Am nächsten Tag sahen sie, daß die fistelartigen Schwellungen, aus denen eine gelbliche, seröse Flüssigkeit austrat, zur doppelten Größe angeschwollen waren. Nun gab es keinen Zweifel mehr daran, daß man die Kranke in Quarantäne stecken mußte. Indem sie sich die Nase zuhielten, um nicht unter der Wirkung dieser mefitischen Dünste, die ein ganz und gar unterirdisches Übel verrieten, in Ohnmacht zu fallen, versuchten zwei Ärzte, die nicht solche Memmen waren wie ihre Amtsbrüder, Feigenpflaster auf die geschwollenen Lymphknoten aufzulegen, die so dick geworden waren, daß es schien, sie wollten bald platzen. Um die Leiden der armen Kranken zu lindern, die, wenn sie delirierte, sich das Übel durch kräftiges Schaben mit ihren Nägeln auszureißen versuchte, etwa so, wie man mit einem Messer die Flanken eines Karpfens kratzt, um ihn zu schuppen, verabreichten sie ihr durch den Mund, mit Hilfe eines Schwamms, den sie auf ihren Lippen auspreßten, eine Mixtur aus Opium, Bilsenkraut und Alraunwurzel. Nichts half, sie wand sich auch weiterhin vor Schmerzen, japste nach Luft und schwoll unter den Armen, am Hals, in der Leiste und an den Seiten an. Mit Gewalt schleppte man unter Zuhilfenahme bewaffneter Garden den ersten Pfarrer herbei, der sich auf dem Marktplatz finden ließ – denn er wollte partout nicht mit dem Übel in Berührung kommen –, einen gewissen Fafardine, dem man Handschuhe und Schuhe anziehen und den man in einen dicken, am Hals und an den Handgelenken zugeschnürten Sack stecken mußte. Außerdem war es vonnöten, seinen äußerst exponierten Schädel zu bedecken und Mund und Nase fünffach mit Bändern zu umwickeln, die man so fest zuzog, daß er aussah wie eine Mumie und ihm während der Salbung die Luft ausging. Als dieses Ritual für den Frieden der Seele vollzogen war, schickte man den Pfar-

rer wieder weg und legte die Sterbende, aus deren skrofulöser Brust nur mehr ein qualliger Auswurf kam und deren aufgesprungener Mund nur mehr zähschleimige Blutbrocken spuckte, in einen Saal voller Unheilbarer, denen ein baldiges Ende beschieden war. Damit sie aufhörte zu röcheln, was die anderen beunruhigt haben könnte, verabreichte man ihr drei Hiebe auf den Kopf und steckte sie Leib an Leib in ein Gemeinschaftsbett mit vier alten Frauen. Dort überließ man sie ihrem Todeskampf, eine Nacht und einen Tag lang. Als dann alles zu Ende war, nähte man sie in einen Sack ein und legte sie mitten während der Ausgangssperre um vier Uhr in der Früh auf einen Karren und befahl dem Kutscher, sie zum Friedhof zu fahren, sie in das Gemeinschaftsgrab zu werfen, das man gerade frisch ausgehoben hatte, und ihren stinkenden Leib, der einen entsetzlichen Anblick bot und aus dem weiterhin ein schwärzlicher Saft austrat, mit ungelöschtem Kalk zu bedecken.
Fünf Tage später entdeckte man im Innern der Umfriedungsmauer an den Kais im Färberviertel zwei Leichen von Pestkranken, mit Pusteln bedeckt und schwarz. In der Woche darauf wurden vier weitere am Rande des Ponte Vecchio aufgesammelt. Die Neuigkeit machte schnell die Runde: Die Seuche breitete sich aus und hatte schon San Remigio erreicht. Entsetzen machte sich breit. Ohne auf die Predigten Fra Girolamos zu hören, reagierten die Florentiner, als wären sie nie ermahnt oder vor der Strafe Gottes gewarnt worden, als hätten sie seit Beginn der Revolution nie etwas von starken Zweifeln oder Befürchtungen gehört. Es traf die Stadt völlig unvorbereitet. Selbst die Reichsten hatten sich keinerlei Vorräte angelegt, die Signoria hatte keinen öffentlichen Laden mit Weizen oder Mehl gefüllt, mit dem man den Notleidenden hätte helfen können. Man sah, wie Leid und Traurigkeit sich wie ein dunkler Schleier über die Gesichter legten. Mit einemmal in ihrem Eifer gedämpft, hörten sowohl die *piagnoni* auf, zu befürchten, als auch die *arrabiati,* zu ersehnen, Piero de' Medici und seine Armee – die er, so erzählte man sich,

mit Hilfe der Venezianer versammelt hatte, um die Belagerung von Florenz in Angriff zu nehmen – kämen bald zurück. Die Dolche und Messer wurden wieder weggesteckt, und zum ersten Mal seit ihrer Anbringung vergaß man, die Denunziationsschatullen zu füllen. Alle ließen sich von der Angst anstecken, denn angesichts der fortschreitenden Verwüstungen durch den göttlichen Zorn glaubte jeder, er befinde sich in größter Gefahr. Mit dem milden Frühlingswetter begann sich in den engen Gassen, in denen die hohen Häuser den Blick auf den Himmel verdeckten, die von Düften gesättigte Luft zu stauen. Darein mischte sich der üble Gestank der Menschen und Tiere; die Essens- und Krankheitsdünste, der stechende Geruch nach Kohlenstaub, verkohltem Holz, Ziegenharn, gegerbtem Leder, Seifenlauge, verbranntem Fett und vergorenem, saurem Wein; der muffige Geruch nach vermodertem Stein, nach Kräutersalben, verfaulten Eiern, Vogelmist und entleerten Därmen, Schweinesuhle, geronnener Milch, verdorbenem Fleisch, nassem Grünfutter und Trockenfutter. Das Ganze ergab ein ranziges Magma, eine unsichtbare Masse, welche die Straßengräben füllte, und man gewöhnte sich an, in der Mitte der Straße zu gehen und nicht am Rand, um keine der Ausdünstungen einzuatmen, die aus einem vielleicht bereits infizierten Turm oder Laden kamen. Jeder versuchte, einen gewissen Abstand zu Türen und Fenstern wahrend, der Ausdünstung der unreinen Geister aus dem Weg zu gehen, die durch den Mund in den lebenden Organismus eindringt, in die Lungen gelangt und über den Weg der Hohlvene das Herz erreicht. Obwohl sich nur siebenundzwanzig Personen angesteckt hatten, sagten Propheten und Astrologen schon bald den Untergang von Florenz voraus, und obgleich die Stadt im ganzen recht gesund war und die Krankheit sich auf die dichtbewohnten Stadtviertel zu beschränken schien, gab es auch in den Palästen Jammern und Klagen. Die Krätzekranken und Pockenkranken wurden hinter Schloß und Riegel gesperrt. Man streute Gift für die Ratten, von denen es nur so wimmelte, und in allen

Kellern ließ man Katzen frei, die man zuvor ausgehungert hatte. Man tötete die räudigen Hunde, deren schorfige, rauhe Haut mit üblem Grind bedeckt war. Die lahmen Enten wurden abgestochen, und dem Federvieh, das die Krankheit in seinem Gefieder unsichtbar mit sich schleppen konnte, wurde der Kopf abgeschlagen. Einige, die den Blick immer starr auf die Wolken gerichtet hielten, sahen Erscheinungen in der Luft: eine Hand mit einem Schwert, dessen Spitze nach Santa Maria del Fiore wies, wo es Leichenwagen ohne Kutscher gab, Haufen von Leichen, für die sich keine Grabstätte fand, und dahineilende Leichenzüge, deren Särge alsbald geschlossen würden. Andere, in deren Gesichtern das Grauen zu lesen stand, hörten Stimmen, die ihnen sagten, sie sollten Florenz verlassen, da es dort künftig nicht mehr genügend Lebende geben würde, um die Toten zu begraben. »Oh, was ist Gott doch groß und schrecklich!« jammerten die Bettler, die nicht mehr wußten, wo sie Schutz suchen sollten. »Schnell, einen Notar, damit ich meinen rechtmäßigen Erben mein Geld vermachen kann!« riefen um Mitternacht die Händler, die damit rechneten, schon in der nächsten Stunde zu sterben. »Verfluchte Totengräber!« riefen jene, die sich schon beim kleinsten querschießenden Furz das schlimmste Übel ausmalten, »Wenn ich den Abgang mache, werden sie mich noch im Karren ausrauben und nackt in ein Loch in der Erde werfen!«
Die Katastrophe brach über ein Volk herein, dem der Bürgerkrieg bereits übel zugesetzt hatte, das aber ungläubig und voller Lebenslust war. Sie versetzte Florenz in einen maßlosen Schrecken: Man glaubte, die ganze Welt müsse sterben.
Und doch erfüllte es Ornulfo mit großer Freude, inmitten dieser apokalyptischen Verwüstung wie sonst auch die Glocken von San Remigio zu läuten. Was machte es schon, wenn er zur Stunde mit diesem düsteren Glockenschlag zum neuen Jerusalem aufrufen mußte, war doch dieses schreckliche Gericht, das ohne Unterschied Gerechte und Ungläubige traf, den überhandnehmenden Lastern und der Verweigerung zuzuschreiben, sich an

die von Fra Girolamo gewünschte moralische Reform zu halten. Bald zusammengekauert, niedergedrückt und zu einem kleinen Häuflein geschrumpft, bald an den ausgestreckten Armen hängend, in die Luft gezogen von der Pendelbewegung, die er anstieß, die ihn vom Boden riß und drei Fuß hoch über die Erde hob, gab sich der Küster, gleich einem Vogel, der gen Himmel fliegt, nach Herzenslust dem Läuten hin. Der mysteriöse Schatten der Glocke über seinem kapuzenbedeckten Kopf, der Kontakt seiner schwieligen Hände mit den zitternden dicken Hanfseilen, das Vibrieren des Gebälks und das Beben der Bodendielen unter seinen Fußsohlen erregten ihn aufs äußerste und ließen ihn wie einen Schwachsinnigen auflachen. Dieses weithin hallende Geläute anzustimmen, diese kodierte Musik, die ab den Matinen die Tage einteilte oder Neuigkeiten wie Taufen, Hochzeiten und Todesfälle bis zum *lungarno* der Färber brachte, wie jetzt in diesen schrecklichen Stunden, entzückte ihn. Das Totengeläute des Himmels anzustimmen, mit gleicher Macht Freude wie Schrecken zu verbreiten, gab ihm eine innere Kraft, die ihn aussöhnte mit dem, was er war. Am Boden, in der Luft … Am Boden, in der Luft … Und vor lauter Angst, einen auszulassen, zählte er die Glockenschläge: »Neunundachtzig … Neunzig … Einundneunzig …« Das war etwas anderes als das Glöckchen des Totengräbers mit seinem jämmerlichen *Klingelingeling,* bei dem er jedesmal, wenn er es hörte, auflachen mußte! »Zweiundneunzig … Dreiundneunzig …« Je fester der Klöppel daraufloschlug, desto mehr entfernte sich der Höllenlärm. Dieses gesegnete Gehämmer machte ihn taub, aber die große Glocke, die ihm im Schädel dröhnte, war seine Freundin. Bis zur neunten Tagesstunde würde sie ihn von Scopone, dem bösen Pfarrer, fernhalten, der seit drei Wochen wieder herumschrie. Ah, der verfluchte Kerl! Er verließ das Pfarrhaus nicht mehr, außer um sich, wenn er den Befehl erhielt, nach San Marco zu begeben! Eingehüllt in einen großen, pelzgefütterten Mantel, einen Schal um den Kopf geschlungen und ein befeuchtetes Tuch vor Mund und Nase gebunden, sah man ihn dann die Beine in die Hand nehmen und sich trotz seiner Korpulenz kleiner machen als ein Zwerg. Selbst seine Messen sagte er ab; selbst seine Gläubigen schickte er bei der Beichte nach drei Anhörungen fort; selbst seine Abendessen, die Mirandola ihm mit Liebe zubereitete, schlang er hinunter, ohne sie zu genießen. Wenn er genug darum gebetet hatte, der allmächtige Gott möge ihn vor der Pest bewahren, beklagte er sich, die ganze Welt sei ihm böse gesinnt, San Marco weise ihn ab und die von seiner Kohorte betrögen ihn, und der kleine Benedetto, der Intelligenteste, aber augenscheinlich auch der Arglistigste, lüge ihn an, indem er seit einem Monat vorgab, es dauere nur deshalb so lange, ihm das Geforderte zu bringen, weil er einen blutigen Streich gegen Signore Botticelli plane. Er verging vor Unruhe, er siechte dahin, der Pfarrer, und je mehr er sich verzehrte, desto gemeiner wurde er!

20

Als im Orden der Guten Männer von San Martino zum kleinen Gebet geläutet wurde, ward Emilia Scorpucci daran erinnert, daß es Zeit war, sich zu Alessandro Botticelli zu begeben. Sie fuhr sich mit ihrem elfenbeinernen Kamm durch die Haare und schnallte den Gürtel über ihrem blutroten Kleid enger. Obwohl sie sich dagegen wehrte, sich von der Aufforderung, sie solle bei Botticelli erscheinen, beeindrucken zu lassen, wurde sie in dem Augenblick, als sie durch die Tür seines Hauses trat, von einer leisen Furcht befallen. Vor einem Monat hatte der Meister sich für sie entschieden, und seither war er immer mit etwas anderem beschäftigt gewesen und hatte erst zwei flüchtige Porträts von ihr gezeichnet. Er war mit seiner Arbeit an der *Auferweckung des Lazarus* so sehr im Rückstand, daß ihm nur noch zehn Tage blieben, um etwas fertigzustellen, wofür mehrere Arbeitswochen nötig gewesen wären. Sie beklagte sich nicht, denn Baccio della Porta hatte ihr so viel Geld gezahlt, als hätte sie lange Stunden Modell gestanden, doch sie begann die Hoffnung zu verlieren, eines Tages auf einem Werk zu erscheinen, von dem sie wußte, daß es schön sein würde und wert, der Nachwelt überliefert zu werden. Sie sehnte sich danach, die fertige Freske zu sehen und sich zu sagen, daß man in den Zügen der Maria von Bethanien sie selbst, Emilia Scorpucci, bewundern würde. Was Botticelli von den Skizzen hielt, die er von ihrem Gesicht gemacht hatte, wußte sie nicht. Dieser Mann, der mit den Gedanken stets woanders zu sein schien, zeigte keinerlei Regung. Entgegen dem, was er ihr angekündigt hatte, hatte er sie nicht grob behandelt, aber er hatte ihr auch keine Komplimente gemacht. Draußen wartete Benedetto Sermini auf sie, wie er es ihr versprochen hatte. Abgeschreckt durch die Art, wie sie ihn am Vortag empfangen hatte, hatte er es nicht gewagt, nach oben zu kommen und sie auch noch im Zimmer ihrer Mutter zu stören.

»Guten Tag, Emilia!« empfing er sie mit einem Lächeln und einer Freundlichkeit, die sie veranlaßten, sich zu fragen, ob sie natürlich oder gezwungen waren.

»Guten Tag«, antwortete sie, »du siehst, ich habe mich nicht verspätet.«

»Das ist gut«, erwiderte er, »denn der Meister hat schlechte Laune. Er sagt, es gelinge ihm nichts, er habe nicht mehr die Geduld zum Arbeiten. Doch sein Christus hat etwas Wahrhaftiges, er ist derb, aber voller Mitleid. Jetzt, da er dem Ziel nahe ist, könnte man meinen, ihm würden die Kräfte schwinden. Er hat nur ein Ziel im Auge, und nichts scheint ihn befreien zu können ... Er behauptet, er sei sich nicht mehr sicher, ob er seine Freske zu Ende bringen wird ... Er macht uns angst. Er hört auf niemanden, nicht einmal auf seinen Bruder Simone, der jeden Morgen vorbeikommt, um ihn zum Weitermachen zu ermuntern.«

»Glaubst du, er kann nicht mehr zeichnen?«

»Nein, das ist es nicht: Er hat andere Projekte. Ich weiß, woran er sonst noch arbeitet. Es gefällt mir nicht, und es macht mir sogar angst, doch nie sind seine Visionen so scharf gewesen, sein Federstrich so genau und so klar.«

»Wenn das so ist, warum zögert er?«

»Er weiß nicht mehr, was er glauben oder denken soll«, antwortete der Junge mit einem Ernst, der Emilia erstaunte. »Die Revolution, die Sünde, der Tod und die Verdammten ... Man könnte meinen, er habe Angst und alles verwirre ihn. Er würde die Menschen gerne lieben und ihnen helfen, aber er weiß nicht mehr, wie er das anstellen soll.«

Als sie die Straße überquerten, gewahrte sie gegenüber ihrem Haus, im Oratorium der Guten Männer von San Martino, in dem man ein behelfsmäßiges Hospital eingerichtet hatte, einen zerlumpten Pockenkranken, dessen Nase mit Knötchen übersät

war, einen Riesen in Lumpen, struppig und stinkend, der durchs offene Portal blickte. Ein paar Leute, die den Durchgang blockierten, umringten ihn und lauschten seinen leidenschaftlichen Reden. Sie stellte sich dazu, um zu hören, worum es ging.
»Komm!« befahl ihr Benedetto und zog sie am Ärmel. »Beeil dich! Das ist ein Suffbruder, ich kenne ihn. Er schläft jede Nacht vor der Badia seinen Rausch aus, unter den Gehenkten, die von den Zinnen des Podestà baumeln. Das ist ein finsterer Geselle, ein übler Schurke. Er deliriert bloß, was gehen uns also seine Reden an.«
Verärgert machte sie sich los und blieb stehen. Bald in die eine Ecke der Kapelle deutend, in der einige Notleidende lagen und gepflegt wurden, bald in die andere, lamentierte der bärtige Prahlhans. »Der da ist schon gestorben!« grölte er und deutete mit seiner roten, geschwollenen Klauenhand auf einen armen Kranken, bei dem nichts darauf hinwies, daß er die Pest hatte. »Bei Gorbaccio, dem Herold vom Bargello, nichts als Tote, nichts als Gespenster sehe ich!« brüllte der Besoffene, dessen fleckiges Säufergesicht puterrot angelaufen war. »Seht her! Da steht einer auf und geht ... So ein Elend! Er ist leichenblaß, er ist grau, er ist grün, und seine Füße berühren nicht den Boden.« Die Leute, die sich dort auf dem Pflaster versammelt hatten und wie versteinert dastanden, reckten den Hals, um das Wunder zu sehen. »Ahhh! Da ist er! Heiliger Strohsack, er gibt uns ein Zeichen, er kommt herüber! Schnell, macht ihm Platz!«
»Zu Hilfe!« schrie eine arme Frau, die sich bekreuzigte und zu zittern begann.
»Aber nicht doch, das ist nur eine Vision!« schaltete sich ihr Mann ein, der sich, trotz des Taschentuches, das er sich zu seinem Schutz um die Nase gebunden hatte, nicht sehr sicher fühlte.
»Ja, jetzt, ich sehe ihn«, rief ein völlig verhutzelter alter Mann aus, »er ist schrecklich, er ist widerwärtig, voller Abszesse und aufgeplatzter Pusteln.«

»Die Knochen stechen ihm schon durch die Haut! Er hinkt und ist häßlicher noch als eine Kröte!« setzte ein anderer hinzu.
»Er stöhnt, er weint blutige Tränen!«
»Er rollt mit den Augen, er knirscht mit den Zähnen!«
»Aus seiner Brust kommt ein ganzer Schwarm von Ungeziefer!«
»Irgend etwas Graues läuft ihm aus der Nase!«
»Wie entsetzlich! Er deutet auf mich, er ruft mich!«
»Nein, ich bin es, nach dem er bellt, ich bin es, auf den er mit dem Finger zeigt …«
Alle gerieten in Aufregung. Alle wollten fliehen. Ein dicker Flegel stieß die Leute zurück. Emilia wurde angerempelt, man trat ihr auf den Fuß, Benedetto hielt sie an der Hand fest, damit sie nicht hinfiel.
»Frieden, meine Brüder, Silentium!« krächzte der Suffkopf und breitete die Arme aus wie ein Priester beim Offertorium. »Nur mit der Ruhe, ihr seid sehr erregt! Der Tod macht wieder kehrt, ich sage es euch: Der Boden tut sich unter ihm auf, und die Erde verschluckt ihn.«
Emilia zuckte die Schultern, sie vermochte nichts von dem zu erkennen, was dieser Lügenbold beschrieb, der nichts anderes tat als die Astrologen, die den Florentinern ständig falsche Vorhersagen in den Kopf setzten und ihre Hirne mit so viel Nebel füllten, daß die Leute, wenn sie sie nach Hause schickten, vor Angst ganz erstarrt waren. Emilia fühlte sich sicher in der Stadt, und trotz der Endzeitstimmung, die dort herrschte, glaubte sie sich in Sicherheit vor dem Übel, das sich dort breitmachte.
Als sie im Atelier ankam, führte sie Baccio della Porta, der so nervös war, daß er einem leid tun konnte, zum Podium. An die Wände gelehnt, warteten schon die Kartons der *Auferweckung des Lazarus* auf sie. Auf der rechten Freske stieg der Auferweckte aus dem Grab, er stand in vollem Licht, zwar lebendig, aber leichenblaß unter den sich ablösenden Binden. Was die Jünger anbetraf, die Jesus folgten, so ähnelte der eine Baccio della Porta und der andere, jüngere, Benedetto Sermini. Auf den bereits

stark eingestaubten Skizzen fehlten nur noch der Körper und das Gesicht der Maria. So waren zwei seltsame leere Löcher inmitten dieser fast vollendeten Szene entstanden, als hätten sich zwei Gespenster hineingeschlichen, hier zu Füßen Christi und dort an seiner Seite …

Statt sich um die junge Frau zu kümmern, die er herbestellt hatte, saß der Meister in Mütze und Nachtgewand vor einer Staffelei, ganz wie zu Hause. Nachdenklich betrachtete er eine Temperamalerei, auf der eine Frau, die kein Gesicht hatte, ein Schwert und den abgeschnittenen Kopf eines Mannes schwenkte. Da sie sich erstaunt fragte, warum er dieses Werk nicht vollendete, an dessen Ausdruckskraft nicht zu zweifeln war, fragte sie ihn, wer die bewaffnete Kriegerin sei, die ihm solche Sorgen bereite.

»Das ist Judith, die den Kopf des Holofernes herzeigt«, antwortete Botticelli. »Dieses Thema habe ich bereits behandelt, ich habe es schon in meiner *Verleumdung des Apelles* verwendet, doch diesmal fehlt mir noch das Gesicht des Mädchens. Seit zwölf Wochen arbeite ich daran, oftmals glaube ich schon, sie zu haben, aber in dem Augenblick, da ich ihr Leben verleihen will, entgleitet sie mir und verschwindet. Judith ist anmutig, heißt es in der Heiligen Schrift, und hübsch anzusehen, ich aber will sie derb und entschlossen. Ich will ihr Zorn und Einfachheit geben. Kann man denn sanft und zart wirken, wenn man soeben, um die Kinder Israels zu retten, den Oberbefehlshaber einer Armee geköpft hat?«

»Soll sie so derb werden wie Euer Christus und wie Eure Maria von Bethanien?«

»Ja, vielleicht … denn selbst wenn sie Gold besitzt, so lebt sie doch von der harten Arbeit der Gerstenernte.«

»Und soll sie auch traurig sein, wie die Schwester des Lazarus?«

»Ja, das auch … Denn sie ist Witwe und somit auch vom Schmerz gezeichnet.«

»Möchtet Ihr, daß ich für sie Modell stehe?«

»Ich weiß nicht …«, murmelte er. »Für sie, ja … Aber du erinnerst mich auch an Lukretia und Virginia.«
»An wen?«
»Die beiden Römerinnen, Vorbilder an Mut und Tugend, deren Geschichte ich bald einmal malen sollte. Es ist nicht recht, schicksalsergebene und zerknirschte Kinder in ihnen zu sehen. Sie wollten lieber sterben, als einen Kompromiß einzugehen.«
»Warum beschäftigt Ihr Euch mit ihnen?«
»Weil sie kämpfen, weil sie das Ende der Monarchie herbeisehnen, und den Triumph der Freiheit! Judith, Virginia oder Maria … Bei den Mädchen, die man mir bringt, mit ihren faden Gesichtern, gibt es nichts, das mich inspirieren könnte, keinen Schmerz, keine Angst, keinen Zorn und keinen Mut. Wenn ich dich zum Modell nehmen würde, könnte mir das vielleicht helfen, die Gesichter zu finden, die mich fliehen … Ich frage mich, ob es dir möglich wäre … Das ist der Grund, warum ich dich habe rufen lassen. Setz dich da hin, statt hier wie ein Stock herumzustehen!« raunzte er sie plötzlich an und deutete auf einen Schemel für Emilia.
Er nahm ein Stück Zeichenkohle und ein großes Papier, das er auf seinem Pult entrollte.
»Nein, so nicht!« brüllte er. »Setz dich so, daß du mir dreiviertel zugewandt bist, heb den Kopf und schau mich an! Und zieh deinen Hals in die Länge, mach die Schultern breit, sei stolz! Ich will Stolz und Herausforderung.«
Emilia gehorchte. Sie richtete sich zur vollen Größe auf. Der Meister kniff hinter seiner Brille die Augen zusammen, dann zeichnete er mit großen Strichen etwas auf sein Papier. Er sah noch einmal hin und schrie:
»Deine Hände! Hat man dir nie beigebracht, sie übereinanderzulegen?«
Sie führte seinen Befehl aus. Nach einigem Zögern machte Botticelli mit seiner Arbeit dort weiter, wo er aufgehört hatte. Emilia spürte, wie alle im Atelier sie lauernd beobachteten. Trotz ihrer

Kühnheit war ihr nicht wohl dabei. Insbesondere wegen Baccio della Porta, der sie mit einem Blick ansah, der ihr gar nicht gefiel, und wegen Benedetto Sermini, der ihr zwar Achtung entgegenbrachte, aber dennoch der Bande der Blankschädel angehörte, vor denen sie sich, da sie gefallsüchtig war und aus einer scheinbar reichen Familie stammte, zu fürchten gelernt hatte.

»Reiß dich am Riemen, du sackst in dich zusammen!« schrie Botticelli zwei Abende später. »Seit drei Tagen haben wir jetzt schon dieses affige Getue. Als Maria von Bethanien wirkst du wie eine Kupplerin. Wie soll ich da weiterkommen? Ich habe dir weder gesagt, daß du den Kopf drehen, noch, daß du ihn senken oder herumflennen sollst. Schau dich doch an: Du sinkst in dich zusammen wie ein nasser Sack!«

»Es dauert zu lang! Ich kann nicht mehr!« protestierte Emilia Scorpucci.

»Du siehst erbärmlich aus!«

»Weil ich erschöpft bin.«

»Ich hatte dich gewarnt: Ich verlange Unmögliches, ich will alles und noch mehr.«

»Es wird dunkel, ich bin müde. Mein Rücken tut mir weh. Ich weiß nicht, was Ihr wollt. Ihr habt mir gesagt, ich solle mein Gesicht fast verbergen! Was erzählt Ihr da? Wie soll eine trauernde Frau denn ihren Stolz zeigen?«

»Es geht um Kraft und Überzeugung, nicht um Stolz.«

»Gönnt mir eine Verschnaufpause.«

»Ich habe an ein Wunder geglaubt, aber du ...«

»Mir ist kalt. Ich kann mich nicht mehr gerade halten.«

»Und doch hast du mich geködert, du hast mir Lust gemacht, die Arbeit wiederaufzunehmen und weiterzumachen ...«

»Ich versuche es ja, aber Ihr, Ihr schreit nur herum.«

»Ich will Einfachheit und Wahrheit! Die Wahrheit ist grausam, sie ist ein unerträglicher Schmerz. Du hast mich angelogen: Du hast behauptet, du wüßtest das ...« Der Meister warf sein Reißblei aufs Pult. Und doch, seine Zeichnung auf dem großen Stück Papier, das an die Wand geheftet war, machte Fortschritte. Auf Knien hob Maria von Bethanien die Augen zu dem empor, den sie anflehte, und die Haltung ihres Körpers wirkte wahrhaftig. Emilia schwankte. Wieso war er so grausam? Und dieser Baccio della Porta, der ihr Leid genoß, der sie in dem verlassenen Atelier anstarrte, konnte er nicht weggehen? Als sie nicht mehr konnte, ließ sie sich fallen und setzte sich auf ihre Schenkel. Ihr brannten die Augen. Sie hielt den Atem an: Nein, sie würde ihnen nicht die Freude machen zu weinen!

»Das taugt nichts!« sagte Botticelli wieder, als er sich ansah, was er vollbracht hatte. »Schau dir diesen Strich an, er ist zu dick, schau dir diesen Nacken an, er hängt durch, er ist zu sehr gekrümmt, und dieses Knie, es ist zu schwer, es klebt am Boden fest, es wirkt wie festgepappt. Keiner weiß, was ein Strich ist. Ein Strich muß aufsteigen, muß zum Himmel steigen und die Sterne erreichen … Und dieses Gesicht, was soll das sein? Du gibst mir eine Heulsuse mit deinem Gejammer, eine Leichenbittermiene, die nicht einmal für die Bühne oder die Pantomime taugt.«

Er tat einen langen Seufzer.

»Der Tod drückt dich nieder und läßt dich resignieren«, setzte er hinzu. »Diese Zeichnung sagt gar nichts aus, ich erkenne nichts darin, nichts als Elend. Wo ist hier die Schönheit, welche die Seele erweckt und sie dem Göttlichen entgegenträgt? Wo ist der Glaube, der Lazarus den dunklen Gefilden des Todes entreißt?«

»Es wäre besser, Ihr würdet aufhören«, sagte Baccio della Porta, »sie hat gegeben, was sie konnte.«

»Sie hätte stark für zwei sein müssen«, erwiderte Botticelli mit tonloser Stimme. »Und doch, ihr Gesicht, dieser stechende Blick, der einen verbrennt, diese Körperhaltung, diese Art, ständig auf der Hut zu sein … Da kann man sehr wohl etwas herausholen …«

»Laßt mich wieder zu Kräften kommen«, unterbrach ihn Emilia. »Die Pose hat mich völlig erschöpft.«

»Wir haben gerade erst angefangen!«

»Das haben wir schon vor Stunden! Ich habe gesagt, daß ich mich ausruhen möchte, nicht, daß ich aufhören möchte.«

»Nein, wir machen Schluß.«

»Dann ist es nicht meine Schuld! Ihr seid es, der aufhören will.«

»Weitermachen? Noch einmal von vorn anfangen? Es seinlassen? Wozu, wenn doch nichts dabei herauskommt?«

»Ihr seid es, der müde ist. Ihr seid es, der aufgibt. Ich kann mich wieder fangen, ich kann durchhalten.«

Botticelli starrte sie an. Sie erkannte an seinem Blick, daß noch keines seiner Modelle jemals so zu ihm gesprochen hatte. Statt zu antworten, goß er sich ein wenig Wein ein, den er in einem Zug austrank. Einen Moment lang stand er wortlos und reglos da, dann kehrte er wieder zu seiner Zeichnung zurück. Mit einem Ruck riß er sie ab, zerknüllte sie und warf sie fort. Voller Elan nahm er sich ein anderes Papier, das er wie das vorherige an die Wand heftete, und kehrte dann mit abgehackten Schritten zu Emilia zurück.

»Du willst weitermachen? Also gut!« sagte er und packte sie am Arm.

Sie richtete sich wieder auf, nahm ihre Pose wieder ein, während er zu seinem Papier zurückging.

»Nein!« herrschte er sie an. »Du wirkst unterwürfig. Du bist keine Dienerin! Wirf den Kopf zurück, dreh ihn um ein Dreiviertel zur Seite. Dieser Mann mit den übernatürlichen Fähigkeiten, du kennst ihn, du hast ihn gesalbt und seine Füße mit deinen Haaren getrocknet. Deine Wange hat seine Haut berührt, du hast deinen Hals und deine Schläfe an seinen Knöcheln gerieben. Du hast seine Wärme gespürt und seinen Geruch eingeatmet, als hättest du ihn geliebt. Und du hast nichts von diesem Augenblick vergessen, da er dich ebenfalls angesehen hat, da er dir zum Zeichen des Friedens die Hand hingestreckt hat. Das ist der Grund, warum du ihn angefleht hast: Dein Bruder ist tot, er irrt im Fegefeuer umher, und nur er hat die Macht, ihn zurückzuholen.

Wäre er nicht der Sohn Gottes gewesen, vielleicht hätte er dich dann, an jenem Morgen, als du ihn gesalbt hast, mit den Fingerspitzen berührt. Schau ihn dir an, dahinten, gegen die Wand gelehnt, auf den Kartons. Er ist von deinem Schlag, sag mir, daß er dir gefällt!«

Emilia betrachtete die Zeichnung. Der Sohn Gottes, den dieser Mann gezeichnet hatte, gab weder Sanftmut noch Mitleid zu erkennen. Obwohl er dem Geschlecht der Könige angehörte, war er, gemäß den damals in der Republik gültigen Regeln der Askese und der Strenge, in ein grobes Gewand gekleidet. Sein Bart warf einen Schatten auf sein Gesicht, dessen Züge regelmäßig, aber ohne besondere Feinheit waren, und seine Haare, die bis zu den Schultern fielen, waren wenig gepflegt. Seine Lippen waren leicht geöffnet, doch er lächelte nicht, und seine braunen Augen hatten keinen besonderen Glanz. Im Gegensatz zu dem hellen Teint, den man auf den Kirchenfresken sonst immer an ihm sah, war seine Haut gebräunt. Er ähnelte den Juden, die durch Florenz zogen, um Tauschhandel zu treiben oder Geschäfte zu machen. Er hatte nichts Außergewöhnliches an sich, und doch war er wie von einem Lichthof umschienen. Es war ein Mann wie jeder andere ... Ob er ihr gefiel? Was für eine Frage! Was sollte man darauf antworten? Er war unbekümmert. Er zeigte keinerlei Schmerz angesichts des Todes seines Freundes und der weinenden Frauen. Liebte man Herzen aus Stein? Hätte sie es im wahren Leben gewagt, sich einem solchen Mann zu nähern, ihm gar die Knöchel und Fußsohlen zu küssen? Sie wandte sich zum Meister um, der sie lauernd beobachtete.

»Ich habe den Eindruck, daß er wirklich existiert«, sagte sie. »Aber ich weiß nicht, wer er ist.«

»Er ist gekommen, als du ihn darum gebeten hast!« rief Botticelli aus. »Er erkennt dich wieder. Was er von dir erwartet, ist nicht, daß du ihn anflehst, sondern daß du an ihn glaubst!«

»Warum soll ich mich dann auf die Knie werfen?«

»Weil du ein Kind bist und Respekt haben mußt ... Also, gefällt er dir? Oder hast du den Kopf schon so vollgestopft mit Mythologie, daß du ihn nicht anders als einen Gott sehen kannst und eine solche Distanz zwischen dich und ihn legen mußt?«

»Ihr spracht von Respekt ...«

»Und Vertrauen.«

»All das ist neu für mich«, erwiderte sie verwirrt. »Ich bemühe mich, ich zaudere, aber ich glaube, ich habe verstanden.«

»Dann komm! Ich warte auf dich«, sagte der Meister barsch, indem er mit einem Strich die Linie ihres Rückens aufs Papier skizzierte. »Es genügt, wenn du dir Mühe gibst. Folge mir! Du bist eine Sünderin, aber dein Herz ist rein, und du weißt, was Tugend ist ... Konzentriere dich. Denk an das, was du willst, an das, was du glaubst! Ja, Emilia, das ist es in etwa! Los, gib dich hin! Mach dich frei, erhebe dich und folge mir!«

21

Z*wei weitere Tage* waren vergangen. Jeden Abend, wenn die Lehrlinge das Atelier verließen, suchte Emilia Scorpucci den Meister auf, damit er die Komposition des Diptychons vollendete. Bis tief in die Nacht versuchte Alessandro Botticelli verbissen, ohne sein Modell zu schonen, zu finden, was er suchte und was ihm den Idealen der neuen Republik zu entsprechen schien. Die Arbeit ging voran. Die Zeichnung der ersten Szene, jener, in der Maria von Bethanien Christus auf Knien darum bittet, ihren Bruder auferstehen zu lassen, war fast vollendet. Mit der nervösen Gereiztheit war es vorbei, im Atelier herrschte nun eine Atmosphäre gedämpfter Erregung und glühenden Eifers. Der Frühling war warm, der Meister stand im Hemd da, den Kragen offen, und trug weder Schal noch Mütze. Je mehr er vorankam, desto stärker schwanden seine Zweifel und seine Wut, und desto stärker trug seine Erregung den Sieg über seine Ungeduld davon. Je klarer sein Werk zutage trat, desto jünger schien er zu werden, desto gerader sein Rücken, desto entspannter seine Gesichtszüge, desto heller sein Blick. Oftmals, zu vorgerückter Stunde, stand er auf und schüttelte seine Glieder, um die Taubheit zu vertreiben, die sich allmählich darin breitmachte. Um gegen die Schläfrigkeit anzukämpfen, stand er auf und stellte sich, den Rücken seiner Zeichnung zugewandt, aufrecht an den Rand seines Podiums. Dennoch erschien er Emilia, wie er so vor ihr stand, von einer geradezu überwältigenden Erhabenheit. Nachdenklich, aber befreit von der Last, die ihn gewöhnlich niederdrückte, wirkte er stolz und souverän. Baccio della Porta konnte sich nicht erinnern, ihn seit dem Sturz der Medici je wieder so gesehen zu haben. Und doch hatte er seinen Lazarus noch nicht vollendet: Die Tafel mit der Auferweckung war immer noch unvollständig, und er mußte dem Christus und den Engeln noch Farbe geben. Dennoch stand er dort, als hätte er sein Ziel bereits erreicht, mit gekreuzten Armen inmitten seines Reiches thronend. Er betrachtete dieses botticellische Königreich, das er gewollt und geschaffen hatte, über das er herrschte und das er zerstörte, wenn ihn die Lust dazu ankam, bereit, es anschließend wieder neu aufzubauen, ein bißchen weniger groß, ein bißchen weniger schön als zuvor. Obwohl ihm die Art und Weise, wie es mit der Freske voranging, mißfiel, begann Baccio della Porta davon zu träumen, daß die Zeit des Bruchs und der Zerstörungen zu Ende ginge. Wie war es nur vorstellbar, daß es seinem so geliebten Meister bei einem Auftrag, dessen Ausführung er bis auf den letzten Moment hinausgeschoben hatte, gelingen konnte, diese beiden Hälften seiner selbst, welche die Revolution der Hunde des Herrn endgültig auseinandergerissen hatte, wieder zu vereinen? An diesem Abend hatte er nach langem Herumprobieren mit ein paar Federstrichen den Glanz dieses Glaubens im Urzustand, der im Blick der Maria von Bethanien erstrahlte, gefunden und aufs Papier gebannt. »Das ist es!« hatte er ausgerufen, als er gesehen hatte, daß es gut war und daß er mit drei Strichen den Geist des neuen Glaubens eingefangen hatte. Seither verstand Baccio della Porta, worauf er hinauswollte: Der Sieg über den Tod war nicht mehr nur der Sieg Christi, sondern auch der einer jungen Frau, die von Gewißheit und Vertrauen verklärt war, geradeso, als könnte auch Florenz sich wandeln, wenn es das nur wollte. »Auch die Pest wird vertrieben werden. Es genügt, zu glauben, dann wird sie ebensoschnell wieder verschwinden, wie sie gekommen ist«, hatte der Meister im Brustton der Überzeugung gesagt.

Baccio della Porta mochte sich noch so oft sagen, daß es vor allem darauf ankam, dieses vorübergehende Wiederaufflammen der Begeisterung auszunutzen, bevor der Künstler der Sache wieder überdrüssig würde, doch jedesmal, wenn er Emilia Scorpucci ansah, schnürte es ihm das Herz zusammen. Das Mädchen hatte sich gut im Griff. Alessandro hatte sie auf einem Schemel kniend postiert, mit stolz nach hinten geworfenem Kopf und vorgestreckten Händen. Damit sie gut ausgeleuchtet war, hatte er zehn Kerzenleuchter aufgestellt. Obwohl diese Haltung sehr unbequem war, protestierte sie nicht mehr, wenn er sie, in die Stille der Zeremonie hinein, bei der er der Zeremonienmeister war, anherrschte, sie solle sich so gerade halten, als werde sie von einer unsichtbaren Kordel zur Decke gezogen. Wenn er herumschrie, wenn er sie anbrüllte: »Keine Halbheiten, achte auf deinen Körper und deinen Blick, ich will alles! Halte nichts zurück, bewahre nichts für dich! Überlaß dich meiner Führung, denn mir gehört alles!«, zuckte sie nicht mit der Wimper. Insgeheim hoffte Baccio della Porta, sie werde sich auflehnen wie am ersten Tag, aber nein, von der Gnade der Märtyrer berührt, unterwürfig, gab sie nur ein Seufzen von sich. Als er ihn, Baccio, zum Modell genommen hatte, um das Gesicht des Apostels Jakobus zu finden, hatte der Meister keinerlei Zufriedenheit zu erkennen gegeben, nichts, was dieser stillen Freude gleichkäme, die jetzt immer stärker von ihm Besitz ergriff. Es hatte ihm bereits zugesetzt, daß er, trotz der kurzen Haare, Benedetto Sermini für den Apostel Johannes vor dem Grab des Lazarus zum Modell gewählt hatte, doch die Verbitterung, die er jetzt wegen dieses Mädchens empfand, war von anderer Art. Vergeblich lauerte er darauf, daß sie mit einer Geste ihre Ungeduld verriet, doch das launische Ding schluckte ihren Groll hinunter, und nur ein leichtes Zittern verriet hin und wieder ihre Müdigkeit und Nervosität ... Was man ihr befahl, das führte sie auch aus. Zwischen ihr und dem Meister war ein geheimes Einvernehmen entstanden. Baccio fühlte sich betrogen.

Sandro wollte, daß er dabeiblieb, aber er war zu nichts nutze. Er sah ihnen lediglich zu und wartete, bis sie zu Ende gekommen waren und er mit der Feder über die Zeichnung gehen konnte. Es gab da etwas Wesentliches, das ihm entging.

Der Meister, der ihn gar nicht mehr wahrnahm, stieg von seinem Podium herunter.
»Nimm«, sagte er zu Emilia und reichte ihr ein Glas Wein.
Die junge Frau, die sich, nachdem sie ihre Pose aufgegeben hatte, die Schultern massierte, schien überrascht.
»Nimm«, drängte sie Botticelli, »wir sind noch nicht fertig, du wirst all deine Kräfte brauchen.«
Baccio della Porta hoffte, sie würde ablehnen, doch sie streckte die Hand aus und nahm das Glas entgegen. Behutsam trank sie ein paar Schlucke.
»Woran denkst du, während ich dich zeichne?« fragte Alessandro, nachdem sie sich die Lippen abgewischt hatte.
»An das, was Ihr von mir erwartet«, antwortete sie. »Das hilft mir, die Krämpfe zu ertragen, wenn die Pose mir Schmerzen bereitet.«
»In der anderen Szene, wenn du vor deinem mit Binden umwickelten Bruder stehst, mußt du dich anders geben: strahlend und überwältigt.«
»Dieser Mann, der aus dem Jenseits kommt, macht er denn Maria keine Angst?«
»Was für dich zählt, ist, daß du den Beweis dessen hast, was du glaubst. Die Angst, das ist etwas anderes, das kommt später …«
»Euer Lazarus, so wie Ihr ihn gezeichnet habt, ist so voller Schmerz. Seine Haut ist aschfahl. Er scheint zu leiden.«
»Er hat eine harte Reise hinter sich. Wie ein substanz- und gesichtsloser, ungreifbarer Schatten hat er die Stufen des Himmels durchlaufen und ist völlig sprachlos vor Erstaunen. Gleich Aristoteles und Vergil gehört er von nun an zu jenen, die wissend sind, und das, was er in der ewigen Dunkelheit des Äthers gesehen hat, verfolgt ihn.«
Baccio della Porta glaubte schon, der Meister werde von Dante Alighieri zu sprechen anfangen und dem Mädchen eröffnen, daß er selbst die Kreise der Hölle erforschte, um dort ein Gespenst wiederzufinden, das er nie beim Namen nannte, von dessen Er-

innerung er jedoch besessen war. Gott sei Dank ließ Alessandro es dabei bewenden – denn es wäre ein Wahnsinn gewesen, zu enthüllen, was ihn beschäftigte – und kehrte zu seinem Pult zurück, um sich einen anderen Griffel zu holen.

»Los«, fuhr er sie an, »stell dich wieder in Pose, Emilia, wir haben noch nichts vollbracht. Diese Nacht ist voller Offenbarungen und Schönheit, wir müssen das ausnutzen.«

22

Als Dioneo Sellajo ihm unter dem neidischen Blick von Carmino Frenzzi die Zeichnung der Maria von Bethanien brachte, welche die erste Hälfte des Diptychons vervollständigte, wollte Benedetto Sermini seinen Augen nicht trauen. Wenn es auch für jeden Lehrling ein leichtes war, die Flügel und Gesichter von Engeln des Himmels zu übertragen, so war doch, um den Körper und das Gesicht einer so essentiellen Gestalt auf Karton zu vergrößern, eine Meisterschaft vonnöten, die er nicht so ohne weiteres besaß. In der Annahme, es handle sich um einen Irrtum, fragte er:

»Warum sollte ein Anfänger die ersten Kartons vollenden, und nicht Ruffio Mazotti oder Carmino Frenzzi, die viel weiter sind als ich?«

»Der Meister hat es so beschlossen«, antwortete ihm Dioneo Sellajo. »Es ist seine Entscheidung.«

»Hast du ihn denn nicht gewarnt?«

»Er hat mir versichert, daß du deine Aufgaben gut ausführst und daß diese Arbeit in deinen Bereich fällt.«

Ungläubig betrachtete Benedetto die Zeichnung, die mit der Feder retuschiert und, um die Arbeit des Malers vorzubereiten, in vorwiegend brauen und orangefarbenen Tönen koloriert war, zu denen sich noch das Blau des Himmels, das Rot des Feuers und das Grau der Erde gesellten. In der Mitte der Szene bat Maria, auf Knien, die Hände vorgestreckt, doch mit gerader Büste und erhobener Stirn, Jesus darum, ihren Bruder wieder zum Leben zu erwecken. Anstelle des Christus, dessen Gesicht ein wenig nach links, mehr zum oberen Ende der Tafel hin verschoben war, war sie es, die im Zentrum der Komposition, im Schnittpunkt des Lichtes den Blick einfing, als habe Alessandro Botticelli, indem er eher für den Menschen als für Gott Partei ergriff, beschlossen, den Betrachter den Blickwinkel einer einfachen Frau vom Lande einnehmen zu lassen. Ohne genau bestimmen zu können, welches Gefühl die junge Frau dem Sohn Gottes entgegenbrachte, kam es ihm so vor, als flehe sie ihn nicht an und als trete sie ihm nicht als Abhängige gegenüber. Der Meister hatte die scharfen Gesichtszüge Emilia Scorpuccis getreu wiedergegeben, und auf diesem Gesicht, das indes eher starrsinnig als energisch wirkte, waren eine Entschlossenheit und eine Zuversicht zu lesen, die Benedetto erstaunten und bei denen es ihm gewagt erschien, sie auf einen größeren Maßstab zu übertragen.

»Sei unbesorgt«, beruhigte ihn Dioneo Sellajo, als er die Verwirrung seines Schülers bemerkte, »wenn der Meister dich dafür bestimmt hat, so hat er seine Gründe.«

»Aber er hat mir gesagt, meine Zeichnungen hätten keine Seele.«

»Er hat wohl seine Meinung geändert, als er deine Engel gesehen hat, die wirklich nicht schlecht geraten sind.«

»Aber dieser Gesichtsausdruck ist so eigentümlich … Ich habe nie etwas Vergleichbares gesehen. Um ein Haar könnte es so wirken, als würde die junge Frau es an Respekt fehlen lassen …«

»Dann ist es an dir, das rechte Gleichgewicht zu finden.«

»Wie soll mir das gelingen? Das scheint mir meine Fähigkeiten zu übersteigen.«

»Meide allzu feste und endgültige Federstriche. Nimm Abstand, versuche nicht, den kleinsten Strich zu etwas Wesentlichem zu machen. Ohne die Konturen zu verwischen, mußt du sie so flüssig und leicht wie möglich geraten lassen. Löse dich von den Schemata des Ateliers, und nimm dich in acht vor allzu gefälligen Kurven, zu denen du immer noch einen zu starken Hang hast.«

»Ich habe noch nie etwas so Schwieriges vollbracht.«

»Denk daran, Benedetto, daß es nur auf das geistige Echo der Formen ankommt, dann wirst du ganz selbstverständlich das erzielen, was du suchst. Wenn du Mühe hast, weiterzukommen, dann ruf mich, ich werde dir helfen.«

Über seinen Arbeitstisch gebeugt, sah Benedetto sich die Zeichnung genauer an. Gleichgültig gegenüber den beiden Aposteln Jakobus und Johannes, wirkte Maria, als gebe es auf der Welt nur sie und diesen so unglaublich menschlichen Christus, der sie anblickte. Weit davon entfernt, ängstlich oder unterwürfig zu sein, drückte ihr Blick eine gewisse Verschworenheit mit dem Sohn Gottes aus ... Die beiden dort verstanden sich, so als würden sie, obgleich die junge Frau vor ihm niederkniete, auf gleichem Fuße stehen. »Wahrhaftig, der Meister liebt widernatürliche Verbindungen ...«, murmelte der Junge, während er wieder an die frevelhaften Illustrationen der *Hölle* von Dante Alighieri dachte, wo, ungeachtet aller Grenzen und aller Hierarchie, Lebende und Tote, Menschen und Dämonen beisammen waren, als sei das etwas ganz Natürliches ...

In der Befürchtung, wenn er noch länger zögerte, werde er sich nie an die Arbeit machen, nahm er das Lineal und unterteilte das Papier in Vierecke, und dann, nachdem er sein Skizzenblatt mit diesem Gitter versehen hatte, beschloß er, obgleich es besser gewesen wäre, mit dem Körper anzufangen, auf der frei gelassenen Stelle in der Mitte zunächst das Gesicht der Maria von Bethanien zu kopieren.

Sein erster Strich galt dem Mund, der gerade weit genug geöffnet war, um die Worte der an Christus gerichteten Bitte hindurchzulassen. Dann machte er weiter oben bei der Nase weiter ... Dort mußte er innehalten, denn sein Reißblei zitterte. War es die Angst, zu versagen und den Meister zu enttäuschen, die ihn zurückhielt? Sicher, es galt, diese Schwierigkeit zu meistern, aber das war nicht alles! In Wahrheit verwirrte es ihn, Emilia Scorpuccis Gesichtszüge so genau nachzuzeichnen ... Er erinnerte sich an ihre erste Begegnung, an diesen Abend im Atelier, als sie ihn angesprochen hatte. Wie groß war seine Überraschung gewesen, als er dieser jungen Frau, deren Schönheit so weit entfernt war vom üblichen Kanon der fügsamen Heiligen und Jungfrauen, von Angesicht zu Angesicht gegenüberstand. Er hatte wieder diesen Tag vor Augen, als er, es war noch gar nicht lange her, ins Zimmer ihrer Mutter hineingeplatzt war, um ihr zu verkünden, daß Alessandro Botticelli sie erwarte, und als er am nächsten Tag, vor dem kleinen Oratorium der Guten Männer von San Martino, wo Gorbaccio, der Einäugige, den Erleuchteten mimte, ihre Hand ergriffen hatte. Allein bei dieser Berührung hatte dort, wo sein Herz lag, ein Kochtopf zu brodeln angefangen ... Mit der Spitze seines Reißbleis gelangte er zum Auge, das schwarz war und von einem leidenschaftlichen Feuer erleuchtet, und in seiner Brust begann es wild zu pochen. Es packte ihn das Verlangen, das Mädchen zu sehen, das echte, ›denn es würde mir helfen‹, so sagte er sich, ›sie vor Augen zu haben‹. Warum war sie nicht da? Warum kam sie so selten in den Stunden, da das Atelier geöffnet war? Wollte der Meister sie für sich behalten? War sie jetzt an seiner Seite in der Via Nuova? War das der Grund, warum Baccio della Porta, seitdem sie das erste Mal aufgetaucht war, ständig schlechte Laune zeigte? ›Wundert es dich, daß Botticelli mich ausgewählt hat?‹ Die etwas scharfe Stimme des Mädchens hallte ihm in den Ohren wider. Ja, es wunderte ihn, daß er sie für die *Auferweckung des Lazarus* genommen hatte. Und zugleich, wenn er die vollendete Tafel betrachtete, verstand er, was den Meister an ihr betörte, und das verursachte ihm neue Qual. Er wollte weitermachen, aber seine Hand zitterte jetzt noch stärker, und um sich zu beruhigen, mußte er die Augen schließen und innehalten.

Er spürte, wie er den Boden unter den Füßen verlor.

Dieser Frühling drohte eine Katastrophe zu werden ... Zum einen verursachte ihm die Pest, die wieder in die Stadt eingezogen war, Angst um sein Leben und das der Seinen, die ihr in diesem Elendsviertel ausgeliefert waren, in dem man jeden Morgen neue, mit Pusteln übersäte Leichen aus der Gosse zog. Dann war da dieser Druck, den Scopone und die von der Färberbande auf ihn ausübten, allen voran Jacopo Masini, die erwarteten, daß er Beweise für Alessandro Botticellis Verrat anschleppte. Es war so schwierig, denen da, die einen Haß im Herzen trugen, zu gestehen, daß die unsichtbare Gegenwart Maruffios, des Rothaarigen, und seines Versprechens, ihm noch vor dem Ostermorgen die Gurgel durchzuschneiden, ihn quälte und ihn hinderte, entschiedener zu handeln! Ja wie sollte er denn mit ihnen sprechen? Wie sollte er in ihrer Gegenwart zugeben, daß er, obgleich er auch weiterhin an seinen Fähigkeiten zweifelte, im Atelier des Meisters, in dem er unter den anderen Lehrjungen seinen Platz gefunden hatte, allmählich Feuer fing? Wie sollte er diesen Ungeduldigen, die immer auf der Suche nach Leuten waren, die sie an den Pranger stellen konnten, gestehen, daß Tag für Tag mit Dioneo Sellajo die Kunst des Zeichnens und der Farbgebung zu lernen, eigenhändig die Engel der *Auferweckung des Lazarus* kopiert zu haben, darum gebeten worden zu sein, das Gesicht der Maria von Bethanien in vergrößertem Maßstab auf die Kartons zu übertragen, und schließlich selbst als heiliger Johannes auf dem Diptychon von San Gaetano dargestellt zu sein ihn den gehörnten Teufel und das Ziel seiner hochpolitischen Mission, mit der San Marco ihn betraut hatte, vergessen machte? Wie sollte er ihnen bekennen, daß er in seinem Haus zwei aus der Sicht des Alessandro Botticelli gezeichnete, frevelhafte Kopien der *Hölle* aufbewahrte? Was würden sie schon davon verstehen? Seine persönlichen Verfehlungen waren so lächerlich angesichts der Revolution Christi!

Als er die Augen wieder aufschlug, war sein Blick verschleiert. Ein Tränenschleier trennte ihn von jener Emilia Scorpucci, der der Meister Leben eingehaucht hatte. Und wenn er sich ihr anvertraute? Doch mit welcher Berechtigung? Sie kannten sich kaum.

Mit der Fingerspitze wischte er eine Träne fort, die ihm über die Wange lief. Er konzentrierte sich auf das Gesicht, dessen Züge und dessen Ausdruck ihm so vertraut erschienen, als seien sie die seiner Schwester oder lieben Freundin, und mit einem einzigen Strich mit dem Reißblei zeichnete er die Augenbraue Emilia Scorpuccis.

Am frühen Morgen des folgenden Tages, des 28. April, stürmten Jacopo Masini, Girolamo Bardi und Anselmo Sacchetti urplötzlich in Benedettos Zimmer. »Steh auf, du Faulpelz, du schlechter Soldat der Armee Christi, die Republik braucht dich!« brüllten sie, während sie ihn an den Füßen von seiner Strohmatte zerrten. »Hör auf zu schnarchen: Piero de' Medici hat Siena verlassen, er naht, mit fünftausend Infanteristen und achthundertfünfzig Kavalleristen. Ein paar haben Vorbereitungen zu seinem Empfang getroffen, doch die Brigaden haben die Tore von Florenz geschlossen. Das bedeutet Krieg! Alle außer dir sind auf den Festungswällen. Wach auf, du Faulenzer, oder du wanderst noch vor dem Mittag zu den Verrätern in den Kerker!« Ohne zu begreifen, wie ihm geschah, fand sich Benedetto, der einen Teil der Nacht damit zugebracht hatte, von Maria von Bethanien zu träumen, auf dem Boden wieder. Man warf ihm seine Kleider hin. Noch bevor er protestieren und erklären konnte, daß man ihn ab der ersten Stunde im Atelier erwartete, war er schon auf der Straße, wo in der pechschwarzen Dunkelheit Aufruhrstimmung herrschte.

»Zu den Waffen, das Schwert geht auf die Erde nieder!« Man schrie sich die Lunge aus dem Hals, alles ging drunter und drüber. Bewaffnet mit Eisenstangen, Piken, Schleudern, Haken, Messern und Scheren, stürmten die Mitglieder der Kinderkohorten zu den Festungswällen. Unter Eisengeschepper, getrieben von der Wut und der aufgeregten Erwartung des wie wahnsinnig herbeigesehnten Gemetzels, stürzte alles voran, um sich mit den Feinden Christi eine Schlacht zu liefern und ihnen den Bauch aufzuschlitzen. Als sie dem Arno näher kamen, sahen Benedetto und die anderen von der Färberbande, daß der Himmel sich rötete. Ein dichter Rauch drang ihnen in die Lungen. Ein erstickender Gestank nach gegrilltem Schweinefleisch stach ihnen in die Nase. Dort, auf brennende Holzbohlen und zersägte Baumstämme geworfen, inmitten infizierter Gegenstände, zerrissener Kleider und besudelter Laken, wurden drei Leichen von Pestkranken von den Flammen verzehrt. Durch einen Tränenschleier sah Benedetto, dem die Beine schlotterten, den hervortretenden Augapfel eines glasigen Auges, das ihn anstarrte, und ein schwarzes Stück Lippe, das von einem von der Blausucht zerstörten Gesicht herunterhing. Dann, auf die Seite gelegt, fast am Fuße des Scheiterhaufens, gewahrte er den nackten Körper eines jungen Mädchens, der zu verkohlen begann. Überwältigt von diesem Anblick, der unmittelbar dem letzten Kreis der Hölle entsprungen schien, erinnerte er sich an die Temperamalerei, die Meister Botticelli am Karnevalsabend auf das Brandopfer der Eitelkeiten geworfen hatte. Das Bild der Verwüstung, des blumenumkränzten Madonnengesichts, das in der infernalischen Hitze zerbarst, trat ihm wieder ins Gedächtnis. Angesichts des langen, gelockten und knisternden Haares, beim Anblick der zarten Haut des Kindes, die Blasen bildete und wie die Schale einer gekochten Frucht aufplatzte, erinnerte er sich an die laszive Nymphe, die feiernde Grazie, die sich in den Flammen des reinigenden Feuers, von oben nach unten, vom Schritt bis zum Ansatz des bebenden Halses, in zwei Hälften spaltete … Da schoß ihm der Gedanke in den Sinn, Emilia Scorpucci könnte von der Krankheit heimgesucht werden. Er stellte sich vor, wie sie anstelle der zarten Unbekannten verkohlte. Dieses weiße, kantige und willensstarke Gesicht, das er gezeichnet hatte, sah er schon im prasselnden Feuer schmoren, schwarz verkohlt, verkrümmt und aufgeplatzt, und eine unsägliche Angst ergriff von ihm Besitz … Ein widerwärtiger Ekel wühlte ihm in den Eingeweiden, er krallte sich am Arm von Jacopo Masini fest, und als ihn tief aus den Eingeweiden ein Brechreiz überkam, spuckte er einen Faden bitterer Galle.

Nachdem ihn die aus der Färberbande, die seinen Ekel für Feig-

heit hielten, bis zum Gipfel der Festungswälle geschleppt hatten, fand er sich, mit dem Rücken den Standarten zugewandt, barhäuptig eingekeilt zwischen zwei behelmten und gepanzerten Armbrustschützen. Man gab ihm den Spieß eines Maultiertreibers in die Hand. In der allgemeinen Verwirrung, während sich der Himmel über den Hügeln nur sehr langsam erhellte, wandte er sich um, in der Hoffnung, die Seinen zu entdecken, von denen er getrennt worden war, doch er sah bloß Scopone vor dem Mäuerchen einer aus betenden Dominikanern bestehenden Hecke kauern, geschützt durch dicke Strohballen, hinter denen er sich zu verstecken suchte. Auf dem Kopf einen großen verbeulten Eisentopf, Wanst und Rücken zwischen zwei riesige, an den Rändern festgeschnürte Silberplatten gezwängt, ähnelte der Pfarrer von San Remigio, der in seiner Metallverschalung noch dicker wirkte, mehr einer Seeschildkröte in ihrem Panzer als einem edlen Krieger, bereit, seine heißgeliebte Stadt zu verteidigen. Mit verängstigtem Blick und zitternden Lippen, Feinde und Hühner verwechselnd, hielt der arme Pfaffe mit seinen fleischigen Fingern den Griff eines recht abgenutzten Bratspießes umklammert. Obgleich Benedetto keinerlei Zärtlichkeit für ihn empfand, ertappte er sich dabei, daß er ihn komisch fand und … wehrlos. Vielleicht würde der arme Mann sterben, wie eine Trophäe aufgespießt auf der Pike, die er gerade schwenkte. Vielleicht hatte sein letztes Stündlein geschlagen, und diesmal würde er selbst der gefüllte Braten sein …
Die Aufregung legte sich nicht. Um sich zu schützen, stellte man oben auf den Bollwerken Reisigbündel und Schanzkörbe auf. Um die Kämpfer aufzupulvern, ließ man hinter den Schießscharten heiße Suppe und Feldflaschen mit Wein aus der Toskana herumgehen. Bei Trommelwirbeln und dem Echo der Sturmglocken ging das Gerücht um, man habe, gemäß den Befehlen der neu gewählten *piagnone*-Signoria, zweihundert Personen verhaftet, die verdächtigt wurden, daß sie dem Eindringling ihre Hilfe hatten anbieten wollen. Die herausragenden Namen des Battista Serri-

stori, des Francesco Davanzati sowie die einiger Mitglieder des Rats der Zehn machten in der ganzen Umgebung der Stadt die Runde.

Als man die Neuigkeit zur Genüge kommentiert und sich ordentlich postiert hatte, wurde es still.

Bald schon lastete ein bleiernes Schweigen über Florenz.

Pfarrer, die Weihrauchfässer und vergoldete Kreuze schwenkten; Truppen und Milizen aus dem Volk, aufgereiht unter ihren Bannern (grüner Lindwurm auf rotem Feld, schwarzer Löwe auf weißem Grund, Tigermaul auf nachtblauem Grund, blutroter Schlüssel auf schwarzem Grund), die im Wind des heraufziehenden Sturmes knatterten; junge Burschen aus den Brigaden von Santa Croce und Ognissanti; Händler, Lohgerber, Gärtner, Wagner, Fuhrknechte, Köche, Metallgießer, Buchhalter, Bauern, Apotheker, Krämer und Färber; Garden des Podestà und Wächter über die öffentliche Ordnung; Geistliche in Mönchskutten und Chirurgen mit ihren Werkzeugen, bereit, die Verwundeten wieder zusammenzuflicken; Leute aus den künstlerischen Berufen, dem Wollgewerbe und der Calimala, Notare, Kurzwarenhändler, Goldschmiede, Schuster und Meister der Lederverarbeitung; Truppen der Infanterie mit abgerundeten Helmen und kurzem Visier, Rittmeister mit scharlachrotem Federbusch und kunstvoll gearbeitetem Küraß; bärtige und zerlumpte Bettler; Banden kleiner Jungen, die das Knöchelchen-Spiel[1] spielten, Trauben von Bogenschützen, Feuerwerkern und Pikenträgern … All jene, die für das neue Jerusalem kämpften, waren in buntgewürfelten Haufen hinter den Festungswällen der Stadt versammelt und erstarrten in ihren Positionen, entschlossen, obgleich sie rivalisierenden Gruppen angehörten, zur Verteidigung ihrer Republik und ihrer bedrohten Stadt gemeinsam ihr Blut zu vergießen.

1 Geschicklichkeitsspiel mit kleinen Schafsknochen, die hochgeworfen und mit dem Handrücken aufgefangen werden müssen. (A. d. Ü.)

Der Morgen verging, während sie unter dräuendem Himmel auf einen Feind warteten, der sich nicht zeigen wollte. Zwischen zwei apokalyptischen Zitaten Fra Girolamos und zwei Gebeten, welche die buntgemischte Armee auf lateinisch psalmodierte, fragte sich Benedetto, dessen Furcht unaufhörlich wuchs und der sich bereits als Märtyrer des heiligen Kreuzes sah, welche Chancen die Soldaten Christi gegenüber Feinden hatten, die ihnen zahlenmäßig überlegen waren, entschlossen, fett bezahlt, gut geführt, ausgebildet und aufgestellt nach den strengen Regeln des Bewegungs-, Belagerungs- und Angriffskrieges. Er dachte an Baggio und Bertramo, seine Brüder, die weder den Willen noch den Mut hatten, seinen Glauben und seine Ideen zu teilen. Er sann über seine Halbschwester nach, die kleine Ippolita-Maria, die er zärtlich liebte. »Sollte der Tod mich in seine Fänge bekommen, Herr Jesus, so schone wenigstens diese drei«, murmelte er. »Und sorge dafür, daß er auch an den anderen vorübergeht, die ich liebe: Dioneo Sellajo, dessen Geduld beinahe einen Künstler aus mir gemacht hätte, Meister Botticelli, der aus recht unerklärlichen Gründen den schützt, der ihn verrät, Emilia Scorpucci, deren Gesichtszüge, obgleich sie sehr scharf sind, unter meinem Reißblei von unendlicher Sanftheit zu sein scheinen …«
Kurz vor der neunten Tagesstunde wurde der Himmel so düster, daß man fast meinen konnte, die schwarze Erde habe von einem Horizont zum anderen auf ihn abgefärbt. Während der Sturmdonner widerhallte und der Regen niederzuprasseln begann, erschienen auf dem Gipfel der Hügel von Boboli die himmelwärts gespießten Standarten und Partisanen der feindlichen Reiter.
An diesem nachtgleichen Tag, unter dieser dicken Sturmwolke, die aussah wie jene, welche Alessandro Botticellis Engel auf der zweiten Tafel der *Auferweckung des Lazarus* beiseite schoben, erblickte Benedetto, die Hände um seine Maultiertreiberpike geklammert, einen Aufmarsch an Reiterei und Artillerie, der gewaltiger war, als er sich je hätte ausmalen können. Gezogen von Pferden, deren Kopf, Hals und Flanken man mit einer Rüstung

aus beweglich miteinander verbundenen Teilen versehen hatte, einen Höllenlärm veranstaltend, schossen die schweren, auf metallbeschlagene Räder montierten Geschütze den Hügel hinunter: Luntenfeldschlangen, lange Kolubrinen, die bereit waren zum Feuerspucken, und schwerfällige Doppelgeschütze. Mit einer Geschwindigkeit, die ihn verblüffte, wurden die Geschütze abgeladen und gegenüber den Festungswällen aufgepflanzt, die unter dem von Blitzen durchzuckten Himmel mit einemmal recht verwundbar wirkten. Die Söldner der Feinde Christi – Armbrustschützen, Bogenschützenbrigaden, Scharfschützen, die auf hohen Rössern saßen, denen man Ohren, Mähne und Schwanz gestutzt hatte – bezogen jetzt ebenfalls Stellung zwischen den gepanzerten Stirnschilden, neben den Infanteristen mit ihren Sturmleitern und den in dichten Reihen aufgestellten Pikenträgern. *»Palle, palle, palle!«* Als alle unter den Emblemen des Sohnes von Lorenzo il Magnifico aufgereiht standen, geschmückt mit Byzantiner-Goldmünzen, ertönte aus dreitausend Kehlen der verhaßte Kriegsschrei der Medici.
Benedetto erschauerte. Er sah sich schon verbluten, das Auge ausgestochen, den Arm abgerissen, zuckend an den Füßen durch den Schlamm gezogen … Obwohl er Meister Botticelli noch nicht ausgeliefert hatte, war er sich des Friedens seiner Seele gewiß, und er fürchtete nicht so sehr den Tod und das Gericht als vielmehr das Zerfetztwerden und die Schmerzen, die diesem unweigerlich vorausgehen würden.
Während oben auf den Mauern die Feuer unter den Zubern das kochende Harz und Pech erhitzten, während der Himmel sich brausend ergoß und sich über Florenz, seinen Türmen, seinen Toren und seinen kleinen Forts verflüssigte, blieben die Feinde, statt zum Angriff überzugehen, bevor die bereits triefende Erde sich in einen Sumpf verwandeln würde, als seien sie überrascht, die Tore verschlossen vorzufinden, auf Distanz, aufgehalten durch die Sintflut, den Zorn eines Gottes, der den Krieg verschmähte, obgleich sie über einen Feuerwerfer und einen Sturm-

bock mit Bronzekopf verfügten. Reglos, niedergeschlagen, halb ersoffen unter dieser unglaublich dichten Mauer aus Wasser, beobachteten beide Seiten einander lange. Als ein vom Scheitel bis zur Sohle durchnäßter Bote vorstürmte, um ihnen über den entsetzlichen Lärm hinweg zuzubrüllen, Piero de' Medici wolle mit Paolo Vitelli, dem Anführer der Verteidigungskräfte der Stadt, sprechen und verhandeln, schöpfte Benedetto, der unter der Sturzflut kaum zu atmen vermochte, wieder Hoffnung. Er sah, daß Scopone, der sich bislang hinter seinen Strohballen verschanzt hatte, seine Nasenspitze heraussteckte, von der unter seinem behelfsmäßigen Helm das Wasser troff, und wollte glauben, daß Gott, dank der Gebete Fra Girolamos, Florenz noch einmal seine Gnade zuteil werden ließ und daß er durch die Entfesselung der wütenden Mächte des Himmels zu erkennen gab, daß ihnen das Schlimmste erspart bleiben sollte.

23

»*Wir müßten Wagnisse eingehen,* uns von unseren Ketten befreien, uns in Gefahr begeben …«, entfuhr es Botticelli entmutigt. »Lazarus ist auferweckt worden, und gleich ihm sollten wir in Verzückung geraten. Wir müßten wieder wie nackt dastehen, geblendet von der sengenden Sonne, die wir vergessen hatten. Aber wir, wir sind blind und starr vor Kälte. Statt uns zu erheben, verharren wir wie versteinert auf der Erde … Etwas, das ich nicht benennen kann, lähmt uns und hält uns in der Banalität gefangen. Und doch war ich sicher, wir hätten den Weg gefunden, unsere schwererkämpfte Freiheit errungen.«

Jeder Gegenstand in Emilia Scorpuccis Umgebung nahm eine gelborange Farbe an. Wie durch eine dicke Glasscherbe sah sie das Podium, ganz winzig, zurückweichen, und die Zeichnung der Maria von Bethanien, die an die Wand geheftet war, fing an, sich zu drehen.

Sie glaubte umzufallen.

Sie hatte schon viele schwierige Abende im Atelier erlebt, aber dieser hier war schlimmer als alle zuvor.

Auf der Suche nach ein klein wenig Sympathie drehte sie sich zu Benedetto Sermini und Baccio della Porta um. Vergebens: Vor dem Arbeitstisch sitzend, betrachteten die beiden sie, und in ihren Blicken war kein Mitgefühl zu erkennen, da es ihr nicht gelang, den Meister mit ihren Posen und ihrem Gesichtsausdruck aus der Sackgasse herauszuführen, aus der er vergeblich einen Ausweg suchte. Während sie sich gewöhnlich aus dem Weg gingen und einander mißtrauten, schienen sie sich alle beide in dieser Nacht gegen das arme Modell, das nicht mehr ein noch aus wußte, verschworen zu haben.

»Meine Maria soll kein neuer Geist des Himmels werden«, fuhr Botticelli mit müder Stimme fort. »Sie soll nicht körperlos sein, wie so viele andere meiner Schöpfungen. So wie ich sie zeichne, kniet sie erleuchtet vor dem Christus wie vor einem herrlichen Tempel. Doch welch ein Irrtum! Die Urkirche ist nicht aus Porphyr gebaut, sondern aus trockenen Steinen, deren vorspringende Kanten lebendig sind. Und wenn über ihr die Heerschar der Engel über die Dämonen siegt, dann ist der Erdboden darunter aus gestampfter Erde …«

Wie spät war es? Erschöpft ließ Emilia Scorpucci sich zusammensacken. Die Müdigkeit, die bislang verleugnete Angst, die Furcht vor der Belagerung, vor dem Krieg, vor dem Massaker, dem sie gerade noch entrinnen konnten, überwältigten sie schließlich. Durch den reißenden Sturm, der über Florenz gewütet hatte, hatte sich die Luft abgekühlt, und sie schlotterte. Um sich Hals und Schultern zu bedecken, die der Meister entblößt hatte, weil er es so wollte, griff sie nach der Decke, die auf dem Schemel lag.

Wie lange war es her, daß Benedetto Sermini, vom Wolkenbruch durchnäßt, gekommen war, um zu verkünden, Piero de' Medici habe, wie durch ein Wunder Gottes, mit Schlamm bespritzt und in dem Wissen, daß es ihm in der Stadt an Unterstützung gebrach, darauf verzichtet, zum Sturmangriff zu blasen? Seit wann hatte dieser langsame Tölpel, um die Zeit wieder einzuholen, die er auf den Festungswällen verloren hatte, sich wieder an seine Arbeit an der linken Tafel gemacht, deren Zeichnung zum Glück schon vollendet war?

»Und doch, ich konnte dich fast schon vor mir sehen, greifbar nah, so gewöhnlich, wie ich dich haben will, lebendig und warm«, murmelte Botticelli in vorwurfsvollem Ton. »Die Wahrheit entzieht sich mir, denn statt auf der festen Erde zu bleiben, hältst du dich für die Venus auf der Muschel. Aber wer hat dir hier etwas von Liebe, Vernunft, Schönheit erzählt?«

»Ich werde nichts mehr zustande bringen«, sagte sie und wich

dem Blick von Benedetto Sermini aus. »Ihr könnt mich noch so sehr zwingen, Ihr werdet nichts aus mir herausbekommen.«
»Da, sieh doch, wie dein Mut dahinschwindet, wie du dich bremst, wie du aufgibst.«
»Ich bin leer.«
»Wir hatten Frieden geschlossen, Emilia. Der Vertrag war unverbrüchlich.«
»Welcher Vertrag? Sollten wir einen Vertrag geschlossen haben, so zähle auch ich ...«
»So wenig, im Vergleich zu dem, was daraus entstehen soll!«
»Ihr habt mir den Arm umgedreht, als ihr mich zwingen wolltet, mich aufzurichten!«
»Was macht das schon?«
»Heute abend habt Ihr mir die Schulter ausgerenkt!«
»Weil du dich gehenläßt und man dich ständig wieder geradebiegen muß.«
»Ihr seid schuld, daß ich Schmerzen habe, davon stand nichts in Eurem Vertrag!«
»Das liegt daran, daß du dich zierst, du gibst mir eine Grazie, wo ich eine Hure haben will. Du hältst dich für Aphrodite, während ich eine junge Frau vom Lande will, deren Nägel schwarz und deren Füße staubbedeckt sind. Daher will mir nichts gelingen: Weil du, statt vor der Pforte zum Fegefeuer zu stehen, glaubst, du befändest dich im Olymp.«
»Ihr wollt mich zwingen, aber das führt zu nichts. Nicht heute abend ... Und außerdem«, setzte sie nach einem Schweigen hinzu, »möchte ich allein mit Euch sein! Ich will niemanden sonst hier haben, der mich belauert und urteilt über das, was ich tue. Die beiden da stören mich, morgen schickt Ihr sie nach Hause! Oder ich werde nicht mehr kommen.«
Baccio della Porta sah sie verächtlich an. Auf dem Gesicht von Benedetto Sermini gewahrte sie indes eine gewisse Traurigkeit. Aber wozu brauchte der sie die ganze Zeit anzuschauen? Genügte es ihm nicht, daß er Stunden damit zubrachte, ihr Gesicht auf

die in Vierecke unterteilten Kartons zu zeichnen? Er brauchte wohl das Original, das vor seinen Augen geopfert wurde … Sie nahm die Decke ab und schleuderte sie quer durchs Atelier.

»Ich gehe nach Hause«, stieß sie hervor. »Wir machen morgen weiter, unter der Bedingung, daß wir allein sein werden und daß Ihr nicht mehr so grob mit mir umspringt, nur um mir weh zu tun und mich zu erniedrigen.«

Fahle Lichter huschten durch die Florentiner Nacht. Sie tauchten die Zacken der Schießscharten, die Giebel der Wohntürme, die Spitzen der Glockentürme und Kuppeln in einen schmutzigen Schein. Auf dem nassen Pflaster, in den schlammigen Bächen, welche die abschüssigen Straßen hinunterstürzten, ließen sie zittrige Schatten entstehen, die sich bewegten, oszillierten, sich im Kreise drehten, wechselhaft und gespenstisch. Vereinzelt fielen noch große, laue Tropfen, die schwerfällig in die schlammigen Pfützen, in die Wirbel und strömenden Bäche platschten, die entlang den Treppen kleine Wasserfälle bildeten. Wie ein Sturzbach strömte das Wasser mit einem Tosen hernieder, und in der Ferne grollte der Donner über den südlichen Hügeln gleich einem trommelnden Geschützfeuer. Als Emilia Scorpucci wutentbrannt das Atelier verlassen hatte, war sie zunächst schnell gelaufen, aber Benedetto Sermini hatte sie wiederholt gewarnt, sie dürfe ihm nicht davonlaufen, die Straßen seien voller bewaffneter Männer, die enttäuscht darüber waren, daß sich die Anhänger der Republik keine Schlacht mit den Medici geliefert hatten, so daß überall Gefahren lauerten. Als sie in der unmittelbaren Umgebung des Palazzo Strozzi ihre Röcke gehoben hatte, um über die ausgelegten Planken zu laufen, hatten die betrunkenen Wachen ihr zugerufen: »Wo läufst du hin, du hübsches Ding? Warte auf uns, du Schöne, wo willst du hin, wir werden dir Geleit geben!« Sie war ausgerutscht, ihre Füße staken bis zu den Knöcheln in dem schlammigen Magma der Gosse. Da sie fast der Länge nach hingestürzt wäre, hatte sie ihr Tempo verlangsamt, und der Junge, der Mühe gehabt hatte, ihr zu folgen, hatte sie eingeholt. Was für ein Pech! Er war hartnäckig … Wider ihren Willen gezwungen, ihn zu dulden, sagte sie kein Sterbenswort. »Vielleicht schützt er mich ja wirklich … Wer weiß, was mir ohne ihn passieren würde …«, sagte sie sich immer wieder, um sich mit ihrem Unglück zu versöhnen. Seite an Seite waren sie an Häusern vorbeigegangen, deren Schwellen man, um eine Überschwemmung zu vermeiden, mit Stroh, Leintüchern und flachen Steinen abgedichtet hatte … Ohne ein Wort miteinander zu reden, hatten sie Orsanmichele erreicht, wo Emilia zwei zerlumpte Bettler von sich gestoßen hatte, die sich ihr, mit nackten Füßen durch den Morast watend, erboten hatten, ihr für ein Geldstück den Arm zu leihen.

Als sie schließlich in der Nähe der Torre della Castagna bei ihr zu Hause angelangt waren, richtete Benedetto Sermini das Wort an sie.

»Ihr dürft es dem Meister nicht übelnehmen«, sagte er. »Es läßt ihm keine Ruhe. Die Angst vor der Hölle und dem Fegefeuer, aus dem er Lazarus befreit, läßt ihn nicht mehr los.«

»Sollte er befürchten, sich bald selbst dort wiederzufinden, so wäre das nur recht und billig«, erwiderte sie. »Möge er dort dieselben Qualen erleiden, die er mir antut!«

»Du mußt weitermachen, Emilia, und vergessen, was du für Grausamkeit hältst.«

Sie wollte ihm befehlen, sie loszulassen, und blieb stehen. Sie war überrascht, ihn so nah vor sich zu haben. Ein Blitz erhellte sein trauriges Gesicht, über das der Regen in schmalen Rinnsalen niederrann. Sie sah ihn so verzweifelt, daß ihr die boshaften Bemerkungen, die sie ihm schon entgegenschleudern wollte, im Halse steckenblieben. Statt ihn zu beschimpfen, sagte sie ihm, sie wolle nach Hause, sie wisse nicht, welche Entscheidung sie treffen werde, ihr Rücken schmerze sie und sie müsse sich ausruhen.

»Du mußt morgen wiederkommen«, fing er wieder an. »Du

darfst nicht aufhören! Diese *Auferweckung des Lazarus,* ihr müßt sie beenden! Er hat dich ins Zentrum seiner Komposition gestellt, und für dich wird er sie vollenden. Ich verstehe, warum er dich ausgewählt hat: Zu Füßen Christi wirst du die einzige Quelle der Klarheit sein. Durch die Wahrhaftigkeit des Ausdrucks Alessandro Botticellis und die Reinheit seines Pinselstriches wirst du es sein, so wie du bist, die jeder sehen und bis zum Ende aller Zeiten im Gedächtnis bewahren wird.«

»Von einem solchen Ruhm, der mich in der Nachwelt fortleben läßt, habe ich geträumt«, gestand sie, »aber nicht um diesen Preis.«

»Bedenke, was auf dem Spiel steht, Emilia, führe dir vor Augen, worum es hier geht!«

»Um eine Freske mehr ...«

»Um eine ganz neue, eine, die dem Ideal Fra Girolamos am nächsten kommt!« rief er mit pathetischer Stimme.

In der Dunkelheit gewahrte sie die hitzige Erregung in seinem Blick, der mit derselben Eindringlichkeit auf ihr ruhte wie im Atelier. Sie wunderte sich, daß sie ihn nicht fortschickte. Ohne ihr Zeit zum Reagieren zu lassen, ergriff er plötzlich ihren Arm und sagte mit flehender Stimme zu ihr:

»Es geht nicht um dich, denk an unsere Revolution, welche die Feinde soeben im Blut ertränken wollten und für die ich auf den Festungswällen schon glaubte, sterben zu müssen.«

Von Angesicht zu Angesicht stand sie ihm gegenüber. Sie spürte seinen heißen Atem auf ihren Lippen und ertappte sich dabei, daß sie ihn ergreifend fand.

»Was du für das neue Jerusalem vollbringst«, fuhr er fort, »hat mehr Bedeutung als alle Predigten, mehr als alle Denunziationen und alle Scheiterhaufen der Eitelkeit. Nicht die Engel des Himmels werden die Dämonen vertreiben, sondern du, Emilia! Und wenn es vollendet ist, dann werden wir Tausende sein, die das wissen und es dir danken.«

Mit einem Wohlwollen, das sie selbst überraschte, löste sie seine

Hand, mit der er sie genau an der Stelle umklammert hielt, wo der Meister sie in seinem plötzlichen Zorn gepackt hatte.
»Ich werde darüber nachdenken«, sagte sie. »Sollte ich wiederkommen, wirst du es erfahren, denn du wirst mich ja weiter zeichnen, nicht wahr?«
»Es liegt so viel Kraft und Schönheit darin, wenn ich dich lebensgetreu auf dem Papier vor mir finde …«, flüsterte er ganz sanft.
»Du solltest mich nicht für so entschlossen halten, Benedetto. Ich bin nicht wie du bereit, mir den Kopf scheren zu lassen oder mein Blut zu vergießen, und es kommt vor, daß mich mitten während der Predigten von Santa Maria del Fiore die Lust ankommt, zu gähnen und einfach zu gehen.«
Er sah sie mit einem so schmerzerfüllten Blick an, daß sie bedauerte, ihm die Wahrheit gesagt zu haben. Um wieder Frieden zu schließen, denn in Wahrheit war nicht er es, den sie verabscheute, sondern Alessandro Botticelli, drückte sie ihm, bevor sie ihn stehenließ, sachte einen Kuß auf die Wange.

24

Völlig niedergeschlagen blieb Alessandro Botticelli in seinem Haus in der Via Nuova auf dem Bettrand sitzen. Brille und Mütze hatte er abgenommen. Sein Haar, das immer noch dicht war, rahmte das von Müdigkeit und Enttäuschung gezeichnete Gesicht ein. Nachdenklich starrte er durch den Spalt zwischen den halb zugezogenen Vorhängen auf die nackte Wand seines Zimmers.

Baccio della Porta hatte ihm seinen Mantel abgenommen. Damit er nicht fror, hatte er im Kamin ein Feuer gemacht, und damit er nicht mit leerem Magen einschlafen mußte, hatte er ihm eine Schale mit heißer Suppe gekocht.

Als er seinen Meister betrachtete, erinnerte sich der junge Mann an die Worte, die Marsilio Ficino gesprochen hatte, über die melancholischen Anwandlungen mancher Künstler, die allzusehr daran gewöhnt waren, gefeiert und großzügig bezahlt zu werden. »Die Wut ist die Ursache der Melancholie, denn sie höhlt die Freiheit jener aus, die sich von ihr mitreißen lassen, und verbietet es ihnen, zur ursprünglichen Reinheit zurückzukehren«, hatte der große Mediziner, Philosoph, Moralist und Mathematiker, Übersetzer und Kommentator Platons, Gründer und Inspirator der Akademie der Humanisten von Careggi gesagt. Jetzt begriff Baccio den Sinn dieser Rede. Je länger er nun schon Arbeit und Leben Alessandros teilte, desto weniger verstand er, was ihn quälte, desto tiefer kam ihm der Abgrund vor, der ihn von der inneren Ruhe und dem strahlenden Licht der Gnade trennte. Doch wie konnte ein solcher Künstler, so fragte er sich, der auf dem Gipfel seiner Kunst angelangt war, so blind gegenüber seinem eigenen Licht sein? Und warum konnte er nicht, statt sich zur Glückseligkeit desjenigen aufzuschwingen, der seine Seele von den trügerischen Welten befreit hat, gleich seinem Lazarus aus seinem eigenen Grab steigen?

Da er diesen Mann, den er liebte und verehrte, von seinem Kummer befreien wollte, sagte er in einem Ton, der eigentlich entschlossener klingen sollte:

»Sollte Emilia Scorpucci nicht wiederkommen, werden wir ein anderes Modell finden …«

»Wir werden gar niemanden finden«, erwiderte Botticelli. »Ich will nur sie.«

»Sie wird es niemals schaffen, das weißt du!«

»Das ist nicht ihre Schuld … Sie gibt, was sie kann. Früher hätte mir das genügt.«

Langsam richtete der Meister sich auf. Obwohl sein Kinn etwas schwerer geworden war, fand Baccio della Porta, daß er Adel und Haltung besaß. Seine Augen kamen ihm grau vor und wehmütiger als gewöhnlich. Wieder einmal bedauerte er, nicht seiner Generation anzugehören, ihn nicht in seiner Jugend gekannt zu haben … »Ah …«, dachte er, »hätten wir dasselbe Alter, so wären wir in dieselbe Schule gegangen … Wir wären Brüder gewesen, hätten gemeinsam geträumt und zusammen die Schönheit der unsichtbaren Welten entdeckt …« Es überkam ihn die Lust, seine Hand auf die seine zu legen, seinen Körper gegen den seinen zu pressen. Er ging zu ihm, setzte sich neben ihn.

»Du bist nie besser gewesen, Sandro«, sagte er. »Du brauchst nicht zu zweifeln.«

»Es fehlt mir die Geduld. Ich würde gerne schneller vorankommen, und doch gerate ich immer mehr ins Hintertreffen. Sobald ich die Dinge begonnen habe, möchte ich sie schon vollendet sehen. Ich ertrage es nicht mehr, daß ich mich täusche, daß ich zaudere, daß ich wieder von vorn anfangen muß. Ich suche die Einfachheit. Ich wünschte mir, alles wäre leicht und ohne Gefahr … Ich finde keinen Gefallen mehr an dem, was ich tue.«

»Weil du zuviel gearbeitet hast.«

»Ich tue so, als würde ich nach etwas Neuem suchen, doch in Wirklichkeit ist es so, daß ich, während ich vorgeblich versuche, auf exemplarische Weise die Ideale der Republik zu illustrieren, nicht mehr weiß, was ich will.«

Baccio della Porta kam näher. Seine Hüfte berührte die des Meisters. Seine Schulter lehnte gegen die seine. Er hatte Lust, ihn zu streicheln, ihm zu gestehen, wie sehr das Interesse, das er Emilia Scorpucci entgegenbrachte, ihn kränkte, ihm noch einmal zu sagen, daß er mit ihr auf dem Holzweg war, daß sie eitel, affektiert, nichts wert war.

»Wenn sie nicht wiederkommt, höre ich auf«, entfuhr es Botticelli.

»Aber der Auftrag für San Gaetano, wer wird ihn zu Ende führen?«

»Ich gebe das Geld zurück, das man mir gegeben hat ... Filippino Lippi wird meinen Platz einnehmen, und ich kehre wieder zu Dante Alighieri zurück. An seiner Seite nehme ich meine Suche nach der Hölle wieder auf.«

»San Marco wird dir das nie verzeihen! Du hättest niemanden mehr, der dir hilft, nicht einmal deinen Bruder Simone. Sandro, du wärst erledigt!«

»Die Hölle oder die Stufen des Fegefeuers ... Es gibt so viele Möglichkeiten der Begegnung in den weiten Gefilden des Bösen und des Leids ... Es sind so viele, all die Menschen, die ich gekannt habe und die ich gerne wiedersehen würde ...«

Entsetzt spürte Baccio della Porta, wie ihm die Tränen in die Augen stiegen. So kurz vor dem Ziel aufzugeben, das war so gefährlich!

»Die Erinnerung verläßt mich«, seufzte Botticelli. »Es gibt Gesichter, eines vor allem, an die ich mich kaum erinnern kann, und ich muß sie wiedersehen. Was schert mich Maria von Bethanien, sie bedeutet mir nichts, sie ist nur der Widerschein dessen, was ich nicht zu fassen vermag. Sie interessiert mich nicht. Die anderen sind es, die mich interessieren, die, denen Lazarus auf der

Schwelle zu den dunklen Stollen begegnet ist. Und bei ihnen weiß ich nicht, wo ich sie finden kann …«
Um nicht vor Alessandro in Tränen auszubrechen, um ihm nicht zu zeigen, welche Angst diese Worte ihm machten, umarmte Baccio ihn. Er barg seinen Kopf in der Höhlung seiner Brust. Unfähig zu sprechen, während der immer mehr in die Ferne rückende Donner weitergrollte, atmete er lange den Geruch seines Hemdes und seiner Haut ein.

25

D*er Angriff der Medici,* der gerade noch vermieden werden konnte, hatte Jacopo Masini erschüttert. Seither sah er den Schatten der Gefahr über der Republik und über der Färberbande, die er befehligte, schweben.

In Florenz hielten sich so viele Verräter versteckt! Überall wimmelte es von diesem kriechenden Ungeziefer. Es war ein hinterhältiges Übel, noch widerwärtiger als die Pestkranken, eine galoppierende Infektion, die das zweite Jerusalem beschmutzte und verdarb. Und jetzt vergab man diesem Gesindel auch noch! Jetzt ließ man, sobald der Feind sich zurückgezogen hatte, Bernardo del Nero, Francesco Davanzati, Battista Serristori und ihresgleichen wieder frei. Jetzt gab man ihnen die Freiheit zurück, den Verschwörern und ihren Verbündeten zu schaden.

Ausgespuckt von einem apokalytischen Himmel, ging eine ganze Schar von Dämonen über der Kuppel der sterbenden Kirche nieder. Wie ein unentwirrbares Knäuel krochen schwarze Schlangen umeinander und wanden sich um das heilige Herz Jesu Christi … Und kein bewaffneter Engel vermochte diese monströse Brut zu vertreiben …

Kein Pardon mehr! Um den Traum der beraubten Armen zu retten, wäre jeder Stoß, selbst in den Rücken, selbst in der Dunkelheit, gerechtfertigt. Eine Schurkerei würde man mit einer noch schlimmeren Schurkerei beantworten; den Abscheu mit einem noch größeren Abscheu; den Haß mit einem noch unerbittlicheren und gnadenloseren Haß.

Alle müßten verschwinden! Und die Hinterhältigsten, wie Benedetto Sermini, würden als erste fallen …

Benedetto Sermini! Ein guter Schüler, angeblich begabt fürs

Zeichnen und den freihändigen Federstrich, aber in Wirklichkeit ein erbärmlicher Aufschneider, eine aufgeplusterte Kröte, die sich für wunder wie wichtig hielt, eine Viper mit schnellem Biß, aber stumpfen Zähnen und ohne Gift.

Was wußte dieser unverschämte Mensch schon von den Fähigkeiten der anderen? Etwa von denen, über die schon von Anfang an das letzte Wort gesprochen war, von diesen Ausgehungerten, die er »meine Brüder« nannte und denen nie eine solche Chance wie ihm über den Weg laufen würde. Wieso gab er sich überhaupt ab mit dieser großen Masse Entrechteter, die in ihr Elend eingesperrt waren und mit denen er zwar in Berührung kam, die er aber nie ansah und für die er auch nicht kämpfte, damit sie eines Tages das Licht sehen könnten und gerettet wären? Was machte er mit denen, die genauso begabt waren wie er, für die es aber nie einen Platz gegeben hatte, weder, um den Meistern zur Hand zu gehen, noch in irgendeinem Atelier? Wie konnte er es wagen, vor den unglücklichen Jungen aus dem Färberviertel mit seinen Denunziationsporträts und seiner Freske des Lazarus zu prahlen, von der er immerzu reden mußte?

Jedesmal, wenn er Benedetto Sermini mit seinem Unschuldsgesicht sah, jedesmal, wenn er ihn versichern hörte, man müsse Geduld haben, die Beweise gegen Alessandro Botticelli würden sich häufen, die Stunde der Anschuldigung würde zur rechten Zeit kommen, wurde Jacopo Masini rasend. Er ertrug die Anwesenheit dieses Tölpels nicht mehr, der auf den Festungswällen vor der feindlichen Horde geweint hatte. Er träumte davon, ihn zu entlarven oder ihn eines frühen Morgens mit aufgeschnittener Kehle vor dem Atelier des Sodomiten, dieses entarteten Künstlers, zu finden. Schluß mit den halben Sachen und der Mäßigung: Er betete darum, daß man solche wie den Sermini, kalt und verblutet, eines Tages auf dem Pflaster finden würde. Unter den Heuchlern und den Verdammten wollte er vor allem den da verurteilt sehen für das, was er war: ein falscher *piagnone,* ein Spielwiesen-Revolutionär, der nach einem großen Auftritt wieder verschwand, der nur tat, was ihm in den Kram paßte und was ihm nutzte, und der nie den Befehlen gehorchte, die man ihm gab. Vor zwei Monaten hatte San Marco ihn bei Botticelli untergebracht, und was hatte er seither zu berichten gewußt? Nichts! Nichts als Versprechen und Ausreden, die leicht zu durchschauen waren. Da sich in den Elendsvierteln die von Gott gesandte Seuche ausbreitete, die leeren Mägen vor lauter Hunger brüllten, die Republik, trotz des Mißerfolgs der Medici, immer schwächer wurde, die franziskanischen Widersacher, denen sich die Augustiner und sogar eine aus Casignano stammende Ordensprophetin angeschlossen hatten, Savonarola öffentlich als Lügner und falschen Erleuchteten anprangerten, da man jeden Tag auf den Mauern der Paläste neue Drohungen gemalt fand, die »Fra Girolamo, dem Antichrist, der den göttlichen Zorn entfacht hat«, einen entsetzlichen Tod versprachen, und die neue Ordnung bis in ihre Grundfesten erschüttert war, mußten die falschen Freunde als erste bestraft werden. Im Florenz der reinen Gläubigen hatten nur die glühendsten Anhänger ein Recht zu überleben. Was Botticelli, Benedetto Sermini und andere vom Schlage Scopones anbetraf, die vom bösen Geist besessen waren und schon beim geringsten etwas rauheren Windstoß zu zittern anfingen, so galt es, sich ihrer so schnell wie möglich zu entledigen.

Und genau dieser Aufgabe würde er sich von nun an widmen.

Um etwas zu unternehmen und das Schlimmste zu verhüten, hatte er beschlossen, sich für den Anfang bei Benedetto Sermini etwas genauer umzusehen.

Und sollte er nichts entdecken, sei's drum! Dann würde er eine andere Methode anwenden … Wenn er aber doch, wie er insgeheim hoffte, auf den Beweis stoßen würde, den er suchte, und sei er noch so mager … Dann wäre die Sache geritzt, und die Moral und das Ideal der Färber wären, zumindest was das anging, gerettet.

Hinter den Kais angekommen, stand er schließlich vor dem

Haus aus Holz und Stroh der Serminis, das schief und ohne Grundmauern an die Mauer des Trockenplatzes angebaut war. Zu dieser Stunde, in der die Glocken von Santa Croce gerade zur Prim geläutet hatten, war Benedetto, dessen war er sich sicher, bereits ins Atelier gegangen. Baggio und Bertramo, die beiden Brüder, denen er nicht über den Weg laufen wollte, waren an den Bottichen damit beschäftigt, Wolle zu färben. Was die Mutter anging, diesen Schatten, den der Tod ihres Mannes stumm gemacht hatte, so war sie, wie jeden Tag zu Sonnenaufgang, zur Messe gegangen, die Scopone, ein Taschentuch vor dem Mund und eine Wäscheklammer auf der Nase, hinter dem Hauptaltar von San Remigio abhielt, nachdem er für die Ausräucherung der Kirche gesorgt hatte, um die verdorbene Luft und die Ausdünstungen der Leichen zu vertreiben, aus deren verwesendem Fleisch ein brennesselfarbener Saft austrat.
Mit Fußtritten polterte er gegen die Tür, die auch schon bald nachgab. »Kohorte des Herrn, Soldaten der Republik!« brüllte er, während er das leuchtendrote Kreuz der Kindermiliz schwenkte, für den Fall, daß jemand im Haus war und versuchen sollte, ihn zu hindern. Er ging in das niedrige Zimmer, den einzigen Raum im Haus, der dunkel war und zugleich als Küche und als Schlafzimmer diente. Er betrachtete das große schwarze, an die Wand genagelte Kruzifix. Er ließ den Blick durch den Raum schweifen und betrachtete die Feuerstelle des Kamins, die sich mitten im Zimmer befand und randvoll mit weißer Asche und verkohltem Holz gefüllt war, die aufgeplatzten Strohsäcke, deren Inhalt sich auf den rissigen und buckligen Boden aus festgestampfter Erde entleerte, die Schemel und den wackligen, auf Böcken ruhenden Tisch, das Geschirr, Holzlöffel, verbeulte Näpfe, angeschlagene Schalen und Töpfe, die kreuz und quer in einer Ecke übereinandergestapelt waren, die beiden wurmstichigen Koffer, deren Eisenbeschläge lose herunterhingen und deren Holz zerfressen war … Diese stinkende Höhle erschien ihm kaum freundlicher als das luft- und lichtlose Kellerloch, in dem

er mit seiner Familie wie eine Ratte unter Ratten dahinvegetierte. Ihm wurde richtig schlecht bei dem Gedanken: Benedetto Sermini, der kaum weniger elend war als drei Viertel der Färber, hätte, wenn er nur gewollt hätte, seinen Platz unter den Ausgestoßenen einnehmen können, die ihr Leben und ihr Heil nur in dem Gesetz ihres Königs Jesus Christus fanden, und nirgends sonst …

Doch darum ging es hier gar nicht! Er stürzte sich auf die erste Truhe. In der Überzeugung, daß Benedetto zu gerissen war, seine Beweise einfach herumliegen zu lassen, so daß jeder aus der Familie sie sehen konnte, öffnete er sie nicht, sondern warf statt dessen einen Blick dahinter, zwischen Truhe und Wand, dann ließ er sich auf alle viere nieder, um nachzusehen, was darunter war. Außer einer dicken Staubschicht, welche die Feuchtigkeit zusammengepappt hatte, entdeckte er nichts. Auch unter der anderen Truhe wurde er nicht fündig. Er warf sich auf den ersten Strohsack und schlitzte ihn schließlich auf, doch auch hier fand er nichts außer schwarzem und feuchtem Stroh. Auch der zweite barg kein Geheimnis, doch im Inneren des recht dicken Kopfkissens ertastete er einen Gegenstand. Mit der Spitze seines Dolches löste er den Knoten der Kordel, mit der es zugeschnürt war. Er holte zwei Papierrollen aus der Füllung, die er sogleich entrollte. Sein Herz tat einen Sprung: Ein gehörnter Teufel mit drei Mündern kam zum Vorschein! Und auf der anderen Zeichnung, die genauso groß war, sah er einen Turm, der über der Hölle aufragte … In einem Kopfkissen, das war gar zu einfach! »Herrje, was für ein Dummkopf!« rief er aus. Er brauchte gar nicht weiterzusuchen: Benedetto hätte sich diese widerwärtigen Szenen niemals selbst ausdenken können. Der Sodomit und sein Schüler – jetzt hatte er sie alle beide miteinander! Als er die beiden Zeichnungen gerade wieder zusammengerollt, den Turm wieder ins Kopfkissen zurückgesteckt und den Teufel unter seinem Hemd hatte verschwinden lassen, ließ ein Geräusch ihn herumfahren. Vor der Feuerstelle stand mit erschreckter Miene ein kleines Mädchen.

»Was willst du?« herrschte er sie an.
Ohne zu antworten, starrte die Göre, die ein ärmliches Kleid trug, dessen abgewetzter Stoff ganz ausgefranst war, ihn weiter unverwandt an.
»Wer bist du?« schrie er. »Was machst du da?«
»Ich bin hier zu Hause«, murmelte das Mädchen.
»Kennst du Benedetto Sermini?«
»Das ist mein großer Bruder. Was hast du da mitgehen lassen? Ich habe gesehen, daß du etwas genommen hast!«
»Wie heißt du?«
»Ippolita-Maria.«
»Hör zu, Ippolita-Maria«, fuhr Jacopo fort und packte sie beim Kragen, »wenn du deinem Bruder sagst, daß ich hier war, dann ist es um ihn geschehen, dann ist er tot.«
»Warum tot?«
»Schau dir an, was er zeichnet«, sagte er und zeigte ihr den schrecklichen Teufel. »Sieh es dir an, und denk daran, wenn ich das herzeige, dann ist er reif für die Folter, den Strick und den Scheiterhaufen.«
Die arme Kleine wich entsetzt zurück.
»Hast du verstanden, Ippolita-Maria?« fuhr Jacopo fort. »Du hast mich nicht gesehen, und du hast keine Ahnung, was hier passiert ist. Du schweigst, du hältst den Mund, sonst … liefere ich deinen Bruder an San Marco aus und werfe ihn den Hunden vor!«

26

W*ährend Ippolita-Maria wieder allein war,* verängstigt durch die Drohungen des *piagnone* und die so grausame Teufelszeichnung, und sich bemühte, ihre Tränen zu trocknen, damit ihre Mutter sie nicht weinend vorfinden würde, starrte am anderen Ende von Florenz, im fast leeren Atelier Meister Botticellis, Benedetto mit leerem Blick auf die Temperamalerei, die er am Vortag ausgeführt und auf der er zur Übung in Farbe die Racheengel der zweiten Tafel der *Auferweckung des Lazarus* reproduziert hatte. Ohne etwas von dem Gesagten zu verstehen, hörte er Dioneo Sellajos Erklärung zu, wie man die richtigen Farbtöne für die Freskomalerei erhielt, für deren Gelingen viel Feingefühl vonnöten war.

»Deine Schwarztöne sind zu dunkel; um sie aufzuhellen, mußt du ein wenig Grün beimischen«, sagte der junge Mann. »Wenn du in San Gaetano die Farben auf den feuchten Mörtel aufträgst, mußt du stets das Endresultat im Auge behalten. Denn das Fragment wird erst nach und nach, beim Trocknen, jeden Tag mehr den Farbton annehmen, den der Meister gewählt hat. Und nimm dich vor dem Salpeter in acht, schon der kleinste Fleck zerfrißt die Malerei …«

›Wozu sich noch weiter abmühen?‹ fragte sich Benedetto. ›Schließlich wird das Gemälde der zweiten Tafel mangels Modell unvollendet bleiben.‹

»Für die Hautfarbe der Gesichter nimm zwei Teile feinen dunkelroten Quarzes auf ein Teil weißer Kreide …«, fuhr Dioneo Sellajo fort. »Und denk daran, es ist verboten, Ausbesserungen zu machen, denn wenn du auf den Erstanstrich noch zusätzlich Farbe aufträgst, verfärbt sich der Rest und wird schwärzlich …«

Benedetto seufzte. Außer Lioncino Urbetti und Raimondello Mignanelli, die an der Fertigstellung einer bemalten Truhe arbeiteten, waren die anderen Lehrlinge, die sich jeden Tag mehr verspäteten, noch nicht gekommen. Am Vortag wurde bekanntgegeben, daß man nach dem Auftrag von Arnolfo Strezzi jetzt auch den von Bianco Alfabi für die Hochzeit seiner Tochter rückgängig gemacht hatte, und da es keine Arbeit mehr für ihn gab, hatte Pietro Scolli es vorgezogen, in ein anderes Atelier zu wechseln ... Die Pinsel trockneten ein, die Quadrillierpapiere blieben zusammengerollt. Seit einigen Tagen zählte man die Minuten und Stunden, die endlos zäh zu verstreichen schienen. Bald machte man sich Sorgen, bald vergeudete man seine Zeit mit unnützen Dingen. Man wartete nur auf den Abend und langweilte sich ...

In dieser Atmosphäre der Vernachlässigung schlug Dioneo Sellajos leidenschaftliche Stimme wie ein Donner ein ...

»Du machst nicht schnell genug, Benedetto! Wenn du dir weiter so viel Zeit läßt, wird dein Mörtel durch den Luftzug bereits getrocknet sein. Dann wird deine Farbe, statt auf der Oberfläche zu bleiben, in den Gips eindringen, und unter dem Gesicht und den Flügeln deiner Kriegsengel wird sich eine weiße Kruste bilden ...«

Aber seit wann ließ man denn auch einen unerfahrenen Lehrjungen eine Freske malen? »Du wirst auf das Gerüst steigen, um beim Gemälde der Schlacht gegen die Dämonen im Himmel von Florenz die Farbe aufzutragen«, hatte Dioneo ihm bestätigt ... Das war doch völlig unsinnig! Und wie sollte er denn oben die Darstellung der Szene vollenden, während sich unten, vor dem Lazarus, durch die Schuld von Emilia Scorpucci eine Leere auftat? Emilia Scorpucci ... Allein schon bei dem Gedanken an sie wurde es Benedetto ganz anders. Seit dem Kuß in jener Nacht hatte er die junge Frau nicht wiedergesehen. Er ärgerte sich, daß er es nicht gewagt hatte, zu ihr zu gehen, um sie, mit Gewalt oder aus freien Stücken, wieder ins Atelier zurückzuholen. Was ihm am meisten das Herz zerriß – einmal abgesehen von dem Unglück, daß dieses Werk Gefahr lief, niemals vollendet zu werden –, war, daß Emilia ihm fehlte … Wenn er sie betrachtete, verzehnfachten sich seine Kräfte. Obgleich ihre Schönheit nicht vollkommen war, machte ihre bloße Gegenwart ihn lebendig und ließ sein Herz höher schlagen. Ihr nicht mehr dabei zuzusehen, wie sie sich in Pose stellte, nicht mehr zu hören, wie sie sich über die Behandlung beklagte, die man ihr angedeihen ließ, nicht mehr auf dem Papier die kantigen Umrisse ihres Gesichtes zu zeichnen, nicht mehr unter der Feder den lebhaften Glanz ihres Blickes wiederzufinden machte ihn ganz niedergeschlagen und füllte den Winkel seines Herzens, den er am strengsten geheimhielt, mit kalter Asche.

»Sieh dir deine Gesichter an, ihnen fehlt aller Glanz«, fuhr Dioneo Sellajo mit einer gewissen Hartnäckigkeit fort. »In San Gaetano mußt du unter dem Fleisch einen Schimmer von Grün durchscheinen lassen und mit einer kleinen Spur reinem Weiß über den Augenbrauen kleine Lichter setzen …«

Benedetto senkte den Kopf. Wie sollte er auch abstreiten, daß sein Versuch auf der Holztafel mißraten war? Niedergeschmettert, ohne die geringste Kraft, sagte er:

»Ich bin noch nicht soweit! Um das hinzubekommen, bräuchte ich Jahre.«

»Warum bist du die ganze Zeit dabei, zu jammern und dich zu unterschätzen?« schrie Dioneo Sellajo, der mit seiner Geduld am Ende war. »Du hättest gerne, daß dir alles zufliegt. Schau dir lieber an, welche Fortschritte du gemacht hast.«

»Du erzählst mir doch andauernd, daß ich schlecht bin! Und dann, wozu soll ich mir denn Mühe geben, wenn der Meister selbst nichts arbeitet? Sieh ihn dir an! Was weiß ich, was er da kritzelt? Wo ist seine Beharrlichkeit? Was für ein Beispiel gibt er uns, halb versteckt hinter seinem Pult?«

»Du bist ungeduldig, Benedetto!« erwiderte Dioneo Sellajo. »Du gestehst dir nicht ein, daß du noch viel zu lernen hast. Wenn ich dich so höre, dann glaube ich tatsächlich manchmal, daß ich meine Zeit verschwende, indem ich versuche, dich anzutreiben. Du läßt schnell den Mut fahren. Du tust mir leid, denn ich glaube, daß du am Ende alles hinwerfen wirst.«

Die neunte Tagesstunde war vorüber. Die Lehrjungen saßen tatenlos um den runden Tisch. Carmino Frenzzi, der *piagnone* aus Ognissanti, und Guidotto Scolari gaben einander Rätsel auf, Nastaggio Marcelli zeichnete zu seinem eigenen Vergnügen eine Reihe grotesker Personen, darunter Piero de' Medici, Bernardo del Nero und an vorderster Front die Bande der Verräter der Demokratie ... Während Benedetto es vorzog, den Meister zu ignorieren, der auch weiterhin gleichgültig über seine Papiere gebeugt saß, hatte er, um nicht der Verzweiflung anheimzufallen, mit seinen Übungsversuchen noch einmal von vorn angefangen. Wie Dioneo Sellajo ihm geraten hatte, trug er, um sie aufzuhellen, bei einem seiner bewaffneten Engel ein wenig reines Weiß über den Augenbrauen und entlang der Nase auf, als eine Stimme, die vom Podium herübertönte, ihn auffahren ließ – Emilia Scorpucci hatte das Atelier betreten! Gekleidet in ein langes und hübsch dekolletiertes rotes Seidenkleid, wie es ihre Art war, frisch und jugendlich wie noch nie, sprach sie mit dem Meister, während etwas weiter entfernt Baccio della Porta stand, der sich abwandte. Als sie sich anschickte, das grobe Gewand der Maria von Bethanien anzuziehen, das ihren Hals und ihre Schultern frei ließ, erinnerte Benedetto sich daran, wie ihre Lippen in einer frischen und zarten Berührung seine Wange gestreift hatten. Als er sah, wie sie sich zu ihm umwandte und ihm ein halbes Lächeln schenkte, wie sie, ohne sich darum zu scheren, wer ihr zusah, von sich aus mitten im Atelier ihre Pose einnahm, wie der Meister, dessen Züge endlich entspannt waren, wieder seinen Griffel nahm und sein großes Papier entrollte, da wurde er von einer unbändigen Freude ergriffen. Sie hatte auf ihn gehört in jener Nacht! Nachdem ihr Zorn verraucht war, kam sie nun, würdig, aber fügsam, wieder zurück! Die Freske würde vollendet werden! Das Atelier und Botticelli, sie würden alle beide gerettet sein! Er hatte recht daran getan, sie anzusprechen. Es war ihm zu verdanken, daß alles weiterging, daß Maria von Bethanien viele Jahre lang, oder wer weiß, vielleicht gar für Jahrhunderte auf den Wänden von San Gaetano existieren würde … Und Emilia Scorpucci wußte das.

27

Pock, pock, pock … Jemand klopfte an die Tür des ärmlichen Holzhauses. Die kleine Ippolita-Maria schlug die Augen auf. Die Welt um sie herum war schwarz. Schwarz wie die schwarze Farblösung im schwarzen Bottich; schwarz wie der Brotofen, wenn er erloschen war; schwarz wie der Wald aus schwarzen Brombeerranken, so hoch und so dicht gewachsen, daß er selbst mitten am Tag schwarz war. Sie hatte Angst. Vielleicht war sie in einen Steinbrunnen gefallen, der die Farbe schwarzer Lava hatte und dessen Wände, gehauen in einen schwärzlichen Felsen, sie nun umringten. *Pock, pock, pock* … es wurde wieder geklopft, und aus der Tiefe des Schachtes heraus, in dem alles schwarz war, stieß sie einen Schrei aus. Ihre Mutter, ihre Brüder – wie sollte sie in diesem düsteren Loch ihre Familie wiederfinden? *Mama, Mama, sag mir, wo bin ich?* Schon antwortete ihr Benedettos Stimme: *Da klopft jemand, hörst du nicht? Weißt du denn nicht, wer es ist, Ippolita? Das ist jener, der mir in der vergangenen Nacht die größte Angst meines Lebens beschert hat. Aber mach dir keine Sorgen, Kindern tut er nichts. Mit Kindern, solange sie noch klein sind, hat er nichts zu schaffen, ihre Herzen sind zu frisch und ihre Seelen zu rein. Geh ihm öffnen und sag ihm, daß alles in Ordnung ist und daß er seiner Wege ziehen kann* … Aber von wem sprach er da bloß? *Pock, pock, pock* …

Es wurde immer heftiger geklopft. Benedetto stieß sie an. Sie stand auf. In alle vier Ecken des Bettes machte sie das Zeichen des Vaters, des Sohnes und des Heiligen Geistes. *Pock, pock, pock* … Jeder Schlag ließ die Tür erbeben. *Pock, pock, pock* … Ippolita tastete sich zur Tür … Und wenn nun aus der Dunkelheit ein schrecklicher grauer Wolf hervorstürzen würde? Und wenn er sie bei der Gurgel packen und, sie fest im Maul, fortschleppen würde, als wäre sie ein Lämmchen? Und wenn es keinen Schäfer gäbe, der das Tier mit seinen Schreien zwingen würde, sie loszulassen, bevor es sie erwürgt hätte? *Pock, pock, pock …*

Es klang immer wütender. *Und wenn es ein Gespenst ist, das vom Karren der Totengräber gefallen ist und mich packen will?* schrie sie. *Wie soll ich es bloß ohne Weihwasser verjagen?* Niemand gab Antwort. Während sie den Riegel hob, sprach sie ein *Ave-Maria.* Armes kleines Mädchen, armer Schatz! Was sie dort unter diesem Gluthimmel vor sich stehen sah, ließ sie bedauern, daß es nicht der böse hungrige Wolf war, der seinen geheimen Schlupfwinkel verlassen hatte. Der Teufel stand dort! Er brüllte wie ein Tier. Und er war eher so groß wie ein Riese als wie ein gewöhnlicher Dämon. Er hatte drei Gesichter, von denen das erste leuchtend rot war, und sechs riesige Flügel, die wie die Großsegel eines gewaltigen Schiffes hinter seinem Rücken schlugen. Es war das Ungeheuer von der Zeichnung: Sie erkannte es wieder, seine Augen glühten. Auf seinem Schädel sprossen baumartig ineinander verkeilt eine Reihe wilder Hörner, sein Hals war behaart, und von seinen Schultern, die mit einem dichten Pelz bedeckt waren, stieg ein Rauch auf, der nach verbranntem Fleisch und verkohlten Knochen roch … *Nicht ich bin es, er ist es!* schrie sie und zeigte mit dem Finger auf ihren Bruder, der, den Kopf unterm Laken versteckt, so tat, als sei er wieder eingeschlafen. *Er liegt dort in meinem Bett! Er ist es, der dich gezeichnet hat, er ist es, den du fangen mußt!* Gesagt, getan … Der Satan trat über die Schwelle. Bei jedem Schritt sprühten unter seinen Tierhufen Tausende von Funkengarben auf. Mit vorgestreckten Klauen packte er den vermaledeiten Schmierfinken. Mit einem einzigen Klauenhieb riß er ihm die Haut vom Rückgrat. Seine drei Mäuler aufreißend, stieß er ein dreifaches Brüllen aus, das sich anhörte wie das Gebrüll von Graubären. Dann steckte er den Kopf des Sünders in das mittlere Maul und zermalmte ihn mit seinen Zähnen. Über dem schuppigen Kinn hing Benedetto in der Luft und strampelte mit den Beinen. Doch aus der schwarzen Schnauze tropften Geifer und Blut auf Barteln wie von einem großen Fisch. *Zu Hilfe! So helft mir doch!* schrie das zarte Kind. O Herr im Himmel! Es war entsetzlich, denn Luzifer hatte nun, was er wollte, und ging davon, ohne daß irgend jemand ihn hätte zwingen können, seine Beute wieder auszuspucken.

»Zu Hilfe!« brüllte sie, in Tränen aufgelöst.

»Ippolita! Ippolita!«

Jetzt schüttelte man sie ...

»Was ist mit dir?«

Jetzt streichelte man sie und nahm sie in den Arm ...

»Was hast du, Ippolita?«

Sie öffnete einen Spalt weit die Augen, während ihr jemand liebevoll die Tränen abwischte.

»Benedetto?« rief sie aus, als sie ihren Bruder erkannte, der neben ihr auf der Strohmatte saß, sie an sich drückte und tröstete. Er lächelte, er lebte ... Eine Lampe brannte. Nichts im Haus war in Unordnung geraten. Niemand hatte ihn verspeist. Kein Schädel war geplatzt, und kein Blut war geflossen.

»Was ist los, Maria?« fragte er sie mit einer so zärtlichen Stimme, daß ihr eine Flut von Tränen aus den Augen stürzte.

»Ich habe dich ausgeliefert ...«, murmelte sie.

»Was?«

»Er ist dich holen gekommen, und das, was du getan hast, ist so böse, daß ich dich angezeigt habe. Du hattest es verdient. Aber was dann geschehen ist ... Oh, das war ... so häßlich!«

»Was für einen Unsinn erzählst du da! Es ist nichts geschehen, hörst du, du hast geträumt!«

Als sie sich wieder an den *piagnone* erinnerte, der sie bedroht hatte, fand die Kleine gerade noch zur rechten Zeit die Kraft, nichts zu verraten.

»Es ist Nacht, du mußt schlafen«, sagte Benedetto. »Hab keine

Angst, es ist vorbei, niemand hat zwei Alpträume in ein und derselben Nacht.«
Ihr Bruder, der seine beiden Zeichnungen immer noch im Kopfkissen wähnte, blies die Kerze aus, als sei nichts geschehen, doch Ippolita-Maria vermochte sich nicht zu beruhigen. Überzeugt, daß Luzifer kommen werde, um Rache zu nehmen an dem, der es gewagt hatte, ihn zu zeichnen, so wie er wirklich war, konnte sie keinen Schlaf finden. Diese schreckliche Vorstellung ließ sie weiter zitternd in der Dunkelheit liegen. Bis zum frühen Morgen klapperte sie mit den Zähnen, und es überliefen sie Schauder der Angst.

28

Jacopo Masini ging schnurstracks nach San Marco. Er rempelte die Hungerleider, Bettler und Kropfhälse an, die aus allen Vierteln kamen und sich vor der Kirche, auf der Suche nach Almosen und Brot, versammelt hatten. Als er das leuchtendrote Kreuz der Färber vorzeigte, ließen ihn die bewaffneten Garden durch die Sperre, und um eintreten zu können, händigte er es dem Ordensbruder aus, der die Pforte bewachte. Dann eilte er, die Zeichnung mit dem Teufel unter seiner Albe zusammengerollt, durch den Vorhof und kam zu dem Kloster, durch das Fra Domenico da Pescia jeden Morgen schritt, um sich zur Messe zu begeben. Dort stieß er auf eine hübsche Ansammlung von eitlem Tand, der die Steinfliesen und Grabmonumente bedeckte. ›Schon bald‹, so sagte er zu sich, ›werden wir einen weiteren Scheiterhaufen errichten müssen …‹

Die Ruhe, die in dem blumengeschmückten Hof jenseits der weißen Arkaden und der Reihe glatter kleiner Säulen herrschte, überraschte ihn. Während die Wiese gewöhnlich voller Menschen war und die Kinder der Kohorten, Mönche und Soldaten der Streitmacht Christi sich in Erwartung neuer Befehle bis zu dem kleinen Refektorium und dem Gästetrakt drängten, betete heute, an diesem trüben Tag, nur ein einsamer Mönch auf Knien unter der Freske, die den heiligen Dominikus zu Füßen des Kreuzes zeigte.

»Warum ist niemand hier, mein Bruder?« fragte er den frommen Mann.

Ganz in seine Meditation versunken, ließ der Ordensgeistliche, dessen Gesicht von einem sehr spitz zugeschnittenen Bart eingerahmt wurde, sich Zeit, bevor er Antwort gab. Schließlich sagte

er, die Hände weiterhin gefaltet und die Stirn gebeugt, in einem bußfertigen Gemurmel:
»Wenn die Bedrohungen überhandnehmen, bleiben die falschen Auserwählten fern. Wer auf Gott vertraut, hat nichts zu befürchten. Die gestern noch paradierten, verkriechen sich heute …«
»Immerhin sind die Medici enttäuscht wieder abgezogen. Die *arrabiati* sind in Aufruhr, aber der Schlachtenlärm ist noch nicht der Krieg selbst. Der Lärm und der Krawall sind ohrenbetäubend, das stimmt, doch wen unter den Soldaten der neuen Republik können sie damit einschüchtern?«
Der Dominikaner zog seine feinen Brauen so stark in die Höhe, daß sich die Haut auf seinem Schädel, der zu einer tiefen Tonsur geschoren war, in mehr als ein Dutzend Falten legte. Dann versenkte er sich ungerührt wieder in seine innere Andacht.
Wie lächerlich! Auf dem Gras, wo sich an den anderen Tagen die Kämpfer des Herrn zu den Audienzen versammelten, piepsten drei graue, hüpfende Mönchlein wie die Spatzen um die Wette …
»Es stimmt, normalerweise komme ich sonntags«, bemerkte Jacopo laut, um sich eine beruhigende Erklärung für diese Fahnenflucht zu geben. »Ich muß Fra Buonvicini da Pescia sehen«, fuhr er etwas lauter fort. »Ich habe ihm hier etwas Wichtiges zu überbringen.«
»Fra Domencio ist dem Himmel nie näher gewesen«, seufzte der Mönch, während er weiter in seiner frommen Andacht verharrte. »Möglicherweise ist er schon so weit, seine Seele in Gottes Hände zu legen! Vielleicht wird sein lebloser und bereits erblaßter Körper in den ersten Tagen des Sommers unter einen dieser Grabsteine gelegt werden …«
»Ich muß ihn sprechen! Was ich ihm zeigen will, wird ihn wieder gesund machen.«
»Dann mach schnell, und laß mich endlich zufrieden.«
»Aber wenn er leidend ist, wo kann ich ihn dann finden?«
»In seiner Zelle, im ersten Stock. Und jetzt, ich sag's dir, hör auf, mich zu quälen.«

»Seine Zelle? Welche ist das? Wie soll ich sie finden?«
»Deine Zunge ist so geschwätzig, daß sie fast schon einer Geißel gleichkommt ...«, raunzte der Mönch. »Geh hinauf und klopfe an die zehnte Tür, und stör mich nicht länger, denn ich habe kein Ohr mehr für dich, und da ich es müde bin, dein Geschwätz zu hören, werde ich fortan stumm sein.«
Obwohl er sich vor Domenico da Pescia fürchtete, zögerte Jacopo nicht. Er kämpfte nicht für sich selbst, sondern damit die Schläfer aufwachten und die Lauen das brennende Feuer der Offenbarung kennenlernten. Wenn einige, wie Benedetto Sermini, es schon beim leisesten Tumult mit der Angst zu tun bekamen, so mußte er, der Anführer der Färber, sich der Gefahr aussetzen und ihr trotzen. Entschlossen stieg er die zwei Treppen bis zur Mitte der Vorhalle hinauf, kam an der lieblichen *Mariä Verkündigung* vorbei, die Fra Angelico als Freskomalerei geschaffen hatte, und drang in die mystische Welt der Ekstase und der Meditation ein. Etwas langsameren Schrittes ging er den Korridor mit den weißgetünchten Wänden entlang. Am Ende des Ganges gewahrte er die geschlossene Tür der vierzehnten Zelle, deren Nummer in ganz Florenz bekannt war und hinter der, zu dieser Stunde, in der allergrößten Selbstlosigkeit, Fra Girolamo betete und sich geißelte. Als er sich dem heiligen Propheten so nah wußte, blieb er stehen. Er küßte das Kreuz, das er um den Hals trug, machte einen Knicks und bekreuzigte sich.
Eingeschüchtert durch die Stille und die Einsamkeit, zog er die zusammengerollte Teufelszeichnung hervor und entschloß sich, bei Domenico da Pescia anzuklopfen. Drei Schläge genügten, und schon bat ihn die abgehackte Stimme des obersten Leiters der Kinderhohorten, einzutreten. Auf der anderen Seite der Gewölbetür entdeckte er eine Doppelzelle, in der, zur Mitte hin offen, der zum Studium bestimmte Raum von demjenigen abgetrennt war, der dem Gebet und dem Schlaf vorbehalten war. Der erste Schüler Girolamo Savonarolas lag ausgestreckt auf seiner Decke, in der Nähe eines leicht geöffneten Vorhangs. In seinen

abgemagerten Händen hielt er ein Buch, das mit Randbemerkungen übersät war und auf dem ein Rosenkranz lag. Sein Gesicht war so ausgemergelt, daß unter der Haut, die so trocken und vergilbt war wie die einer Mumie, die Gesichts- und Schädelknochen durchschienen. Da ein Gerinnsel aus schleimiger Masse ihn fast erstickte, konnte er nur mühsam atmen. Fest um seine eingefallene Brust geschnürt, trug er den derben Roßhaargürtel der Büßer. Seine tief in den Höhlen liegenden Augen eines Heiligen, die den Ewigen erblickt hatten, sprühten Feuer.

»Was willst du? Was bringst du mir da, während ich meditiere?« rief er aus. »Weg mit den Denunziationsporträts und all dem anderen Firlefanz! Dieses Mittel hat nicht ausgereicht, um die große Reinigung zu erwirken, die zum Heil führt. Die Zeit der Kardinaltugenden ist um. Florenz ging schwanger mit dem universellen Guten, das es durch das Wirken des Herrn Jesus Christus empfangen hatte. Doch statt einen schönen Jungen zu gebären, Frucht der Vereinigung der irdischen Macht und der geistigen Herrschaft, hat es den guten Ratschlägen, der Gerechtigkeit, dem Mut und der Unbescholtenheit den Rücken zugekehrt. Es hat jedem Dahergelaufenen seine Reize vorgeführt, und besudelt von den Leidenschaften, gebiert es eine pestverseuchte Jammergestalt!«

»Hier, Fra Domenico, das wollte ich Euch zeigen ...«, antwortete Jacopo und entrollte die Teufelszeichnung, die Benedetto Sermini kopiert hatte.

Domenica da Pescia betrachtete gelassen die dreiköpfige Gestalt. Auf seinem Gesicht, auf dem sein baldiger Tod geschrieben stand, war keinerlei Regung zu erkennen. Sein Atem entströmte seiner Brust weiterhin mit einem Pfeifen. Statt seiner Wut freien Lauf zu lassen, schien er sich, mit starrem Blick, als sei er von der Häßlichkeit der gottlosen Darstellung ganz in Bann geschlagen, fernab der Wirklichkeit zu verschanzen. Jacopo, dem dies peinlich war und der nicht wußte, wie er sich angesichts einer solchen Absenz, die er dem Fasten und der Krankheit zuschrieb, verhalten sollte, hob den Blick zu der Freske, welche die weiße Wand schmückte. In einer Hütte, die den Tempel Jerusalems darstellte, gehalten in Pastelltönen aus lichtem Ocker, Grün und sanften Brauntönen, zeigten Joseph und Maria das neugeborene Jesuskind vor, dessen Leib gewickelt war. Ein Priester mit einem Heiligenschein, der einen langen weißen Bart trug, hielt das Königskind. An seinem Lebensabend, nach einem Leben des Studiums und des Gebets, war es ihm beschert worden, den Messias der Propheten zu erkennen und in seine Arme zu schließen. Er betrachtete ihn mit zärtlichem Blick, und mit väterlicher Hand strich er ihm über seinen kleinen runden Bauch … In diesem Bildnis, das Domenico da Pescia stundenlang betrachtet hatte, Tag für Tag, Jahr für Jahr, gewahrte Jacopo so viel Zuversicht, Sanftheit und Poesie, etwas, das so ganz im Gegensatz zum Aufruhr seiner Gedanken stand, daß es ihn verwirrte.

Damit ihm nicht der Mut schwand, sagte er in die Stille hinein:

»Das ist das Werk von Alessandro Botticelli. Ich habe es im Haus von Benedetto Sermini gefunden. Hat man je schon eine solche Darstellung des Luzifer gesehen? Seht nur, verehrter Bruder, wie er die Verdammten verschlingt!«

»Die Kuppel des Baptisteriums ist mit einem ähnlichen Bild geschmückt«, bemerkte Domenico da Pescia. »Jeden Morgen werfen sich die Kinder des Herrn vor den Mosaiken von Coppo di Marcovaldo nieder und nehmen die Kommunion entgegen, ohne daß es sie stören würde …«

»Aber dieser andere Teufel, von dem Ihr sprecht, ist schon seit über hundert Jahren dort!«

»Auch er verschlingt die Ungläubigen, und er wirkt dabei so natürlich, daß man ihn gewähren läßt.«

»Aber Fra Girolamo sagt immer, wer die Hölle darstellt, ist es wert, selbst hineingeworfen zu werden!« rief Jacopo aus, der über die fehlende Reaktion des Leiters der bewaffneten Kohorten ganz bestürzt war.

»Unglück über jene, die dabei in Verzückung geraten und um jeden Preis den Schmerz mehren wollen!« rief Domenico da Pescia aus. »Wenn diese einst die Macht in Händen halten, wird es sie nach den Feldern ihrer Nächsten gelüsten, und unter dem geringsten Vorwand werden sie sie an sich reißen! Wegen einer Zeichnung ereiferst du dich, doch die Mission, die dir aufgetragen wurde, ist weitaus bedeutender! Du folgst den Aufwallungen deines eigenen Geistes. Du blendest dich selbst, du hängst dich an Einzelheiten auf und siehst nichts von dem, was zählt. Glaubst du etwa, Gott wäre ein Erleuchteter? Nein: Gott ist absolut und weitblickend. Er haßt Fanatiker, die nur davon träumen, seine Kirche mit Blut zu besudeln.«

»Aber muß man denn einen solchen Schandfleck nicht zerstören?«

»Verbrennen, ja ... und die Asche verstreuen, die eine Hälfte in den Wind, die andere Hälfte in den Arno.«

»Und was den verruchten Künstler angeht ...?«

»Klage Botticelli nicht vorschnell an! Das hier ist nichts im Vergleich zu dem, was wir finden müssen: Kaum gezeichnet, geht es schon in Rauch auf. Selbst wenn er durch seine Sünden verdorben ist, so hat der, den du anklagst, die Arbeit an der Freske des Lazarus wiederaufgenommen, ein Projekt, das auf die Fastenpredigten zurückgeht, und wenn man dem Glauben schenken darf, was die Leute sich so erzählen, so handelt es sich um ein republikanisches Meisterwerk. Savonarola brennt darauf, nach San Gaetano zu gehen, denn er vertraut Botticelli, er zählt auf ihn, auf daß er jene, die schwach im Geiste sind, begeistern und sie ihrer Lethargie entreißen möge. Im Vergleich dazu ist dieser Beelzebub, den du mir hier zeigst, ohne Bedeutung. Du irrst dich: Wollte man Botticelli den Prozeß machen, müßte man ganz andere Dinge anführen. Schluß mit den Eitelkeiten, die aufgehäuft werden, und mit den kleinen Brandopferfeuern, die entzündet werden, wenn es einem beliebt! Jetzt müssen die Unreinen und die Sodomiten auf den Scheiterhaufen, denn sie sind es, die mit ihren Abscheulichkeiten Hungersnöte auf uns herabbeschwören und die Seuche verbreiten! Zeig mir, wer Botticelli wirklich ist und was er treibt. Dann, und nur dann, das schwöre ich dir, wird er, so groß er auch sein mag, durch den Gott der Rache bestraft, und seine Komplizen, welche die gegen ihn vorliegenden Beweise zurückhalten, desgleichen …«

29

Als am Himmelfahrtstag die Sonne gerade erst aufzugehen begann, glaubte Benedetto, er befinde sich in einem Alptraum, wie Ippolita-Maria zwei Tage zuvor. Dann waren also die Gerüchte wahr, die in der Stadt die Runde machten! In dem dunklen und monumentalen Schiff des Domes Santa Maria del Fiore, unter der eiförmigen Kuppel von Brunelleschi, hatte man doch tatsächlich die Kanzel beschmutzt, in der Fra Girolamo in der nächsten Stunde predigen sollte. In der Nacht hatten die *arrabiati,* die den Propheten am Reden hindern wollten, einen ganzen Haufen Unrat dort abgeladen. Der Gipfel der Gotteslästerung war, daß diese Teufel, die vor nichts Ehrfurcht hatten, nicht einmal vor der heiligen Passion, an das Holzkreuz vor dem Pfeiler den Kadaver eines Esels mit abgezogenem Fell genagelt hatten. Auf schändliche Weise gekreuzigt wie der Leib des gemarterten Christus, hing dem Tier die blutige Haut in Fetzen herunter. Benedetto bekreuzigte sich. Wie weit würden diese Mörder noch gehen? Er erinnerte sich an die Worte, die Fra Girolamo in der vergangenen Woche von ebendieser Kanzel herab gesprochen hatte: »Kein Mensch auf Erden, ob groß oder klein, kann sich damit brüsten, mich an der Erfüllung meines Amtes gehindert zu haben. Ich bin bereit, mein Leben dafür zu opfern. O Herr, befreie mich von diesen Feinden, die mich einen Verführer nennen. Befreie meine Seele, denn um meinen Leib fürchte ich nicht!« Wie könnte man daran zweifeln, daß der fromme Dominikaner, Begründer und pochendes Herz der Republik, das Opfer seines eigenen Lebens für unvermeidlich hielt und daß er sich anschickte, sein eigenes Golgatha zu besteigen!

In der Hoffnung auf Hilfe wandte Benedetto sich nach seinen

Brüdern, den Färbern, um. Würde irgendeiner von ihnen, so fragte er sich, etwa Girolamo Bardi, Anselmo Sacchetti, dem das Feixen diesmal vergangen war, Martino Calccio oder Francesco Prodenzani, der Eiferer, der jetzt ganz apathisch dastand, den Kadaver abhängen, den man mit den Hufen ans Kreuz genagelt hatte? Ohne ihm Zeit zu lassen, sich Fragen zu stellen, herrschte Jacopo Masini ihn an, als sei er sein Feind:

»Häng das ab, Sermini«, brüllte er. »Und trödle hier nicht rum!«

»Aber in der Stadt erzählt man sich, es sei eine Bombe darunter versteckt!« legte sich Marcuccio Brandi mit Jammerstimme ins Mittel.

»Dann werden eben wir anstelle von Fra Girolamo in die Luft fliegen und ins Paradies kommen!« erwiderte Jacopo. »Mein Gott, das stinkt vielleicht! Mach schnell, du Schmierfink! Nimm mein Messer und hol diese Schweinerei da runter! Sonst schwöre ich dir: Wenn die Messe anfängt, wirst du als Gekreuzigter an der Stelle dieses Esels hängen!«

Für Benedetto stand fest: Falls er nicht das Gesicht verlieren wollte, mußte er gehorchen. Während die anderen zurückwichen, stieg er die Treppe hinauf, die zur Kanzel führte. Wie auf den Festungswällen hatte ihn diese beschämende Angst, von der er sich nicht mehr befreien konnte, wieder in ihrem Würgegriff. Aber wie sollte man auch weiterhin den Kopf hoch tragen, wo doch seit dem Vortag das Gerücht umging, die Feinde des Herrn hätten sich an einen Feuerwerksmeister gewandt, um während Savonarolas Rede alles in die Luft zu sprengen?

Nur Jacopo blieb unerschrocken in der Mitte des Kirchenschiffs stehen.

Mehr noch als die Angst, die ihn würgte, ließ die Grausamkeit, die im Blick des Anführers der Färberbande aufblitzte, ihn erstarren.

Auf der Kanzel fand er einen Haufen aus Schrott, alten Kleidern und dreckverkrusteten Holzpantinen, aus Tierexkrementen, brackigem Schlamm, Stallmist und verfaulten Früchten. Auf dem

Holzsims sah er an der Stelle, wo Fra Girolamo gewöhnlich beim Predigen mit der Faust aufschlug, bis zur Hälfte ins Holz getriebene, zugespitzte Eisenstifte. Es roch nach Pisse, und die Eselshaut stank gottserbärmlich. Es drehte ihm den Magen um – direkt vor seiner Nase summte ein Schwarm Fliegen um den blauverfärbten Bauch, aus dem ein Stück Darm herausqoll.

»Na, worauf wartest du? Soll ich dir Händchen halten kommen?« brüllte von unten Jacopo Masini.

»Er ist halt empfindlich, unser Freund, und hat Angst, sein schönes Gewand zu beschmutzen!« gluckste Anselmo Sacchetti.

»Er macht sich in die Hose«, prustete Girolamo Bardi.

»Was? Der Anblick eines Gerippes genügt, daß du deine Blase leerst?« setzte der Chef der Bande hinzu. »Du hast wohl keine Eier, Sermini? Wer hat sie dir abgeschnitten? Deine Mutter oder die lasterhaften Pfaffen von Ognissanti?«

Benedetto erschauerte. Jacopo Masini verachtete ihn und hatte es sich in den Kopf gesetzt, ihn zu zermalmen! Obwohl er auf seiner Seite war, gewahrte er bei ihm einen Haß, der noch gewaltiger war als der von Maruffio Stanzanni. Sicher, er wußte bereits, daß der Anführer der Färber nicht sein Freund war, daß dieser ihn für unentschlossen hielt, daß er ihm vorwarf, ihm keine Beweise gegen Botticelli zu liefern, aber daß er ihn nun bis zu diesem Punkt erniedrigen wollte ... Während er sich die Nase zuhielt und mit dem Messer unter den ersten Huf fuhr, erkannte er in den zahlreichen sinnlosen Demütigungen und absurden Befehlen mit einemmal einen bislang ungeahnten Sinn.

30

Die Zeit drängte. Für Ende der nächsten Woche war der Besuch von Fra Girolamo, Fra Domenico da Pescia und Fra Silvester Maruffi angekündigt. Außerdem hatte Benedetto Sermini mit Carpuccio Celli, Fieffo Cartelano und Ruffio Mazotti gehorsam die Pakete mit den Skizzen, die Pinsel, die Töpfe und Flaschen für die Farben, die Eimer und die Säcke mit Sand und Kalk zusammengepackt und auf einem Karren vom Atelier bis nach San Gaetano geschafft. Dann hatte er, nachdem er das im Kirchenchor aufgebaute Gerüst bestiegen hatte, gemäß den Anleitungen von Baccio della Porta mit Lioncino Urbetti, Dioneo Sellajo und Carmino Frenzzi die rechte Wand beim Hauptaltar mit Mörtel verputzt. Auf die nahezu glatte Oberfläche hatte er den großen Karton der *Auferweckung des Lazarus* übertragen, den Sturm, der sich in dem Himmel über Florenz zusammenbraute, dem neuen Jerusalem, in dessen Zentrum der Palazzo Vecchio und Santa Maria del Fiore die Festung und den Tempel des Herodes darstellten. Von einer unglaublichen Begeisterung gepackt, hatte er auf der noch feuchten Tafel mit einem elfenbeinernen Meißel in Punktiermanier den Umriß der Monumente, des offenen Grabes, der Engel und der Figuren markiert, so wie Alessandro Botticelli sie gezeichnet hatte. Dann, während im Kirchenschiff der Meister in Begleitung seines Bruders die Pinsel auswusch und in kleinen Töpfen mit Wasser die mineralischen Farben anmischte, hatte er, wie es ihm gezeigt worden war, mit einem Stück Kohle die Löcher im Mörtel ausgefüllt. Als er von einem Ende zum anderen über den feinen Körper, den nackten Hals und das zugleich sanfte und willensstarke Profil von Emilia Scorpucci gegangen war, waren ihm heiße Tränen in die Augen gestiegen … War es möglich, daß er dieses Wesen, das er liebte, nun für alle Ewigkeit in die grobe Materie einschrieb? Und war es Wirklichkeit, daß er, wie durch ein Wunder, das größer war als das von Bethanien, zu den Schöpfern dieses herrlichen Werkes zählen sollte? Nachdem er den Karton abgenommen und den Umriß der Figuren mit rotem Ocker ausgefüllt hatte, erkannte er in den Zügen der Maria sehr wohl jene Frau wieder, die ihn in Träumen oder Gedanken ganze Nächte und Tage lang verfolgte. Mit Hilfe Dioneo Sellajos, der seine Hand nahm, um ihm den Pinsel zu führen, sobald es ihm an Sicherheit gebrach, hatte er gerade die Flügel und Gewänder seiner kriegerischen Engel im oberen Teil der Freske vollendet, als Botticelli ihn zu sich rief und ihn bat, mit einem Wassereimer an seiner Seite zu bleiben, um, kurz bevor er die Farben auftrug, den Mörtel zu besprengen. Seit zwei Tagen lief der Meister im Chor von San Gaetano hin und her, ohne sich je zu setzen oder auszuruhen, während er bloß ab und zu ein Glas Wein hinunterstürzte und ein Stück Brot verschlang. Er retuschierte ein Detail seiner eigenen Skizzen, stieg bei jeder Gelegenheit aufs Gerüst, um einen Strich auszubessern, den man zu schnell auf den Mörtel aufgetragen hatte, nahm sich der Reihe nach jeden seiner Lehrjungen vor, die den Hintergrund der beiden Gemälde ausführen sollten, überprüfte, ob das Inkarnat auch durchscheinend genug geraten war und ob die Rot-, Braun- und Schwarztöne stimmten, stieg wieder ins Kirchenschiff hinunter, um sich mit seinem Bruder Simone zu beraten oder ihm eine neue Idee mitzuteilen, schickte Fieffo Cartelano ins Atelier, um dort feinere Pinsel zu holen, und gleich danach Carpuccio Celli zum Apotheker, um neue Farbpigmente zu besorgen, befahl Baccio della Porta, jede Stunde über die benutzten Mittel und Materialien Buch zu führen, und verpflichtete ihn, eine Aufstellung über die Arbeit zu machen, die vom Morgengrauen bis tief in die Nacht geleistet wurde, wobei er eine recht ungewöhnliche Vitalität und Energie bewies. Er bemerkte alles und griff sofort ein. Mit lauter Stimme und unerschütter-

licher Sicherheit traf er Entscheidungen und gab Befehle. Benedetto konnte sich nicht erinnern, ihn je so resolut und leidenschaftlich erlebt zu haben.
Barhäuptig, gekleidet in einen groben Malerkittel, seine Augengläser auf der Nase, befand er sich gerade, wie in Bann geschlagen von diesem Werk, das ihm soviel Mühe bereitet hatte, ganz in der Nähe der zentralen Stelle seiner Zeichnung.
Nach einem kurzen Blick auf seine Skizzen malte er mit erhobener Hand und ohne zu zögern mit grüner Erde die Gebärden seiner Leiber, die Umrisse und die Züge seiner Gesichter nach. Und im Herzen einer gleich einem Rundbogen angeordneten Gruppe von Figuren, gegenüber dem Auferweckten, zur Rechten des Christus, mit dem sie sich in Einklang zu befinden schien, trat das strenge Profil der Maria von Bethanien in seiner ganzen Wahrhaftigkeit zutage. Trotz ihrer Grobheit und Einfachheit sah Benedetto in der fast vollendeten Maria geradezu das vollkommene Modell körperlicher Schönheit, jenen *Eros platonicus,* von dem der Meister sich doch eigentlich hatte lösen wollen, wie er während der langen Sitzungen mit Emilia Scorpucci immer behauptet hatte.
Botticelli trat zurück, dann stieg er hinunter und stellte sich vor den Altar, um sich seine Maria von Bethanien aus der Entfernung anzusehen. Als er wieder behende auf das Praktikabel aus Seilen und Holz geklettert war, zog er kaum merklich ihre Mundwinkel in die Breite und betonte ihr sanftes und etwas geheimnisvolles Lächeln.
»So ist es gut. Ich werde mit dem Apostel Johannes weitermachen«, sagte er.
»Warum wollt Ihr nicht zuerst die Maria von Bethanien vollenden?« fragte Benedetto, der erstaunt war, daß der Meister sich mit einer Nebenfigur aufhalten wollte, noch dazu mit der, für die er selbst Modell gestanden hatte.
»Weil es besser ist«, erwiderte Botticelli.
Nach wenigen Strichen roten Ockers nahm die Figur des Evan-

gelisten Gestalt an. Benedetto, den dies peinlich berührte, hatte den Eindruck, sich selbst zu betrachten. Johannes, der in der Nähe des Christus stand, vor allem jedoch nah bei Maria, deren Schulter er berührte, war so groß und so jung wie er und trug wie er die Haare so kurz wie ein *piagnone*. Jetzt, da er fast in Lebensgröße auf der Wand von San Gaetano erschien, glaubte Benedetto in seinem Gesichtsausdruck jene charakterlich bedingte Unentschlossenheit zu erkennen, die er so verabscheute, Während der Meister mit einer erschreckenden Genauigkeit irgendein Detail seiner Physiognomie ergänzte, fragte er sich, ob er sich über seine Gegenwart unter diesen heiligen Gestalten, so nah bei Maria von Bethanien, ein paar Schritt weit von einem gerade erst dem Abgrund entstiegenen Toten, freuen oder sich davor fürchten sollte.

»Mach es hier ein bißchen naß!« befahl ihm Botticelli, während er zu Farbe und Pinsel griff.

Mit einer Schnelligkeit, die ihn erstaunte, kolorierte der Meister auf dem nassen Gips Stirn und Wangen seines Lieblingsschülers. Ein Hauch Grün genügte, um dem Fleisch Frische zu geben. Mit einer Spur reinem Weiß hellte er die Augenbrauen und die Nasenwurzel auf, deren Relief er betonte.

»Hast du dich nie gefragt, wie es überhaupt möglich ist, etwas von außen zu zeichnen?« sagte er zu Benedetto, während er weiterarbeitete. »Man müßte eigentlich wissen, was unter dieser jungen und seidigen Haut ist! In die Menschen hineinkriechen, sie genau untersuchen, um hinter das Geheimnis ihres Fleisches zu kommen und in der Lage zu sein, es ans Licht zu bringen: das ist mein Ziel. Solange mir die Kraft dazu bleibt, werde ich mich bemühen, zu verstehen, wie die Natur und der Körper derer funktionieren, die ich male und von denen ich zugleich den Geist wie auch die fleischliche Essenz einzufangen versuche … Gott allein weiß es! Er weiß, was sich unter dem Ton, den er geformt hat, verbirgt. Daher kommt es, daß einige seiner Geschöpfe vollkommen sind, daß ihre Formen greifbar sind und von einer unendlichen Schönheit. Sie sind wahr, weil derjenige, der sie geschaffen hat, weiß, wie sie funktionieren und woraus sie gemacht sind.«

Mit ein wenig stark verdünntem Braun setzte er noch einen Schatten unter die Nase, dann einen zweiten unter den Mund, der bleich und nur wenig gesäumt war.

»Schau«, fuhr er fort, indem er mit dem Finger den Umriß von Johannes' Lippen nachfuhr, »siehst du, wie das Leben unter diesem recht hübschen Mund fließt und pocht? Die durchscheinende Haut, der Rhythmus des natürlichen Pulsierens, das der Epidermis und der Lederhaut ihre Farbe gibt ...? Das ist es, Benedetto Sermini, der Wunsch, dies nachzuahmen – was mir aber nicht so recht gelingen will –, das ist es, was mich so erschöpft.«

In seiner Verwirrung über die ihm anvertrauten Geheimnisse und die fast übernatürliche Erscheinung seines eigenen Gesichts, das der Maler vollkommen lebensecht auf die Wand von San Gaetano übertragen hatte, wußte Benedetto nicht, was er antworten sollte. Der Meister bat ihn, den Gips naß zu machen, dann machte er sich schweigend an die Überarbeitung des Blickes des Apostels. Mit der äußersten Spitze seines Pinsels hellte er ihn auf, indem er ihm einen nußfarbenen Widerschein gab. Als er den genauen Ausdruck, den er der Figur geben wollte, der von Zuversicht und tiefem Mitgefühl erfüllt war, schließlich getroffen hatte, sagte er mit sanfter Stimme:

»Ich mogele, denn Johannes ist der Schüler des Zorns. Seine Visionen sind apokalyptisch ... Während du die deinen aus dem Garten Eden schöpfst. Schau dir diese bekümmerten Augen an, es sind die deinen, ich habe sie dir genommen! Und ich habe mir deine Treuherzigkeit gestohlen und sie dem Johannes gegeben. Trotz deines geschorenen Kopfes und deiner Freundschaft für die wütendsten Verteidiger der Republik weiß ich, daß du von Liebe und Frieden träumst. Du bist dem Engel näher als dem Krieger, Benedetto Sermini. Das trifft sich gut, denn Johannes hat zwar einen aufrührerischen Geist, aber er hat auch Herz, und er liebt Jesus so sehr, daß er sein Leben für ihn aufs Spiel setzen würde … Auch du bist treu, nicht wahr?« fuhr er nach einer Pause fort. »Du bist treu, ja, gewiß … Und doch bin ich mir nicht sicher, ob du imstande wärest, für die, die du liebst, ein ähnliches Risiko einzugehen …«

Obwohl es objektiv betrachtet keinen Grund gab, sich zu beunruhigen, ging Benedetto mit dem Gefühl nach Hause, daß Alessandro Botticelli wußte, was er trieb. Dieses allgemeine Mißtrauen, das ihm jene, die ihn haßten, wie Jacopo Masini und Maruffio Stanzanni, und jene, die ihm mißtrauten, entgegenbrachten, fraß ihn von innen auf. Warum gab es niemanden, der ihm raten konnte, was jetzt zu tun das Rechte wäre? Wie er dort oben auf dem Gerüst stand, war er ihm so seltsam erschienen, und so nah, als er sich an die Arbeit machte, sein Gesicht zu verschönern, bis es aussah wie das eines Heiligen, und zugleich so durchtrieben, als er mit vagen Anspielungen Zweifel an seiner Treue äußerte. Wie dumm von ihm, daß er nicht geantwortet hatte! Doch wie, mit welchen Worten, sollte er einer solchen Persönlichkeit die Stirn bieten, wo es doch allen, mit Ausnahme von Emilia Scorpucci, in ihrer Gegenwart den Geist umnebelte und die Zunge ihren Dienst versagte? Benedetto stieß, gerichtet an den über den Himmelssphären thronenden Gott, einen wütenden Schrei aus. Dadurch, daß der Meister ihm zugleich mit Wohlwollen wie mit Arglist begegnete, fühlte er sich hin und her gerissen. Unter den Händen dieses Teufels verrenkte er sich allmählich ein Glied nach dem anderen.
Vor Orsanmichele bekam er plötzlich Lust, ins Viertel von San Martino zu gehen, um Emilia aufzuwecken, sein Gewissen zu erleichtern und ihr alles zu gestehen, von dem Verrat, den er zur Hälfte begangen hatte, bis hin zu der Liebe, die er für sie empfand und die er nicht länger geheimzuhalten vermochte … Aber konnte man mitten in der Nacht ohne Vorankündigung bei

einem jungen Mädchen auftauchen, das man kaum kannte? Es war besser, kein Aufsehen zu erregen, sonst würde er noch im Kerker aufwachen, die Füße in Eisen.

Wegen der Ausgangssperre vermied er die Piazza della Signoria. Obgleich die Seuche gemäß den Verlautbarungen der Behörden bekämpft schien und man in den Gossen keine Leichen von Leuten mehr fand, die plötzlich tot umgefallen waren, blieben die Straßen leer und die Türen und Fensterläden geschlossen. Er haßte diesen nächtlichen Nachhauseweg, bei dem das Schlimmste geschehen konnte. Jedes Geräusch schreckte ihn auf. Dennoch wäre es gut gewesen, wenn er das doppelte Spiel des Meisters vergessen und sich hätte frei machen können. Es wäre herrlich gewesen, wenn er sich dem Glück der Arbeit, die er vollbracht hatte, hätte hingeben können, sowie der Freude, als Evangelist neben Emilia zu erscheinen, der Frau aus Bethanien, deren Schönheit, die der beste Maler von Florenz in noch großartigerem Glanz erstrahlen ließ, ihn bestürzte! Aber nein, durch seine Schuld, wegen dieses Wankelmuts, der ihn daran hinderte, sich zu entscheiden, hatte das Unglück über das Glück den Sieg davongetragen.

Bei San Remigio hörte er einen entsetzlichen Schrei.

»Oh! Der Tod! Der Tod! Der Tod!« brüllte eine von Hysterie gepackte Frau.

Auf der anderen Straßenseite wurde ein Mansardenfenster geöffnet. Eine Stimme rief:

»Was ist los?«

Aus dem Haus wurde geantwortet:

»Der alte Herr hat sich erhängt!«

Dann fragte man noch:

»Ist er ganz und gar tot?«

»Ja, das Übel hat ihn dahingerafft«, lautete die Antwort. »Armer Mann, er war so gütig, er hat so gelitten, daß er es nicht mehr ertragen hat! Und jetzt ist er ganz blau angelaufen, jetzt ist er kalt und tot …«

Es gab also doch noch Pestkranke, und entgegen dem, was der Gonfaloniere behauptete, war die Gefahr noch nicht gebannt! Er nahm die Beine in die Hand, um sofort zu seinem kleinen Haus zu laufen. Wenn das Übel ihn erwischen sollte, so durfte er nicht als Verräter sterben! In seinem Zimmer, in dem alle schon schliefen, stürzte er sich auf sein Kopfkissen: Genau so, wie er die Denunziationsbriefe aus der Badia vernichtet hatte, würde er jetzt auch die Zeichnungen der Hölle verbrennen! Er steckte die Hand ins Stroh, und seine Finger krampften sich zusammen … Ein Schauder lief ihm durch die Adern, und es wurde ihm ganz heiß … Eine Zeichnung fehlte!
Der gehörnte, dreiköpfige Teufel war verschwunden, man hatte ihn gestohlen.

31

Als Girolamo Savonarola, angeführt von zehn bewaffneten Mitgliedern der Kinderkohorte von San Marco und gefolgt von Fra Silvester Maruffi und Fra Domenico Buonvicini da Pascia, der auf einer Tragbahre liegend von vier Mönchen getragen wurde, die Kirche von San Gaetano betrat, war Emilia Scorpucci, die im Eingang des Chores bei den Lehrjungen stand, völlig überwältigt. Der Anblick bewegte sie mehr, als sie gedacht hatte, und sie rückte näher an Benedetto Sermini heran, der selbst ganz verkrampft und stumm war, seit sie sich am Mittag wieder begegnet waren.
Mit der rechten Hand, zwei Finger zum Himmel erhoben, segnete der Prophet Alessandro Botticelli und dessen Bruder Simone Filipepi und blieb dann so feierlich, als würde er die Eucharistie tragen, fünf Schritte vor Emilia stehen. Er hob den Blick zu der Freske und verharrte dort, in die Betrachtung der *Auferweckung des Lazarus* versunken.
Emilia hatte ihn noch nie aus solcher Nähe gesehen. Neben Fra Silvester, der ihn um einen Kopf überragte, kam er ihr weniger groß vor als auf der Kanzel, nahezu untersetzt in seinem weißen Gewand des heiligen Dominikus, das zur Hälfte von dem schwarzen Mantel des Ordens der Predigenden Brüder bedeckt war. Im Gegensatz zu Benedetto und Dioneo Sellajo, die befangen den Kopf senkten, blieb sie aufrecht stehen und erkühnte sich, ihn geradeheraus zu mustern, wie sie es mit allen tat, denen sie begegnete. Zum ersten Mal verstand sie, warum dieser Mann, der sein vierzigstes Jahr überschritten hatte, allein durch seine Gegenwart Schweigen und Respekt gebot. Diese markanten Gesichtszüge; diese hervorstechende Hakennase, deren Nasenflügel

weit geöffnet waren und von der sich zu beiden Seiten eines fleischigen Mundes zwei tiefe Falten nach unten zogen; dieser Bart, der, obwohl er täglich rasiert wurde, einen schwarzen Schatten um das ausgemergelte Gesicht warf; dieses Band aus dichten Haaren, ein scharfer Kranz von der Farbe schwarzen Bernsteins, der den frischrasierten Schädel umrahmte; dieser düstere Blick, der in diesem für das Atelier so entscheidenden Augenblick zu dem Christus vor dem Grabmal von Bethanien erhoben war; diese gewölbte Stirn; diese gerunzelten Brauen; dieser lange Hals, der trotz des Fastens und der Entbehrungen auf kräftigen Schultern saß ... All das, dieses klare Profil, das kalt war wie eine Totenmaske, und hundert weitere Einzelheiten waren allesamt dazu angetan, die Menschen zu beeindrucken und sie auf Distanz zu halten. Girolamo Savonarola wußte das. Seine Erscheinung kam ihm zustatten. Eine etwas zu brüske Bewegung des Kinns machte der Faszination, der Emilia Scorpucci soeben am Erliegen war, ein Ende. Dieser Mann, der in vielerlei Hinsicht außergewöhnlich war, dieser verzückte Kanzelredner, der die Massen in Angst und Schrecken versetzte, dieser Prediger mit den mitreißenden Worten, der die Gemüter entflammte und mit Donnerstimme Anathemata verkündete, dessen Verurteilungen die bewaffneten Banden auf die Straßen trieben, dieser Visionär, der von der Höhe seiner Kanzel herab Fürsten stürzte, Gesetze reformierte, die Künste unterwarf, die moralische Erneuerung der Kirche verordnete und bald die Zerstörung, bald die Wiederauferstehung von Florenz weissagte, vertraute zu sehr auf sein eigenes Spiel ... Er faltete die Hände, als wolle er beten, und mit dem Schritt eines Heiligen auf der Schwelle zum Paradies ging er ein Stück weiter, um die linke Freske besser betrachten zu können. Gleich ihm betrachteten die anderen sechs Dominikanermönche mit nach oben gereckten Köpfen das Diptychon. Während Fra Silvester lächelte, hatte Domenico da Pescia, der sich auf seinem Lager aufgerichtet hatte, eine düstere Miene aufgesetzt. Emilia beunruhigte dies, denn einmal abgesehen von ihrem

Groll auf Botticelli, wußte sie, daß das Werk schön war … Doch wie sollte man herausfinden, was dieser Mann dort dachte, der aussah wie ein Verdammter, während das Fieber ihn schüttelte und er bei jedem Atemzug nahezu sein Leben auszuhauchen schien?

Nachdem er die Arbeit des Meisters und seines Ateliers begutachtet hatte, ergriff Fra Girolamo das Wort.

»Christus spricht nur ein Wort, und schon werden die Toten wieder zum Leben erweckt«, sagte er. »Das ist das höchste Wunder. Und doch geht es dabei weniger darum, eine Seele wieder dorthin zurückkehren zu lassen, wo es Materie und Form gibt, als vielmehr darum, sie aus dem Nichts auferstehen zu lassen. Das Bedeutsame ist nicht so sehr, daß das Fleisch eines Sünders, das kurz vor der Verwesung stand, wieder zum Leben erweckt wird. Das Wesentliche ist, daß Jesus, der die Gebete der Maria von Bethanien erhört, Lazarus in die Kirche zurückkehren läßt, die er mit seinem Tod verlassen hat. Einige hätten hier zur Darstellung des Tempels ein vergoldetes Monument aus feinem Marmor hingesetzt, mit Porphyrsäulen, einem perfekt gearbeiteten Chor aus Elfenbein, einem prachtvoll gefliesten Kirchenschiff und einem Mosaiksanktuarium, geschmückt mit einem gewaltigen Stein, darauf in goldenen Lettern die Inschrift: *Rex Salomo summo Regi ac Domino dominantium templum hoc aedificavit.* Doch du, Alessandro, hast für die Darstellung dieser wundersamen Wiederkehr die Schlichtheit jeder Eitelkeit vorgezogen.«

»Weil die Kunstfertigkeit und der Luxus der Verzierung das Licht Gottes verblassen lassen«, schaltete sich Simone Filipepi ein.

Fra Girolamo deutete ein Lächeln an. Obwohl er Mühe hatte, ein gewöhnliches Gespräch zu führen, ohne erbauliche Bibelauslegungen einzuflechten, so war doch nicht alles bei ihm Berechnung, und er konnte hie und da etwas von sich geben, das seine eigenen Gedanken verriet.

»Der Glaube triumphiert im Innern. Der Leib der Maria, so wie er geschaffen wurde und wie ich ihn zeige, ist das Sanktuarium, dessen Tore sich öffnen, um Lazarus zu empfangen«, setzte der Meister hinzu.

Der Prophet nickte beistimmend. Während er seinen Geist auf die rechte Freske konzentrierte, spürte Emilia, wie Benedettos Hand die ihre streifte. Sie bemerkte, wie Botticelli mit Simone, seinem Bruder, der ein *piagnone* war, einen kurzen Blick tauschte. Die beiden atmeten auf: Es war geschafft! Auch Baccio della Porta, der in Erwartung der Gäste aus San Marco so viel im Kirchenschiff auf und ab geschritten war, daß er sich die Sohlen abgelaufen hatte, schien erleichtert. Was die Kinderschar der Eskorte anbelangte, die bisher in ihren Alben stocksteif dagestanden hatte, so wurde sie nun lockerer und hielt ihre Dolche und Piken etwas weniger fest umklammert.

»Du setzt der Dunkelheit des bösen Zaubers die Sonne der Glückseligkeit entgegen, Alessandro«, erklärte Savonarola. »›Da ging ich an dir vorüber‹«, fuhr er, Ezechiel zitierend, fort, »›und ich wusch dich mit Wasser und spülte dein Blut von dir weg und salbte dich mit Öl. Ich kleidete dich in bunte Gewänder, umgab dich mit Byssus und hüllte dich in Seide. Feinmehl, Honig und Öl war deine Speise, und du wurdest über die Maßen schön. Und dein Ruhm drang zu den Völkern wegen deiner Schönheit, denn sie war vollkommen durch die Pracht, mit der ich dich ausgestattet hatte …‹ So verfährt Christus mit der Seele des Lazarus. Als er sie wieder zum Leben erweckt und dazu aufruft, dem Grab zu entsteigen, kann sie nicht widerstehen. Sobald sie gehorcht hat, wird ihr eine außerordentliche Schönheit zuteil. Obwohl seine Seele so schmucklos ist wie das Gesicht der Maria von Bethanien, seiner Schwester, die nichts Gekünsteltes hat, ist sie doch von großer Herrlichkeit, denn sie scheint verwandelt.«

Er schloß die Augen, und ein Murmeln entfuhr seinen Lippen. Wenige Schritte von Emilia entfernt fing er an zu beten. Niemand hinter ihm rührte sich, doch die Luft in San Gaetano war wieder leichter geworden. Womöglich ging er nicht einer Meinung mit dem Führer der Republik, denn Domenico da Pescia, der wieder auf sein Lager zurückgefallen war, starrte unverwandt an die Gewölbedecke der Kirche. Hin und wieder lief ein Speichelfaden aus seinem weit geöffneten Mund. Er rang nach Atem. Der da würde wohl noch vor dem Sommer in der Hölle schmoren, und das war gut so, denn wenn es ihn nicht mehr gäbe, um die Armee der Racheengel zu fanatisieren, wäre sie führerlos.

»Schande über die, die den Tod fürchten«, schloß Savonarola, die Stimme hebend, »denn er hat keine Gewalt gegen Gottes Wort. Ehre sei denen, die sich danach sehnen, am Kreuz zu sterben, und die sich vor Heimsuchungen nicht fürchten! Gleich Lazarus werden sie ihre auferstandene Seele in aller Herrlichkeit erstrahlen sehen.«

Als er kehrtmachte, gewahrte Emilia, daß er sie bemerkt hatte. Auf ihrer Höhe angekommen, blieb er kurz stehen.

»Das ist jene, die mich für das Gesicht und die Haltung der Maria von Bethanien inspiriert hat«, erläuterte Botticelli.

»Ich habe sie wiedererkannt«, sagte Fra Girolamo. »Du hast eine gute Wahl getroffen, Alessandro. Soviel inneres Leuchten und eine solch kaum verhohlene Freude können nur der Widerschein einer ungetrübten Glückseligkeit sein.«

Wenige Augenblicke nachdem Fra Girolamo, eskortiert von seiner Brigade bewaffneter Knaben, San Gaetano verlassen hatte, wurde Emilia durch Lärm und Schreie aufgeschreckt.

Draußen ging irgend etwas vor sich!

Benedetto stürzte auf den Vorhof. Ohne zu überlegen, folgte sie ihm. Vor dem Palazzo Corsi gab es einen Aufruhr. Eine Bande von *arrabiati* griff die Dominikanermönche von San Marco an und beschimpfte beim Klang der Trommeln den berühmtesten unter ihnen. Savonarola, den vier Knaben, Piken und Messer schwingend, beschützten, sah der Rauferei völlig unbeteiligt zu. Als die vier Mönche, die Domenico da Pescia trugen, über die

Via Turnabuoni zu entkommen suchten, wurden sie durch einen Steinhagel aufgehalten. Einer von ihnen, übel zugerichtet und halb gesteinigt, ließ die Tragbahre fallen. Der Anführer der Engelsstreitmacht fand sich, Gewand und Mantel völlig in Unordnung, auf dem Erdboden wieder. Mit gezückten Lanzen und Schwertern stürzten sich zwei Feinde der Republik auf ihn, um ihm den Garaus zu machen. Einen der Dominikaner traf ein Dolchhieb quer über die Schulter. Bevor Emilia ihn zurückhalten konnte, stürzte sich Benedetto, gefolgt von Carmino Frenzzi, auf die Füße des Mörders und schleuderte ihn, alle viere von sich gestreckt, fort. Schreie ausstoßend wie kleine Ferkel, rollten die drei Jungen ineinander verkeilt übers Pflaster. In dem gewaltigen Getöse hob Savonarola sein Kruzifix. »Ah, diese Schurken, sie wollen nicht hören«, schrie er, »doch wartet, habt Geduld, denn wer andern eine Grube gräbt, fällt selbst hinein!« Ein faules Ei zerplatzte auf seinem Mantel, und eine reife Tomate hinterließ auf seinem weißen Gewand einen roten Fleck. Fra Silvester Maruffi zog unter seinem Skapulier ein kleines Messer hervor, dessen Schneide scharf geschliffen war. Baccio della Porta, der eine Handvoll Kieselsteine auf die Nase bekommen hatte und der den Tränen nahe war, flehte, man möge die Wache rufen, und zwei Lehrlinge des Meisters, die vor San Gaetano auftauchten, eilten Benedetto zu Hilfe. Emilia, die am ganzen Leib zitterte, nahm von dem Handgemenge nichts mehr wahr. Simone Filipepi stürzte sich nun selbst in den Kampf. Eine Eisenstange schwingend, die er in einer großen Kreisbewegung mit einem Pfeifen durch die Luft sausen ließ, streckte er einen weiteren der Eiferer nieder. Mit geöffnetem Schädel brach der Junge, Hirn und Blut verspritzend, zusammen. Weiter hinten, bei der zerbrochenen Tragbahre, wurde gebrüllt. Während man nichts mehr erkennen konnte, wurde die halbnackte Leiche des *arrabiato,* der die Arme schlaff wie ein Stück Stoff herunterhingen, durch die Luft gewirbelt. Dahinter trug man Fra Domenico vom Platz. »Benedetto!« schrie Emilia, während auf dem Feind der Republik, der wieder zu Boden gefallen war, herumgetrampelt wurde. Ohne auf die Gefahr zu achten und ohne Waffen, stürzte sie sich ins Getümmel. Sie sah ein blondes Gesicht, dessen Haut und dessen Knochen unter den Fußtritten aufplatzten und zermalmt wurden. Benedetto lag etwas weiter entfernt auf der Seite und hielt sich die Stirn. Sie ergriff ihn beim Handgelenk, zog ihn hoch, packte ihn sich auf die Schulter und schleppte ihn, ihre ganzen Kräfte zusammennehmend, mit schwankenden Schritten zum Palazzo Strozzi.

Emilia hatte Blut an den Händen. Es fühlte sich dickflüssig und warm an. Ihre Finger waren klebrig. Auch ihr Kleid war rot und besudelt. Der klebrige Stoff pappte ihr an der Haut.

Bei ihr zu Hause angekommen, kümmerte sie sich, statt sich zu waschen und die Kleider zu wechseln, zunächst um Benedetto. Im zweiten Stock des runden Turmes, in dem sie wohnte, nahm sie sich Zeit, den Jungen auf das in antiker Manier dekorierte Bett zu setzen. Der Arme hatte Schmerzen. Sein leuchtendrotes Kreuz war ihm abgerissen worden. Seine Tunika und seine Wollstrümpfe waren fleckig und zerrissen. Seine aufgeschrammte Schulter war nur mehr rohes Fleisch. Quer über seiner Wange klaffte eine rote Schnittwunde. An seinem Hals waren zwei Kratzspuren zu sehen. Seine Augenbraue war aufgeplatzt, und von seiner Schläfe rann ein feiner Blutsfaden. Er war gezeichnet von den zahllosen Hieben, die er eingesteckt hatte, und leichenblaß. Er rang um Atem und konnte sich nur so schwer verständlich machen, daß sie es aufgab, ihm weitere Fragen zu stellen. Statt sich auf die hippokratische Heilmethode zu verlassen, deren Vorzüge ihre Mutter, die von medizinischen Dingen nichts verstand, immer gepriesen hatte, weigerte sie sich, der Natur ihren Lauf zu lassen, und wischte ihm sanft die Schulter und die Stichwunde aus, die sich zum Glück als nicht sehr tief erwies. Um ihm wieder ein menschliches Gesicht zu geben, wusch sie es mit frischem Wasser. Zur Linderung seiner Schmerzen säuberte sie die Wunde an der Schläfe. Mit Hilfe eines in Opium und Alraunwurzel getränkten Schwammes tupfte sie, möglichst ohne ihm weh zu tun, die Ränder der Wunde ab, die bereits anzuschwellen begannen, und stillte dann das Blut, ohne daß es ihr angst machte oder sie ekelte. Damit er wieder zu Kräften kam, kochte sie ihm einen Kräutertee aus Pfefferminze und Mohn, den sie ihm einflößte, indem sie seinen Nacken stützte. Schließlich half sie ihm dabei, seine Tunika auszuziehen, die man nur noch ins Feuer werfen konnte. Dann ging sie aus der Truhe ein Kopfkissen holen, schlug Laken und Decken auf und sagte:

»Du mußt wenigstens bis heute abend schlafen.«

Benedetto, der allmählich wieder zu Bewußtsein kam, protestierte:

»Ich muß zurück nach San Gaetano, zu den anderen«, sagte er mit schwacher Stimme. »Ich muß wissen, ob Fra Girolamo und Fra Domenico wieder in San Marco sind und ob es unter denen aus dem Atelier Verwundete gibt …«

In Emilias Kopf hallte es wider von Trommelwirbeln, Beschimpfungen und Haßschreien, vom Klirren blankgezogener Waffen, vom dumpfen Aufprall der Eisenstangen, mit denen Schädel gespalten wurden, von Faustschlägen und Fußtritten, die Brustkörbe zerquetschten, von Flehen, Brüllen, Gebeten und Gestöhn. Ach! Sie hatte nicht geträumt, dieses Grauen hatte tatsächlich stattgefunden, und mitten auf der Straße, vor San Gaetano, hatten Halbwüchsige den Tod gefunden.

»Beweg dich nicht, ich werde mich nach Neuigkeiten umhören«, erwiderte sie, ihr Entsetzen verbergend.

Sie stieß Benedetto von sich, um ihn zu zwingen, sich niederzulegen und im Bett zu bleiben. Die Berührung mit seiner verwundeten Haut ließ sie erschauern. Außerstande zu reagieren, ließ er sich nach hinten fallen. Seine Hüfte, die ebenfalls einen kräftigen Hieb abbekommen hatte, war blau. Mit nacktem Oberkörper, auf dem Rücken liegend, breitete er die Arme aus. Er streckte sie zu beiden Seiten seines gemarterten Körpers von sich, und wie

ein Verurteilter, der gleich gekreuzigt werden soll, öffnete er seine gen Himmel gerichteten Hände. Von einer tiefen Rührung ergriffen, berührte Emilia die Schulter, deren Haut abgeschürft war.
»Wozu so viele Schmerzen?« murmelte sie, während sie sanft die noch offene Wunde berührte. »Ist die Pest denn nicht genug? Müssen sich darüber hinaus auch noch die Fanatiker gegenseitig umbringen?«
Benedetto deutete ein bleiches Lächeln an. Er wollte sprechen, doch da sie fürchtete, es könnte ihn zu sehr ermüden, legte sie ihm zwei Finger auf die Lippen. Sie war ihm noch nie so nahe gewesen. Seine Taille war sehr schlank. Seine Brust, die ein schneller Atem hob und senkte, war kräftig. Er hob die Arme. Sanft schlang er sie um ihren Hals. Er versuchte, sie an sich zu ziehen ... Sie wehrte sich. In seinen Augen, die sie anstarrten, gewahrte sie Traurigkeit und Kummer. Er ließ sie wieder los. Sie blieb über ihn gebeugt. Aber warum gab er auf? Warum insistierte er nicht? Worauf wartete er, um sie zu zwingen, zu ihm zu kommen? Ihre Enttäuschung war so lebhaft und kam so unverhofft, daß es sie ganz aus der Fassung brachte. Er wandte den Kopf ab, sein Mund öffnete sich leicht ... Sie sollte Abstand wahren! Dieser Junge war nicht aus ihrem Milieu. Er trug den geschorenen Schädel der wütenden Hunde, seine Konversation war gewöhnlich, im Atelier war er so langsam, daß es einen dauern konnte, seine Zeichnungen waren nicht sehr gelungen, und trotz des besonderen Interesses, das Alessandro Botticelli ihm entgegenbrachte, wies nichts darauf hin, daß er Talent besaß ... Und doch, er war nicht häßlich, er war freundlich und großherzig, und vor San Gaetano hatte er sich unerschrocken und mutig gezeigt ... Sie legte ihre Hände, an denen noch immer ein wenig Blut klebte, flach auf seine Brust. Seine junge Haut erschien ihr zart wie die Haut eines Mädchens. Unter ihren Handflächen spürte sie das Pochen seines Herzens. Mit der Spitze ihres Daumens fuhr sie sanft den Vorsprung seiner ersten Rippe nach.

Dann wanderte sie zu seiner Achsel, streichelte die Unterseite seines Armes, wo das Fleisch zart war.
Ohne sich daran zu stören, atmete sie den leicht säuerlichen Geruchs seines Schweißes ein, und plötzlich gab etwas in ihr nach. Widerstandslos beugte sie sich zu ihm nieder, drückte ihre Lippen auf seinen Hals. Mit der Zungenspitze folgte sie der Spur der bösen Schramme, die sich bis unter sein Ohr hinaufzog. Ein salziger Geschmack glitt ihr den Gaumen hinab.
Als Benedetto sich zu ihr umdrehte, schloß er sie diesmal fest in die Arme.

32

Fra Girolamo hatte die Flucht ergreifen müssen, Domenico de Pescia lag auf der Erde, ein *piagnone* war getötet und zwei weitere waren schwer verletzt worden … Am Abend des schlimmsten Tages der Erniedrigung und des Hasses, den Jacopo Masini je erlebt hatte, vergaß er die Regeln der Vorsicht, die er sich auferlegt hatte. Als Francesco Prodenzani, Girolamo Bardi und Anselmo Sacchetti, getrieben von ihren Rachegelüsten, ihn mitgeschleift hatten, war er ihnen ohne Widerrede gefolgt. Und nun waren die vier aus dem Färberviertel, mit Stöcken bewaffnet, die Messer am Gürtel, in der Dunkelheit auf der Suche nach dem *arrabiato,* um ihn zu töten.

Nachdem sie den Palazzo Gondi, dessen Bau sich ewig hinzog, hinter sich gelassen hatten, zogen die Kumpane, es war schon fast Mitternacht, plündernd umher. Die Gemüter in hitziger Erregung, stürmten sie vor … Schließlich ließ eine heisere Stimme sie vor der Badia innehalten:

»Wer zieht da umher und trotzt dem Podestà? Oh, die hübschen Blankschädel sind das! Beim heiligen Knecht Ruprecht, da sind ihnen also doch noch drei Pfoten, zwei Füße und ein zerzauster Flügel geblieben, den bösen, hinkenden Engelein!« So ertönte von der Mauer her der Singsang des alten Wüstlings. »Bei Gorbaccio, wenn sie immer noch ihre Nase in alles stecken, meine Entchen, dann hat man sie wohl in San Gaetano noch nicht zur Genüge gerupft …«

»Hört, ihr Färber, da macht sich jemand einen Spaß daraus, uns zu beschimpfen!« rief Girolamo Bardi.

»Da!« röhrte Anselmo Sacchetti und zeigte mit dem Finger auf den Portalvorbau des Bargello.

Unter dem Portal kam der Sudelkönig zum Vorschein. Mit Wolfszähnen, Marderblick und nach unten hängenden buschigen Augenbrauen stapfte ein stinkender Riese auf sie zu.
»Ein Almosen, meine Herren«, wimmerte er und streckte in Richtung der Burschen die Hand aus. »Dies ist ein Tag der Wohltaten und milden Gaben. Habt Mitleid, meine Hübschen, ein wenig Geld, wenn's euch beliebt. Der barmherzige Christus wird's euch lohnen, und vielleicht wird euch morgen niemand mehr Scherereien machen ...«
Jacopos Blut geriet sogleich in Wallung. Diesen Halunken da, den kannte er. Es war der Kerl, der ihn in jener Nacht aufgehalten hatte, als er aus der Badia kam. Er hob seinen Stock und ließ ihn urplötzlich auf den Ungläubigen niedersausen, der mit seinem fetten Lachen die Mißgeschicke der Republik verhöhnte. Der Schlag traf den Suffbruder im Nacken. Er brüllte auf, streckte den Arm vor, doch noch bevor er sich verteidigen konnte, ging der Stock erneut auf ihn nieder. Mit seinen klobigen Pranken fuhr er sich an sein verwüstetes Gesicht, als wollte er verhindern, daß es zerplatzte. Francesco Prodenzani schloß sich an, mit einem dumpfen Geräusch sausten zwei weitere Hiebe nieder, und der Saufhans ging in die Knie.
»So, da machst du dich also über die Engel der Kohorten lustig! Soso, ihr Unglück entzückt dich also!« krähte Anselmo Sacchetti, indem er sich seines Holzstücks wie einer Lanze bediente.
»Los, stich doch zu, Soldat des Herrn!«
Jacopo versetzte dieser schwarzen, in sich zusammengesunkenen Masse einen Fußtritt. Blindlings trat er immer härter zu, wieder, wieder und wieder. Es war, als würde er eine große Schlummerrolle treten: weich, weich, ein Haufen Stoffetzen ... Der Lump, den es an der Brust und im Unterleib erwischt hatte, stöhnte. Ein Hieb quer über die Zähne machte seinem Schrei ein Ende. Er spuckte Galle und Erbrochenes. Wie eine reife Frucht spaltete sich seine Nase, dieser gewaltige Auswuchs, und es spritzte ein

dunkler Saft heraus, eine Mischung aus wäßrigem Wein, Rotz und schlechtem Blut.
»Soso, du lachst über unsere Niederlage! Dann sind die *arrabiati* also deine Freunde!«
Zehnmal sausten die vier Stöcke, diese Geißeln Gottes, gleichzeitig auf ihn nieder. Welche Ekstase! Das war besser als eine Messe, besser als die Eucharistie! Was für eine Zeremonie! O Gott! Was für eine Kommunion mit dem Heiligen Geist des Herrn Jesus Christus! Was für eine Sühne, was für ein Opfer! Eine Million Nadelstiche stachen Jacopo in den Schädel, sein Blick färbte sich rot, er spürte das Pflaster nicht mehr, auf dem er tanzte. Der Eindruck war so mächtig und so befreiend, daß er das Gefühl hatte, über dem Syphilitiker gen Himmel zu fliegen ... Er schlug fest zu, so fest, daß sein Stock zerbrach. Doch die Bruchstelle erwies sich als so spitz, daß ihm die Idee kam, sie wie die Lanze einer Partisane in das widerwärtige Fleisch und die verlausten Lumpen zu treiben.
»Die Garden des Podestà!« schrie Anselmo Sacchetti.
Auf dem Pflaster ertönte Hufgetrappel.
Girolamo Bardi warf seinen Knüppel fort, schon war er auf der Flucht. Jacopo, fasziniert von der zu seinen Füßen ausgebreiteten Masse, rührte sich nicht. Francesco Prodenzani packte ihn beim Arm und zog ihn im Laufschritt zum Palazzo Pazzi mit sich fort.

33

Keine Eselswürste mehr; keine geräucherte Zunge; keine Amselpastete im Brotmantel; keine gefüllten Blätterteigpasteten und keine feingehackten Singvögel; keine Räucherlachsschinken in Hechtsülze; keine fetten Täubchen und kein mit Sauerampferpüree gewürzter Saft von wilden Äpfeln; keine zarten Lammkeulen und saftigen Schweineschwarten; keine Koteletts von Ferkeln, die man mit der Milch der Muttersau aufgezogen hatte; keine zarten Kapaune; keine gebratenen Pfauen mit vergoldeten Krallen; keine fetten Gänse oder fleischigen Schwanenhälse; keine Ysop- und Salbeiblüten; keine gefüllten Poularden; keine in Asche gegarten Trüffeln und Fleischragouts mehr, und auch keine Lauchsuppen und Safranaufgüsse! Aus mit dem Ziegenkäse, dessen Geschmack am Gaumen haftenbleibt. Aus mit der Mandelmilch. Aus mit dem neapolitanischen Gericht, das den Magen beruhigt und den Atem reinigt ... Schluß auch mit den Pfannkuchen, gefüllt mit kleinen roten, gezuckerten Früchten; Schluß mit den süßen Kuchen und Honigbiskuits; Schluß mit den Pistazienbonbons; Schluß mit den kandierten Orangenschalen und dem Kompott aus grünen Nüssen ... Aufgebraucht der Vorrat an beschwingendem Meßwein. Aufgebraucht der Gewürznelkenwein, aufgebraucht der vollmundige Weißwein aus der Toskana, der die Kehle entzückt und sie so geschwind wie klares Wasser hinunterläuft ... Da könnte er lange suchen, vom Keller bis zum Speicher, es war alles gegessen, es war alles getrunken und verdaut. Es war nichts mehr übrig! Nur noch pappiger Christenfraß, nichts als gekochte Saubohnen, Mehlsuppe, Schwarzbrot, verwelkter Salat, Kichererbsensuppe, überreife oder grüne Früchte, von denen man Dünnpfiff bekam;

und um die hungrige Kehle zu spülen, nichts als Fusel, der einem im Hals kratzte und die Därme quälte. Mit hohlem Bauch war das Leben ein Elend! Die Seuche, die Hungersnot, es war die Hölle auf Erden … Er besaß wirklich nichts mehr als die Erinnerung an vergangene Festgelage! Seit die Haarlocken der Blankschädel von Florenz durch die Schuld dieser Drecksfratze, dieses schniefenden Unholds, dieses Vollidioten von Ornulfo verlorengegangen waren, blieb Scopones Pökelfaß so leer wie seine mit drei Schlössern versehenen Schatullen und seine tiefen Truhen, die mit Gold- und Silberstücken gefüllt werden wollten. Um seinen Tisch wieder zu füllen und Mirandola wieder etwas zu tun zu geben, hatte der arme Pfarrer, der dahinsiechte und eine Miene aufsetzte, daß es einen dauern konnte, schon daran gedacht, Beichtgeheimnisse zu verkaufen. Und was für schöne waren ihm da zwischen zwei Absolutionen zu Ohren gekommen! Doch nachdem er die Geschichte dieses Pfarrers aus Palermo gehört hatte, der wegen eines ähnlichen Vergehens in einen Eisenkäfig gesteckt und inmitten von zwei großen Stücken Holzkohle bei lebendigem Leibe verbrannt worden war, hatte ihn das gerade noch rechtzeitig vor dem Weg in die Verderbnis bewahrt. Von der falschen Kollekte, die angeblich für Weihgaben für den heiligen Antonius von Ägypten verwendet werden sollte, den Schutzheiligen der Tiere und Heiler epidemischer Krankheiten, bis hin zum Weiterverkauf heiliger Gegenstände auf dem Markt von Empoli: Goldkelche, Monstranzen, Hostienteller aus Silber, mit Edelsteinen inkrustierte Bischofsstäbe und Weihrauchkelche, geschnitzte Kruzifixe, uralte Heiligen- und Reliquienschreine, die er nächtens aus den Kirchen der Umgebung gestohlen hatte, nicht zu vergessen die schöne Sammlung beleuchteter Antiphonarien, die man leicht aus der stets offenen Sakristei von Santa Trinità mitgehen lassen könnte … Er hatte tausend und eine ehrlose Lösung ins Auge gefaßt, um seine Börse wieder zu füllen und seine Speisekammer mit neuen Lebensmitteln aufzustocken … Doch immer, wenn er zur Tat schreiten oder Ornulfo zu dem herrlichen Beutefang losschicken wollte, hatte ihn die Angst, geschnappt zu werden oder, schlimmer noch, vom Zorn des allwissenden Gottes niedergestreckt zu werden, der von dort oben ein wachsames Auge auf seine Geschöpfe hielt, ihn zurückschrecken lassen.

Um dem Elend die Krone aufzusetzen, hatte der böse Pfarrer, der immer durstig war, zwischen zwei Brotkrusten und drei Nieren, die als Hundefutter gedacht waren, aus Versehen einen tüchtigen Schluck schmutzigen Wassers getrunken. Seither saugte ihm der verflixte Wurm an den Eingeweiden. Ständig war er gezwungen, sich im erstbesten Winkel niederzukauern.

Außerdem war Scopone an diesem zweiundzwanzigsten Tag des verfluchten Marienmonats übelster Laune. Die zärtliche Umarmung von Mirandola, die immer fein herausgeputzt war, wenn's daran ging, ins Bett zu hüpfen, ihn mit Rosenkränzen aus Schmatzern unter den Hals verwöhnte, mit neckischen Schäkereien, Ohrgeknabber, Nasenstübern, Kraulen und Tätscheln, gierigen Zungenstößen, Zärteleien und kleinen schelmischen Knutschern, hatte ihn keinesfalls besänftigt. Da er gezwungen war, sich nach San Marco zu begeben, wo man ihn vorgeladen hatte, war der Pfarrer, der sich aus Angst vor Katastrophen den lieben langen Tag verkroch, der ganzen Welt gram. Um den Gestank der Epidemie zu vertreiben und zu verhindern, daß er ihm bis ins Gehirn kroch, hatte er sich, bevor er seine geliebte Pfarrei verließ, mit Essig gewaschen und sich eine Knoblauchzehe in den Mund gesteckt.

Nach einem Gewaltmarsch, vor der Nase eine Maske aus Pappkarton in Form eines Trichters, dessen mit kleinen Löchern versehene Spitze die verdorbene Luft filterte, die mit unsichtbaren Drachen und Schlangen angefüllt war, erreichte er schwankenden Schrittes das Kloster.

Als er durch die Pforte ging, biß er sich auf die Lippen und hielt mit beiden Händen seinen rumorenden Bauch fest umklammert …

Zwei Mönche vom Kloster San Antonio führten ihn in den Saal des Hospizes. Jacopo Masini, Girolamo Bardi, Anselmo Sacchetti, Francesco Prodenzani, Martino Calccio, Agnolo Bruni ... Vor tausenderlei eitlem Tand war Fra Domenico von der komplett versammelten Färberbande umringt, darunter selbst Benedetto Sermini, der es wagte, sich zu zeigen, als sei nichts geschehen. Das rote Kreuz auf der Brust und den Dolch an der Seite, bildeten sie eine Festung um den erleuchteten Heiligen. Ungeachtet ihrer Rivalitäten hatten sich ihnen einige aus Ognissanti, Santa Maria Novella und San Lorenzo angeschlossen. Was für eine Truppe! Es waren mindestens dreihundert ... In ihrer Mitte, unter einer Wolldecke zusammengekauert auf einem Stuhl sitzend, wie ein Feldherr, der im Schoße seiner Armee mit dem Tode ringt, trug der Anführer der Kinderbrigaden quer über der Stirn eine üble Beule zur Schau, die ihm noch von dem Angriff auf San Gaetano geblieben war ... Doch was für eine düstere Atmosphäre! Was für eine Totenstille in diesem Kloster! Seit wann standen die bewaffneten Burschen, die sonst so streitlustig waren, reglos und mit offenem Munde da? Scopone, der seinen brodelnden Bauch losließ, breitete die Arme in einer Geste der Machtlosigkeit: Heiliger Strohsack, schon wieder wurde er mit finsterer Miene gerichtet! Dabei hatte er doch gar nichts verbrochen! Als er seine Maske absetzen wollte, die spitz war wie ein Horn, verhedderte er sich mit den Fingern in der Schnur, die Mirandola zu fest geknotet hatte. Um sich zu befreien, zog er so fest daran, daß der Pappkarton nachgab und ihm sein zerrissener Trichter auf die Füße fiel.

»Wir haben auf dich gewartet, Pfarrer!« herrschte ihn Fra Domenico in einem für einen Moribunden recht durchdringenden Ton an. »Die Kunde von dem, was passiert ist, dürfte wohl auch bis in dein Versteck vorgedrungen sein ...«

»Äääh, jaja ...«, stammelte der Pfarrer, behindert durch die Knoblauchzehe, die auszuspucken er zögerte, da er keine zweite für später mitgenommen hatte, wenn es an den Nachhauseweg

ging. »Doch dursch dasch Feuer Gottesch«, fuhr er fort, »haben wir diesche Verdammten abgewehrt. Wer unsch tschu trotschen wagt, ischt schlecht beraten! Ein Hoch auf unschere kleinen Kreutschritter! Ein Hoch auf unschere tapferen Blankschädel!«
»Wehe den Feiglingen und Bösewichtern ...«, fluchte Frazzio Bandotti vor sich hin, der gichtkranke Pfarrer von Ognissanti. Scopone zuckte zusammen: Was mischte sich der denn ein? Hatte er etwa den Weihwasserwedel gegen ein Schwert getauscht? Hatte er etwa die Idee mit den geschorenen Haaren und dem Scheiterhaufen der Eitelkeiten gehabt?
»Ich bin hökschtperschönlisch auf den Feschtungschwällen gewesen«, erwiderte unser überaus pikierter dicker Pfarrer. »Alsch der Meditschi kam, mit scheiner Armee, war isch unter denen, die ihn insch Bockschhorn gejagt haben!«
»Mit einem Kochtopf auf dem Kopf und einem Hühnerspieß bewaffnet! Ah! Der kühne Ritter!« erwiderte der andere Pfarrer.
»Isch war bereit, misch tschu schlagen und misch insch Getümmel tschu schtürtschen, dasch können alle hier betscheugen!«
»Du hast es aber nicht getan!«
»Weil der Schturm loschgebrochen ischt und der Gott Noahs sisch, dank meiner Gebete, offenbart hat ...«
»Silentium! Ihr ermüdet mich!« warf Domenico da Pescia ein. »Hören wir uns lieber die an, die etwas zur Republik zu sagen haben, deren Körper das gesamte Volk ist.«
Scopone, den ein unbändiger Drang, sich zu entleeren, gepackt hatte, sah, daß man sich abwendete. Er warf dem anderen Pfarrer einen vernichtenden Blick zu und zog es dann, nachdem er mit der Fußspitze seine zerbrochene Maske weggeschoben und seine Knoblauchzehe hinten an den Gaumen geklemmt hatte, vor, sich etwas weiter abseits zu stellen, hinter Benedetto Sermini, der größer war als er.
»Fra Girolamo bedroht, einer der Unseren getötet ... So kann das nicht weitergehen!« rief Girolamo Bardi aus.

Das war das Zeichen: Ein Wutausbruch packte die dort Versammelten.
»Die *arrabiati*, die Ketzer, die Intellektuellen und ihre entarteten Anhänger, auf die müssen wir Jagd machen!« setzte Francesco Prodenzani hinzu.
»Sie erbarmungslos aus ihren Schlupflöchern scheuchen!« warfen die von San Lorenzo ein.
»Sie verfolgen!« röhrte Agnolo Bruni, »denn die Liebe des Herrn macht uns rasend …«
»Und sie erdolchen bis zum letzten!«
»Ihnen den Schädel einschlagen!«
»Sie an den Füßen aufhängen!«
»Ihnen das Fell abziehen!«
»Den Bauch aufschlitzen!«
»Sie vierteilen!«
»Sie enthaupten!«
»In Stücke hauen!«
»Ihnen die Gedärme ausreißen und auf dem Pflaster verteilen!«
»Ja, es lebe Christus, unser König, es lebe die Gerechtigkeit!«
»Ein Hoch auf die Tribunale und ihre Henker!«
»Ein Hoch auf ihre glühenden Kohlen, ihre Kneifzangen und Haken, ihre rotglühenden Eisen und großen Scheiterhaufen!«
Alle redeten sie drauflos. Einige stimmten die Hymne der Kinder von San Marco an, andere knieten sich zum Beten nieder. Bereit, die Straßen zu stürmen, zückten die von San Lorenzo ihre Messer …
»Geduld, meine Wächterengel, wir sollten uns nicht voreilig von unserer Begeisterung mitreißen lassen!« griff Jacopo Masini energisch ein.
Der Lärm legte sich. Man verstummte, um zu hören, was der Anführer der Färber zu verkünden hatte.
»Die Feinde der Erneuerten Kirche sind zahlreich und halten sich gut verborgen«, behauptete er, seiner Sache ganz sicher. »Sie

sind wohlunterrichtet, bewaffnet und organisiert. Sie sind mit allen Wassern gewaschen und wissen, wie sie uns in die Falle locken können. Wir dürfen sie nicht unterschätzen.«

»Keine halben Sachen, laßt uns sie niedermetzeln bis zum letzten!« quiekte Anselmo Sacchetti.

»Wir sollten sie nicht frontal angreifen«, fuhr Jacopo fort, »das ist zu gefährlich.«

»Fürchtest du dich etwa davor, sie herauszufordern?« entfuhr es perfiderweise Gherardello Belondini, dem Inquisitor von Ognissanti.

»Ja, wir müssen die Ungläubigen töten«, fuhr Masini fort. »Auch jene, die Gott lästern, die Sodomiten und die Lüstlinge, die das Goldene Kalb anbeten und mit ihren verzärtelten Mienen die Gesetzestafeln des Herrn beleidigen. Doch wenn wir uns ihrer entledigen wollen, müssen wir sie zunächst terrorisieren. Laßt uns erst einen töten, und dann, zwei Tage später, schneiden wir einem zweiten die Kehle durch, und am nächsten Tag einem dritten, und so weiter, bis sich schließlich die Fanatischsten unter ihnen verkriechen, um uns zu entkommen, und die weniger Mutigen es vorziehen, ihre Seite zu verraten und sich uns anzuschließen.«

Scopone, dessen Unterleib zu platzen drohte, konnte ein Stöhnen nicht unterdrücken. Jacopo, der seiner selbst und dessen, was er sagte, sehr sicher war und kerzengerade unter einem großen Kruzifix stand, das vom Gewölbe des Hospizes herabhing, kam ihm viel entschlossener und innerlich viel aufgewühlter vor als die anderen Schreihälse, die sich die Kehle heiser schrien. Doch vielleicht war das nur die Wirkung der Krämpfe in seinen Eingeweiden, mit denen er verzweifelt kämpfte.

»Laßt uns mit den Schwächsten den Anfang machen«, fuhr Jacopo fort. »Ich kenne einen auf der Seite der Färber, einen elenden Schuft, der sich bei den Reichen anbiedert, statt sich auf unsere Seite zu schlagen, einen Taugenichts, dem wir leicht das Blut abzapfen könnten. Dabei bräuchten wir nur eine Hand und ein

Messer, um ihm die Kehle durchzuschneiden. Wer will den Anfang machen?«
In der Grabesstille, die nur durch einen kleinen Furz des gnädigen Herrn Scopone gestört wurde, ließ Masini seinen Blick über die Versammelten schweifen.
»Wer will sich sein Seelenheil verdienen, indem er als erster zuschlägt?« fragte er. »Etwa du, Girolamo? Oder du, Martino? Oder du, Angelo? Oder gar du, Gherardello, der du so versessen darauf bist, die neue Ordnung herzustellen?«
Einer nach dem anderen senkten die Blankschädel den Blick. Nur Francesco Prodenzani, dieser Eiferer, zuckte nicht mit der Wimper. Der Pfarrer, dem es den Schweiß auf die Stirn trieb, sagte sich, daß er. es wohl sein würde und daß das um so besser wäre, denn dann hätte die Versammlung ein Ende …
Tatsächlich drehte Jacopo sich zu Domenico da Pescia um und verkündete mit sanfter Stimme:
»Fra Domenico, ich denke, einer von uns ist genau der Rechte. Er hat uns viele Sorgen bereitet. Für ihn ist jetzt der Augenblick der Wiedergutmachung gekommen.«
Der Leiter der Kinderlegionen stimmte zu. Ganz offensichtlich hatten der Heilige und der junge Bursche sich bereits vorher getroffen. Daß sie sich einig waren, machte dem armen Scopone schließlich angst, der sich im Geiste bereits an diesem Tage aus dem Amt geworfen und auf immer lächerlich gemacht sah.
»Benedetto Sermini, morgen wirst du deinen Auftritt haben«, sagte Jacopo. »Wir geben dir Francesco Prodenzani und Anselmo Sacchetti als Begleitung mit. Los denn! Töte, und das übrige wird dir vergeben sein.«
»Tu das«, befahl Fra Domenico. »Flieg auf, kleiner Engel des Himmels! Gleich dem Schmetterling, den es zum Lichte zieht, sollst du zur Säuberung des neuen Jerusalem deine Flügel im siedenden Blut der Bösen verbrennen. Solcherart von ihren Schandflecken befreit, wird deine Seele, die der dreimal vermaledeite dreiköpfige Teufel geschwärzt hat, weiß ins Paradies auffliegen!«

Benedetto, dieser Lügner, dieser elende Betrüger, wich zunächst unwillkürlich zurück, so daß er mit seinem Absatz Scopone, der kurz davorstand, in Ohnmacht zu fallen, und der nur noch den Wunsch hatte, sich zu erleichtern, auf den Fuß trat.

»Aua!« knurrte der Pfarrer. »Paß doch auf, wo du hintrittst, du dreifacher Esel!«

»Schwöre, daß du das tun wirst und daß die Flammen vor dir weichen werden!« rief Jacopo.

»Ja, freu dich über diese Chance und schwöre auf das Kreuz!« ereiferte sich einer der Blankschädel von San Lorenzo.

»Jetzt zier dich nicht, *piagnone,* beeil dich!«

»Ja, schwöre im Namen Jesu Christi!« schrien die anderen, die erleichtert von einer einmütigen Begeisterung gepackt wurden. Schon hatten sie Benedetto eingekreist. Man schob ihn unsanft zum Anführer seiner Brigade vor, der ein vergoldetes Kruzifix schwenkte.

»Nun schwöre schon, Sermini! Alle hier beneiden dich!«

Das Geschubse und Gedränge ausnutzend, steuerte Scopone die Tür an, die zum Glück offenstand. Als er sich aus dem Staub machte, sah er gerade noch, wie Benedetto niederkniete und jemand mit Gewalt seinen Arm auf den Kopf des Gekreuzigten zerrte … Sein Bauch explodierte. Er konnte gerade noch vier Schritte machen …

Mit geschürzter Soutane, vor dem Eingang zum Kloster von San Antonio, vor dem *Heiligen Dominikus* von Fra Angelico, entleerte sich der Pfarrer von San Remigio, gleichgültig gegenüber allem, was um ihn herum geschah, auf dem Gesicht ein glückseliges Lächeln.

34

Als Benedetto bei ihr eintrat, wunderte sich Emilia, daß sie ihn so anziehend fand. Denn seine feinen Gesichtszüge, die zarte Zeichnung seines Mundes und seine elegante Kopfhaltung gaben ihm etwas Feminines. Das war nicht die Art von jungen Männern, die ihr gefielen. Sie mochte sie lieber etwas derber und nicht so melancholisch. Bei diesem hingegen verspürte sie, obgleich er kräftige Glieder hatte, eher das Bedürfnis, ihn zu beschützen ... Gerührt streichelte sie seine Wunde, die dank der Pflege, die sie ihm hatte zuteil werden lassen, bereits am Heilen war.

Es war warm, er schwitzte. Sie mußte sich zusammennehmen, um nicht die drei Schweißtropfen abzulecken, die sich an der Spitze seiner Finger gesammelt hatten. Doch er kam ihr so verstört vor, daß sie Angst hatte, ihn zu verschrecken.

Um nicht mit hängenden Armen dazustehen, faßte er sie linkisch bei der Schulter und küßte sie auf die Wangen, gerade so, als würde er eine flüchtige Bekannte begrüßen.

Das war das erste Mal seit der Schlägerei von San Gaetano, daß sie allein waren in dem Turm, in dem sie wohnte. Sie hatte sich für ihn herausgeputzt. Die Gesetze der Republik mißachtend, hatte sie ihr am tiefsten ausgeschnittenes Seidenkleid angelegt. Mit sorgsam destilliertem Rosenhonig hatte sie sich das Gesicht gewaschen, dann hatte sie ihr Haar gefärbt, um ihm einen schönen goldenen Schimmer zu verleihen. Benedetto wiederum trug eine Tunika und neue Schuhe, die er sich wohl von dem Geld gekauft hatte, das Meister Botticelli unter den Mitarbeitern der Werkstatt hatte austeilen lassen, und war zum Barbier gegangen: Sein Gesicht war sauber und frisch. Doch warum diese besorgte

Miene? Welches Unglück hatte ihn jetzt wieder heimgesucht? Es gab keinen Grund mehr, sich zu beunruhigen: Die Präsentation der Freske für Girolamo Savonarola war ein Erfolg gewesen, und es kamen neue Aufträge rein. Angesichts dieser Schwere, die ihn verdüsterte und ihm seine Jugendlichkeit nahm, fürchtete sie, das, was sie einander nähergebracht hatte, könnte in Vergessenheit geraten.

Im letzten Jahr hatte sie mit einem jungen Burschen aus Santa Maria Novella eine ähnliche Liebesgeschichte erlebt: Nach zwei Begegnungen war die Anziehung erloschen, und es war nichts geblieben. Bis auf den einen Unterschied, daß sie selbst es gewesen war, die der Sache überdrüssig wurde. Als sie ihn nach dem Kampf vor San Gaetano gepflegt hatte, hatte Benedetto seine Schüchternheit abgelegt und ihre Zärtlichkeiten erwidert, und trotz der Hiebe, die er erhalten hatte, war er wie neugeboren wieder gegangen, doch nun machte er ihr einen unsicheren Eindruck …

Sie fühlte sich unwohl. Statt sie einander näherzubringen, schienen die Küsse, die sie zehn Tage zuvor getauscht hatten, sie jetzt auf Abstand zu halten. Sie fragte ihn nicht aus, um in Erfahrung zu bringen, was er dachte, sondern nahm ihn bei der Hand und führte ihn in das Schlafzimmer im zweiten Stock. Neben ihm auf dem nach alter Mode verzierten Bett sitzend, bemühte sie sich, ihn zu zerstreuen.

Sie erzählte ihm, daß Filippo Lippi sie zum Modellstehen gerufen hatte, aber als sie sah, daß diese gute Nachricht ihn völlig gleichgültig ließ und daß er schwach und abgemagert war, bot sie ihm etwas zu essen an. Er entschuldigte sich schließlich und gestand ihr, daß die von der Färberbande ihn quälten.

»Warum folgst du ihnen?« fragte sie. »Du brauchst sie nicht. Sie träumen nur von Morden und Scheiterhaufen, laß sie fahren!«

»Ich kann nicht«, antwortete er. »Ich glaube an Fra Girolamo, ich glaube an die Gerechtigkeit Jesu Christi. Ich möchte, daß das

neue Florenz lebt und daß die Armen, die dort leben, gerettet werden …«
Jetzt fing er wieder davon an! Hatte er etwa noch nicht genug mit seiner klaffenden Schläfe, seinen zerquetschten Rippen, seinem zerschundenen Hals und der offenen Wunde seiner zerfetzten Schulter? Aber wie sollte sie ihn retten? Wie sollte sie ihm die Realität vor Augen halten? Wie sollte sie ihn denen entreißen, die seine Leichtgläubigkeit ausnutzten? Traurig küßte sie ihn auf beide Mundwinkel, wie sie es so gerne tat. Kaum hatte sie ihn berührt, da wandte er auch schon den Kopf nach ihr um, um ihr einen echten Kuß zu geben.
Getrieben von einem neu erwachten Verlangen, packte er sie im Nacken. Er preßte seinen Mund fest auf den ihren. Plötzlich fuhr er zwischen ihren Zähnen, die sie vor Überraschung bereitwillig öffnete, mit der Zungenspitze zärtlich über ihren Gaumen. Sie hörte auf zu atmen, ihr Inneres erschauerte. Während sein lauwarmer Speichel in sie floß, spürte sie das Bedürfnis, ihn anzufassen, ihn zu umschlingen. Mit ausgestreckten Armen drückte sie, seiner frischen Wunden nicht gedenkend, fest seine Schultern, dann hielt sie ihn am Hals zurück. Sie warf sich nach hinten, so daß sie beide aufs Bettlaken fielen. Ihr Atem vermischte sich. Er tastete nach ihrem Hals, vergrub darin sein Gesicht, um ihn mit Küssen zu bedecken.
Was für eine Glückseligkeit, diese schlanken Finger, die sie nachzeichneten! Was für eine Freude, diese feste Umarmung und diese weichen Lippen, die sie neu modellierten! Kurz vorm Ersticken, spannte sie ihre Muskeln an. Mit zurückgeworfenem Kopf holte sie tief Luft. Benedetto schickte sich schon an, wieder aufzustehen, er murmelte, daß er sie liebe … Nein, er durfte nicht weggehen, er durfte nicht aufhören! Mit aller Kraft preßte sie sich an seine Brust, an seinen erschauernden Leib. An ihrer Hüfte spürte sie, daß er zwischen den Beinen steif war für sie, daß er unter seiner Hose fest und prall war. Sie wußte, daß er nun, getrieben von den aufsteigenden Säften, bereit war. Sie kne-

tete ihm den geschorenen Schädel, und dann, während er, von seinem eigenen Feuer übermannt, ihr Kleid aufhakte, ihre Haut streichelte, hörte sie, im Herzen einer Insel aus Feuer, das Tosen der Wellen, die heranrollten und sich in ihrem Innern an einer unsichtbaren Mauer brachen.

35

»*Da wären wir!*« rief Anselmo Sacchetti aus.
Die drei jungen Burschen gingen am Trockenplatz vorbei, wo entlang dem Kai, eins ans andere gereiht, die Fischernetze und die frischgefärbten Wolldecken trockneten. Durch grünen und roten Schlamm watend, schlichen sie sich zwischen den Bottichen hindurch. Zwei Schritt weit von dem schwarzen Fluß entfernt, stiegen sie zum Palazzo Bardi hinauf.
»Da ist es!« rief der Rotzlöffel, der vor Ungeduld und krankhafter Erregung mit den Füßen scharrte.
Im rauchgeschwärzten Schein einer Harzfackel erkannte Benedetto Sermini eine schiefe Holzhütte, die seiner eigenen ähnelte, ein Schattenheim, vom Holzwurm zerfressen, den Windstößen und der Feuchtigkeit aus den Sümpfen ausgesetzt. Es wäre ihm tausendmal lieber gewesen, man hätte ihn zu den Reichen geschickt, auf die er eine solche Wut hatte. Daß er einen Armen aus dem gemeinen Volk erschlagen sollte, einen Lehrjungen, von dem er nicht einmal wußte, wie er hieß, und der wie er selbst Elend und Erniedrigung erfahren hatte, machte es ihm noch schwerer, das Verbrechen zu begehen, das man ihm aufgetragen hatte.
»Um diese Stunde kehrt er gewöhnlich von den *arrabiati* nach Hause zurück, er wird gleich kommen«, erläuterte Francesco Prodenzani genüßlich.
Um ihrem Opfer aufzulauern, duckten sich die drei aus dem Färberviertel in den Schatten. Girolamo Bardi drückte Benedetto das Messer in die Hand. »Du mußt schnell machen, hat Jacopo gesagt. Du darfst dem Dreckskerl keine Zeit lassen, sich zu wehren und zu schreien. Nur eine Sekunde gezögert, und schon hast

du's verpatzt! Denk dran, daß der Bursche, dem du den Garaus machen sollst, ein Überläufer ist, ein elender Wurm, und daß du die Pflicht hast, ihn vom Erdboden zu tilgen. Bete, Benedetto! Und wenn du in dem Augenblick, da es zuzustechen gilt, für den Ketzer mit einemmal keinen Haß mehr empfindest, dann rufe den Heiligen Geist an, welcher der Republik Kraft spendet …«
Es war zum Heulen! Wie sollte er bloß sein Herz mit Abscheu füllen, kam er doch gerade aus dem Turm im Viertel von San Martino und pochte es ihm noch vor Liebe und Verlangen in der Brust?
Der runde Hintern von Emilia, die Kurve der Hüften von Emilia, die opalartige Farbe des Bauches von Emilia; die wohlgerundeten Kugeln der Brüste von Emilia und ihre Madonnenlippen, die sie ihm dargeboten hatte … Wo sollte er damit hin? Und die Kratzer, die Emilia hinterlassen hatte, und die Abdrücke ihrer Finger; und ihre Küsse, die ihn verschlingen wollten; und das Erschauern ihrer Taille, das Erbeben ihrer Hüften; und ihre Wärme, in der es so köstlich war, hinwegzuschmelzen, und so berauschend, sich fallen zu lassen … Konnte man sich das alles denn so mir nichts, dir nichts aus der Seele reißen?
Girolamo Bardi klopfte Benedetto auf die Schulter, und Anselmo Sacchetti stieß ein widerliches Gegacker aus. Sie waren sich sicher, daß ihm seine Hand im Augenblick des Zustechens den Dienst versagen würde und daß man ihm nachhelfen müßte, sie dem *arrabiato* tief in den Schlund zu treiben. Doch die Gefahr bestand nicht, die Falle war allzu plump. Einen Rückzieher zu machen würde bedeuten, sich selbst zu verurteilen, vertrieben zu werden und unehrenhaft aus der Bande der Färber zu scheiden, wegen seiner Feigheit verfolgt und wahrscheinlich ermordet zu werden. Es würde auch bedeuten, die eigene Familie in Gefahr zu bringen und die Aufmerksamkeit auf Emilia zu lenken, und auf Meister Botticelli, den die Freske des Lazarus und die Anerkennung, die sie ihm eingebracht hatte, nur vorübergehend aus der Affäre gezogen hatten … Und dann mußten sie ja auch ihre

Sache verteidigen und die gewaltige Bedrohung abwenden, die auf Florenz, der Stadt des Herrn und seiner Gerechtigkeit, schwer lastete. War es denn so schwer, zu töten, damit das gerechte Reich Gottes errichtet würde? Hatte Jahwe Abraham nicht befohlen, zum Beweis seines Glaubens seinen Sohn Isaak zu opfern? Und glich die Geschichte des Volkes, das er auserwählt hatte, etwa nicht einem Strom aus Blut? Und doch, es wäre einfacher und glorreicher gewesen, den Märtyrertod zu empfangen, als kaltblütig ein unbekanntes Kind zu ermorden. Nachdem er so viel Liebe geschenkt und empfangen hatte, schlug ihm das Herz zu schnell in der Brust, träumte sein Kopf nur mehr einen süßen Traum … Mit einer nervösen Handbewegung wischte Benedetto sich über die Lippen, die Emilia zu heftig geküßt hatte. Was für ein erbärmlicher Soldat der Armee Christi er doch war! Gleichwohl hatte es etwas Erschreckendes, so zu sein wie Jacopo und Francesco, blind zu werden und alle Menschlichkeit zu verlieren, sei es auch für Jesus und seinen Apostel Girolamo … Armer *piagnone!* Sein einziger Trost lag in dem Glauben, daß seine Tat durch seine Skrupel noch heldenhafter erscheinen und daß ihn Gott, wenn der Augenblick gekommen wäre, für unschuldig befinden würde.

Als sich in dieser heruntergekommenen Gegend der Schatten eines Passanten näherte und schnellen Schrittes in die enge Passage einbog, welche die beiden Barackenreihen voneinander trennte, wußte Benedetto, daß der Augenblick gekommen war. Er sah noch einmal Emilias geschlossene Lider vor sich, ihr zur Seite gewandtes Gesicht auf dem Laken, ihre halbgeöffneten Lippen, denen ein regelmäßiger Atem entströmte. Er dankte dem Herrn für so viel Glück und hielt das Messer fester gepackt. Der Junge kam näher. Sein Umriß war immer deutlicher zu erkennen. Er war ebensogroß wie er selbst, doch seine Schultern waren weniger kräftig. In der Hand hielt er einen vollen, zugeschnürten Sack … In wenigen Augenblicken würde er tot sein … Anselmo Sacchetti hielt es für angezeigt, einen dummen Witz zu reißen, den niemand verstand, und Francesco Prodenzani, Jacopos böser Geist, der schon darauf gefaßt war, wenn er erst einmal versagt hätte, selbst den Mörder zu spielen, drückte Benedettos Arm, als wolle er ihn auf den Weg zu seinem Opfer stoßen.

Doch woraus sollte er all die Kraft und all den Wahnsinn schöpfen? Benedetto bekreuzigte sich. Wenn er nur einen Augenblick abwartete, würde nichts geschehen …

Jählings riß er sich los. Schon stand er dem Jungen gegenüber. Im Schein der Fackel begegnete er einem ungläubigen Blick. »Für Christus, unsern König!« murmelte er, als sein Arm vorschnellte. Doch wieso tötete man für Christus, der nur ein einziges Leben geopfert hatte – nämlich sein eigenes? Zu spät! Die Klinge hatte bereits das Gewand durchstochen und war in den dargebotenen Leib gedrungen, der durch nichts geschützt war. Der Junge riß die Augen weit auf. Er hielt sich im Gleichgewicht, dann ließ er sich nach vorn fallen. Als wollte er ihn umarmen, schlang er die Arme um Benedetto, was dazu führte, daß ihm der Dolch bis zum Heft in den Leib getrieben wurde. Er hustete, zweimal. Langsam glitt er zu Boden. Obwohl er nicht schwer war, wurde Benedetto von seinem Gewicht nach unten gezogen, so daß er schließlich mit ihm auf dem Pflaster kniete. Gleich zwei Liebenden hielten sie einander umschlungen. Wie in dem runden Turm streifte ein fremder Atem Benedettos Mundwinkel … ›Emilia, Emilia, wenn du das sehen könntest, würdest du mich dann noch küssen wollen?‹ Der Griff des Messers stach ihm in die Rippen, und der Schmerz war so heftig, daß er sein Opfer von sich stieß.

Bei dieser Bewegung wurde der Dolch, den er noch immer in der Hand hielt, herausgezogen.

Einen Augenblick später war er auf den Beinen. Er wischte sich erneut den Mund ab, dann warf er das Messer in Richtung der Färber, die sich nicht von der Stelle gerührt hatten. Francesco Prodenzani konnte der blutverschmierten Waffe gerade noch ausweichen.

Er rannte zu den Kais. Außer Atem setzte er sich in die farbgetränkten Pfützen. Rot der verschüttete Farbstoff, rot das vergossene Blut ... Jetzt mischte sich beides, und seine Tunika, sein Mund und seine Hände waren leuchtend rot ... Er stürzte die Treppe hinab, eilte im Sturmschritt die Stufen bis zum Flußufer hinunter. Er rutschte aus und landete auf einer verlassenen Schute, unter seinen Füßen rollte ein Ruder, er sank ein im morastigen Uferschlamm. Kriechend wie der Wurm, der er war, umgeben von einem Schwarm aufgescheuchter Fliegen, die vor seinen Augen tanzten, sich auf seine Lippen setzten, in seine Nase krochen, ließ er sich bis zu dem stinkenden Wasser gleiten und tauchte ganz hinein, in dem Versuch, sich reinzuwaschen.

36

Über sein dreieckiges Pult gebeugt, das von einer Lampe mit drei Dochtschnäbeln erhellt wurde, zeichnete Alessandro Botticelli den Umriß einer monumentalen Büste, die sich über einem Brunnenrand erhob. Auf einem weißen Blatt entwarf er eine breite Brust und einen Steinbauch, mit der Spitze seiner Feder skizzierte er ein riesiges Gesicht mit einem Kinn wie ein Minotaurus, Haare und Bart gleich einer Löwenmähne.

Nachdenklich hielt er in seiner Bewegung inne.

Gewöhnlich war das der Augenblick, in dem ihm die Ideen kamen, in dem sein Geist nach den langen Stunden in der Werkstatt lebhafter wurde und seine Hand flinker. Doch statt sich auf seine Zeichnung zu konzentrieren, ließ er den Blick durch das Fenster seines Arbeitszimmers schweifen, das auf die einbrechende Nacht hinausging. Auf der gegenüberliegenden Seite der Via Nuova gewahrte er die wohlgeordnete Fassade des Palazzo Foriani mit seinen drei Reihen geschlossener Fensterläden und darüber den Himmel von Florenz, der sich allmählich rot färbte.

Verflucht! Nach der schwarzen Pest kündigte dieses flammende Abendrot einen Blutregen an …

Was geschah nur mit der idyllischen Stadt, von der er geträumt hatte? Wer hatte dieses Paradies auf Erden verdorben, wo Neugier und Erfindungsgeist allen zur Pflicht werden sollten, dem Menschen zu Nutz und Frommen? Was hatten die Eiferer mit dieser Gesellschaft angestellt, in der doch die Intensität der Wahrnehmung und der Gefühle die allgemeine Regel sein müßte?

Die Hoffnung auf eine neue Welt, in der eine neue Schönheit voller Pracht und Herrlichkeit die Seele zum Göttlichen erwecken würde, war der Ernüchterung und der Ödnis verlorener Illusionen gewichen.

Er erinnerte sich an die Tage der leidenschaftlichen Erregung, als die Medici den Platz geräumt hatten, und sein *Brunnen der Giganten,* eine freie Illustration zum 31. Gesang aus der *Hölle* von Dante, kam ihm widersinnig vor: Sich mit der Darstellung der Hölle abmühen, während man darin lebte, wozu sollte das gut sein?

In Wahrheit war es so, daß er, obwohl er sich nicht mehr als glühenden Verteidiger der *florentina libertas* betrachtete und schon vor langer Zeit den Gedanken, eine Partei der Gerechten zu gründen, wieder aufgegeben hatte, die bösen Folgen der Neuigkeit verurteilte, die ihm sein Bruder Simone am Morgen verkündet hatte: Die päpstlichen Breven gegen Girolamo Savonarola, den »Verfechter einer verderblichen Doktrin, welche die einfachen Seelen in Aufruhr versetzt und ihnen zur Verderbnis gereicht«, waren bereits verfaßt, und in wenigen Tagen würde der päpstliche Kommissar das Urteil öffentlich bekanntgeben. So zahlte der Prior von San Marco den Preis für die Anschuldigungen, die er von der Kanzel gegen den Papst und die degenerierte Kurie losgelassen hatte. Und in derselben Urteilsschrift war die Weigerung, das Kloster von San Marco der römisch-toskanischen Kongregation anzugliedern, mit harten Sanktionen geahndet worden. Keine Unabhängigkeit und keine Freiheit für das wiederauferstandene Florenz! Wer künftig Fra Girolamo, der sich schuldig gemacht hatte, weil er keinem der päpstlichen Befehle gefolgt war und weiterhin seine Predigten gehalten hatte, Beistand gewährte, mit ihm Umgang pflegte oder ihn in Worten oder Taten lobte, der würde ebenfalls aus der Kirche ausgeschlossen und der Ketzerei verdächtigt werden … Während der Prophet sich in sein Kloster einsperrte, gab man sich in den Kaschemmen bereits wieder dem Spiel hin, und man hatte angekündigt, daß ab dem 11. Juni der *palio* des heiligen Barnabas wieder zugelassen war, ein barbarisches Spiel, das die Republik

Christi abgeschafft hatte. Da man die große Masse der Erniedrigten von gestern nicht mit fester Hand regiert hatte, mußte man die ganze Vereinigungsarbeit von Piero und Cesare noch einmal von vorne beginnen. Und er selbst, Alessandro Botticelli, wurde von den Horden der *arrabiati*, den Parteigängern des alten Regimes, für dessen Bekämpfung er sich eingesetzt hatte, in die Enge getrieben.

Zugleich sah er sich auch von seinen Getreuen angeklagt, die ihm, ohne den Erfolg des *Lazarus* zur Kenntnis zu nehmen, seinen geringen Eifer bei der Verteidigung der revolutionären Ideale vorwarfen und ihn als »Kämpfer mit der schwachen Hand«, als »einzelgängerischen Künstler« und »entarteten Humanisten« bezeichneten, und, wie ihm einige wohlgesinnte Seelen hinterbracht hatten, als »irregeleiteten Sodomiten«. Er wußte, was man über ihn dachte: Die einen nahmen ihm seine einst leidenschaftlich verfochtene politische und künstlerische Überzeugung übel, die anderen verurteilten ihn aufgrund seiner tiefen Abneigung gegen jede Unterordnung, selbst unter ein Ideal, von dem er wußte, daß es gerecht war, und das ihm aufgrund seiner Verwurzelung im wahren katholischen Glauben nahestand.

Er hatte keine Freunde mehr: Die einen warfen ihm vor, daß er als Künstler der antiken Ausdruckswelt zu eng verbunden war, während die anderen ihm seinen Hang zum Schlichten und zu schmucklosen symbolischen Szenen vorhielten.

Was jene anbelangte, mit denen er Umgang pflegte, so verdächtigten ihn selbst die Mitglieder der Platonischen Akademie der übelsten Ausschweifungen und hielten seiner moralischen Strenge, die er so oft bekundet hatte, seine Neigung für geheime Perversitäten entgegen.

Wenn sein Scharfsinn ihn auch nicht zu beruhigen vermochte, so war er doch durch ihn vor jeder Überraschung gefeit. Er lebte, als habe er stets das Schlimmste zu befürchten und müsse davor gewappnet sein. Und die Gewöhnung an diese Bedrohung zermürbte ihn.

Und jetzt, im Monat Juni, in dem selbst die Besonnensten sich ereiferten, lieferte Papst Alexander Borgia, dieser Fürst der Pharisäer, der die Demut des Evangeliums verraten und sich den Thron, den er bestiegen, unrechtmäßig angemaßt hatte, Girolamo Savonarola den Mördern und dem Scheiterhaufen aus!
Es wurden immer mehr *arrabiati* mit aufgeschlitzten Bäuchen gefunden, und auf der Seite der *piagnoni* hatte es ebenfalls schon Dutzende von Toten gegeben.
Jetzt war die Raserei über der Stadt der Glückseligen ausgebrochen. Jetzt schonte sie niemanden mehr, und der Schwächste wie der Mächtigste wurden vom gleichen Grauen heimgesucht. Jetzt verfolgte sie den Verrückten ebenso wie den Weisen und ließ die Halsaufschlitzer bis unter die Portalvorbauten der Kirchen und in die Höfe der Ateliers gelangen.
Und dieser Tod, der da um sich griff, zwang zahlreiche Freigeister, ihr eigenes Ende ins Auge zu fassen …
Sollte er nun die Begeisterung in sich ersticken, von der er getragen wurde? Sollte er sich von dem Grauen einschüchtern lassen und das Werk aufgeben, das er an seinem Lebensabend begonnen hatte?
Sollte er sich den Tod geben, bevor man ihn töten würde?
Da er sich nicht unterkriegen lassen wollte, griff er wieder zur Feder. Er gab der zu lang geratenen Schulter und dem linken Arm, der so lang war wie ein Bronzetorso, die rechte Form. Er schnürte sie in die Maschen eines Spinnennetzes ein. Er fesselte den schrecklichen Titanen mit Ketten, die er ihm fünffach um den Leib schlang, vom Hals bis zum Nabel … Nein! Was für ein Bild! Es war schrecklich … In seinem versteckten Winkel stand er, der so viele einst berühmte Gemälde geschaffen hatte, wie vor den Kopf geschlagen vor dem *Brunnen der Giganten,* in dem er ein warnendes Vorzeichen für Florenz und für sich selbst sah. Er hatte sich ganz entschieden zu sehr gehenlassen! Das Öl in der Lampe war fast verbraucht, seine Augen wurden schwächer, und in der Karaffe war nur noch ein Schluck Wein! Wie so oft, wenn

Müdigkeit und Sorgen überhandnahmen, tat es ihm in der Brust weh und wurde sein Kreuz ganz steif vor Schmerz. Alles hatte sich im Laufe dieses Abends gegen ihn verbündet, selbst Baccio, der angesichts der vorgerückten Stunde bereits in Hemdsärmeln dastand und ihn in der Erwartung, daß er sich entscheiden würde, schlafen zu gehen, mit Elendsmiene ansah.

Jetzt fing das wieder an!
Wieder erwachte in ihm die Erinnerung an Fiola del Lama. Wieder wurde er von dem Duft seiner Geliebten bezaubert, dem Duft von Frühlingsblumen und Duftveilchen. Ihr kindliches Lachen hallte ihm im Kopf wider, und ihre biegsamen, nach ihm ausgestreckten Arme riefen ihn, um ihn zu umfangen. Zugleich blieb die junge Frau, die wie ein Schleier dahinschwebte, auf Distanz. Gleich einer *Venus pudica*, geschmückt mit Rosen und Myrte, wich sie bei jedem Schritt, den er auf sie zuging, um nach ihr zu greifen, zurück, und ihr Körper einer Grazie, ihre nackten Rundungen blieben unerreichbar. Da er in den eisigen Kreisen der Hölle gefangen blieb, mühte er sich vergeblich, zu ihr zu gelangen und in der Wärme des Paradieses, in das sie sich geflüchtet hatte, sein Meisterwerk rechtzeitig zu vollenden. Er hatte solche Angst, daß das Bild reiner Schönheit, das er zu erhaschen und nachzubilden suchte, ihm entgleiten und auf immer verschwinden könnte! Während er gegen diese Welle der Erinnerungen ankämpfte, zitterte er vor Wut auf seinen alternden Körper, die Quelle des Leidens, des Wankelmuts, der Mutlosigkeit und der Ängste, die sein geschwächter Wille nicht mehr abzuwehren vermochte. Plötzlich überkam ihn das Verlangen, auf ewig reglos zu verharren. Sich ganz den elementaren Körperfunktionen zu überlassen: Welch ein Glück! Sich damit zufriedenzugeben, zu atmen, zu trinken, zu essen und dann das wieder auszuscheiden, was man verschlungen hatte … Welche Glückseligkeit! Die Erinnerung an jene auslöschen, die man einst zu sehr geliebt hatte, das Leid der Enttäuschungen und den tiefen

Schmerz der Einsamkeit stillen, die Angst vor den Stimmen zum Schweigen bringen, die ihn riefen, die ihm aus dem eisigen Schatten, in dem sie sich versteckt hielten, zuriefen: »Komm, mach dich bereit, denn die Stunde naht ...« Tabula rasa machen mit allem, was einen quält, und nur mehr ein Gegenstand ohne Vergangenheit, ohne unerfüllte Träume oder Ersatzbegierden sein: Was für ein Ende! Der alte Parcuccio Selmi, der Goldschmied aus der Torre Manelli, war in einen solchen Zustand der Erstarrung gefallen. Seither, so sagte man, schlief er mit weit geöffneten Augen. Der Glückliche! Er war sich weder seiner eigenen Hinfälligkeit bewußt, noch wußte er, was in der Stadt, die Gott verlassen hatte, vor sich ging.

Auch Baccio della Porta, der in dem dunklen Zimmer neben ihm im Bett lag, konnte keinen Schlaf finden. Er hörte, wie er einen dieser düsteren Seufzer ausstieß, die ihm seit geraumer Zeit zur schlechten Gewohnheit geworden waren. Er fühlte, wie er näher rückte. Am Arm spürte er die Berührung mit seinem nackten Oberkörper.

»Sandro«, sagte der junge Mann so urplötzlich wie jemand, der seine Worte schon lange zurückhält, »warum nimmst du mich nicht für deine Zeichnungen der *Hölle*? Warum nimmst du mich nicht als Modell für den, der von Vergil geleitet und zu den verfluchten Stätten gebracht wird, für den *Turm der Furien* oder den *Brunnen der Giganten*? Das wäre viel einfacher; statt zu zögern, würdest du die Lösung finden.«

»Aber ich habe bereits fünfzehn Szenen vollendet ...«

»Dann fang noch einmal von vorne an! Das ist gar nicht so schwer.«

Verärgert über diesen Vorschlag, hätte Botticelli beinahe gestanden, daß das einzige Modell, das er für seine *Göttliche Komödie* je ins Auge gefaßt hatte, Benedetto Sermini war. Doch er sagte nichts, aus Angst, Baccio gegen den jungen Lehrling aufzubringen.

»Deine Gestalt hat keine klaren Züge. Von einer Tafel zur ande-

ren wechselt sie ihre Haltung und ihren Ausdruck. Sie ist nicht gelungen«, beharrte Baccio della Porta.
»Hätte ich keine Angst gehabt, der in mir lauernden Gefahr zu erliegen, so hätte ich mich selbst zum Modell genommen, wie Dante Alighieri, der sich ins Zentrum seiner Komödie gestellt hatte. Denn schließlich ist seine Reise zum Paradies auch die meine. Auch wenn ich kein Prophet bin, so ähnelt sich doch unsere Suche.«
»Denk daran: Du mußt dir ein Double nehmen, sonst wirst du nicht weiterkommen, du wirst steckenbleiben wie heute abend und wirst niemals bis zum letzten Kreis gelangen.«
»Glaubst du, ich bin blind oder gelähmt?« erwiderte Botticelli vorwurfsvoll. »Bist du mein Hund? Bist du meine Krücke? Wer hat dir erzählt, daß ich deiner bedarf, um mich auf meinem Weg zu begleiten?«
»Ich hoffe, daß du meiner bedarfst, Sandro«, seufzte Baccio della Porta. »Vor noch nicht allzu langer Zeit war das der Fall ... Erinnere dich! Wie oft hast du mich gerufen? Es mag tatsächlich sein, daß du dich, statt zu schwanken, besser auf jene stützen solltest, die dich lieben und die du vernachlässigst. Hör auf, den Freund zurückzuweisen, der dich überallhin begleitet, denn er brennt vor Verlangen, dich zu stützen, und nur er kann dich vor den Fallen warnen, die du dir selbst stellst.«

37

Am Morgen des 22. Juni klagten drei Dominikanermönche aus San Marco, Fra Feffio d'Aquino, Fra Matteo Campanella und Fra Tomaso Pandolfini, über heftige Kopfschmerzen, und ihre Stimmen waren so heiser, daß sie die Psalmen zu den Laudes nicht singen konnten. Zur Terz bekamen sie grünen Durchfall. Zur Non wurden sie von Schüttelfrost gepackt und gaben die Kichererbsen, den gekochten Kohl und die Schale Dickmilch wieder von sich, die sie zur Sext verspeist hatten. Zur Vesper wurde ihnen so schwindlig im Kopf, daß man gezwungen war, sie wieder in ihre Zellen zu bringen und ins Bett zu legen. Als Bruder Antonio Bracciolini, ein begeisterter Kenner der Medizin, sie, als es schon Abend geworden war, zum Komplet besuchte, stellte er fest, daß ihre drei Leiber, nun zum Fasten und zur Kasteiung verurteilt, allesamt schweißgebadet waren und daß ihren glühenden Gliedern ein beißender Geruch entströmte. Als er den kraftlosen Arm von Fra Feffio hob, der noch Novize war, entdeckte er voller Entsetzen einen Rosenkranz aus entzündeten Pusteln, der seine Achsel entlanglief und den man bis zur Taille herunterbeten konnte.

Die schreckliche Neuigkeit lief durch die Gänge, eilte die Treppe hinab, erreichte das Kloster San Antonio, drang vor bis ins Hospiz der Pilger, verbreitete sich im großen Refektorium und anschließend im Kapitelsaal, in dem zu dieser Stunde die meisten Mönche an der Bibellesung teilnahmen. Getragen von den Schreckensschreien zahlloser Mönche, machte sie in den Küchen kehrt und stieg zum Stockwerk der Schlafsäle hinauf. Sie ergoß sich in den ersten, dann in den zweiten Gang, machte in der Bibliothek die Runde, traf Fra Dominico da Pescia, den der Krawall aufgeschreckt hatte, wie ein Peitschenhieb. Nachdem sie Fra Silvester Maruffi inmitten eines Dankgebetes überrumpelt hatte, erreichte sie schließlich die zwölfte und die vierzehnte Zelle, in der Fra Girolamo Savonarola seit seiner Exkommunikation seine Antwort für den Renegatenpapst ausarbeitete.

Die Sturmglocke wurde geläutet. Bald war in der Kirche, auf dem Platz und in den umliegenden Gäßchen nur mehr ein einziger Schrei zu vernehmen: *San Marco ist von der Seuche infiziert!*

Das Gerücht erreichte Benedetto Sermini, als er, wie jeden Abend nach seinem Tagwerk im Atelier, hinter dem runden Turm im Viertel San Martino Emilia Scorpucci umarmte. Zunächst wollte er es nicht glauben. Dann, als nicht mehr zu überhören war, was man sich die Straße rauf und runter zurief, ließ er die Frau, die er liebte, los.

Noch völlig bestürzt über diese Neuigkeit, versuchte er klar zu denken …

Die Pest in San Marco, im Herzen der Republik, in dem sich die Stimme des Propheten Girolamo erhoben hatte: Das war schlimmer als alle bislang erlittenen Übel! Diesmal kannten die Enttäuschung und der Kummer Gottes keine Grenzen. Wenn er die Seinen verließ und sie verurteilte, so lag das an den Verrückten, die sich gegenseitig umbrachten, an den Jacopo Masinis und Francesco Prodenzanis, die Florenz in das Grauen des Bürgerkrieges stürzten. Doch wie sollte man sie aufhalten, diese Besessenen, ohne daß die aus dem anderen Lager, ohne daß Maruffi, der Rotschopf, und seine wütenden Pfeffersäcke das, was noch blieb von der auferstandenen Stadt Jesu Christi, in Schutt und Asche legten?

Beunruhigt ergriff Emilia ihn beim Arm. Aber was wollte sie denn von ihm? Plötzlich hatte das keinen Sinn mehr, es zählte nicht mehr.

Sie wandte ihm das Gesicht zu, bot ihm ihre glänzenden Lippen dar … Er riß sich von ihr los.

Seit jener Nacht glaubte er jedesmal, wenn er sie umarmte, wieder den zerbrechlichen Körper dieses Jungen zu spüren, der blutete und sich an seinen Hals klammerte. Der Bursche, den er niedergestochen hatte, hielt ihn immerzu umschlungen. Immerfort sackte er zusammen und glitt an seine Brust. Und immerfort wollte dieser bereits vom Tod verschleierte Blick, mit dem er ihn angesehen hatte, sein dahinschwindendes Leben an das seine klammern ... Einen Ketzer töten, ja, dazu war er in der Lage! Dazu war er bereit, das war den Färbern bekannt ... Doch daß dieser arme Kleine, dieser Hungerleider, der ihn, als er auf die Knie fiel, geradezu umarmt hatte, einer ihrer erbittertsten Feinde sein sollte, das konnte er nicht glauben.

»Gott ist erzürnt«, sagte er zu Emilia. »Er verläßt uns, er will einen Schlußstrich ziehen, die Republik unter Wasser setzen und seine Kinder ersäufen, bis zum letzten.«

»Das ist nur die Seuche, sie breitet sich aus«, antwortete die junge Frau. »Seit vergangener Woche ist Santa Maria Novella infiziert, und mit dem Himmel hat das gar nichts zu tun, daß es nun San Marco erwischt hat.«

»Aber Fra Girolamo könnte sich angesteckt haben ...«

»Dann wird Florenz endlich Ruhe finden. Die natürliche Ordnung wird wiederhergestellt werden, und es wird wieder Frieden in die Gemüter einkehren.«

Entsetzt stieß Benedetto sie zurück und rückte von ihr ab. Angesichts des Schreckens, den sie auf seinem Gesicht las, fügte Emilia hinzu: »Du hast nichts zu befürchten. Falls dein Savonarola ein Heiliger ist, wird er verschont bleiben. Und selbst wenn wir ihn begraben müßten – hat er nicht selbst immer wieder gesagt, die Krankheit öffne jenen, die davon heimgesucht werden, das Tor zum Himmel?«

Fra Girolamo an der Pest erkrankt! Allein die Vorstellung war grauenvoll!

»Emilia«, murmelte er, »warum bist du Christus so fern, warum hast du keinen Glauben?«

»Ich will bloß in Frieden leben und frei sein, zu kommen und zu gehen, ohne die ganze Zeit zittern zu müssen.«
»Weil du vorher nie Angst gehabt hast?«
»Weil ich vorher an nichts dachte außer an mich selbst und meine Träume.«
Benedetto glaubte, sie phantasiere.
»Von welchen Träumen sprichst du?« ereiferte er sich. »Glaubst du etwa, indem du auf Wolken schwebst und dich mit Zeus und Poseidon unterhältst, wirst du den Armen dieser Erde ein besseres Los bescheren? Glaubst du, indem du dich für Flora oder Aphrodite hältst, wirst du die Leiber reinwaschen und die Geister der Lasterhaften läutern? Glaubst du etwa, indem du dich als Schwester der Nymphe Chloris ausgibst und dich schon im Faltenwurf vorstellst, keusch und königlich inmitten des Königreiches der Venus, wirst du meine Familie aus dem Miststall herausholen? Bildest du dir etwa ein, Menschen meines Schlages hätten Träume? Bildest du dir etwa ein, mit ihren leeren Bäuchen und ihren geschundenen Rücken hätten sie die Kraft und die Lust, sich für Zephir zu halten, der das grüne Gras zum Blühen bringt?«
Emilia war leichenblaß und starrte ihn an. Mit mehr Traurigkeit als Wut sagte sie: »Du hast recht, Benedetto, ich schwebe auf Wolken und glaube an nichts, vor allem nicht an deinen Propheten, der mit jedem seiner Worte den Tod bringt!«
Es blieb ihm nicht die Zeit, sie zurückzuhalten. Er wollte nach ihr greifen, aber seine Hand griff ins Leere. Sie ließ ihn stehen und war schon unter dem Portaldach des runden Turms verschwunden.

Seit zwei Tagen war Benedetto von Emilia Scorpucci getrennt. Eingesperrt in eine Einsamkeit, von der er schon nicht mehr gewußt hatte, wie sie sich anfühlte, versuchte er verzweifelt, sie wiederzufinden. Er war ganz kopflos vor lauter Schmerz und sagte sich im Gehen immer wieder, daß ihre beiden Welten nie zusammenfinden würden. Er haßte sie und verfluchte sie, denn sie war nicht besser als diese Horden von Ketzern, die schon Vorbereitungen zur Feier des Johannisfestes trafen. Ihr Streit hatte ihm die Augen geöffnet: Obwohl sie vorgab, keiner Partei anzugehören, war sie doch auf der Seite der Feinde der Republik. An ihrer Seite zu bleiben hieße, mit den Gegnern von Christi Gesetz zu paktieren. Und doch, ohne sie, ohne ihr Licht, das ihm leuchtete, ohne ihre Stimme oder ihre Hand, die ihn leitete, versank er erneut im Morast der Färberbande. Von ihrem beinahe allzu feinen Duft war nichts mehr geblieben, weder auf seiner Schulter noch auf seiner Brust. Von nun an vermochte kein Vorhaben, kein Projekt ihn mehr zu reizen, nicht einmal das Atelierprojekt einer großen *Anbetung der Heiligen Drei Könige.* Hexe! Sie hatte ihn verhext! Auf den Scheiterhaufen! Durch ihre Schuld genügte es ihm nicht mehr zu seinem Glück, bei Alessandro Botticelli zu malen und zu zeichnen.

Ohne Appetit und ohne Wünsche, um seine Kraft und seinen Schlaf gebracht, wurde er immer schwächer.

Sein zarter Körper verkümmerte und siechte dahin; ohne Emilias Küsse vertrockneten seine Lippen; ihrer Zärtlichkeiten beraubt, wurde ihm die Brust wieder eng, und es drückte ihm die Luft ab; ohne die Wärme ihrer zarten Tiefen, die ihn sanft umschlossen hatten, blieb sein Unterleib leblos und kalt. Er wußte nicht mehr, wie man sich küßte, Mund an Mund, oder wie man sich, Haut an Haut, das lebendige Fleisch des anderen liebkosend, eine Form gab. Die andere Hälfte seines Wesens war verschwunden. Ein Teil seiner selbst hatte sich losgerissen.

Und in diesem Unglück sah er Florenz untergehen …

Die *arrabiati* gerieten völlig außer Rand und Band, nichts vermochte sie länger zu zügeln. Überall in der ganzen Stadt wurden Schmähreden gegen den exkommunizierten Propheten laut. Und die Teufel marschierten in alle Viertel ein! Mit geschminkten Gesichtern zogen sie durch die Straßen. Sie deklamierten scheußliche, laszive und schmutzige Sonette, sangen schändliche *canzo-*

ni, dichteten Spottverse auf den Heiligen, den sie aufforderten, ins Exil zu gehen, und den sie für unwürdig erklärten.
Als er sich nach San Marco begab, um dort für die Brüder zu beten, die von der Seuche infiziert waren, begegnete er einer Bande, deren provozierende Haltung ihn fast platzen ließ vor Wut. Blondgelockte Perücken, rot und grün angemalte, pausbackige Amor- und Faunsmasken, mit nacktem und weißgeschminktem Oberkörper, am Gürtel ein Wehrgehänge, einen Bogen und einen Köcher mit Silberpfeilen, die enthaarten Beine kaum bedeckt von kurzen, nach antiker Mode geschnittenen Röckchen, die Füße in Sandalen aus gefärbtem Leder, deren hohe Absätze sie größer machten, skandierten sie siebenstimmig die Couplets, die gerade in Mode waren:

Stimme 1 (in die Kulissen):
Hoch lebe der Wein, hoch lebe das Weib!
Wie schön ist unsere Jugendzeit,
bald geht sie dahin, es ist nicht mehr weit.

Stimme 2
(etwas belegt, wie von einem beduselten Nachtschwärmer):
Genießt das lustige Rumdideldum.
Der fiese Prophet, er ärgert sich krumm,
drum wollen wir bleiben dußlig und dumm.

Stimme 3 (drohend):
Habt acht, ihr Leut! Dort an der Mauer,
mit spitzem Ohr liegt auf der Lauer
der böse Wolf und schärft seine Hauer.

Stimme 4 (entrüstet):
Der düstere Prior, er schnüffelt im Reich,
dort riecht er die Lustknaben alsogleich
und glaubt zu zermalmen das sündige Fleisch.

Stimme 5 (seufzend):
Statt nachsichtig und klug zu sein,
sackt er brave Leute ein,
doch die woll'n ja nur sorglos sein.

Stimme 6 (höhnisch):
Jetzt ist er aus der Mode, die Meute will nicht mehr,
schon stinkt es wie verpestet vom Scheiterhaufen her.
Und mit seiner Revolte, da ist's nicht mehr weit her.

Stimme 7 (den Kastraten mimend):
Gepriesen sei der Arsch einer schönen Maid,
ihr Dirnen und ihr Knaben, wir stehen schon bereit!
Fürs Heil unsrer Seele ist morgen noch Zeit.

Alle zusammen:
Traleri, tralera und hopsasa! Wir sind wieder froh!
Wir treiben's so und andersrum, Lesbos und Cupido!
Zärtlich geschmust und rein ins Getummel!
Verbiet uns bloß keiner den lustigen Rummel!

Als er sie hörte, packte ihn die Mordlust, denn während sie ihn beleidigten, pflegte Fra Girolamo, der zehnmal ein Heiliger war, seine Pestkranken. Der Gefahr trotzend, setzte er sein Leben für die Genesung derer aufs Spiel, die er liebte.
Als er auf der Piazza San Marco ankam, machte er eine noch schlimmere Entdeckung: Vor der Kirche bereiteten die Hitzköpfe die Feuerwerkskörper für ein Feuerwerk vor, und angelockt vom Klang der Querpfeifen und Handorgeln, versammelten sich bereits die Gaffer und Tagediebe. Zwei Paradekarren warteten darauf, daß man die Zugtiere anspannte. Kapuzenumhänge aus Seide und Masken aus Pappmaché; Spitzhüte, lange, gleich Schnäbeln gekrümmte oder zu Tröten aufgebogene Nasen; spitze, aufwärts gekrümmte Kinne, dunkelrote Münder und

grinsende Wulstlippen; Gesichtswarzen, Elefantenbäuche und bucklige Rücken; Fratzen unterirdischer Ungeheuer, schwarze und rote Schwänze, scharlachrote Stirnen, Hörner und gespaltene Zungen – eine Bande von fünf *arrabiati,* den Dolch an der Seite, tanzte eine Farandole. Sie zogen vor den Mauern von Fra Girolamos Kloster entlang, die mit schändlichen Kritzeleien bedeckt und von düsteren Girlanden aus verwelkten Blumen verunstaltet waren. Sie kreischten ausgelassen, und von einem Fuß auf den andern hüpfend, kreisten sie die Passanten ein, die beim Gedanken an das Fest vorsichtig aus ihren Schlupflöchern gekrochen kamen. Aber wo blieb nur die Garde? Und die Soldaten Christi, wieso kamen sie nicht, um diese Schande zu verhindern? Unterdessen wurde im Kloster gelitten, geklagt und Gott um Gnade angefleht, er möge ihnen ein zweites Gomorrha ersparen …

Als er sich dem Portalvorbau näherte, wurde er von mehreren Feinden angestarrt. Obwohl ihm unter diesen Umständen der Gedanke, er könnte es mit der Angst zu tun bekommen, unwürdig erschien, dankte er dem Himmel, daß seine Haare nicht frisch geschoren waren. »Wenn mir die Locken nicht schon wieder nachgewachsen wären«, dachte er, »hätten die mich vielleicht erkannt und massakriert.«

Er brauchte die Kirchentür nur anzustoßen und einzutreten. Die Brüder hatten sich nicht verbarrikadiert. Die Belagerung von San Marco hatte noch nicht begonnen. Kein Mönch an der Pforte hielt ihn auf – jeder konnte ungehindert in das Heiligtum des Propheten eintreten.

Jesus, süßer Trost und höchstes Gut
jedes gepeinigten Herzens,
wirf auf uns deinen Blick voller Liebe!
Sieh mit Erbarmen, welch ein Sturm
dein geliebtes Jerusalem heimsucht
und auf welche Ströme von Blut wir uns vorbereiten müssen.

Hundert Mönche sangen hier, ganz wie die da draußen. Doch statt zu spotten, hatten sie sich hier im Chor versammelt und flehten einen Gott, der sie verlassen zu haben schien, um Gnade an. Jeder hielt, das Gesicht im Schatten seiner heruntergezogenen Kapuze verborgen, die Stirn gesenkt. Was für ein Gegensatz zu den anzüglichen Spottliedern und der obszönen Pantomime der Heiden, die sich auf dem Platz tummelten! Benedetto blieb auf der Schwelle zum Querschiff stehen, das die Form eines Passionskreuzes hatte. Den Blick starr zu dem monumentalen Kruzifix erhoben, das von dem zittrigen Lichtschein einer doppelten Kerzenreihe erhellt wurde, stimmte er in das Gebet der so schwer geprüften Gemeinde ein.

Lange verharrte er dort und schloß in sein Bittgebet sowohl Fra Girolamo und dessen Schicksal sowie das der verlorenen Stadt Florenz ein, er bat für die Zunft der Färber und die armen Pestkranken, für Meister Botticelli, den zu verraten Jacopo Masini ihm befohlen hatte, für seine kleine Schwester Maria-Ippolita, für Emilia Scorpucci, deren Verlust er nicht glauben konnte, und für sich selbst, der an seiner Einsamkeit zu verzweifeln begann.

Eine Explosion, laut wie ein Kanonendonner, holte ihn in die Wirklichkeit zurück. Seit er die Kirche betreten hatte, war viel Wachs die Kerzen hinuntergelaufen. Die Ketzer trieben es immer toller, im Schutz der einfallenden Dunkelheit schossen sie ihre ersten Raketen ab. Unterdessen waren die Dominikanermönche zu beiden Seiten des Hauptaltars niedergekniet. Und vor ihnen hatte man auf einer Bahre einen der Ihren herbeigetragen, einen elenden Pestkranken, der vor Schmerz stöhnte. *»Gladius Dei super terram cito et velociter …«*, donnerte eine Stimme wie das Jüngste Gericht. »Ich habe es dir vorhergesagt, Florenz. Das Schwert Gottes wird kommen und dich treffen …« Aufrecht stand der Prophet vor dem Kranken. *»O Nobiles! O Potentes! O Plebei! Manus Domini est supra vos et non resistet potentia, sapientia vel fuga* … Ihr Edlen! Ihr Mächtigen! Ihr Plebejer, die ihr Gefallen findet an sittenwidrigen Dingen, seht dieses Feuer, wie es lodert ohn Unterlaß und den Leib des unglückseligen Dieners mit seiner Glut verzehrt! Geht in euch, bevor Gott euch auf ähnliche Weise straft und euch Leid auferlegt! Packt das Unkraut der Ketzerei bei seinen Wurzeln! Unterdrückt die Anwandlungen eures Fleisches und tut Buße, solange das Schwert noch nicht völlig mit Blut besudelt ist und euch noch nicht in großes Leid gestürzt hat …« Benedetto fuhr zusammen, als er sah, wie Fra Girolamo zwischen zwei Ermahnungen dem Sterbenden die Hände auf die Brust legte. So stimmte es also, was man sich erzählte: Der Heilige fürchtete sich nicht vor der Seuche, er trotzte ihr. Ein weiterer Raketenknall durchbrach die Stille, und hinter dem Portal wurden die Schreie der Verdammten laut. »Ich flehe den Christus der Gerechten und Entrechteten an, er möge dir sein Licht senden«, fuhr die Stimme fort, die weit in das Kirchenschiff hinauftrug und das Gegröle des Lumpenpacks übertönte. *»Cui est gloria et imperium per saecula saeculorum,* denn in ihm ist die Kraft, und die Herrlichkeit, in Ewigkeit …« Bei diesen Worten hörte der Pestkranke auf, sich herumzuwälzen und zu klagen, und zum ersten Mal seit seiner Trennung von Emilia ließ Benedetto seinen Tränen freien Lauf.

38

Während Benedetto im Chor von San Marco überzeugt war, einem Wunder beizuwohnen, das der Auferstehung des Lazarus gleichkam, betrachtete ein paar Meter weiter, am Eingang zum Viertel San Lorenzo, Emilia Scorpucci widerwillig eine *Anbetung des Kindes,* die Filippo Lippi gerade skizziert hatte. Aufrecht vor seiner Staffelei stehend, wartete der ehemalige Schüler Alessandro Botticellis besorgt darauf, daß sie ein Urteil abgab. Es war ihr eine Last, daß man sie um Rat anging, und die Zweifel, die der Maler seit den letzten zwei Tagen nährte, in denen sie mitten im Atelier kniend posiert hatte, störten sie. Es verwirrte sie, daß er sie trotz seines großen Ansehens um ihre Meinung bat. Sie wußte nicht, was sie denken sollte … Auf dem großen Papier sah sie sich selbst, die Hände über dem Neugeborenen gefaltet. Sie lag auf Knien vor einer bewegten Florentiner Landschaft und betete. Anders als ihr früherer Meister, der ihr Gesicht gerne noch kantiger wiedergegeben hatte, als es schon war, hatte Lippi ihr sanftere Züge verliehen. Obwohl es schwer war, ein gerade erst begonnenes Werk zu beurteilen, und obwohl im Hintergrund ein »kreisender« Himmel nach der Art Leonardo da Vincis zu sehen war, kam es ihr doch so vor, als sei die Skizze zu gefällig und die Darstellungsweise, die brav und konventionell war, veraltet. Mit einer Stimme, die ihr fremd erschien, räumte sie ein, das Ganze strahle eine gewisse Spiritualität aus. Filippo Lippi, der ihr im Gegensatz zu Botticelli kaum Anweisungen gegeben und sich, was auch immer geschah, gehütet hatte, grob mit ihr umzuspringen, schien es zufrieden zu sein. Er bat sie, am nächsten Tag und an den fünf folgenden Tagen wiederzukommen. Für sie zählte nur das, denn der Künstler, der sich vor

Aufträgen kaum retten konnte, zahlte seinen Modellen fette Löhne.

Als Farfaddio Scranzzi, der Lehrjunge, der sie am Vortag angesprochen hatte, sah, daß sie sich anschickte zu gehen, nachdem sie den Mantel der Heiligen Jungfrau abgelegt hatte, sprach er sie erneut an. Er war in seiner Art so ohne Falsch, daß sie sich die Zeit nahm, ihm zuzuhören, und um nicht allein zu bleiben, gewährte sie ihm den Wunsch, sie zu begleiten.

Draußen wurde das Johannisfest gefeiert, das Fest des Schutzpatrons von Florenz. Nachdem sie sich mehrere Tage verkrochen hatten, kamen alle, die nicht auf der Flucht vor der Seuche die Stadt verlassen hatten, wieder aus ihren Häusern hervor. Im Schein der Fackeln und Laternen zogen Männer, Frauen und Kinder im Gleichschritt nach San Marco.

Eine bunte Feuerwerksrakete erleuchtete die Nacht. Sie warf grüne und blaue Sprenkel auf dreihundert Gesichter, die außerordentlich ernst blickten unter ihrer käseweißen Gipsschminke. Trotz Schmuck und Geschmeide, trotz Bändern und bestickten Umhängen blieben sie alle ernst. Das Ganze mutete wie ein makabrer Leichenzug an, der den Büßerweg angetreten war. Am Ende der Straße, zu der sie alle strömten, ertönten Schellen, hallten dumpfe Trommelwirbel wider, und in den Himmel, der wieder schwarz geworden war, stieg das Gegröle frecher Lieder auf.

Emilia ließ es zu, daß Farfaddio Scranzzi ihre eiskalte Hand ergriff. Sollte er sie doch hinführen, wo er wollte, sollte er sich doch mit ihr unterhalten, sollte er doch versuchen, sie zu umgarnen und zu betören, wenn es ihm Spaß machte … Wichtig war nur, daß sie unter Menschen kam und daß ihr gebrochenes Herz, das keine Ruhe mehr fand, was auch immer sie tat, getröstet wurde.

Ein Feuerwerkskörper ging an ihrer Schläfe los. Ein Knallkörper zerriß den Himmel, und das Herz blieb ihr stehen. Sie atmete hechelnd, doch ihr Mund war nicht groß, ihre Nase nicht weit genug. Sie schnappte in kurzen Stößen nach Luft, die ihre Lunge füllte, die ihren Atem stocken ließ, an der sie erstickte und die sie doch einen Augenblick später in trockenem Keuchen wieder ausstieß, wonach sie sich niedergedrückt fühlte, zerschlagen und leer.

Mit Zimbeln, Hörnern, Kuhglocken und Rasseln, anstößigen Wortspielen und Lobliedern auf die Fleischeslust war vor dem Kloster des verrückten Propheten der Karneval ausgebrochen wie zur Zeit von Lorenzo il Magnifico. Farfaddio Scranzzi zog sie mit sich zu einem Karren, auf dem man, San Marco die Stirn bietend, den nackten Pfahl eines entblößten Phallus errichtet hatte. Das schrille Pfeifen der Kinderflöten, die Dissonanzen der römischen Buccinas, das quiekende Gedudel der Sackpfeifen, der stark synkopierte Rhythmus des Füßestampfens und Händeklatschens trafen sie wie ein Schlag im Nacken. Mongolenköpfe, Krausbärte der Götter des Olymps, Totenschädel, aufgezwirbelte Derwischschnurrbärte, als Göttinnen, Marionetten und Papageien verkleidete Lustknaben … Man kreiste sie ein. Sie fürchtete, ihr Herz könnte sie im Stich lassen. Auf der anderen Seite des runden Kirchenfensters von San Marco brannte Licht; unterdessen waren hinter den dicken Mauern des Gefängnisses des Herrn die Fanatiker dabei, die verlorenen Seelen zu verfluchen … Kein Mensch scherte sich um ihre Anathemata und Gebete. In einem einzigen befreienden Sinnenrausch tanzten die leichtfüßigen Mädchen, und die Burschen folgten ihnen im Gänsemarsch. Die Bettler streckten die Hand zum Betteln aus; die Saufbrüder steckten sich die Flaschenhälse tief in den Schlund; und die Astrologen und Wahrsager mit ihren Kartenspielen sagten das Ende der Katastrophen voraus – für irgendwann später oder für morgen. Granatapfelrote Wasserspeier, Kokarden und Federbüsche – in diesen Kulissen einer Wanderbühne glich die buntgescheckte Versammlung einem großen Ballett, in dem jeder einzelne so tat, als habe er den Tod und das Grauen vergessen. Rund um das Feuer, das man entfacht hatte, wurde palavert, die Stimme gehoben, gesungen, geschrien und der »exkommunizierte

Heilige« beleidigt. Mit verstellter Stimme befreiten sich die ehrbaren Frauen von all den obszönen und schmutzigen Worten, mit denen sie seit drei Jahren hinterm Berg hielten. Inmitten des Trauerzuges kneteten andere Frauen, Menschenfresserinnen mit nackten Brüsten, ihr Fleisch vor zehn Moribunden, die masturbierten … Eine froschgrüne Maske pflanzte sich vor Emilia auf. Mit flötender Stimme schlug sie ihr dreimal Kitzeln und einen Kuß vor. Unglaublich, daß dieser Wahnsinn sie früher amüsiert hatte! Unglaublich, daß sie, kaum war sie der Kindheit entwachsen, beim Karneval getanzt hatte, daß sie getrunken und maskierte Engel ohne Zahl geküßt hatte! Und daß sie das jetzt traurig und häßlich fand!

In alle vier Himmelsrichtungen stiegen vier Feuerwerksgarben auf, überstrahlt von vier Feuerrädern, die sich zu drehen begannen. Den aus der Erde hervorschießenden Lichtblitzen zugewandt, die von vier funkensprühenden Feuern bekränzt waren, blieben die Masken und Gesichter starr. In dieser Versammlung zu Salzsäulen erstarrter lebender Toter versuchte Emilia das Schluchzen zurückzuhalten, das aus ihr herausbrechen wollte … Was für ein Elend! Es wäre besser gewesen, sich im runden Turm zu verkriechen … Während um sie herum applaudiert wurde, zog Farfaddio Scranzzi sie am Arm. Ihre Füße verfingen sich, Hitze- und Kälteschauer überliefen sie. »Komm, du darfst hier nicht stehenbleiben!« rief der Bursche. Sie wurde von einem Strom aus goldgelbem Satin, zitronengelben Bändern, strohgelben Tüchern, orangegelben, safrangelben und kanariengelben Wimpeln und Fähnchen mitgerissen. Flügelschlagend schnitt ihr eine riesige Libelle den Weg ab und wirbelte im Kreis; mit seinem Schuppenpanzer scheuerte ein Fischmensch ihre Schulter und ihren Arm auf. Ein Buckliger blies ihr eine Schlangenzunge ins Gesicht, und ein glänzender Skarabäus kratzte sie mit seinen gekrümmten schwarzen und behaarten Beinen. Sie klammerte sich am Handgelenk von Farfaddio Scranzzi fest. »Es geht mir besser«, sagte sie sich, als sie sich dem Johannisfeuer näherten. Was ihr da in der Brust kochte, beruhigte sich offenbar, dann stieg es wieder in ihr hoch und blieb irgendwo stecken … »Es geht mir besser«, sagte sie, diesmal mit lauter Stimme. Vielleicht würde es sie ja irgendwie beruhigen, wenn sie diese Worte immer wieder wiederholte.

Plötzlich, am Fuße des lotrecht in den Himmel ragenden Phallus, erkannte Farfaddio eine Bande geschminkter Burschen und grüßte sie.

Laßt uns das Schwein hängen!
Laßt uns dem Treulosen die Eingeweide herausreißen!
Wir wollen unser schönstes Rezept
für den Exkommunizierten bereithalten.

Hub er mit ihnen zu singen an, während er in Richtung der Klosterpforten die Faust schüttelte …

Aus seinem Blut machen wir Blutwurst,
und seine Ohren werden wir grillen.
Heute gibt's Propheten- und Heiligenfrikassee, wie wunderbar!

Einer der Kumpane trug den falschen Bart eines alten Mannes, ein anderer trug eine Tunika und rotkehlchenrot und indigoblau gewürfelte Strümpfe. Alle trugen sie lange Haare und den Dolch an der Seite, bereit, zuzustoßen.

Vierteilt den Satan, kreuzigt die heilige Langohrfledermaus!
Schneid eine hübsche Schwarte aus seinen Sprößlingen und
mach Räucherspeck daraus …

Das war kein Lied mehr, das war ein Haßschrei. Runter mit den Masken, Schluß mit den Nachtschwärmern: In ihrer Ungeduld, sich ein Gefecht zu liefern, schäumten sie vor Wut. Florenz konnte nicht mehr leben, ohne sich zu zerreißen, ohne Scheiterhaufen der Eitelkeiten, ohne erdolchte Kinder, ohne Foltern, ohne Gemetzel zwischen Fanatikern und *arrabiati!* Emilia ließ Farfaddio Scranzzis Hand los. Sie rannte in einen Federbauch, mit der Stirn drückte sie einen Vogelschnabel platt wie eine Ziehharmonika. Warum gab es niemanden mehr, der klar und vernünftig denken konnte? Sie stieß gegen die Brust einer ziegelsteinroten Dirne. Ein Meteor zerbarst am Himmel, und zwei Streithammer trafen sie in den Bauch. Man wollte sie packen, sie an sich reißen, ihr das Gesicht lecken und sie beißen, doch mit einem Fußtritt machte sie sich frei und rannte dann, das Oberteil ihres Kleides zerrissen, im Gedanken daran, daß das Ende von Florenz und das Ende der Welt nahte, den Weg zurück zu ihrem runden Turm.

Alessandro Botticelli

Februar/Juni 1498

39

Alessandro Botticelli zog aus dem Skizzenstoß eine seiner Federzeichnungen hervor, ein Projekt, das fünfzehn Jahre alt war. Die Harmonie der Gegensätze, die vereinten und besänftigten Kräfte der Liebe und des Krieges ... Venus und Mars lagen darauf ausgestreckt einander gegenüber und genossen die Süße des wiederhergestellten Friedens. Die Göttin mit ihren bebenden Rundungen, umgeben von kleinen Satyrn mit spitzen Ohren, betrachtet den nackten, eingeschlummerten Gott, der männlich und doch von glatter Haut und anmutig ist. In der Szene lag Zärtlichkeit, und die darin zum Ausdruck gebrachte Hingabe bewegte sich innerhalb der moralischen Grenzen, welche die neue Republik gesetzt hatte.

Dennoch legte Botticelli seine Zeichnung in die offene Kiste, auf den bereits hohen Stapel der Werke, die er bei der zweiten Verbrennung der Eitelkeiten den Flammen zu opfern gedachte. Bloß keine Reue! Diese Allegorie einer höheren Humanität, wie sie Poliziano und Pico della Mirandola so teuer war, war allzu erbaulich. Plötzlich bedauerte der Meister, daß sich das Original im Besitz der Familie Vespucci befand, in deren Auftrag er es angefertigt hatte, denn sonst, so sagte er sich, hätte er sich auch dieses Werkes entledigt.

Als er sich anschickte, weiter in seinen Skizzen zu kramen, hielt Benedetto Sermini ihn am Arm fest. Es überraschte ihn nicht. Er hatte schon gemerkt, daß sein Lehrling ihm seine Mißbilligung zeigen wollte, und obwohl es immerhin darum ging, einen Teil seines Werkes zu zerstören, machte er sich darüber lustig.

»Nicht!« sagte der junge Bursche. »Ihr habt zwei Gemälde des heiligen Sebastian geopfert, vier Grazien, eine Anbetung der

Heiligen Drei Könige, sechs Porträts ... Ich bitte Euch, das genügt!«

»Meine Sebastianfiguren waren allzu nackt«, erwiderte er. »Ihre Hüften waren schmal und das Fleisch ihrer Brustkörbe durchscheinend, dazu angetan, irregeleitete Geister auf Gedanken zu bringen. Und was meine Porträts anbelangt, so habe ich sie verworfen, es sind bloß gefallsüchtige Mädchen und geschminkte Metzen. Was meine Heiligen Drei Könige angeht, so waren sie von Verbannten und Feinden der Republik umgeben, die man besser versteckt.«

»Und diese andere Zeichnung von einer Königin auf ihrem Wagen, angetan mit einem Kleid, das einer lodernden Flamme gleicht? Warum sollte sie zusammen mit den anderen verbrannt werden?« empörte sich Benedetto. »Was ist daran unmoralisch?«

»Das ist das Bild einer Frau aus dem Fegefeuer, einer Sterblichen, die ich vergessen möchte. Die Szene hatte keinerlei Tiefe, sie war geistlos, leer und mißraten ...«

»Ich habe gesehen, wie Ihr vor einem Jahr einen Akt von außergewöhnlicher Feinheit in die Gluthitze geworfen habt«, fuhr Benedetto fort. »Ich habe gesehen, wie ein blumenumkränztes Gesicht aufgesprungen und wie ein Leib von vollkommener Schönheit geschmolzen und in der Mitte in zwei Teile zerborsten ist ... Darüber bin ich noch immer untröstlich.«

Der Junge schien erschüttert zu sein. Botticelli lächelte ihn an – so liebte er ihn: Wenn er die Fassung verlor wie eine junge Braut, die ihre Jungfräulichkeit verlieren sollte. Es war eine gute Idee gewesen, daß er ihn, während Baccio im Atelier war, hatte kommen lassen, um die Zeichnungen und Gemälde auszuwählen, die dieses Jahr verbrannt werden sollten.

»Für einen *piagnone* hast du aber ein weiches Gemüt!« fuhr er fort. »Opferst du nicht selbst dein Haar, das von Natur aus schön und gelockt ist?«

»Das ist ein Erkennungszeichen! Wir müssen doch wissen, die einen wie die anderen, zu welchem Lager wir gehören.«

»Der geschorene Kopf steht dir gut, sei unbesorgt! Wäre man da nicht mit der Schere darübergegangen, läge dein Gesicht im Schatten. Dein Blick wäre erloschen, und du hättest weder etwas Reizvolles noch etwas Interessantes.«
Der Junge antwortete nicht. Es war leicht, ihn leiden zu machen. Früher oder später, falls er lange genug leben würde, falls keine Klinge ihm vorher den Lebensfaden abschnitt, würde dieses Spiel ihn schließlich härter werden lassen. Das war die beste Art, ihm zu helfen, und da es so verführerisch war, die beste Art, ihn zu lieben.
Botticelli setzte sich wieder die Augengläser auf die Nase und zog aus dem Haufen seiner Werke, den er zu Füßen seiner Bibliothek aufgestapelt hatte, eine *Madonna mit Kind* voller Anmut heraus, mit Temperafarben auf Holz gemalt.
»Man darf keine Kompromisse machen; was schlecht ist, darf nicht überdauern«, sagte er, Entschlossenheit vortäuschend. »Schau doch, nichts daran ist katholisch! Sieh nur, wie weiß das Gesicht der Maria ist und wie rosig und glänzend ihre Lippen. Du glaubst, sie erhebe sich durch die Kontemplation der göttlichen Schönheit, und ihre Liebe sei erhaben ... Irrtum!« rief er aus und schleuderte die kleine Tafel in die bereits volle Kiste. »In Wahrheit macht es ihr Freude, den Speck des Säuglings zu streicheln und sein dickes Bäuchlein zu tätscheln! Ins Feuer damit, ins Feuer! Auch das will ich nicht mehr! So viele Hintergedanken, es widert mich an!«
Eine Stunde später, unmittelbar vor der Piazza della Signoria, wurden Botticelli, Benedetto Sermini und Baccio della Porta, der sich ihnen angeschlossen hatte, von einer Bande von *arrabiati* angegriffen, welche die Garde, die sie umzingelt hatte, nicht mehr in Schach zu halten vermochte. »Auf zum Karneval der Gottesfurcht, auf den Scheiterhaufen mit euch!« brüllten die Hitzköpfe. »Bald wird man euch auf dem Feuer rösten, gekreuzigt mit dem Kopf nach unten!« Ein Hagel von Steinen, Nägeln, Spucke und zersplitterten Stücken von Kreuzen ging auf die drei

nieder. Getrieben von dem tobenden Gesindel, mußten sie laufen, um sich in Sicherheit zu bringen. Der arme Baccio, der, den Befehlen seines Meisters gehorchend, den Handkarren schob, auf den man die für die Flammen bestimmten Werke geladen hatte, bekam den Kadaver eines verreckten Hundes an den Kopf geworfen, und ein weiterer Kadaver einer frisch aufgeschlitzten Katze fiel zwischen seinen Füßen zu Boden. Benedetto zog seinen Dolch und wandte sich zu der Teufelsbande um. Botticelli mußte ihn bei der Hand nehmen und fortziehen, um zu verhindern, daß man ihn niedermetzelte. »Du wirst dich an einem anderen Tag schlagen!« herrschte er ihn an. »Ich brauche dich. Du wirst dich später abstechen lassen, wenn ich es dir sage!«

Zwei Straßen weiter gerieten sie in das nächste Handgemenge. Aufgehalten von einer Schar Blankschädel, die ihnen mit Haken, Piken, Rosenkränzen und leuchtendroten Kreuzen vor der Nase herumfuchtelten, mußten sie verhandeln. Sie mußten sich rechtfertigen und erklären, wer sie waren, um durch die Sperre aus Knüppeln und Speeren zu kommen, die sich vor ihnen aufgepflanzt hatte.

Als sie schließlich vor dem Palazzo ankamen, stellte Botticelli fest, daß die Menge, die man sorgfältig nach Vierteln eingeteilt hatte, nur noch halb so groß war wie im Vorjahr. Die Angst vor der Exkommunikation hielt die Anhänger der Republik zurück. Auch wenn Savonarola recht daran tat, Papst Alexander anzuklagen, den er mit dem Pharao von Ägypten verglich, so verachtete er ihn doch mit allzuviel Inbrunst. Indem er trotz seiner Verbote beharrlich weiterpredigte, provozierte er ihn und ging in die Falle, die man ihm gestellt hatte. Wie auch immer die neuen Wahlen ausgehen würden, die Feinde spürten den Sieg näher rücken, und von dem Waffengerassel wurde ganz Italien erschüttert. Kaum war die Pestepidemie bezwungen, sprach man schon von Krieg. Und der Zorn Roms brachte ganz Florenz in Gefahr ... Beunruhigt betrachtete Botticelli den Scheiterhaufen der Eitelkeiten, den die Kinder mit Weihwasser besprengten. Wie ein

gewaltiger Berg in der Mitte des Platzes errichtet, an der Spitze gekrönt von einem häßlichen Luzifer, der umgeben war von den sieben Todsünden, floß er nur so über von lustigen Masken, Halsketten und Goldschmuck, verbotenen Büchern, antiken Gemälden, feingearbeiteten Spitzen und Perücken, deren blonde Zöpfe und lange Mähnen sich wie ein Wasserfall von einer Stufe zur nächsten ergossen. Er sah den großen Altar aus Stroh und Holz, welcher der Pyramide der Hölle glich, deren Höllenkreise und verschiedene Stufen er, getrieben von der Verzweiflung, daß er jene, die er suchte, niemals wiederfinden würde, heimlich zu erforschen trachtete.
Nachdem man unter dem Scheiterhaufen das Feuer angezündet hatte, trieb ein Windstoß den Rauch über die Menge, und während der Segen gesprochen und Psalmen und Loblieder gesungen wurden, fingen plötzlich alle zu weinen, zu husten und zu schniefen an. Das Tabernakel, das von vier jungen Leuten getragen wurde und auf dem, gekrönt vom Licht des Paraklet, eine Madonna thronte, schwankte und drohte umzustürzen. Halb blind wandte Botticelli sich um. Was hatte er hier zu suchen? War er gekommen, um einen Strich unter seine Vergangenheit zu ziehen oder um eine ins Wanken geratene Überzeugung wieder zu stärken? Trotz seiner geröteten Augen hielt sich Benedetto Sermini aufrecht an seiner Seite. Er beneidete ihn darum, einen solch festen Glauben zu besitzen.
Mit schrillem Klang ertönten die Trompeten der Signoria, und die Kirchenglocken begannen zu läuten. Nun züngelten die Flammen hoch, und das Feuer knisterte. Droben auf dem Gipfel wurden zuerst die Bocksfüße und dann der rote Bauch von der Glut erfaßt. Von den Darstellungen der Wollust und des Neides, die ihn umgaben, blieben bald nur noch zwei riesige Fackeln übrig, aus denen leuchtende Funken stoben. Botticelli packte sein Temperagemälde der Jungfrau, und als würde er Abfall auf einen Misthaufen werfen, schleuderte er es ins Feuer. Es kam auf dem ersten Absatz auf, glitt dann aber über einen goldbestickten Stoff

und fiel schließlich verkehrt herum, das Gesicht dem Pflaster zugewandt, zu Boden, neben einer Ausgabe des *Morgante* von Pulci und einem weiteren Gemälde, auf dem Kleopatra in den Armen ihres Geliebten Antonius zu sehen war. In einem Wirrwarr von Mißtönen stimmte die Menge ein großes *Tedeum* an, und Botticelli ergriff seine Skizze von Venus und Mars. Als er Benedettos Anwesenheit neben sich spürte, wurde er von Zweifeln gepackt. War er diesmal der einzige Künstler, der an dem Brandopfer teilnahm? Etwas weiter entfernt, abseits von der Menge, gewahrte er den jungen Michelangelo Buonarroti, doch dieser sah bloß zu und stand mit leeren Händen da. Er betrachtete seine Zeichnung: Diese Lobpreisung der universellen Eintracht gehörte einer vergangenen Welt an. Das war nicht nur ein Spiel, mit dem er die Umstehenden provozieren wollte. Die falschen Bilder der züchtigen Tugend und der reinen Schönheit hatten keine Daseinsberechtigung mehr. Um die höchsten spirituellen und intellektuellen Sphären zu erreichen, dessen war er von nun an gewiß, galt es einem anderen, düsteren und gewundenen Pfad zu folgen.

Wie er es mit seinem Bild der Jungfrau getan hatte, warf er auch dieses ins Feuer. Und einen Augenblick später war das Pergament nur noch ein Hauch Asche im Februarwind.

Ah! Dieses Ziehen, dieser Schmerz in der Brust! Ah! Dieser Käfig, der sich schließt und dessen Eisenstäbe sich immer fester zuziehen! Ah! Dieser Stich, der das Herz quält! Dieses Korsett, dessen scharfe Klingen das pulsierende Fleisch einschnüren!

Jetzt hatte ihn der Schmerz schon seit zwei Jahren fest im Griff ... War es nötig, daß der Tod sich, um sein Ziel zu erreichen, mit solcher Hast ankündigte? Seine Ungeduld erstaunte Alessandro. Diese ständige Quälerei, welch schlechte Kalkulation. Statt fatal zu sein, schlug jede neue Attacke fehl. Und das Erreichen des Ziels wurde durch die Voreiligkeit nur verzögert, denn das gewarnte Opfer war auf der Hut und verteidigte sich.

Unterdessen wurde die schwarze Hündin ungeduldig. Mit geballter Faust drückte sie den nieder, den sie so sehnlich fortzuholen trachtete ...

Auf seinem Podium sitzend, bemühte sich Botticelli, den eisernen Handschuh zu vergessen, der ihm die Luft abdrückte. Er betrachtete sich in aller Ruhe sein Atelier. Paneele für die Möbel eines Brautpaars, in Auftrag gegebene Porträts, Entwürfe zum *Leben der Lukretia,* ein Triptychon der *Kommunion,* umrahmt vom heiligen Hieronymus und dem heiligen Augustinus ... Seit halb Florenz sich in Bewegung gesetzt hatte, um die Freske des *Lazarus* in San Gaetano zu bewundern, gingen die Geschäfte zwar nicht blendend, aber doch ganz ordentlich. Dioneo Sellajo, Lioncino Urbetti, Carmino Frenzzi und die anderen auch, ebenso die neuen, und Lanunzio Petri und Benedetto Sermini – sie hatten alle zu tun ...

Benedetto Sermini ... Sein bezaubernder Lieblingsschüler, der nicht wußte, daß der Meister ihn liebte ... Botticelli fragte sich: Was tat er wohl jetzt? Seit dem Herbst hatte er sich nicht mehr nach seinen Fortschritten erkundigt. Er war nicht mehr darüber auf dem laufenden, wie weit er mit den Illustrationen zum *Triumphus Crucis* gediehen war, in dem Girolamo Savonarola in vier Büchern und siebenundfünfzig Kapiteln die gesamte katholische Doktrin erläuterte. Wie kam dieser kleine Lehrling mit der Darstellung des mystischen Wagens zu Rande, auf dem der siegreiche Christus mit der Dornenkrone stand? Für ihn, der sich in so wenigen Dingen auskannte, dürfte das eine schwierige Aufgabe sein. Laut Dioneo Sellajo traten, obwohl er ein etwas wirrer Geist und von seinem Temperament her etwas zögerlich war, seine Fähigkeiten allmählich zutage. Und er mühte sich redlich, der tapfere Färber! Seine Finger um die Feder gekrampft, zog er jeden Strich nach! Der Schein der Lampe erleuchtete seinen rasierten Schädel, der ihm einen geschwungenen und hübschen Nacken bescherte. Wenn er ihn so betrachtete, sagte sich der Meister, daß ihn bei diesem Jungen nicht die Schönheit anzog, sondern die Rundung seines Schädels, der kräftige Schwung seiner Kopfhaltung, die klare Zeichnung seines ausgewogenen Profils, das Linkische und die natürliche Frische seiner noch arglosen Jugend. Trotz der Krankheit hatte sich auch Fiola del Lama bis zu ihrem Tode diese Reinheit ohne Falsch bewahrt. Was für ein trauriger Anblick es doch war, Baccio, der nur fünf Jahre älter war, neben Benedetto zu sehen, so grau, stets besorgt und niedergedrückt!

Er schenkte sich ein drittes Glas Wein ein. Er sehnte sich nach Betäubung.

Wozu sollte er sich, wie jeden Abend, wieder seine Zeichnungen der *Göttlichen Komödie* vornehmen? Seit er die Kreise der Hölle abgeschlossen hatte, in denen er die in Sonne gekleidete Frau nicht gefunden hatte, irrte er vergebens auf den strahlenden Hängen des Läuterungsberges umher. Die Hüterin des Landes der Toten, die über einen bleichen Mond herrschte, entglitt ihm. Er war in einem geistigen Chaos versunken. Während er nach dem widerspenstigen Engel suchte, stürzte er immer tiefer in den Abgrund. Er hatte keine Ideen mehr, die Formen und Bewegungen wollten ihm nicht gehorchen. Seinen klammen Fingern mangelte es seither an jeglicher Geschicklichkeit. Sein Gedächtnis trübte sich.

Während er den köstlichen Weißwein aus der Toskana, der nach grünen Früchten schmeckte, die Kehle hinunterrinnen ließ, kam ihm eine seiner verlorenen Zeichnungen wieder in den Sinn. Darauf war die junge Fiola del Lama in Gestalt der Flora zu sehen. Sie posierte wie eine junge Braut, mit ihrem Schleier und ihrem Blumenkranz. Umschienen vom Licht der Liebe. Und doch gewahrte man auf ihrem Gesicht bereits die Spuren des Übels, das sie dahinraffen sollte. Sie schien keinerlei Schmerz zu empfinden. Sie war heiter, und doch war ihr Blick entrückt. Sie nahm bereits das Unsichtbare wahr. Rechter Hand der Kopf eines Löwen, der sie bedrohte, kaum angedeutet in dem düsteren Dekor. Es war eine undeutliche Gefahr, eine fast verdrängte Bedrohung, über die sie sich lustig machte. Dieser Schatten, der sie umgab, zog sie an, denn jenseits der tiefen Schwärze ahnte sie die Wandlung, die sie erwartete.

Au! Wie das Innere seiner Brust ihn hinabzog! Schmerze nur, du Fleischerhaken, der du dich festgebissen hast und mir das Fleisch zerreißt! Pack mich nur, du plötzliche Angst, die du herumwirbelst und mich aufsaugst! Fiola, die Einzige, kann den Wankenden wieder auffangen. Sie allein kennt den Pfad der inneren Metamorphosen. Sie allein kennt den Weg, der zur ewigen Herrlichkeit führt.

Er kehrte wieder zu Benedetto Sermini zurück, und die verschwommene Zeichnung verblaßte allmählich …

Was für ein tragischer Irrtum! Dieser Junge mit dem rasierten Schädel konnte ihm auf der Suche nach der Spur, die er seit zehn Jahren verfolgte, rein gar nichts nutzen.

Schließlich goß er sich den Rest der Karaffe ein. Der Wein funkelte in goldenen und strohgelben Glanzlichtern … Was hatte das schon für eine Bedeutung, wenn es ihm, während ihn die mefitische Bestie dahinraffte, nicht gelang, das reine Licht zu erkennen, das ihm helfen würde zu sterben? Doch Fiola war lebendig und wirklich gewesen. Eine junge Frau, weder schöner noch anders als die anderen ihres Alters und ihres Geschlechts, sie hatte gesungen, getanzt, gelacht und geweint. Zwei Jahre lang hatte er sich die Augen mit ihr gefüllt und sie tausendfach umarmt und gestreichelt! Aber gewiß doch, der Tod hatte sie ihrem Leib entrissen, indem er sie bezauberte! *Donna, femina, feminetta …* Doch wer würde rechtzeitig das vergötterte Bild, das ihm fehlte, wieder zu neuem Leben erwecken?

40

Benedetto war entzückt. Er vermochte kaum zu glauben, was er da vernahm: Weit davon entfernt, sich dem immer stärkeren Druck zu beugen, der auf die Republik Christi ausgeübt wurde, hob Fra Girolamo den Kopf. Mit einem herrlichen Feuereifer tat er so, als wüßte er nicht, daß seinen Anhängern die Macht der Exekutive aus den Händen glitt, daß die neue Signoria, die am Tag des zweiten Scheiterhaufens der Eitelkeiten gewählt worden war, ihm feindlich gesinnt war und daß, dem Beispiel der Hälfte seiner Truppen folgend, die wenigen Unterstützer, die er in der Geschäftswelt besaß, ihn fallenließen. Jetzt beschuldigte er von der Kanzel herab die Kurie und die kirchliche Hierarchie, auf die schiefe Bahn geraten zu sein, jetzt weissagte er den lasterhaften Pfarrern und ihren Konkubinen das Feuer des Himmels, und zur Säuberung der Kirche rief er zu einer Versammlung des Gottesvolkes, der »guten Pfarrer, der guten Prälaten und aller guten Mitglieder des Klerus« auf. Jetzt, zu der Stunde, da eine Versammlung der Kardinäle in Rom ihn als »Juden, Dieb und niederträchtigen Schurken« bezeichnet hatte, der »die Armut predigt, während er die Schätze versteckt, die er gestohlen hat«, rief er seine Getreuen auf, in seinem Krieg gegen das Böse, gegen dieses Rom, in dem sich in allen großen Orden, darunter auch dem seinen, die Korruption breitgemacht hatte, unerschrockene und erbarmungslose Soldaten zu sein. Jetzt, in dem Augenblick, da im Gefolge des Papstes immer mehr Stimmen laut wurden, um zu fordern, Florenz möge diese »giftige Hydra in Ketten« in sicherem Geleit ausliefern, damit sie verurteilt und bei lebendigem Leib verbrannt werden könnte, forderte er ein Konzil, um den Übeln der Kirche abzuhelfen und den »unwürdigen Papst« abzusetzen. »Ich versichere euch, *in verbo Domini*«, rief der Prophet, »daß dieser Borgia nicht Petri Nachfolger ist und daß er nicht als ein solcher gelten kann, denn ganz zu schweigen von der entsetzlichen Sünde der Simonie, deren er sich schuldig gemacht, indem er sich den Heiligen Stuhl mit Geld erschlichen hat, ganz zu schweigen von seinen anderen Sünden, glaubt er nicht an Gott!« Dort in San Marco, wohin der Prediger, dem es verboten war, in Santa Maria del Fiore zu predigen, sich hatte flüchten müssen, fühlte Benedetto, wie diese Herausforderung ihm ein Gefühl von Größe gab. Er vergaß darüber die quälende Erinnerung an den armen Jungen, den er hatte abstechen müssen. Während der Terror sich in Florenz ausbreitete und Ströme von Blut die toskanische Erde tränkten, dachte der Heilige, in Bann geschlagen vom Geiste Christi des Erlösers, der ihn erleuchtete, gar nicht daran, Kompromisse zu schließen. Im Gegenteil, er verkündete, das Gesetz Christi könne immer noch triumphieren. Was kümmerte es ihn, wenn seine Verwünschungen die Ungeduld und den Wahnsinn jener schürten, die wie Jacopo Masini allem ein Ende machen wollten? Im Kirchenschiff, inmitten seiner Brigaden von Würgeengeln, nickte Fra Domenico da Pescia, der gleich einem Wachskadaver wie angenagelt auf seiner Tragbahre saß, als Zeichen seiner Zustimmung mit dem Kopf, zu seinen Füße zahlreiche Blankschädel, die, von Ekstase gepackt, weinten. »Die weltliche Macht hat die Kirche korrumpiert!« setzte der Prophet hinzu. »Fürchten wir nicht den Tod, wenn es darum geht, zur Reinheit der Regel zurückzufinden und die Wiedererrichtung des Königreichs Gottes unter den Menschen voranzutreiben!« Als er donnerte: »Gemeinsam werden wir uns dem Martyrium weihen!«, warfen sich über hundert Eiferer auf die Knie und schrien, sie wollten an seiner Seite ins Feuer gehen … Benedetto spürte, wie ihm ein eisiger Lufthauch über die Schulter wehte. Das Ende nahte! Schon bald würde eine der beiden Seiten den Sieg davontragen und die andere ausgerottet werden. Zum Zeichen ihrer Ergebenheit schlugen die von der

Färberbande, die sich niedergeworfen hatten, ihre Stirnen gegen die Steinfliesen von San Marco. »Herr! Herr, dein Reich ist von dieser Welt, und wir sind dein bewaffneter Arm!« brüllten sie wie aus einem Munde. »Die Ungläubigen werden wir niedermähen, o Christus! Sie sind reif für deine Ernte!«
Diese da warteten nur auf eine Gelegenheit, sich mit Eisen und Stahl in einen Aufstand zu stürzen.
Als sie sich wieder erhoben, las Benedetto den Tod in ihren aus den Höhlen getretenen Augen. Dann sah er, wie sich die Ereignisse mit entsetzlicher Geschwindigkeit überschlugen. Er sah, wie die Signoria, getrieben von den Drohungen Roms, die Festnahme des Führers der Republik beschloß und ein allgemeines Gemetzel auslöste. Er sah das klaffende Fleisch und das siedende Blut, das vergossen wurde. Er sah, wie die Eingeweide sich übers Pflaster ergossen und eine Schlammlache bildeten, die noch röter war als die vom Kai des Färberviertels …
Als er völlig aufgewühlt wieder ins Atelier zurückgekehrt war, stieg der Meister, der in der Regel Dioneo Sellajo die Leitung überließ und sich nie um das kümmerte, was er tat, von seinem Podium und sprach ihn an.
»Zeig mir das, Benedetto«, sagte er und deutete auf seine Zeichnung.
Mit einem Gefühl des Unwohlseins, denn er wußte, wie unerbittlich der Meister in seinem Urteil war, zeigte er ihm die Szene zu dem ersten Buch von Fra Girolamos *Triumphus Crucis,* die er für die illustrierte Ausgabe bearbeitete, welche San Marco im Atelier in Auftrag gegeben hatte. Mit zusammengekniffenen Wimpern, die Augen fast geschlossen hinter den Gläsern seiner Brille, prüfte Botticelli die nahezu vollendete Zeichnung. Gebeugt über den Christus, der mit seinen Leidensmalen neben der Jungfrau Maria und umgeben von den Urnen, welche die Asche der Märtyrer enthielten, auf dem fürstlichen Wagen stand, sagte er, jedes seiner Worte deutlich artikulierend:
»Das Schwierigste ist, das, was wir nicht sehen, offenbar werden

zu lassen. Bei der Betrachtung deiner Zeichnung sollten wir den Eindruck haben, das Fundament unseres Denkens sei unanfechtbar. Es müßte uns wahr erscheinen, daß Christus gekreuzigt und angebetet wurde und daß er, aufrecht auf seinem Triumphwagen stehend, der einem Wandertheater gleicht, die Welt bekehrt hat.«

»Ist das nicht der Fall?« hauchte Benedetto. »Glaubt Ihr, daß es mir immer noch an Natürlichkeit mangelt und daß es mir an Wahrhaftigkeit fehlt?«

Der Meister schüttelte den Kopf. Wie sollte man erraten, was er dachte? Die Augen starr auf seinen Nacken und den hinteren Rand seiner Mütze geheftet, rechnete Benedetto schon mit dem Schlimmsten …

»Wer spricht denn hier von Wahrhaftigkeit?« stieß Botticelli hervor. »Dieser Wagen durchquert das Universum. Gleich der neuen Welt, der die neue Philosophie entspringen wird, setzt er die Prinzipien, denen die neuen Regeln entstammen werden. Er schreitet von Apotheose zu Apotheose. Und doch habe ich Mühe, seine Herrlichkeit zu erkennen. Was für einen Unterschied machst du zwischen den Aposteln, die ihn ziehen, und den Feinden Christi, die ihm mit ihren zerbrochenen Götzen folgen, ihren umgestürzten Altären, ihren verbrannten Büchern und Bildern? Sicher, die einen sind stolz und aufrecht, während die anderen, so, wie du sie darstellst, die Stirn senken, doch wo ist die Ekstase, welche die Prediger und Propheten verklärt? Und wo bringst du die Schande zum Ausdruck, welche die Ungläubigen versteinert?«

Benedetto breitete in einer Geste der Ohnmacht die Arme aus.

»Und doch glaube ich an das, wovon Ihr redet!« sagte er traurig. »Ich dachte, ich hätte es zum Ausdruck gebracht.«

»Sei nicht enttäuscht«, erwiderte Botticelli, »du bist bloß zu jung, um den Sinn der Metamorphosen zu begreifen.«

»Ich tue mein Bestes …«, seufzte Benedetto. »Schon am ersten Tag habt Ihr mir gesagt, daß ich kein Künstler bin. Ich glaube in

der Tat, daß das hier Eures Ateliers nicht würdig ist und daß man es besser verbrennen sollte.«
»Na, na!« rief der Meister aus und tätschelte ihm den Nacken. »Schaut ihn euch an, den bösen Buben, der verbrennen will, was er gemacht hat! Was du zu geben hast, steckt noch in dir«, flüsterte er seinem Lehrling ins Ohr, »doch schon bald wird es herauskommen. Hab Geduld: Eines Tages, wenn du es gar nicht erwartest, wird das, was dich zurückhält, von dir abfallen. Auch mir ist es so ergangen ... Aber jetzt wollen wir uns aufwärmen, es ist kalt!« rief er plötzlich aus.
Mit drei Schritten war er auf seinem Podium und mummelte sich in seinen großen Mantel ein.
»Komm! Ich nehme dich in die Schenke mit, einen Krug Wein leeren!«
»Jetzt sofort?«
»Ja.«
Benedetto blickte den Meister ungläubig an. Plötzlich nahm dieser seine Brille ab.
»Los, wir wollen uns ein wenig vergnügen!«
»Jetzt?«
»Komm schon, Junge! Das wird uns guttun. Danach können wir wieder klarer denken.«
Benedetto legte seine Zeichnung hin, und sie gingen hinaus. Während Botticelli vor ihm durch den Platzregen lief, fragte er sich, warum der Meister ihn daran hinderte, das, was er gezeichnet hatte und was schlecht war, zu zerstören. Als Botticelli merkte, daß er dem Jungen vorauseilte, drehte er sich zu ihm um und zog ihn am Arm mit sich. Benedetto sah, daß sein Blick unter der regendurchtränkten Mütze glänzte. Seine Finger hielten ihn fest gepackt. Das war das erste Mal, daß sie gemeinsam ausgingen und daß er ihn berührte. Gegen den Wind kämpfend, der ihnen ins Gesicht peitschte, lief der Meister mit geräuschvollem Schritt, den Oberkörper nach vorn geneigt.
Er war belustigt. Vielleicht mokierte er sich über ihn ...

Sie gingen bis zum Ende der Straße. Als sie sich schon anschickten, die Schenke vor San Paolino zu betreten, blieb Botticelli stehen.

»Da siehst du, Benedetto«, rief er, »wie die Qual der Hölle uns gleichgültig läßt. Da siehst du, wie das Feuer unserer Seele dem Wind trotzt.«

41

G*ewiegt vom Schritt seines Maultiers,* wäre Alessandro Botticelli auf dem Weg nach Careggi beinahe eingeschlafen. Ein Sonnenstrahl auf seiner Wange hatte ihn der dumpfen Benommenheit entrissen, in der er mitten am Nachmittag dahindämmerte, weil er endlose durchwachte Nächte über seinen unvollendeten Zeichnungen verbracht hatte. Über Fiesole hatte ein Stück Blau den Wolkenschleier durchdrungen, und die frostige Wärme der letzten Wintersonne hatte seinen benommenen Geist wiederbelebt.

Zwischen zwei glänzenden Hecken, welche die Februarregen rein gewaschen hatten, stieß er seinem Reittier mehrmals mit den Hacken in die Flanken. Er brauchte Hilfe, und die Zeit drängte! Dort, wo der steile und steinige Weg gerader wurde, unter den Bäumen, von deren Zweigen der Regen troff, trieb er das Tier an, das wie sein Herr am Einschlummern war und dessen Hufe in der morastigen Wegspur versanken. »Schneller! Hü, so lauf doch! Schneller!« Er verließ so selten die Stadt, daß er nicht einmal mehr die Gelegenheit fand, sich in sein Haus in Bellosguardo zu begeben, das er vor fünf Jahren gekauft hatte und das mit seinem Garten und seinen Weinbergen auf der anderen Seite von Florenz lag. Die kleinste Reise machte ihm schon zu schaffen. Wie sein Vater am Ende seiner Tage wollte er, kaum daß er aufgebrochen war, schon am Ziel angelangt sein.

Er hatte es eilig, anzukommen und die Hand desjenigen zu schütteln, mit dem er gemeinsam ein neues Universum entdeckt hatte.

Als er am Portal der altehrwürdigen Villa von Cosimo dem Alten und Piero il Gottoso angekommen war, stieg er ab. Seit der

Krankheit Marsilio Ficinos, seit die Platonische Akademie sich nur noch selten um ihren Gründer versammelte, war er nur zweimal an diesen Ort zurückgekehrt, an dem die Grundfesten seiner Inspiration Gestalt angenommen hatten. Er blickte hoch zu dem bewachsenen Rundweg, der die imposante herrschaftliche Festung einfriedete, und rief sich gerührt die bewegende Erinnerung an seine verstorbenen Freunde von der Akademie wach: Antoni Manetti, den Architekten und Mathematiker, Kopisten und Kommentator der *Göttlichen Komödie;* Giovanni Pico della Mirandola, den lustigen gelehrten Bruder, der stets dafür stritt, daß die universelle Herrschaft der *pax philosophica* errichtet würde; Poliziano, den Übersetzer der *Ilias* und eifrigen Anhänger der in die Hölle abgerufenen Eurydike ... All die glorreichen Streitgespräche, all die heftigen Wortgefechte, all die müßigen Spitzfindigkeiten und das irre Gelächter, all das wütende Gebrüll und die Zornesschreie hallten in seinem Geiste wider, während er die Allee einschlug, die zwischen zwei Rosenhecken zum Eingang der befestigten Villa führte! Die Glücksmomente waren zu schnell vergangen, fast schon *incognito,* ohne irgend etwas, das im ersten Augenblick bemerkenswert erschien. Warum waren sie nicht an seiner Seite, sie, seine Freunde, die Fiola del Lama gekannt und geliebt hatten? Mit ihnen zusammen wäre die Prüfung, die ihm bevorstand, weniger gefährlich gewesen ...

Er fand Marsilio Ficino im Garten, seinem bevorzugten Ort der Reflexion und Erholung. Obwohl der Nachmittag schon fortgeschritten war, und trotz der Kühle und des schwindenden Tageslichts, speiste der alte Mann inmitten seiner Goldlack-, Myrten- und Jasminpflanzungen, in denen die Mitglieder der Akademie, Bewunderer Platons, Verfechter der ursprünglichen Reinheit, erbitterte Feinde der Verirrungen, welche die Unsterblichkeit und die Individualität der Seele negieren, zehn Jahre lang ihre berühmten Bankette abgehalten hatten. Wie es seine Gewohnheit war, ernährte sich dieser Philosoph und Astrologe, dieser nahezu

heiligmäßige Asket, von Eidottern, deren Gold, so sagte er, von der Sonne stammte. Der junge Marcuccio, sein Diener und treu ergebener Freund, dessen lange Haare in Locken niederfielen und der sich eine gelbe Toga im antiken Stil angelegt hatte, fütterte ihn mit dem Löffel. Botticelli ging auf den Rollstuhl zu, an den der Gründer der Florentinischen Akademie seit dem tragischen Abend, an dem die Krankheit ihn plötzlich niedergeworfen hatte, gefesselt war, der stets seine Brille greifbar hatte, um die Sterne zu beobachten, die ihm nichts mehr nutzten. Als Marsilio Ficino ihn erblickte, schenkte er ihm ein außergewöhnlich bleiches und starres Lächeln und versuchte vergeblich, ihm seinen gelähmten Arm, der unter der schützenden Decke lag, entgegenzustrecken. Er war bärtig und sein Gesicht mit geplatzten Äderchen durchzogen, er trug ein blaues Gewand mit Pelzkragen und eine mittelalterliche Mütze mit aufgerolltem Rand und nickte ihm, zum Zeichen, daß er ihn erkannt hatte, einfach zu. An seinen Lippen klebte getrockneter Eidotter. In seinem Blick, der einst vor Intelligenz und Lebendigkeit gestrahlt hatte, konnte Alessandro keinen Glanz mehr erkennen. Diese Leere im Blick kannte er. Während ihrer letzten Lebenstage hatte Fiola del Lama sich auf ähnliche Weise aus der Wirklichkeit zurückgezogen.
Er kniete neben dem alten Mann nieder. In dieser ländlichen Umgebung, die ihm als Modell für seine *Allegorie des Frühlings* gedient hatte, ergriff er die Hand des Mannes, der sein Führer gewesen war.
»Wie geht es Euch, Marsilio?« fragte er ihn. »Meint Ihr nicht, es ist ein wenig frisch, um hier draußen sitzen zu bleiben?«
Seinen blutleeren Mund verzerrend, der in den Mundwinkeln weiß war von getrocknetem Speichel, antwortete der Philosophenpriester, der einst eine außergewöhnliche Eloquenz besessen hatte, unter Mühen:
»Es ist Frühling, Sandro, ich rieche die ersten Düfte des Weinbergs …«

»Es ist Winter, die Erde ist nackt, und die Bäume sind kahl. Ihr müßt Euch in acht nehmen, die Sonne spendet nur ein bleiches Licht, das einen noch nicht zu wärmen vermag.«
»Nein, nein, im Gegenteil, es ist lau, es erwärmt wieder die Säfte, und die Natur, die es umarmt, will zu neuem Leben erwachen.«
Als sich Marcuccio, der aufrecht und schön war wie der *David* von Donatello, mit seinen zerdrückten Eidottern entfernte, nahm Botticelli sich die Freiheit heraus, dem Greis, seinem verehrten Freund, den schmutzigen Mund abzuwischen.
»Du kommst selten«, fuhr Marsilio Ficino fort. »Obgleich das hier deine Heimat ist ...«
»Ja, es ist eine Schande, daß ich zu bequem bin, das Haus zu verlassen, und daß mich so viele Dinge beschäftigen.«
»Bist du denn wenigstens glücklich, Sandro? Hast du viele Aufträge? Hast du erreicht, was du dir wünschtest?«
»Ich habe Arbeit, das schon, Hochzeitstruhen, die bemalt werden müssen, und Aufgaben, für die man mich bezahlt und die mich langweilen ...«, seufzte Botticelli. »In Wahrheit bin ich auf der Suche nach etwas anderem.«
»Immer noch diese Ungeduld! Dieser trügerische Wettlauf ... Sandro, du wirst bald alt sein und bist immer noch nicht weise!«
»Ich suche nach einem Stern, ohne Unterlaß, und finde ihn nicht.«
»Setz dich nieder und gib dich der Kontemplation hin, nur so wirst du dich erheben.«
»Wenn ich innehalte, gefällt mir nicht, was ich sehe ...«
Dem alten Mann huschte der Anflug eines Lächelns übers Gesicht, doch es verzerrte bloß seine starren Züge.
»Alles hängt von deiner inneren Einstellung ab«, hauchte er fast unhörbar. »Dein Wunsch ist nicht stark genug; statt dich anzutreiben, behindert er dich.«
Botticelli senkte den Kopf. Er wußte sehr wohl, daß es ihm an Entschiedenheit gebrach.
»Ich suche das Licht«, murmelte er. »Einst habe ich es gestrei-

chelt und geliebt. Ich glaubte es in Händen zu halten. Und dann habe ich es nicht zu halten vermocht, es ist mir entglitten.«

»Das sind wieder deine Hirngespinste …«

»Nein, jetzt ist mir kalt, und ich habe Angst, denn es geht abwärts mit mir, und niemand hält mich zurück.«

»Du hast noch Zeit, Sandro, ich, der ich im Schacht des Vulkans bin, ich weiß es, ich sehe es. Laß nicht locker! Nicht auf dich, sondern auf das verrückte Florenz wird morgen die schwarze Lava niedergehen, die mich gepackt hat.«

»Ich weiß nicht, wohin mit mir. Kaum bin ich der Hölle entronnen, halten mich die Klippen des Läuterungsberges zurück.«

Marsilio Ficino betrachtete den Himmel, an dem immer düsterere Wolken heraufzogen. Sein verkrampftes Gesicht, das einseitig gelähmt war, verzog sich zu einer Grimasse. Beim Versuch, sich zu räuspern, stieß er einen gutturalen Laut aus.

»Du bist zu einzelgängerisch. Du hast schon immer dein Herz mit einem dreifachen Schloß verriegelt! Sandro, der Verschwiegenste von uns allen … Dante hatte sich einen Führer genommen, um bis zum Mond zu gelangen«, brummte er, »und seine Beatrice hat ihn, als Mutter und zärtliche Freundin, geleitet … Aber du … Im übrigen, wozu fragst du mich, wenn du doch selbst schon weißt, was zu tun ist?«

»Das weiß ich nicht. Sobald ich nach oben steige, falle ich wieder zu Boden.«

Ein Zittern lief über die Wange des Meisterphilosophen. Seine Lippen öffneten sich, doch es blieb totenstill. Alessandro schämte sich, ihn in seinen letzten Augenblicken der Ruhe zu stören.

»Ich höre dir zu«, fuhr Marsilio Ficino fort, als er wieder sprechen konnte. »*Wer wird mich leiten auf meinem Weg, stolpernd Schritt für Schritt über Stock und Stein, welchen schlag ich ein?* Du phantasierst, mein Sohn. Du willst keine Klarheit. Du hast solche Angst, anzukommen, daß du immer nach dem Schwierigsten suchst … Und jetzt, jetzt weißt du gar nichts mehr … Und ich … Ich habe die Blase voll. Au! Das zieht vielleicht, ich muß

unbedingt pinkeln … Marcuccio, Marcuccio!« rief er mit ersterbender Stimme, »Bring mir meinen Topf, ich habe genug in mir, um ihn zum Überlaufen zu bringen! Mach schnell, Kleiner, oder ich mach dir die Zehen naß …«
Botticelli drückte die Finger des armen Sterbenden, dann richtete er sich auf und sagte:
»Es wird bald Nacht. Ihr solltet hineingehen und Euch vors Kaminfeuer setzen. Ich selbst habe kalte Füße und spüre, wie sich mir die Feuchtigkeit auf die Brust legt. Paßt auf Euch auf, denn wenn wir auch nicht oft vorbeikommen, so ist Euer Leben uns doch teuer. Ich grüße Euch, mein geliebter Freund.«
Mit diesen Worten setzte er sich die Mütze wieder auf und verließ Careggi ebenso plötzlich, wie er gekommen war.

42

Es war Frühlingsanfang.
Die Luft erwärmte sich, und die Florentiner befürchteten, sie könnte die kleinen geflügelten Drachen wieder aufwecken, die bis Allerheiligen die Pestkeime in über dreitausend Lungen getragen hatten.
Im Atelier hatte der Meister jetzt begonnen, sich für die Arbeit von Benedetto Sermini zu interessieren. Jeden Abend sah er sich an, was sein Lieblingsschüler den Tag über vollbracht hatte, und mit erzürnter Miene sagte er zu ihm: »Na los, Herr Zeichner, Ihr müßt Euch einen Ruck geben und herauslassen, was Ihr versteckt haltet. Euer Federstrich ist entweder zu behutsam oder ein wenig zu grob. Ihr habt Euch in einem Netz verfangen. Ein wenig Nervosität ziemt sich für euer Alter! Sonst wird es Euch nie gelingen, Euch zu befreien. Wenn Ihr aufhört, Euch anzutreiben, werdet Ihr ganz klein werden: ein Floh, der herumspringt und den man, weil er einem auf die Nerven geht, am Ende zerquetscht …«
Unterdessen machte sich, als die ersten lauen Lüftchen wehten, in den Kirchen und Klöstern eine immer stärkere Unruhe breit. Da er seine Exkommunizierung für ungültig erachtete, trotz des Verbots aus Rom starrsinnig weiterpredigte und die Einberufung eines Konzils forderte, das den »niederträchtigen Papst« absetzen würde, störte Girolamo Savonarola die Florentiner, die darum besorgt waren, den Heiligen Stuhl nicht zu sehr vor den Kopf zu stoßen.
Indem er sich weigerte, das Bündnis aufzulösen, das er mit dem König von Frankreich geschlossen hatte, und weiterhin die Erneuerung der Kirche mit der Verfassungsreform verbinden

wollte, brachte er seine letzten politischen Stützen in Verlegenheit.
Von Santa Maria Novella bis Santa Croce, von den reichsten bis zu den allerärmsten Vierteln, auf dieser oder jener Seite, überall zitterte man. Einmal abgesehen von den allerorts lauernden Aufständen war das Schlimmste diese erbärmliche Angst, völlig grundlos ermordet zu werden, nur weil einem ein unbedachtes Wort entschlüpft war oder man einen scheelen Blick gewagt hatte. Die Verleumder hatten die Oberhand. Während die Mitglieder der Kohorten und ihre Feinde den lieben langen Tag damit zubrachten, sich Beleidigungen ins Gesicht zu brüllen, wagte es der Rest des Volkes kaum zu flüstern, und bei Tage nahm ein jeder, sobald sich auch nur der geringste Tumult entspann, Reißaus. In der ersten Panik plünderten die Räuber, diese Galgenvögel, die Stände, als könnten sie es kaum erwarten, gehenkt zu werden oder die Füße geröstet zu bekommen, oder sie stachen jeden ab, der es wagte, sich ihnen in den Weg zu stellen.
Von einem Kloster zum anderen beschimpften sich Franziskaner und Dominikaner, und die Drohungen, die sie gegeneinander ausstießen, schürten am Ende die Angst und die Wut des gemeinen Volkes, das wohl oder übel in zwei Lager gespalten war, die unmöglich zu versöhnen waren.
Als Alexander VI., der von der Höhe seines Heiligen Stuhles herab gegen das »falsche Jerusalem« und dieses »mickrige Würmchen« wütete, das beharrlich »den Nachfolger des Petrus beleidigte«, damit drohte, ein Verbot gegen die rebellische Stadt auszusprechen, die Besitztümer und Güter der in Rom niedergelassenen Florentiner zu konfiszieren und sie in die unterirdischen Verliese der Engelsburg zu werfen, wurden die wohlhabenden Bankiers und Händler von Panik gepackt. Savonarolas Anhänger fielen reihenweise von ihm ab. Piero Feldini, ein einflußreiches Mitglied der neuen Signoria, wechselte urplötzlich ins andere Lager über und schloß sich den fünf vom Wahlkollegium gewählten Mitgliedern an, die der Republik des Herrn

feindlich gesinnt waren. In einer Kehrtwende näherte sich der Magister der Philosophie, Arduini, der bislang ein aktiver Parteigänger San Marcos gewesen war, den Kanonikern des Kapitels von Santa Maria del Fiore an, den verschworenen Feinden des Propheten. Und von den Fürsten, die man aufgefordert hatte, das Konzil zusammenzurufen und den Borgia abzusetzen, zeigte sich kein einziger.

Beim Großen Rat am 14. März zogen sich die Beratungen zwischen den Anhängern und den Gegnern der Erneuerten Kirche, bei denen es immer lebhafter zuging, bis spät in die Nacht hin. Immer lautstärker schickten sich die Mitglieder der Signoria, die Gonfaloniere, die Guten Männer, die Anführer der *Parte guelfa* und die Repräsentanten der Stadtteile an, sich gegenseitig zu zerfetzen. Als Peruccio Manni sich auf die Seite derer schlug, die Girolamo Savonarola in Ketten legen und den Garden des Papstes ausliefern wollten, rief Ceccio Carli, sein Schwager, der zwar ein *piagnone,* aber schon ganze sechsundvierzig Jahre mit ihm befreundet war, ihm zu:

»Los, komm wieder auf diese Seite der Versammlung, du Geck, sonst komm ich dich holen!«

»Das kannst du ja versuchen, du alter Kümmerling! Komm doch, dann kann ich dir ein wenig deinen dicken Bauernschädel bleuen!« röhrte der andere Tattergreis und schwenkte seinen Gehstock.

Sogleich stürzte sich Petruccio Manni knurrend wie ein Hund auf seinen Verwandten. Mit vorgestreckter Hand riß er seinem uralten Freund ein Büschel seiner weiß gewordenen Haare aus, woraufhin dieser ihm den Daumen ins Auge stieß, so daß er nichts mehr sah. Vier ehrwürdige Legislatoren stürzten sich ins Getümmel. Zwei von ihnen wälzten sich auf dem Teppich, während die beiden anderen, die nicht minder dickbäuchig waren, versuchten, sich gegenseitig mit hämmernden Faustschlägen auf den Schädel niederzustrecken. Man mußte die Kämpfer trennen, bevor sie sich ernstlich verletzen konnten. So etwas hatte man in einem so ehrwürdigen Saal noch nicht erlebt. Selbst zu fünft hatten sie alle Mühe, Folfo Rinetti zu bändigen, der so schwer war wie ein Ackergaul. Hechelnd und sabbernd vor Wut, verteidigte er sich mit einer solchen Verbissenheit, daß er Puccio Gonfaloni auf den Rücken warf, der so puterrot anlief, daß man schon glaubte, es sei um ihn geschehen.

In dieser Nacht gingen die Mitglieder des Großen Rates auf den Tod zerstritten auseinander, ohne daß sie irgend etwas beschlossen hätten. Zwei Tage später, am Morgen des 16. März, fand Benedetto Sermini, ebenso wie Jacopo Masini und all die anderen Färber, einen Anschlag an die Tür seiner Elendshütte genagelt. In blutroten Lettern verkündete man ihm durch diese anonyme Stimme, daß die wenigen Güter, die er und seine Familie besaßen, in Brand gesteckt würden.

In der Tat wurde zur neunten Stunde auf der Seite von San Remigio ein Feuer entdeckt. Der Brand war im Hinterzimmer eines Flickschusters ausgebrochen, eines Anhängers Savonarolas, und drohte sich auszubreiten und das ganze Viertel in Flammen aufgehen zu lassen. Vierzig Leute mußten zu seiner Bekämpfung zusammengetrommelt werden. Vier alte Bruchbuden mußten daran glauben. Da sie vorwiegend aus Holz gebaut waren, konnten sie den Flammen nicht standhalten. Eine schwarze Rauchsäule verdunkelte den Himmel, und mit einem infernalischen Krachen stürzten zwei Decken ein. Ein *piagnone* wurde verschüttet und starb unter dem glühenden Schutt, und ein Kaldaunenhändler, den ein Flammenrückschlag erwischte, erlitt schwere Verbrennungen im Gesicht und an den Handgelenken. Es wurde eine Kette gebildet, die bis zum Brunnen ging. Alle machten sich eifrig zu schaffen, befürchteten aber, daß ihnen bald Wasser und Eimer ausgehen würden. Durch den Wind angefacht, stieg das Feuer so hoch, daß Pfarrer Scopone dachte, sein Pfarrhaus und sein Kirchturm würden in Flammen aufgehen. Zwischen drei gestammelten *Ave-Maria* und zwei *Paternoster*, deren Worte er durcheinanderbrachte, befahl er seinem Küster

Ornulfo, die Sturmglocke noch lauter zu läuten, um die schlafenden Gemeindemitglieder zu wecken.
Dank des Eifers der armen Leute, die ihr Dach und das wenige zu verlieren drohten, was sie nach drei Jahren der Hungersnot, der Seuche und der unfreiwilligen Entbehrungen noch besaßen, konnte das Schlimmste gerade noch verhindert werden. »Ob sie nun Anhänger der Republik sind oder nicht, sie sollten aufhören, sich gegenseitig umzubringen, und uns in Frieden lassen!« ereiferte sich ein Messerschmied, dessen Gesicht auf der einen Seite feuerrot und auf der anderen Seite rußgeschwärzt war. »Ja, sie sollen sich versöhnen oder dahin verschwinden, woher sie gekommen sind!« setzte ein Unglücklicher hinzu, der durch die Revolution auf der Straße gelandet war und kein Obdach besaß. »Wir wollen nur wieder unseren Frieden haben!« flehte die Frau von Sacchetti, deren Sohn Anselmo, ein Paradiesengel von traurigem Ruf, das Viertel terrorisierte.
Als der Brand so gut wie gelöscht war, öffnete der dicke Scopone, dieser durchtriebene Pfaffe, die Türen seiner Kirche und forderte die Leute auf, doch hereinzukommen und zu beten. Er gebot seinem Küster Einhalt, der, obgleich die Gefahr gebannt war, weiter Sturm läutete, und wie er dann oben auf der Kanzel stand, hielt er sich für den Propheten. Die starke Gefühlserregung hatte ihn sehr verändert – zur großen Überraschung seiner Gläubigen, die es gewohnt waren, ihn herumstammeln zu sehen, sprach er mit Donnerstimme, die Arme zum Himmel erhoben, die Worte des Herrn und sagte: »Bringen wir jene, die in einem Hause leben und sich zerfleischen, zur Eintracht zurück! Zwingen wir sie, meine liebe Gemeinde, sich wieder zu versöhnen, ›denn wenn ein Haus in sich selbst entzweit ist, so kann dieses Haus keinen Bestand haben‹. Nun sind aber unter den Eiferern, die sich einer gegen den anderen erheben, jene zur Rechten die Grundfeste, auf die wir uns stützen, und jene anderen, die von gegenüber, sind der Dachstuhl und das Dach, unter dem wir Schutz suchen.«

Am 17. März schließlich traf die von der Signoria einberufene Versammlung, die auf neunzehn die verschiedenen Viertel repräsentierende Bürger erweitert worden war, in der Überzeugung, daß es so nicht weitergehen könne, eine Entscheidung.
Um in einem weniger bedeutsamen Punkt dem Borgia-Papst nachzugeben und zu versuchen, den Haß zu besänftigen, der die Stadt entzweite, wurde mittels geheimer Stimmzettel und ohne Debatten, um keine neue Rauferei heraufzubeschwören, beschlossen, daß Savonarola nicht mehr predigen dürfe. Diese vorsichtige Maßnahme erfreute die Anhänger des Propheten, da sie glaubten, auf diese Weise die Freiheit San Marcos und ihres Priors zu retten.
Sobald die Neuigkeit verkündet war, schien Fra Domenico da Pescia, von dem man am Vorabend schon geglaubt hatte, sein letztes Stündlein habe geschlagen, wieder aufzuleben. In seinem Stuhl sitzend, ließ er sich aus seiner Zelle in die Klosterküche tragen, wo er, das Fasten brechend, das er sich seit dreizehn Monaten selbst auferlegt hatte, befahl, man solle seine tägliche Ration an Gemüseabfällen und in Zucker zerquetschten Kichererbsen verdoppeln. Anschließend forderte er, »um meine Stimme zu kräftigen«, wie er verkündete, »die von nun an die Stimme unseres Herrn Christus auf dem Gipfel des Berges sein wird«, inmitten des Refektoriums, unter den vor Staunen starr aufgerissenen Augen der anderen Mönche, die geglaubt hatten, er liege im Sterben, ein Stück Pfannkuchen und zwei Löffel Zucker.
In der Gewißheit, seine wichtigste Mission zu vollenden und durch das Opfer seines Lebens schnurstracks in den glorreichen Palast der Heiligen, des Antonius und der von Gott auf alle Zeit gewählten Himmelsfürsten einzutreten, ließ er sich noch am selben Tag und am Tag danach, trotz seiner außerordentlichen Gebrechlichkeit, von vier Novizen auf die Kanzel von San Marco hinauftragen. Dort nahm er, den Husten bezwingend, der ihm die Lungen zerriß, den Platz des großen Predigers ein. Getrieben von einer leidenschaftlichen Erregung, die keine Grenzen mehr

kannte, verkündete er der Versammlung der Gläubigen: »Schon bald wird jener, der sich für das Schwierigste entschieden hat, das es auf Erden gibt, um den Stolz der Perversen zu entlarven, den Zweiflern ein Zeichen setzen und öffentlich Fra Girolamo seine Unterstützung bekunden, um der Welt die Heiligkeit seines Werkes, für das er gelitten hat, zu bekunden und zu bekräftigen.«

Angesichts solcher Inbrunst glaubten die Mönche des Klosters und die Kinder der Brigaden, der Märtyrer und Visionär, der gleich einem zweiten Propheten ihren Glauben an die Revolution wieder aufleben lassen würde, sei wiederauferstanden.

Die Wut, von der er gepackt wurde, als der Heilige Stuhl ihm ebenfalls zu schweigen befahl, überzeugte sie schließlich, daß der Himmel ihnen in dieser turbulenten Zeit, in der die Republik in Düsternis versank, das Licht eines anderen Sterns geschickt hatte, um ihnen in der Dunkelheit den Weg zu weisen. »Diese tollwütige Kurie!« schrie der Bettlägerige, dessen Zorn, den die Krankheit ein Jahr lang in Schach gehalten hatte, nun explodierte. Mit zitternder Hand schleuderte er den von ihm verehrten Band der tiefgründigen Bibelkommentare des Thomas von Aquin zu Boden. Seine Geste war so heftig, daß die Buchspange zerbrach und der vordere Einbanddeckel abriß. »Erbärmliches Geschwätz!« brüllte er mit einer Stimme, die durch den Schleim, der ihm immer noch im Hals steckte, ganz ölig klang. »Diese kriecherische Unterwerfung unter die wetterwendische Willkür eines syphilitischen Pontifex! Dieses dreiste Manöver papistischer Kellerasseln und heuchlerischer Prälaten, welche die Ausschweifung zusammengeschweißt hat! Schande über Rom, es tritt die Moral und die Tugenden der Kirche mit Füßen! Möge die Verderbnis diese scheinheiligen Frömmler entwürdigen, deren Meßgewänder und deren goldbestickter Ornat besudelt sind! Meine Gedanken sind voll von den Visionen dieser Nacht!« fuhr er fort, nachdem er tief Luft geholt hatte. »Und ich sehe sie vor mir, diese Erdwürmer, sie sind zerstört, sie sterben zertreten, und der Faden ihres jämmerlichen Lebens ist abgeschnitten ...« Als er nur noch die Wahl hatte, zu schweigen oder einen Schlaganfall zu bekommen, ließ er sich mit schäumenden Lippen, die rosa waren von Speichel und Blut, in den Stuhl zurücksinken. Die Brüder, die bei seinem Wutausbruch zurückgewichen waren, gingen zu ihm, und als sie festgestellt hatten, daß er immer noch am Leben war, stimmten sie gemeinsam ein Dankeslied an.

»Geduld!« rief er zwei Tage später von der Höhe seiner Kanzel herab, auf der ihn zwei Novizen unter den Armen stützen mußten, damit er nicht herunterfiel. »Die Erneuerte Kirche wird schon bald die Beweise für die Unwürdigkeit Alexanders VI. liefern. Ja, ich schreie es zu euch hinaus: In Bälde wird sich ein Wunder ereignen. Durch ein unanfechtbares Zeichen wird Gott kundtun, daß die gegen Fra Girolamo ausgesprochene Exkommunikation null und nichtig ist und daß jene, die sich in keinster Weise darum scheren, sich nicht versündigen. Rom wird bestraft werden, und Florenz, erleuchtet durch ein unbestreitbares Wunder, wird in eine Ära der Prosperität eintreten. Ich fordere ein Gottesurteil! Sei es durch das Feuer, das Wasser, die Luft oder jedes andere Mittel, ich fordere eine ehrliche Konfrontation mit einem beliebigen Gegner der anderen Seite, wonach ich mich Gott und seinem Urteil unterwerfen werde!«

Als am selben Abend, am anderen Ende von Florenz, in dem Franziskanerkloster Santa Croce, Fra Francesco di Puglia von Maruffio, dem Rotschopf, die Worte der Herausforderung vernahm, die Domenico da Pescia gesprochen hatte, verdüsterte sich die Miene des Predigers von der Seite der Konterrevolutionäre.

Der Geistliche mit der Tonsur und dem grauen Gewand, der sich in seine nackte Bettelmönchszelle zurückgezogen hatte, kniete vor seinem großen Kruzifix aus Holz nieder.

Gleich einem Büßer, der weiß, daß er gerichtet ist, schlug er sich zwölfmal gegen die Brust.
Unten im Kloster stampften die *arrabiati,* die sich vor seinem vergitterten Fenster versammelt hatten, vor Ungeduld mit den Füßen auf. Sie warteten auf ihn, weil er in dem Wettkampf, der sich ankündigte, ihr auserkorener Gewinner werden würde. Diesmal mußte er hingehen! Die Stunde, zu den Waffen zu greifen und sich bereitzumachen, war gekommen.
Während er die selige Umiliana de' Cerchi um Hilfe anflehte, rief Fra Francesco sich eine schmerzliche Erinnerung ins Gedächtnis. Er sah jenen wenig ruhmreichen Tag wieder vor sich, da er im vergangenen Jahr in Prato, getrieben von seinem Haß auf den Dominikaner, vor einer Versammlung, die durch seinen Schwur über die Maßen aufgereizt worden war, behauptet hatte, er sei in der Lage zu beweisen, daß seine Anschuldigungen gegen den Antichrist Savonarola berechtigt waren. Mit welcher Kühnheit hatte er an jenem Morgen das Gottesurteil gefordert! Mit welcher Überheblichkeit hatte er, ohne zu glauben, er könnte je gezwungen sein, sein Versprechen einzulösen, behauptet, er sei bereit, sich selbst der Feuerprobe zu unterwerfen und mit dem ersten Verteidiger des Propheten, der bereit dazu wäre, in die Feuersglut zu steigen! Auf einer in Brand gesetzten Reisighecke tanzen – eine bloße Formsache für den, der die Wahrheit sprach und der vom Geist Gottes gestützt wurde! Doch ach! Domenico da Pescia, dieser räudige Hund, dieser Abtrünnige, der gleich in der Kirche nebenan predigte, hatte ihn beim Wort genommen und sich, um das Gegenteil zu beweisen, auf der Stelle angeboten, sich ebenfalls dem Scheiterhaufen zu stellen ... Was für ein Grauen! Was für eine Erniedrigung für den Erben der Inquisitorenfratres! Um zu vermeiden, bei lebendigem Leibe gegrillt zu werden, mußte eine falsche Verabredung erfunden werden. Seither verfolgte ihn diese Flucht vor der Gefahr. Monate später sah er sich, von Panik ergriffen, wieder kurz davor, Reißaus zu nehmen, verfolgt von den spöttischen Bemerkungen und Verhöh-

nungen des Dominico Buonvicini da Pescia und seiner *piagnoni*. Noch immer haftete ihm ein Brandgeruch von Feuersglut und Reisigbündeln an der Haut. Wenn er daran dachte, fühlte er wieder die Schmach, und seine Schande peinigte ihn.
Aber was mußte er auch grundlos den Eifer seiner Gegner schüren? Warum konnte er auf der Kanzel nicht seine Zunge im Zaum halten! Jetzt war das Übel geschehen: Es galt, sich zu opfern oder sich zu beugen. »Ah!« stöhnte er. »Wenn ich schon nicht listig genug bin, muß ich wenigstens Zeit gewinnen!«
»Francesco! Francesco di Puglia, zeige dich, wir wollen etwas hören!« brüllten unten der Rotschopf und seine Armee. Und dann wurde allgemeines Murren laut: »Komm mit uns, Frater, dieser Streich wird der letzte sein: Ein Podest, ein wenig Stroh, ein paar in Brand gesetzte Reiser, zehn Schritt, ein Kniefall, eine Bekreuzigung, und schon haben wir gewonnen!«
Sie wollten, daß er sie segnete, daß er auf die Kanzel stieg und heldenmütig das Gottesurteil annahm.
Und sie hatten recht, ihn zu drängen ... Nur war er sich nicht sicher, ob er den Sieg davontragen würde, und es war keine besonders gute Idee, für die Sache, für die er kämpfte, als Aschenhäuflein zu enden.
»Auf zur Signoria!« sagten sie. »Ins Feuer mit dem abscheulichen Dominikaner, der ist ja schon ein vertrockneter Kadaver, ins Feuer damit, wie bei einer Verbrennung der Eitelkeiten!«
Ja sicher, so könnte er sein Ansehen wiederherstellen, mit einem Schlag sein Versagen auslöschen. Diese Herausforderung, die der rasende Buonvicini da Pescia ihnen, ohne zu überlegen, ins Gesicht geschleudert hatte – man hielt ihn angeblich für den zweiten Propheten der Republik der Ketzer, aber in Wahrheit rang er schon mit dem Tode, außerstande, sich ohne fremde Hilfe zu erheben –, war die einzige Chance, seine feige Flucht aus Prato vergessen zu machen. Und bei dieser Gelegenheit könnte er gleich auch den Hunden, die das Gesetz Jesu Christi auf monströse Weise auslegten, einen Maulkorb anlegen. Jetzt hatte die

Stunde der Vergeltung geschlagen, welche die erschöpfte Stadt so sehr herbeigesehnt hatte! Jetzt war die Zeit gekommen, sobald die Feuerprobe bestanden war, Savonarola in Ketten gelegt nach Rom zu schicken und dann seine glühendsten Anhänger zu verhaften, vor allem die Blankschädel, die Hälfte davon zu hängen und die übrigen zu vierteilen (zweihundertfünfzig bis dreihundert blau angelaufene oder zerstückelte Leichen dürften genügen), und wenn man sich dann auf den Mut des Predigers von Santa Croce stützen würde, wäre der Frieden des Gottes der Liebe wiederhergestellt.

Aber um das zu erreichen, müßte man sich zunächst zur Hälfte rösten lassen!

Und dazu müßte man da Pescia, der nicht einmal die Kraft zum Laufen hatte, hinter sich lassen, zusammengebrochen, mitten auf dem Scheiterhaufen seine Seele aushauchend.

Das knisternde Feuer, der beißende Rauch, sein eigener brutzelnder Wanst, seine Füße bereits verschrumpelt, wie angenagelt von dem grauenvollen Schmerz – das mußte man auf sich nehmen, wenn man ein Heiliger werden wollte ... Und die anderen, die von seiner Seite, deren Kampf gerecht war, würden weiterschreien! »Hilf mir, kleiner Frater der Armen, sieh doch, wie sie an mich glauben!« flehte der Franziskanerprediger. »Erfülle mein Herz mit deiner allumfassenden Liebe, Franziskus, der du dich vor nichts fürchtetest, der du lächeltest angesichts des Todes und der Entblößung bis zur Nacktheit. Bringe mich dazu, der Gefahr ins Gesicht zu lachen, denn diese Feuerprobe werde ich in deinem Namen auf mich nehmen ... Oder aber«, fuhr er nach einer Weile fort, »falls du nur begrenztes Vertrauen in mich setzt, so zeige mir, mein guter Franziskus, durch welche List ich, wenn ich das Gottesurteil fordere, verhindern kann, mit Haut und Haar zu verbrennen.«

43

Schau!« rief Botticelli, sobald Benedetto sein Atelier betreten hatte, »Das hier sind Szenen aus der *Göttlichen Komödie. Nun, was sagst du dazu?«*

Der junge Bursche ärgerte sich, daß er zu schüchtern war, als daß er es gewagt hätte, sich abzuwenden. Diese Zeichnungen, die der Meister bislang versteckt und jetzt auf dem Boden des großen Raumes, der als Atelier und Arbeitsraum diente, ausgebreitet hatte, empörten ihn. Er hatte nicht die geringste Lust, sie zu betrachten. Er verstand nicht, warum dem Meister so daran gelegen war, sie ihm zu zeigen. Es ging ihm wie damals vor dem zweiten Scheiterhaufen, als er ihm diese Göttin auf ihrem Wagen, die *Frau im Purgatorium,* gezeigt und vor seinen Augen beschlossen hatte, sie zu opfern. Was verbotene Darstellungen anging, so hatte er nach dem dreiköpfigen Teufel vollauf genug davon.

»Ich möchte einen unerschöpflichen Vorrat an Bildern schaffen!« verkündete Botticelli. »Ich möchte, daß der gemeine Mensch durch diese Illustrationen zu Dante Alighieris Werk aufhört, sich vor dem, was ihn erwartet, zu fürchten«, fuhr er, von einer ungewöhnlichen Erregung ergriffen, fort. »Ich möchte ihn mit den verschiedenen Graden der Strafe und der Glückseligkeit vertraut machen. Ich möchte ihm das zugänglich machen, was er aufgrund seiner schwach ausgebildeten Fähigkeiten nicht wahrzunehmen vermag. Ich möchte der Kundschafter, der Führer sein, der ihn durch die letzten Länder führt, die er durchqueren muß! Was meinst du, Benedetto, wird mir das gelingen? Oder bin ich drauf und dran, in die Irre zu gehen?«

»Warum willst du wieder davon anfangen, Sandro?« schaltete sich Baccio della Porta mit überschlagender Stimme ein. »Warum holst du etwas hervor, das unvollendet ist und geheim bleiben sollte?«

»Weil ich will, daß dieser Spatz mir sagt, was er davon hält!« erwiderte Botticelli.

»Was weiß er denn schon davon, Sandro. Er ist nur ein Anfänger ohne Urteilsvermögen.«

Der Meister lief puterrot an. Seine Augen blitzten vor Wut.

»Kannst du mir etwa helfen?« herrschte er ihn wütend an. »Hast du etwa Ideen zu dem Thema? Der Grund, warum ich diesen Jungen frage, ist ja gerade der, daß er nicht viel weiß und daß seine Reaktionen unvoreingenommen sind.«

»Aber er ist ein *piagnone!*«

»Na und? Geht es hier um Kunst oder um Politik?«

»Die beiden hängen zusammen, und er könnte dich denunzieren.«

»Du immer mit deinen Verdächtigungen, dein Herz ist voller Argwohn ...«

»Was kümmern uns die Toten, wo es so viele Lebende gibt, die ein schweres Los zu tragen haben?« seufzte Baccio della Porta, den Sandros Grausamkeit quälte.

»Bist du ein Denunziant?« fuhr der Meister Benedetto an. »Nein! Denn du bist ein guter Junge. Na mach schon! Statt dich hier beharrlich auszuschweigen, sag mir lieber, was du von Dante hältst, so wie ich ihn sehe, und von Beatrice, seiner schönen Frau, die tot und begraben ist und die wiederzufinden er sich auf den Weg gemacht hat.«

»Ich kenne sie leider nicht«, wehrte der Bursche ab.

»Spiel hier nicht den Idioten! Selbst wenn du die *Göttliche Komödie* nicht gelesen hast, so weißt du doch, worum es sich handelt.«

Obgleich der Meister ihn von unten herauf ansah und obwohl er Lust hatte, sich aus dem Staub zu machen, zwang sich Benedetto, die wahllos ausgebreiteten Zeichnungen zu betrachten ... Hier auf dem Boden, neben seinem Fuß, stiegen Dante und Beatrice durch das leichte Laubwerk einer unerforschten Welt zum Himmel auf; dort, vor der Truhe, beobachteten sie gemeinsam einen flammenden Sternenhimmel; etwas weiter weg, halb unterm Schemel, hielten sie sich umschlungen, gezogen von dem dünnen Faden des himmlischen Kreises im Zentrum der fünf Feuerkreise.

»Was hältst du davon?« drängte ihn Botticelli. »Gefällt dir der Federstrich? Und der Szenenaufbau, was sagst du dazu?«

Widerstrebend versuchte Benedetto, sich zu konzentrieren.

In diesen etwas mehr als ein Dutzend Zeichnungen – von blühenden Bäumen, tanzenden Feuerzungen, zahlreichen Seraphimfiguren – war von der Präzision der Darstellung, die bei dem dreiköpfigen Teufel vorgeherrscht hatte, nichts mehr zu erkennen ... Hier war es nicht das Ziel, das Unfaßbare realistisch darzustellen. Hier kam es auf die Schlichtheit der Kompositionen an, in deren Zentrum sich die beiden Vermählten umschlungen hielten.

»Spürst du, mit weicher Entschlossenheit Beatrice ihren früheren Gatten leitet?« bedrängte ihn der Meister, dessen Ungeduld unaufhörlich wuchs. »Merkst du, wie sehr sie ihn, den einzigen Lebenden in diesem dreifachen Königreich der Toten, auf meiner Darstellung zwingen will, mit seiner Suche fortzufahren? Und die Angst, die Furcht und das Leid des Dante Alighieri, des Reisenden, der in das unerforschliche Mysterium einzudringen sucht, spürst du sie?«

Benedetto wechselte von einem Fuß auf den anderen. Baccio della Porta hatte recht: Ein Lehrling, der die Anfangsgründe noch kaum beherrschte, konnte die Arbeit seines Meisters nicht beurteilen und auch nicht seine Meinung zu einem Werk abgeben, das ein ketzerisches Thema behandelte ... Im übrigen hatte er, mit dem bevorstehenden »Gottesurteil« der Feuerprobe, bei der Fra Domenico und der Franziskaner Francesco di Puglia gegeneinander antreten würden und deren Ankündigung ganz Florenz in Aufregung versetzt hatte, andere Dinge im Kopf. Der Zwei-

kampf, der da bevorstand, erschien ihm weitaus bedeutender als diese antirepublikanischen Zeichnungen, die er mißbilligte.
»Und mein Stil?« bohrte Botticelli weiter. »Meine Federstriche, die geraden oder die krummen, die Strudel von Bildern oder die völlig nackten Himmel, wie denkst du darüber?«
Benedetto dachte, daß er diesen launischen Mann haßte, diesen Tyrannen mit seiner Vorliebe für die Hölle, für das Foltern und die widerwärtigsten Spiele. Er bedauerte, ihn nicht ausgeliefert zu haben. Doch es war noch Zeit, dafür zu sorgen, daß er in Ketten gelegt, daß er gedemütigt und selbst erniedrigt würde.
»Nun?« rief Botticelli und schlug ihm auf die Schulter. »Antworte, wenn man dich fragt: Das alles hier, ist es ein Wunderwerk, oder ist es Pfusch?«
»Es ist … so will mir scheinen, voller Symbole«, stammelte der junge Bursche …, »und voller Poesie.«
»Poesie? Was für eine Poesie? Dummes Geschwätz! Darum geht es nicht. Schau dir den Schwung dieser Linie etwas genauer an. Sei ein kritischer Prüfer! Und wenn etwas nicht stimmt, dann spuck es mir geradewegs ins Gesicht!«
Als er spürte, daß der Zorn des Meisters dermaßen hochkochte, daß er ihn gleich ohrfeigen würde, riß Benedetto die Augen weit auf. Er betrachtete Dante und Beatrice auf den Stufen der Leiter, die sie ins Paradies führen würde. Mit seinen Augengläsern auf der Nase sah Botticelli, der außer sich war, ihn lauernd an …
›Wenn er mich anrührt, dann, das schwöre ich, werde ich ihn ausliefern‹, gelobte sich der arme Junge. Er räusperte sich, und dann sagte er mit kindlicher Stimme:
»Es ist Beatrice, die … glaube ich …«
»Beatrice, die was?«
»Ich weiß nicht … Ihr quält mich. Ihr steht da und setzt mir zu, und ich finde nicht die rechten Worte.«
Der Meister schlug mit beiden Händen so heftig auf das Pult, daß Baccio und Benedetto hochschreckten. Botticelli knurrte durch die Zähne …

»Los, geh aus dir heraus! Bist du etwa beschränkt im Geiste? Man könnte meinen, du wolltest in Ohnmacht fallen …«
Benedetto zuckte die Schultern, womit er bedeuten wollte, daß er nichts zu sagen wußte.
Als Botticelli sah, daß da nichts mehr kommen würde, packte er die drei Zeichnungen. »Beatrice, selbstverständlich! Es ist wegen Beatrice!« Er hatte sich nicht länger in der Gewalt. Baccio della Porta stürzte herbei. Er versuchte, ihn am Arm zurückzuhalten. »Nein!« schrie er. Zu spät. Die drei Szenen waren bereits im Kaminfeuer gelandet. Vor lauter Schrecken, daß er eine solche Katastrophe verursacht hatte, rührte Benedetto sich nicht von der Stelle. Mit diabolischem Eifer ergriff der Meister vier weitere Zeichnungen, darunter auch die mit der Leiter und die anderen, auf der Dante und Beatrice sich im Zentrum der beweglichen Sphären befanden. Baccio zog ihn am Hemd, vergeblich, auch diese landeten im Kamin, in dem die Flammen hochloderten. »Ich hasse das, was ich da geschaffen habe!« brüllte Botticelli. Nach einem Hieb mit dem Schürhaken war von den Pergamentstücken, die im Feuer zusammenschrumpften, nur noch Asche übrig.
Noch zweimal gab er ein Wutgebrüll von sich, und dann legte sich, ebenso plötzlich, wie der Ausbruch begonnen hatte, Grabesstille über den großen Saal.
Benedetto und Baccio waren wie betäubt.
Bleich, den Kopf gesenkt, betrachtete der Meister seine Hände, die nicht mehr aufhören wollten zu zittern.
»Ah … Ah …«, stöhnte er, niedergedrückt von einem Schmerz, an dessen Aufrichtigkeit niemand zweifeln konnte. Seine Beine versagten ihm den Dienst. Er ließ sich auf den Rand des kleinen Podiums zu Füßen seines Pultes niederfallen. Baccio ging zu ihm. Er weinte verzweifelt.
»Was hast du getan, Sandro? Was hast du getan?«
»Was macht das schon?« hauchte der Meister, »eine Zeichnung, die schlecht ist, ist nichts wert …«

Zu Stein erstarrt, wagte Benedetto nicht zu gehen. Er hatte von Beatrice gesprochen, wie er auch von Dante gesprochen hätte, oder über die leeren Himmel oder irgend etwas anderes, nur um dem, der ihn bedrängte, irgendeine Antwort zu geben.
Baccio setzte sich, am Boden zerstört, neben Alessandro nieder. Sein Rücken wurde von Schluchzern geschüttelt. Der Meister, der wieder ganz ruhig war, nahm ihn bei der Schulter und zog ihn an seine Brust. Während ihm die Tränen seines ihm zärtlich zugetanen Freundes den Hals benetzten, murmelte er:
»Dieser Junge hat recht. Wegen Beatrice komme ich nicht voran. Sie ist meine Quelle und mein Thema. Sie drängt mein Bewußtsein zu der Suche nach der Einheit. Und doch erkenne ich weder ihr Gesicht noch die Kraft, die sie bewegt, ich komme nicht weiter, ich verharre dort, wo es nichts zu entdecken gibt.«

Benedetto Sermini kam als letzter auf der Piazza della Signoria an, wo gerade die Trommeln geschlagen wurden. Bei den anderen Kohorten, die in ihren Alben unter den Standarten ihrer Viertel vollständig versammelt waren, warteten Jacopo Masini und die Färber auf ihn.
»Seht nur! Da kommt die Atelierratte!« rief Anselmo Sacchetti mit seiner Fistelstimme.
»Der hat's eilig, sich rösten zu lassen, der Irrwisch, der Federschlucker und Bleiminenfresser«, setzte Girolamo Bardi hinzu.
»Stell dich da hin!« befahl Jacopo Masini. »Hier neben mich, damit ich sehe, wie du unterzeichnest. Bei dir weiß man ja nie, ständig haust du ab …«
Die Schlange derer, die am Gottesurteil teilnehmen wollten, wurde immer länger. Den Blick zum Himmel erhoben, Psalmen und Kriegshymnen singend, scharrten sie vor Ungeduld mit den Füßen. Als die Signoria am Vortag die ewige Verbannung Fra Girolamos verkündet hatte, falls sein Vorkämpfer, Domenico da Pescia, verbrennen würde, waren sogleich über fünfhundert von ihnen losgestürmt, bereit, das brennende Podest zu besteigen.

Oben auf den Treppenstufen, unter dem Portal des Palastes, geschützt von vier Dominikanermönchen, die vier Kreuze schwenkten, und sechs jungen Burschen, die sechs Schwerter schwangen, stand Fra Silvester Maruffi und ermahnte sie, nicht zurückzuweichen: »Unsere Gegner wollen das Schicksal unserer Sache und die Zukunft unserer Republik von der Feuerprobe abhängig machen? Sollte es für den Triumph des Kreuzes notwendig sein, wird Fra Girolamo nicht zögern, selbst in die Flammen zu gehen. Warum auch? Schließlich ist es gewiß, daß er sie unbeschadet wieder verlassen wird. Francesco di Puglia, der Hasenfuß von Santa Croce, macht sich bereits aus dem Staub und schlägt einen anderen Vorkämpfer vor, der ihn ersetzen soll: den Franziskaner Giuliano Rondinelli, einen einfachen und geistig beschränkten Mönch, der nicht weiß, was er tut. Die dreihundert Fratres unserer Brüderschaft von San Marco haben sich einschreiben lassen. Es fehlt nicht ein einziger! Alle sind bereit, als Freiwillige neben Domenico und dem Propheten die Feuersglut zu durchschreiten. Schließt euch ihnen an, ihr kleinen Kinder des Herrn! Ihr schwachsinniger Vorkämpfer wird verbrennen, und eure Engelsseelen werden errettet werden.«
Benedetto, der nach dem Wutanfall des Meisters zwei Tage zuvor keine Kraft und keine Ideen mehr hatte, betrachtete diese Menge junger Burschen, von denen einige nicht älter als sieben oder acht Jahre waren. Er entdeckte kleine Mädchen unter ihnen, die Ippolita-Maria glichen, sie wirkten ein wenig verschreckt, waren aber mit gefalteten Händen ins Gebet versunken. Als Jacopo Masini ihn zur Loggia der Prioren vorstieß, unter der die Mönche das große Register zur Einschreibung aufgeschlagen hatten, dankte er dem Himmel, denn wenn er sich in die Flammenwand stürzen und als Märtyrer sterben würde, so wäre damit die Ungerechtigkeit, wären die Einsamkeit und das Leid, die sein Herz zerrissen, vergessen. Nach dem Tod würde er dann mit größerer Sicherheit als Botticelli und seine unauffindbare Beatrice in die Kreise des Paradieses eintreten.

44

W*ährend Benedetto* seinen Namen unter die bereits lange Liste der Dominikaner und *piagnoni* setzte, die bereit waren, sich der Feuerprobe zu unterziehen, kramte Alessandro Botticelli in seinem Haus in der Via Nuova in einer Truhe, die er seit Jahren nicht mehr geöffnet hatte.
Vorsichtig holte er das Bündel der etwa vierhundert Briefe heraus, die Fiola del Lama ihm geschrieben hatte, damals, als sie sich liebten und sie stets bereit war, ihre Feder ins Tintenfaß zu tauchen. Er knotete das Band auf, das sie zusammenhielt, und aufgrund des Datums, das darauf geschrieben stand, legte er drei von ihnen beiseite.
In dem ersten, geschrieben am 13. Mai 1479, zu einer Zeit, in der sie, ein junges Mädchen von siebzehn Jahren, ihn noch kaum kannte, las er:

Mein Freund und verehrter Meister,
Mit welcher Begeisterung habt Ihr mir heute nachmittag von Eurem großen Projekt der Allegorie des Frühlings gesprochen, das Lorenzo di Pierfrancesco bei Euch in Auftrag gegeben hat! Eure Worte haben mich so ergriffen, daß ich selbst den Wind, der die Nymphe in dem blühenden Garten verfolgt, genau vor mir sehe. Und ich stelle mir die Frühlingsgöttin vor, die Mutter der Fruchtbarkeit, und Merkur, der, wie Ihr sagt, weiß, was vernünftig ist, und Venus, die keusche und königliche Gebieterin über die Instinkte, die sie wachruft … Ihr habt mir so gut und so lange davon gesprochen, daß es ist, als existiere die Szene in Wirklichkeit.
Wie soll ich Euch nur danken, Alessandro, für das Vertrauen, das

Ihr in mich setzt, indem Ihr mir diese Vision der Harmonie offenbart? Außer mir – nicht wahr? – weiß niemand von Eurer Allegorie … Ihr, der Ihr Euch – so behaupten jene, die Euch kennen – über Eure Projekte gerne in Schweigen hüllt, Ihr habt vor mir, die ich nur die recht törichte Tochter eines Eurer Auftraggeber bin, die ich nichts zu zeichnen vermag, die ich bloß Werke, die ich für schön befinde, betrachten und mich von ihnen anrühren lassen will, die nichts weiß von den Mechanismen der Schönheit, Ihr habt mir Euch schon nach drei Begegnungen enthüllt. Wenn ich daran denke, bin ich ganz fassungslos, bang und entzückt.

Hatte ich also recht daran getan, Euch ganz ohne Umschweife und kluge Worte zu gestehen, daß die Melancholie Eurer Madonna mit Kind *aus dem Palazzo della Lana mich zum Weinen bringt? Sollte ich, während ich dachte, ich sei nichts als geschwätzig wie eine Elster gewesen, Euer Herz angerührt haben, als ich Euch meine Gefühle in ihrer schlichten Wahrheit offenbarte?*

Falls dem so ist, so bin ich glücklich darüber und brenne darauf, Eure herrliche Allegorie zu sehen. Ich kann es kaum erwarten, daß dieses Werk vollendet wird, denn es wird mir Tränen des Dankes entlocken für den, der mich über meine Gefühle aufklärt und mich bis auf den Grund meiner Seele blicken läßt.

Beeilt Euch! Und habt indes Dank für das Licht, das Ihr mir schenkt.

Eure Euch ganz ergebene Fiola del Lama.

Er erinnerte sich an diesen leuchtenden Frühling, in dem er für die Kapelle des Gaspare del Lama gearbeitet hatte, Auftragsarbeiten für Porträts und Hochzeitstruhen; Stickereimuster für begüterte Damen; Dekorationen für Stoffe, Holzstatuen, Turnierstandarten, darunter der Palas in Lebensgröße vor einem Hintergrund in Flammen stehender Zweige für Giuliano de' Medici; das Bildnis der Pazzi, dieser Verschwörer und Vaterlandsverräter, gemalt auf das Tor des Palazzo della Signoria; die Freske der An-

betung der Heiligen Drei Könige; Arbeiten für die Tornabucci, Vespucci, Bardi, Forfandelli und die größten florentinischen Familien, Verschönerungen der Kirchenaltäre und der großen Säle und Bibliotheken der Klöster … Damals waren so viele Aufträge hereingekommen, daß er sie gar nicht mehr alle hatte ausführen können. Für das Atelier, das er sich gerade eingerichtet hatte, stellte er über zwanzig Lehrlinge ein. Filippino Lippi schloß sich ihm an, desgleichen Rafaello Tosi, Giovanni Gianfanini und Jacopo di Domenico di Papi, die besten Mitarbeiter, die er je an seiner Seite gehabt hatte. Unter dem Einfluß der Akademie von Careggi und Marsilio Ficino nahm seine neue Vision der natürlichen Realität und der Harmonie des Universums Gestalt an.
Er war damals vierunddreißig Jahre alt. Es war die Zeit des Friedens, und in Florenz herrschte Eintracht unter dem Medici Lorenzo il Magnifico. Sein Ruhm übertraf noch den des Andrea Verrocchio und des Antonio Pollaiolo, dessen allzu energischen Strich man allmählich leid war. Man feierte ihn, lud ihn ein, machte ihm den Hof. Er war in Mode. Schon bald sollte Sixtus IV. ihn nach Rom rufen, um die Fresken seiner neuen Kapelle zu vollenden, was die Krönung seiner Laufbahn bedeutete. Das Geld glitt ihm durch die Finger. Stets war er zu Späßen aufgelegt. Er liebte den Wein, die Bankette und die schlechten Scherze, mit denen seine Gefährten die Gespräche würzten. Und dann, nach ein paar flüchtigen Liebesabenteuern mit hübschen Jungen, die schnell wieder vergessen waren, hatten ein Lächeln, ein paar mit Fiola del Lama getauschte Worte, die, ganz in Weiß gekleidet, von zwei älteren Edeldamen begleitet wurde, genügt, um ihn von den flüchtigen Vergnügungen und falschen Freuden abzubringen. Von Anfang an hatten ihre Anmut und ihre Nachdenklichkeit ihn betört. Und dann, bei ihrer zweiten Begegnung, um die er sich sehr bemüht hatte, war er betört gewesen von ihrer Vornehmheit und Intelligenz.
Als er diesen Brief erhielt, plante er bereits weitere Treffen mit Fiola. Er träumte davon, sie reden zu hören, ihren geraden

Nacken zu streicheln, sich ihr zu nähern und sie leicht in den Saum ihrer Lippen zu beißen.
Das war das erste Mal, daß ein junges Mädchen ihn aus einem anderen Grund beschäftigte, als um sie zum Modell für eine brave Jungfrau zu machen.
Im Gegensatz zu dem, was er im Augenblick durchlebte, war sie es damals, die darauf vertraute, daß er ihr die Welt der Erscheinungen und Realitäten erklärte und daß er sie bis zur Quelle der großen Gleichgewichte führte ... Wie sehr hatte er aus diesem Vertrauen die Kraft geschöpft, an der es ihm jetzt mangelte!
Schmerzlich betrübt ergriff er den zweiten Brief, den er aus der Truhe geholt hatte. In diesem Brief, der auf den 11. Dezember 1483 datiert war, vertraute ihm Fiola del Lama in einer feinen, etwas nervöseren und zerbrechlicheren Handschrift folgendes an:

Nehmen wir einmal an, Sandro, ich wäre glücklich, wäret Ihr es dann auch? Ich will sagen, mein Freund: Wäret Ihr glücklich zu wissen, daß ich vergnügt und meines Lebens froh bin, seit ich an Eurer Seite bin? Ich frage Euch dies nur, weil es mich gelegentlich beunruhigt, daß Euch seit Eurer Rückkehr von Rom oftmals die Sorge niederbeugt, gerade so, als genügten Euer Reichtum und die Vereinigung unserer beider Herzen nicht zu Eurem Glück. Bin ich etwa nicht bei Euch, um mit Euch den Weg des Friedens zu gehen?
Ich kann Euch nicht verhehlen, daß der Blick, den Ihr mir heute nachmittag zugeworfen habt, mich völlig unvorbereitet getroffen hat. Ich kann Euch auch nicht verschweigen, daß Eure Idee, mich zum Modell für diese grausame Dame zu nehmen, die von ihrem Geliebten, den sie betrogen hat, verfolgt und schließlich in Stücke gerissen wird, mich zaudern läßt und mich bestürzt. Ist es denn unumgänglich, daß ich auf Euren vier von Boccaccio inspirierten Tafeln eine solch traurige Figur darstelle? Kennt Ihr nicht ein anderes junges Mädchen, das Euch zu inspirieren vermag,

wenn Ihr die schwarze Seele einer Sünderin darstellen wollt? Muß ich, um Euch zu gefallen, für die Unglückliche Modell stehen, während ihr Geliebter ihr Herz und ihre Eingeweide, die er ihr entrissen hat, den wilden Tieren vorwirft? Und dabei wißt Ihr doch, daß mir leicht ums Herz wird, wenn Ihr mir von den allerwärmsten und geheimsten Dingen sprecht, die Ihr seht, oder wenn Ihr mich, um mich zu besänftigen, streichelt und mit Küssen bedeckt.

Doch ich frage mich, ob so viel Klarheit und Einfachheit Euch am Ende nicht langweilen wird. Obgleich Ihr so oft diesem inneren Frieden nahe seid, der Euch zum Visionär werden läßt, fürchte ich doch, daß Ihr statt der heiteren Poesie eines Poliziano womöglich den spekulativen Drangsalen Eurer düsteren Freunde Pico della Mirandola und Marsilio Ficino den Vorzug gebt. Ich bitte Euch inständig, antwortet mir darauf, denn die Zweifel, mit denen Ihr Euch jedesmal quält, wenn Ihr diesen beiden Schöngeistern begegnet seid, beunruhigen mich.

Und wenn Ihr mich in Eure schönsten Werke aufzunehmen wünscht, so nehmt mich, ich bitte Euch, mein teurer Freund, zum Modell für das Gute und für die Menschlichkeit. Statt mich unter Eurer Feder und mit Euren Farben zur Schmerzensgestalt verwandelt zu sehen, von der Sünde entblößt, dazu verdammt, von den Bissen einer Meute hungriger Hunde in Stücke gerissen zu werden, wäre es mir lieber, Ihr würdet ein Modell der Initiation, des Wissens und der Vernunft in mir sehen.

Eure Euch zärtlich liebende Freundin.

Ja, er erinnerte sich daran, daß er auf den Gedanken verfallen war, Fiola für seine Tafeln zu einer Novelle aus dem *Decamerone* zum Modell zu nehmen, die er zur Hochzeit des Giannozzo Pucci und der Lucrezia Bini fertigstellen sollte. Wie dumm war er gewesen! Als sie sich geweigert hatte, war er wütend geworden. Dabei war sie doch das gerade Gegenteil einer treulosen Frau. Schließlich hatte er eine andere zum Modell genommen, ein dickes Mädchen, das ihr überhaupt nicht ähnlich sah. Arme Fiola! Und danach hatte er, sowohl, um sie nicht zu erschrecken, als auch, weil er sehr wohl nach einer Gelegenheit suchte, sich zu rächen, sie nur noch für ein paar Zeichnungen und Skizzen posieren lassen, die ihm schon vor langer Zeit abhanden gekommen waren. Daher war sie auf keinem seiner großen Werke zu sehen, und daher konnte er jetzt ihr Gesicht, dessen Züge er nicht fixiert hatte, nicht mehr wiederfinden. Es blieb ihm einzig die Erinnerung an das Porträt der Flora, der aus der Dunkelheit ein Löwe auflauerte.

Wie grausam! Wie pervers, wie böse! Und doch, wie sehr hatte er sie geliebt und begehrt! Wie sehr hatte sie ihm Sicherheit gegeben. Wie sehr hatte sie ihn gestützt und gestärkt, wenn er unter der Last der Arbeit und des Ruhms ins Wanken geriet!

Den fünfzehnten August 1485

Meinem Sandro, dem Meister des Wissens,
der sich unwissend gibt
und mich zu verlieren glaubt,
während ich ihn besitze auf immerdar.
Dem Kundschafter, der mir vorangeht,
meinem Geliebten, der mir den Weg bereitet,

las er zu Beginn des dritten Briefes, des letzten, den sie geschrieben hatte …

Heute abend, als es mir so schwer fiel, Deine Küsse zu erwidern, hast Du, mein Geliebter, mir gesagt, ich würde vor Dir fliehen. Du hast mir vorgeworfen, daß ich krank bin und mich in mein Schicksal finde. Du hast mir Vorhaltungen gemacht, ich sei fern, ich nährte nicht mehr Deinen Traum und ließe Dich allein in einer eiskalten Nacht, von der Du Dich nicht befreien kannst, als hättest Du mich, in einer sechs Jahre andauernden Verblendung

gefangen, für eine Sonne gehalten. Dein Blick, der im Laufe der Zeit mit so wechselndem Ausdruck auf mir ruhte: zärtlich beim Morgengrauen, wütend – keiner weiß, warum – des Mittags, verliebt zur Abendstunde, wandte sich ab von mir. Sollte ich so häßlich anzusehen sein? Es gibt so viele Dinge, die uns, wenn wir uns nicht davor hüten, erschrecken in der Nacht und über die wir bei Tage lachen. »Leid und Tod sind ein schrecklicher Anblick«, wie hierzu Dein teurer Vergil sagt, doch sind sie es nur dem Anschein nach. Was, so frage ich Dich, haben sie so Schreckliches an sich, daß man sich ein solches Bild von ihnen macht?
Warum denn sollte ein offenherziger Mensch das Leid fürchten und ein normaler Mensch den Tod? Ist die Müdigkeit, ist ein Schicksalsschlag, ist ein Verrat nicht schwerer zu ertragen? Und dennoch müssen wir uns in diesem Punkte einig werden.
Wer sagt Dir überhaupt, daß ich leide? Wenn der Tag kommt, an dem das Göttliche in mir vom Menschlichen geschieden wird, werde ich diesen Leib dort lassen, wo ich ihn gefunden habe, und voller Freude wieder zu den Göttern zurückkehren. In dieser Stunde bin ich nicht vollkommen in zwei Hälften gespalten, ich werde lediglich von meiner menschlichen Natur zurückgehalten, die ich, mit Deiner Hilfe, gut zu behandeln suche.
Ich schreibe Dir diese Zeilen, Sandro, weil ich nicht will, daß Du mich für unglücklich hältst. Nein. Ich habe immer in dem Wissen gelebt, daß mein Aufenthalt auf Erden der Auftakt zu einem glücklicheren und längeren Leben ist. Soll man mir doch die Haut vom Leibe reißen, soll man mir das Blut abzapfen, das meine Glieder durchströmt, soll man doch die Knochen und die Nerven zerreißen, welche die formlosen und die edlen Teile meines Körpers stützen und ihnen Leben geben, das ist bedeutungslos ab dem Augenblick, da ich an Deiner Seite meiner Pflicht Genüge getan habe und weiß, wohin ich gehen soll. So freu Dich doch, statt Dich zu betrüben, denn schon seit langem habe ich, jedesmal, wenn ich Dich strahlen sah, aus meiner Seele alles vertrieben, was schmutzig, unklar und verschwommen war.

Ich habe mich von allem befreit, was mir im Wege stand. Ich habe mich zu den höchsten Gedanken aufgeschwungen. Heute scheint mir der Himmel allenthalben zu strahlen. Stell Dir den Glanz vor, den zehntausend Sterne, die ihr Feuer vereinen, hervorrufen, dann wirst Du eine Vorstellung haben von dem, was ich sehe.
Nun denn, ich bin gewiß, mein Freund, meine Liebe, statt zu weinen, wirst Du Dich freuen. Und Du wirst Dich glücklich preisen, den Blick der Fiola del Lama geschult und ihre Seele erhöht zu haben.

Botticelli legte den Brief an seinen Platz zurück. Er schnürte das Band wieder darum.
Fiola war hier … Die Jahre waren nicht vergangen, die Ereignisse wiederholten sich. Schon bald nach diesem Brief schien es, als habe sie sich durch die Krankheit in ihr Innerstes zurückgezogen. Sie hatte aufgehört zu essen und wurde bleich wie Carrara-Marmor. Und dann, als kein Medikament wirkte, hatte sie sich ins Bett gelegt, um nie wiederaufzustehen …
Geräuschlos war sie von der Heiterkeit in den Schlaf und vom Schlaf in den Tod geglitten.
Das Ganze hatte, ohne weitere Zwischenfälle, eine Woche und sechs Tage gedauert. Eines Abends hatte er gemerkt, daß sie aufgehört hatte zu atmen.
Der Wirklichkeit entrückt, hatte er am nächsten Tag ihren Leib, der so mager war, daß er nichts mehr wog, mit warmem Wasser gewaschen. Er hatte sie mit Myrrhe und Aloe parfümiert und ihr das weiße Kleid angezogen, das sie an dem gesegneten Tag ihrer ersten Begegnung getragen hatte. Ohne fremde Hilfe hatte er sie auf ein Bett aus Blumen in den Sarg gelegt. Er hatte ihr Haar gekämmt, allein, denn er hatte seine Tür verriegelt und niemanden an seiner Seite haben wollen, dann hatte er einen Tag und eine Nacht bei ihr gewacht. Schließlich hatte er ihrer Mutter und ihren nahen Verwandten die Tür wieder geöffnet und sie auf dem

Hügel von Santa Maria Novella, in der Familiengruft der Lama, neben ihrem Vater Gaspare bestatten lassen.
Am Tag nach dem Begräbnis hatte er sich gefragt, warum sie nie geheiratet und warum sie kein gemeinsames Kind hatten.
Erst eine Woche später hatte ihn jählings der Schmerz gepackt.

45

Unter den Wolkenfetzen, die der Wind vor sich hertrieb, liefen die Leute, hasteten, rempelten einander an; Rücken an Brust gequetscht, liefen sie weiter, fielen hin, traten einander mit Füßen, schrien, gerieten in Panik, schlugen um sich, rangen nach Atem; man konnte sich nicht mehr rühren, wurde mitgeschleift, getragen, hatte den Boden unter den Füßen verloren; man rief nach Hilfe, stieß sich gegenseitig in die Rippen, wollte sich retten, wurde kopflos; der Himmel und die Mauern wankten, die Sonne entschwand dem Blick, das Herz setzte aus, man glitt aus, ging unter in den Fluten, fiel in Ohnmacht. An diesem Morgen des 7. April 1498 war Florenz im Aufruhr, trat Florenz über die Ufer. Wie in den ersten Tagen der Revolution drängte sich das bis aufs äußerste erregte Volk in den Straßen, und was war das für ein Gewühl! Es war unmöglich, weiterzugehen, unmöglich, kehrtzumachen! Um zu vermeiden, daß es rund um den Scheiterhaufen zu einem Gedränge kam, hatte man den Zugang zum Platz, außer an zwei Stellen, mit Hilfe von Balken und zusammengenagelten Brettern versperrt. Fünfhundert Infanteristen hatten sich über die Stadt verteilt, und die Menge, die zwischen den *arrabiati* und den Blankschädeln eingekeilt war, floß mit der Langsamkeit einer Sanduhr durch die Straßen.

Und was wurde da gedrängelt! Und gestoßen! Rund um die Piazza della Signoria gab es ein höllisches Geschubse, da stieß man sich gegenseitig die Ellbogen in die Rippen, rempelte sich unbarmherzig mit den Schultern an, so daß die Schwächlichsten und Kleinsten auf der Strecke blieben. Pech für die Alten, Schwachen und Gebrechlichen, schließlich hatte sie keiner gerufen! Sollen sie doch nach Hause gehen und ihren Rosenkranz beten! Betet, ihr braven Leut, auf daß eure Seite siegen möge! Während sich die Waffen, die man jeden Augenblick zu zücken bereit war, aneinander rieben, arbeitete man sich Schritt für Schritt, Stück für Stück voran.

Doch was bedeutete schon der Schmerz, wo doch die Stunde der Wahrheit nahte ... Man würde dem allen ein Ende machen! Gott, des ganzen Grauens überdrüssig, würde ein Urteil fällen und entscheiden, wer den Sieg davontragen würde – die Reichen, für die die Macht etwas ganz Natürliches war, oder die, die verrückt waren nach Gott, die armen Entrechteten, die es nach Moral und erbarmungsloser Gerechtigkeit dürstete!

Das Ergebnis würde unzweideutig sein. Girolamo Savonarola hatte es soeben von der Kanzel von San Marco herab verkündet: »Wir brauchen keine Wunderprobe, um zu wissen, wer recht hat, doch da wir herausgefordert wurden und uns dem nicht entziehen können, wird unser Sieg unbestritten sein! Und das Volk, das ich dort sehe, wird glauben, daß der Himmel mich gesandt hat und daß es nur gerecht ist, wenn wir, dem Willen unseres Herrn gemäß, unser Leben ändern.«

Es gab rund um den Platz kein Dach, keine Terrasse und keinen Balkon mehr, die man nicht gestürmt hätte. Die Stärksten und Behendesten eroberten sich einen Platz, kletterten entweder auf einen Schemel oder hängten sich an eine Säule, saßen auf dem Kopf einer Statue oder balancierten auf einem Balken, standen zu dritt auf einer Bockleiter oder kletterten einander auf die Schultern, so daß sich wahre Menschenpyramiden bildeten, die zwar kurz davorstanden, zusammenzustürzen, aber einen guten Blick auf den Scheiterhaufen freigaben. Sie postierten sich so, daß sie das fünfzig Ellen lange und zehn Ellen breite Podest sehen konnten, auf dem die Feuerprobe stattfinden sollte, die sowohl in San Marco als auch in Santa Croce triumphierend verkündet worden war. Als Fra Domenico da Pescia, von vier *piagnoni* auf seiner Sänfte getragen, bekleidet mit einer Capa aus scharlachrotem Samt, sich vor dem Palast einen Weg durch die

Menge bahnte, bekreuzigten sich die braven Leute und küßten mit hoffnungsgeschwelltem Herzen das Kreuz, das sie um den Hals trugen. Dann erschien im Gefolge der Prozession, hinter Malatesta Sacramoro und Francesco Gorganzatti, zwischen zwei Reihen von Dominikanermönchen, die ein *Exsurgat Deus et dissipentur eius* sangen, neben seinem Bruder Fra Maurelio, Savonarola höchstpersönlich. In ergreifender Demut, das heilige Sakrament in Händen haltend, ging er barfüßig, im weißen Gewand, bis zur Loge der Prioren, die von dreihundert Hellebardieren geschützt wurde. Einige applaudierten, als er vorüberging, wieder andere schrien ihren Haß und ihre Ungeduld heraus, ihn in der Hölle schmoren zu sehen.

Der Prophet und seine Dominikaner, die durch die Mannen des Marcuccio Salviati von den Franziskanern abgeschirmt wurden, knieten vor dem Altar nieder, den man dort errichtet hatte.

Jacopo Masini, der zusammen mit fünfzehn anderen aus der Färberbande, darunter Anselmo Sacchetti, Girolamo Bardi und Benedetto Sermini, ab San Marco dem Zug gefolgt war, kniete sich ebenfalls zum Gebet nieder. Sich an Jesus Christus wendend, den König seiner Republik der Erniedrigten, bemühte er sich, für einen Augenblick zu vergessen, daß sich Francesco di Puglia und Giuliano Rondinelli, die einzigen Mönche, denen die Signoria gestattet hatte, zusammen mit Fra Girolamo und Fra Domenico durch den Scheiterhaufen zu gehen, seit geraumer Zeit zur Beratung ins Innere des Palastes zurückgezogen hatten. Ah! Diese Feiglinge! Sie wagten es nicht, sich blicken zu lassen! Schande über sie, denn sie versuchten, sich der Probe zu entziehen. Und unter dem Podest aus Holz, Gips und ungebrannten Ziegeln ließ sich niemand blicken, um die mit Öl und Schießpulver eingestrichenen Reisigbündel zu entzünden.

»Jesus, Herr der Gerechtigkeit«, flehte der *piagnone,* »mach, daß dein Urteil vollstreckt werde und daß der Ruhm derer, die dein Reich verteidigen, nicht länger angefochten wird!« Die Unruhe nagte an ihm. Seit ein Kloster das andere herausgefordert hatte, fürchtete er eine hinterhältige Finte: daß die Probe nicht stattfinden und Fra Girolamo, der sich nicht rechtfertigen könnte, der große Verlierer des Tages sein würde.

Zur neunten Stunde, als die Menge immer ungeduldiger wurde, kamen vier Kommissäre Savonarola fragen, ob man anfangen könne.

»Domenico ist bereit!« antwortete der Prophet. »Doch was ist mit seinem Gegenspieler? Wo ist Francesco di Puglia? Ich sehe ihn nicht.«

»Er kommt schon! Geduld, du falscher Prophet, sieh lieber zu, daß du deine Beichte ablegst!« rief ihm ein Franziskanerfrater zu, der auf dem Vorplatz des Palastes stand.

Doch in dem Augenblick, da alles so aussah, als werde es gleich losgehen, forderte Piero Alberti, dieser Hund der Feinde der Republik und Vorsitzende des Gottesurteils, Fra Domenico müsse seine rote Capa ablegen, da diese, so rief er, stark dem »Gewand des Teufels« gleiche. Man mußte sich beraten, und der gebrechliche Mönch war gezwungen, vor dem murrenden Volk seine angeblich verhexten Gewänder gegen die eines anderen Fraters zu tauschen, der an seiner Seite geblieben war.

Jacopo Masini bekam vor lauter Wut keine Luft mehr. Man hätte diese Ungläubigen schon vor langer Zeit in einer Apokalypse siedenden Blutes aus ihren Betten holen, sie aus dem Fenster werfen und ihnen die Kehlen durchschneiden sollen! Doch statt die Dinge in einem Aufwasch zu regeln, hatte man sich damit begnügt, kleine Hinterhalte zu legen, bei denen bestenfalls ein oder zwei Tote auf dem Pflaster liegengeblieben waren. Es gab zu viele Unentschlossene in der Armee der Republik. Lieber den Krieg verlieren als ein Blutbad anrichten, hatten sich die Zauderer mit leiser Stimme gesagt und sich verkrochen.

Fra Domenico, der jetzt in ein einfaches Meßgewand gekleidet war und den man ständig stützen und wieder aufrichten mußte, hielt man von dem Propheten fern, vor dessen bösem Zauber sich die feindliche Seite fürchtete. Obgleich Francesco di Puglia

und Giuliano Rondinelli sich immer noch hinter den Mauern des Palastes verborgen hielten, schob man ihn mitten unter die Franziskanermönche, die sich über seine Magerkeit mokierten und sich einen Spaß daraus machten, ihn herumzuschubsen.
Das hungrige Volk scharrte mit den Füßen. Was machten die Signori bloß? Warteten sie darauf, daß der drohende Sturm losbrechen und verhindern würde, daß man den Scheiterhaufen in Brand steckte? Angeheizt von den *arrabiati,* wurde die Menge in einer plötzlichen Bewegung zur Loggia gedrängt. Man wollte sich Savonarola greifen, um ihn zu steinigen, und die Garde mußte mit Waffengewalt eingreifen. Auf beiden Seiten hagelte es Fausthiebe und Fußtritte. Während ein Hagelregen niederzugehen begann, drängte die Truppe das gemeine Volk brutal hinter den Scheiterhaufen zurück. In diesem wilden Drunter und Drüber entdeckte Jacopo Masini Maruffio Stanzanni, den Rotschopf mit der lädierten Fratze, der inmitten seiner *compagnacci* stand und schallend lachte. Er lachte aus vollem Halse, und unter dem feuerroten Helmbusch seiner Haare bekam seine verbeulte Nase die Farbe gebrannter Erde. »Dafür bringe ich dich um, du Wüterich! Ich reiß dir die Zunge raus, dann werden wir ja sehen, ob dir immer noch zum Spaßen zumute ist …«, murmelte Jacopo, den die Mordlust in Harnisch gebracht hatte.
Als Fra Domenico verkündete, er werde mit dem heiligen Sakrament in Händen ins Feuer gehen, fingen die von Santa Croce zu brüllen an, er wolle die Heilige Hostie verbrennen. Der Disput begann von neuem. Man mußte sich vor den Hühnereiern in Sicherheit bringen, die der zornige Himmel über ihnen ausspuckte. Und das ging unter Schreien und Spottliedern immer so fort. Als aus dem Palazzo der Befehl kam, zu verkünden, daß die Signoria die Probe ablehnte, da es unmöglich sei, sie ordentlich durchzuführen, war Jacopo zu Tode erschrocken … »Das war eine Falle, ich wußte es, wir sind getäuscht worden«, sagte er zu Benedetto Sermini, der, völlig verblüfft, immer noch daran zu glauben schien, das Wunder werde vollbracht.

46

Der Sudelkönig bepißte sich vor Lachen. Während das Gottesurteil seinem Scheitern entgegenging, krümmte er sich unter seinem Portal vor der Badia, und nur die Krücke, auf die er sich stützte, hinderte ihn daran, hinzufallen. Er hielt sich die Rippen, die ihm seit jener Sommernacht, in der drei *piagnoni*-Mörder ihm mit Stockschlägen und Fußtritten die Knochen im Leibe zerschlagen hatten, nie wieder zusammengewachsen waren. Wie er sich freute, Gorbaccio, diese liebenswerte, zahnlose Kröte mit dem Sprung im Schädel, Kaiser der Piraten und der ewig durstigen Schluckspechte! Er heulte vor Freude und bekam schier keine Luft mehr, der arme Teufel, als er sah, wie die Truppe von San Marco Reißaus nahm. »Gerade noch zur rechten Zeit! Da stecken die Blankschädel ja ganz schön im Schlamassel. Juchhe, aus ihrem Gottesurteil ist nichts geworden! Schaut sie euch an, die gehetzten Häschen, wie sie sich aus dem Staub machen!« röhrte er. »Oh, là là! Was für eine hübsche Beute, das gibt einen feinen Hasenpfeffer!« Als er die Sänfte Domenicos, dieses fanatischen Mönches, der den Bürgerkrieg gepredigt hatte, erblickte, hin und her geschüttelt von den Strolchen, die ihn holterdiepolter in den Schoß der Kirche zurückbrachten, war sein Glück vollkommen. Sie hatten an ein Wunder geglaubt, diese Riesendummköpfe, und jetzt, nachdem sie den Machenschaften von Santa Croce und der Signoria auf den Leim gegangen waren, mußten sie feststellen, daß man sie zum Narren gehalten hatte. »Lauft nur, lauft! Schnell, geht euch verstecken, sonst werden euch die armen Leute beim Kragen packen und in Stücke reißen, um nachzusehen, was das ist, da in euch drinnen, das euer Herz so böse macht! Und ich, der große Krüppel, der einst lustige Lie-

der zum besten gab, ich werde für das Übel gerächt sein, das ihr mir angetan habt!«
Während die Flüchtenden an der Mauer des Bargello entlangliefen, endete das krächzende Lachen der alten Vogelscheuche in einem Schluckauf. Da, keine vier Schritt weit … Jawohl, er war es, er täuschte sich nicht: Dort, direkt vor seiner Nase, in panischer Angst, gefolgt von drei anderen Galgenstricken seiner Art, hatte er gerade einen seiner Folterknechte wiedererkannt, der als erster zugeschlagen hatte in jener Unglücksnacht, in der man ihm wegen eines Saufnasenfluches für alle Zeiten sein armes Bein gebrochen, ihm seinen elenden Schädel in zwei Hälften gespalten, seine Nase wie eine überreife Erdbeere zerquetscht und so heftig von Kopf bis Fuß auf seinen geschundenen Leib eingeprügelt hatte, daß sein kraftloser Arm nicht mehr aufhörte zu zittern und daß ihm schon nach zehn Schluck Fusel die Krallen wilder Tiere das Innere seines Bauches zerfleischten, in dem irgend etwas zerplatzt sein mußte. Kein Zweifel: Das war der Anführer, der diese Ungeheuer, die ihn gefoltert hatten, befehligte! Der da war der Schlimmste! Dort stand er mit seinem Blick eines Fleischfressers, dessen entsetzlicher Anblick ihn seit Monaten verfolgte! Von seiner Überheblichkeit war nichts mehr geblieben, jetzt hatte er selbst Angst, er floh … »Jacopo, warte auf mich!« rief ihm einer seiner Komplizen zu, auch so ein Schwächling, der Mühe hatte, ihm zu folgen … »Jacopo, da hast du aber einen hübschen Namen, mein Schöner …«, brummelte der Lumpenhans. Hatten sie ihm nicht, bevor sie ihm ums Haar den Garaus gemacht hatten, selbst gesagt, daß sie zur Bande der Färber gehörten? »Hoch erfreut, das zu hören … Jetzt hab ich dich, du Teufel, denn diesmal weiß ich, wie du heißt und wer du bist«, fluchte der grobschlächtige Kerl, dessen gewaltiger Leib bei dem Angriff der hungrigen Wölfe auf immer zuschanden gekommen war.

47

Benedetto Sermini war am Boden zerstört.
Das schlimmste war der Gedanke, daß in dem Augenblick, da die Menge sie verjagt hatte, enttäuscht über das Schauspiel, zu dem sie gerufen worden war, Francesco di Puglia und die von Santa Croce den Sieg davongetragen hatten. Während man Fra Girolamo vorwarf, daß er auf die Einwände seiner Gegner eingegangen war, statt das angekündigte Wunder zu vollbringen, lobte man das »gute und fromme Gebaren« der Feinde der Republik, die sich indes aus dem Staub gemacht hatten … Seit ihrer Rückkehr nach San Marco hatten die Gläubigen in der Überzeugung, aus Mangel an Gegnern sei ihnen der Sieg gewiß, ihre Stimme erhoben und verkündet, nur wahre Heilige besäßen die Macht, Wunder zu vollbringen, und jene, die dazu nicht in der Lage wären, seien Lügner und Usurpatoren.
Jetzt wurde es Nacht, und als er mit Jacopo Masini, Girolamo Bardi und Anselmo Sacchetti ins Färberviertel zurückkehrte, wußte Benedetto, daß alles verloren war … Und dabei war er frühmorgens beim Gedanken an das Wunder, das bei dem Gottesurteil geschehen werde, in blendender Laune aufgestanden. Und dabei hatte er bis zum letzten Augenblick geglaubt, der Prophet werde sich in die Flammen stürzen und siegreich wieder aus ihnen hervortreten!
Der Herr hatte sie verlassen! Vielleicht waren sie nicht gut genug gewesen, nicht gerecht genug gegenüber den anderen. Vielleicht hatte es Fra Girolamo selbst an Mut gefehlt …
Der Pakt zwischen dem Volk und San Marco war gebrochen.
Jacopo hatte recht: Die Revolution war zu Ende, Girolamo Savonarola hatte sie nicht gerettet …

Aber wer unter den Gerechten war bereit, sich darein zu schicken? Wer unter den wütenden Anhängern Jesu Christi würde sich ohne Aufmucken darein schicken, das frühere Leben wiederaufzunehmen, als sei nichts geschehen? Wer unter den Kämpfern für das Heilige Kreuz würde sich dafür entscheiden, auf kleiner Flamme köchelnd zu sterben, auf immer jeder Hoffnung beraubt?

Waren in der ausgedünnten Armee nicht noch ein paar Mutige übriggeblieben, die bereit waren, sich in einer letzten Schlacht zu opfern?

Die Alternative lag klar auf der Hand. Ab dem Morgengrauen müßte man eine Zählung durchführen und sich bewaffnen, und sei es auch nur, um in Schönheit zu sterben …

Als die vier *piagnoni* sich, durch die Farbpfützen watend, völlig ihrer Verzweiflung anheimgegeben, dem Fluß näherten, ertönte zwischen zwei Bottichen hindurch eine Grabesstimme: »Jacopo von der Färberbande, erkennst du mich wieder?« rief ihnen ein zänkisches Gespenst in Menschengestalt zu, dessen in schmutzige Lumpen und verschlissene Fetzen gehüllter Leib auf zwei Krücken gestützt war. »Jacopo von der Färberbande, erinnerst du dich an mich?« schrie der krumme Teufel aus voller Kehle. Beim Anblick dieser bösen Erscheinung schlug Girolamo Bardi das Zeichen des Kreuzes, und Anselmo Sacchetti nahm Reißaus. »Jacopo von der Färberbande, weißt du, daß mir durch deine Schuld ein Feuer in den Gedärmen lodert und daß meine Pisse Feuerwasser ist?« setzte der erboste Dämon hinzu, dessen staubverkrustete Haare und dessen grauer Bart völlig ausgefranst waren. »Das ist Gorbaccio, der alte Kerl vom Bargello!« sagte Benedetto, der erstaunt war, diesen armen Läusebruder, den er für tot gehalten hatte, wiederzusehen, wenn auch in so schlechtem Zustand. Die drei Kameraden machten kehrt, stießen aber auf einen Trupp von mindestens dreißig *arrabiati,* an deren Spitze, den Dolch in der Hand, Maruffio, der Rotschopf, stand.

Diesmal war es Girolamo, der sich hinter der erstbesten Reihe von Bottichen versteckte.
Als er ihn Reißaus nehmen sah, war Benedetto zuerst versucht, ihm zu folgen, denn der *arrabiato* mit der gebrochenen Nase, der geschworen hatte, ihn zu töten, jagte ihm eine größere Angst ein als jeder andere ihrer Feinde. Aber hatte er nicht noch einen Augenblick zuvor gedacht, daß es besser wäre zu sterben, als sich der Verzweiflung von früher anheimzugeben? War das nicht genau die Gelegenheit, auf die er wartete?
»Jacopo von der Färberbande, ich komme dich holen«, rief ihm der Rotschopf zu.
Weshalb Jacopo? Erstaunt sah Benedetto den Anführer seiner Brigade an ... Lag da nicht eine Verwechslung vor? Waren sie denn nicht gekommen, um ihn, Benedetto, zu holen?
»Jacopo von der Färberbande«, äffte ihn der widerliche Gorbaccio nach, der in ihrem Rücken stand. »Die Welt steht kopf. Ich habe dich denunziert, und heute, du übler Henker, sind es deine Rippen, die meine Freunde streicheln werden.«
Um zum Fluß zu fliehen, hätte es genügt, den Einäugigen umzustoßen und sich aus dem Staub zu machen. Doch Jacopo blieb reglos stehen. »Maruffio!« fing er plötzlich zu schreien an, »komm nur her, denn *ich* werde es sein, der *dich* umbringt!« Benedetto konnte ihn nicht zurückhalten, mit gezücktem Messer stürmte er vor. Durch eine Drehung um die eigene Achse konnte der Feind ihm gerade noch ausweichen. Von seinem eigenen Elan mitgerissen, rannte Jacopo gegen zwei *compagnacci*, die ihn, sich vor der Klinge in acht nehmend, von sich stießen. Aus dem Gleichgewicht gebracht, geriet er ins Wanken, und der Rotschopf nutzte dies aus, um ihn mit der Spitze seines Dolches an der Seite zu verletzen. Ein roter Fleck breitete sich auf seinem Gewand aus, direkt unter der Taille. Statt in Deckung zu gehen, stürzte er sich wieder auf Maruffio. Doch dieser wich ihm aus und stellte ihm ganz hinterlistig ein Bein. Während alle in Gelächter ausbrachen, fiel Jacopo der Länge nach in den grünen

Schlamm. Den Bauch, die Arme und die Knie grün gefärbt, stand er wieder auf und begann zu brüllen: »Maruffio Stanzanni, dich werde ich zur Ader lassen!« Der Rotschopf tat so, als bekomme er es mit der Angst zu tun, und ergriff die Flucht zum Fluß und zu den Kais hinunter. Sein Trupp folgte ihm auf den Fersen.
»Maruffio!« schrie Jacopo und setzte ihm nach. Da er schwerer verletzt war, als es den Anschein hatte, glitt er aus und wäre, begleitet von Spottversen, ums Haar ein zweites Mal hingefallen.
»Maruffio! Maruffio!« Statt die Verwirrung zu nutzen und sich aus dem Staub zu machen, lief nun auch Benedetto los, um sie einzuholen. Er kam nicht weit. Er fand den Anführer seiner Brigade in der Nähe des Trockenplatzes. Da er seinen Feind aus den Augen verloren hatte, stach Jacopo mit seinem Messer auf die dort an Stangen hängenden frischgefärbten Leintücher ein. Doch umsonst veranstaltete er einen solchen Wirbel – der Rotschopf war verschwunden. Als er seinen Gegnern den Rücken zukehrte, traf ihn ein Stein im Nacken, dann ein zweiter an der Schulter.
»Maruffio!« rief er wieder mit allmählich versagender Stimme. Er verschwand hinter den blauen und roten Stoffen. Ein großes gelbes Wolltuch geriet in Bewegung, dann wurde es von der Form seines Körpers gebläht und angehoben. »Maruffio!« rief er wieder, »Maruffio, wo versteckst du dich?«
Schließlich tauchte er wieder auf mit seinem grünen Bauch. Er wurde von weiteren Steinen getroffen und ging mit einem Knie zu Boden. Plötzlich trat Gorbaccio aus dem Schatten hervor, und mit einem Hieb seiner Krücke streckte er ihn halb nieder, »Nimm!« grollte er. »Das ist für den Stock, den du mir in die Kutteln gestoßen hast!« Lag es daran, daß er ihn erniedrigt hatte und daß er ungerecht und grausam zu ihm gewesen war, daß Benedetto ihm nicht zu Hilfe eilte? Als er es nicht mehr aushielt, stürzte er vor, doch Maruffio Stanzanni, der plötzlich hinter den ausgebreiteten Leintüchern hervorkam, war schneller. Ein einziger Hieb mit der Klinge genügte, und das Blut spritzte aus Jacopos Kehle. »Du bleibst da!« herrschte der Rotschopf Benedetto

an. »Geh nach San Marco und erzähle alles, was du gesehen hast, und hab Geduld, noch bist du nicht an der Reihe.«
Benedetto wollte den Mörder erdolchen, doch in dem Augenblick, da er seinen Dolch zückte, fuhr ihm ein stechender Schmerz in den Schädel.
Langsam schlügen erst sein Knie und dann seine Stirn auf einer harten Oberfläche auf. Er konnte gerade noch den bodenlosen Brunnen erkennen, in den er hinabstürzte.

48

Zu dieser Stunde, da man im Färberviertel dem Anführer der verrückten Kinder die Kehle durchschnitt, sah Botticelli, auf dem Gipfel des Hügels sitzend, dabei zu, wie allmählich die Nacht einfiel. Der hagelschwere Himmel war dunkel und dräuend. Es war Zeit, nach Hause zu gehen, bevor ein neuer Wolkenbruch niederging. Er beschloß, den Weg einzuschlagen, der zu den Festungswällen führte. Als er die große zypressengesäumte Treppe hinunterging, glaubte er noch immer die Hand von Fiola del Lama zu halten. Von dem Baum in der Nähe des Stadttors nach San Miniato, unter dem sie so oft stehengeblieben waren, stand nur noch ein Stumpf, und der Stein der Bank, auf der sie lange Augenblicke miteinander plaudernd verbracht hatten, war schwarz vor Fäulnis. Er sagte sich: »Der Baum stirbt, die Bank ist verfault, ich suche nach etwas, das es nicht mehr gibt.« Er hatte wieder die Schatten und die Sonnen von damals vor Augen, und es ärgerte ihn, daß er unablässig mit denselben Erinnerungen kämpfte.

Schlecht gelaunt, in seinen Regenmantel gehüllt, schwenkte er in die Via de Bardi ein. In der Ferne hörte er ein paar Schreie. Nach dem Gottesurteil schlug man sich nun. Was mit Florenz geschah, war ihm so fern! In der Nähe der Brücke wurde er von ein paar Schatten angerempelt: Man war auf der Flucht. Weitere Schritte klapperten auf dem Pflaster. Es gab eine Verfolgung, man wollte sich gegenseitig umbringen … Wie sollte man wissen, wer den Sieg davontragen und wer morgen befehlen würde?

Das Ganze war sinnlos. Das Schicksal der Republik hatte keine Bedeutung mehr.

Im Obergeschoß seines Hauses fand er, nachdem er seine dreckverkrusteten Strümpfe ausgezogen hatte, Baccio vor seiner Staffelei. Beim Schein einer Kerze vollendete sein Freund gerade das Porträt eines hübschen Jungen. Bei der Betrachtung des Bildes entdeckte er eine gewisse Ähnlichkeit zwischen diesem liebenswerten Gesicht und dem von Benedetto Sermini. Das machte ihn hilflos.

Als er ihn kommen hörte, legte Baccio della Porta seinen Pinsel beiseite. Seine Traurigkeit schien abgrundtief.

»Wir haben uns noch kaum gekannt, Sandro, da hast du zu mir gesagt, der Blick sei der Spiegel der Seele«, sagte er, ohne sich umzudrehen. »Und es fiel mir so schwer, dir zu geben, was du wolltest, daß du meine Hand genommen hast. Geduldig hast du mich gehalten und geleitet, damit ich mich erheben und die Schönheit entdecken würde, die mir entging. Du wolltest etwas mehr Weiß oder fandest, daß die Wimpern nicht leicht genug waren oder daß es dem Inkarnat an Glanz oder Transparenz mangelte. Ich hingegen suchte den Schmerz, ich wollte das Leid und die Reue darstellen, während du die Harmonie der Himmelssphären und die Herrschaft des Friedens wolltest. Dein Geist ist starr, sagtest du mir, deine Vorstellungskraft ist dem Erdboden verhaftet. Und entgegen meiner Überzeugung versuchte ich dir zu gefallen. Wenn ich nicht mehr wußte, wie ich es machen sollte, bist du wütend geworden, oder aber du hast mir, entgegen aller Erwartung, verziehen und bist zu etwas anderem übergegangen. Manchmal warst du so grausam, daß ich weinte, und dann dauerte es dich und du umarmtest mich, um mich zu trösten.«

»Du warst ein begabter Schüler«, sagte Botticelli, »ich hatte nicht das Recht, dich allein zu lassen.«

»Sieh, wo ich jetzt stehe. Glaubst du, ich verstünde heute mehr davon?«

»Ja. Du bist mir ebenbürtig. Ich habe dir nichts mehr beizubringen.«

»Dann ist es zu schnell gegangen«, seufzte Baccio.

»Drei Jahre, das ist nichts. Ich habe länger gebraucht ... Selbst jetzt weiß ich nichts. Ich bräuchte einen Meister, jemanden, der ...«

»Dir die Hand hält!«

Verärgert ging Botticelli zum Fenster. Doch sein Blick kehrte zurück zu dem Porträt, das ihm gefiel.

Baccio della Porta verstummte. Er nahm den Pinsel wieder in die Hand, drehte ihn lange und zerdrückte ihn dann unmotiviert in seinen Farben. Schließlich hob er den Kopf. Aus heiterem Himmel wandte er sich zu Botticelli um und sagte ihm mit geröteter Stirn:

»Hör auf, mir bei dem zuzuschauen, was ich mache. Kümmere dich nicht um mich. Laß mich in Ruhe, bis ich es zu Ende gebracht habe.«

49

Das bärtige Gesicht von Signore Aldobrandino nahm die ganze Breite des rauchgeschwärzten Himmels ein. Sein Kragen war pelzverbrämt. Hoch oben thronte seine rote Arzt- und Apothekermütze. Der Mann beobachtete ihn ... Wer hatte ihn gerufen? Wer würde ihn bezahlen? Benedetto wollte sich aufrichten, doch ein scharfer Schmerz nagelte ihn auf das Kopfkissen. Warum ein Chirurg an seinem Bett? Ein Trepan oder Skalpell ... Hatte man ihn etwa operiert? Hatte man ihm ein Stück von seinem Kopf weggeschnitten? Hatte man ihm seinen hohlen Schädel wieder zugenäht, mit einer Nadel und einem dicken weißen Faden?

Er hatte sich schon völlig verlassen im Abgrund der abgestochenen Kinder liegen sehen. Und doch, er lebte ... Er versuchte noch einmal, sich zu bewegen, doch ein blendendes Licht, so grell wie ein Blitz, ließ ihn zusammensinken.

Eine leichte Berührung an der Schläfe riß ihn halb aus der Ohnmacht, in die er gefallen war.

Der Morgen war heraufgezogen. Jemand ergriff seine ausgestreckte Hand. An seinem Bett saß Ippolita-Maria und lächelte ihn an. »Geliebte kleine Schwester, was ist mit mir geschehen?« Er befand sich in seinem Haus. Auch seine Mutter wachte bei ihm. Er schloß die Augen. Er sah ein gelbes Tuch vor sich, das sich hob und senkte, einen grünen Wind, eine funkelnde Klinge, eine rote Wunde, aus der das Blut spritzte ... »Jacopo«, stöhnte er, »der Rotschopf hat ihn umgebracht ...« Signore Aldobrandino legte ihm ein kühles Leintuch auf die Stirn, und der Schmerz wanderte zu seinen Schläfen ... Es war Palmsonntag, er mußte nach San Marco. Der Prophet würde seinen Olivenzweig segnen ... Er wollte sich noch einmal aufrichten, doch seine Bemühungen waren vergeblich, er blieb liegen.

Als er wieder zu sich kam, war der Tag schon weit fortgeschritten.
In seinem Nacken spürte er weiterhin ein dumpfes Pulsieren. Der vom Regen aufgeweichte Scheiterhaufen, den niemand anzündete, der Prophet, der unablässig diskutierte, das vertagte Gottesurteil, der Triumph von Santa Croce, die Flucht mit der Sänfte Fra Domenicos, die Leiche Jacopos, aus der in abgehackten Stößen das Blut spritzte ... Er hatte schon geglaubt, es sei ein Alptraum gewesen, aber es war die grauenhafte Realität.
Signore Aldobrandino war nicht mehr da. Seine Mutter weinte. Langsam sagte er:
»Ippolita-Maria, ich muß gehen!«
Seine Worte hallten ihm unter der Schädeldecke wider, die kurz davorstand zu zerplatzen. Als er sich auf dem Strohsack aufsetzte, drohte das Haus zur Seite zu kippen.
»Nein!« protestierte seine kleine Schwester. »Heute morgen hat man dich gefunden, den Schädel halb zertrümmert. Wenn dich nicht jemand hierhergebracht hätte, wärest du tot. Die Signoria hat über Fra Girolamo den Bann verhängt. Noch vor heute abend muß er verschwunden sein. Bleib hier, ich flehe dich an, denn wenn sie dich erwischen, werden sie dich töten!«
Er mußte drei Anläufe machen, bis es ihm schließlich gelang, aufzustehen. Man hatte ihm ein zusammengeknotetes Leintuch um den Kopf geschlungen. Um das Kind zu überzeugen, das sich an ihn hängte, sagte er mit kaum hörbarer Stimme:
»Mit diesem Turban hier sieht man nicht mehr, daß ich einen rasierten Schädel habe. Niemand wird mich erkennen, ich riskiere nichts. Heute abend bin ich wieder zurück.«

Ein paar flüchtige Küsse, dann sich schnell angezogen, und schon lief er wie ein wankendes Schiff, heimgesucht von dem Grauen der blutigen Bilder der vergangenen Nacht, zwischen den Bottichen der Färber hindurch.
Als er Santa Croce hinter sich gelassen hatte, entdeckte er mit dem merkwürdigen Gefühl, seit er den Schlag auf den Kopf erhalten hatte, hätten sein Denken und sein Körper sich voneinander abgespalten, daß man seine Stadt geplündert hatte.
Der viel zu lange aufgestaute Haß der Feinde der Republik hatte sich Luft gemacht.
Überall war die Mitteilung angeschlagen, daß Fra Savonarola aus der Stadt ausgewiesen worden war. Die Stunde der Entscheidung war gekommen.
Rund um Santa Maria del Fiore, im Herzen von Florenz, hatten die *arrabiati* etliche Brände entfacht. Die Häuser der wohlhabendsten *piagnoni* standen in Flammen. In der rauchgeschwängerten Luft, die nach verkohltem Holz und verbranntem Fleisch stank, gingen die Eimer von Hand zu Hand. Mit der Energie der Verzweiflung versuchten die Bewohner und die Stabträger der Signoria die sich ausbreitende Feuersbrunst einzudämmen. Benedetto packte der Ekel. Vielleicht war dies das Ende seiner Stadt … Vielleicht würde bis zum Abend alles zerstört sein, und von Florenz und seiner Schönheit würde nie wieder die Rede sein, nie wieder … Unter dem Portal des Baptisteriums sah er vier gesteinigte Blankschädel. Beim Anblick ihres noch zuckenden Fleisches und ihrer zerschmetterten Gesichter wurde ihm weich in den Knien. Er mußte stehenbleiben, um nicht in Ohnmacht zu fallen.
Auf dem Pflaster der Via Larga, vor ihrem Haus, das nur noch eine schwarze Ruine war, entdeckte er die Leichen der Familie Valori. Entmannt, Arme und Beine mit Eisenstangen zerschmettert, lag die nackte Leiche des Francesco mit ausgerenkten Gliedern in der Gosse, ebenso die seiner Frau, deren Gesicht von einer Arkebuse weggeschossen war, und die seines Enkels, dem

man die Ohren abgeschnitten und die Augen ausgestochen hatte. Zehn Schritte weiter fand er auch die seiner Tochter, die bei den Malern und Bildhauern der Toskana für ihre große Schönheit und die Anmut, mit der sie posierte, berühmt gewesen war. Wahrscheinlich vergewaltigt, das Gesicht geschwärzt, trug sie um ihren Hals geschlungen noch die Schnur, mit der man sie erdrosselt hatte. Wie damals während der Seuche, als er die Leiche des an der Pest gestorbenen Kindes gesehen hatte, dessen mit Pusteln übersäter Körper auf einem Scheiterhaufen verbrannte, dachte er an Emilia Scorpucci und an die Gefahr, in der sie schwebte. Es war so lange her, daß er sie das letzte Mal gesehen, sie gesprochen, sie geküßt hatte! Was war seit ihrem Streit aus ihr geworden? Selbst wenn sie so klug gewesen war, sich zu jeder Seite auf Distanz zu halten, wurde sie ja vielleicht von Verrückten bedroht, die ihr übelwollten und ebenfalls versuchen würden, sie zu vergewaltigen und zu töten …

Vom Pöbel gefledderte, blutige Leichen, verwüstete und geplünderte Häuser, eingeschlagene Türen und Fenster, quer über die Straße geworfene zerschlagene Tische, Sessel und Kruzifixe, aufgeschlitzte Matratzen und Kissen, heruntergerissene Vorhänge und Jalousien, zerfetzte Gemälde und Wandbehänge, verstreut herumliegende Briefe und Pergamente, zerrissene Leintücher und Kleider, kaputte Truhen und Schatullen, zerschlagenes Geschirr und zerbrochene Spiegel … Je näher er dem Kloster kam, in dem sich der Prophet verschanzt hatte, desto mehr bot ihm Florenz den Anblick einer zerstörten Stadt.

Vor San Marco wäre er ums Haar auf eine Armee von *arrabiati* gestoßen. Unter ihnen entdeckte er durch den Schleier hindurch, der seinen Blick umnebelte, den dicken Girolamo Bardi und Anselmo Sacchetti, diese Lumpen – gestern noch der Stoßtrupp der Armee der Engel und heute in den Reihen der Feinde, um ihr elendes Leben zu retten. Entsetzt, den Kopf voll dickem Blut, machte er sich über eine Seitenstraße auf den Rückweg. Eingekeilt zwischen zwei Feuern, umzingelten die Garden das Kloster, das kurz davorstand, erstürmt zu werden. Etwas weiter weg gewahrte er zehn Blankschädel, die meisten von ihnen verwundet, die sich unter Gefahr ihres Lebens die Türen öffnen ließen, um hineinzukommen. An ihrer Seite betrat er die Höhle des Portalvorbaus und ließ sich bis zum Kloster mittreiben, wo er sich inmitten gepanzerter oder mit Ritterhelmen bewehrter Mönche wiederfand, unter mit Arkebusen, Partisanen, Wurfspießen, Dolchen und Schilden bewaffneten Bürgern, Kindern mit Helmen auf dem Kopf und armen Leuten, die damit beschäftigt waren, die Bleikugeln auszuteilen, welche die Belagerten abschießen wollten. Insgesamt waren sie nicht mehr als fünfhundert. Erschöpft, enttäuscht, daß die Verteidiger von San Marco nicht zahlreicher waren, in der Hoffnung, daß andere *piagnoni* im Obergeschoß bereit waren, ihr Leben teuer zu verkaufen, setzte er sich in der Nähe eines Pulverfasses und einer kleinen Bombarde nieder, deren Kanonenrohr auf den Eingang gerichtet war.

Als die Nacht einfiel, zeigte sich der Prophet, um jene, die sich schlagen wollten, zu ermahnen, und als er sie dazu aufrief, lieber Andacht zu halten und zu beten, fand Benedetto ihn so entschlossen, sich zu opfern, daß er ihn wieder ganz verklärt sah, wie Christus auf dem Ölberg, kurz bevor er verraten wurde. »Besudelt nicht eure Hände, indem ihr unnötig Blut vergießt«, sagte der Prediger im Tonfall seiner schönsten Predigten. »Ihr solltet euch nicht, unter dem Vorwand, die Republik zu retten, in Widerspruch zu den Geboten des Evangeliums bringen, das euch Vergebung lehrt. Habt Vertrauen, was auch immer mir, dessen Leben und Schicksal nicht zählen, heute nacht widerfahren wird, daß die Gottesfurcht, die Liebe für das Gemeinwohl, die Eintracht der Bürger, die strenge und gebührende Gerechtigkeit, der Abscheu vor der Tyrannei und die Werte, die uns leiten, den Sieg davontragen werden.« Als anschließend vom Platz her Lärm zu ihnen hinaufdrang, bat er, man möge die Tore öffnen, damit er hinausgehen und sich als Gefangener ergeben könnte, »denn meinetwegen ist dieser Sturm heraufgezogen, und niemand anderes als ich hat die Macht, dafür zu sorgen, daß er sich wieder legt«, verkündete er mit einer Inbrunst, die für Benedetto von sublimer Schönheit war.

Man mußte ihn flehentlich bitten, um ihn daran zu hindern, den Märtyrertod zu suchen. »Geht hinweg und mischt euch nicht ein!« protestierte er. »Denn sonst wird man eure Güter konfiszieren, man wird euch bestrafen, exkommunizieren und verbannen, weil ihr euch mir angeschlossen habt.« Schließlich war er nach langem Hin und Her bereit, zu bleiben und bis zum Morgengrauen abzuwarten, ob es der Signoria, die für das, was geschah, teilweise verantwortlich war, gelingen würde, den Frieden wiederherzustellen. Wieder in seinen heiligen Ornat gekleidet, ging er zusammen mit Domenico da Pescia, Fra Silvester Maruffi und einem Großteil der Klostermönche wieder in den Chor der Kirche, wo er, im Gebet Zuflucht suchend, vor dem Allerheiligsten niederkniete.

Doch seine Worte hatten das Lager der *piagnoni* aufgewühlt. Während draußen die Feinde, welche die Garde, obgleich sie den Auftrag hatte, wieder Ordnung herzustellen, nicht länger in Schach zu halten vermochte, vor dem Portal ein großes Feuer entfachten, um das Tor anzuzünden und zum Einsturz zu bringen, beschloß fast ein Drittel von ihnen, darunter die Allertreuesten, zu gehen. Man ließ an den Mauern, die auf den Gemüsegarten gingen, Seile hinunter, und Benedetto sah, angeekelt von so viel Feigheit, diesen Verrätern dabei zu, wie sie das Weite suchten.

Erschöpft von dem Schmerz, der immer noch seinen Nacken marterte, griff er sich ein großes Küchenmesser, das länger und spitzer war als ein gewöhnlicher Dolch, dann gab er seine Seele in Gottes Hand und versank, inmitten von ein paar Hungerleidern am Fuße eines Pfeilers ausgestreckt, in einen unruhigen Schlummer.

Plötzlich fuhr er, von Schreien geweckt, aus dem Schlaf. Dicker Rauch quoll in die Klostergalerie. Die Nacht war hereingebrochen, man konnte die Hand vor Augen nicht mehr sehen. Schatten sprangen von den Dächern. Unter einem Hagel von Steinen, Schieferplatten und Dachziegeln sprangen sie auf die Wiese und stürzten sich schreiend zwischen die Säulen ... Die *compagnacci* waren die Mauern, die zum Platz und zur Straße gingen, hinaufgeklettert und tauchten plötzlich von allen Seiten auf. Benedetto kam es so vor, als seien es Tausende. Andere drängten durch den Eingang herein: Das Portal hatte nachgegeben. Aus dem Obergeschoß vernahm man Waffengeklirr, das Röcheln und die Hilfeschreie der Verwundeten. Man hatte die Zellen und die Bibliothek gestürmt. Was sollte nur aus der Kirche werden, und aus Fra Girolamo und Fra Domenico Buonvicini, der, ausgemergelt von der Krankheit, nicht mehr die Kraft hatte, sich zu verteidigen? Benedetto wirbelte mit seinem Messer im Kreis herum. Sich blindlings einen Weg bahnend, die Luft kreuz und quer mit Hieben zerteilend, zog er sich in die Sakristei zurück. Dort stieß er auf eine Horde von Vandalen, fünfzig Ausgeburten der Hölle, welche die Meßgewänder herunterrissen, die Kultgegenstände zu Boden warfen, auf den Hostien herumtrampelten und den geweihten Wein verschütteten.
Er stürzte in die Basilika.
Es war ein einziges Schlachtfeld. Während vor dem Hauptaltar zahlreiche Brüder, die sich um den Propheten versammelt hatten, unbeirrt beteten und sangen, schlugen sich die Tapfersten mit Hilfe von Kerzenleuchtern, Fackeln, Psaltern, Gebetsschemeln, Stuhlbeinen und Bronzekreuzen, die sie allesamt als Waffen hernahmen, die Köpfe ein. Am einen Ort metzelte man sich nieder, und an einem andern, die Finger steif von den ersten Kälteschauern des Todeskampfes, versuchte man, eine Wunde zuzuhalten, aus der man verblutete, lag in den letzten Zügen, rief nach dem letzten Segen, wollte das Sterbesakrament der Letzten Ölung erteilt bekommen. Ein Mönch, bewaffnet mit einer Arkebuse,

schoß von der Kanzel herab auf die Angreifer. *»Salvum fac populum tuum Domine«*, brüllte er triumphierend, sobald er einen Feind getroffen hatte. Gepanzert wie ein Ritter, hieb ein anderer mit der flachen Seite seines Schwertes zu und schlug, den Ermahnungen des Propheten Folge leistend, die Angreifer bloß bewußtlos, statt sie zu töten. Benedetto, der verloren mitten im Kampfgetümmel stand, fast blind von dem Rauch, wußte nicht, gegen wen er vom Leder ziehen sollte. Er hielt Ausschau nach anderen Blankschädeln ... Er sah keinen einzigen, man könnte meinen, sie hätten sich allesamt aus dem Staub gemacht.
Er verteilte ein paar Hiebe. Ungeschickt versuchte er zu kämpfen. Er verletzte einen Jungen an der Schulter, schlitzte eine Hand auf und spaltete ein Ohr. An der Seite von zwanzig Ordensbrüdern und einer Handvoll Laien, die sich wacker schlugen, darunter Baldo Inghirlami und Francesco Davanzati, der immerhin ein gewisses Alter erreicht hatte, trieb er einen Teil der *compagnacci* zum Kloster zurück, von woher sie gekommen waren. Als er die Mähne des Rotschopfs erblickte, zog er sich, von unüberwindlicher Furcht gepackt, in den Chorraum zurück. Dort blieb er, zwei Schritt von dem Propheten entfernt, dessen Gesicht tränenüberströmt war, einen langen Augenblick stehen, um den Himmel anzuflehen, San Marco möge gerettet werden.
Ein Hustenanfall ließ ihn innehalten. Sie bekamen alle keine Luft mehr. Sie würden gemeinsam sterben, erstickt ... Unter der Gefahr, von dem Burschen, vor dem er floh, erkannt zu werden, hängte er sich an die Büste einer Statue des heiligen Joseph, kletterte ihm auf den Kopf und zerschmetterte, auf seinem Heiligenschein aus Stein das Gleichgewicht haltend, mit Hilfe seines Messers erst eins, dann zwei, dann drei der Kirchenfenster, so daß der immer dichter werdende Rauch abziehen konnte.

Als die Angreifer irgendwann in der Nacht schließlich zurückgedrängt waren und das Portal wieder aufgerichtet und verstärkt war, wurden im Haupt- und in den Seitenschiffen zweiundzwanzig Tote und siebenundsechzig Verwundete gezählt. Trotz der Stärke des Angriffs war kein Dominikaner getötet worden. Verblüfft über dieses Wunder stimmte Benedetto mit seinem Gebet in die Danksagungen der Belagerten ein. Nachdem er ein Loblied auf Jesus Christus gesungen hatte, der San Marco wieder seine Unterstützung gewährte, half er, ohne einen Unterschied zu machen, wie es das Evangelium lehrte, die verwundeten *arrabiati* oder *piagnoni* zu verbinden und zu trösten.

Beim ersten Schimmer der Morgenröte wurden drei Kommissare der Signoria an der wackligen Klosterpforte vorstellig. Fra Girolamo forderte sie auf, ihm den schriftlichen Befehl zu zeigen, der sie dazu ermächtigte, Verhandlungen zu führen. Nachdem sie diesen Punkt des Verfahrens zu seiner Zufriedenheit erfüllt hatten, zog er sich mit ihnen zurück, um sie anzuhören. Er kehrte zurück, als gerade die Sonne aufging. Denen, die ihn selbst in dieser größten Not begleitet hatten, beteuerte er erneut seine Gewißheit, unter dem Diktat des Heiligen Geistes gehandelt zu haben und seiner Mission der Prophetie und Gerechtigkeit, mit welcher der Himmel ihn zum Wohle der Florentiner betraut habe, niemals untreu geworden zu sein. Er legte sein Schicksal in Gottes Hand, dessen Wille geschehen werde, und tat anschließend seine Entscheidung kund, sich ihnen auszuliefern, zusammen mit Fra Domenico und Fra Silvester, auf welche die Richter und der Kerker warteten. Diesmal wurde kein Protest laut. Seine Truppen waren zu erschöpft, um ihm zu widersprechen. Er befahl ihnen allen, das Schwert niederzulegen und zu keiner anderen Waffe mehr zu greifen als zu der des Glaubens, des Gehorsams und der Demut. »All jene, die nicht von hier sind, sollen nach Hause gehen. Die Soldaten sorgen auf dem Platz für Ordnung, und die Straßen werden bewacht, sie sollen gehen, man wird sie beschützen!« befahl er den Laien, die noch in der Kirche verblieben waren. »Auf Wiedersehen, meine Freunde«, setzte er entschlossen hinzu. »Ich habe das Versprechen erhalten, daß euch kein Haar gekrümmt wird. Gehet hin in Frieden, ich werde

vom Himmel, in den mich mein Martyrium erheben wird, auf euch schauen und euch beschützen.«
Viele Mönche weinten. »Seid nicht traurig«, sagte der Prophet zu ihnen, »ihr seid meine Herde, und durch mein Leid werdet ihr auf alle Ewigkeit in den Kreis des Lichtes erhoben werden.«
Benedetto, dem es das Herz zerriß, zögerte. Er betrachtete sein Messer, auf dem immer noch ein paar Blutstropfen zu sehen waren. Er dachte an Ippolita-Maria, die auf ihn wartete, an Jacopo Masini, der im Paradies war, an diesen Kopfschmerz, der ihn unaufhörlich quälte, an den Tod, den er zugleich herbeisehnte und fürchtete.
»Los, geht jetzt, laßt mich allein!« sagte der Prophet erneut, als er neben Fra Domenico niederkniete, um zu beichten und die heilige Kommunion zu empfangen. Francesco Davanzati ging zu ihm hin. Er schloß ihn in die Arme und küßte ihn. Baldo Inghirlami tat ein gleiches, und auch Brandoino Corcci und Marcuccio Selsi traten vor, um den Segen entgegenzunehmen und den Führer ihrer verlorenen Revolution ein letztes Mal zu umarmen. Statt es ihnen gleichzutun, ging Benedetto allein hinaus auf die Straße.
Tatsächlich hatten sich die Wachen dort postiert. Auf dem Pflaster lagen noch mehr Leichen. Um die Ordnung wiederherzustellen, hatten die Wachen der Signoria auch einige *arrabiati* töten müssen.
Ungeachtet der Gefahr, der er sich aussetzte, irrte er durch die Straßen, in denen der Regen die letzten Brände löschte. Seine Schritte führten ihn zu dem runden Turm, in dem Emilia Scorpucci wohnte. Der Häuserblock war unversehrt, zum Glück war dieses Viertel von dem Aufruhr verschont geblieben. Er dachte daran, noch einmal in der Via Nuova vorbeizuschauen und sicherzugehen, daß auch Meister Botticelli am Leben war, doch die Enttäuschung, der Schmerz und die Erschöpfung waren stärker als sein Wille, und so begab er sich schnurstracks nach Hause.

50

Hört Euch an, was dieser reuige Bruder euch zu berichten hat, Ihr hohen Herren von der Untersuchungskommission«, sprach Scopone im Flüsterton vor Doffo Spini, dem Anführer der *compagnacci.* »Ich habe ihn hergebracht zu Euch und ihn überzeugt, vor Euch auszusagen, Ihr hohen Herren, denn er hat Euch etliches zu enthüllen über das, was Savonarola und seine Anhänger ausgeheckt haben.«
Der Pfarrer, der mitten im großen Saal des Palastes stand, hatte einen trockenen Mund. Eingezwängt in seine schwere Soutane, bekam er keine Luft. Dicke Schweißtropfen liefen ihm die Achseln hinunter, rannen bis zur Taille und kitzelten ihn. Er hatte ein unwiderstehliches Verlangen, sich zu kratzen! Doch das war nicht der Augenblick, sich gehenzulassen. Die Mitglieder der Kommission, die seit vier Tagen mit der Aufgabe betraut waren, Savonarola und seine beiden Akoluthen, Domenico da Pescia und Silvester Maruffi, dem Verhör zu unterziehen, musterten ihn und den Mönch Roberto Ubaldini mit argwöhnischem Blick. Stocksteif saßen sie in ihren scharlachroten, pelzverbrämten Mänteln und warteten auf das, was folgen würde …
»Ah! Wenn Ihr wüßtet, was ich weiß!« setzte Scopone hinzu. »Ah … der Hund! Ah, dieser angeberische Pavian, wenn Ihr wüßtet, Ihr würdet ihn bestrafen, das ist gewiß.«
Er war von Kopf bis Fuß in Schweiß gebadet. Himmelherrgott, hoffentlich hatte er nicht zu lange gewartet, den Siegern des Bürgerkrieges klarzumachen, auf welcher Seite er stand und welche Rolle er bei der Aufdeckung der Wahrheit zu spielen gedachte! Dem Himmel sei Dank, seine Beine zitterten weniger, als er befürchtet hatte. Die heiße, mit geraspeltem Ingwer und eingeleg-

ten Brotstückchen angereicherte Hühnerbouillon von Mirandola hatte ihn beruhigt und ihm seinen Magen, der einiges wog unter seiner gespannten Haut, aufs angenehmste gefüllt. Dort vor ihm, auf ihren Sitzen aufgereiht, saßen die erbittertsten Feinde der *piagnoni*. Wie man sich erzählte, hatten der Wippgalgen und die Folter, die sie mit vollendeter Kunstfertigkeit zur Anwendung gebracht hatten, dem falschen Propheten und seinen beiden Komplizen bereits Hunderte von Geständnissen entrissen. Der Betrug war entdeckt, und es wurde gemunkelt, das Holz für den Scheiterhaufen sei bereits gehackt. Andere zu denunzieren war ein Mittel, sich in Sicherheit zu bringen. Viele hatten sich seit dem Fall von San Marco zum Reden entschlossen, doch da so viele Rechnungen beglichen wurden und ein solcher Argwohn sich breitgemacht hatte, konnte die Lage schnell umkippen. Man mußte genau abwägen, was man vorbrachte. Ein falsches Wort, und schon würde Scopone, das wußte er, wie viele andere, die sich stark kompromittiert hatten, bei den Angeklagten und den dreiunddreißig Aufwieglern landen, die man festgenommen und dem peinlichen Verhör unterzogen hatte.

»Wir hören, Pfarrer, du solltest dich jetzt endlich erklären!« rief mit näselnder Stimme der widerliche Zwerg Ser Ceccone, Gerichtsschreiber des Prozesses, Possenreißer der Fürsten und Doffo Spinis treuergebener Günstling.

»Lassen wir Bruder Roberto Ubaldini sprechen, den ich davon überzeugt habe, zu Euch zu kommen. Seine Ausführungen sind aufschlußreich, wie Ihr bemerken werdet«, erwiderte Scopone. »Doch zuvor sollt Ihr aus meinem, dem Munde eines ehrbaren Christen, vernehmen, daß die drei Despoten in ihrem Kloster eine wahre Diktatur errichtet hatten. Ihr sollt wissen, daß sie das brave Volk mit ihren bewaffneten Brigaden terrorisierten. Ah! Diese niederträchtigen Burschen! Ah, diese Giftzwerge, stets bereit, jeden zu töten, der sich ihnen widersetzte! Ihr solltet wissen, daß sich ihre Tyrannenherrschaft bis in die abgelegensten Pfarreien erstreckte …«

»Wie die deine, Pfaffe!« rief Piero Alberti aus, den Scopone für einen Intriganten und bösartigen Mann hielt.
»Ganz recht«, bestätigte Scopone. »In San Remigio hieß es: gehorchen oder sterben. Wenn Ihr wüßtet, was ich gelitten habe unter diesen Strolchen, unablässig haben sie mich schikaniert! Zu jeder Stunde hatten sie ein Auge auf das, was ich tat, sie kamen sich sogar meine Predigten anhören, sie durchsuchten sogar meine Sakristei und verfolgten meinen Küster Ornulfo, einen Kretin, den ich aufgenommen habe, sie horchten sogar meine Gläubigen nach der Beichte aus, um herauszufinden, welche Gebete ich sprach und welche Bußübungen ich ihnen auferlegte.«
Ser Ceccone, dieser mißgestaltete Krüppel, der sich für gerissen hielt, prustete los, und seine Mütze nickte zustimmend.
»Täuscht euch nicht, Ihr hohen Herren«, fuhr Scopone fort, »für mich, der ich mich so schnell echauffiere wie gesalzene Butter, die man erhitzt, der ich sofort am Schmelzen und Dahinfließen bin, ist es ein Wunder, daß ich den Lügen beizeiten entkommen bin. Es ist ein Wunder, daß ich erwacht bin, obgleich die falschen Visionen des Vermaledeiten mich bereits halb gar gekocht hatten. Ihr seht, daß ich noch ganz rot vor Hitze bin, doch in meinem Innern bin ich schon vor einiger Zeit erkaltet. Denkt daran, Ihr weisen und verehrten Herren Richter: Ganz heiß, ganz kochend, ja, das war ich wohl, doch ich bin schon seit geraumer Zeit wieder zur Vernunft gekommen.«
»Jetzt hast du uns aber genug den Kopf vollgestopft mit deinen wetterwendischen Pirouetten ...«, brummte Giovanni Canacci.
»Wenn man sich all diese Reueschwüre anhört, fragt man sich, wie der Terror überhaupt hatte Fuß fassen und andauern können«, bemerkte Carlo Canigiani.
»Falls ich meinen guten Willen unter Beweis stellen soll«, protestierte Scopone, »ich kenne über dreißig *piagnoni*, deren Namen ich Euch verraten kann ...«
»Wen denn?« unterbrach ihn Doffo Spini.

»Hitzköpfe, Eiferer, fanatisierte Strauchdiebe ...«
»Erleichtere dein Gewissen, verrate uns ein paar Namen, Pfaffe!« bedrängte ihn Piero Alberti.
»Äh ...«, stammelte Scopone, der die Rächer aus dem Lager der *piagnoni* fürchtete, aber noch mehr Angst davor hatte, man könnte ihn dem peinlichen Verhör aussetzen, um ihm die Würmer aus der Nase zu ziehen. »Da gibt es die aus dem Färberviertel«, rückte er schließlich mit Mühe heraus, »Jacopo Masini ist ihr Anführer ...«
»Verschwende nicht deinen Atem, der hat seine Rechnung schon bekommen.«
»Ah, dann habt Ihr ihn also schon kaltgemacht? Na, um so besser! Das Wesentliche ist, daß er nicht mehr da ist ... Also, dann gibt es da noch ... Girolamo Ba ... Bardi und Anselmo Sacchetti, aber der ist noch klein, keine elf Jahre alt. Und dann ist da noch ... Benedetto Sermini, ein recht übles Subjekt ...«
»Sermini, der Erfinder der Denunziationsporträts, jaja«, pflichtete Giovanni Canacci bei. »Und wer noch?«
»Na ja ... Wenn ich mich recht entsinne, da gab es noch den ... Francesco Prodenzani, Martino Ca ... Ca ... Calccio ... Und Agnolo Bruni, glaube ich ... oder Böh ... Bru ... Bruno, Agnolo Bruno, na ja, entweder so oder so, ich ... ich weiß nicht ...«
»Bruno, Bruni – lauter Gesindel!« schaltete sich Ser Ceccone dazwischen, der sich, auf seinem Kinderstühlchen hockend, bemühte, alles mitzuschreiben.
»Gut, daß du dich entschieden hast, zu kooperieren, Pfarrer. Jetzt wollen wir mal sehen, was dieser Mönch da uns zu seiner Verteidigung zu erzählen hat«, fuhr Doffo Spini fort.
»Es war die Hölle!« stieß Fra Roberto Ubaldini aus und kläffte dabei wie ein Mops. »Die drei Tyrannen hatten sich von ihrem Gelübde losgesagt und die Befehlsgewalt an sich gerissen. Selbst Domenico da Pescia, der im Innersten seiner Seele ein Heiliger ist, sprach nur noch in den Träumen und Visionen eines geistig Beschränkten. Jeden Tag schleppten die Dämonen der Straße

neue Waffen an. Und zwar nicht nur, um sich zu verteidigen, falls San Marco angegriffen werden sollte. Ja, ich schwöre es, der Antichrist wollte Florenz unterwerfen und beherrschen. Er verwechselte seinen eigenen Ehrgeiz mit dem Willen Gottes. Unter dem Vorwand, Jesus Christus, den König der Stadt, krönen zu wollen, wurde da ein kriminelles Komplott geschmiedet. Und indem er vor den Toren von San Marco das Kreuz schwenkte, hatte er in jener Nacht absichtlich den Angriff provoziert.«

»Das Volk hatte ihn im Stich gelassen, und er glaubte dennoch, er werde aus der Schlacht, die sich anbahnte, siegreich hervorgehen!« rief Benedetto Nerli aus. »Ja, ist er denn ein Narr?«

»Fanatiker verlieren ihren gesunden Menschenverstand, das ist bekannt!« schaltete sich Scopone im ungünstigsten Moment ein.

»Wie du ...«, raunte Ser Ceccone und nickte mit seinem dicken, übergroßen Kopf.

»Und woher hatte er diese Träume, mit denen er seine Zuhörer unterwarf?« fragte Doffo Spini.

»Ein Visionär ist er nie gewesen«, fuhr Roberto Ubaldini fort. »Fra Silvester war es, der ihm seine teuflischen Träume anschleppte. In Wahrheit war alles erfunden. In der Nacht vor dem Gottesurteil hat uns der Tyrann aus dem Bett geholt, um uns zu erzählen, daß er im Traum gesehen habe, wie Fra Domenico, ganz in Rot gekleidet, ins Feuer gegangen und wieder daraus hervorgekommen sei, eine Hostie in der Hand. Viele haben das geglaubt – bis zum Nachmittag des nächsten Tages.«

»Warum hast du Schweigen bewahrt, wenn du das alles durchschaut hast?« fragte Doffo Spini.

»Die Burschen hätten mich umgebracht. Ich hatte Angst, Ihr hohen Herren. Das ist meine einzige Sünde.«

»Ich auch«, rief Scopone aus. »Ich war völlig verschreckt, das ist die ganze Erklärung! Ich wurde von einer höllischen Angst verfolgt, entdeckt zu werden, wenn ich meine Gedanken preisgeben würde. Aber ich habe mich wieder gefangen. Und die Mitglieder meiner Gemeinde können bestätigen, daß ich, meinem Ruf ge-

treu, in der letzten Zeit, unter der Gefahr, gesteinigt zu werden, statt Kampf immer Eintracht und Frieden gepredigt habe.«
»Mit dem allseits bekannten Erfolg«, höhnte Ser Ceccone.
»Ja, ich habe gesündigt wie so viele brave Leute, ich war völlig gelähmt, aber Ihr dürft Eurem Diener nicht unrecht tun, ich habe es schließlich wiedergutmachen können. Ich habe nie zum Skandal Anlaß gegeben und nie zum Schwert gegriffen!«
»Was hättest du auch damit anstellen sollen?« warf Piero Alberti ein. »Ein Schwert! Du wüßtest ja nicht einmal, an welchem Ende man es anpacken muß.«
Verärgert verzog Scopone das Gesicht.
»Hat Savonarola behauptet, Christus sei nur ein Mensch gewesen?« fragte Doffo Spini Fra Roberto Ubaldini.
»Nein, das nicht«, sagte der Mönch zögerlich. »Das wäre ja Wahnsinn gewesen!«
»Wollte er die Kirche spalten?«
»Ja, er wollte ein Konzil einberufen, den Papst seines Amtes entkleiden und neue, strengere Regeln für das Volk und für uns, seine Brüder, einführen.«
»Und Neapel? Hatte er mit Neapel Bündnisse gegen Florenz geschlossen?«
»Ja.«
»Und mit dem König von Frankreich?
»Ja, ja, ja! Er wollte den Krieg, ich sage es Euch!«
Die Richter, die offensichtlich einer Meinung waren, berieten sich mit leiser Stimme. Scopone dachte, sie hätten nun genug gehört und es sei zu Ende.
»Ihr beide!« rief Ser Ceccone und sprang von seinem Schemel. »Kommt her und unterzeichnet, was ihr ausgesagt habt und was im Laufe des Prozesses öffentlich wiederholt werden wird.«

51

Als Emilia Scorpucci aus dem Bett sprang, war die Überraschung groß.
Benedetto stand vor ihr, ihre Mutter hatte ihn hereingelassen, er war am Leben.
Wie war er lebend davongekommen?
Es hatte so viele Tote gegeben beim Sturm auf San Marco! Vor fast einem Jahr hatten sie sich getrennt, so viele *piagnoni* waren niedergemetzelt worden … Sie hielt ihn für ein Gespenst. Er war bleich, seine Haare wuchsen allmählich wieder nach. Obgleich er immer noch sehr mager war, war er doch irgendwie kräftiger geworden. Sie wußte nicht, ob sie über das Wiedersehen glücklich war oder nicht – er war zu unerwartet wiederaufgetaucht.
Sie hatte ihn so vermißt! Viele Wochen lang hatte die Erinnerung an ihn sie verfolgt und gequält. Um sich davor zu schützen, hatte sie nichts von ihm wissen wollen, weder über sein Leben noch über das von Alessandro Botticelli, denn in ihrer Vorstellung waren die beiden miteinander verbunden. Sie hatte mit sich selbst gerungen, um ihn nach und nach aus dem Gedächtnis zu tilgen; trotz der Leere, die nicht wieder gefüllt wurde, hatte sie sich an den Gedanken gewöhnt, daß ihre Geschichte zu Ende war. Aus den gleichen Gründen, die sie von ihm entfernt hatten, hatte sie sich auch von diesem anderen Eiferer, Farfaddio Scranzzi, distanziert, einem Freund der *arrabiati* und Lehrling bei Filippino Lippi, für den sie weiterhin Modell stand. Benedetto Sermini in dem runden Turm wiederzusehen und ihn nicht hinauszuwerfen, das war, als würde man es zulassen, daß ein Pestkranker einen berührte … Was wollte er nur? Seine Revolution war zu Ende. Sein Prophet saß im tiefsten Kerker und drohte auf dem Schei-

terhaufen zu landen. Bildete er sich etwa ein, sie habe vergessen, wie er sie behandelt hatte? Nein, sie hatte nichts im Hirn! Ja, sie hatte Poseidon geliebt und war vom Gesang der Götter des Olymps eingewiegt worden! Glaubte er etwa, sie hätte seine Vorwürfe und seine Schreie vergessen? Sie waren immer noch gegenwärtig, waren ebenso grausam, wie seine Küsse zärtlich gewesen waren, ebenso abstoßend wie die Sanftheit seiner Umarmungen begehrenswert.

»Meister Botticelli wünscht dich zu sehen, bei ihm zu Hause«, sagte er, ohne es zu wagen, sie anzuschauen. »Es geht ihm etwas im Kopf herum. Er hat wieder angefangen, von dir und Maria von Bethanien zu sprechen. Er vermißt dich und möchte, daß du wieder für ihn Modell stehst.«

»Er hat dich also gezwungen, herzukommen?« fragte sie ihn. »Und du, du hast ihm gehorcht. Bist du deshalb hier?«

Er trat von einem Fuß auf den anderen, wie damals. Er war schlecht angezogen. Er sah aus wie ein Bettler. Für was gab er das Geld aus, das er von Dioneo Sellajo bekam?

»Nein«, sagte er, »manchmal erteilt mir der Meister Befehle und springt rüde mit mir um, aber nicht heute. Daß er mich zu dir geschickt hat, war ein Gefallen, um den er mich gebeten hat. Für ihn ist es, als hättest du das Atelier nie verlassen. Er braucht dich. Er kommt mit der Arbeit nicht voran. Ganze Tage lang kann er weder malen noch zeichnen, und es scheint ihm selbstverständlich, daß du ihm zu Hilfe kommst.«

Emilia erinnerte sich an die leidvollen Stunden der *Auferweckung des Lazarus.* Der stechende Blick hinter den dicken Augengläsern fixierte sie noch immer. *Stell dich da hin! Richte dich auf! Du schläfst ja ein, beweg dich …* Dieses Spiel eines Folterknechts, der sein Opfer piesackt, hatte sie zermürbt. Seinetwegen hatte sie sich in ihrer Not an Benedetto Sermini geklammert, diesen verrückten Hund, der einer Welt entsprungen war, die sich von der ihren unterschied. Und jetzt sollte das wieder von vorne anfangen. Dem Insekt ein Bein ausreißen, ihm ein wenig den Unterleib zerquetschen ... Was für ein schändliches Vergnügen! Doch gleichzeitig hatte es auch diese Frau mit dem strahlend hellen Gesicht gegeben, auf der Freske von San Gaetano. Nie hatte sie etwas Schöneres zuwege gebracht.

Benedetto wartete. Es war eine weitere Grausamkeit von Botticelli, daß er ihn geschickt hatte. Das hätte ebensogut ein anderer Lehrling übernehmen können. Aber nein, er mußte weiter gehen und das Ganze noch etwas mehr verderben. Das schlimmste war, daß sie keinerlei Reue empfand, daß sie zwar völlig erschöpft, aber auch stolz war, für alle Zeiten Maria von Bethanien zu sein.

»Wann soll ich kommen?« fragte sie.

»Heute abend, Emilia«, antwortete Benedetto. »Er hat seine Silberspitzen vorbereitet, und seine Pergamente, die er mit Kreide abgerieben hat, liegen auf der Staffelei bereit.«

»Ich stehe bei Filippo Lippi Modell! Er bezahlt mich, meine Zeit gehört ihm.«

»Lippi ist nur ein Schüler des Meisters. Seit er das Atelier verlassen hat, hat er nichts dazugelernt. Er malt bloß glatte Madonnen, seine gekünstelten Heiligen sehen immer gleich aus, bringen nichts Neues. Er glaubt, er sei so gut wie Leonardo da Vinci, doch er tritt auf der Stelle und erfindet nichts.«

»Er ist großzügig und respektvoll, während Botticelli ein Herz aus Stein hat und voller Argwohn ist!«

Verletzt wandte Benedetto sich ab.

»Auch ich verabscheue ihn manchmal«, murmelte er. »Wenn du wüßtest, wie sehr es mich an manchen Abenden danach verlangt hat, ihn auszuliefern! Ich habe lange gebraucht, um zu begreifen, daß er nach etwas auf der Suche ist und daß er leidet. Gelegentlich bin ich so wütend auf ihn, daß ich vergesse, wer er ist. Doch eine Stunde später bereue ich es schon, ihn verurteilt zu haben.«

»Wozu braucht er mich? Soll er sich doch um andere Dinge kümmern!«

»Wir bekommen immer seltener Aufträge für das Atelier. Wir

mußten vergangene Woche vier Lehrlinge entlassen, und er – statt etwas zu unternehmen, zieht er sich zurück. Statt sich zu zeigen und große Projekte an Land zu ziehen, schließt er sich in sein Verderben ein und findet nur noch an der Stille Gefallen. Ich weiß nicht, woher dieser Kummer bei ihm kommt, Emilia, doch ich weiß, daß er mein Verständnis übersteigt.«

»Und wenn ich mich weigere, hinzugehen?«

Benedetto blieb sprachlos. Sie empfand Mitleid für ihn. Und es erfüllte ihr Herz mit Bitterkeit, zu sehen, was Botticelli und all diese Sektierer aus ihm gemacht hatten.

»Ich bin wegen Maria von Bethanien hier. Doch in Wahrheit hatte ich keine große Lust, herzukommen«, sagte Emilia barsch, sobald sie das Haus in der Via Nuova betreten hatte.

»Weißt du, weshalb ich nach dir schicken ließ?« erwiderte der Meister.

»Nein – der da hat mir nichts verraten«, sagte sie und zeigte auf Benedetto.

»Was siehst du auf dieser Zeichnung?« sagte Botticelli und zeigte ihr eine der Skizzen des *Paradieses*.

»Einen Halbmond.«

»Ja, einen Halbmond, auf dem sich die Seelen versammeln. Und davor, wen siehst du da?«

Einen Frauenkörper, der keinen Kopf hat, wie damals im Atelier Judith und Maria von Bethanien, und der einen Mann an der Schulter faßt. Mit erhobenem Arm scheint die Frau ihm die Himmel zu zeigen. Emilia zögerte.

»Das hier, das ist Dante, glaube ich«, sagte sie, ohne sicher zu sein.

»Erkennst du ihn wirklich?«

»Mir will scheinen, daß er es ist.«

»Und diese Gestalt an seiner Seite, wie denkst du über sie?«

»Ich habe die *Göttliche Komödie* nicht gelesen.«

»Was für ein Jammer ...«, seufzte der Meister. »Es gibt keine

herrlichere Dichtung. Hier, neben Dante Alighieri«, fuhr er fort »steht das Licht seines Lebens.«
Emilia sah sich die Zeichnung genauer an. Der schnelle Strich war nüchtern, nervös und undeutlich. Nur die Hälfte der Szene war mit der Feder überarbeitet worden. In diesem Zustand schien ihr das Werk des Schöpfers des *Frühlings* und der *Auferweckung des Lazarus* unwürdig zu sein. Sie fragte:
»Soll ich für sie Modell stehen?«
»Für Beatrice, ja«, stieß der Meister mühsam hervor, als falle ihm dieses Geständnis schwer.
»Für wen?«
»Bice Portinari, die Liebste von Dante Alighieri, jene Frau, die Glück und Glückseligkeit schenkt, die durch den Mondhimmel reist und einen bis zur Himmelsrose des Paradieses geleitet.«
Botticelli kam ihr so abgekämpft vor, daß Emilia sich hütete, ihm zu antworten. Der Meister täuschte nichts vor. In seiner Haltung und in der Art, wie er sprach, gewahrte sie weder Zynismus noch Provokation. Und doch stand, wie es seiner schlimmen Gewohnheit entsprach, eine halb geleerte Karaffe mit Rotwein auf seinem Pult, und zu Füßen seiner Staffelei lagen zehn mißratene Pergamente, auf denen er kaum ein paar Linien gezeichnet hatte, halb zerrissen auf dem Boden.
»Trotz ihrer Jugend ist Beatrice im Besitz des Wissens«, fuhr er fort. »Wo ist ihr Gesicht? Ich habe es, manchmal, es ist ganz deutlich, und in dem Augenblick, da ich es zeichnen will, vergesse ich es. Sie ist heilig, und doch lehnt sie sich auf. Vor ihrem Tod weist sie die Liebe des Dichters zurück und heiratet einen anderen. Sie ist mal zärtlich, mal betörend; mal mütterlich, mal empfindungslos und fern … Sie ist so fern wie das Mysterium. Je mehr sie sich dem Zentrum des Universums nähert, desto blendender wird ihre Schönheit.«
»Warum beschäftigt Ihr Euch mit Dante, von dem durch die Schuld der Eiferer von San Marco niemand mehr etwas wissen will?« unterbrach ihn Emilia.

»Weil er dank Beatrice das Unsichtbare erfahren hat, dessen Umwege, Fallen und gewundene Wege ...«, sagte er ganz leise mit einer beängstigenden Ruhe. »Weil er denen, die kurz davorstehen, zu vertrocknen, zeigt, wo der Saft fließt.«

Er sah traurig und resigniert aus. Waren es das Ende der Republik und die Gefangennahme des falschen Propheten, was ihn in einen solchen Zustand versetzte? Emilia war völlig entwaffnet. Schwarz gekleidet stand Baccio della Porta, der ebenfalls gerührt war, im Hintergrund des Zimmers und schwieg. Es schien ihn nicht einmal zu stören, sie wiederzusehen, obgleich er sie doch haßte.

»Bist du bereit, dich an die Arbeit zu machen?« stieß der Meister im Tonfall einer inständigen Bitte hervor.

Benedetto, ganz weiß im Gesicht, die Stirn gerunzelt, wartete ebenfalls auf ihre Antwort.

»Nur du kannst mir helfen«, drängte sie Botticelli. »Ich werde dich gut bezahlen. Wir müssen mehr als dreißig Zeichnungen dieser Art anfertigen und publizieren. Mit dir werde ich schnell vorankommen. Du wirst sehen, Emilia, es wird im Nu vorbei sein.«

52

W*ieso räumte er mitten am Morgen* das Arbeitszimmer auf, das ihm als Atelier diente? Ohne ein Wort zu sagen, ging er hin und her und räumte seine Farbtöpfe, Silberspitzen, Federn und Staffeleien um. Er nahm seine Zeichnungen von den Nägeln und rollte seine Pergamente zusammen. Er zögerte den Augenblick des Anfangens hinaus, und Emilia Scorpucci bereute unwillkürlich, daß sie sich von ihm hatte überreden lassen. Beim Lazarus hatte er keine andere Wahl gehabt, aber jetzt? Bei seinen Illustrationen der *Göttlichen Komödie* gab es nichts, das ihn drängte. Nur seine eigene Ungeduld trieb ihn an. Aber wer war sein Auftraggeber? Wer würde diese neue illustrierte Ausgabe publizieren? Wer bezahlte ihn, seit er damit begonnen hatte, was schon etliche Jahre her war? Würde es wieder Lorenzo di Pierfrancesco de Medici sein, den er seit Februar nicht mehr gesehen hatte und dessen berühmter Name, weil er zu sehr darauf erpicht gewesen war, sich die Gunst des revolutionären Volkes zu erringen, auf der Liste der Verbannten stand, welche die Signoria vor kurzem hatte anschlagen lassen?

Es lag seiner Natur so fern, etwas, das er einmal begonnen hatte, wieder aufzugeben. Vielleicht hinderte ihn ja der Mangel an Materialien und Farben. Doch ihm gefiel der einfache Federstrich, der dem Bild etwas Strenges gab.

Steif auf einem Stuhl sitzend, mit herunterhängenden Armen, den Fuß auf einem Kissen, wie er es verlangt hatte, beobachtete ihn Emilia, die nackt war unter dem Morgenrock, den er ihr gegeben hatte.

Unrasiert, mit steifen und tauben Gliedern, hantierte er herum. Jetzt mußte er es anpacken! Den Details nachspüren, den Zufall

herausfordern, der alles in Gang setzen würde. Er nahm einen Stoß Papier und setzte sich hinter seine Staffelei.
»Wir werden so beginnen …«, sagte er und zögerte. »Egal. Was ich brauche, sind einfache Posen, ein natürlicher Ausdruck.«
Emilia reagierte nicht. Er fand sie banal und unbeholfen. Herrje! Diese junge Frau war weder Beatrice noch Fiola del Lama, und sie konnte nicht ahnen, was er suchte.
Auf dem ersten Pergament trug er mit der bloßen Hand Tusche auf, dann wischte er sich die Finger am Schurz des Kittels ab, den er sich übergezogen hatte. Zur Übung skizzierte er mit Tusche die Nackenlinie. Dann markierte er den Schatten der Augen und die Höhlung der Wange … Nein, er wollte nicht bloß ein Gesicht! Auf den meisten der Zeichnungen stand Beatrice aufrecht. Mit einer heftigen Bewegung wendete er das Blatt.
Als er Emilia bat, sich auszuziehen, machte sie sich ganz steif.
»Warum zögerst du? Wir sind allein«, bemerkte er. »Weder Baccio noch Benedetto können dich sehen, nur ich.«
Als sie sich nicht rührte, ging er zu ihr.
»Du mußt dich gehenlassen, Emilia«, sagte er. »Sonst kommen wir nicht weiter.«
Langsam schlug er den Morgenrock auf, den Fiola einst getragen hatte. Trotz der Röte, die ihre Wangen belebte, wehrte sie sich nicht. Er sah ihren Bauch und ihre Brüste.
»Beruhige dich«, vertraute er ihr an, »ich werde dich bestimmt nicht besitzen; heute abend bekommst du alles zurück, ich werde dich gehen lassen, wie du gekommen bist.«
Emilia ließ es geschehen. Statt ihm zu trotzen, wandte sie sich ab. Als sie nackt auf dem Schemel saß, fand er sie mager, ebenso mager wie Fiola zu Beginn ihrer Krankheit. Das beruhigte ihn.

Es wurde Nacht. Er hatte gar nicht bemerkt, wie die Stunden vergingen. Wie Fiola del Lama, wenn er sie damals für eine Skizze gebraucht hatte, lag Emilia, deren Knie er zum Bauch gezogen hatte, auf der Seite auf einer Decke. Im Licht der Kerze bekam ihr biegsamer Körper einen kupfernen Schein. Auf der ganzen oberen Hälfte des Pergaments hatte er mit Tusche einen großen Schatten gemalt. An den Rändern des dunklen Flecks hatte er mit dem Kohlestift die Linie und den Bogen des Rückens skizziert, hatte lange an der Wölbung des Beckens gearbeitet. Er hatte die Rundung des Busens angedeutet, der sich unter dem kaum angewinkelten Arm abzeichnete.

Ja, es kommt, hatte er gedacht. Mit etwas Geduld wird es mir gelingen.

»Woran denkst du?« fragte er die junge Frau, als es Nacht wurde. »An deinen Liebhaber?«

»Ich habe keinen Liebhaber«, antwortete sie gleichgültig.

Um auf einem neuen Blatt, vielleicht dem dreißigsten seit dem Morgen, ihre Taille zu markieren, zog er die Linie ihrer Hüfte und ihrer Achsel mit Rot nach. Noch immer fehlte ihm das Gesicht von Beatrice, doch dieser schlanke, beinahe fleischlose Körper gefiel ihm. Bald schon, wenn er nur beharrlich blieb, würde er sie unzählige Haltungen einnehmen lassen können …

Diesmal war es einfach, mit Emilia zu arbeiten. Ihre Bereitwilligkeit überraschte ihn. Früher, wenn er Fiola zum Modellstehen zwang, begann sie nach einer Weile zu klagen und zu seufzen oder warf ihm vor, grob und herrisch zu sein. Einmal hatte er sie an den Knöcheln und Handgelenken festgebunden, damit sie aufhörte, sich zu bewegen. Sie war wütend geworden, hatte geweint. Er hatte sich über sie gebeugt, um ihr die Tränen abzuwischen, und hatte sie so begehrenswert gefunden, daß seine Ungeduld von ihm abgefallen war und er sie, ohne sie loszubinden, dort auf dem Fußboden umarmt und geliebt hatte. Kurz Zeit später hatte sie sich geweigert, für die untreue Frau aus Boccaccios Erzählungen zu posieren, und er hatte aufgehört, sie zu benutzen, außer viel später, für das Porträt mit dem Löwenkopf …

Emilia hingegen hatte resigniert. Sie machte sich lustig über das, was er tat, nackt oder angezogen, was machte das für einen Unterschied? Einmal abgesehen von Baccios Blick, wenn er vom

Atelier nach Hause kam, was machte das für einen Unterschied? Seit der Freske des Lazarus hatte sie sich entwickelt. Sie hatte Abstand gewonnen. Jetzt war es ihr Beruf. Sie stand Modell und erwartete, daß man sie bezahlte. Ihre Fragen vom Vortag waren vergessen. Sobald der Maler seine Arbeit beendet hatte, würde sie sich anziehen und gehen.

Während er mit der Fingerspitze Emilias Furche zwischen den Beinen nachfuhr, hörte er die Stimme von Fiola del Lama ihm ins Ohr flüstern. Zwischen ihr und ihm hatte es nicht immer nur Krieg gegeben. Es war auch vorgekommen, daß sie auf Knien geweint hatte vor lauter Glück. Er fühlte sich plötzlich traurig und verschlossen. Er sagte, er sei müde und wolle aufhören. Emilia stand auf, zog sich den Morgenrock wieder an und verschwand in dem anderen Raum, in dem sie auf seine Bitte hin ihr Kleid gelassen hatte.

Emilia Scorpucci stand ihm seit vier Tagen Modell. Am Vorabend hatte er, unter dem Einfluß des Weines, zuerst mit der Silberspitze, dann mit der Feder, diese Zeichnung von ihr angefertigt, auf der sie, verkehrt herum, ihr Körper in Wellen nach unten fließend, aussah wie ein Wurm. Es gefiel ihm, das Trinken hatte ihm dabei geholfen, sich frei zu machen, doch in welcher Beziehung stand es zu dem, wonach er auf der Suche war? Es genügte nicht, Beatrices Schönheit festzuhalten, er mußte auch ihren Geist einfangen! Doch je! Die Schöne, die zu stark ausgeleuchtet war, wechselte ständig ihre Richtung und ihren Ort, wie Schatten und Sonne, die sich unablässig im Kreise drehen. Das Licht des Paradieses störte ihn. In der Hölle fühlte er sich wohler. Doch die Dunkelheit war eine große Gefahr, denn die Farben gingen darin unter. Es müßten andere Bilder in großer Zahl in ihm aufsteigen, die sich unaufhörlich erneuerten. Wahrscheinlich stand ihm, weil die Erinnerung an Fiola del Lama ihn zu sehr beschäftigt hatte, Beatrice allzu klar vor seinem inneren Auge, und weil er sie jetzt anders darstellen sollte, kam er nicht voran.

»Nein, keinen Hintern mehr! Gar nichts mehr!« herrschte er

Emilia an diesem Morgen an, als sie den Morgenrock abstreifte. »Einen schwarzen Abgrund, das ist es, was ich von dir will!« Sie, die an den anderen Tagen so ernst gewesen war, brach nun in Gelächter aus. Jetzt machte sie sich gar über ihn lustig! Ein Lanzenstich zerriß ihm das Innere seiner Brust. Der heftige Schmerz entriß ihm einen kleinen Schrei. Er setzte sich nieder und fühlte sich angesichts der Fröhlichkeit Emilias so entmutigt, daß er jede Erklärung verweigerte. Er befahl ihr, sich wieder anzuziehen und zu warten, bis es ihm besserginge.

Als der Bruder des Meisters sein Kabinett betrat, saß Emilia immer noch da und wartete darauf, daß er sich wieder an die Arbeit machte.

Simone Filipepi, der voll Entsetzen war und Mühe hatte, Worte zu finden, wollte ein wenig abseits etwas mit ihm besprechen.

»Das ist nicht nötig, diese junge Frau gehört zu meinem Haus«, antwortete Alessandro. »Ich weiß nicht, ob sie gescheit oder dumm ist, aber ich habe beschlossen, nichts vor ihr zu verbergen.«

»Du bist unvorsichtig! Es gibt so viele Lügen und Verleumdungen!« protestierte Simone. »Keiner weiß, wem zu trauen ist. Der Günstling denunziert seinen Geliebten, und die Frau verrät ihren Ehemann. Hörst du nicht das Brüllen der Unseligen, die gefoltert werden? Dem einen bricht man den Arm, weil er gläubig ist, und dem anderen röstet man den Leib im Namen des abtrünnigen Papstes und zeichnet seine Schulter mit dem Brandeisen.«

Als Alessandro sah, daß sein Bruder gleich weinen würde, bat er ihn, sich hinzusetzen und auszuruhen.

»Man kerkert die Leute ein«, fuhr Simone fort, »man erpreßt Lösegelder und versucht Leute, die nichts getan haben, zum Reden zu bringen. Bloß Domenico da Pescia schweigt sich aus und behauptet, er habe stets nur unter dem Gebot Gottes gehandelt. Bei den anderen geht es nur noch darum, wer die größte Zahl an

Freunden verrät ... Es gibt zu viele Feiglinge, Neidhammel und Verrückte! Ich bin sicher, daß heute im Palast über uns geredet wird.«
Alessandro zuckte die Schultern. Wie viele saßen im Kerker? Achtzig, hundert Florentiner, höchstens ... Es wäre nicht so schlimm, mit ihnen im Gefängnis zu landen. Wenn er eine Zeitlang im verborgenen bleiben könnte, wäre er in der Lage, seine Gedanken zu ordnen.
»Selbst Savonarola hat widerrufen«, fuhr Simone fort. »Visionen, Prophezeiungen, göttliche Befehle ... Es ist ihnen gelungen, ihm das Geständnis zu entreißen, daß er alles frei erfunden hat. Sie haben ihn dazu gebracht, zuzugeben, daß er für den Grafen von Neapel und den König von Frankreich Verrat begangen hat. Die Anklage ist abgeschlossen, sein Schicksal ist besiegelt.«
»Das tut mir schrecklich leid, denn ich habe ihn geliebt«, sagte Botticelli nachdenklich.
»Gestern haben sie Gariffio Macchi verhaftet, keiner ist mehr in Sicherheit. Ich bin überzeugt: Wir müssen uns davonmachen, oder wir werden die nächsten sein!«
»Ich bin beschäftigt«, erwiderte Botticelli.
»Etwa damit?« sagte Simone erstaunt und deutete auf die Skizzen, die überall auf dem Boden verstreut lagen.
»Ja, und ich kann es nur hier vollenden!«
»Kritzeleien, Entwürfe ohne Herz und Verstand ...«
»Das ist gut möglich«, seufzte Botticelli, »aber es hält mich hier zurück.«
»Was ist das? Eine Kreuzigung?« sagte er und deutete auf den Akt, auf dem Emilia die Arme ausbreitete.
»Nein ... ganz im Gegenteil.«
»Was dann? Eine Auferweckung? Das riecht doch nach Leiche, das erinnert an verwesendes Fleisch ...«
Alessandro antwortete nicht. Durch das Fenster drang ein Sonnenstrahl und streichelte Emilias Wange.
»Morgen werde ich in Bologna sein, komm mit mir«, drängte

ihn Simone. »Hier lauern zu viele Gefahren. Man könnte dich töten.«

»Nein, mir kann nichts passieren, solange ich es nicht gefunden habe.«

»Geh fort von hier, Sandro, bevor man sich an dich erinnert, und an deinen Lazarus aus San Gaetano.«

Simones Stimme überschlug sich. Alessandro legte ihm die Hand auf die Schulter. Der Mut und die Kühnheit seines älteren Bruders hatten ihn immer erstaunt, und jetzt schien er von einer solchen Angst gepackt, daß er gar nicht mehr er selbst war. Er kam ihm gebückt vor, gealtert, weit über seine sechzig Jahre hinaus.

»Geh, bring dich in Sicherheit«, sagte er. »Mach dir keine Sorgen, ich werde beschützt. Ich werde zu dir kommen, sobald ich es zu Ende gebracht habe.«

53

Ein Gesicht, das sich verdoppelte oder zur Hälfte ausradiert war, zum Himmel erhobene Arme, zerzauste Haare, ein verlorener Blick, ein erstarrtes Lächeln, ein Leib, der in der Luft schwebte …

»Wozu braucht er mich?« fragte Emilia. »Nichts, was er zeichnet, sieht mir ähnlich.«

Benedetto antwortete, er wisse es nicht. Wie er so allein mit ihr im Arbeitszimmer war, wirkte er wie ein großes, tieftrauriges Kind. Emilia fühlte sich so ratlos, daß sie erleichtert war, ihn bei sich zu haben. An diesem Abend hatte Botticelli, bevor er ging, um sich in seinem Zimmer einzuschließen, mit einem angewiderten Blick zu ihr gesagt: »Deine Wangen sind eingefallen, deine Augen sind eingefallen, deine Arme sind mager und fleischlos! Kannst du nicht ordentlich essen, damit deine Ausstrahlung etwas heiterer wird?« Er hatte sie dort hingesetzt, und nun wartete sie auf seine Rückkehr. Benedettos Ankunft hatte sie überrascht, und da sie es leid war, untätig herumzusitzen, zog sie sich wieder an.

»Bist du mir böse?« fragte der junge Bursche sie mit leiser Stimme.

»Ja, Benedetto.«

»Du haßt mich, weil ich dich in diese ausweglose Situation gebracht habe?«

»Nicht nur dich. Ich ärgere mich auch über mich selbst. Ich hätte nicht zusagen sollen.«

»Ich hatte dich gewarnt. Du wußtest, daß es dem Meister gar nicht gutgeht.«

»Ich bin gekommen, weil ich glaubte, es könnte mich heilen,

wenn wir die Arbeit wiederaufnehmen würden. Als er mich nackt ausgezogen hat, habe ich nicht mit der Wimper gezuckt.«

»Du konntest nicht widerstehen …«

»Er benutzt mich. Er nimmt das, was ich bin, und verzerrt es. Er verzerrt mich, er verunstaltet mich, weil er will, daß ich eine andere bin. So, wie ich bin, gefalle ich ihm nicht.«

»Du mußt aufhören«, sagte Benedetto widerstrebend, »er macht dich noch kaputt.«

»Das letzte Mal hast du mir gesagt, ich solle mich zusammennehmen und weitermachen.«

»Das war für Maria von Bethanien, das war ein schönes Werk. Doch was hast du mit Dante Alighieri zu schaffen?«

Emilia betrachtete diese andere Zeichnung, auf der eine Frau, die nur zum Teil sie selbst war, die Stufen einer großen Leiter hinaufstieg. Es wurde Nacht. Botticelli tauchte nicht wieder auf. Es wäre besser, sie würde nach Hause gehen. Plötzlich brachte Benedetto eine seltsame Idee vor. Mit fester Stimme sagte er:

»Wenn du nun schon hier bist und bereit, Modell zu stehen, und da Federn und Papier vorhanden sind, würde ich dich gerne zeichnen. Wenn du bleibst, könnte ich es versuchen.«

Sein Blick hatte sich aufgehellt. Er ging auf das Pult zu. Emilia fragte sich, ob sie Lust dazu hatte oder nicht, ihr eigenes Bild wiederzusehen, ob es ihr wichtig war, sich so dargestellt zu sehen, wie sie war. Benedetto ging zu ihr hin. Wie es der Meister getan hatte, doch weitaus sanfter, schlug er den Morgenmantel auf, den sie trug. Dabei streifte er ihre Taille, und es verwirrte ihn.

Sie kam ihm zu Hilfe und beendete, was er begonnen hatte. Als sie nackt war und auf dem Schemel saß, sagte sie zu ihm:

»Zünde die Kerzen an und geh zur Staffelei.«

54

Benedetto Sermini gelangte am frühen Morgen auf die Piazza della Signoria. Die ehemaligen *piagnoni,* seine Kameraden, hielten bereits die Menge im Zaum. Unter ihnen erkannte er Girolamo Bardi und Anselmo Sacchetti. Den Dolch an der Seite, drängten sie die Männer und Frauen, die wieder bunt durcheinandergewürfelt waren, zur rechten Seite des Palastes bis unter die Loggia dell'Orcagna. Geschwinder als er hatten sich die meisten von der Färberbande ohne größere Gewissensqualen anders entschieden: am einen Tag Soldaten der Kriegsmiliz des Herrn, am nächsten Tag Anhänger der Demokratie, Befürworter des allgemeinen Schlendrians und der Rückkehr zur alten Unordnung. Am Sonntag zogen sie den Wüstlingen das Fell ab, und am Montag verrieten sie Girolamo Savonarola, ihren Propheten, dem sie zwei Jahre lang mit dem Glauben der Allerärmsten gefolgt waren. Ihre Haare wuchsen wieder nach, und an ihren ärmlichen Gewändern hatten sie wie früher farbige Bänder mit Nadeln festgesteckt. Benedetto fand diese Wetterwendischkeit beschämend. Wenn er auch aus Angst den Mund hielt, so glaubte er doch weiterhin an die Tugend desjenigen, den die Armen im Geiste zu foltern beschlossen hatten, und es ängstigte ihn, daß man sich wieder dem Spiel und der Gotteslästerung hingab.

Während der Pöbel sich nach den Unruhen des 8. April und dem Sturm auf San Marco in ganz Florenz breitgemacht und, von Raserei gepackt, die Läden der letzten Anhänger Fra Girolamos geplündert und niedergebrannt hatte, herrschte an diesem Tag vor Christi Himmelfahrt eine seltsame Ruhe in der Stadt. Es war, als befürchte ein jeder, es könnte ihm angesichts des Dramas, das sich abspielen sollte, ein wenig vom Blut der Verdammten ins Gesicht spritzen. Auch Benedetto fiel das Atmen schwer. Seit dem Scheitern des Gottesurteils hoffte er nicht mehr auf ein Wunder. Als Maruffio, der Rotschopf, der mit Siegermiene in dreißig Schritt Entfernung unter den Seinen stand, ihm mit der Faust drohte und eine obszöne Geste machte, sah er Jacopo Masini wieder mit aufgeschnittener Kehle im farbigen Schlamm liegen und roch den beißenden Geruch der Gefahr, die ihn bedrohte. Und doch war es ein schöner Tag. Die Kuppel von Santa Maria del Fiore und die roten Ziegeldächer der Paläste glänzten unter dem strahlenden Maihimmel. In dem Bemühen, zu vergessen, wie sehr die Hoffnung auf das neue Jerusalem sie beseelt hatte, hatten die Florentiner sich herausgeputzt. Die Kirchenfahnen und festlichen Banner knatterten im Wind. Das Gold der Stickereien und die Edelsteine der Halsketten funkelten; das Purpurrot und Türkisblau der Umhänge schillerte; das Blau, Rot, Schwarz, Silber, Weiß und Grün der Wappenschilde leuchtete; die kunstvoll gearbeiteten Brustharnische und die mit Federbüschen geschmückten Helme funkelten. Diese Zurschaustellung von Farben und Gepränge ließ die Mischung aus Besorgnis und Vorsicht, die jeden zurückhielt, nur um so merkwürdiger erscheinen. Um jedem Ausfall vorzubeugen, versperrte die bewaffnete Truppe, die im Karree um den Platz aufgestellt war, die Ausgänge, und acht berittene Heerführer wachten auf dem Podium des Bischofs und der apostolischen Kommissare. Doch nur eine Handvoll Hellebardiere bewachte den schmalen Steg, der vom Palazzo della Signoria zum Scheiterhaufen führte, und von seinem Standort aus gewahrte Benedetto einige mit Piken und langen Nägeln bewaffnete *arrabiati,* die sich in Erwartung der Verurteilten unter die Plattform geschlichen hatten, um ihnen die Füße zu zerstechen.

Damit das Feuer schnell entfacht wäre und die Flammen hoch auflodern würden, schleppten die Männer weitere Reiser heran, die sie in den Haufen aus Zweigen und brennbarem Material stopften. Als Benedetto den kreuzförmigen Galgen, der sich dreißig Fuß hoch über dem Podest erhob, in Augenschein nahm, lief ihm ein Schauder über den Leib. Mit Schrecken betrachtete er den Querbalken, den man außen abgesägt hatte, damit der Galgen nicht aussah wie das Kreuz von Golgatha, und die drei Ketten mit den drei Galgenschlingen und den drei Halseisen, die man daran befestigt hatte, um die Leichen der Erhängten zu halten, nachdem die Schlingen verbrannt wären. Er glaubte die Stimme Fra Girolamos zu hören: »O Florenz, der Zorn des Herrn schwebt über dir, und nichts vermag etwas dagegen auszurichten, weder die Wissenschaft noch die Macht, weder die Armeen noch die Flucht. Tut Buße, solange sich der Sturm noch nicht erhoben und der Blitz noch nicht eingeschlagen hat. Sieh nur: Bei dir ist alles Sünde, alles ein Schweinestall! Säubere diese Pestilenz! Befreie dich von dem Schmutz und von dem Stallmist und bringe dich zum Strahlen, auf daß dein reiner Glanz den Himmel blende ...«, rief der Prophet von seiner Kanzel herab. Und die unbändige Heftigkeit seiner Worte ließ Benedetto auch jetzt wieder zu Stein erstarren. Doch von den Umstehenden schienen weder dieser rotgekleidete Mann mit der Kapuze auf dem Kopf noch diese Frau mit dem sanften Ausdruck und dem anmutigen Gesicht das Grollen dieses Donners zu vernehmen.

Es gab einen Trommelwirbel, und die Menge erwachte. Auf der steinernen Plattform, auf der die Abgesandten des Papstes saßen, Gioacchino Torriani und Francesco Remolino, sowie das Kollegium der Acht und Doffo Spini, Piero Alberti und Ser Ceccone, der zwergenwüchsige Schreiber, Francesco di Puglia, der Feigling aus Santa Croce, und Bischof Paganotti mit seinem in rote Soutanen und bestickte Chorhemden gekleideten geistlichen Gefolge, wurde es unruhig. Wie ein lebendiger Leichnam, an den Knien gefesselt auf einem Kinderkarren hockend, der von zwei Soldaten gezogen wurde, tauchte als erster Domenico da Pescia auf. Anschließend kamen Silvester Maruffi und Girolamo Savonarola, der heulende Wolf Gottes, und Benedetto bedauerte jetzt, daß er im Atelier von Meister Botticelli nie dessen Märtyrergesicht gezeichnet hatte. Alle drei waren im Hemd, Beine und Füße nackt. Der gefallene Prophet trug auf seinen ausgestreckten Händen das Dominikanergewand, das man ihm abgenommen hatte. Als er ihn solcherart in Ketten gelegt sah, ärgerte sich der junge Bursche, daß er nicht bei Ippolita-Maria, seinem armen Schwesterchen, geblieben war, die geweint hatte, als er ging, weil sie befürchtete, ihn nicht mehr lebend wiederzusehen. »Dämon! Betrüger! Ketzer! Tod dem Satan!« schrie die Menge, die in eine ähnliche Ekstase geraten war wie damals, als sie im vergangenen Winter den flammenden Predigten gelauscht hatte, die unter der Kuppel von Santa Maria del Fiore widerhallten. Wußten diese leichtfertigen Leute denn nicht, daß Girolamo mit seinem Kampf gegen das Böse und seiner Ankündigung der Himmelsgerichte die politische Macht nicht für sich selbst hatte erringen wollen, sondern zum Ruhme der erlösten Stadt Florenz? Mit einer heftigen Bewegung entriß man ihm sein Gewand und stieß ihn gegen seine beiden Brüder. Sein Arm, geschwollen und schwärzlich verfärbt, hing kraftlos herunter. Diese Ungeheuer hatten ihn ihm bei der Folter gebrochen!

In umgekehrter Reihenfolge dem Weiheritus folgend, zog man den drei Geistlichen das Meßgewand der Zelebranten an. Silvester Maruffi, über den in der Öffentlichkeit gemunkelt wurde, er habe sich bei den zahlreichen Folterungen in den Gefängnissen des Podestà äußerst feige verhalten, blieb ganz verklärt hocherhobenen Hauptes stehen, den Blick zum Himmel erhoben. Er bewegte, ein Gebet murmelnd, seine Lippen. Als man sie eingekleidet hatte, befahl Bischof Paganotti, der gleich den Verurteilten ehemals Prediger von San Marco gewesen war, daß man ihnen zur symbolischen Degradierung erneut ihre Gewänder abnahm. Als er zu Savonarola kam, dessen Bruder und Freund er einst gewesen, geriet er in Verwirrung und lief unter seiner Mitra purpurrot an.

»Ich scheide dich von der streitenden und triumphierenden Kirche …«
»Nur von der streitenden«, unterbrach ihn der Exkommunizierte, »denn von der triumphierenden kannst du mich nicht scheiden.«
Wieder im Hemd, wurden die Verurteilten den apostolischen Kommissaren vorgeführt. Mit tonloser Stimme las Francesco Remolino ihnen das Urteil vor. Dann fragte er sie:
»Nehmt ihr, um euch die Qualen des Fegefeuers zu ersparen, die Absolution des Papstes an?«
Silvester Maruffi und Savonarola senkten den Kopf. Nur Domenico da Pescia, der Unerschütterlichste von ihnen, blieb zum Protest gegen die korrumpierte Kirche und Alexander Borgia erhobenen Hauptes stehen. Francesco Remolino, der so tat, als habe er diesen Affront nicht bemerkt, segnete die drei Dominikaner. Benedetto, den diese Inszenierung anwiderte, hielt die verlogene Anrufung der Acht, die in einem bereits von vornherein feststehenden Urteil mit sieben Stimmen gegen eine bestätigten, daß die Ketzer, Feinde des Heiligen Stuhles, tatsächlich gehenkt und verbrannt werden sollten, für erbärmlich.
Aus der Menge, die ein für allemal einen Schlußstrich ziehen wollte, ertönten Freudenschreie. Verloren suchte der junge Bursche in der Menge nach einem bekannten Gesicht … Er gewahrte Marcuccio Brandi, Martino Calccio, Agnolo Bruni und sogar Gherardello Beldondini, den Inquisitor von Ognissanti … Er war von so vielen *piagnoni* umgeben, die gestern noch Verteidiger der neuen Republik gewesen waren! War denn gar keiner unter ihnen, der den Schneid besaß, das Schwert zu ziehen? Nein, keiner rührte sich. Verräter! Was hofften sie zu gewinnen, indem sie ihre Schwüre vergaßen? Hatten sie solche Angst, dasselbe Schicksal zu erleiden? Und die anderen, die letzten Getreuen, und Francesco Prodenzani, der Erleuchtete, wohin hatten sie sich verkrochen?
Als er mitten unter der Volksmenge Alessandro Botticelli ge-

wahrte, der ganz mitgenommen aussah, ging Benedetto zu ihm hin.
»Verehrter Meister«, sprach er ihn an, »werden wir uns das gefallen lassen?«
Botticelli tat den Mund nicht auf.
Als er ihn so taub und abweisend sah, bedauerte Benedetto, nicht damals in jener Nacht mit Jacopo Masini gestorben zu sein.

Als sie den Steg betraten, der zum Scheiterhaufen führte, erhob Savonarola die Stimme. Indem er sich ein letztes Mal zu der versammelten Menge umwandte, fand er den Furor seiner apokalyptischen Predigten wieder. Er sagte: »Ich sehe ein Schwert über Italien, dessen Spitze nach unten gerichtet ist und in einem großen Sturm und mit großem Getöse mitten in euch fahren wird. Es wird euch alle treffen. Jene, die ihr Gewissen gereinigt haben, wird die Geißel kaum berühren. Die anderen flehen, aber sie haben nicht mehr die Gelegenheit, zu bereuen. All die Prostituierten, Lustknaben, Diebe haben geglaubt, sie hätten noch Zeit, Buße zu tun, doch das Messer des Herrn geht auf sie nieder, durchbohrt sie, und ihr Ende ist tragisch.«
Benedetto sah, daß einige bei diesen Worten lachten. Aber er gewahrte andere, deren Stirn sich verdüsterte.
Einen Mönch an jeder Seite, wurden die Verurteilten zum Galgen getrieben. Unter den Spottrufen des Pöbels, den weder die *ordinatori* noch die Garden fernzuhalten vermochten, gelang es Fra Domenico, der verzückt in den Tod ging, sich ohne fremde Hilfe aufzurichten und zu gehen. Fra Girolamo, der ihm folgte, wich einen kurzen Moment lang zurück. Benedetto hörte, wie er bat, man möge ihm das Hemd an den Beinen festbinden.
»Es ist zu kurz«, flehte er, »seht nur, die Schamteile meines Leibes sind nackt ...«
Als Antwort bekam er bloß einen Rippenstoß, so daß er, aus dem Gleichgewicht gebracht, beinahe hingefallen wäre. Er hatte

keine drei Schritte getan, als er sich auch schon an den von den Strolchen ins Holz des Stegs getriebenen Nägeln die Füße aufriß. Sein Gesicht verzerrte sich vor lauter Schmerz.
»Los«, rief ihm Domenico zu, »laßt uns ein *Tedeum* singen!«
Hinter ihnen verlor Silvester Maruffi schon nach der ersten Verletzung allen Mut, die Fersen blutig. Er schlug um sich und schrie, er wolle nicht auf demselben Scheiterhaufen wie die Sodomiten sterben. Tränenüberströmt ließ er sich fallen. Ein paar Mönche mußten ihn unter den Achseln und an den Armen packen und weiterzerren.
»Warum wollt ihr mich töten, wo ich doch die Lügen und falschen Prophezeiungen angeprangert habe, wo ich doch einer der Euren bin und den Betrug entlarvt habe?« stammelte er.
»Geh nur!« sagte Domenico da Pescia zu ihm, um ihm Mut zu machen. »Man führt dich zum brennenden Dornbusch!«
Auf dem Pflaster des Platzes, am Fuße des Stegs, begann Carmino Frenzzi, der ehemalige Blankschädel aus dem Atelier von Meister Botticelli, der sich mit Maruffio Stanzanni verbrüdert hatte, nun ebenfalls zu stöhnen und Silvesters Zuckungen ins Lächerliche zu ziehen. Es hagelte faule Eier und Früchte auf den Verurteilten, dessen Schwächeanfall die Boshaftesten unter ihnen erheiterte. Er wurde beschimpft, mit Dreck beworfen und bespuckt. Ihre Fußtritte und Fausthiebe streckten ihn fast nieder. Als er händeringend um Gnade flehte, schleppte man ihn zu der Leiter, die am Galgen lehnte. Während ein Mönch, der zwei Stufen tiefer stand, ihn von unten anstieß, packte der Henker, der auf die oberen Stufen geklettert war, ihn beim Hemd, das sich sofort hob. Mit nackten Beinen und bis unter den Gürtel nacktem Leib, Geschlechtsteil und Hoden in der Luft, von Krämpfen geschüttelt wie ein Huhn, dem man den Hals umdreht, sorgte er für ein allgemeines Gelächter, bei dem es Benedetto den Magen hob. Als man ihm die Schlinge um den Hals legte und das Halseisen schloß, nahm er sich ein wenig zusammen und wandte sich mit tränenüberströmtem Gesicht an Gott:

»Ich gebe meine Seele in deine Hände!« rief er, zum Himmel gewandt.
Nicht ohne Mühe löste der Henker seine um die Stufen der Leiter gekrallten Finger, dann schickte er ihn mit einem Fußtritt ins Leere. Das besudelte Hemd fiel ihm wieder auf die Knie herab. Am Gipfel des falschen Kreuzes hängend, baumelte er und brüllte den Namen Jesu. Dann zog sich die Schlinge langsam zu, und seine Stimme klang immer erstickter, bis nur noch ein Röcheln zu hören war.
Ohne zu warten, als wolle er direkt in den Himmel aufsteigen, kletterte Domenico da Pescia, der an der Schwelle des Todes wiederauferstanden war, die Stufen der Leiter hinauf. Das Gesicht von einer übernatürlichen Freude verklärt, rief er den Namen des Herrn, seines Erlösers an, während man ihm die Schlinge um den Hals legte. Und unter Applaus hing er auch schon am Strick, während seine blutigen Füße über dem Podium baumelten. Benedetto, der ihn für den ersten Heiligen der Republik hielt, wandte sich ab.
Als Botticelli, der immer noch schwieg, seine Verstörtheit bemerkte, nahm er ihn bei der Schulter und zog ihn an sich.

Jetzt war Savonarola an der Reihe. Man hatte ihm den Ehrenplatz am Galgen reserviert, direkt vor der Menge, zwischen den beiden Gehenkten. Bevor er die Leiter hinaufstieg, wandte sich der gebrochene Prophet an einen der Mönche, doch er sprach ihm so leise ins Ohr, daß Benedetto seine Worte nicht verstehen konnte. Wahrscheinlich würde es nicht an Verleumdern fehlen, die behaupten würden, der »Hochstapler« habe auf der Schwelle des Todes für seine irdischen Verfehlungen sowie dafür, daß dieser Gott, dessen Gesetz er angeblich hienieden hatte einführen wollen, ihn verlassen hatte, um Vergebung gebeten. Als ob der Heilige Vater etwa damals, als sein Sohn ihn auf Golgatha um Hilfe anrief, nicht so getan hatte, als habe er ihn verlassen … Benedetto hoffte schon auf ein letztes lautstarkes Aufbegehren, eine letzte Beteuerung seiner Unschuld und einen neuen Schwall brodelnder Verwünschungen. Doch es wurde kein denkwürdiges Wort gesprochen, und als Savonarola, ein *Credo* rezitierend, zum Marterpfahl hinaufstieg, geschah es mit Schicksalsergebenheit.

Als er auf der letzten Stufe angelangt war, betrachtete er rings um sich dieses Volk von Florenz im vollen Sonnenlicht, das ihn, nachdem es sich einst von seinen Predigten hatte mitreißen lassen, nun verspottete. »Jetzt mußt du ein Wunder tun, Prophet!« schrie ein Händler, der sich noch an die Ermahnungen des schlechten Schächers erinnerte, der an der Seite Jesu Christi gekreuzigt worden war. Keiner unter den Zuschauern, von denen einige völlig fassungslos waren, ließ Jesu Namen fallen. Tanzend und sich wie ein Hanswurst in den Hüften wiegend, legte der Henker Savonarola die Schlinge um den Hals, und dann glitt ihm, übermütig geworden von dem Gelächter und den Bravorufen des Volkes, das Halseisen aus der Hand und fiel auf den Scheiterhaufen. Aus dem Gleichgewicht gebracht, wäre er ums Haar hinuntergefallen, konnte sich aber gerade noch an der Leitersprosse festhalten. Benedetto, dessen Wangen glühten, glaubte, sein eigenes Leben erstarre und verlasse ihn: War es möglich, daß man sich solcherart über einen Heiligen lustig machte? Selbst die *Hölle* des Dante Alighieri, wie Meister Botticelli sie gezeichnet hatte, mit ihrem dreiköpfigen Folterdämon, würde nicht genügen, um diese Elenden zu bestrafen ... Da sie fürchteten, es könnten manche diese falsche Bewegung als ein Zeichen des Himmels deuten, standen Gioacchino Torriani und die von der Signoria, die in einer Reihe auf der steinernen Plattform saßen, beunruhigt auf und befahlen dem Ungeschickten, der immer noch auf der Sprosse hockte, ordentlich seines Amtes zu walten. Die neugierigen Gaffer zurückstoßend, gingen die Garden zum Scheiterhaufen, und einer von ihnen stieg die Leiter hinauf, um dem Henker das Hinrichtungsinstrument zu reichen. Dieser nahm es schnell an sich. Vor Aufregung brüllend, schloß er es um den Hals des Propheten. Dann, statt ihn ins Leere zu stoßen, wie er es mit Domenico und Silvester Maruffi getan hatte, beging er genau in dem Augenblick, da er ihn nach vorne fallen ließ, noch eine letzte Gemeinheit und hielt ihn, als wolle er ihn umarmen, um ihn noch etwas zurückzuhalten, am Gürtel gepackt und umklammert. Das kurze Seil straffte sich kaum, und ganz allmählich begann die Schlinge sich zuzuziehen. Inmitten des Pöbels, der jetzt endlich schwieg, sah Benedetto, wie das Gesicht von Fra Savonarola rot anlief, wie sein Mund sich nach Luft schnappend öffnete, seine nackten Beine sich versteiften und wie er schließlich von einer Reihe irrsinniger Zuckungen und Krämpfe geschüttelt wurde. Er schloß die Augen. Als er seine Tränen nicht länger zurückhalten konnte, lehnte er sich an die Schulter seines Meisters.

Als ein Schrei durch die ganze Versammlung ging, schlug er die Lider wieder auf. Durch seine Tränen hindurch sah er die Flammen auflodern. Am Fuße des Scheiterhaufens, ein Barett auf dem Kopf und in ein goldbesticktes Meßgewand gekleidet, sah er Scopone stehen, dessen gewaltige Silhouette sich wie ein Glorienschein von den ersten schwarzen Rauchwolken abhob, die vom Wind in großen Stößen aufgewirbelt wurden, und über dem Pfarrer, unter dem Querbalken des Kreuzes gewahrte er die geschundenen Füße des Propheten, der immer noch zappelte.

55

Trotz der unbequemen Position, in der er sich befand, inmitten der Verdächtigen, die man festgenommen hatte, eingeklemmt zwischen einem Jungen in Ketten und einem alten weinenden Mann, der den Arm in der Schlinge trug und den Kopf verbunden hatte, ließ Alessandro Botticelli seine Gedanken schweifen. Ihm ging die Zeichnung nicht aus dem Sinn, die Benedetto eine Woche zuvor an seiner Staffelei angefertigt hatte. Emilia Scorpucci wirkte darauf sanft und nachdenklich, voller Ernst und Weisheit. Es war ein einfaches Porträt, aber es lag Zärtlichkeit und Innerlichkeit darin. Es gefiel ihm.

Als die Garden des Podestà ihn im Korridor des Palastes holen kamen, wo er seit geraumer Zeit wartete, bemühte er sich, unauffällig zu bleiben.

Simone hatte recht gehabt: Sein Name machte die Runde, er stand weit oben auf der Liste der Feinde der Demokratie. Es waren erst zwei Tage vergangen seit dem Tod des Propheten, und schon lud man ihn vor, um ihn zu vernehmen und vielleicht festzuhalten und zu verurteilen! Wie aus einem entsetzlichen Abgrund tauchten die Bilder der Leiche Savonarolas auf, wie man sie abhängte, das Fleisch verkohlt, wie man die in Stücke gerissenen Glieder aufs Pflaster warf und die Banden der *arrabiati* sie dann zertrampelten, und durchdrangen die Kruste aus Kies, Kohle und Kreide, unter der er sie wohlweislich begraben hatte. Statt sie zu verscheuchen, hielt er diese widerwärtigen Bilder fest, denn die Angst, die sie ausstrahlten, brachte ihn in die Wirklichkeit zurück. Es fiel ihm so schwer, die Gefahr einzuschätzen! Es war, als ob dieses Grauen ihm aus unerfindlichen Gründen nichts mehr anhaben könnte. Doch weit gefehlt! Hier stand sein

Leben auf dem Spiel, und es war nicht der rechte Augenblick zum Scherzen.
Als er vor Doffo Spini stand, der in Schwarz gekleidet war, und Ser Ceccone, dem zwergenwüchsigen Schreiber, der ihn anwiderte mit seinen Ringen, seinem Ohrschmuck und seinem runden, faltigen Mondgesicht, dachte er wieder an Emilia. Das arme Mädchen wartete im Atelier auf ihn, denn er hatte ihr unvorsichtigerweise versprochen, daß er noch vor dem Mittagessen dort sein würde. Am Vorabend hatte er, vor seinem Pergament sitzend, die Silberspitze in der Hand, den Eindruck gehabt, daß ihre Züge sich entkrampften, und mehr als die Furcht vor dem Scheiterhaufen quälte es ihn zu wissen, daß Emilia dort untätig herumsaß.
»Alessandro di Mariano Filipepi, uns sind Klagen über dich zu Ohren gekommen. Man behauptet, daß du in den Kreisen der Geächteten verkehrst!« warf ihm Doffo Spini ohne Umschweife vor.
»Du gehörst der ›Sekte der Heuchler‹ an! Viele haben dich in San Gaetano gesehen, wie du an der Seite des Antichristen versucht hast, Eindruck zu schinden!« setzte Ser Ceccone hinzu und rollte dabei seine großen hervorquellenden Augen einer Kröte, die gerade aus dem Wasser gekrochen war.
Er war wirklich allzu häßlich, wie der da saß, mit stolzgeschwellter Brust! Er mochte sich noch so sehr herausputzen, er stank nach speckigem Tuch und der Pisse eines Kropfkranken. Sein Platz war auf den Bildtafeln der *Hölle*. Dort mußte er stehen, die Glotzaugen weit aufgerissen, erbleicht inmitten der Flammen, unter seinen Brüdern, den Verdammten. Insgeheim machte Botticelli dieser Gedanke Freude. Er gelobte sich, diese Zeichnung auszuführen, mit dem Reißblei, und die drohende Folter rückte in seinem Geiste in immer weitere Ferne.
»Ich habe tatsächlich zu denen gezählt, die an die Erneuerung von Florenz geglaubt haben«, sagte er, ohne die Fassung zu verlieren. »Wie drei Viertel der Leute unserer Stadt habe ich mir

vorgestellt, es würden einst Gerechtigkeit und Harmonie herrschen.«

»Und dann hast du diesen Glauben aufgegeben?«

»Meine Hoffnungen sind nicht erfüllt worden.«

»Was willst du damit sagen?«

»Die Schönheit, der Widerschein der universellen Seele, hat nicht triumphiert.«

»Solltest du dich getäuscht haben?«

»Ich bereue nichts. Der Versuch mußte gewagt werden …«

Doffo Spini kniff den Mund zusammen. Mit gerunzelten Brauen ließ er seine Feindseligkeit durchblicken.

»Du siehst, wohin uns das geführt hat. Erzähl mir nicht, daß du zufrieden bist!«

»Jetzt ist es vorbei …«

»Aber es gibt Schuldige, Fanatiker, die bestraft werden müssen, sonst werden sie wieder von vorne anfangen!« rief Ser Ceccone aus, indem er mit seinen unförmigen Armen ruderte, die so kurz waren wie die einer Puppe.

»Florenz hat seine Rechnung erhalten, jetzt ist es wieder ruhig in der Stadt.«

»Sie ist nur in einen Schlummer gefallen, Botticelli, sie wird wieder erwachen …«

Sollten sie ihm doch seine Vergangenheit vorwerfen und ihn bedrohen, sollten sie ihn doch verbannen oder einsperren, Hauptsache, sie ließen ihn vollenden, was er begonnen hatte! Der Rest bedeutete ihm nichts mehr; was auch käme, er würde sich damit abfinden.

»Einmal abgesehen von deinen Illustrationen zum *Triumphus Crucis* und den anderen Predigten eines Entarteten gibt es eine Freske von dir, Alessandro Botticelli, die uns Kummer macht«, fuhr Doffo Spini fort. »Diese *Auferweckung des Lazarus,* welche die Heilige Schrift beleidigt, warum hast du sie so gemalt?«

»Das ist so lange her! Dieses Werk gehört der Vergangenheit an, ich habe es vergessen.«

»Es gibt aber leider viele, die sich daran erinnern.«
Botticelli fühlte sich ein wenig müde, und um nicht zu gähnen, sagte er:
»Sobald eine Sache abgeschlossen ist, beginnt sie mich zu langweilen.«
»Aber es gibt Dinge, die sich in die Herzen schleichen und sie aushöhlen.«
»Schlechte Dinge, von denen man sich befreien muß«, setzte Ser Ceccone mit seiner näselnden Stimme hinzu.
Sollten sie ihn doch bitten, sich von dem loszusagen, was er geschaffen hatte, das war ihm völlig gleichgültig. Er war bereit, zu schwören und allem zuzustimmen, was sie nur wollten, solange sie ihn nur wieder in Ruhe an seine Staffelei zurückkehren ließen.
»Ich bin ein alter Mann, und ich schäme mich für gar nichts«, bemerkte er nur. »Die Ehre und der Nachruhm meiner Werke beschäftigen mich nicht mehr. Und wenn ich in einem Hinterhof leben müßte, zwischen Hühnern und Truthähnen, es wäre mir gleich. Solange man mir zugeschnittene Federn, Tinte und Papier gibt, werde ich überleben.«
»Darum geht es nicht, bring uns nicht durcheinander!« schimpfte Doffo Spini. »Selbst wenn du dich nicht mehr auf dem Gipfel deines Ruhms befindest, dein guter Ruf reicht weit über die Mauern dieser Stadt hinaus. Er darf nicht dazu dienen, im Geiste derer, die leicht zu beeinflussen sind, das Böse zu bewahren.«
»Das war nicht meine Absicht.«
»Dann darfst du von dem, was abscheulich ist, nichts fortbestehen lassen.«
»Du hast deine Bilder auf den Scheiterhaufen der Eitelkeiten verbrannt«, gemahnte der mit Halsketten behängte, halbseidene Zwerg. »Was du für diese Banditen vollbracht hast, das könntest du doch auch für unsere Freunde tun. Und statt uns verlauste Christusfiguren und Marien von Bethanien zu geben, die keinerlei Schönheit besitzen, könntest du uns doch neue Venusfiguren

voller Anmut und weitere herrliche Allegorien des Frühlings liefern.«

»Ich denke darüber nach, ich habe ein paar Szenen im Kopf, die euch erstaunen werden!« antwortete Botticelli und steuerte den Ausgang an, ohne daß man ihm erlaubt hätte, sich zu entfernen. »Ich werde sogleich das tun, was ihr euch wünscht. Beruhige dich, Ser Ceccone, ich habe nur einen drängenden Wunsch, und zwar sofort in mein Atelier zurückzukehren, um dort an neuen und phantastischen Projekten zu arbeiten.«

Ach, was war das gut, nach Hause zu gehen! Wie herrlich, wo man doch befürchtet hatte, nie mehr nach Hause zurückzukehren, nie mehr sein Pult, seine Pergamente, seine Silbernadeln, seine Skizzen und seine Staffelei wiederzusehen! Botticelli goß sich ein Glas Wein ein, und um sie für die Wartezeit zu entschädigen, bot er auch Emilia Scorpucci und Benedetto Sermini davon an, den er künftig an seiner Seite haben wollte, wenn die junge Frau ihm Modell stand.

Fühlte er sich so erleichtert, weil Ser Ceccone ihn mit dem einzigen Auftrag freigelassen hatte, eine Freske zu zerstören, an die er sich kaum erinnern konnte? Das Grauen fiel von ihm ab. Die Schale, in die er eingesperrt gewesen war, war zerbrochen. Befreit von den Ängsten, die ihn ausgehöhlt hatten, schwebte er. Sein Herz war ein grünes Feld. Er stand in einer grenzenlosen Ebene, unter einem endlosen Himmel, und inmitten dieser immensen Weite wurde alles möglich. Jeden Augenblick konnte der Zufall in Erscheinung treten, es genügte, sich treiben zu lassen, um ihm das Feld zu bereiten und die erstaunlichsten Überraschungen zu erleben, die er dem bereithielt, der sie sich zunutze zu machen verstand. Wie er diesen Augenblick liebte, in dem das Unvorhergesehene zutage trat! Ein beliebig dahingeworfener Strich, bei dem man sich nicht bewußt war, worauf man hinauswollte, und schon tauchte eine Gestalt auf, begann etwas Unerwartetes vor sich zu gehen, verwoben sich Formen und Ideen, die man nicht im voraus genau durchdacht hatte … So war seine Venus auf der Muschel entstanden. Er warf einen kurzen Blick auf das kleine Porträt, das Benedetto gezeichnet hatte. *Femina, feminetta* … In ihrer zwanglosen Pose schwebte Emilia durch die Lüfte, nackt, schön und neu. Ohne zu wissen, was es zu suchen galt, hatte der Junge sie ganz instinktiv von den Realitäten der Erde losgelöst. Engel oder Darstellung der Liebe – ihre Präsenz drängte sich auf, um die Geister zu bezaubern und zu beherrschen. Die junge Frau, die zum Arbeiten bereit war, zog sich aus. Ihr Körper, der von einer außerordentlichen Frische war, kam zum Vorschein, und Botticelli kamen vier Zeilen von Dante in den Sinn, die Beatrice gewidmet waren:

Wie schön und edel sie in ihrem Wesen,
wie hold all ihr Gebaren,
sucht schmückend Phantasie zu offenbaren,
die unermüdlich sie zu malen strebt.

Das war es, was ihm fehlte und was Benedetto Sermini besaß: Zuneigung und Respekt. Es war klar: Um das Wesen eines Menschen einzufangen, genügte es, ihn zu lieben. »Ach, was für ein herrlicher Nachmittag!« rief er aus. »Heb die Arme, Emilia, streck sie nach mir aus. Los, gib mir die Hand und laß uns gehen! Denn dort, hinter dem Horizont, öffnen sich unerwartete Gefilde.«

56

Carmino Frenzzi, der ehemalige Blankschädel aus der Werkstatt Alessandro Botticellis, zog das silberne Reliquienkästchen unter seinem Bett hervor. Durch die Glasscheibe hindurch sah er hinter der verriegelten Tür das kleine schwarzverkohlte Knochenstück, das er beim Scheiterhaufen vom Pflaster des Palazzo della Signoria aufgehoben und heimlich hatte mitgehen lassen. Er hatte der Versuchung nicht widerstehen können: In dem Augenblick, in dem die Signoria, da sie befürchtete, die sterblichen Reste von Fra Girolamo und Fra Domenico Buonvicini könnten gestohlen und zu Kultobjekten werden, den Befehl gegeben hatte, sie einzusammeln und in den Arno zu werfen, hatte er sich gebückt und es an sich genommen. Er hatte es in seine Tasche gleiten lassen, zusammen mit einer Handvoll warmer Asche.

Jetzt, nachdem drei Tage verstrichen waren, bereute er diese Geste. Er konnte noch so sehr Meister Botticelli, Emilia Scorpucci und Benedetto Sermini vor seinen neuen Kameraden, den *arrabiati,* beschuldigen und versprechen, zusätzliche Beweise zu ihrer Anklage zu liefern, keiner hörte mehr auf ihn. Er war sich sicher: Maruffio Stanzanni hatte gesehen, wie er diese verkohlten Überreste gestohlen hatte. Der Blick, den der Rotschopf ihm zugeworfen hatte, war ihm nicht entgangen. Jetzt war es zu spät, um das, was er getan hatte, ungeschehen zu machen! Er mußte diese graue Asche und dieses kleine Knochenstückchen, das er so gerne angebetet hätte, wieder loswerden. Danach würde er nächtelang beten, um den Himmel und den Propheten, den er verriet, anzuflehen, ihm zu Hilfe zu eilen und ihm zu verzeihen.

Hastig küßte er das Reliquienkästchen und wickelte es in einen grauen Lumpen ein.
Draußen, auf dem Weg zum Ponte Vecchio, wurde er wieder von seinen Sorgen gequält. Er war ein schlechter Künstler, außerstande, den Mörtel ordentlich aufzutragen, der Blasen warf, statt zu trocknen, ein schlechter *piagnone,* der die ans Messer lieferte, die ihn begleitet hatten, und er würde in Schande und Reue leben müssen. Doch er tat folgenden Schwur: Wenn sich alles wieder beruhigt hätte, wenn es niemanden mehr geben würde, den man denunzieren oder töten konnte, wenn die Angst ihn nicht länger in ein übles Subjekt verwandeln würde, dann würde er sich kasteien und über Monate und Jahre hinweg ein entbehrungsreiches Leben führen, in der Hoffnung, daß ihm eine göttliche Botschaft gesandt würde, die er dann schnell unter den Menschen, die guten Willens waren, verbreiten würde. Durch seine Opfer würde Gott Gefallen an seiner Redlichkeit finden, und er wäre von all seinen Sünden reingewaschen.
Auf dem Ponte Vecchio sah er in der Auslage des ersten Metzgers, wie eine Klinge ganz allmählich den Bauch eines gekreuzigten Schweines aufschlitzte. Der Stahl glitt hindurch, zwei Lappen toten Fleisches klappten weich auseinander, und ein Gewirr aus weißen Gedärmen ergoß sich über den Hackklotz. Im nächsten Laden glänzte das schwarze Fleisch unter einem summenden Fliegenschwarm. Ein weiterer Metzgermeister schnitt das Fett aus einem Viertel Ochsen heraus, das an einem Haken aufgespießt war. Schafsbockhoden, dunkle Leber, mit toten Adern durchzogene Herzen, gelblichweiße Hirne, herausgestreckte, malvenfarbene Zungen – der Geruch nach rohem Fleisch machte ihn schwindlig. Das dumpfe Geräusch des Hackbeils auf dem Hackbrett, das Kreischen der Keulensäge, das Reibegeräusch des Messers, das an einem Stahlstab geschliffen wurde … Der ehemalige Engel der bewaffneten Brigaden hatte eine düstere Vorahnung. Er stürzte zur Brüstung, und nachdem er sich bekreuzigt hatte, schleuderte er den kleinen Knochen von Girolamo Sa-

vonarola und seine verehrte Asche in die Flußströmung, dann ging er fort, ohne sich zuvor überzeugt zu haben, daß das silberne Reliquienkästchen auch wirklich untergegangen war.

Eine Stunde später, vor dem Atelier von Meister Botticelli, erfolgte der Angriff so schnell, daß Carmino Frenzzi nicht einmal die Zeit blieb, sich umzudrehen, und er darum auch nicht wußte, ob der, der ihn niederstach, einer von den *piagnoni* oder einer von den *arrabiati* war. Ein durchdringender Schrei gellte ihm in den Ohren, er wurde umgeworfen, eine scharfe Spitze bohrte sich ihm in den Hals, wenn auch nicht tief genug, um ihn auf der Stelle zu töten. Er versuchte sie hinunterzuschlucken, um dieses störende Stechen loszuwerden, doch statt sich von der Gräte zu befreien, die ihm quer im Hals steckte, spuckte er leuchtendroten, salzigen Schleim. Ganze Wälder von aufgehängten Fleischstücken, abgezogenen Rippen, Bäche von Blut, die Tropfen für Tropfen auf einen weißen Lappen fielen ... Er sah sich wieder bei den Metzgern stehen, und eine höllische Hitze warf ihn in die Feuersglut. Er versuchte, um Hilfe zu rufen, doch er konnte nur noch gurgeln, und ein Regen roter Speicheltropfen ging auf seiner Nase nieder.

57

Von Ferne sah Benedetto Sermini, den der Meister losgeschickt hatte, um Farben für seine neue Zeichnung des *Paradieses* von Dante Alighieri zu holen, den Körper vor der Tür des Ateliers liegen. An seinen blonden Haaren und dem braunen Kittel erkannte er Carmino Frenzzi. Lang ausgestreckt, das Gesicht dem Himmel zugewandt, lag der ehemalige *piagnone* in einer roten Lache. Er wurde vom grellen Schlamm des Färberviertels hinweggespült, von dem klebrigen Fluß, der ihn wiegte und mit sich riß ... »Vater unser, der du bist im Himmel, was tust du da?« rief Benedetto aus. »Kannst du denn nicht ihre Mordlust zügeln, ihren Durst nach frischem Blut, kannst du den nicht stillen? Sind das etwa Hunde, daß du sie auf der Straße verrecken läßt?« Er beugte sich über das blutbespritzte Gesicht. Der Junge lag im Sterben. Er blickte ihn starr an.

»Ich glaube, ich habe den Mörtel schlecht aufgetragen ...«, brachte er mit großer Mühe hervor. »Die Decke beginnt zu schwitzen, die Farben verschwinden unter der Feuchtigkeit, sie werden aufgefressen ...«

Benedetto erinnerte sich, ihn zusammen mit dem Rotschopf gesehen zu haben, wie sie sich am Fuße des Scheiterhaufens über die Verurteilten lustig machten. Er war ein Verräter. Er haßte ihn. Und doch, vor diesem blutleeren Leib, der erschauerte, fing er zu weinen an.

»Carmino, du darfst nicht auf eine so dumme Weise sterben«, sagte er und schob die Hand unter seinen Nacken, um ihn aufzurichten und ihm das Atmen zu erleichtern.

Der Junge blickte mit glasigen Augen in den Himmel.

»Die Flecken«, murmelte er. »Ich kann sie nicht mehr trocknen.

Dioneo Sellajo hatte mich gewarnt, ich habe nicht auf ihn gehört ...«
Wer hatte ihn getötet – die letzten Anhänger oder die Feinde des Propheten? Wer hatte sich an ihm gerächt? Benedetto sah sich dort, an seiner Stelle, vor dem Atelier im Sterben liegen. Er fragte: »Carmino, entsinnst du dich, wer dich überfallen hat?«
»Der Gips war zu flüssig ...«, stammelte der Junge. »Der Nordwind hat ihn zum Schwitzen gebracht.«
»Sag, war es Maruffio Stanzanni, der dich niedergestochen hat?«
»Ich hätte die heiße Asche vom Scheiterhaufen daruntermischen sollen, aber ich habe nicht genug genommen ...«
Wovon redete er? Er phantasierte.
»Mach dir keine Sorgen, Carmino, wir werden dich gesund pflegen, bis zum Sommer bist du wieder auf den Beinen.«
Benedetto spürte, daß der Junge steif wurde. Er hatte das Verlangen, ihn zu umarmen, um ihn zu wärmen, doch dann erinnerte er sich, für wie falsch und unaufrichtig er ihn hielt.
»Der Gips beim Reliquienschrein quillt auf, und das kleine verkohlte Stück Knochen ist ganz aufgedunsen ...«, stotterte Carmino Frenzzi, während ihm ein Faden Blut aus der Nase lief.
Er wurde von einem Krampf geschüttelt. Eine rosafarbene Blase zerplatzte zwischen seinen Zähnen, und seine Augen wurden weiß.
Benedetto hatte Angst, mit ihm in den Tod gerissen zu werden. Er sah sich schon in die entsetzliche Leichengrube fallen, in welcher der Junge, den er aufgeschlitzt hatte, auf ihn wartete. Von Panik ergriffen, stürzte er ins Atelier, um Hilfe zu holen.
Als er mit Dioneo Sellajo zurückkehrte, hatte Carmino Frenzzi sein Leben schon ausgehaucht, ohne verraten zu haben, wer ihn getötet hatte.

Emilia Scorpucci lüftete ihre Haare. Die helle, glänzende Haut ihres Nackens, auf der kleine zarte Härchen sprossen, verwirrte Benedetto. Wie sie so die Arme hob, wurden ihre Brüste praller

und fester. Die seidige Brust, die Schulterblätter, die unter der nackten Haut hervortraten, der gerade Rücken, die runden Arme einer Statue … Im Schein der Kerzen, die Alessandro Botticelli im Kreis um sie aufgestellt hatte, schien ihm ihr Körper in einen goldenen Nebel gehüllt!
Er stellte sich vor, wie er anstelle des Meisters vor der Staffelei saß, und auf der Wange dieser jungen Frau, die er liebte, gewahrte er einen Widerschein. Als sie sich umwandte, sah er, daß ihr einer Mundwinkel ein wenig verzogen war, an der Spitze ihres Kinns entdeckte er einen zu starken Schatten, den man abmildern müßte. Es packte ihn das Verlangen, ihr einen Kuß auf die Lider zu drücken. Das Verlangen, sich an sie zu drükken und seinen vor Grauen schweren Kopf an ihr Herz zu legen.
Doch je, sie wollte sich nicht mehr küssen lassen.
Ohne sie war es ewiger Winter, war es kalt, war es Nacht.
Da sie sich beobachtet fühlte, drehte sie sich um.
Durchdrungen von ihrem gläsernen Blick, hörte Benedetto auf, sich zusammenzunehmen. In einem Satz sagte er, was mit Carmino Frenzzi vor der Tür des Ateliers geschehen war.
Die junge Frau starrte ihn an. Der Meister hörte auf zu zeichnen, ließ ab von der goldenen Leiter des Saturn und von Dante und Beatrice, die dort hinaufstiegen. Er mußte ihnen alles erklären. Als er geendet hatte, legte Botticelli erschüttert seine Feder nieder und bat Emilia, sich wieder anzuziehen.
»Nicht, daß ich Carmino Frenzzi besonders gemocht hätte«, erläuterte er, während er seine Farben wegräumte. »Unter meinen Lehrlingen gibt es nur wenige, die ich geliebt habe. Nein, was mich beunruhigt, ist diese Seuche des Hasses. Sie schlägt blindlings zu, und jeden Tag kreuzt ihr ihren Weg. Heute abend«, fügte er nach einem Moment des Nachdenkens hinzu, »wäre es mir recht, wenn ihr bei mir bleiben würdet, statt nach Hause zu gehen.«
»Meine kleine Schwester wartet auf mich«, protestierte Benedet-

to. »Wenn ich nicht nach Hause komme, wird sie denken, ich sei tot. Aber Emilia kann bleiben.«

»Und morgen?« fragte der Meister, der sich um ihn größere Sorgen zu machen schien als um sein Modell. »Morgen, Benedetto, möchte ich, daß du bis zum Tagesanbruch hierbleibst. Ich will keine Todesängste mehr ausstehen, weil du allein in der Nacht umherziehst, den Mördern auf Gedeih und Verderb ausgeliefert. Ich habe, was ich brauche, ich schlafe bei Baccio. Es gibt noch ein anderes fertig hergerichtetes Zimmer und noch ein Bett.«

»Mal sehen ...«, sagte Benedetto.

Wenn Emilia ihn noch lieben würde, wie glücklich wäre er dann gewesen, zusammen mit ihr unter dem Dach des Meisters zu bleiben und sich an sie gekuschelt unter die Laken zu legen! Er sagte, es sei unvernünftig, noch länger zu warten, und er müsse gehen. Emilia folgte ihm zur Treppe, doch er bat sie, ihn nicht zu begleiten.

Als er draußen war, sah er sie wieder nackt vor sich, der Feder des Meisters ausgeliefert, deren sorgsam zugeschnittene Spitze übers Papier kratzte.

58

Benedetto Sermini war schon vor einiger Zeit gegangen. Emilia Scorpucci schlief allein im Schlafzimmer im ersten Stock, und Baccio della Porta, der durch eine ganze Reihe von Treppenstufen und einen Gang von ihr getrennt war, wälzte sich schlaflos in dem großen Bett. Es war offensichtlich, daß er darunter litt, nicht mehr der bevorzugte Liebling zu sein. Alessandro war betrübt darüber.

Es war traurig, aber es gab Schlimmeres …

Da war der gewaltsame Tod, der nach wie vor anklopfte, auch wenn man so tat, als habe man ihn vergessen. Da war das Ende der Republik und der versprochenen Herrschaft eines kosmischen Gleichgewichts und seiner Schönheiten. Da waren Doffo Spini und Ser Ceccone mit seinem weißgepuderten Gesicht, der auf seinem Schemel hockte, mit seinen Marionettenarmen herumfuchtelte und mit seinen dicken Füßen strampelte. Da war die Freske in San Gaetano, an der Seite des Auferweckten die Gesichter des heiligen Johannes und der Maria von Bethanien, Darstellungen, bei denen jeder Pinselstrich zwei Kinder beschuldigte, für ein Werk übler Gesinnung Modell gestanden zu haben. Man brauchte sich nur die eine oder andere Szene des Diptychons anzusehen, um Emilia Scorpucci und Benedetto Sermini wiederzuerkennen und zu beschließen, sie einzusperren oder ihnen vor der Tür der Werkstatt die Kehle durchzuschneiden … Keines der Denunziationsporträts war getreuer oder besser exponiert! Botticelli stand auf, er mußte herumlaufen! Um sich zu beruhigen, strich er Baccio zärtlich über die Haare und über die Schläfe, denn er wollte nicht, daß ihm irgendein Übel geschehe. Er sagte ihm, er solle schlafen, solle sich keine Sorgen machen.

Doch in Wahrheit quälte ihn der Gedanke, daß Emilia und Benedetto durch seine Schuld dem Zorn der neuen Herrscher von Florenz ausgeliefert sein könnten.

Mit einem Kerzenleuchter ging er in sein Arbeitszimmer hinunter. Während er vor seiner Staffelei die goldene Leiter des Saturn im Feuerhimmel betrachtete, erschien ihm im Halbdunkel eine bleiche Frau im weißen Kleid. Sie lächelte, und indem sie den Finger auf den Mund legte, versprach sie ihm, nichts zu sagen, das ihn veranlassen könnte, aufzuhören mit dem, was er gerade zu tun im Begriff war. Schweigend ging sie um die Truhe herum und setzte sich vor das Pult, um ihm beim Zeichnen zuzusehen.

Doch ach! In dieser Nacht machte er sich Sorgen um das Schicksal von Benedetto Sermini und wußte mit der Feder in seiner Hand nicht umzugehen. Um die Frau, die ihn beobachtete, nicht zu enttäuschen, zog er mit der Tusche das Profil der Beatrice nach. Das Gesicht, das dabei zum Vorschein trat, überraschte ihn, denn dieses neue Gesicht war ihm unbekannt. Desgleichen dieser Körper, für den man ihm nackt Modell stehen mußte.

Er wollte sich dafür entschuldigen, daß er nicht weitermachen konnte, doch als er den Blick hob, war die Besucherin verschwunden. Er räumte seine Feder weg. Als er schließlich das Glas ergriff, das er sich eingeschenkt hatte, war er erstaunt, es halb leer zu finden, als habe jemand an seiner Statt davon getrunken.

59

Nach den katastrophalen Ereignissen des Monats Mai beschloß Benedetto Sermini, zermürbt von der Angst, Emilia Scorpucci, Ippolita-Maria oder Meister Botticelli könnten gleich Carmino Frenzzi ermordet werden, Maruffio Stanzanni zu töten.

Dieser Gedanke drängte sich ihm wie von selbst auf, ganz ohne Erschütterungen. Eines Abends, als er gerade vom Meister nach Hause kam, war ihm plötzlich klar, daß er die Seinen von der Gefahr, die sie bedrohte, erlösen mußte. Obgleich der Anblick von Blut ihm Grauen einflößte, fühlte er sich mit einer Mission beauftragt, der er sich nicht entziehen konnte. Er sah sich als Rächer, als Retter des Friedens, und beschloß, schnell und gründlich zu handeln.

Am nächsten Morgen folgte er, sobald er die wilde Mähne des Rotschopfes in den Straßen der Stadt erspäht hatte, ihm möglichst unauffällig, um herauszufinden, wo er wohnte. Dieser Sohn von Reichen in seiner bestickten, mit Festons und Perlen verzierten Tunika, dieser wohlhabende Demokrat in seinen Seidenstrümpfen, rot das eine, grün das andere Bein, dieser wütende, perverse und lasterhafte Dämon, wohnte in einem hübschen Palast in der Nähe der Familie Davanzati. Um ihm den Bauch aufzuschlitzen, müßte man ihm nur in der Dunkelheit auflauern und sich auf ihn stürzen, sobald er vorüberging.

Am nächsten Tag verließ Benedetto, mit seinem Messer bewaffnet, den Meister und Emilia Scorpucci bei Einbruch der Nacht und postierte sich unter einem Vordach, um seinem Opfer aufzulauern. Was zählte das schon, wenn ihm nach der Tat, die er begehen würde, die Hölle und der dreiköpfige Satan einen Empfang bereiteten, wie er des schlimmsten Meuchelmörders würdig war! Falls sie ihn zu Wort kommen ließen, würde er folgendermaßen argumentieren: Wer hundert Unschuldige retten will, für den ist eine Leiche mehr als gerechtfertigt.

Doch die Zeit verging, und niemand zeigte sich, so daß er, je weiter der Abend voranschritt, in seinem Entschluß immer mehr ins Wanken geriet. War er, der lauthals gegen die Gewalt aufbegehrte und dem Herrn im Himmel seine Untätigkeit vorwarf, nicht gerade drauf und dran, die Liste der Opfer schlichtweg um einen Toten zu bereichern? Zum zweiten Mal würde er töten. Und doch hatte er genug von diesen Agonien. Der Blick, der sich verschleiert, die Hand, die sich verkrampft, der lange und tiefe Atemzug, der pfeifend einem schon fast erkalteten Mund entströmt … Es war so entsetzlich einfach, ein Leben, das zu Ende geht! Er war sich nicht mehr so sicher. Und dann war der Rotschopf auch stark, ein kräftig gebauter Bursche. Er erinnerte sich an die Hiebe, die er ihm ausgeteilt hatte, als sie sich vor Santa Maria Maggiore geschlagen hatten, und fragte sich, ob nicht die Gefahr bestand, daß der Feind bei dem Kampf die Oberhand gewinnen würde. Was würde aus denen werden, die er retten wollte, wenn er, der entlarvte Angreifer, getötet würde?

Er machte kehrt und ging wieder ins Atelier zurück. Der Meister hatte aufgehört zu arbeiten. Er aß mit Emilia und Baccio, der bei seinem langen Schmollen eine Pause eingelegt zu haben schien, ein Gericht aus Nudeln und gekochtem Fleisch. Auf der Staffelei sah er die Skizze einer neuen Zeichnung. Oben auf dem Pergament erhob sich Beatrice in die Lüfte und zog Dante Alighieri mit sich zum Gipfel des Paradieses. Wie auf den anderen Tafeln hatte er Mühe, Emilia in den Zügen des reinen Geistes wiederzuerkennen, und fragte sich, warum Alessandro Botticelli sie beharrlich weiter zum Modell nahm.

Glücklich über seine Rückkehr, lud der Meister ihn ein, sich hinzusetzen, und als er sah, daß ihn etwas quälte, drängte er ihn, im Haus zu bleiben, um dort in Sicherheit die Nacht zu verbringen.

Benedetto, den das Messer störte, das er unter sein Hemd gesteckt hatte, antwortete nicht. Doch an Emilias Gebaren erkannte er eine gewisse Unruhe, als wüßte auch sie ihn gerne vor der Gefahr in Sicherheit.
Dieses Zeichen der Freundschaft machte ihm wieder Mut. Als er ging, sagte er zu der jungen Frau, er wolle sie schützen und es werde ihr kein Leid geschehen. Sie schien nicht zu begreifen, was er da redete. Es war stärker als er – bevor sie reagieren konnte, stahl er ihr vor den Augen Meister Botticellis einen Kuß und murmelte ihr ins Ohr, daß er sie liebe.
Auf dem Rückweg ging er noch einmal bei den Davanzati vorbei, für den Fall, daß sein Feind sich hätte blicken lassen. Doch er fand dort keine Menschenseele und war grausam enttäuscht.

Zwei Tage später sah er den Rotschopf allein in seinem Viertel. Um sie zu provozieren, zeigte der *arrabiato* sich furchtlos, den Dolch an der Seite, auf dem Territorium der Färber. Doch wahrscheinlich kam er von Santa Croce, wo Francesco di Puglia und die feige Bande der Fransziskaner ihn als Helden und verehrungswürdigen halben Heiligen empfingen.
Ohne sich darum zu scheren, ob man ihm auf den Fersen war, überquerte Maruffio den Arno und wandte sich in Richtung des Turmes von San Nicolo. Müßig ging er unter den Festungswällen der Stadt entlang, dann folgte er zwischen dem silbrigen Blattwerk der Olivenbäume dem Weg, der nach San Miniato führte. Als der Hang steiler wurde, verlangsamte er seinen Schritt. Benedetto kam näher. Er dachte an den besorgten, fast zärtlichen Blick, den Emilia ihm zugeworfen hatte, als er gegangen war, und um ihretwillen beschloß er, Maruffio anzugreifen. Doch als er seinen Dolch zückte, um ihn in den Rücken zu stechen, blieb der Rotschopf stehen und klopfte an die Tür eines Hauses, das ein Vorhang aus Bäumen halb verborgen hatte. Um nicht gesehen zu werden, drückte Benedetto sich an die Wand. Die Sonne über dem Hügel blendete ihn. Er wandte den Blick

zur Stadt. Weiter unten leuchtete die Kuppel von Santa Maria del Fiore. Der Fluß schlängelte sich dahin, und hinter ihren Türmen und zinnenbewehrten Mauern schien die Stadt im Schlummer zu liegen. Er suchte das alte Viertel von Dante Alighieri und glaubte hinter dem befestigten Hauptturm des Palastes des Podestà den runden Turm zu erkennen, in den Emilia Scorpucci jeden Morgen heimkehrte.

Als er einen Blick wagte, um zu sehen, was vor sich ging, sah er den Rotschopf dreißig Schritte vor ihm, eine blonde junge Frau um die Taille gefaßt. Es verwunderte ihn, seinen Feind mit einem Liebchen zu sehen. In Anbetracht seiner lockigen Haare und seines weibischen Äußeren hätte er schwören mögen, er sei ein Sodomit und liebe nur die jungen Burschen aus seiner Bande. Aneinandergeschmiegt folgten die beiden Verliebten dem Weg, der zur Basilika führte. Maruffio sprach mit lauter Stimme. Er spielte den Gockel und hielt sich gerade, denn die Unbekannte war ebensogroß wie er. Auch sie war in Seide gekleidet. Wie bei den Armen aus der Stadt war ihr langes strohfarbenes Haar mit geflochtenen Bändern verziert, die in komplizierten Flechten von ihren Schultern zur Stirn aufgebunden waren, wo sie sich wieder trafen. Ihr weißes Kleid war über und über bestickt, und ein Gürtel aus orientalischem Tuch mit roten und blauen, golddurchwirkten Streifen, das mit blaugrauen Quasten und Edelsteinen besetzt war, schnürte ihre Taille so eng zusammen, daß das Atmen ihr Mühe bereiten mußte.

Statt die Kirche zu betreten, gingen sie um sie herum und steuerten den nächsten Hügel an. Als Maruffio das kokette Ding lauthals lachend auf den Hals küßte und sie in die veilchenblauen Schwertlilien stieß, wußte Benedetto, daß die Stunde des Tötens noch nicht gekommen war, es sei denn, er würde auch dem jungen Ding die Kehle durchschneiden, um sie am Schreien zu hindern. Statt diesen beiden da beim Kopulieren zuzusehen, zog er es zu Tode betrübt vor, wieder kehrtzumachen.

60

Emilia Scorpucci wollte nach Hause gehen. Nach einer Woche des Friedens hatte der Meister wieder angefangen, sie zu beschimpfen. »Ich habe Fiola del Lama in dieser Pose gemalt!« hatte er ohne Vorankündigung losgebrüllt. »Mit ihr habe ich, selbst wenn sie sich wehrte, immer erreicht, was ich wollte. Aber du, du bist steif und starrsinnig! Du bist ein Maulesel: Man muß dir Stockhiebe versetzen, damit du vorwärts gehst, sonst bleibst du auf der Stelle stehen, und du bist nichts wert, nicht einmal ein Bündel Heu!«

Er hatte seine Silberspitze zu Boden geworfen und sich anschließend beklagt, daß sie zerbrochen war. Nachdem sie nun einige Mahlzeiten mit ihm geteilt und einige Nächte unter seinem Dach verbracht hatte, bekam sie Lust, sich aus dem Staub zu machen. Sie hielt diese Stimmungsumschwünge nicht mehr aus: Den einen Tag behandelte er sie so zärtlich, als wäre sie seine Tochter, den nächsten Tag stürzte er sie in tiefste Tiefen. Nein, nichts hielt sie länger zurück! Sie verstand nicht, was er suchte mit dieser Beatrice, die so anders war als sie und die er angekleidet darstellte, während er sie die meiste Zeit zwang, ihm nackt Modell zu stehen. Am Vortag hatte sie Benedetto in diesem Punkt um seine Meinung gefragt, und er hatte zugegeben, daß auch er über dieses Werk ohne Sinn und Verstand völlig verwirrt war. Sie wollte hinaus ans Tageslicht! Sie wollte zu Filippino Lippi zurückkehren, um frische Luft zu schnappen. Sie wollte dieses Haus verlassen, in dem es keine Klarheit gab. Was machte das schon, daß draußen Gefahr lauerte! Auch wenn Benedetto von Enttäuschungen und zermürbenden Sorgen gequält wurde, so würde er sie doch bis zum runden Turm beschützen. Er war be-

waffnet, das wußte sie. Unter seinem Hemd war ein Messer versteckt.
Abwesend und mit starrsinniger Miene schlang der Meister wortlos seine Suppe hinunter, und Baccio della Porta hielt sich wie üblich auf Abstand. Den da ertrug sie auch nicht mehr. Warum spuckte dieser Heuchler und Duckmäuser ihr seine Verachtung nicht ins Gesicht? Benedetto, der zwischen diesen beiden Gespenstern saß, wirkte wenigstens lebendig. Auch wenn seine Blicke eines abgewiesenen Verliebten, die er ihr verstohlen zuwarf, sie störten, so war sie es doch zufrieden, daß er auf Wunsch des Meisters hier war. Obwohl sie sich nicht sicher war, ob sich seine Schwärmereien eines fanatisierten Jungen gelegt hatten, so hatten doch der Kuß, den er ihr drei Tage zuvor auf dem Treppenabsatz gegeben, und die Worte, die er ihr ins Ohr geflüstert hatte, ihr neuen Mut gemacht. Seither fiel es ihr leichter, an diesem düsteren Ort, an dem der Meister so oft seine Komödie der Empfindsamkeit spielte, in diesem Gefängnis, in dem man sie zu schlafen und zu posieren zwang, der Betäubung zu widerstehen. Vor sich, zur Rechten von Botticelli, der seinen grauen Bart wachsen ließ und dessen Gesicht von der Müdigkeit über ein Projekt, das kein Ende nahm, gezeichnet war, überraschte sie Benedettos Frische, Natürlichkeit und Jugend. Sie konnte sich ein Lächeln nicht verkneifen, das der junge Bursche, etwas verunsichert, nur halb erwiderte.
Wäre er doch nur vernünftiger und weniger von diesen monströsen Ideen beeinflußt gewesen, wie leicht wäre es dann gewesen, sich lieben zu lassen! Und wäre er nicht so fasziniert gewesen von Botticelli, der im Gegenzug seine Verdienste und sein Talent übertrieben hatte, wie einfach wäre es dann gewesen, sich aus diesem Wespennest zu befreien, in das sie beide gefallen waren!
Der Meister sah, daß sie sich anblickten. Emilia fragte sich, ob er von dem Gefühl, das sie verband, wirklich nichts wußte, ob er Bescheid wußte, was er darüber dachte, ob es ihn wütend machte

oder ob er sich vielmehr darüber freute. Manchmal war es ihm ein böswilliges Vergnügen, sie einander näherzubringen, doch das war wahrscheinlich ein Zeitvertreib, eine Art, sie alle beide an ihn zu binden und sie an Händen und Füßen gefesselt zu halten.

61

In dieser Nacht, nachdem Emilia und Benedetto Sermini gegangen waren, kam die bleiche Frau wieder. Während Alessandro Botticelli mit seiner Feder die graue Linie nachzog, die seine Silberspitze hinterlassen hatte, erschien sie und setzte sich auf den Schemel, ganz nah bei der Staffelei. Bleich wie der Tod neigte sie den Kopf und lächelte sanft.

»Was wollt Ihr von mir, gute Frau? Seid Ihr in der Lage, mit mir zu sprechen und mir zu sagen, was Ihr sucht?« fragte er diesen Schatten, der ihm einen Besuch abstattete.

»Was ich wünsche, mein Freund, ist, daß Ihr Ruhe und Frieden findet«, antwortete die Dame.

Beim Klang ihrer Stimme erschauderte Botticelli.

Er erkannte das strahlend weiße Kleid wieder, das er seiner Liebsten angezogen hatte, bevor er den Sargdeckel geschlossen hatte, unter dem sie ruhte.

»Fiola!« rief er aus. »Was tust du hier?«

»Ich sehnte mich so danach, Euch wiederzusehen …«

»Was für ein Einfall! Geht es dir nicht besser dort, wohin du gegangen bist? Mußt du zurückkehren und wieder zur Erde hinabsteigen? Mußt du mein Elend mit ansehen und mich beschämen, wo ich so sehr leide?«

»Ganz im Gegenteil, mein zärtlicher Gatte; daß ich zu Euch komme, liegt nur daran, daß Eure Zeichnungen mich berührt haben.«

»Du machst dich über mich lustig!« rief er aus. »Sie sind nichts wert. Ich bleibe auf der ersten Stufe der Leiter stehen und finde nicht den Weg in dein Paradies.«

»Daß Ihr immer noch so aufbrausend seid, trotz der Zeit, die vergangen ist … Daß Ihr immer noch den Bösen spielen müßt …«, murmelte sie und wurde verstimmt.

»Das liegt daran, daß ich am Ende bin! Es mangelt mir an einem richtigen Modell. Nur dein Geist und die Umrisse deiner Formen, die ihn umhüllen und schützen, könnten mich leiten.«

»Welche Formen? Ich bin kalt, und das Fleisch ist von mir abgefallen. Ich habe Erde in Mund und Nase.«

»Nein, du willst mich nur quälen. Dort, wo du bist, da ist alles Pracht, Licht und Schönheit.«

Langsam streichelte sie ihren Körper unter ihrem Kleid, das so fein war wie ein Leichentuch.

»Seht her«, sagte sie, »seht, mein Freund, wie mager ich bin. Ihr habt es mir so oft vorgeworfen.«

»Nein!« rief Botticelli aus. »Ganz im Gegenteil, du bist schön. Ich war eifersüchtig, deine Klugheit hat mich wahnsinnig gemacht. Ich wußte nicht, wohin du mich geleiten würdest.«

»Ich weiß, Sandro. Doch die Zeit, in der ich Modell stand, ist vorbei. Zeichnet lieber weiter, statt zu phantasieren!«

Botticelli sah auf seine zitternden Finger. Unter der Haut, die runzelig wurde, erkannte er den Ansatz und die Knoten seiner blauen Venen.

»Ohne dich mache ich einen Schritt vor und einen zurück. Ich habe keine Ideen mehr, mein Hirn wird weich. Ist dir aufgefallen, wie krumm und leidend ich bin?«

»Das ist nichts Neues. Ihr habt oft den Kranken gespielt.«

»Aber jetzt ist es Ernst. Ich habe Schmerzen in der Brust. Fiola, ich werde alt!«

»Das ist unwichtig, ich bin glücklich, Euch so, wie Ihr seid, wiederzusehen, mit Eurem grauen Bart, Eurer scheußlichen Mütze und Euren gebeugten Schultern.«

»Jeden Morgen im Spiegel sehe ich, wie der Tod am Werk ist. Ich werde dahingerafft.«

»Glaubt Ihr, die Götter töten uns zu ihrem Vergnügen? Nein, sie

sind gerecht, und um die Lebenden zu quälen, suchen sie sie nur mit ihren liebenswürdigsten Lastern heim.«
»Das Ende naht, und mein Heil wechselt unablässig seine Gestalt«, beharrte Botticelli.
»Ach – wenn Ihr nur wolltet!«
»Wenn ich was wollte?«
»Es ist an Euch, das herauszufinden. Fahrt mit Eurer Arbeit fort. Nehmt die größten Risiken auf Euch, kehrt ein ins Innerste Eures Seins und begebt Euch in Gefahr. Grabt, wühlt, dann werdet Ihr dort ankommen, wo ich bin.«

Am nächsten Tag, zur gleichen Stunde, erschien Fiola del Lama wieder. Verärgert und besorgt, daß er Emilia und Benedetto Sermini bereits den zweiten Abend hatte gehen lassen müssen, betrachtete Botticelli sie mit unendlicher Melancholie. Er ließ seine Feder ruhen und sagte zu dieser leichenblassen Frau:
»Ich suche eine in Sonne gekleidete Frau, die über den bleichen Mond herrscht. Ich habe mich auf ihren Empfang vorbereitet. Sie geht mir schon seit langer Zeit im Sinn herum, und ich stelle mir vor, daß ich sie in einer herrlichen Zeichnung darstellen werde.«
»Ich bin gekommen, um sie Euch zu zeigen ...«, flüsterte Fiola del Lama.
»Nein, Ihr könnt mir nicht helfen. Ich kenne Euch nicht mehr. Ihr gehört, wie Ihr mir selbst verkündet habt, dem Reich der Toten an ...«
»Die Schönheit entsteht aus dem Tod, der durch die Geliebte offenbart wird«, murmelte Fiola.
Botticelli betrachtete seine Zeichnung. Inmitten der neun Kreise der Seraphim deutete Beatrice mit erhobener Hand auf einen unsichtbaren Punkt. Sie ähnelte niemand Bestimmtem, war zugleich ein wenig Fiola del Lama, so wie er sich gelegentlich an sie erinnerte, ein wenig Emilia Scorpucci und ein wenig eine andere ... Betrübt sagte er:

»Auf der Schwelle zum Paradies müßte Beatrice alles Wissen der Menschheit in reines Licht verwandeln …«
»Was sie ausstrahlt, ist das Licht des Jenseits, mein lieber Freund.«
»Sie ist nicht menschlich, sie ist leblos, so habe ich sie mir nicht vorgestellt.«
Fiolas bleiche Brust hob sich. Sie seufzte.
»Solltet Ihr keine Lust mehr haben, Euch überraschen zu lassen?« fragte sie mit leidbewegter Stimme. »Früher habt Ihr es geliebt, wenn nichts im voraus bestimmt war.«
»Ich liebte das Lächeln, zart wie die Haut eines Kindes.«
»Als Ihr anfingt zu zeichnen, habt Ihr es vorgezogen, nicht im voraus zu wissen, was dabei herauskommen würde. Ich habe Euch schon tanzen und weinen sehen vor dem, was dabei entstand.«
»Doch leider weiß ich heute, was mich erwartet. Ich habe geglaubt, ich könnte so weitermachen, bis ich hundertfünfzig wäre, und jetzt: Auf einmal habe ich keine Zeit mehr!«
»Wenn das so ist, falls Ihr keine Angst habt, so beeilt Euch, mir zuzuhören und Euch Eure Erinnerungen ins Gedächtnis zu rufen, die bereits schwächer werden!«
»Ich möchte nicht nur die Gestalt jener Frau wiederfinden, die ich geliebt habe. Die Gestalt wechselt unablässig. Man glaubt sie in Händen zu halten, und dann, im Nu, hat sie sich verändert.«
»Früher habt Ihr Euch damit zufriedengegeben. Ihr wußtet in alle Geheimnisse einzudringen.«
»Früher hatte ich eine zärtliche Seele an meiner Seite, die mich dahin getrieben hat, wohin ich unmöglich zu gelangen glaubte …«
Fiola senkte ihre breite Stirn, wie früher, ihr Blick wandte sich ab. So verharrte sie reglos. Dann, ganz langsam, streckte sie die Hand zum Pult aus und nahm das Glas Wein, das noch dort stand.
»Aber es ist ja fast leer!« rief Botticelli.

Er wollte sie packen. Ihre Finger waren eiskalt.
»Ich bin es nicht mehr gewohnt, müßt Ihr wissen ... Für heute nacht ist es genug«, sagte sie resigniert.
Rückwärts entfernte sie sich, und während sie das Glas an ihre Lippen hob, schloß sich das Halbdunkel des Arbeitszimmers wieder vor ihr.

62

Erbost darüber, daß man ihm nicht zugehört hatte, brummelte Maruffio Stanzanni die Sätze vor sich hin, die er am Vortag, als die demokratische Versammlung tagte, hätte sagen müssen, die ihm aber nicht über die Lippen gekommen waren. Daß man die Ehre der *piagnoni* mit obszönen Liedern beschmutzte, daß man sie mit Beschimpfungen überhäufte und ihre Inhaftierung beschloß, darüber freute er sich: Er hatte dafür gestimmt. Daß man die Ordensleute von San Marco für die nächsten zwei Monate in ihr Kloster einsperrte, daß man ihnen die spirituelle Leitung der Bruderschaft der Guten Männer von San Martino nahm und ihr Privileg, im Palazzo della Signoria die Messe zu lesen, den Geistlichen von San Miniato übertrug, das fand er sehr gut. Das war die Art von Gesetzen, die sie brauchten! Daß man Mariano Ughi, Roberto de Gagliano, Malatesta Sacromoro und Maurelio Savonarola, den Bruder des verfluchten falschen Propheten, verbannte, damit war er tausendmal einverstanden. Diese Beschlüsse fanden seinen Beifall. Doch daß man den Reichsten unter den Revolutionären gegen eine phantastische Summe die Absolution verscherbelte, um sich die Taschen mit Goldmünzen zu füllen, das widerte ihn an. Daß man, um an die Freveltaten des Antichristen und seine ketzerischen Predigten zu erinnern, so wie im vergangenen Jahr, als die von Ognissanti einen Esel auf der Kanzel gekreuzigt hatten, mitten im Kirchenschiff von Santa Maria del Fiore eine Schindmähre frei laufen ließ, die man windelweich schlug und tot am Fuße eines Pfeilers liegenließ, das hielt er für eine wirklich schändliche Tat. Daß die demokratische Versammlung und die apostolischen Kommissare jetzt fast einstimmig fünf Verordnungen gegen die

größte Glocke von San Marco erließen, unter dem Vorwand, sie habe während des Angriffs auf das Kloster Sturm geläutet, das fand er grotesk, und es widersprach der Sache der aufgeklärten Geister und der Gläubigen guten Willens.
Gegenwärtig befand er sich in einer Ecke des Platzes gegenüber dem Kloster. Angesichts seiner schmerzhaften Enttäuschung überlegte er, nachdem er mit so viel Feuereifer Kämpfe für das Glück der Republik ausgefochten hatte, aus dem Spiel auszuscheiden. Er war wütend auf sich selbst, denn er hatte es nicht geschafft, seiner Pflicht zu genügen und diese Idiotien zu verhindern. Sein Wille, zu den äußersten Mitteln zu greifen, um gegen die geistige Entfremdung und den moralischen Selbstmord der ehrenwerten Bürger zu kämpfen, war ins Wanken geraten. Und dort vor ihm stand die Glocke von San Marco! Man hatte sie abgehängt, sie aus der Kirche geholt! Rund um den schwarzdrapierten Karren, der sie aus der Stadt brachte, tanzten seine Brüder, die *arrabiati* aus seiner Bande, zu denen sich ein paar erst kürzlich übergelaufene Feinde gesellt hatten. Es machte ihn wütend, sie singen zu hören, und in seinem Geiste ordneten sich die Worte, die er nicht gesprochen hatte, zu einer Rede, zu Vorwürfen, zu Beleidigungen und höchst schändlichen Worten für all diese übelgesinnten Gecken. Ja, da konnte er lachen, der dicke Girolamo Bardi, er hatte tatsächlich allen Grund, vergnügt zu sein! Als ob man etwa nicht wüßte, daß sein Haus, wie das dieses Würmchens Anselmo Sacchetti, ein Nest von Verschwörern, von Inquisitionsengeln und Dieben gewesen war, die anderen ihre Güter stahlen und Brandopfer der Eitelkeiten anzettelten. »Die Toten in ihr Loch, die Lebenden zur Hochzeitsfeier!« fluchte er vor sich hin, als er die beiden Denunzianten auf einem Bein hüpfen sah. Die beiden da hätten es mehr als jeder andere verdient, dafür bestraft zu werden, daß sie über die Leute ihrer Stadt ein solches Leid gebracht hatten.
Als der Henker, ebenjener, der Savonarolas Halseisen auf den Scheiterhaufen hatte fallen lassen, sich unter den ohrenbetäuben-

den Wirbeln der Kriegstrommeln anschickte, die Glocke auszupeitschen, war für ihn der Gipfel erreicht. Wegen einer Handvoll Idioten geriet am Tag nach den unerbittlichsten Kämpfen der Geist der Restauration des wiedergefundenen Glücks auf Abwege, und drei Wochen nach dem Sieg verpuffte die gewaltige Freude allmählich. Es war aus mit der schmutzigen Revolution der Exkommunizierten. Die verängstigte Horde der Hunde des Herrn wurde mit Fußtritten zurückgetrieben. Weiter hinten, aus der Ecke des Färberviertels, hörte man ein großes Konzert krampfhaften kollektiven Gejammers, das Jaulen verfolgter Tiere. Das Gesindel wurde in seinen Drecklöchern niedergemetzelt, und doch waren die Herzen der Sieger weder von Freude noch von Stolz erfüllt. Statt der wiedergewonnenen Freiheit Statuen und Kolonnaden zu setzen, trieb man Ablaßhandel, stellte man Tierkadaver zur Schau und hängte eine Glocke ab – um sie auszupeitschen.

Er zog es vor, von dannen zu ziehen, statt sich diese Dummheit mit anzusehen, die er, so warf er sich vor, nicht verhindert hatte. Doch leider war es noch zu früh, um zu der schönen Domicilla Imbratta zu gehen – sie hatten sich erst für den Abend verabredet …

Zum Glück trieb ihn die Ungeduld, diese junge, frische und ziemlich kluge Person, die mehr Lebendigkeit und Geistesschärfe besaß als viele andere Frauen, ins Bett zu kriegen; was hätte er sonst für eine Enttäuschung, Traurigkeit und Langeweile durchlitten, seit der Krieg zu Ende war!

Schon bald, wenn ihre letzten Widerstände gebrochen wären, würde er sie zu Lodovico Stanzanni, seinem Vater, bringen. Er würde ihr die Pforten des Palastes öffnen, in dem er lebte. Und wie andere vor ihr würde der Reichtum seiner Familie sie endgültig erobern.

Allein verließ er die Stadt. Bei San Miniato legte er sich auf die erblühten Hänge, wo er seit den letzten Monaten seiner Kindheit mit jeder neuen Freundin zu schäkern pflegte. Die Wärme des

Frühlings besänftigte seinen Zorn. Mit hinter dem Nacken verschränkten Fingern betrachtete er den Himmel und die kleinen Wolkenbänder, die der sanfte Juniwind vor sich hertrieb … Ah, Domicilla! Die gefiel ihm, so wie sie sich immer herausputzte! Wie sehr es ihn tröstete, mit ihr im veilchenblauen Feld zu liegen! Wie sehr konnte er, wenn er seine Nasenspitze in ihr honiggoldenes Haar vergrub, vergessen, daß die formlose Zeit des Friedens sich so zäh dahinschleppte! Seit er ihr vor zehn Tagen begegnet war, diesem stolzen Füllen, schlug sein Herz einen anderen Takt. Vielleicht schläferte sie ihn ein und nahm ihm die Lust, sich zu schlagen … Aber gegen wen sollte man noch kämpfen? Gegen die Hanswurste, gegen die Hampelmänner und Spitzbuben? Gegen die gemeinen Rächer, die bereits durch die neuen Gesetze, die den Frieden bringen sollten, geschützt wurden? Gegen die, die tot sein sollten, die man aber hatte entwischen lassen und die man jetzt nicht mehr zu fassen bekam? Gegen die dunkle Hälfte von Florenz und die Bedrohung, die sie darstellte? Er schloß die Augen … Ein Grashalm kitzelte ihn an den Lippen, ein duftender Windhauch streichelte seine Wange. Ah, Domicilla! Wie saftig würde das Fleisch ihrer Brust sein, wenn sie sich gleich auf der veilchenblauen Wiese zu ihm gesellen würde! Wie lang, schlank und muskulös ihre Amazonenbeine. Wie schön würde die Rundung ihres Knies glänzen! Wie warm und schlüpfrig würde ihm der Spalt zwischen ihren Schenkeln erscheinen!

63

Als Benedetto Sermini bei San Miniato den purpurfarbenen Fleck des schönen Gewandes inmitten der *iris florentina* erspähte, zückte er seinen Dolch. Das war die erträumte Gelegenheit! Er brauchte sich nur noch anzuschleichen und zuzustoßen ... Er durfte nicht länger zaudern: Seit den letzten beiden Tagen, an denen er Emilia Scorpucci nach Hause begleitete, hatten sich so viele Dinge geändert! In der Nacht hatte es zarte Berührungen gegeben, Fragen und geteilte Sorgen, zärtliche Worte, es hatte verhohlene Küsse auf die Stirn gegeben, diese Lippen, die im Augenblick des Abschieds seine Schläfe berührten. Emilia war nicht mehr böse. Das Glück kehrte zurück. Was machte das schon, daß sie davon sprach, nicht mehr für Alessandro Botticelli Modell zu stehen; an dem Punkt, an dem die Illustration der *Göttlichen Komödie* angelangt war, würde das nichts mehr ändern. Vielleicht wäre der Meister, wenn er kein Modell mehr hätte, gezwungen, dieses schlechte Projekt fallenzulassen und wieder zu seinen Hauptwerken zurückzukehren, deren Geheimnis nur er besaß. Sollte Emilia doch auf Distanz gehen, wenn sie wollte! Er würde darunter leiden, doch nach diesem Streich hier würde er ihr folgen.

Um sie zu beschützen, mußte er nur noch den *arrabiato* töten und diese Jahre der Hoffnung vergessen, in denen Ströme von Blut vergossen worden waren. Es war entschieden: Danach wäre es für ihn vorbei mit den *piagnoni*. Er bemühte sich, diese gescheiterte Revolution zu vergessen. Er stellte sich schon vor, wie er es ihr sagen würde, wie er es ihr schwören würde, kurz bevor er sie an sein Herz drücken und sie umarmen würde, wie er es sich erträumte.

Vorsichtig stieg er den blühenden Hang hinauf. Maruffio Stanzanni rührte sich nicht. Wahrscheinlich schlief er ... Ein tiefer Schnitt in den Hals, mit Dank von Jacopo Masini, das wäre schnell getan. Es kam nicht in Frage, zurückzuweichen! Er könnte aufwachen, und es könnte seine Freundin kommen, die Schwatzliese mit den blonden Haaren. Während er sich näherte, summten Insekten um seinen Mund, kitzelten ihn an der Nasenspitze. Mit einer großen Kreisbewegung verscheuchte er sie, das Messer vorgestreckt.
Maruffio hatte die Augen geschlossen. Ein Strohhalm ragte ihm aus dem Mund. Sein Kragen war offen. Sein Hals war nackt. Benedetto bekreuzigte sich, und um seiner Liebe zu Emilia willen stürzte er sich auf ihn. Im Schlaf überrascht, fuhr der andere hoch wie ein Stier. Er wollte sich mit einem Schlag befreien, doch Benedetto drückte ihm mit seinen Knien beide Arme in das Beet aus dunkelvioletten Blütenblättern. Er saß auf seiner Brust, so daß der andere sich nicht rühren konnte. Der Rotschopf brüllte los und versuchte, sich zu befreien. Benedetto hielt ihn mit seinem ganzen Gewicht zu Boden gedrückt. Er drückte die Spitze der Klinge in die Haut des Rothaarigen, doch der *arrabiato* sah ihn starr an, und ein roter glänzender Faden lief seinen Hals entlang. Die Haut war weich, die Klinge drang ein, mühelos ... Wie in den Bauch des Jungen aus dem Färberviertel. Maruffio bäumte sich erneut auf, und der Dolch drang ein Stück tiefer in die sich weitende Wunde ein.
»Los!« sagte der Rotschopf. »Laß es nicht dabei bewenden, *piagnone*. Mach Schluß mit mir, morgen werden mich dann die von meiner Bande rächen!«
Benedetto betrachtete die gebrochene Nase und die dichten Flammen sich ringelnder Locken. Er kreuzte den grünen Blick, der ihn herausforderte. Warum war es nicht schon vorbei? Er dachte an Ippolita-Maria und die liebevollen Küsse Emilias. Doch je! Der Teufel besaß Mut und Stolz. Einen Atemzug vom Tode entfernt, sagte er:

»Du zitterst, Sermini. Du bist eine Memme!«
Die Klinge rutschte ab und machte einen Schnitt in den milchigen Hals. Der andere verzog vor Schmerz das Gesicht. Er stöhnte.
»Laß meine Familie in Ruhe«, schrie Benedetto und setzte die Klinge wieder mitten in der Wunde an. »Komm ihr keine zweihundert Meter zu nahe!«
»Wenn ich euch die Kehle hätte durchschneiden wollen, dir und deiner Familie, wäre das bereits geregelt«, stieß der *arrabiato* mühevoll hervor.
»Noch ist Zeit, es dir heimzuzahlen. Du hast sehr wohl Carmino Frenzzi getötet, der dir nichts getan hat.«
»Der Krieg ist aus, Sermini. Wir haben ihn gewonnen. Du, du bist nur ein kleiner Fisch, ich war schon drauf und dran, dich zu vergessen«, erwiderte Maruffio, der immer schwächer wurde und nicht aufhörte zu bluten.
Beim Anblick des fließenden Blutes spürte Benedetto, daß ihm schwindlig wurde im Kopf. Ihm sank der Mut, der Feind würde sich aus dem Staub machen. Es war zu spät: Er würde es nicht schaffen, ihn zu töten.
»Und wenn ich dich laufenlasse«, murmelte er, »obwohl ich dir den Garaus machen könnte, versprichst du mir dann, die, die ich liebe, niemals anzurühren?«
Der Rotschopf, dessen Gesicht schrecklich verzerrt war, sah ihn plötzlich mitleidig an.
»Wozu mußtest du mich wecken, wenn du nicht imstande bist, mich zu ermorden?«
»Versprich mir den Frieden, Maruffio Stanzanni!«
»Er war schon geschlossen, du Unseliger!«
»Ich glaube dir nicht.«
»Es ist an dir … Aber die Grenze zwischen Gut und Böse ist schwer zu ziehen. Man glaubt, sich für das Gute zu entscheiden, und dann – schon bereut man und langweilt sich … Jetzt hast du den Brand neu entfacht, rette dich, Sermini! Geh außer Landes.«

»Florenz ist meine Heimat!«

»Geh fort, *piagnone!* Hau ab mit diesem Mädchen, das auf der Freske von Botticelli zu sehen ist, diesem verfluchten Päderasten, der es verstanden hat, aus den Medici und denen, die ihn ernährt haben, Profit zu schlagen, bevor er sie dann verraten hat …«

»Der Meister hat mit dieser Geschichte nichts zu tun«, protestierte Benedetto.

»Wenn ihr übermorgen noch da seid, ihr beiden hübschen Verliebten, dann fang bloß nicht zu heulen an …«, fügte der *arrabiato* hinzu, der kurz davorstand, in Ohnmacht zu fallen. »Im Unterschied zu dir zögere ich nicht, wenn es gilt, zuzustechen.«

64

Es war allmählich Zeit, die Silberspitze beiseite zu legen, und Alessandro schwankte zwischen heller Begeisterung und Fassungslosigkeit.
Er hatte bis in die Nacht hinein gezeichnet. Wie es ihm seine bleiche Besucherin angeraten hatte, hatte er sich von jeder vorgefaßten Meinung frei gemacht und die erträumte Frau, *gloriosa donna de la mia mente,* in aller Freiheit aus dem Innersten seines Geistes auf sich zukommen lassen. Sie hatte sich ihm in der Tat ganz unerwartet offenbart: voller Lebenslust, eine Gebieterin mit hellem Gesicht, kräftigem Hals, breiten Handgelenken, verschieden von all den Beatrices, die er sich vorgestellt hatte, war sie plötzlich in die Erzählung eingetreten. Voll unerschütterlicher Selbstsicherheit, ein Kehrbild der zerbrechlichen Fiola del Lama und der engelhaften Emilia, hatte sie Dante Alighieri bei der Hand genommen und ihm den Weg gewiesen.
War es nicht das, was er suchte, diese heitere Liebe, die über den Tod hinausging und ihn sprengte?
Und doch narrte ihn diese strahlende Erscheinung. Er wußte nicht, was er davon halten sollte. Ohne sicher zu sein, ob er gut daran tat, war er versucht, auf sie zu vertrauen und weiterzuarbeiten.
Während er mit sich haderte, wurde er von der unerwarteten Ankunft Benedetto Serminis und seiner kleinen Schwester überrascht, eines traurigen Mädchens mit tränenverschleiertem Blick … Es wurde auch Zeit!
Trotz seiner Anweisungen war sein Lieblingsschüler während seiner Arbeit nicht dagewesen, und er zürnte ihm deswegen. Den ganzen Tag über hatte ihm niemand assistiert, und zu allem

Überfluß war Emilia Scorpucci nicht zum Modellstehen erschienen.

»Können wir hier schlafen?« fragte ihn sein Lehrling.

Obgleich er damit Gefahr lief, das Erscheinen der Dame in Weiß hinauszuzögern, sagte Botticelli ohne Zaudern ja. In Wahrheit freute er sich, nachdem er so lange allein gewesen war, über diese Bitte.

»Solange du willst, mein Kleiner«, setzte er hinzu. »Für heute nacht, die kommenden Tage oder den Rest des Lebens ...«

»Emilia wird morgen hiersein«, erläuterte der Bursche. »Ich habe sie in ihrem Turm in Sicherheit gelassen, doch bei Tagesanbruch werde ich sie holen.«

Der Junge, klatschnaß, die Haare an der Stirn festgeklebt, schien so hilflos, daß der Meister sich fragte, was mit ihm los war.

»Ich habe mich für stärker gehalten, als ich bin«, erwiderte Benedetto. »Durch meine Schuld sind wir in Gefahr, getötet zu werden. Es besteht nur noch wenig Hoffnung, daß wir verschont bleiben. Daher habe ich Ippolita-Maria mitgebracht, und daher wird Emilia, die ich heute nacht nicht aus ihrem Haus habe holen wollen, morgen zu uns kommen.«

Botticelli dachte an die Gesichter des Johannes und der Maria von Bethanien auf der Freske der Auferweckung des Lazarus. Wie sollte man dem Haß der *arrabiati* entkommen, wenn man auf diese Weise öffentlich zur Schau gestellt war? Von einem gewaltigen Schuldgefühl getrieben, streckte er die Hand nach seinem Schüler aus. Er strich ihm die Locken aus der Stirn, die feucht waren vom Schweiß. Er liebkoste seine Wange, auf der er das leichte Kratzen eines zarten Bartes spürte.

»Glaubst du, Benedetto, daß du hier in Sicherheit bist?« fragte er. »Bist du der Ansicht, daß dich niemand bei mir suchen wird?«

Der Junge zuckte zögerlich die Schultern.

»Ich habe Angst um Emilia, nicht um mich«, stieß er mit jämmerlicher Stimme hervor.

»Du bist nicht der Beste aus dem Atelier«, bemerkte Botticelli nachdenklich, »weder der Lustigste noch der Intelligenteste, Dioneo Sellajo taugt weit mehr als du. Und doch hänge ich gerade an dir, und dich leiden zu sehen, mein schöner Freund, gefällt mir gar nicht ... Du bist immer so besorgt! Laß Emilia doch in Ruhe, sie weiß sich zu verteidigen: Denk lieber an den Ort, an dem du geboren wurdest, und sieh, wie weit du gekommen bist! Trotz der Möglichkeiten, die dir gegeben sind, vertraust du nicht auf dein Schicksal.«

Wie gewöhnlich bot er ihm ein Glas Wein an und ging in die Küche hinauf, um die Suppe und das Brot zu holen. Als der junge Bursche und das kleine Mädchen, das ihn unablässig lauernd ansah, gegessen hatten, führte er sie schweigend, ohne Baccio della Porta zu alarmieren, der sich, wie es seine Gewohnheit war, zurückgezogen hatte, in das Zimmer, in dem Emilia Scorpucci geschlafen hatte. Als er gerade wieder in sein Arbeitszimmer zurückkehren wollte, hielt Benedetto ihn zurück und sagte zu ihm:

»Meister, allein durch die Tatsache, daß ich in Eurem Hause bin, bringe ich auch Euch in Gefahr. Es gibt zu viele, die Euch gerne für Euren Reichtum und Eure Erfolge bezahlen lassen würden! Ich werde nicht bleiben, denn meine Gegenwart liefert ihnen den Vorwand, auf den sie gewartet haben.«

»Mach dir keine Sorgen!« erwiderte Botticelli, »mir kann niemand etwas anhaben.«

»Doch ... doch ...«, sagte Benedetto. »Sie reden schlecht über Euch. Sie wollen Euer Werk zerstören, und es würde ihnen gefallen, Euch zu vernichten.«

Um ihn zu beruhigen, gab Botticelli vor, er werde beschützt, dann nahm er ihn in die Arme, wünschte ihm eine gute Nacht und umarmte ihn wie den teuersten Freund.

Benedetto und seine kleine Schwester schliefen unter seinem Dach ein, und Alessandro Botticelli blieb vor seiner Staffelei sitzen. Je länger er seine neue Beatrice betrachtete, diese Gebieterin über die Geschehnisse, die entschlossen im Zentrum seiner Zeichnung stand, desto vertrauter wurde sie ihm, und desto größer wurde sein Verlangen, einen Strich unter sein übriges Werk zu setzen. Nicht etwa, daß er sich am Ziel glaubte, im Gegenteil, er maß die Arbeit, die noch zu vollbringen war, um es zu erreichen. Die beiden Liebenden waren sich gerade erst begegnet, auf dem Papier ... Nein, es war eher so: Er hatte das Gefühl, dort, auf der Wegstrecke des endlich vereinigten Paares, befinde sich der Balance- und Entscheidungspunkt seines eigenen Lebens, und der ganze Rest dessen, was er geschaffen hatte – einmal abgesehen von der *Verleumdung des Apelles*, die ihm sehr am Herzen lag, und seiner schaumgeborenen Venus auf der Muschel, die er wegen der Schönheit der Idee schätzte –, erschien ihm zweitrangig, als etwas, das es vielleicht wert war, geliebt oder abgelehnt zu werden, das er aber nicht für das Wesentliche hielt, weder für den Fortschritt seiner Kunst noch für die Verfolgung dessen, wonach er strebte. Er war sich nicht sicher, ob er im Laufe des Tages einen entscheidenden Schritt getan hatte, und doch, bei der Betrachtung dieser Gebieterin klärte sich im Laufe der Stunden die Luft um ihn herum, wurde leichter, reiner und klarer. Die ruhige Gattin nahm lediglich die Hand von Dante Alighieri, und in der Einfachheit dieser Geste ahnte er seine eigene Befreiung. Zum ersten Mal in seinem Leben war er nicht gezwungen, bei jedem Einfall mit dem Auftauchen von etwas Feindlichem zu rechnen. Trotz der Sorge, die das Schicksal des liebenswerten Sermini ihm bereitete, atmete er freier, ohne zu mißtrauen, ohne auf der Lauer zu sein. Bisher hatte ihn, selbst in den Glücksmomenten, ein gewisser instinktiver Vorbehalt wachsam bleiben lassen gegenüber dem, was er geschaffen hatte, hatte ihn ein krankhaftes Mißtrauen daran gehindert, aus den plötzlichen Offenbarungen Nutzen zu ziehen, sich über das Erscheinen dieses oder jenes Gesichtes oder die Geschmeidigkeit eines schnell dahingeworfenen Striches zu freuen, der ganz dazu angetan war, ihn in Begeisterung zu versetzen. Sein ganzes Leben lang hatte er, selbst in den seltenen Momenten, in denen er einen Hauch von Befriedigung verspürt hatte, stets die Qual der Zufriedenheit vorgezogen. War es nun die doppelte Wirkung der Müdigkeit und des Weines, oder genügte es ihm, Benedetto in Reichweite zu wissen? Allerdings – daran war nicht mehr zu zweifeln – hatte der zarte Bursche sich in Emilia Scorpucci vernarrt ... Was auch immer der Grund war – statt sich in sich selbst zurückzuziehen, spürte er einen neuen Raum, in dem er sich entfalten konnte. Aber vielleicht machte er sich nur Illusionen und war grundlos erregt! Vielleicht war es nur eine Lichtung, ein Stück reinen Himmels vor dem Regen ... Um zu wissen, welche Schlüsse er ziehen sollte, mußte er auf die edle Dame warten, die ihn so gerne nächtens besuchte und zu ihm sprach. Sie allein würde wissen, ob er Grund zur Hoffnung hatte.

Es war Morgen. Das Arbeitszimmer war sonnendurchflutet. Ein Lichtstrahl, in dem tausend Staubkörnchen wild umeinandertanzten, erhellte die Staffelei. Die weise Besucherin hatte sich nicht blicken lassen, und Alessandro war eingeschlafen, ohne ihr zeigen zu können, was er vollbracht hatte. Da er ihre Meinung nicht kannte, hatte er nicht wieder zur Silberspitze gegriffen. Er war enttäuscht und mutlos.

Wie sollte er ohne sie sicher sein, daß auf dem Pergament die Hochzeit der beiden Seelen gefeiert worden und daß der Tod, durch die Liebe der Beatrice, zum Freund geworden war?

Als Benedetto, wie er es angekündigt hatte, Emilia vorbeibrachte, befragte der Meister sie. Doch die Kinder nahmen andere Sorgen gefangen, und es machte ihnen Mühe, ihre Meinung zu sagen. Als die junge Frau dieses freudestrahlende Bild betrachtete, das nichts mit ihr gemein hatte, tat sie, nicht ohne Verdruß, die Ansicht kund, es sei nicht mehr nötig, Modell zu stehen.

»Ja«, antwortete er widerstrebend. »Du kannst deine Freiheit wieder zurückhaben; danke für das, was du mir gegeben hast. Ohne deine Bereitwilligkeit hätte ich nichts gefunden.«

Als Emilia und Benedetto ihm gegen Mittag mitteilten, daß sie Florenz verlassen würden, um sich vor der Gefahr in Sicherheit zu bringen, nahm er die Neuigkeit ohne Widerrede auf. Auch wenn er es sich nie eingestanden hatte, so hatte er doch damit gerechnet. Als habe man ihn bei einer Verfehlung ertappt, war Benedetto nicht stolz darauf, ihn zu verlassen. Obwohl er ihm mit seinen geschorenen Haaren lieber gewesen war, merkte Alessandro angesichts dieser angekündigten Abreise, wie sehr er ihn liebte. Der Junge war charmant und gut gebaut, doch es war nicht so sehr Begehren, was er für ihn empfand. Sein bloßliegendes Herz empfand viel stärker das Bedürfnis nach Zärtlichkeit und Freundschaft, das Bedürfnis, ihm, der nichts wußte, etwas beizubringen, seine Hand zu führen und ihm an der Schwelle zu einem Leben, von dessen Fallen und Mysterien er nichts wußte, Unterstützung und Schutz zu gewähren.

»Du wirst mir fehlen, Benedetto«, murmelte er. »Gemeinsam hätten wir Ordnung in deine Gedanken gebracht …«

Der jungen Frau schien es indes nicht viel auszumachen, ihn zu verlassen. Doch sie war durchtrieben: Sie verbarg ihre Gedanken. Als er sie so nebeneinanderstehen sah, sie und Benedetto, bedauerte Alessandro, nicht von Anfang an mehr auf die Anziehungskraft, die sie einander nähergebracht hatte, geachtet zu haben. Er hatte es ihr verübelt, dieser starrsinnigen Frau, dieses wachsende Gefühl, das er gespürt hatte. Er war eifersüchtig auf ihre Jugend gewesen, auf ihren Charakter und auf die Freiheit ihres schönen Geistes, die es ihr möglich machte, geradeheraus zu sagen, was sie dachte. Fiola hatte dieselbe Kühnheit besessen, bevor sie sich zurückgezogen hatte. Dafür hatte er sie geliebt …

»Wo wollt ihr hingehen?« fragte er sie in der Befürchtung, sie für immer entschwinden zu sehen.

»Wir wissen es nicht …«, stammelte Benedetto.

»Wir gehen nach Norden«, setzte Emilia hinzu, »möglicherweise gehen wir nach Frankreich.«

»Warum so weit?« fragte Alessandro beunruhigt. »Geht lieber

zu Simone nach Bologna. Er ist wie ihr vor den *arrabiati* geflohen, er wird glücklich sein, euch Obdach zu geben. Ich werde ihm einen Brief schreiben, den ihr ihm überbringen werdet.«

»Es ist nur so … Ippolita-Maria wird uns begleiten«, sagte Benedetto.

»Was macht das schon? Er wird entzückt sein, euch bei sich zu haben. Er ist ein Mann der Tat, und er beherrscht die Kunst der Konversation. Allein langweilt er sich.« Er spürte, daß Emilia von dieser Vorstellung nicht begeistert war. Um sie umzustimmen, setzte er hinzu: »Sobald wieder Ruhe eingekehrt ist, werde ich euch benachrichtigen, und ihr könnt zurückkommen.«

»Ihr solltet selbst zu Eurem Bruder gehen. Wir haben dort nichts zu schaffen.«

»Benedetto könnte dort zeichnen, und du, du wirst Künstler finden, für die du Modell stehen kannst. Bis man euch bezahlt hätte, würdet ihr ein Dach überm Kopf besitzen, wo ihr bleiben könnt. Was uns angeht, Baccio und mich, falls wir auch gehen müßten, so werden wir sehen … Heute muß ich mich um das Atelier kümmern.«

»Euer Atelier, dort dürft Ihr nie wieder einen Fuß hineinsetzen!« rief Emilia aus.

»Es wird alles anders; das Problem, das mich lähmte, ist gelöst … In Bologna werdet ihr gut aufgehoben sein«, fuhr er fort. »Simone hält scharfe Reden, aber er ist ein guter Christ, er hat ein großes Herz.«

Emilia sagte, sie müßten darüber nachdenken. Doch Alessandro sah, daß sein Lehrling einverstanden war und daß die Lösung, die er vorschlug, ihn befreite. Statt weiter zu diskutieren, ließ er sie miteinander reden und zog sich zurück, um an Simone zu schreiben, wie er es versprochen hatte.

Als es an die Abreise ging, gab er Benedetto eine Börse.

Seine Truhe, in der auch das Geld aus dem Atelier war, leerte sich, und den beiden Kindern ein Geschenk über dreißig Goldflorine zu machen war absurd. Doch was zählte das! Zum Teufel mit dem Geld, wo er doch entschlossen war, sich ab Juli nach neuen Aufträgen umzutun, die mittlerweile so selten kamen, daß zwei Drittel seiner Lehrlinge nichts zu tun hatten! Er würde sich schon zu helfen wissen … Er würde mit den Vespucci sprechen, die ihn in Friedenszeiten noch nie im Stich gelassen hatten …

Um zu vermeiden, daß der Abschied sich allzusehr in die Länge zog und seine Gefühle offenbar würden, kürzte er die Umarmungen ab. Er drückte Emilias Hände. Die junge Frau schwieg, doch er spürte eine gewisse Traurigkeit, die ihn tröstete.

Benedetto indes umarmte er fest und zog ihn schnell an sich. »Arbeite«, flüsterte er ihm ins Ohr. »Und glaube an dich.« Dann fügte er, an Emilia gewandt, hinzu: »Und du, wenn du diesen Burschen liebst, dann hilf ihm, das Vertrauen zu gewinnen, ohne das er sein ganzes Leben lang nur ein Lehrling bleiben wird.«

Als die drei Kinder mit ihren Bündeln wie angenagelt dastanden, wandte er sich ab. Er schenkte sich ein wenig Wein ein und setzte sich an seine Staffelei.

»Paßt auf Euch auf, Meister«, sagte Benedetto mit bewegter Stimme. »Geht nicht von uns.«

»Wie kommst du darauf? Sterben interessiert mich nicht«, erwiderte Botticelli. »Im übrigen muß ich meine *Göttliche Komödie* vollenden. Und noch andere Dinge, die mich bereits beschäftigen. Ich trinke auf euch, meine lieben Kinder!« fügte er hinzu und hob sein Glas. »Auf eure Zukunft … Denn nichts steht im voraus geschrieben, das wißt ihr, nicht wahr?«

Es gab ein langes Schweigen. Selbst Emilia schien in Träumereien versunken.

»Ein letztes Wort, nach diesen harten Wochen«, setzte Alessandro hinzu, um der Szene schnell ein Ende zu machen. »Benedetto, Emilia, geht jetzt, sofort, ohne eine Geste, ohne mich anzusehen … Geht, und seid gesegnet.«

65

Auf der Freske, vor dem auferweckten Lazarus, den die glühendheiße Luft verzehrte, stand Johannes der Evangelist aufrecht und streifte den Nacken der Maria von Bethanien … Der Apostel wirkte jugendlich, besaß gar nichts Gewalttätiges: Im Gegensatz zu der düsteren Physiognomie, die er auf der *Beweinung Christi* besaß, die in den ersten Tagen der Republik im Atelier gemalt worden war, war sein Ausdruck voller Vertrauen und Mitgefühl. Eher Engel als Krieger, war sein Blick klar und ohne Falsch, sein Fleisch hatte die Frische der Jugend, und er trug den geschorenen Kopf der in Brigaden eingeteilten Kinder. Jeder Zug in diesem Gesicht war der von Benedetto Sermini. Ser Ceccone hatte recht, dieses Werk beleidigte die Christen, und zwar nicht aufgrund dessen, was es darstellte, denn das war die Wahrheit, sondern aufgrund des Geistes, in dem es geschaffen worden war.

Alessandro Botticelli, der seit dem denkwürdigen Besuch von Savonarola nie wieder in San Gaetano gewesen war, tauchte seinen Pinsel mit den dichten Borsten in den Topf mit dicker Farbe, den er vorbereitet hatte. Er verspürte keinerlei Furcht. Das war das erste Mal, daß er so etwas tat, und doch war es eine ebenso natürliche Geste, wie Werke auf den Scheiterhaufen zu werfen, die nicht mehr der Zeit gemäß waren und die die Leute nicht mehr liebten. Maria von Bethanien und die anderen Gestalten, die sie umstanden, gehörten der Vergangenheit an, man würde sie vergessen, und nichts hätte sich geändert. Sie waren nichts, sie bewiesen nichts. Nur Beatrice zählte, diese Gebieterin, die ebenfalls dem Land der Toten entstiegen war und deren Liebe bis in alle Ewigkeit erstrahlte …

Der erste Farbspritzer galt Maria von Bethanien, denn sie war es, die die Szene erhellte. Es war schnell getan: Die Mitte ihres Gesichtes verschwand unter dem Farbflecken. Mit großen Pinselstrichen hatte Alessandro, der auf den Stufen seiner Leiter stand, sie schnell ausgelöscht. Die Brauen, ihr Hals und ihr rätselhaftes Lächeln wurden ebenfalls ohne Bedauern überpinselt. Um sicherzugehen, daß nichts mit der Zeit durchscheinen würde, legte er eine zweite Schicht darüber, die dicker war als die erste. Dann ließ er, zur Seite geneigt, in drei wirren Strichen das Gesicht des Christus verschwinden, dessen ungewöhnliche Brutalität die Feinde der neuen Kirche schockiert hatte, die nur die preziösen und verfeinerten Details liebten und nur zu den faden Jesusfiguren mit durchscheinender Haut und goldenen Locken beteten. Auf diese Weise löschte er mit unerwarteter Freude eine nach der anderen die vierzehn Figuren aus, die, in einem kreisförmigen Bogen zusammengedrängt, den Auferstandenen betrachteten.
Nachdem er den dunklen Vorhang in der Mitte fast geschlossen hatte, blieb schon bald nur noch das sanfte Gesicht des Lieblingsapostels übrig. Wie er so ganz nah vor dem Gemälde stand, erkannte er den Hauch Reinweiß, der die Brauen des entzückenden *piagnone* aufhellte, sowie den Schatten Braun, der den Saum seiner eher hübschen Lippen betonte.
Diesmal ging er langsamer vor. Er zog das kleine Fenster um das Gesicht immer enger zusammen. Als es wie ein leuchtender Stern am Nachthimmel aussah und nur noch der Blick, der Mund und die Nase zu sehen waren, malte er die Ohren zu, und dann den nackten Schädel mit der vollkommenen Rundung.
Eine eiskalte Hand legte sich auf sein Herz. Noch einmal betrachtete er dieses Kind.
Dann, urplötzlich, überpinselte er es.

»Wir, die Lebenden, glauben, die Hölle sei der Ort der ewigen Verzweiflung, das hat man uns beigebracht seit dem ersten Tag, den wir auf dieser Erde gelandet sind«, sagte Botticelli eine Stun-

de später zu Baccio della Porta. »Irrtum! Die Hölle ist der Ort der Hoffnung, denn sie ist der Ausgangspunkt einer Reise, welche die ganze Ewigkeit dauern soll. Das Feuer brennt die Verdammten, aber wer hat jemals behauptet, daß es sie verbrennt? Im Gegenteil, es röstet die wimmelnden Würmer, es kauterisiert das Fleisch und verhindert, daß es verwest. Nach und nach heilt es die Verletzungen, die durch die angehäuften Sünden entstanden sind, es schließt wieder die Wunden der Sünde. Und niemand kann das Ende dieser Qual vorhersehen, denn sie dauert an, bis die letzte Spur des Bösen getilgt ist. Es kommt vor, daß Jahrtausende bei dieser Wartezeit verstreichen.
Trotz des schrecklichen Leides, selbst wenn die drei Mäuler des Luzifer einen zermalmen, muß man die Hoffnung bewahren, denn es gibt keine Bosheit, die man nicht abbüßen könnte. Die Hölle gleicht dem Bauch einer Mutter. Statt des verdorbenen Blutes in unseren Adern läßt er die Milch der Unschuld fließen. Er bereitet uns auf die andere Geburt vor, auf die zweite Niederkunft der Erde, die uns der großen Leere des Universums ausliefert.«

Als die untergehende Sonne der Abenddämmerung und schließlich der Nacht gewichen war, als der vollendet volle Mond am Himmel stand, näherte sich Botticelli Baccio della Porta. Wie in der ersten Zeit ihrer Begegnung drückte er ihn an sich. Etwas verlegen, ohne zu wagen, ihn anzusehen, eröffnete er ihm die Abreise von Benedetto und Emilia. Mit leiser Stimme versprach er ihm, daß seine *Göttliche Komödie* bald vollendet sein würde und daß er, sobald diese Arbeit abgeschlossen wäre, gemeinsam mit ihm sein Projekt der *Szenen aus dem Leben des heiligen Zenobius* ausführen würde.
Sein Freund, ausgehöhlt vom Weltschmerz und den Seelenqualen, antwortete ihm, es führe zu nichts, Voraussagen über die Zukunft zu machen, und man werde schon sehen … »Wichtig war vor allem«, bemerkte er, »sich mit denen, die Florenz in der Ge-

walt hatten, zu versöhnen und zu retten, was von der Werkstatt noch übrig war.«
»Sei unbesorgt, was die neuen Herrscher Babylons anbelangt; selbst wenn ich nicht für sie gehandelt habe, wird sie das, was ich heute nachmittag getan habe, befriedigen«, erwiderte Botticelli.

Etwas später, als Baccio eingeschlafen war, verließ Alessandro sein Bett. Getrieben von der schmerzvollen Liebe, die ihn leitete, den Kerzenleuchter in der Hand, ging er wieder in sein Arbeitszimmer.
Vor seiner Staffelei sitzend, versuchte er, zunächst verstohlen und anschließend ganz offen, die Dunkelheit, die ihn umgab, zu durchdringen.
Gleich Dante Alighieri, der durch die Gebieterin zu dem Licht geleitet wurde, das alles erstarren läßt, bemühte er sich, mitten in der Nacht die strahlende Helle des Tages zu sehen.

Zahlreiche Bücher haben mir bei der Ausarbeitung und Niederschrift von *Der Maler von Florenz* entscheidend geholfen. Darunter *Art et humanisme à Florence au temps de Laurent le Magnifique* von André Chastel (P. U. F., 1982) und die beiden Savonarola gewidmeten Werke von Pierre Antonetti (Perrin, 1991, deutsch: Benziger, 1992) und Ivan Cloulas (Fayard, 1994) sowie die Botticelli und seinem Werk gewidmeten Bücher von Ronald Lightbown (Citadelles, 1990, deutsch: Hirmer, 1989), Dominique Thiébaut (Chêne, 1991) und Caterina Caneva (Bordas, 1991).

Die Zitate aus der *Göttlichen Komödie* wurden für die deutsche Ausgabe der Karl-Vossler-Übersetzung entnommen. Das zitierte Gedicht stammt aus: Dante, *Die Gedichte* (Köln, 1966), deutsch von Herta Federmann. Zu Dante ist das Buch von Jacqueline Risset, *Dante une vie* (Flammarion, 1995), eine große Hilfe gewesen, ebenso *Le Bûcher de Béatrice* von Bruno Pinchard (Aubier, 1996).

Im Bereich der Fiktion möchte ich *Der Tanz des Wolfes* von Serge Bramly nennen (Stuttgart, 1985) und *Die Florentinerin* von Mariella Righini (Heyne, 1996).